HARALD BRAEM

Der König von Tara

Historischer Roman

BASTEI-LÜBBE-TASCHENBUCH
Band 14317

1. Auflage: März 2000

Nach den Regeln der Rechtschreibreform

© 1997 by Weitbrecht Verlag in K. Thienemanns Verlag,
Stuttgart und Wien
© für die Lizenzausgabe 2000 by
Bastei-Verlag Gustav H. Lübbe GmbH & Co.,
Bergisch Gladbach
Erste Auflage: März 2000
Umschlaggestaltung: Tilman Michalski, München/
Quadro Grafik, Bensberg
Satz: KCS GmbH, Buchholz/Hamburg
Druck und Verarbeitung: Elsnerdruck, Berlin
Printed in Germany
ISBN: 3-404-14317-5

Sie finden uns im Internet unter
http://www.luebbe.de

Der Preis dieses Bandes versteht sich einschließlich der gesetzlichen Mehrwertsteuer

Inhalt

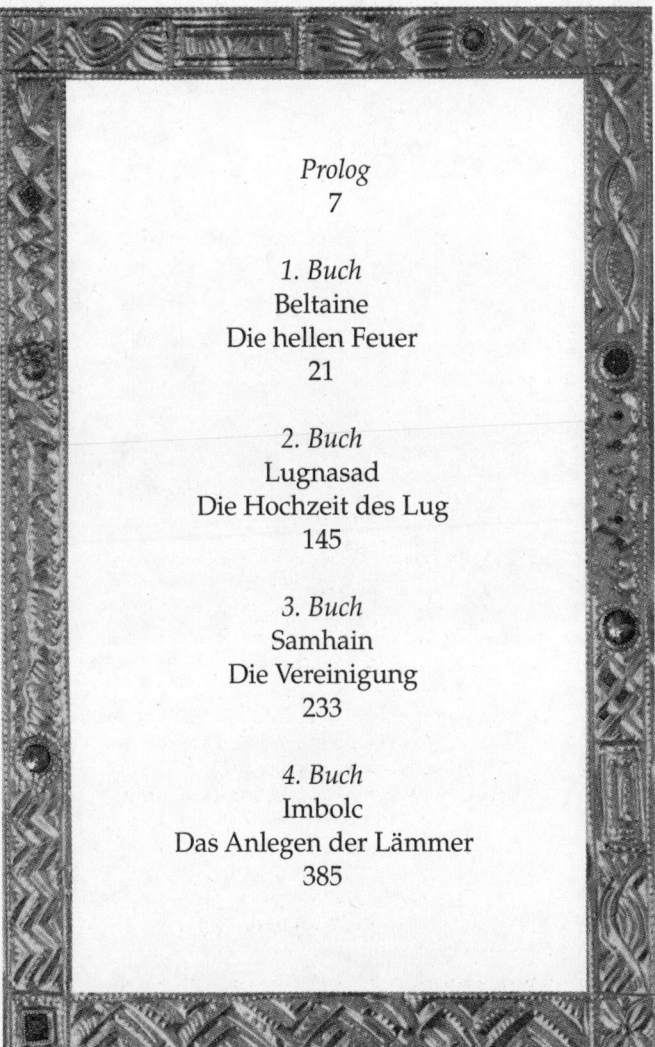

Prolog
7

1. Buch
Beltaine
Die hellen Feuer
21

2. Buch
Lugnasad
Die Hochzeit des Lug
145

3. Buch
Samhain
Die Vereinigung
233

4. Buch
Imbolc
Das Anlegen der Lämmer
385

Prolog

In den alten, längst vergangenen Tagen des Goldenen Zeitalters, als das Volk der Göttermutter Dana noch herrschte, kamen einmal die Edlen aus allen fünf Gauen des Landes Erinn zusammen. Im Ratskreis berieten sie darüber, ob es nicht besser sei, wenn ein Hochkönig über alle Stämme herrschte, statt dass weiterhin einzelne Könige und Rigs sich gegenseitig Grenzen setzten. Dies hatten die Edlen vorgeschlagen und die Versammlung wurde sich einig, dem Wunsch folgend einen einzigen König zu wählen.

Fünf Fürsten saßen in der Halle, jeder von ihnen wäre es wert gewesen, auf dem Thron des Hochkönigs zu sitzen: Bodb Derg, der Sohn des Dagda, den man »die Krähe« nannte, und sein Bruder Oengus Og aus dem Tal der Boinne, Ilbrec von Easroy und Midir der Stolze aus Bri Leith sowie Lir aus dem Hause Finnacaid. Von all diesen war Oengus der Einzige, der nicht nach der höchsten Würde strebte. Seine Burg an der Boinne, das herrliche, fruchtbare Tal und die Schutz bietenden Dünen am Meer reichten ihm aus, er war glücklich mit seinem Leben. Also trat er von sich aus beiseite. Die vier anderen aber verließen die Halle, um die Versammlung der Edlen beraten zu lassen. Die Wahl fiel auf Bodb Derg, weil er der älteste Sohn des berühmten und allseits beliebten Dagda war.

Alle waren mit diesem Ergebnis zufrieden, alle bis auf einen: Lir aus dem Hause Finnacaid, der sich selbst für den Besseren hielt. Voll bitterer Enttäuschung verließ er den Ratskreis, ohne auch nur einen der Versammelten zu grüßen. »Er ist imstande in seinem Zorn schlimme Ränke gegen den Hochkönig zu spinnen«, warnten viele der Edlen. »Besser wird es wohl sein ihm nachzusetzen, ihn mit dem Schwert zur Räson zu bringen und sein Haus niederzubrennen.« Einer von ihnen erbot sich auf der Stelle, Lir mit der Lanze zu töten.

Bodb Derg aber widersprach diesem Ansinnen heftig. »Von alldem will ich nichts wissen. Ein Hochkönig sollte das Wohl aller im Sinne haben und keinen davon ausnehmen. Nur so kann Friede im Lande Erinn walten. Außerdem würden bei einem Angriff auf Lir viele von euch ihr Leben lassen, denn ich schätze ihn als entschlossenen Kämpfer ein. Auch das kann nicht unser Wille sein. Wollte unsere göttliche Mutter Dana nicht Eintracht unter ihren Kindern? Gehorchen wir also ihrem weisen Ratschlag und lassen wir Lir unbehelligt nach Hause ziehen.«

Die Zeit verging und Bodb Derg herrschte glücklich über Erinn, während Lir grollend auf seinem Hofe saß. Zurückgezogen von allen anderen, kümmerte ihn ihr Schicksal nicht mehr. Da traf ihn ein harter Schlag. Sein Weib nämlich wurde krank und verstarb neben ihm auf dem Lager. Die Sinne Lirs verdüsterten sich noch um einiges mehr.

Die Nachricht vom Unglück erreichte auch Bodb Derg in Tara. Eines Tages trat er daher vor die Versammlung der Edlen und sprach folgende Worte: »Der harte Schicksalsschlag, der Lir heimgesucht hat, rührt mich. Ich möchte mich mit ihm aussöhnen. Auf welch bessere Weise könnte dies geschehen als dadurch, dass ich ihm eine Gefährtin sende, die ihm seine verstorbene Frau ersetzt? Drei liebliche Pflegetöchter leben an meinem Hof – Aebh, Aife und Albhe, die Kinder des ehrenwerten

Oichill von Arann. Eine von ihnen könnten wir ihm als Weib anbieten.«

Die Edlen hielten diesen Vorschlag für klug. »Vielleicht stimmt ihn das um«, sagten sie, »und er ist bereit seinen alten Groll aufzugeben. Ist er erst einmal mit dem Hochkönig verschwägert, so wird er sich auch politisch und militärisch mit uns verbünden.«

Man sandte einen Boten zum Flusse Shannon nach Ulster, wo Lir in Finnacaid am Rotaugen-See wohnte. Lir war erstaunt und erfreut über das überraschende Angebot. Nach kurzem Überlegen brach er schon am nächsten Tag mit großem Gefolge auf, um dem Hochkönig die Brautgaben zu bringen.

Als er in Tara ankam, wurde er von Bodb Derg und allem Volk mit herzlicher Freude empfangen. Man bewirtete ihn und seine Gefolgschaft reichlich und veranstaltete ein großes Gelage. Als dann die Nacht kam, sagte der Hochkönig zu ihm: »Die drei Pflegetöchter ruhen bei meiner Gattin im Frauenhaus. Komm mit und such dir eine von ihnen aus.«

Dort angekommen, traten sie leise ein und betrachteten im Schein des Binsenlichtes die schlafenden Mädchen.

»Triff nun deine Wahl«, flüsterte Bodb Derg.

Lir zögerte lange. »Alle drei sind von großem Liebreiz«, sagte er. »Ich kann nicht sagen, welche die Schönste und Begehrenswerteste von ihnen ist.«

»Dennoch musst du dich entscheiden«, drängte der Hochkönig.

»Dann wähle ich Aebh, weil sie die Älteste ist und wohl am besten zu mir passt«, sagte Lir.

»Gut«, antwortete Bodb Derg, der wohl merkte, dass die Mädchen nicht wirklich schliefen, sondern sich nur so stellten. »Sie mag dir folgen, wenn sie einverstanden ist.«

»Ich bin es«, sagte Aebh und erhob sich. Sie reichte Lir die Hand zum Bund und teilte noch in der gleichen Nacht sein Lager.

Einen halben Mond lang hielt sich Lir in Tara auf. Dann kehrte er mit Aebh nach Finnacaid zurück, um dort ein rauschendes Hochzeitsfest zu feiern. Glücklich waren sie miteinander und Aebh gebar ihm Zwillinge, ein Mädchen und einen Sohn. Das Mädchen nannten sie Finnguala, was so viel wie Weißschulter bedeutet, den Jungen Ard. Im folgenden Jahr brachte Aebh erneut Zwillinge zur Welt, den rabenschwarzen Fiachra und den klugen Conn. Die Geburt verlief aber so schwer, dass Aebh dabei ihr Leben verlor.

Lir, erneut zum Witwer geworden, brach unter der Last seines Grames zusammen und hätte sich selbst gern zum Sterben niedergelegt, wenn da nicht die vier Kinder gewesen wären. Er mochte sie sehr und ihnen zuliebe überwand er heldenhaft seinen Schmerz, um als guter Vater für sie zu sorgen.

Die traurige Kunde drang bis nach Tara, wo Klagerufe ausgestoßen wurden und lange keiner mehr lachen wollte. Um den schrecklichen Zustand zu beenden, trat der Hochkönig schließlich vor seine Edlen und sprach:

»Nun ist Aebh, die mir als Ziehtochter ans Herz gewachsen war, für immer von uns gegangen. Abermals wurde Lir vom Unglück heimgesucht und unser beider Schmerz ist groß. Doch soll das Leben weitergehen, auch soll unsere Freundschaft deswegen keinen Schaden nehmen. Ich werde ihm eine der Schwestern Aebhs zum Weibe geben.« Die Edlen beratschlagten sich, der Vorschlag fand ihre Zustimmung und so wurde ein Bote mit der Nachricht zu Lir geschickt.

Lir heiratete nun Aife. In Finnacaid war die Freude groß, als die neue Gebieterin durch das Tor einfuhr. Voll Stolz zeigte Lir ihr seinen Besitz und Aifes Augen glänzten beim Anblick seines Reichtums. Einzig die vier Kinder ihrer Schwester behagten ihr nicht, weil Lirs Liebe zu ihnen viel Zeit beanspruchte.

Sie nehmen mir etwas weg, dachte Aife, Lirs Liebe zu ihnen ist zu groß, er verhätschelt sie und erfüllt ihnen jeglichen Wunsch. Dagegen komme ich einfach nicht an, für mich bleibt nur ein winziger Rest.

Das war nun wirklich sehr ungerecht, denn die vier Kinder gewannen mit ihrem Liebreiz die Herzen aller Menschen. Auch Bodb Derg wurde bei ihrem Anblick weich, weshalb er oft von Tara nach Finnacaid reiste, um sie zu sehen, und sie durften ihn oft in seiner Residenz besuchen. Die alljährlichen Weihefeste für Kinder fanden daher sogar abwechselnd in Tara und in Finnacaid statt, was alle Beteiligten freute. Der großen Göttermutter Dana war das recht, denn ihre Verehrung war nicht an einen einzigen Platz gebunden.

Die vier Kinder schliefen im selben Raum wie Lir, gegenüber seinem Lager. Wenn der Morgen kam und ihre fröhlichen Stimmen ihn weckten, pflegte er aufzustehen, zu ihnen zu gehen und mit ihnen herumzubalgen. All das beobachtete Aife vom Bett aus voll bitterer Eifersucht. Schließlich wurde daraus sogar Hass und Feindschaft gegen die Kinder. Immer mehr entfremdete sie sich ihrem Gemahl, sie stellte sich krank und schlief von da an getrennt von ihm. In ihrem Kopf aber reifte der Plan, sich die lästigen Bälger vom Hals zu schaffen.

Es kam ein Tag, da ließ sie ihren Wagen anspannen. Der Nichte und den drei Neffen sagte sie, sie wolle einen

Ausflug nach Tara machen. Die Jungen stimmten begeistert zu, nur das Mädchen wollte nicht mitfahren.

»Freust du dich nicht auf die Reise?«, fragte Aife.

Finnguala schüttelte den Kopf. In der Nacht zuvor hatte ein böser Traum sie heimgesucht, der sie vor ihrer Stiefmutter warnte. Dass die Frau Böses gegen sie plante, wusste sie ohnehin. Aber schließlich ließ sie sich von ihren Brüdern umstimmen.

So brach der Wagen also auf. Als unterwegs einmal die Pferde rasten mussten, führte Aife einen Diener beiseite und versprach ihm große Schätze und Reichtümer, wenn er es fertig brächte die Kinder heimlich umzubringen. Der Diener hörte voll Entsetzen ihre Worte und wies das Ansinnen mit Entrüstung ab.

»Allein schon wegen dieser Gedanken, die schlimm und von Grund auf böse sind, wird dir eine schwere Strafe gewiss sein«, entgegnete er mutig seiner Herrin.

»Hüte deine Zunge, du elender Wurm!«, rief sie und es zuckte ihr in den Fingern, nach ihrem Kurzschwert zu greifen, um zunächst ihn und dann die vier Kinder zu töten. Im allerletzten Moment aber verließ sie der Mut, sie verschob daher ihren Plan auf später, setzte sich wieder auf den Wagen und beschloss eine günstigere Gelegenheit für ihr düsteres Vorhaben abzuwarten.

Sie fuhren weiter und gelangten an das Ufer des Bunteichensees. Als die Pferde ausgespannt wurden, ging Aife mit den Kindern zum Rand des Gewässers und lud sie mit falschem Lachen ein, zusammen baden zu gehen. Alle legten ihre Kleider ab und schwammen hinaus. Da nahm Aife plötzlich eine Zaubergerte, die sie verborgen gehalten hatte, schlug auf die ahnungslosen Kinder ein und verwandelte sie in leuchtend weiße Schwäne. Dabei sang sie ein Zauberlied:

»So schwimmt denn dahin, Geschwister des Unheils,
Ihr Königsbrut auf der blinkenden Flut!
Unselig und glücklos sei euch Sippe und Stamm!
So hell ihr auch schreit, der Himmel ist weit
und weit des Vaters freundliche Hut.
Doch erreicht ihn der Ruf, so weckt er ihm Gram
und eurer gedenkt er in endlosem Leid.«

Dagegen sang Finnguala mutig an:

»Du Zauberkundige, nun erkennen wir dich!
Uns Wehrlose schlug deine schädliche Hand.
Doch treibst du uns weit auch über Wasser und Flut,
Wir kehren dir manchmal mahnend ans Land.«

Die Kinder schauten unverwandt auf die Zauberin und die tapfere Finnguala sagte: »Ruchlos war deine Tat, Aife, und völlig sinnlos hast du uns Verderben bereitet. Doch das soll an dir gerächt werden. Auch wir haben mächtige Freunde und ihre Zauberkraft ist weitaus stärker als deine verderbte Bosheit. Sie werden dir vergelten, was du uns ersonnen hast. Eines aber möchte ich dich noch fragen: Sollen wir von nun an ewig in dieser Gestalt über das Wasser gleiten?«

»Auch wenn ihr mich nach einem Ausweg fragt, wird euer Schicksal dadurch nicht besser«, antwortete Aife. »So wisset denn, dass ihr so lange verzaubert bleiben werdet, bis das Weib aus dem Süden und der Mann aus dem Norden sich für alle Ewigkeit vereinigt haben und sowohl im Fleisch als auch im Geiste eins geworden sind. Dieses aber wird erst in dreimal dreihundert Jahren geschehen. Dreihundert Jahre lang sollt ihr auf dem reißenden Mael-Strom zwischen Erinn und Albainn treiben, zerzaust von den Stürmen und gejagt von den Wassern. Weitere dreihundert Jahre sollt ihr in der Bucht der Söhne des Domnu einsam verbringen. Und weitere dreihundert Jahre sollt ihr auf der trostlosen Insel Gluaire leben, bis ihr endlich erlöst werdet. Vorher wird euch keine Macht der Welt helfen können, weder eure Freunde noch deren Zauberkraft. So wird es sein!«

Finnguala sprach: »Ach, hätte ich dich doch nie gefragt und – besser noch – nie gesehen. Aber unterschätze mich nicht! Höre nun auch meinen Zauberfluch über dich: Tausend Jahre sollst du verdammt sein und ruhelos umherirren wie der Wind über Wasser und Land!«

Als Aife das hörte, erschrak sie heftig, denn sie merkte, dass sie die Kraft des Mädchens unterschätzt hatte. »Hätte ich euch bloß stumm gemacht«, klagte sie, »dann stünde es nun weitaus besser um mich. Was aber einmal als Zauberfluch ausgesprochen wurde, lässt sich nicht mehr zurücknehmen.«

Mit diesen Worten kehrte sie sich ab und schwamm zurück zum Ufer. Die vier Schwäne aber blieben auf dem Wasser.

Als Aife ohne die Kinder zurückkehrte, wunderten sich die Diener und waren in großer Sorge. Aber sie wagten nicht zu fragen, denn die Herrin befahl streng: »Fangt die Pferde ein, spannt sie vor den Wagen. Wir reisen weiter nach Tara.«

Als sie dort angekommen waren, erkundigte sich Bodb Derg nach den Kindern. »Warum sind sie nicht mitgekommen«, fragte er, »hatten sie keine Sehnsucht nach mir?«

»Daran liegt es nicht«, entgegnete die gehässige Aife. »Die Angelegenheit verhält sich ganz anders. Lir ist am

14

Herzen krank und liegt stöhnend auf seinem Lager. Das konnte ich nicht länger mit ansehen und bin mit der Bitte um Hilfe zu dir geeilt.«

»Dann werde ich sofort aufbrechen und ihn besuchen«, sagte der Hochkönig.

»Das würde ich mir an deiner Stelle genau überlegen«, verspritzte Aife weiter ihr Gift. »Er verachtet dich von Grund auf und will seine Kinder jetzt von dir fern halten.«

Bodb Derg wunderte sich über diese Aussage. »Ich kann das überhaupt nicht begreifen«, sagte er. »Ich liebe diese Kinder doch wie meine eigenen. Bist du sicher, dass das wirklich stimmt?«

Wieder beharrte Aife auf ihrer Lüge. Da schöpfte Bodb Derg langsam Verdacht. Heimlich schickte er Boten nach Ulster, um sich über den wahren Sachverhalt zu erkundigen.

Lir war höchst erstaunt, als die Sendlinge bei ihm eintrafen. »Was soll das bedeuten?«, fragte er. »Ist ein Unglück geschehen?«

»Wir kommen aus Tara. Der König ist betrübt darüber, dass du ihm die Kinder nicht mehr anvertrauen willst.«

»Wie das?«, fragte Lir erschrocken. »Sind sie denn nicht heil und gesund bei ihm eingetroffen?«

»Nein, nur Aife, deine Gemahlin.«

Da wurde Lir von einer düsteren Ahnung gepackt. Sollte doch ein Unheil vorgefallen sein? Er handelte sogleich. Erfüllt von Unruhe ließ er Pferde einfangen und sie vor seinen Wagen spannen. Die Diener aber trieb er an, ihn auf dem schnellsten Wege nach Tara zu fahren. Als sie das Ufer des Bunteichensees erreichten, sah er dort etwas, das er nie zuvor wahrgenommen hatte: Vier weiße Schwäne trieben auf dem Wasser. Er ließ halten, stieg aus und eilte ans Ufer. Da trieb Finnguala auf ihn zu und sang folgendes Lied:

»Sei gegrüßt, Fürst von Finnacaid,
zur Unglücksstunde am Eichensee!
Trauer erfüllt bald dein treues Herz,
o liebender Vater, erfährst du die Kunde.«

Lir wunderte sich über die Maßen. »Wie ist es möglich, dass ein Tier spricht wie ein Mensch?«

Finnguala antwortete: »Wisse, o Lir, dass diese vier Schwäne deine eigenen Kinder sind. Ich bin Finnguala, dort blicken Ard, Fiachra und der kluge Conn dich an. Aife, dein boshaftes und mit Hass erfülltes Weib, die Schwester unserer lieben Mutter, hat uns mit einem starken Zauber in diese Gestalt verwandelt. Niemand von unseren Freunden kann uns mehr helfen.«

Der Vater schrie vor Entsetzen auf. »Gibt es denn nirgends ein Mittel, um eure menschliche Gestalt euch wiederzugeben?«

»Nein, keines«, sagte Finnguala traurig. »Erst in dreimal dreihundert Jahren werden wir erlöst, dann nämlich, wenn sich das Weib des Südens mit dem Mann des Nordens auf ewig vereint.«

Lir begann, als er dies hörte, zu weinen und klagte: »Könnt ihr nicht wenigstens zu mir aufs Land kommen?«

Traurig antwortete Finnguala: »Selbst das ist uns nicht möglich. Der Zauberfluch hat erwirkt, dass wir für immer von den Menschen getrennt leben müssen. Uns ist einzig erlaubt mit menschlichen Stimmen zu sprechen.«

»Dann will ich euch wenigstens, wenn ich überhaupt

nicht helfen kann, eine besondere Gabe verleihen. Selige Süße soll von nun an in euren Stimmen liegen. Wenn ihr singt, sollen die Menschen verzückt lauschen und wie Trunkene in sanften Schlummer sinken und träumen, so als wären sie auf Tirnanogh, der Insel der Glückseligen, fern im Weltmeer.«

Mit diesen Worten warf er ihnen Haselnüsse ins Wasser, die die Schwäne gierig verschlangen. Diese Haselnüsse besaßen eine besondere Kraft, denn sie waren über einer heiligen Quelle gereift. Wer von solchen Nüssen isst, wird ein ungewöhnlich guter Dichter und Sänger.

Den ganzen Tag lang blieb Lir mit seinem Gefolge am Ufer des Eichensees. Als die Nacht kam, sangen die Schwäne im silbrigen Schein des Mondes folgendes Lied:

>*Silbern webt die Sommernacht*
Tönende Saiten an den Saum des Himmels.
Leise spielt darauf der laue Wind
Mit taufeuchten Fingern traumdunkle Weisen.
Heimlich schluchzen im Schatten der Bäume
Schimmernde Wellen von der Wehmut der Nacht,
Singen die Wasser und Wogen im Mondlicht.
Doch am Waldquell sitzt eine weißblonde Frau
Und strählt ihr Haar im Sternenlicht
Und lächelt leise und die goldenen Flechten
Leuchten und fließen wie feurige Glut.
Ein sanftes Rauschen durchrieselt die Blätter
Der schlafenden Bäume, der Eichen und Birken,
Und trunken nur flattert ein Vogel im Dunkeln.
Sonst schweigt die Erde und schlummert und träumt.«

Früh am Morgen erhob sich Lir voller Kummer und Wehmut. Die Schwäne waren verschwunden. Da reiste

Lir weiter nach Tara. Dort stellte ihn König Bodb Derg zur Rede und machte ihm Vorwürfe, weil er ihm die Kinder vorenthielt. Da stöhnte Lir aus tiefstem Herzen.

»Verflucht bin ich, lieber Bodb, verdammt ein schweres Schicksal zu tragen. Es verhält sich alles anders, als du glaubst und Aife es dir erzählte. Dein eigenes Pflegekind war es, das uns dieses Schicksal bereitet hat. In vier schneeweiße Schwäne hat sie die Kinder verzaubert. Nun schwimmen sie auf dem Bunteichensee. Über ihren Verstand und ihre Stimmen aber konnte sie keine Macht ausüben, sie sprechen und singen wie Menschen. Von ihnen erfuhr ich, welch unsägliches Leid Aife ihnen angetan hat.«

Der Hochkönig sprang bei dieser Nachricht auf. Keinen Augenblick lang zweifelte er an der Wahrheit dieser Worte und der schuldbewusste Blick seiner Ziehtochter bestätigte ihm die traurige Gewissheit. Zu ihr gewandt sagte er:

»Ein schreckliches Los hast du den unschuldigen Kindern Lirs bereitet, Aife, Tochter des Oichill von Arann. Aber du hast auch Erlösung verheißen: Sie werden wieder Menschengestalt annehmen, wenn die Liebe eines Menschenpaares über deinen Hass triumphiert. Was aber dich anbelangt, so sollst du nie erlöst werden aus der Gestalt, die ich dir nun gebe.«

Mit vor Zorn lodernden Augen blickte er sie an und Aife schrumpfte zusammen. Er schlug sie mit seiner Zaubergerte und Aife zerfloss zu einem unsichtbaren Wesen. Wie ein Sturmwind heulend entwich sie aus dem Palast. Ein Boccanach war sie nun geworden, ein schlimmer Dämon, und lebt seitdem in den Lüften bis zum heutigen Tag.

Bodb Derg und Lir und viele aus dem Volk der Göttermutter Dana zogen nun zum Ufer des Bunteichensees, um dort ihre Lager aufzuschlagen. Sie wollten die verzauberten Kinder noch einmal sehen, bevor diese zu den Wasserwüsten des Maelstroms hinüberflogen. Auch die Kinder des Volkes Mil, die sonst jeglichen Umgang mit den Tuatha De Danaan vermieden, ja, oft genug sogar heftige Schlachten mit ihnen ausfochten, kamen friedlich herbei, denn sie hatten von den wunderbaren Zauberschwänen gehört, die so süß mit Menschenstimmen singen konnten. Alle wollten sie hören. So saßen die beiden einander fremden Völker lange zusammen, doch kein Schwan ließ sich blicken.

In der Nacht aber, als die meisten von ihnen sich bereits zur Ruhe begeben hatten, tönte vom mondglänzenden See her ein schmerzlich-süßes Lied. Noch einmal sangen die Schwäne zum Abschied:

»Bodb Derg, lebe wohl, du weiser König,
Lebe wohl, Vater Lir, das Lied der Schwäne,
Wo immer ihr es hört, gilt euch, ihr Lieben.
Euch singen in Schlaf wir silbernen Vögel
Und schenken euch Träume tönender Wunder.
Nun werden wir lange verlassen und einsam
Schwimmend uns mühen, wo des Maelstroms Gischt
Brausend die Brust uns mit Schaum bedeckt
Und wütende Winde den Fittich uns blähen.
Unser Pfuhl ist die Salzsee im pfeifenden Sturm,
Ungehört verhallt unser Ruf in der Nacht.
Doch einmal kehren wir zum Eichensee zurück,
Dann lacht uns der See und wir singen Lieder.
Lebe wohl, Bodb Derg, du weiser König,
Lebe wohl, Fürst Lir, unser geliebter Vater.«

19

So sangen die Schwäne, bis das Morgenrot der Sonne im Wasser des Sees wie ein Feuer brannte, und die Menschen am Ufer lauschten traumvergessen ihrem Lied. Da fuhr über die Wasserfläche ein wütender Windstoß mit dem Atem der Aife. Die Schwäne schwangen sich auf, stiegen höher zum Himmel und flogen wie eine Kette weiß schimmernder Wolkenbällchen davon.

Seefahrer, die der Sturm verschlagen hatte, berichteten später, sie hätten auf den Seehundklippen in der wilden See vor Erinns Küsten vier schöne große Schwäne gesehen, und sie meinten, das könnten nur Finnguala und ihre drei Brüder gewesen sein.

Das Volk von Erinn trauerte ihnen lange nach und die Edlen der Tuatha De Danaan erließen Gesetze, wonach es streng verboten war Schwäne zu jagen oder einen von ihnen zu töten.

Und noch immer währt der Zauberfluch. Die Erlösung wird nur kommen, wenn das Weib aus dem Süden und der Mann vom Norden sich für alle Ewigkeit in Liebe vereint haben und im Fleisch und im Geiste eins geworden sind.

1. BUCH

Beltaine
Die hellen Feuer

1

Zu einer Zeit, die nun schon fast zweitausend Jahre zurückliegt, fuhr plötzlich ein heftiger Sturm über die grüne Insel Erinn. Er peitschte die Meereswogen gegen die schrundigen Felsenufer, riss am Strandgras, rüttelte in den Kronen der Bäume und ließ Regenwolken am Gipfel des Schicksalberges zerplatzen. Unheil verkündete dieses Wetter den Tieren und Menschen, die sich vor dem Sturm duckten, in den Schutz rettender Mauern und Hütten flüchteten und ängstlich zum blauschwarzen Himmel emporblickten, der grollend mit der Stimme eines wütenden Geisterwolfes zu ihnen sprach. Blitze zuckten, Donner brach sich endlos rollend über der grünen Insel. Nur wenige verstanden die wahre Bedeutung dieses Tages und die Geisterstimme. Diese wenigen aber erschauerten bis in die tiefste Seele hinein, stürzten zu Boden und hielten sich mit beiden Händen die Ohren zu, um das Schreckliche nicht vernehmen zu müssen.

Der namenlose uralte Drache sprach und seine Stimme schien von überall her gleichzeitig zu kommen – aus der Erde, der Himmelsschwärze, dem kalten grünblauen Meer, das nun von weißem, tanzendem Gischtschaum bedeckt war, aus dem vom Regen niedergepeitschten Gras, dem Innersten der Berge und dem Herz der alten, moosbedeckten Steine.

»Ich bin der Anfang aller Dinge«, tönte die furchtbare Stimme. »Nur durch mich hält diese Welt zusammen, wirkt der Zauber in jeder Faser meiner Erscheinung.

23

Aber mir schwindet die Kraft. Ich spüre, dass sich meine Zeit ihrem Ende nähert. Ich verliere die Macht, schon liegt das graue Geröll in den Hochebenen leblos da, die weißen Kiesel am Strand, meine mit schlammigen Mooren bedeckte Haut, ich spüre kaum noch die Adern meiner Flüsse und Bachläufe. Ich sterbe und werde vergehen. Aber ich werde nicht aufgeben, ohne zu kämpfen. Von überall her werde ich meine Kräfte zurückziehen und sammeln und hier auf den Berg verdichten, der auch mein Schicksal zu werden droht. Überall auf der Insel wird bald der Zauber verschwinden, der einst ganz Erinn durchdrang, und danach wird nichts mehr so sein wie früher. Alles wird sich verändern, schal und ohne Magie und Bedeutung sein, nur noch unbeseelter Stoff, und kein Stein wird mehr zu den Menschen sprechen. Mit den letzten Zuckungen meines Todeskampfes aber werde ich Unordnung und Verwirrung stiften, alle Abläufe stören und durcheinander bringen, sodass sich niemand mehr auf das Gewohnte verlassen kann und alles in hilfloser Suche durch das Leben irrt, um irgendwo noch etwas Sicheres und Vertrautes zu finden.

Ja, so wird es kommen, so wahr ich der namenlose Urdrache bin, der ächzend und stöhnend dahinsiecht und sich vielleicht zum allerletzten Mal aufbäumt. Qualen bereite ich dem, der an mir hängt, und denen, die nach mir kommen, steht eine Zukunft in Angst und Schrecken bevor.«

So dröhnte verwundet und zornig der uralte Drache, in seinem Schmerz noch Flüche und Verwünschungen ausstoßend, die lähmendes Entsetzen verbreiteten. Denn nichts auf der Welt, das gewohnt ist zu herrschen, scheidet aus freien Stücken und ohne Widerstand aus dem

Leben. Erinn, die grüne Insel, aber zitterte unter dem schrecklichen Wüten.

Glandolf Mac Glanig, der oberste Druide am Königshof zu Tara, erschrak, als der Blitz vor seinen Augen die knorrige Eiche traf und in zwei Hälften zerteilte. Äste und Laubwerk fielen herab, der heilige Trog mit dem Zaubertrank aus Löwenzahnsud stürzte um und das kostbare Nass versickerte nutzlos im Boden. Seine Hände zitterten so stark, dass er die Tonschale, mit der er gerade aus dem Trog hatte schöpfen wollen, fallen ließ. Sie zerbrach und auch das war ein sehr schlechtes Omen. Als nun noch der Sturm in das weiße Gewand des Druiden fuhr, wie es sonst nur beim Flug mit den Möwen geschah, an ihm zerrte und ihn beinahe zu Boden riss, da entwich ein Stöhnen seinem geöffneten Mund. Seine Ohren brannten, sein Kopf schmerzte, sein Herz krampfte sich zusammen. Er hatte ja die Geisterstimme vernommen, diese schrecklichen Worte, in denen düstere Drohung schwang, und sie mit seinem Opfer hier auf dem Burghügel von Tara zu beruhigen versucht. Aber all sein Tun schien sinn- und nutzlos geworden. Sein sonst so kraftvoller Zauber war ihm wie ein Spielzeug aus der Hand geschlagen worden und hatte kläglich versagt.

Zitternd sank Glandolf Mac Glanig auf die Knie und starrte voller Angst auf die brandigen Reste der Eiche – er, der große Druide und erste Berater des Hochkönigs Cormac Mac Art, dazu auserkoren, seinem Volk zu helfen und die Menschen vor allen Gefahren zu schützen. Mit bebenden Lippen betete er, ein laut- und kraftloses Gestammel, das mehr dem Weinen eines kleinen Kindes glich.

Wenn jetzt noch einer helfen kann, dann Ogham,

dachte er. Nur Ogham, der vom alten, verschwundenen Volk der Adlergöttin Dana abstammt, hat vielleicht noch Verbindung zur Macht.

»Vergiss alle Zwietracht, Harfner, die es zwischen dir und meinen Leuten gegeben haben mag«, flüsterte Glandolf Mac Glanig, »entsinne dich, dass wir alle Menschen der grünen Insel sind, auch du, den wir als Letzten deines Volkes an den Rand der Einsamkeit geschoben haben. Geh und hilf uns, Ogham, sei unser Retter.«

Ihm war es gleichgültig, ob die Umstehenden – weitere Druiden und allerlei Edle vom Königshof – seine flehenden Worte verstanden oder nicht, er blickte sich nicht einmal nach ihnen um. Vielleicht waren sie auch weggelaufen, als die Eiche unter dem Blitzschlag fiel, oder standen vor Entsetzen gelähmt wie Steine herum, fassungslos auf das Versagen ihres zauberkundigen Druiden starrend.

»O großer Cernunnus, Oengus, ihr guten Götter und Geister allesamt, warum habt ihr uns verlassen?«, flüsterte der Druide. »Soll ein Mensch nun an eure Stelle treten und eure Arbeit verrichten? Ogham, wo du auch sein magst, höre meine Bitte: Brich auf und hilf uns! Nur dieses eine Mal noch, da die Erde bebt und der Sturm tobt und Angst und Entsetzen unsere Sinne verwirrt. Komm zu uns, Ogham, und hilf uns!«

2

Wer lange genug auf einem Baum sitzt und das Treiben unter sich beobachtet, kommt mitunter auf sonderbare Gedanken. Wie alt mag dieses wunderbare Land sein?, fragte sich Ogham. Wie viele Menschen haben hier wohl vor uns gelebt und mit welchen Schicksalen, so unterschiedlich, aufregend und schrecklich, dass keine Zeit der Welt ausreichen würde, sie sich allesamt auch nur annähernd vorzustellen? Und doch fängt immer wieder eine neue Geschichte an, gerade jetzt in diesem Moment, ein Ablauf, der einzigartig und ungemein wichtig ist und alles, was nachfolgt, von Grund auf verändern kann …

In seinen Gedanken hatte Ogham den flehentlichen Hilferuf des Druiden Glandolf Mac Glanig vernommen und erschrocken hatte auch er miterlebt, wie der uralte Drache wütend die Insel zwischen seinen Pranken geschüttelt hatte. Das war vor etlichen Tagen gewesen und seitdem war Ogham, von Traumbildern geleitet, zu dem abgelegenen Dorf am Rand eines Sees unterwegs. Noch immer erheiterte und beunruhigte ihn die Vorstellung, dass ausgerechnet Glandolf Mac Glanig ihn um Hilfe angefleht hatte – gerade dieser ehrgeizige und eifersüchtige oberste Druide, der keine Mühe und keine Tücke gescheut hatte, um ihn aus dem Kreis der Berater um den Hochkönig von Tara herauszudrängen.

Er reckte sein altes, von Wind und Wetter gegerbtes Gesicht nach oben, um das Spiel der Raben und Krähen zu verfolgen. Mit viel heiserem Geschrei tanzten sie Spiralformen über den Baumkronen, jagten sich gegenseitig im Flug, schwarze Gesellen der Luft, stets zu Schabernack aufgelegt. Er musste die Augen zusammenkneifen, denn der Wind hatte die geballten Wolkenfetzen zerblasen und blaue Löcher in den sonst fahlgrauen Himmel gerissen, durch die nun die Sonne erste blendende Strahlenbahnen schickte. Der Tag war noch jung, ein Morgen, der nach Frühling und frischem Grün schmeckte, nach Abenteuer auch.

Er saß in der Astgabelung und rieb seine von der Kälte des Morgens ein wenig steif gewordenen Beine. Der graue Webrock mit dem Umhang hatte ihn in der Nacht nur unzureichend gewärmt. Bislang war niemand vom Dorf auf ihn aufmerksam geworden. Dabei musste es ganz in der Nähe liegen. Ogham roch förmlich die Menschen, noch ehe er sie sah. Es lag Rauch von ihren Herdfeuern in der Luft, eine schwache Brise nur, aber sie reichte aus, um ihm etwas von der Ansiedlung zu erzählen. Wie unvorsichtig sie sind, dachte Ogham, und das in so gefährlichen Zeiten wie diesen …

Ein knackendes Geräusch im Unterholz ließ ihn aufhorchen. Es kam näher, die Schritte eines einzelnen Menschen, der sich seiner Sache sicher zu sein schien, denn er achtete kaum auf den Weg unter seinen Füßen, zertrat totes Holz und brummelte vor sich hin, als sei er allein auf der Welt. Als er noch näher heran war und sich beinahe unter dem Baum befand, konnte ihn Ogham deutlich erkennen. Es war ein Mann in mittlerem Alter, mit struppigem, braunem Haar; er trug ein einfaches, an mehreren Stellen geflicktes Lederwams und eine Axt über der Schulter. Sicher einer vom Dorf und auf der Suche nach Brennholz.

»Hallo, du da unten, ja, dich meine ich«, rief Ogham ihm lauthals zu.

Der Mann blieb wie angewurzelt stehen, blickte sich suchend um und zückte die Axt. Mit beiden Händen hielt er sie schlagbereit vor der Brust. »Wo bist du? Komm her und zeig dich!«, brüllte er mit rauer Stimme.

»Hier oben in der Eiche sitze ich«, antwortete Ogham. »Heb den Kopf, dann kannst du mich sehen.«

»Wer bist du und was treibst du da oben?«

»Ich bin ein Musikant, ein Harfner, der sich mit seinen

Freunden, dem Wind und den Vögeln des Waldes, unterhält.«

»Komm runter, wenn du mit mir reden willst«, sagte der Mann und blickte sich erneut rasch nach allen Seiten um, als erwarte er von Feinden umzingelt zu sein. »Ich hab es nicht gern, wenn sich jemand vor mir in den Bäumen versteckt und mich erschreckt.«

»Du brauchst keine Sorge zu haben«, rief Ogham. »Ich habe die Nacht hier verbracht, weil es mir als ein sicherer Ort erschien. Gern komme ich runter zu dir, aber das wird nicht so schnell gehen in meinem Alter. Meine Beine sind taub und nicht mehr die jüngsten.«

Umständlich machte sich Ogham an den Abstieg. Dabei ächzte und stöhnte er heftig, um den Fremden zu beruhigen und davon zu überzeugen, dass er es mit einem alten, gebrechlichen Mann zu tun hatte, von dem keinerlei Gefahr ausging. Unten angekommen, musste Ogham tatsächlich etwas verschnaufen. Der andere, noch immer die Axt griffbereit in den Händen, war einen Schritt zurückgewichen und beobachtete ihn misstrauisch aus der Distanz.

»Mein Name ist Ogham«, stellte sich der Alte vor und hob die Rechte zum Freundschaftsgruß. »Ich bin fremd hier und in guter Absicht unterwegs. Das Gleiche erhoffe ich auch von dir.«

Der Angesprochene blieb stumm, ließ die Axt sinken und kratzte sich am Kopf.

»Man hat mir erzählt, dass in dieser Gegend ein See liegen soll und irgendwo auch ein Dorf. Stimmt das?«

»Wer hat das erzählt?«, fragte der Mann, noch immer misstrauisch.

»Leute, etwa drei Tagesmärsche von hier«, antwortete Ogham leichthin. »Sie sagten, ihr seid Fischer und

29

freundlich zu einem Gast, zumal wenn er hungrig und durstig vom Wandern ist.«

»So, so, mag sein«, brummelte der Mann. »Wir haben allerdings selbst wenig und viele hungrige Mäuler zu stopfen. Es werden immer mehr.«

»Sind eine Menge Kinder im Dorf?«, fragte Ogham. Er lächelte, weil die Sprache schneller als gedacht auf dieses Thema gekommen war.

»Mehr, als einem lieb sein kann«, antwortete der Mann. »Die Frauen mögen das zwar anders sehen, aber schließlich liegt es doch an uns stets ausreichend Futter für die Bälger aufzutreiben. Ist es nicht so?«

»Da magst du Recht haben«, stimmte ihm Ogham zu. »Die Götter scheren sich wenig darum, ob Not in der Welt herrscht. Sie senden uns immer neuen Nachwuchs und fragen nicht, ob alle genügend zu essen vorfinden … Sag mal, wenn du an die Kinder im Dorf denkst – welches von ihnen könntet ihr am ehesten entbehren?«

Der Mann dachte nach und kratzte sich dabei ausgiebig am Kopf. »Kennog«, sagte er dann, »ja, den. Warum fragst du?«

»Oh, weil ich ein Wandersänger und Harfenspieler bin. In dem Sack auf meinem Rücken trage ich das herrliche Instrument. Mein letzter Schüler hat sich vor ein paar Monden selbständig gemacht und ist seiner Wege gezogen. Nun suche ich nach einem neuen«, behauptete Ogham, dessen Antwort nur teilweise der Wahrheit entsprach. »Weshalb denn gerade Kennog?«

»Weil er eine Waise ist«, antwortete der Mann. »Wir haben ihn aufgenommen. Seine Eltern kamen vor zwei Jahren bei einem Überfall auf eine Siedlung weiter im Norden ums Leben. Seitdem fällt er uns zur Last.« Er lachte rau. »Allerdings muss ich dich warnen vor ihm. Er ist blöd und verstockt, ein arger Nichtsnutz, der dauernd herumträumt und zu kaum etwas Vernünftigem zu gebrauchen ist. Suchst du wirklich einen solchen Schüler?«

»Kein Kind kann so dumm und unbrauchbar sein, dass es mir nicht gelänge ihm das Harfenspiel beizubringen.«

Der Mann nickte. »Du musst es wissen«, brummte er. Sicher glaubte er nun, auch Ogham sei nicht ganz richtig im Kopf. Mochte er nur glauben, was er wollte, es konnte nicht schaden ein bisschen dümmer zu wirken, als man in Wirklichkeit war ...

Ogham begann vergnügt vor sich hin zu pfeifen. So leicht hatte er sich die Angelegenheit nicht vorgestellt. Dieser Morgen versprach ein Geschenk zu werden. Dann hatte sich die lange, strapaziöse Wanderschaft am Ende doch noch gelohnt! »Ist es weit bis zu eurem Dorf?«, fragte er.

»Nicht weit. Wenn du willst, führe ich dich hin.«

»Gern, es soll dein Schaden nicht sein«, sagte Ogham.

Sie wandten sich zum Gehen. Unterwegs fragte der Mann plötzlich: »Was zahlst du für ihn?«

Ogham musterte ihn aus den Augenwinkeln. Er konnte dem Kerl nicht böse sein, alle waren schließlich so, ein jeder versuchte, so gut es eben ging, nach seinem Vorteil zu leben. Warum also nicht auch dieser, der offensichtlich nicht gerade der Freundlichste, aber auch nicht der Schlechteste war.

»Darüber werden wir uns schon einig«, sagte Ogham. »Zunächst werde ich etwas von dem essen und trinken, was ihr habt, und euch zum Dank nie gehörte Geschichten erzählen. Am Abend aber packe ich meine Harfe aus, um für euch aufzuspielen und dazu zu singen. Vielleicht wird das alles sogar ein richtiges Fest. Niemand wird vergessen, dass du es warst, der mich als Erster traf und zum Dorf brachte. Schließlich bin ich nicht irgendwer, sondern ein großer und erfahrener Barde. Du wirst sehen, man wird dir Dank dafür zollen, dass du mich brachtest.«

Der Mann brummte nur zur Antwort und ging weiter. So erreichten sie das Seeufer und nach kurzer Zeit auch das Dorf, eine Ansammlung ärmlicher, mit Riedgras gedeckter Holzhütten. Hunde sprangen ihnen kläffend entgegen, eine Menge Kinder tollten herum und die Frauen hielten kurz in ihrer Arbeit inne und hoben neugierig die Köpfe, um den unerwarteten Besuch zu betrachten.

So soll es denn sein, dachte Ogham. Das Spiel mag beginnen ...

Kennog war an diesem Morgen mit einem selbst gebundenen Holzfloß hinüber zur Insel gerudert. Er hatte vorgegeben, dort Fische zu fangen, doch in Wahrheit wollte er bloß allein sein und ungestört seinen Gedanken nachhängen. Und so warf er die Schnur mit dem Köder am Knochenhaken zwar aus und befestigte das Ende mit einem Stein, verzog sich aber gleich darauf in das dichte Schilfdickicht, um sich dort auf den Rücken zu legen. Er betrachtete die Vielfalt der Wolkenformen am Himmel und die erwachende Welt rings umher. Nebelschleier stiegen vom Wasser auf und wallten auseinander, Blesshühner gackerten im Schilf und ein paar grauweiße Seevögel trieben über den See. Der Wind trug vom Ufer her Stimmen an sein Ohr, vertraute Geräusche, an die er sich inzwischen gewöhnt hatte, ohne dadurch heimisch zu werden. Das, was ihm wirklich nahe stand, hörte er nie und er vermied es tunlichst, daran zu denken. Irgendwo tief in seiner Brust hockte ein Schmerz und hatte sich eingekapselt. Ihn wollte er keinesfalls wecken.

Er rollte sich auf die Seite und sah einem grün glänzenden Laufkäfer zu, der über die Kieselsteine hastete. Er brach einen Halm und versperrte damit seinen Weg. Doch der Käfer setzte unbeirrt seinen Lauf fort. Kennog lachte und gab das alberne Spiel auf. Er lachte nur hier draußen bei den Tieren, wenn die anderen es nicht sehen konnten. Sonst blieb sein Gesicht stets verschlossen und trotzig. Im Dorf gab es für ihn auch wenig Anlass zur Freude.

Schon oft hatte er die Schilfinsel durchstreift und dabei allerlei nützliche Dinge gefunden: Vogelfedern, ein Gelege mit Eiern, bunte Steine, die trocken, stumpf und leblos aussahen, angefeuchtet aber in den herrlichsten Farben schillerten. Einmal sogar etwas, das nicht hierher gehörte und das er schlecht einordnen konnte – eine Pfeilspitze, die aber nicht wie die anderen aus Knochen oder Metall bestand, sondern aus Feuerstein. Wie kam das Ding nur hierher auf die Insel, wer mochte sie hier verloren haben? Kennog hatte das braunrot schimmernde Kleinod immer und immer wieder betrachtet, schließlich an ein Lederband geknotet und sich um den Hals gehängt. Dieses Ding von der Schilfinsel war seitdem sein Talisman.

Als die Sonne wärmend durch die Wolkendecke brach, streckte sich Kennog wohlig aus. Er hatte Zeit, keiner würde ihn so schnell vermissen. Nach einer Weile schlief er ein und träumte einen seltsamen Traum. Er wanderte am Ufer eines tiefen und rasch dahintreibenden Flusses entlang, der viele Biegungen und Windungen machte. Dunkel, fast schwarz war das Wasser, mit

dichtem Buschwerk bestanden sein Saum. Am jenseiti-
gen Ufer stiegen sanftgrüne Hügel an. Manche von ihnen
wirkten wie künstlich geformt, so als hätten die Hände
von Riesen ihr Spiel mit der Landschaft getrieben.

Von einem dieser Hügel blinkte es plötzlich auf. Er
hielt es zunächst für Strahlen der Sonne, doch als er die
Augen zusammenkniff, bemerkte er, dass der untere
Rand des Hügels gänzlich aus weißem Quarz bestand.
Hier brach sich das Licht und schickte irritierende Signale zurück. Kennog fühlte sich magisch angezogen von
diesem Glitzern und Blinken, als habe Lug selbst, der
schelmische Licht- und Feuergott, der mit seinem Blendwerk gern die Menschen narrt, diese Blitze gesandt.
Lange blieb er am Ufer des Flusses stehen, um das Schauspiel zu betrachten. Auch glaubte er nun, Stimmen im
Wind zu hören, doch er begriff den Sinn ihrer Worte
nicht, so angestrengt er auch lauschte. Ist es nicht so, dass
die Götter ständig zu einem reden, aber die Natur viel zu
laut und die Ohren der Menschen viel zu schlecht sind,
ihre Sprache zu verstehen? Kennog schloss die Augen,
um besser hören zu können. Doch auch das half nicht
und die seltsamen Blitze vom anderen Ufer drangen
noch immer durch seine geschlossenen Lider. Da form-
ten seine Lippen ganz von selbst Worte, die nur das wie-
derholten, was der Wind in geheimer Botschaft mit sich
trug, und er hörte sich plötzlich selbst zu sich reden:
»Komm herüber, Kennog, fürchte dich nicht vor dem
Wasser. Hier bist du in Sicherheit.«

Kennog erschrak, als er das hörte, und riss die Augen
weit auf. Da waren der Fluss und die Hügel am Ufer verschwunden und stattdessen wogte dicht vor seinem
Gesicht das Schilfrohr. Er richtete sich auf, noch immer
verwirrt, und reckte den Hals. Hatte ihn jemand vom

Dorf aus gerufen? Nein, unmöglich, dort war alles wie sonst auch. Rauch stieg von den Feuerstellen auf, ein paar Gestalten bewegten sich zwischen den Hütten. Aber niemand am Ufer, der ihn gerufen hätte. Ein Traum nur, ein flüchtiger Spuk ...

Gegen Mittag sah er zur Angelschnur und fand dort tatsächlich einen Fisch am Haken hängen. Aber der war viel zu klein und so löste er die Knochenspitze vorsichtig aus den Kiemen und warf ihn zurück ins Wasser.

Nachdem Ogham eine Schale voll dickem Hirsebrei nebst einem Kanten Brot gegessen und frisches Wasser dazu getrunken hatte, begann er sich im Dorf nützlich zu machen. Er packte entschlossen mit an, als es darum ging, einen Baumstamm weiter zum Boot auszuhöhlen, und dergleichen mehr. Er scheute sich nicht vor harter Arbeit, niemand sollte von ihm sagen können, dass er Speise und Trank ohne jegliche Gegenleistung annahm. Dabei hörte er diskret der Unterhaltung der Leute zu. Viel sprachen sie ja nicht, schon gar nicht in seiner Gegenwart. Es waren wortkarge Menschen, von Natur aus schweigsam und misstrauisch gegenüber Fremden. Dass er ein Harfner, Wandersänger und Geschichtenerzähler war, hatten sie wohl schon mitbekommen. Doch niemand sprach ihn darauf an. Das musste bis zum Abend warten, wenn das Tagwerk getan und Zeit zur Muße war.

So erfuhr Ogham außer dem, was er mit eigenen Augen sah, recht wenig über das Leben im Dorf. Nur, dass sie sehr zurückgezogen im Wald hausten und sich wenig um das kümmerten, was jenseits ihres Gesichtskreises in der Welt passierte. Er traf auch allerlei Kinder, darunter aber keines von der Art, wie es der Mann ihm beschrieben hatte. Ogham wurde richtig neugierig auf diesen Kennog.

Der Tag verging und gegen Abend brachten Männer Fische mit, die sie in ausgelegten Reusen gefangen hatten. Schlagartig versammelte sich alles ums große Gemeinschaftsfeuer. Brennholz lag zum Nachlegen bereit und die Frauen schleppten Körbe mit Brot und Wildgemüse herbei, einen Tonkrug auch, in dem sich Met befand, süßer, gegorener Honigwein.

Als die Fische abgeschuppt und auf Holzstäbe gespießt am Feuer garten, merkte Ogham, der mit dem Rücken an einen Baumstumpf gelehnt saß, dass sich die Augen der Anwesenden auf ihn zu richten begannen. Also knüpfte er seinen Ledersack auf und holte die Harfe hervor. Es war ein kleines, zierliches Instrument, vor Zeiten von ihm selbst geschnitzt und mit Saiten bespannt. Es lag leicht im Arm und sah, auf seinen linken Oberschenkel aufgestützt, wie ein geschweifter Flügel aus, eine hölzerne Adlerschwinge – das Zeichen seines Volkes, dessen letzter Überlebender er war. Aber davon brauchten die Menschen in diesem Dorf nichts zu wissen, es hätte sie nur verwirrt und ihr Misstrauen aufs Neue entfacht.

Ganz sacht, beinahe beiläufig glitten Oghams Finger über die Saiten und brachten sie melodisch zum Klingen. Die ersten Tonfolgen bereits, ein kleines, improvisiertes Lied, verzauberten alle Menschen im Dorf. Ihre Gesichter entspannten sich, wurden plötzlich schön, als sei etwas Göttliches in ihren Kreis getreten und habe ihre Herzen berührt.

»Er kann tatsächlich spielen«, flüsterte einer, »er ist wirklich ein Harfner, er hat nicht gelogen.«

Ogham lächelte und antwortete, ohne den Mann anzusehen: »Natürlich habe ich die Wahrheit gesagt.

Warum sollte ich lügen? Wisst ihr nicht, dass ich mit dieser Harfe bereits zu Lugnasad auf dem Hügel von Tailteann spielte, zu Samhain auch und schließlich sogar im festlichen Metkreis von Tara? Viel könnte ich euch über die Festung auf dem Hügel von Tara berichten, wo ich zu Gast bei Cormac Mac Art, unserem Hochkönig, war. Könnt ihr euch vorstellen, wie dort gespeist wird? An langer Tafel sitzen die Edlen des Landes, jeder nach seinem Rang und Verdienst, und erhalten die köstlichsten Dinge aus einem Zauberkessel kredenzt, der niemals leer wird. Ganz am Ende der Tafel, wo die Dichter und Barden, Harfner, Trommler und Flötenspieler sitzen, bekommt man den Sud aus dem Kessel, der am besten von allem schmeckt. Welch ein Genuss, welch unglaubliches Schlemmen.«

»Wir werden wohl niemals an einer solchen Tafel sitzen und speisen«, sagte ein Mann mit zernarbtem Gesicht nachdenklich. Und ein anderer neben ihm stimmte zu: »Die guten, köstlichen Speisen sind doch stets für die Edlen und Reichen bestimmt. Uns Armen aber bleibt nur der Hunger.«

Ogham merkte, dass es ein Fehler war die Gaumenfreuden von Tara zu erwähnen und warf rasch ein: »Haben wir denn Grund uns zu beklagen, wo wir hier so gemütlich am Feuer sitzen und auf das Garen allerbester Fische warten? Steigt uns nicht ihr Geruch verlockend in die Nase, dass einem bereits das Wasser im Munde zusammenläuft? Mögen der Hochkönig und seine Gesellen an Speis und Trank auch keinen Mangel leiden, so drücken sie dafür andere Sorgen. Es herrscht Krieg im Land und das Reich ist nicht sicher. Solange Cormac Mac Arts Vormacht nicht von allen geachtet wird, kann es in Erinn keinen Frieden geben.«

»Der Krieg erfasst doch alle und jeden, egal, wer gegen wen kämpft«, rief ein Hitzkopf, indem er trotzig sein rotes Gesicht in die Runde reckte. »Ist es so nicht mit dem Dorf im Norden geschehen, wo bei dem Überfall keiner überlebt hat?«

»Einer doch«, verbesserte ihn der Mann mit der Axt.

Einen Moment lang herrschte betretenes Schweigen. Obgleich kein Name genannt worden war, wusste doch jeder, dass damit Kennog gemeint war. Ein ziemlich unerfreuliches Thema. Ogham, der die peinliche Situation sofort erfasste, blickte rasch um sich und gewahrte einen etwa vierzehn Jahre alten, hoch aufgeschossenen Jungen, der mit gesenktem Kopf dasaß und so tat, als habe er nichts von den Worten gehört. Du also bist das, dachte Ogham und war von dem Anblick des Jungen ebenso überrascht wie erfreut. Ganz ohne Absicht hatten seine Finger die Saiten der Harfe berührt und ihr eine wehmütige Tonfolge entlockt. Es klang, als würden Feen auf weißen Schwänen über das Seewasser herangleiten. Da hob auch der Junge kurz seinen Kopf. Zum ersten Mal trafen sich ihre Blicke und es schien, als liege ein Erkennen darin.

Um abzulenken, strich Ogham nun andere Töne auf seinem Instrument und sagte: »Ich glaube, die Fische sind bereit und warten darauf, gegessen zu werden. Esst und lasst es euch wohl ergehen, ich werde ein wenig singen dazu und euch Geschichten erzählen. Was wollt ihr hören?«

»Etwas Schönes, das zu Herzen geht und einen den Alltag vergessen lässt!«, rief eine rundliche Frau, die nur auf das Stichwort gewartet zu haben schien, und mehrere andere stimmten ihr lautstark zu: »Die Geschichte von den Schwanenkindern. Auch Lieder, sing uns die alten Lieder!«

»So soll es denn sein«, sagte Ogham. »Aber lasst mir zur Belohnung einen guten Fisch übrig und, wenn es denn geht, auch etwas vom Brot und reicht mir zwischendurch gelegentlich ein Trinkhorn mit Met.« Während er begleitende Akkorde auf der Harfe anschlug, begann er mit dem Lied des berühmten Sängers und Druiden Amergin:

»Ich bin der Wind über der See,
Eine stürmische Meereswoge,
Stier der sieben Kriege,
Ein Adler auf dem Fels,
Ein Strahl der Sonne,
Die schönste der Pflanzen,
Ein starker, wilder Eber,
Ein Lachs im Wasser,
Ein Wort der Weisheit,
Ein Pfeil in der Schlacht,
Bin ein Gott, der Feuer
Wirft ins Gehirn.
Wer verbreitet Licht über dem Hügel?
Wer kennt die Phasen des Mondes,
Den Platz, an dem die Sonne ausruht?«

Noch lange sang der Harfner an diesem Abend die alten Lieder und erzählte Geschichten, die die Augen der rauen Dörfler erglänzen ließen und ihre Herzen verzauberten.

3

Wie ist das nun mit dem Jungen«, fragte Ogham geradeheraus, »kann ich ihn haben und als Schüler mitnehmen oder gibt es da irgendwelche Bedenken?«

Der Rig, der Dorfälteste, dessen Zustimmung die Angelegenheit bedurfte, wiegte nachdenklich den Kopf. »Natürlich können wir jede Hand, die kräftig zupackt, gebrauchen«, antwortete er schließlich. »Mit dem Jungen aber, ich sage es ganz offen, ist es eine Sache für sich. Mit ihm stimmt etwas nicht. Ich will damit nicht sagen, dass er verrückt ist. Aber seltsam verhält er sich schon. Er spricht kaum und hält sich meist abseits von den anderen. Keine Arbeit führt er zufriedenstellend aus, er ist störrisch und hat mitunter höchst sonderbare Augen.«

»Ist das ein Wunder?«, entgegnete Ogham. »Seine Eltern, die ganze Familie vielleicht, alle sind getötet worden. Auch stammt er nicht von euch, sondern aus einem anderen Dorf. Ich muss sagen, unter diesen besonderen Umständen hält er sich prächtig.«

»Du kennst ihn und seine absonderlichen Launen noch nicht«, sagte der Rig. »Manche von uns meinen sogar, er sei verhext und bringe der Gemeinschaft nur Unglück.«

Ogham lachte. »Dann wird es erst recht Zeit, dass ich euch von dem Wechselbalg befreie und ihn mitnehme. Hier scheint ihn ja niemand sonderlich zu mögen oder gar zu vermissen.«

Der Dorfälteste strich sich durch den strähnigen Bart. Dann nickte er zustimmend. »Du hast Recht, vielleicht ist es am besten so. Nimm ihn und versuche dein Glück. Einen Preis für ihn will ich nicht verlangen, denn du hast gut die Harfe gespielt und gesungen und deine Geschichten haben mein Herz angerührt. Ich habe sie zwar oft schon gehört, aber noch nie so spannend erzählt wie von dir und mit so warmem Mitgefühl.«

Ogham senkte den Kopf. »Ich danke dir für dieses Lob«, sagte er. »Wir fahrenden Sänger legen großen Wert darauf, eine Geschichte niemals ein zweites Mal auf die gleiche Weise zu erzählen. Diese hier waren einzig und allein für euch bestimmt.«

Da zog ihn der Dorfälteste vertraulich zu sich heran, nachdem er sich vergewissert hatte, dass auch ja niemand zuhörte. »Sag mir die Wahrheit, Fremder«, flüsterte er. »Du gibst vor, ein Wandersänger zu sein und das mag wohl auch stimmen, wie du uns allen bewiesen hast. Deinem Alter und auch der Art nach, wie du manchmal lächelst und redest, könntest du aber auch ein zauberkundiger Druide sein. Selbst dein Name weist darauf hin, er klingt so ähnlich wie jene geheimen Fingerzeige, die die Druiden als Zeichen benutzen … Stimmt meine Vermutung?«

Ogham, der mit dieser Frage nicht gerechnet hatte, überlegte lange, was er darauf antworten sollte. Dann sagte er der Wahrheit gemäß: »Nein, ein Druide bin ich nicht, auch nicht als Sänger verkleidet unterwegs, aber vielleicht doch etwas mehr als nur ein einfacher Harfner. Ich bin einer, der dem Hochkönig helfen will für sich und uns alle Frieden zu finden.«

»Frieden …«, wiederholte der Rig und blickte mit ernstem Gesicht auf den See hinaus, »Frieden ist ein großes Wort und ein noch größerer Anspruch. Wird es ihn jemals geben?«

»Wenn du und ihr alle mithelft, mag es gelingen«, antwortete Ogham. »Sag mir: Darf ich auf dich und die anderen zählen, wenn es darauf ankommt?«

Der Dorfälteste ließ die Hand, die bis dahin auf Oghams Schulter geruht hatte, sinken. Nun war wieder ein Anflug von Misstrauen in seinem Gesicht. »Dann bist du also ein Bote des Königs, der uns für seine Sache, was auch immer sie sein mag, anwerben soll?«

Erneut musste Ogham lachen. »Nein, auch das bin ich nicht. Ich handele vielmehr im eigenen Auftrag. Nur meine tiefe Überzeugung veranlasst mich zu solchen Worten.«

Der Dorfälteste kniff die Augen zusammen. »Wie du redest, könnte man meinen – verzeih mir die Offenheit –, du seist nicht ganz richtig im Kopf. Vielleicht passt ihr, der Junge und du, tatsächlich zusammen.«

»Das hoffe ich sehr«, antwortete Ogham, ohne im Mindesten verärgert zu sein. »Wünsch mir gutes Gelingen dazu.«

»Zu allem, was du auch vorhaben magst, wenn ich dich auch nicht so recht verstehe. Ich weiß nur, dass es besser ist, wenn ihr beiden bald aus unserem Dorf verschwindet. Heute war alles anders, da hatten wir ein Fest und viele sind betrunken. Morgen aber bestimmt wieder die harte Arbeit des Alltags unser Leben.«

Warum diese Leute nur so verbissen zwischen Arbeit und Feiern trennen, dachte Ogham. Kann denn nicht jeder Tag, den wir leben, ein Grund zur Freude sein? Laut aber sagte er: »Ist schon gut, ich respektiere deine Meinung. Heute Nacht noch werde ich mit dem Jungen aufbrechen.«

Natürlich musste er vorher noch mit ihm reden und es würde vielleicht nicht ganz einfach sein, die richtigen Worte zu finden. So oder so war nun Eile geboten. Er musste es einfach versuchen.

So ging Ogham geradewegs, ohne lange darüber

nachzudenken, auf das Seeufer zu. Wie er vermutet hatte, fand er dort nach einer Weile den Jungen. Der saß auf einem Baumstamm und ließ Kiesel über das Wasser springen. Zuvor war er zum Ufer gegangen, weil er glaubte, die süßen Zauberstimmen von weißen Schwänen vernommen zu haben. Die Lieder des Harfners, und besonders die Ballade von den Schwanenkindern des Lir, hatten ihn aufgewühlt und traurig gemacht. War nicht auch er vielleicht ein solcher Schwan, ein verzaubertes Kind? Würde er jemals wieder zu den Menschen finden?

Wortlos setzte sich Ogham zu ihm, auch Kennog blieb stumm. Nach einer geraumen Weile der Stille sagte Ogham: »Besitzt du viele Dinge, an denen dein Herz hängt?«

Kennog schüttelte den Kopf.

»Dann pack das wenige, das du hast, rasch zusammen. Wir brechen sofort auf und haben heute Nacht noch ein gutes Wegstück zu wandern.«

Kennog schrak hoch. »Was? Jetzt sofort und bei dieser Dunkelheit?« Weiter fragte er nichts, ein gutes Zeichen.

»Fürchtest du dich etwa?«, entgegnete Ogham. »Der Vollmond wird uns den Weg ausleuchten. Und wenn wirklich Feinde oder Ungeheuer kommen sollten, so werde ich meine Harfe auspacken und schaurige Lieder singen und sie damit in die Flucht jagen.«

»Du brauchst nicht so albern mit mir zu reden«, sagte Kennog trotzig, »ich bin schließlich kein Kind mehr.«

»Das ist mir klar«, sagte der alte Harfner. »Also komm jetzt. Du wolltest doch schon immer von hier weggehen. Nun ist der richtige Zeitpunkt dafür gekommen.«

»Bist du ein Zauberer?«, fragte der Junge.

»Aber ja«, sagte Ogham lachend, »jeder Mensch kann zaubern, wenn er sich nur ein wenig darum bemüht. Du wirst es auch noch lernen, vor allem die Harfe zu spielen. Aber jetzt Schluss mit dem unnützen Herumgerede, lass uns endlich aufbrechen.«

»In Ordnung«, sagte der Junge. »Mehr als das, was ich am Leib trage, und mein Amulett besitze ich nicht. Ich bin bereit.«

»Zeig mir dein Amulett«, bat Ogham.

Da zog der Junge seine Kette aus dem Wams hervor und hielt sie ins Mondlicht. Der Harfner beugte sich vor.

»Das ist ja eine Pfeilspitze«, rief er überrascht, »sogar eine aus Feuerstein! Weißt du, von wem sie stammt?«

Kennog zuckte mit den Schultern.

»Solche benutzte das alte, vergessene Volk«, sagte Ogham, »die Tuatha De Danaan schossen vor vielen hundert Jahren mit solchen Pfeilen. Ein seltenes Stück!«

»Ich fand sie auf der Schilfinsel zwischen den Steinen.«

»Dann lebte das alte Volk einst also auch hier«, brummte Ogham und es klang, als spräche er mehr zu sich selbst. »Ein gutes Omen, dass du dir ausgerechnet einen solchen Gegenstand zum Talisman gewählt hast, wirklich ein sehr gutes Zeichen!«

So einfach kann das manchmal sein, dachte Ogham, selbst erstaunt über die schnelle Bereitschaft des Jungen und mehr noch über das Zeichen, das die Götter ihm in Form eines Pfeiles gesandt hatten. Er schulterte seinen Harfensack und schritt neben Kennog in Richtung des Waldes. Immer wieder fängt eine neue Geschichte an, dachte er, gerade eben jetzt in diesem Moment, und alles mag sich von Grund auf verändern …

4

Warst du tatsächlich beim Hochkönig in Tara?«, wollte Kennog unterwegs wissen. Es war schon ein komisches Gefühl, plötzlich von allem, was ihn die letzten zwei Jahre umgeben hatte, losgerissen und mit diesem wildfremden alten Mann unterwegs zu sein, zumal noch nachts im finsteren Wald und mit unbekanntem Ziel. An der Feuerstelle hatte er den Harfner heimlich beim Spiel beobachtet und gebannt seinen Erzählungen gelauscht. Ogham sah vertrauenswürdig aus, beinahe so alt wie der Rig und war wie dieser mit einem prächtigen silbergrauen Bart ausgestattet. Sein langes, über die Schläfen nach hinten zum Zopf gebundenes Haupthaar war weiß. Das einzig Junge an ihm waren seine freundlich dreinblickenden Augen von der Farbe eines Sees im Sommer, wenn sich die Sonne darin spiegelt. Seine Gestalt wirkte kräftig, so als habe er in seinem Leben hart gearbeitet und Dinge getan, die wenig mit der Zartheit gemein hatten, mit der er die Saiten der Harfe beim Spiel strich. Überhaupt strahlte sein ganzes Wesen etwas Besonderes aus, das Kennog bei den rauen Gesellen im Dorf stets vermisst hatte, eine Art vornehmer Bescheidenheit und Gutherzigkeit, die Weisheit sein mochte. Ja, genau das war es: Dieser Mann schien weitaus mehr von den Dingen zu wissen, als er zugab. Er hatte es nicht nötig, mit seinem Können zu prahlen. Warum sollte einer wie er, der so vortrefflich sein Instrument beherrschte und mit seiner Musik die Seele ansprach, nicht zu so berühmten Festen wie Lugnasad und Samhain aufgespielt haben? Aber das mit dem Hochkönig, die Vorstellung einer so völlig fremdartigen Welt, beschäftigte ihn doch.

Bisher waren sie schweigsam durch die diffuse Schwärze des Waldes gelaufen, Kennog stets eine Schrittweite hinter dem Harfner, der so ruhig und sicher ging, als könne er in der Nacht wie am Tage sehen. Doch nun hatte Kennog das Schweigen gebrochen.

Der Alte hielt inne und wandte den Kopf. »Ja, ich war auf dem Hügel von Tara. Mehr als einmal sogar, in guten wie in schlechten Zeiten. Warum willst du das wissen?«

»Ich habe darüber nachgedacht, was Cormac Mac Art wohl für ein Mensch ist«, sagte Kennog. »Es stimmt doch, dass er den Krieg auch in unser Dorf gebracht hat, ich meine in das, wo meine Familie lebte …«

Der Harfner drehte sich nun ganz um. Seine Augen blickten ernst. »Es muss ein schwerer Schlag für dich gewesen sein«, sprach er. »Ich kann deinen Kummer spüren, denn er dringt durch alles hindurch, was du tust und sagst, und ist auch da, wenn du schweigst.« Er seufzte tief. »Niemand vermag dir diesen Kummer zu nehmen, nur die Zeit heilt die Wunden, die das Schicksal dir schlug. Wenn es dir aber eine Beruhigung ist, so sollst du wissen, dass es nicht die Schuld des Hochkönigs war, dass all dies Furchtbare geschah.«

Kennog spürte, wie Schmerz in ihm aufstieg. »Wessen Schuld denn sonst?«, fragte er trotzig. »Irgendwer hat sie doch schließlich getötet.«

Der alte Harfner packte mit seiner Rechten die Schulter des Jungen. »Hör mir zu«, sagte er. »Du weißt, dass Krieg herrscht. Einige Fürsten und Rigs machen dem Hochkönig die Krone streitig und trachten danach, sich selbst über das Land zu erheben. Dabei achten sie weder Recht und Gesetz noch die Ordnung, die von den Göttern selbst in grauer Vorzeit eingesetzt wurde. Als Folge dieser Untat werden immer wieder unschuldige Menschen zu Opfern. Blindwütig schlägt der Krieg zu, ohne zu unterscheiden, wen es trifft und wer dabei elendig zugrunde geht.«

»Dann haben also nicht die Männer des Hochkönigs unser Dorf überfallen?«

»Nein, bestimmt nicht. Cormac Mac Art ist ein Mann von edler Gesinnung, der die Gesetze wohl zu achten weiß, denn sie waren vor ihm schon da. Er hat auf dem Hügel von Tara, wo er gekrönt wurde, am heiligen Stein der großen Göttin seine Einweihung erfahren und geschworen, dem Land Erinn und seinen Bewohnern nach besten Kräften zu dienen. Nie käme er auf den Gedanken sich an wehrlosen Bauern, seinen eigenen Untergebenen, zu vergreifen!«

»Dann nenn mir die Namen der Schuldigen, damit ich mich rächen kann«, sagte Kennog.

»Rachedurst und Hass sind stets schlechte Ratgeber«, erwiderte Ogham. »Und selbst wenn ich die Namen der Täter wüsste, würde das wenig helfen. Wichtiger erscheint mir, sich bei allem, was man tut, für eine gerechte Sache zu entscheiden. Was aber im Leben gerecht ist, ist oft genug schwer zu erkennen. Man muss schon sehr genau hinsehen und viele Dinge in ihrer Tiefe begreifen, bevor man urteilen kann.«

Kennog knurrte durch die zusammengebissenen Zähne. Es war klar, dass er mit dieser Antwort, so klug sie auch war, nicht zufrieden sein konnte.

»Höre«, fuhr Ogham fort, »ich mag dir in diesem Moment wie ein zahnloser Greis vorkommen, der salbungsvoll vor sich hin säuselt, um andere einzulullen. Aber glaube mir, dem ist nicht so. Ich besitze zum Glück noch eine stattliche Anzahl von Zähnen im Mund und kann damit, wenn es sein muss, noch recht kräftig zubeißen. Damit will ich sagen, dass du im Laufe der Zeit gewiss noch bessere Antworten zu hören bekommst. Jetzt aber wäre es töricht noch länger im Wald herumzustehen und zu schwatzen, während die Nacht verstreicht. Die Nacht ist nämlich unser Freund, sie hilft uns unbemerkt voranzukommen. Nach Tagesanbruch müssen wir weitaus vorsichtiger sein. Los also jetzt und möglichst leise!«

Mit diesen Worten drehte sich Ogham um und schritt energisch voraus. Dem Jungen blieb nichts anderes übrig, als ihm hastig zu folgen.

Die ganze Nacht über liefen sie durch den Wald und gönnten sich erst zur Morgendämmerung eine Rast. Kennog, der solche Gewaltmärsche nicht gewohnt war, fühlte sich rechtschaffen müde, Ogham jedoch spürte trotz seines Alters kaum etwas von der Anstrengung. Aber er suchte im dichten Ginsterdickicht einen Platz zum Ausruhen aus, der ihm sicher erschien. Dort warf sich Kennog sofort auf den Boden und rollte sich zum Schlafen ein.

5

Als Kennog erwachte, stand die Sonne bereits hoch am Himmel. Vögel sangen in den Zweigen der Bäume, die Welt schien klar und ohne Gefahren zu sein. »Ich fühle mich wieder frisch«, sagte er, »von mir aus können wir weiterwandern.«

Ogham schüttelte den Kopf. »Nein, nicht im Hellen«, sagte er, »bei so schönem Wetter sind bestimmt Leute aus vielerlei Gründen unterwegs. Ich möchte nicht, dass wir jemandem mit böser Absicht in die Hände fallen.«

»Droht uns denn Gefahr?«, fragte der Junge.

»Ja«, antwortete Ogham ernst. »Vielerlei Gefahren sogar. Nichts ist mehr so sicher wie früher, seit die alte Ordnung aus den Fugen geraten ist. Glaub mir, es ist besser, dass niemand etwas von unserer Wanderschaft erfährt.«

Kennog wunderte sich, aber er schwieg. Dankbar nahm er ein Stück Brot an, das der Alte vorsorglich beim Dorffest in seinem Sack verstaut hatte und nun mit dem Jungen teilte.

»Kau es langsam und gut«, sagte Ogham, »es mag das Letzte sein, das wir für längere Zeit zu uns nehmen.«

»Wo gehen wir eigentlich hin?«, fragte Kennog.

»Nach Tirnanogh.«

»Nach Tirnanogh?«, rief Kennog erstaunt aus. »Zur Insel der ewigen Jugend, wo die Zeit ihre Macht verliert?«

Ogham nickte. »So ist es.«

»Ja, gibt es denn dieses Tirnanogh wirklich? Ich hörte in meiner Kindheit die Druiden davon sprechen, aber ich glaubte stets, es sei nur ein frommes Märchen …«

»Das glauben wohl viele«, gab Ogham zur Antwort. »Und doch ist dieses glückselige Gefilde weitaus mehr als nur eine Legende. Sehnen sich nicht alle Menschen mehr oder weniger nach ewigem Leben, sind nicht viele auf der Suche danach, gleichgültig, wie sie es nennen mögen?«

»Und du meinst, wir werden es finden? Du kennst den Weg nach Tirnanogh?«

»Ich hoffe es sehr«, gab der alte Harfner lachend zurück. »Oft genug habe ich ja selbst davon gesungen und dabei die Worte meines Lehrers und auch die Weisheiten von dessen Meister zitiert. Die Insel liegt weit im

Westen, wo die Sonne im Meer untergeht. Sie versinkt in den Fluten, aber sie stirbt nie wirklich, sie wandert nur durch die andere, die dunkle Seite des Lebens, vor der sich die meisten Menschen fürchten. Und jeden darauf folgenden Morgen erscheint sie jung und gestärkt wieder am östlichen Horizont. So ist es mit allem, dies ist nur eines der großen Geheimnisse des Daseins, dass nämlich alles Leben sich in Kreisläufen vollzieht. Wer davon etwas begreift, der ist Tirnanogh schon ein bisschen näher gekommen.«

Kennog staunte über die Worte des Alten, aber er sagte nichts mehr dazu. Er ist wohl doch ein Druide oder Zauberer, dachte er leicht beklommen, jedenfalls weitaus mehr als ein musizierender Wandersänger. Was er vorhat, weiß und verstehe ich nicht, es mag ein Geheimnis sein. Aber dass er es gut mit mir meint und ich genau zuhören muss, um etwas zu lernen, liegt klar auf der Hand.

Ogham stand auf und ging hinüber zu einer Stelle, wo Eschengehölz wuchs. Dort wählte er sorgfältig einen jungen, kräftigen Trieb aus, kappte ihn mit dem Messer und schnitzte sich einen Wanderstab. Als er mit der Arbeit fertig war, reichte er Kennog stumm das Messer weiter. Der Junge verstand: Auch er sollte sich nun einen Stecken suchen. Er wählte sich einen starken aus, der notfalls auch als Waffe dienen konnte.

Gegen Abend brachen sie auf und wanderten eine weitere Nacht hindurch. An einem farnbewachsenen Hügel stießen sie auf Quellwasser und tranken davon. Am nächsten Morgen fanden sie essbare Kräuter, die säuerlich schmeckten und für eine Weile den Hunger nahmen. Am Ende der dritten Nacht stießen sie im Morgengrauen auf den Waldrand, hinter dem saftig grünes Grasland begann.

Ogham zögerte hier bei der Quartiersuche mehr als gewöhnlich. Kein Busch, kein Dickicht schien ihm als Schlafplatz gut genug zu sein. Kennog hatte sich auf einem bemoosten Felsbrocken niedergelassen und sah mit müden Augen dem Treiben des Alten zu. Plötzlich schrak er heftig zusammen, als ganz in der Nähe mit schrillem Keckern ein Eichelhäher aufflog. Auch Ogham blieb wie erstarrt stehen und blickte dem Vogel nach. Danach war es eine Weile so still im Wald, dass Kennog seinen eigenen Atem hören konnte. Erstaunlich, wie ruhig es im Wald sein konnte, der meistens, auch nachts, mit allerlei Geräuschen belebt ist. Dann hörte er ein vielfaches, klatschendes Rauschen und als er den Kopf in Richtung der Geräusche drehte, sah er aus hohen Eichenkronen einen Schwarm Raben aufsteigen. Ohne ihr gewohntes knarrendes Krächzen erhoben sie sich wie von unsichtbarer Hand gelenkt und flogen über das Grasland davon.

Mit zwei, drei Sätzen war Ogham bei dem Jungen. »Schnell«, keuchte er, »klettere auf diesen Baum, so hoch du nur kannst.«

»Aber warum denn?«

»Beeil dich und rede nicht so viel, ich erkläre es dir später.«

Also folgte Kennog der Anweisung, so sinnlos sie ihm zunächst auch erschien. Er fühlte den Alten dicht hinter sich. Als er den Stamm erklomm, drängte Ogham ihn weiter, bis sie eine dicke Astgabelung erreichten, auf der beide bequem Platz nehmen konnten.

Schon war unter ihnen im Wald ein heftiges Krachen und Schnauben zu hören. Das Geräusch kam rasch näher.

»Was auch geschehen mag, gib keinen Laut von dir

und rühre dich nicht vom Fleck«, flüsterte der Alte. »Blick auf keinen Fall nach unten. Am besten schließt du die Augen.«

Das Trampeln, Knacken und Schnauben war jetzt ganz nahe, schon direkt unter ihnen. Was mochte das nur sein? Es hörte sich an, als schwanke in weitem Umkreis der ganze Waldboden. Recht unheimlich war das. Wie vom Meister befohlen, hatte Kennog seine Augen geschlossen. Er malte sich aus, dass unten ein wildes Heer vorbeistob. Es splitterte und barst wütend durchs Unterholz. Schließlich ebbte das Getöse ab und verlor sich in der Ferne.

Kennogs Herz klopfte bis zum Hals. »Was war das?« fragte er beklommen.

»Ein wilder Eber«, antwortete Ogham.

»Dann muss es aber ein außergewöhnlich großer gewesen sein.«

»Stimmt«, pflichtete Ogham bei, »es war der größte und gefährlichste, den ich jemals zu Gesicht bekommen habe.«

»Und warum durfte ich ihn nicht sehen?«

»Weil es kein gewöhnliches Tier war«, sagte der Alte zu Kennogs Überraschung. »Es war der Herr des Waldes, ein Geistereber, und wie mir schien, war er über irgendetwas furchtbar zornig.«

Kennog ließ nicht locker. »Wie kommt es, dass du das alles vorher schon wusstest? Ich meine, du hast reagiert, als hättest du ihn bereits im Voraus nahen sehen.«

»Eine ziemlich dumme Frage«, knurrte Ogham. »Hast du nicht auch den Schrei des Hähers gehört?«

»Ja, ich erschrak heftig dabei.«

»Und dann die Raben, wie sie ängstlich aufflogen und das Weite suchten? Zwei Zeichen hintereinander, die deutlich genug waren. Nur ein sehr dummer Mensch hätte sich anders als die Tiere verhalten und wäre stehen geblieben. Du musst noch einiges lernen, mein Kleiner.«

Kennog schluckte und nahm den Tadel widerspruchslos hin. So langsam gewöhnte er sich an die kauzige Art des Alten. Jedenfalls würde er von nun an mehr als bisher seine Sinne schärfen. Die eine Begegnung mit dem Geistereber reichte ihm völlig, auf eine zweite konnte er durchaus verzichten.

6

Es mag nun Zufall sein oder auch nicht – die Götter denken darüber bekanntlich völlig anders als wir Menschen –, dass genau zu diesem Zeitpunkt Diarmaid, der junge Kriegsheld, mit ein paar Freunden im selben Wald unterwegs war, um Wild zu jagen. Diarmaid gehörte zur Gefolgschaft des Finn, jener sagenhaften Fianna, die als Streitmacht dem Hochkönig Cormac Mac Art zu treuen Diensten stand. Viel Rühmenswertes hatte man schon von Finn, der Fianna und Diarmaid vernommen. Von der nachfolgenden Begebenheit aber sollte, außer einem kleinen Kreis Eingeweihter und vor allem Diarmaid selbst, niemand erfahren.

Sie waren also unterwegs und hatten außer ein paar Hasen an diesem Tag noch nichts weiter erbeutet. Sie waren höchst unzufrieden und schämten sich fast, mit so dürftigem Wildbret zu den Ihren zurückzukehren. Da sprang vor ihnen plötzlich ein kapitaler Eber aus einem Weißdorngebüsch. Diarmaids Pferd scheute, bäumte sich auf und hätte den Reiter fast abgeworfen, doch der junge Mann klammerte sich beherzt am Zaumzeug fest und schleuderte dem davoneilenden Tier seine Lanze nach. Die Waffe traf und blieb im Rücken des Ebers stecken. »Ha«, rief Diarmaid, »habt ihr gesehen? Ich traf ihn, das Tier ist verwundet!«

Behände sprang er aus dem Sattel, um seiner Beute nachzueilen. Er zog sein Jagdmesser und drang zum Dickicht vor, in dem er heftiges Grunzen und Schnauben hörte.

»Sei vorsichtig«, warnten ihn seine Freunde, »der Eber ist verwundet und wütend, einem solchen Gegner stellt man sich nicht zu Fuß und bloß mit dem Messer bewaffnet.«

»Bleibt zurück!«, befahl Diarmaid siegessicher. »Dieser Bursche gehört mir allein. Er soll seinen fairen Kampf haben und ein baldiges Ende finden.«

»Er ist blind vor Leichtsinn!«, riefen die Freunde. »Er weiß nicht, in welche Gefahr er sich begibt!«

Doch Diarmaid ließ jegliche Warnung an sich abprallen und drang weiter ins Dickicht vor. Er sah die Schweißspur am Boden, konnte den Gegner förmlich am Geruch ausmachen. Das große Messer stoßbereit in der Faust, brach er noch weiter ins Unterholz vor. Da trat ihm mit einem Mal eine Fee in den Weg.

»Wer bist du?«, fragte er überrascht.

»Ich bin Sheela na Gig und gehöre zum längst verschwundenen Volk, das nun in den Hügeln unter der Erde wohnt. Da bei uns ständig Dunkelheit herrscht, sehen wir manches weitaus besser als ihr heutigen Menschen, die allzu oft vom grellen Licht des Tages geblendet werden und blind für die wichtigsten Dinge im Leben sind.«

»Und warum verstellst du mir meine Bahn?«, fragte Diarmaid weiter. »Gehört dieses Tier zu dir, ist es euch heilig?«

»Dieser Eber«, antwortete Sheela na Gig, »ist ein ganz besonderes Wesen, nicht Gott und nicht Dämon, aber etwas von beiden. Gib die Verfolgung auf, jage nicht weiter, du würdest dein Schicksal nur unnötig herausfordern.«

»Aber so schlimm kann es doch wohl nicht sein«, gab Diarmaid lachend zurück, »ich habe ihn bereits verwundet, er trägt meinen Spieß in seinem Körper.«

»Eben das macht mir große Sorgen«, antwortete die Fee. »Es war falsch, dass du die Lanze überhaupt nach ihm warfst. Dieser Eber ist von nun an dein Schicksal. Stellst du dich jetzt zum Kampf, so wird es dein letzter sein. Kehrst du aber um, so hast du dein Glück noch vor dir. Mehr darf ich dazu nicht sagen, so will es das Gesetz.«

Sheela na Gig hatte mit einem solchen Ernst zu ihm gesprochen, dass Diarmaid seltsam zumute wurde. Gegen seinen Willen senkte er den Kopf und wandte sich ab.

»Viel Glück, junger Held«, flüsterte die Fee ihm unhörbar nach, dann war ihre Gestalt im Stamm einer Esche verschwunden.

»Er ist mir entwischt, so ein Pech«, sagte Diarmaid zu seinen Freunden, als er zurückkam.

»Wer weiß, wofür das gut war«, freute sich einer, »mit solchen Bestien, zumal wenn sie verwundet und zu allem bereit sind, ist nicht zu spaßen.«

Über die Begegnung mit der Fee aber schwieg Diarmaid. Später vergaß er den Vorfall, und nur die vage Erinnerung an eine düstere Vision blieb davon zurück. Es war, als habe ihn zum ersten Mal in seinem jungen Leben der dunkle Hauch des Todes berührt.

7

Ogham hatte nur den Geistereber gesehen und war über sein plötzliches Auftauchen erschrocken, denn er dachte zuerst, dass dieses Omen seinem Schützling galt. Das hatte ihn von der wahren Bedeutung abgelenkt und seine Gedanken auf eine falsche Fährte gelenkt. Merkwürdig war, dass auch ein warmer Atem über seine Haut strich, sodass er einen winzigen Moment lang an Sheela na Gig, seine Feenkönigin, denken musste, und ein Abglanz des ewig währenden Zaubers streifte seine Erinnerung. In einer Vision sah er Diarmaid, den jungen, sonnengleichen Helden durch den Sommer reiten, über die grünen Hügel Erinns hinweg sein Lied pfeifend und fröhlich im Klirren der Rüstung lachend. Dieses Bild der kraftvollen Frische, das wie ein warmer Morgen war, sorglos und frei, wurde jählings von einem Schatten kalt überzogen. Diarmaids Lachen gefror zu Eis, begann vor Kälte zu zittern, drohte an den weißen Flanken des Schicksalberges zu zerbrechen. Er sah den Körper verwundet in seinem Blut und den Geistereber triumphieren. Warum nur, warum? Weil es der Plan des Schicksals war? Weil sich jede Geschichte im Kreise bewegt und unerbittlich zu ihrem vorausbestimmten Ende gelangt? Gab es keine Rettung davor?

Und plötzlich erschrak er noch mehr, als er spürte, dass bei dieser Sache, wo Schicksal mit Schicksal verwoben war, kein anderer Ausweg bestand, als sich endgültig, über Leben und Tod sich hinwegsetzend, zu entscheiden. Kennog oder Diarmaid ... der Geistereber und die Hilfe Sheela na Gigs ... der König von Tara, die Zukunft des Landes ... und schließlich ging es sogar um ihn selbst ...

Als er bei sich selbst angekommen war, durchfuhr ihn ein großer Schmerz, denn es ist selten im Leben, dass man sein eigenes Ende so deutlich vor Augen geführt bekommt. Und alles verlief nach dem großen Plan, war Teil eines bizarren und doch in sich stimmigen Musters. Er seufzte tief. Es musste wohl so sein.

Manche Menschenschicksale sind so stark miteinander verbunden, dass das eine nicht ohne das andere auskommen kann, dachte er. Jeder von uns, mag er sich auch für noch so wichtig, gar für das Maß aller Dinge halten, ist in Wirklichkeit nur Teil jenes großen, bunten Bilderteppichs, den wir Geschichte nennen. Wie Lieder entstehen, die über Taten gesungen werden, so formt die Welt stets ein neues Kleid, bedient sich der Menschen im großen Spiel, lässt sie wie kleine Fliegen auf der Haut der Erde sich im Haar der Zeit verstricken. Und dennoch fängt immer wieder eine neue Geschichte an, gerade jetzt in diesem Moment, ein Ablauf, der einzigartig und ungemein wichtig ist und alles, was nachfolgt, von Grund auf verändern kann ...

Ogham, der im Alter gelernt hatte zur Ruhe zu finden, auch wenn ihn plötzliche Klarheit erfasste und schaudern ließ, sprach davon zu seinem Schüler nicht. Sollte der Junge unbeschwert bleiben von seinem Wissen und ahnungslos auch hinsichtlich der Rolle, die ihm selbst im großen Spiel zugedacht war. Mochte er handeln und sich entscheiden, wie es seiner Natur entsprach. Seinem Bewusstsein blieb noch die köstliche Freiheit, während ihm, dem Alten, eine Entscheidung zufiel, die weit über seine Macht hinausging. Ein Leben gegen ein Leben zu tauschen, das fiel ihm zu und ließ ihm, da er beide liebte, Tränen in die Augen strömen. Er wandte sich ab, um sein Gesicht vor Kennog zu verbergen. Er hielt es in den

Wind, um die Tränen zu trocknen, er bemühte sich an etwas Gutes zu denken, das ihnen helfen würde, an ein Lächeln.

So verbrachten sie ihre Zeit gemeinsam im Wald und er versuchte das Dunkle, das Diarmaids Sonne zu verdüstern begann, weit von sich zu weisen, weit genug weg von seinem Schüler, für den er nun die ganze Last der Verantwortung zu tragen begann. Und er formte lautlos in seinen Gedanken den Namen Sheela na Gig. Die Wärme ihres Atems war es, die ihm Kraft zum Weitermachen gab, ein Feuer in ihm, das nie mehr erlosch und wohl der größte aller Zauber war, die er kannte.

Ja, ich habe verstanden, dachte er ergeben, und werde alles tun, was in meiner Macht steht, um dem Schicksal gehorchend diesen Weg zu Ende gehen, ohne Hast und bedächtig, sodass mir jeder Augenblick bewusst wird und ich wach genug bin, zur richtigen Zeit die richtige Tat zu vollbringen. Das bin ich meinem Schüler schuldig, denn ich bin der Meister …

8

Auf Geheiß des Alten hatten sie den ganzen Tag und auch noch die folgende Nacht auf dem Baum zugebracht, weil zu befürchten stand, dass das Ungeheuer noch einmal zurückkam. Doch alles blieb ruhig im Wald, die Raben kehrten nach einer Weile zu ihren Nestern in den Eichen zurück und begannen dort ein endloses Palaver. Kennog wurde das lange Ausharren auf der Astgabel unbequem, auch spürte er elenden Hunger.

»Bald gibt es etwas Feines zu essen«, versuchte ihn Ogham aufzumuntern. »Dort im Grasland beginnen die

Weiden, es gibt reichlich Vieh und die Leute von der Siedlung kenne ich gut. Ich war bei ihnen zu Gast, bevor ich aufbrach, um dich zu suchen.«

»Dann wusstest du also schon vorher von mir?«, fragte Kennog erstaunt.

»Ja, ich habe mir gedacht, dass da am See in den Wäldern ein Kerl wie du haust, der nur darauf wartet, nach Tirnanogh aufbrechen zu können«, antwortete Ogham verschmitzt.

»Vorerst würde ich lieber das Dorf mit dem guten Essen kennen lernen«, sagte Kennog. »Ich komme bald um vor Hunger.«

»Morgen früh, wenn die Raben erwachen, brechen wir auf. Ich verspreche es.«

So geschah es. Kennog war froh, endlich wieder vom Baum absteigen zu können und festen Boden unter den Füßen zu spüren. Den rasenden Wildeber hatte er fast schon vergessen. Sie verließen den Wald und traten nun ins offene Grasland. Der Morgen war kühl, der Himmel mit einer dichten Wolkendecke grau zugezogen und frischer Wind blies. Er strich über das Land und ließ das Gras tanzen, als sei es ein vom Grund her aufgewühltes Meer.

Nach einer Weile erblickten sie zahlreiche weiße Flecken auf einem Hang. Eine große Herde weidender Schafe, die, als sie näher kamen, blökend den Hügel hinauf flüchteten. Doch neugierig waren sie auch. Immer wieder blieben Einzelne von ihnen stehen und drehten ihre schwarzen Köpfe nach den Wanderern um. Schließlich stießen sie auch auf den dazugehörigen Hirten. Der Junge war etwa so alt wie Kennog und hatte rostrotes Haar. Sein Gesicht war über und über mit Sommersprossen befleckt. Als er den Harfner erkannte, sprang er ihm strahlend entgegen.

»Da bist du ja wieder, Spielmann! Hast dein Wort also gehalten. Fein, dass du da bist. Hättest dir auch keinen besseren Zeitpunkt auswählen können.«

»Wie soll ich das verstehen?«, fragte Ogham, indem er die ausgestreckte Hand des Hirten ergriff. »Ist etwas passiert?«

Der Junge sprudelte über vor Begeisterung. »Und ob! Der Cruwley ist endlich weich geworden und hat sein Jawort gegeben. Nun können Acta und Firlu doch endlich heiraten.«

»Wird aber auch Zeit«, sagte Ogham lächelnd. »Ist Acta nicht schon mächtig schwanger von Firlu?«

»Ja, mächtig«, rief der Hirte, »das Kind wird noch vor dem Beltaine-Fest kommen. So lange hat es gedauert, bis Cruwley mit dem Brautpreis einverstanden war, der alte Geizhals. Hat immer wieder verzögert, weil er hoffte, das Fest würde mit Beltaine zusammenfallen und ihn dann weniger kosten. Oh, das wird ein Ereignis! Eine Menge Leute sind bereits da und alle in bester Stimmung. Was nur noch gefehlt hat, war einer, der aufspielt. Aber jetzt bist du ja da.«

»Ja, und ich habe, wie du siehst, Verstärkung mitgebracht«, sagte Ogham. »Wenn man ihm tüchtig zu essen und zu trinken gibt, wird er vielleicht sogar in der Lage sein die Bodhran richtig zum Rhythmus zu schlagen.«

»Gut so, wunderbar«, rief der Rotschopf. »Geht nur schon vor, ich folge nach, sobald ich die Herde zusammengetrieben habe. Ich weiß nicht, was los ist, die Viecher sind seit gestern außer Rand und Band und wollen mir kaum gehorchen.«

Ogham sagte nichts dazu. Aber er musste unwillkürlich an den wilden Eber denken. Ob auch die Schafe gespürt hatten, dass ein Dämon unterwegs war?

Sie brauchten nicht mehr weit zu laufen. Bereits nach dem nächsten Hügel und einer Senke konnten sie die auf einer Anhöhe liegende und durch Holzpalisaden geschützte Ansiedlung erkennen. Mehrere Familien lebten dort und es gab Männer genug, die imstande waren, sie notfalls auch zu verteidigen.

Wie der Hirte angekündigt hatte, herrschte im Dorf helle Aufregung. Die Leute liefen emsig durcheinander, um die notwendigen Vorbereitungen zur Hochzeit zu treffen. Manche von ihnen riefen Ogham Begrüßungsworte zu, und an ihren Gesten und Gesichtern war abzulesen, dass sie froh über die Ankunft des Harfners waren. Zuallererst trafen sie Cruwley, den Vater des Bräutigams, die Brauteltern und das junge Paar selbst. Die stämmige Acta war seit Oghams letztem Besuch noch runder geworden, stolz trug sie ihren gewölbten Bauch zur Schau. Firlu dagegen, ein stiller, hagerer Typ, wirkte wie einer, dem der ganze Rummel eher lästig war. Doch auch er strahlte und nahm freudig die Glück- und Segenswünsche entgegen. Das war ein einziges Händegeschüttel und Durcheinandergerede. Kennog fühlte sich bald von der allgemeinen Ausgelassenheit angesteckt, zumal man ihn, da er sich in der Begleitung des Spielmanns befand, gleichfalls wie einen alten Bekannten begrüßt hatte.

In einer Pause zwinkerte Ogham seinem Schützling zu. »Du wirst sehen, dass es diesmal wirklich ein feines Essen gibt, vielleicht das beste in diesem Jahr. Wenn ich die Lage richtig einschätze, haben sie zumindest eine Sau geschlachtet.« Kennog musste vor Vorfreude schlucken.

Kurz darauf nahm sie erneut Cruwley, der Vater des Bräutigams, zugleich aber auch Rig, also Häuptling der Siedlung, in Beschlag. »Ja, so ist das nun mal. Die beiden haben beim letzten Lugnasad fest zusammengefunden und sind die Ehe auf Probe eingegangen. Jetzt, wo sie erfreuliche Folgen zeigt, ich meine, wo die Sache allmählich Hände und Füße bekommt, kann ich nicht länger dagegenstehen, obwohl mich auch die drei Kühe und das Kalb, die ich geben musste, reichlich schmerzen.«

»Ein weiser Entschluss«, stimmte Ogham zu und klopfte dem Mann anerkennend auf die Schulter. »Ich gratuliere von ganzem Herzen.«

Cruwley verzog das Gesicht. »Bedauerlicherweise ist bei unserem Fest kein Druide zugegen, der das Paar segnen könnte. Ich hatte die ganze Zeit über gehofft, es würde mit Beltaine zusammenfallen, weil da auf jeden Fall ein Druide eintrifft, um das heilige Feuer zu entzünden. Aber nun steht Actas Niederkunft unmittelbar bevor. Ich hoffe, es ist kein Fehler, dass das Kind so früh kommt und der Druide fehlt.«

»Aber ganz sicher nicht«, beruhigte ihn Ogham. »Außerdem kann er dann zu Beltaine gleich zwei Zeremonien durchführen – eine zum Ehebund und die andere, um das Neugeborene zu begrüßen.«

»Ja, sehr praktisch«, sagte Cruwley. »Und es braucht nur einmal bezahlt zu werden. Dieser Brautpreis und die Ausrichtung des Festes heute haben mich ruiniert.«

»Du wirst es überleben«, lachte Ogham und klopfte dem Vater des Bräutigams erneut auf die Schulter.

Am Nachmittag war es dann endlich so weit, da hatten alle am Gemeinschaftsfeuer zwischen den Hütten Platz genommen und die Speisen und Getränke wurden aufgetragen. Wie Ogham vermutet hatte, schleppten vier kräftige Männer zwei aufgespießte Säue zum Feuer und hängten sie auf den Rost. Während das Fleisch zu brutzeln begann und die Frauen und Mädchen Trinkhörner mit frisch gebrautem Bier in der Runde verteilten, musste der Harfner sein Instrument auspacken und eine Ballade zum Besten geben. Der Inhalt der hochdramatischen Geschichte war ungefähr folgender:

DER REICHTUM VON MIDE UND TARA

Wisst ihr, wie Mide und Tara zu ihrem Reichtum gelangten? Ich will es euch erzählen. Hört genau zu, denn man kann aus der Angelegenheit, so schmerzvoll und traurig sie sich anhören mag, doch so manches lernen. Nur wer die Vergangenheit wieder entdeckt, kann die Gegenwart verstehen und die Zukunft meistern. Also, vor vielen hundert Jahren gelangte Tuathal Teachtmhar, den man auch »den Kraftvollen« nannte, auf den Thron des Hochkönigs zu Tara, indem er einen unrühmlichen Emporkömmling, der sich die Macht widerrechtlich angeeignet hatte, von dort verjagte.

Tuathal war ein guter Herrscher, der schon früh in seiner Regentschaft mit starker Hand und klarem Verstand den Gesetzen Geltung verschaffte. Viele Könige und Rigs zollten ihm Respekt und zahlten Tribut, auch standen sie ihm im Kriegsfall mit Männern und Waffen für seine Fianna zur Seite, denn Tuathal galt als weise, großherzig und gerecht. Dieses Lied von ihm wird noch heute zu Tara und an anderen Orten gesungen:

Das sind die Dinge, auf die Tuathal
Mit Freude blickt:
Himmel und Erde, Sonne und der reine Mond,
Die See und fruchtbares Land,
Fleißige Hände und Füße,
Münder, die Gutes sprechen, offene Ohren
Und klare Augen, Pferde, Rinder und Schafe,
Hölzerne Schilde, Lanzen und wohl geschmiedete

Schwerter, goldenes Korn, Milch
Und schmackhafte Früchte der Bäume.
Alles gedieh in bester Weise,
Weil die Ordnung gerecht war für Tuathals Kinder,
Seinen Stamm und die Menschen,
Die seinem Schutz anbefohlen waren.
Wie die See machtvoll an Erinns Küsten brandet,
So ragte auch Tuathal wie ein Felsen auf,
Von Lob, Zustimmung und Glück umgeben.
So war diese Zeit, eine Freude
Für jeden Barden, darüber zu singen.

Tuathal besaß zwei Töchter, wunderbare Mädchen von schöner Gestalt. Die Ältere von ihnen gab er dem König von Lagin zur Frau, auf dass Friede sei zwischen seinem Land und Mide. König Ollamh Cearnagh holte sie zu sich in seinen Palast. Aber nach einiger Zeit keimte in ihm die Meinung auf, dass es wohl besser gewesen wäre, statt der Älteren die Jüngere zur Frau zu nehmen. Da entsann er sich einer bösen, heimtückischen List. Er kehrte nach Tara zurück und erklärte dem Hochkönig, dass dessen ältere Tochter gestorben sei. Gleich nach der Trauerfeier hielt er dann um die Hand der jüngeren an. Tuathal gewährte ihm auch diesen Wunsch und traute ihm sein geliebtes Kind an. Mit Triumph führte Ollamh Cearnagh sie heim in sein Schloss.

Als sie dort ankamen, fand seine Frau bald heraus, dass ihre ältere Schwester noch lebte. In einem dunklen Verlies wurde sie wie ein Tier gefangen gehalten. Verzweifelt über die Schande flehten beide ihn an, er möge sie freigeben und davonziehen lassen. Aber der schreckliche Despot lachte sie aus. Da wussten die beiden Frauen keinen anderen Ausweg mehr und brachten sich durch eigene Hand um. Ihr Blut kam über Lagin wie ein schrecklicher Fluch.

Als die Nachricht von dem unseligen Ereignis Tara erreichte, brach König Tuathal weinend zusammen. Vor seinen Getreuen und allem Volk schämte er sich nicht seiner Tränen. Eine volle Woche lang aß er nichts mehr und schlich in Trauer und Scham durch seinen Palast, nahe daran, auch seinem Leben ein Ende zu setzen. Als die Woche aber verstrichen war, zog er seine Rüstung an, gürtete sein Schwert um und trat entschlossen vor die Seinen.

»Leute von Erinn«, rief er, dass es weit über den Hügel von Tara schallte. »Ihr habt die unfassbare Kunde vernommen. Blut floss in Lagin, das Blut meiner beiden Kinder. Nun soll das Blut auch über Ollamh Cearnagh kommen, ertrinken soll Lagin darin!«

Mit seinen Kriegern der Fianna und vielen freiwilligen Helfern zog er nach Süden und schlug dort in wildem Zorn vernichtend das Heer des Schurken. König Ollamh Cearnagh selbst aber trennte er mit einem Schwerthieb den Kopf vom Hals. Danach ließ er überall in Lagin verkünden:

»Vom heutigen Tage an bis in alle Ewigkeit ist Tribut an Tara zu leisten, so viel, dass noch die Kinder und Kindeskinder und deren Nachkommen unter der drückenden Last leiden werden. Fünftausend Kühe, fünftausend Schweine, fünftausend Pferde und ebenso viele Schafe, dazu Silber und Gold, Korn, Milch, Butter und Früchte, Waffen und Schmuck, Kleider, Gegenstände aus Holz und solche aus Eisen, ein Zehntel von allem, was aus der Arbeit der Hände stammt – so hoch soll der Preis sein, den Lagin zu zahlen hat!«

Die Leute in Lagin murrten ob dieser Abgaben, doch

was sollten sie machen? Wahrlich groß war die Schuld, die ihr König auf sich geladen hatte, und so duckten sie sich, wenn die Reiter des Hochkönigs kamen, und zahlten den geforderten Tribut. Jahr um Jahr zahlten sie und tun es noch heute, obwohl kaum jemand mehr weiß, warum dem so ist. So kraftvoll dauert der Fluch an und wird nie vergehen.

9

Die Menschen im Dorf hatten schweigend zugehört und nicht gewagt, den Harfner zu unterbrechen. Nun, als er geendet hatte, brach ein Sturm der Entrüstung los, als zerberste ein Damm aus aufgestauten Gefühlen.

»Schande über Lagin!«, riefen viele. »Recht so, dass diese Tributzahlung niemals endet! Was wiegt schon aller Reichtum gegen das Blut zweier unschuldiger Mädchen?«

»Hoch lebe Tuathal Teachtmhar!«, brüllten andere. »Lang herrsche Cormac Mac Art, unser Hochkönig zu Tara!«

Auch die Kinder, vom ungewohnten Genuss des Bieres berauscht, stimmten in diese Rufe ein, Frauen weinten und die alten Männer schüttelten drohend ihre Fäuste und stießen Verwünschungen gegen die Urheber solcher Untaten aus.

Der Brautvater aber sprang auf und rief in die Runde: »Was bin ich froh, dass ich nur diese eine Tochter, meine Acta, gezeugt habe und nicht gar zwei, was, wie man eben gehört hat, zu mancherlei Problemen, Ärger und sogar Krieg führen kann!«

Und Cruwley, der es sich als Häuptling nicht nehmen lassen wollte, ebenfalls einen Festspruch zum Besten zu geben, schnellte auf trunkenen, wackligen Beinen hoch, kam dabei so sehr ins Schwanken, dass man ihn stützen musste, und rief:

»Was bin ich erst froh, dass ich nur zwei Kühe und ein Kalb zahlen musste und nicht etwa fünftausend!« Worauf alle lachten und in die Hände klatschten, was aber auch durchaus auf ein anderes Ereignis bezogen sein konnte, denn soeben traten die Sauträger vor, um das gar gewordene Fleisch aufzuteilen.

»Friss und sauf dich voll«, riet Ogham und stieß dem Jungen auffordernd in die Seite. Vom langen Gesang erschöpft, ließ er sich selbst ein Trinkhorn reichen und leerte es in einem Zug.

Nach den Sauen kamen noch gerupfte Hühner und Gänse auf den Spieß, denn bei diesem Hochzeitsfest wollte sich niemand lumpen lassen. Danach wurde zum Tanz aufgespielt, wobei ein Hirte die Flöte blies und Ogham durch Händeklatschen den Rhythmus vorgab. Kennog bekam eine Bodhran, eine Rundtrommel, gereicht und musste so gut er konnte mit dem hölzernen Doppelschlegel die fest ins Rund gespannte Kalbshaut beklopfen. Nach einiger Zeit bekam er richtigen Spass daran, denn er merkte, dass der Klang seiner Trommel Macht über die Tänzer ausübte. In seinem Takt, sofern er mit Oghams klatschenden Händen übereinstimmte und die Flöte nicht völlig übertönte, bewegten sie ihre Körper, stampften mit den Beinen und drehten sich im Kreis.

Ogham brauchte nicht mehr zu singen, das taten nun genügend andere an seiner Stelle, wilde, aus vollen Kehlen gegrölte Lieder, unbändig und frei wie das Land, dem sie entstammten, und die Strophen, die jeder kannte und mitsingen konnte, wollten kein Ende nehmen. Die ganze Nacht bis zum Anbruch der Morgendämmerung währte das Fest, so lange, bis kein Krümel zu essen mehr da war und nichts, womit man die Trinkhörner nochmals hätte auffüllen können.

Die Menschen kehrten nicht in ihre Hütten zurück, sondern legten sich rings um das Feuer schlafen, die meisten von ihnen so sehr betrunken und vom Tanzen erhitzt, dass sie die Nachtkühle nicht mehr spürten. Irgendwann kreisten auch vor Kennogs Augen die Sterne am Himmel. Seine Ohren rauschten und sein Schädel fühlte sich breit und schwer wie ein Mühlstein an. Zum ersten Mal seit langer Zeit im Gefühl, von der Gemeinschaft akzeptiert und aufgenommen zu sein, schlief er ein. Er merkte nicht einmal mehr, dass sein Kopf im Schoß des alten Harfners ruhte.

10

Tirila, trilli, trilli«, trällerte schrill die Flöte durch Kennogs Traum. »Rawumm, chackabumm«, schnalzte dumpf und satt das nun von einem riesenhaften Kerl, dessen Hände so groß wie Bullenhufe waren, geschlagene Kalbsfell der Trommel. Vorbei die Zartheit des Harfenspiels und Gesangs von Meister Ogham, der es verstand die Sinne der Menschen so fein zu machen, dass sie schwerelos hinauf zu den Sternen schweben konnten. Jetzt, da sich schwerer, warmer Bierdunst wie Nebelbrei zwischen den Hütten breitmachte, kamen selbst die Sterne herab und mischten sich torkelnd unter die Tänzer. Die dicke Acta mit Beinen wie Baumstämmen und einem

Bauch, als habe sie den prallen Vollmond verschluckt, stampfte mit verzücktem Gesichtsausdruck ums Feuer. Sie hatte die Augen geschlossen, die Arme in die Hüften gestemmt und ihren kreisförmig vorgestülpten Lippen entströmte immer wieder ein tiefes, wohliges, direkt aus dem Zentrum ihres voluminösen Leibes dringendes »Uuh, Ujuhu«.

Derweil umschwirrte der spindeldürre Firlu sie wie ein liebestrunkener Auerhahn, schlug mit den Armen, tat hüpfende Sprünge, die wohl grazil sein sollten, aber eher etwas irrsinnig wirkten. Cruwley, sein Vater, und doppelt so trunken wie alle Übrigen vom Dorf, versuchte auf allen vieren krabbelnd den Häuptlingsstein zu erklimmen, um von dort aus eine Rede zu halten. Würde ihm jemand zuhören? Es sah nicht danach aus. Die meisten der Alten schliefen bereits, am Feuer niedergesunken wie morsches Holz. Und die Jungen, sofern sie nicht tanzten, wälzten sich paarweise über den Boden, verschlungen, schweißnass und nackt. »Chawumm, rackazumm«, schnalzte anzüglich die Trommel.

War Kennog so trunken oder überfiel ihn wieder einmal einer seiner seltsamen, hellwachen Tagträume? Jedenfalls kam es ihm vor, als fahre plötzlich ein kalter Windzug heran, und mit ihm trat eine weiße, magere Erscheinung in den Dunstkreis. Ernst war das Gesicht des Mannes, streng, asketisch, mit tiefen Kerben rings um den Mund, als habe er viel Saures schon im Leben gekostet. Am Gürtel baumelte die Sichel und in der erhobenen Rechten hielt er einen frisch geschnittenen Mistelzweig. Den schleuderte er zwischen die zuckenden Leiber ins Feuer. Es zischte, Sternkaskaden stoben auf, qualmender Dampf hüllte die Gestalt des Druiden ein, sodass man ihn eine Zeit lang nicht mehr sehen, wohl aber seine Stimme vernehmen konnte. Scharf fuhr sie durch die Freuden des Festes.

»Wie könnt ihr es wagen, den heiligen Ablauf des Kalenders zu stören?«, schrie er. »Wisst ihr nicht, dass mehr noch als ein halber Mondlauf aussteht, bevor man Bel zu Ehren die hellen Feuer entzünden darf, und dass zuvor erst die bösen Dunkelgeister ausgetrieben werden müssen? Einen großen Frevel habt ihr begangen! Schande über euch gottlose Gesellen!«

Dies alles sah und hörte Kennog deutlich, womöglich als Einziger der Festteilnehmer in völliger Klarheit, obgleich doch auch er schon reichlich betrunken sein musste, und erschrak. Noch banger wurde ihm zumute, als er nun gewahr wurde, dass Cruwley, der Bräutigamsvater, inzwischen unter großen Mühen den Häuptlingsstein erklommen hatte und wankend und mit den Armen in der Luft nach einem Halt suchend dastand. Er hörte ihn rufen: »So wahr ich der Rig dieses Dorfes bin und zwei Kühe und ein Kalb für das Glück meines Sohnes opfern musste, sage ich: Wie kann es ein Frevel sein, eine so schöne Hochzeit wie diese zu feiern? Acta ist schwanger und wirft jeden Moment, wir haben zwei Schweine gefressen, dazu Enten und Hühner und es floss reichlich Bier. Du bist selber schuld, heiliger Mann, wenn du zu spät kommst und für dich nichts mehr übrig geblieben ist. Glaub mir, das hier war ein Fest, an dem Bel selbst seine helle Freude gehabt hätte! Gilt er nicht von altersher als einer der größten Fresser, Säufer und Hurenböcke?«

Das strenge Gesicht des Druiden verfinsterte sich um einige Grade mehr. »Schweig still«, donnerte er, »und versündige dich nicht noch zusätzlich, indem du Bels Namen besudelst! Ich werde dir dein vorlautes Maul schon stopfen!«

Er machte einen Schritt auf Cruwley zu und streckte die Arme aus, als wolle er den torkelnden Schreihals vom Sitz reißen, um ihn ins Feuer zu stoßen. Kennog stockte vor Schreck der Atem. Nicht länger wie ein heiliger Mann sah der Weißgewandete aus, eher wie ein geifernder, spinnengliedriger Dämon, ein böser Nachtmahr, der sich übel gelaunt unters fröhliche Volk gemischt hatte. Da platzte ein Lachen wie erlösender Regen bei Gewitter in die zum Bersten angespannte Situation – Oghams Stimme mit einem Lachen, das zuerst wie das Rollen von Kieselgestein in der Brandung klang, dann wie diese selbst und zuletzt dröhnend das ganze Meer und den Himmel umfasste.

»Nicht diese braven Leute hier irren sich in der Zeit, sondern du«, rief er. »Komm nach einem halben Mondlauf wieder und entzünde Bels Feuer zu Beltaine in diesem Dorf. Heute aber lass sie in Ruhe feiern, wie es ihre Vorfahren und deren Ahnen schon taten in den Zeiten lange vor euch und euren Göttern.«

Kennog sah, dass sein Meister die Hand hob und ein geheimes Zeichen in die Luft schrieb, worauf die soeben noch so Furcht einflößende Gestalt des Druiden zusammenschrumpfte und sich auflöste. Statt seiner aber trat nun ein wunderschönes Mädchen aus dem zuckenden Lichtschein des Feuers. Ihr Haar war schwarz und gewellt und ihre Augen glühten wie Holzkohle. Ein einfaches dünnes Kleid umhüllte ihren Leib, Kennog aber kam es verführerischer als jede nur erdenkbare Edeltracht vor. Ihre Haut war samtbraun und zart, nach fremdartigen Früchten duftete sie und nach einem nie zuvor gekannten Versprechen.

»Komm und tanz mit mir«, sagte das Mädchen. Willig ließ er sich von ihren Händen leiten.

»Wer bist du?«, fragte er flüsternd, als er sie in seinen Armen spürte und seinen Körper dem wiegenden Rhythmus der Musik überließ.

»Ich bin die Frau aus dem Süden«, sagte das Mädchen.

Die Frau aus dem Süden, von der in der Geschichte von den Schwanenkindern des Lir die Rede war? Warum kam sie gerade heute, und zu ihm? In Kennogs Kopf geriet so langsam alles durcheinander ...

11

Seit Tagen regnete es. Nicht sonderlich stark und immer wieder von gelegentlichen Aufheiterungen unterbrochen, aber doch so, dass die Kleidung kaum noch trocken wurde. Während sie weiter durch das Land wanderten, blickte Kennog immer wieder missmutig zum grauen Himmel empor.

»Ist gut für die Pflanzen«, versuchte Ogham ihn aufzumuntern.

Doch die Gedanken des Jungen waren ganz woanders. »Stimmt es, dass in diesen Tagen besonders viele Geister unterwegs sind?«, fragte er.

»Geister sind überall«, antwortete der alte Harfner, »es ist nun mal ihre Art, unablässig unstet umherzustreichen. Ich würde mir aber ihretwegen keine Sorgen machen. Wenn wir sie nicht rufen, so lassen sie auch uns in Frieden.«

»Im Dorf träumte ich von einem Druiden, der plötzlich auftauchte und sich furchtbar aufregte, dass so früh im Jahr schon ein Fest gefeiert würde. Alles war so deutlich, dass ich nicht mehr zwischen Traum und Wirklichkeit, zwischen Trunkenheit und Wachsein unterscheiden konnte. Er nannte dieses Fest ein großes Verbrechen und drohte damit, dass Bel zornig werden könnte.«

»So, tat er das?« Ogham warf einen raschen Seitenblick auf den Jungen. »Natürlich legt der Kalender die Tage fest, an denen gefeiert werden darf. Und dennoch gibt es immer wieder Ausnahmen von der Regel. Waren Actas bevorstehende Niederkunft und die Hochzeit nicht Grund genug? Gab es nicht gut zu essen und waren nicht alle fröhlich und ausgelassen?«

»Das hat Cruwley auch gesagt«, sagte Kennog, nun seine Vision und die Realität gänzlich durcheinander bringend. »Und du hast auch so ähnlich gesprochen, bevor dein lautes Lachen den Gestrengen vertrieb.«

»Mein Lachen?«, fragte Ogham und blieb stehen, um nun wirklich ein schallendes Gelächter anzustimmen. »Etwa so?« Er prustete heftig los, wieherte, brüllte, musste sich die Lachtränen aus den Augenwinkeln reiben und wirkte mit seinem ausgelassenen Gebaren so ansteckend, dass auch Kennog nicht länger ernst bleiben konnte.

»Weißt du, dass Lachen eine starke Medizin und ein großer Zauber sein kann?«, fragte Ogham atemlos. »Man kann damit selbst die ärgsten Quälgeister verjagen.«

»Das ist dir auch gelungen«, stieß Kennog in einer Atempause hervor. Sie standen beide bei strömendem Regen in einer klatschnassen Wiese, blickten sich an und lachten sich grundlos die Seele aus dem Leib.

Wie zur Bekräftigung des soeben Gesagten hielt plötzlich der Regenfall inne. Am Horizont wuchs zwischen Waldrand und Wolken ein schillernder Regenbogen empor. Eine Weile wanderten sie direkt auf ihn zu, stumm zunächst, bis Ogham das Schweigen brach:

»Bald ist wieder Beltaine … Kannst du dich noch an das letzte Mal erinnern?«

Kennog dachte angestrengt nach. »Eigentlich nicht«, antwortete er. Alles, was ihm dazu in Erinnerung kam, war ein brennender Scheiterhaufen am Seeufer, um den irgendwelche Gestalten tanzten, während er selbst unbeteiligt in der Dunkelheit hockte. Er schüttelte noch einmal den Kopf. »Nein, es war nichts Besonderes ... die Hochzeit im Dorf hat mir wesentlich besser gefallen.« Unwillkürlich musste er an das Erscheinen der Frau aus dem Süden denken und daran, wie er mit ihr getanzt hatte, eng an ihren warmen Körper gepresst. Noch einmal roch er jenen unbeschreiblich verlockenden Duft ihrer Haut und spürte ihr Haar. Doch davon verriet er dem Harfner nichts. Es war schließlich bloß ein betörender, unverständlicher Traum, etwas Geheimes, Privates ...

»Das nächste Feuer werden wir in Tirnanogh entzünden«, sagte Ogham, als sei diese Bemerkung das Selbstverständlichste auf der Welt, »und nicht zu Ehren Bels, sondern für die große Erdmutter Dana.«

Kennog schluckte erregt. »Das bedeutet, dass wir bald dort ankommen werden?«, stotterte er.

»Genauso ist es, wenn alle Welt die Beltaine-Feuer entfacht, werden wir auf der Insel sein. Vorausgesetzt ...«

»Vorausgesetzt was?«

»... wir finden vorher noch etwas Essbares, um den Marsch zu überstehen.«

Über die Frage der Ernährung machte sich Kennog inzwischen kaum noch Gedanken. Er hatte gelernt es dem Alten gleichzutun und unterwegs alles Essbare einzustecken: bestimmte Blätter und Kräuter, schmackhafte Wurzeln und Birkenpech, das den Durst nahm, wenn man lange genug darauf kaute. Brot und Käse aus dem Dorf hatten sie eine Weile wie einen kostbaren Schatz gehütet, schließlich aber doch aufgezehrt. Die Pausen ihrer Wanderung wurden nun davon bestimmt, wann und wo sie auf frisches Quellwasser stießen.

Sei es nun, dass der Harfner absichtlich Wege suchte, die weitab von Ansiedlungen lagen, oder das Land wirklich so verlassen war – sie trafen jedenfalls nirgends auf Menschen. Und es ging beständig weiter nach Westen …

Eines Morgens schien es überhaupt nicht Tag werden zu wollen. Düstere Wolkenberge hüllten den Himmel ein, blauschwarz mit einem giftigen Stich ins Violette lasteten sie über der Erde, als setzten sie an, alles unter sich zu zerdrücken. Der Harfner blickte mehrfach besorgt nach oben. Noch regnete es nicht, aber jeden Moment mochte das Unwetter losbrechen. Also schien es ratsam, sich alsbald nach einem einigermaßen sicheren Unterschlupf umzusehen. Ein dicht bewaldeter Hügel bot sich dafür an, doch als sie ihn endlich erreichten, war Ogham mit dem Gebüsch und dem Baumbestand dort keineswegs zufrieden. Klatschend fielen die ersten dicken Tropfen aus berstenden Wolkenbäuchen, da tastete er immer noch suchend durchs Unterholz. Kennog blieb ihm dicht auf den Fersen. Jetzt grollte unheimlich tiefer, lang anhaltender Donner heran, Blitze zuckten und Kennog zog unwillkürlich den Kopf tiefer zwischen die Schultern. Der Alte rief etwas, aber seine Stimme ging im Krachen des nächsten Donnerschlags unter.

Plötzlich war der Harfner, obgleich nur einen Schritt voraus, verschwunden. Es war, als habe ihn von einem Augenblick auf den anderen die Erde verschluckt. Entschlossen folgte ihm Kennog in die Dunkelheit, fiel in eine Art Grube und prallte hart auf den Körper des Meisters. Beim Schein des nächsten Blitzes wurde er gewahr, dass sie sich im engen Eingangsbereich einer Höhle befanden. Da der Alte dort saß, kauerte auch er sich nieder. Sie hatten diesen dürftigen Schutz gerade noch im richtigen Moment erreicht, denn in derselben Sekunde brach draußen die Welt auseinander. Blitz folgte auf Blitz, Donner zerfetzte die Luft, die nur noch aus senkrecht rauschenden Wassermassen zu bestehen schien. Um dieses Inferno noch zu steigern, sprang nun ein Sturm wütend in die Kronen der Bäume und zwischen die Büsche, ließ Äste splittern und riss an anderer Stelle ganze Stämme mitsamt ihren Wurzeln aus.

»Aife tobt, sie ist blind vor Wut«, hörte Kennog den alten Harfner flüstern, zumindest schien es ihm so, es mochte auch sein, dass er sich das nur einbildete und laut seine eigenen Gedanken hörte. Wer vermochte das in einem solchen Sturm noch zu unterscheiden? Ringsum begann die Erde unter den wüsten Schlägen des Unwetters zu zittern. Urgewaltig, wie nur die Gewitter kurz vor Beltaine sein können, zerfetzte Aife mit Ingrimm den Wald, mahlte und malmte, sandte ihr kaltes Feuer mit Blitzen ins Holz. Doch das auflodernde Feuer wurde sogleich von den Himmelsfluten gelöscht. Alle Schleusen standen offen, die Welt zu ertränken, gurgelnd und gierig stürzte das Wasser herab. Heimtückisch heulte der Aife-Sturm, klagend, winselnd und geifernd vor Zorn. Und zitternd duckte sich Kennog in den Schutz der Grube. Tausendfach dankte er seinem Meister dafür, dass er diesen rettenden Unterschlupf, und sei er auch noch so eng, gefunden hatte.

Das Gewitter drehte ab, sodass man nun eine Zeit lang nur noch dem schier endlosen monotonen Rauschen des Regens lauschen konnte, kehrte aber noch einmal mit gesteigerter Macht zurück, um schließlich nach Norden hin allmählich zu verebben. Den ganzen Tag über hockten sie wie Gefangene im Loch, froh darüber, wenigstens halbwegs trocken und unversehrt geblieben zu sein, und wagten sich erst gegen Abend ins Freie. Aber auch dann blieben sie noch in der Nähe der schmalen Felsspalte. Wer garantierte, dass Aife, die einen ganzen Tag ihres Lebens gestohlen hatte, als wollte sie mit allen Mitteln ihre Reise nach Tirnanogh verhindern, es sich nicht doch noch anders überlegte und mit neuen Wolkenheeren zurückkam? Doch nur noch in dünnen Fäden fiel der Regen und versiegte endlich ganz.

12

Am Morgen bot sich ihnen ein Bild der Verwüstung: Blindwütig hatte das Unwetter getobt, Bäume lagen vom Blitz zerschmettert oder vom Sturm entwurzelt und reckten ihre toten Arme empor. Ganze Schneisen hatte Aife durch den Wald geschlagen, Verwirbelungen im Unterholz, als hätten Riesen dort Buschwerk statt Korn gedroschen. Nur mühsam kamen sie voran, mussten über quer liegende Baumstämme klettern und sumpfiges Gelände umgehen, in dem trügerische Wasseruntiefen glucksten.

Aife hat getanzt, dachte Ogham. Aber warum gerade hier und so heftig? Es war zwar die Zeit der großen Stürme und Frühlingsgewitter und richtig war auch, dass das Geisterheer unterwegs war, um die Menschen das Fürchten zu lehren. Bis Beltaine würde sich ihr Wüten noch steigern. Aber nie zuvor in seinem langen Leben hatte Ogham ein Gewitter mit solchen Mengen an Regen erlebt. Die Welt schien aus den Fugen geraten zu sein. Ein besonderes Ereignis kündigte sich an, etwas Großes,

Grauenhaftes, von dem er sich noch kein rechtes Bild machen konnte. Geschah das alles, weil er, Ogham, den Jungen aufgespürt hatte und nun mit ihm unterwegs nach Tirnanogh war? Beobachteten ihn die Geister, konnten sie seine Gedanken lesen?

Ogham machte sich ernsthaft Sorgen. Aber er gab sich Mühe den Jungen nichts davon merken zu lassen. In den Zeiten, als er noch allein unterwegs gewesen war, war alles einfacher gewesen. Nun trug er Verantwortung für das Schicksal des Jungen. Der alte Harfner seufzte tief auf, er machte sein Denken leer, damit die Geister, sofern sie ihm übel gesinnt waren, darin nichts mehr lesen konnten, und konzentrierte sich auf den Weg vor seinen Füßen. Einen Schritt vor den anderen setzte er mit Bedacht und kontrollierte dabei aus den Augenwinkeln den Wald ringsum. Dessen Saum mussten sie bald erreichen, die Grenze zu den freien Ebenen hier. Dort aber, das spürte er deutlich, lauerte erst die eigentliche Gefahr.

Kennog war an diesem Morgen erstaunlich ruhig. Er hatte wie sein Meister wenig geschlafen und ob der vielen unheimlichen Laute ringsum kaum ein Auge zugetan, aber nun, da das Gewitter vorüber war und der Regen die Luft gereinigt hatte, atmete er auf. Er merkte zwar, dass der Alte ein verkniffenes Gesicht machte und sich wortkarger als sonst gab, aber er dachte sich wenig dabei. Sie hatten wegen des Unwetters viel Zeit verloren und kamen auch jetzt nur langsam und mühevoll voran. Das war es wohl, was den Meister betrübte, welchen Grund mochte es sonst geben?

Endlich erreichten sie den Waldsaum und konnten in die freie Fläche hinübersehen. Ogham war stehen geblieben, hatte die Augen zusammengekniffen und spähte angestrengt ins Gelände. Kennog tat es ihm gleich, konnte aber nichts Außergewöhnliches entdecken. Der Himmel bestand noch immer aus einer dichten grauen Wolkendecke, durch die kein Streifen Sonnenlicht fiel. So wirkten die sich im Wind wiegenden Grasflächen dunkel und kalt, wenig einladend zum Wandern. Der Junge hatte inzwischen gelernt sich nach Zeichen, Rufen, Signalen von Tieren zu orientieren. Doch kein Eichelhäher keckerte im Gehölz, kein Vogel trieb in der Luft, die Welt war still und schien einzig aus dem durchs Gras streichenden Wind zu bestehen.

Ogham zögerte noch immer den Wald zu verlassen. Sein Blick streifte flüchtig den Jungen, dann gab er sich einen Ruck und ging los. Mit mächtigen Schritten durchmaß er das feuchte Gras, Kennog musste sich sputen, um ihm auf den Fersen zu bleiben. Den halben Tag lang durchstreiften sie auf diese Weise das grünhügelige, immer wieder von frei liegendem Felsgestein durchbrochene Land. Im fahlen Dämmerlicht sahen manche der aufragenden Steingrate wie erstarrte Gestalten aus, Gruppen von rastenden Riesen, grauschuppige Wächter, die zusammengeklumpt auf Hügeln saßen, um den Marsch der Wanderer zu beobachten. Manchmal kam es Kennog vor, als winke einer dieser dunklen Gesellen ihnen zu. Wenn er sich dann aber mit zwei, drei raschen Seitenblicken vergewisserte, blieben es doch bloß Statuen aus Stein, vom Wind geformter Fels. Dennoch blieb der Weg unheimlich. Nichts außer singendem, pfeifendem Wind war zu hören, das Rauschen des Grasmeers und des eigenen Blutes im Kopf.

Ogham blieb so plötzlich stehen, dass Kennog gegen ihn prallte. »Still«, flüsterte der Harfner, »hörst du nichts?«

Kennog lauschte noch intensiver dem Wind, drehte

den Kopf in alle Richtungen, um die Geräusche mit den Ohren einzufangen. »Nein, nur den Wind«, sagte er, »er wird immer stärker.«

»Und das Heulen?«, fragte Ogham.

Kennog lauschte erneut. »Ich höre nichts, ich weiß nicht, was du meinst.«

»Hm«, brummte Ogham, »kann sein, dass ich mich getäuscht habe. Dennoch sollten wir vorsichtig sein. Irgendwie habe ich das Gefühl, dass wir nicht mehr allein unterwegs sind.«

Kennog drehte sich hastig um, konnte aber nichts außer dunklen Hügeln und wogendem Gras entdecken. In diesem Moment brach ein einzelner, schmaler Lichtstrahl aus der Wolkendecke. Dort, wo er auftraf, ragten Felsen wie riesige morsche Zähne aus einem Hügel.

»Da«, zischte Ogham und deutete mit der Hand in Richtung Hügel. Eine einzelne schwarze Krähe strebte mit klatschendem Flügelschlag auf die Felsen zu. Es sah aus, als sei sie schon lange unterwegs gewesen und erreiche nun mit letzter Kraft ihr Ziel. Als sie genau in den Lichtstrahl traf, stob unter ihr ein Schwarm aus Raben und anderen Krähen hoch, um sich dann erneut bei den Felsen niederzulassen. In diesem kurzen Moment schrien sie auf und der Wind trug die Laute aus ihren Schnäbeln und Kehlen zu Oghams und Kennogs Ohren.

Kennog sah, wie Ogham erbleichte. Einen Augenblick lang sah es aus, als wolle sich der alte Harfner zur Flucht umwenden. Dann entschied er sich anders und strebte mit weit ausholenden Schritten dem Hügel zu.

Geh nicht weiter, hämmerte es dem Jungen durch den Kopf. Eine unbestimmte Angst stieg in ihm hoch, schnürte ihm die Kehle ab, saß als Kloß in seinem Hals. Unwillkürlich musste er an jenen schrecklichen Tag denken, als fremde Krieger sein Dorf überfallen hatten und das Massaker begann. Wie lange schon hatte er diese Erinnerung in sich verbannt und nun war sie ohne jede Vorwarnung wieder da, grauenhaft mächtig, alles andere auslöschend. Ein Gefühl des Ausgeliefertseins überkam Kennog. Und während sich noch Erinnerung und Vorahnung in ihm mischten, liefen Tränen über sein Gesicht. Er spürte sie nicht, wusste nur, dass er, dem Alten folgend, dieser zähen, im Grasmeer verloren wirkenden Gestalt, unaufhaltsam seinem Schicksal entgegenging.

Steil war der Hang, höher der Hügel, als ursprünglich vermutet. Als sie seine Abbruchkante erreichten, begann dort ein flaches, nur von herumliegenden Gesteinsbrocken durchsetztes Plateau. Aber ihre Ankunft schreckte die schwarzen Vögel ein zweites Mal auf. Diesmal kreischten sie wild durcheinander, zerzaust zeternd, und einige der Raben zankten sich um etwas in der Luft. Auch glaubte Kennog nun dunkle, schnell über die Hochebene dahinjagende Gestalten zu sehen, die sich rasch in irgendwelchen Senken verbargen. Eines dieser Wesen hielt mitten im Lauf inne, wandte den Hals – es war ein großer, langbeiniger Hund. Von allen anderen nahm Kennog mit klopfendem Herzen nur diesen einen wahr, ein großes Tier mit bebenden Flanken, brennenden Augen und weit heraushängender Zunge. Hechelnd stand es da, den Nacken gesenkt, die Lefzen hochgezogen und die gelben Zähne gefletscht, als sei es zum Äußersten entschlossen und zu sofortigem Angriff bereit.

Kennog war von diesem Anblick so berührt und gefangen, dass er kaum merkte, wie Ogham langsam über das Hochplateau schritt. Nicht die kreischenden Vögel in der Luft, nicht die davonhuschenden Hunde interessierten den Harfner, sondern etwas anderes, das vor ihm auf dem Boden lag: der Kadaver eines Pferdes, aus dessen angefressener Brust die Knochen ragten. Die Spuren waren frisch. Ogham sah auch, dass das Pferd eine Satteldecke und Zaumzeug trug. Als der Junge zögernd zu ihm trat, musste er erst seine Kehle freiräuspern.

»Die Hunde fressen Leichenteile«, sagte er, »auch die Raben und Krähen streiten sich um Beute.«

»Was ist passiert?«, fragte Kennog.

»Ich weiß es noch nicht«, gab der Harfner zur Antwort, »etwas Schreckliches scheint hier geschehen zu sein. Komm, lass uns nachsehen.«

Kennogs Beine sträubten sich diesem Befehl zu gehorchen. Schleppend, unendlich langsam folgte er seinem Meister, der bereits voraus war und zwischen den Felsen verschwand. Als er dort eintraf, stieß er auf die Leichen zweier Männer. Sie waren in Lederwämse gekleidet, beide trugen lederne Helmhauben, der eine von ihnen aber keine Stiefel. Weißkäsig stakten seine Beine aus den karierten Stoffhosen hervor. Und die Waffen? Offensichtlich hatte man diese wie die Stiefel geraubt, auch die Gürtelscheiden waren leer. Das Schrecklichste an diesem Anblick aber war die Tatsache, dass dem einen der beiden auf dem Boden liegenden Männer ein Pfeil bis zum gefiederten Schaft in der Brust steckte, den er noch mit der Faust umklammert hielt, während der Schädel des anderen durch einen Schwerthieb gespalten war. Die Wunde zog sich quer durchs Gesicht, ein Auge war aus seiner Höhle gequollen … oder hatten das die Raben und Krähen getan?

Kennog würgte und wandte sich ab. Mit beiden Händen einen Stein umklammernd, übergab er sich. Ogham trat zu ihm, fasste ihn an den Schultern und führte ihn weg.

»Meine Mutter, mein Vater«, röchelte Kennog mit erstickter Stimme, sein ganzer Körper zuckte und bebte und sein Weinen klang nun wie das eines kleinen Kindes.

»Ich weiß, dass dich dieser Anblick daran erinnert«, sagte Ogham, indem er dem Jungen sanft übers Haar strich. »Es tut mir Leid, ich konnte es nicht verhindern, es tut mir so Leid.« Noch immer fuhr seine Hand beruhigend über Kopf und Schultern. Gern hätte er das grausame Gesicht des Krieges von diesem Jungen fern gehalten. Doch wie war das in Zeiten wie diesen möglich? Ob er wollte oder nicht – Kennog musste damit zurechtkommen, es gab keine Möglichkeit vor dem Schrecken zu fliehen.

Als sich der Junge einigermaßen gefasst hatte, sagte Ogham: »Meinst du, es geht wieder? Wir müssen noch nach den anderen suchen.«

»Den anderen?«

»Ja.« Ogham nickte ernst. »Hier hat vor kurzem erst ein Kampf stattgefunden, die Wunden sind frisch. Es liegen bestimmt noch weitere Männer im Gras. Wer weiß, ob nicht einer von ihnen noch lebt und unserer Hilfe bedarf ...«

Kennog verstand. Mit wackligen Knien stand er auf und säuberte sich den Mund. »Und die Hunde?«, flüsterte er mit trockener Kehle.

»Das sind feige Gesellen«, sagte Ogham, »solange wir hier sind, getrauen sie sich nicht näher zu kommen. Selbst die Vögel kreisen noch immer.«

Aber sie trafen im Umkreis nichts Lebendiges mehr an. Noch ein Pferdekörper und die Leichen von drei weiteren Männern lagen im Gelände verstreut, Letztere noch grauenhafter verstümmelt als die, auf die sie zuerst gestoßen waren. Bei einem von ihnen blieb Ogham lange stehen und kniete dann nieder, um den Leichnam zu untersuchen. Als er damit fertig war, drehte er den Kopf und wandte dem Jungen sein Gesicht zu. Kennog sah, dass Tränen über die Wangen des alten Mannes liefen.

»Ich kenne ihn, es ist Bronnagh«, sprach er mit einer Stimme, die von weit her zu kommen schien. »Auch einen Zweiten habe ich wiedererkannt. Sie gehören zur Fianna. Sie müssen hier bei den Felsen in einen Hinterhalt geraten sein.«

»Und wer lauerte ihnen auf?«

»Wahrscheinlich Krieger aus Lagin«, gab Ogham zur Antwort, »obgleich keiner hier liegt, der ihre Kleidung trägt. Wenn welche von ihnen beim Kampf verletzt oder getötet wurden, so hat man sie weggeschafft wie die Pferde und Waffen der erschlagenen Gegner. Nur die toten Männer des Hochkönigs ließ man liegen.«

»Nur fünf?«, sagte Kennog. »Meinst du, dass sie in einer so kleinen Gruppe unterwegs waren?«

Ogham zuckte die Achseln. »Möglich. Die Fianna sammelt sich in der Regel erst nach Beltaine zum großen Heeresverband. Vorher arbeiten die Männer auf ihren Höfen. Mir scheint, dass diese unterwegs zum Sammelplatz weiter im Nordosten waren und von feigen Mördern überrascht wurden.«

»Du hast nur bei einem von ihnen geweint. Kanntest du ihn gut?«

Der alte Harfner ließ sich Zeit mit der Antwort. »Wie kann man es wagen zu sagen, dass man einen Menschen kennt, den man nur ein paarmal im Leben getroffen hat?«, sagte er dann. »Dieser hier, Bronnagh, war der Sohn eines Freundes, der schon lange in der Fianna dient, Ulam Mac Croy, ein tapferer Mann. Es scheint, als sei Ulam diesmal wegen seines Alters und seiner Gesundheit nicht mit zum Sammellager geritten. Zum ersten Mal zog Bronnagh allein mit seinen Getreuen los und fand in einer sinnlosen Schlacht den Tod.«

»Und die Leute aus Lagin?«, fragte Kennog. »Kann es nicht sein, dass sie sich noch immer in der Nähe aufhalten?«

»Genau das ist das Problem und im Moment meine größte Sorge«, sagte Ogham. »Die Zeichen sprechen zwar dafür, dass sie den Platz bereits vor Stunden verlassen haben. Ich habe aber das Gefühl, dass noch mehr von ihnen herumstreichen.«

»Die Hunde«, sagte Kennog, »hast du gesehen, wie schrecklich wild sie sind und wie ihre Augen glühen?«

»Es gibt Schlimmeres als diese Hunde«, sagte Ogham knapp, um den Jungen nicht unnötig zu beunruhigen. Insgeheim aber dachte er: Er hat Recht, nur selten habe ich solche Bestien gesehen. Von Höfen stammen sie nicht, eher aus jener Welt, in der auch der Geistereber zu Hause ist. Dabei sind die, die man sieht, nicht einmal die Schlimmsten. Weitaus gefährlicher als die Sichtbaren erscheinen mir jene, die sich im Grenzbereich des Lichtes verbergen. Ihre Stimmen schleichen sich in das Heulen des Windes ein. Sie sind Begleiter und Vorboten des Bösen. Wo sie sind, ist auch die andere, die weitaus ärgere Kraft nahe, ich kann sie regelrecht riechen.

Ogham stand zwischen den Felsen und blähte seine Nase weit auf. Ja, es stimmte, seine Sinne trogen ihn nicht, da war er, dieser Geruch nach Verwesung, der aus dem Grenzbereich zwischen Leben und Anderswelt kam. Und auch die anderen Merkmale waren deutlich: der leise, mehr spür- als hörbare Gesang der Hunde jenseits des Hügels, die Tatsache, dass die Raben und Krähen nicht mehr zu ihm sprachen, sondern sich in barbarische Agressivität zurückgezogen hatten, wilde, schwarzflügelige Leichenfledderer nun, die zum Totenschmaus krächzten.

Lange überlegte er, ob sie nicht die Erschlagenen begraben sollten, zumindest Bronnagh. Bin ich es seinem Vater schuldig, fragte er sich, wird er mir jemals verzeihen, dass ich seinen Sohn so liegen ließ, wie ihn das Schicksal ereilte? Aber der Boden war hart. Mit bloßen Händen würden sie keine Grube für ihn graben können und es gab nicht genug lose Gesteinsbrocken, um seinen Leichnam zu bedecken. Was ihn aber weitaus mehr als alle anderen Bedenken von diesem Vorhaben abhielt, war die Tatsache, dass der Himmel nun violettschwarz gefärbt war. Bald würde es völlig dunkel werden und ihr Aufenthalt hier nicht mehr sicher sein. Schon wurden die Hundestimmen im Wind lauter, ihr Geheul klang nach Warnung. Sie mussten schleunigst aufbrechen.

Zum ersten Mal auf ihrer Reise fühlte sich Ogham unsicher, wohin er sich wenden sollte. Sie mussten nach Westen, aber sein Instinkt sagte ihm, dass sich genau dort die Leute von Lagin befanden. Nein, er hatte keine Spuren im Gras gesehen, keinen sicheren Hinweis, der seine Annahme bestätigte, und doch war er felsenfest davon überzeugt, dass im Westen Gefahr auf sie lauerte. Also verließen sie, einen Umweg nach Norden wählend, den Hügel.

Kennog wurde gewahr, dass die Hunde durchs Gras schlichen, aber keiner folgte ihnen, aus guten Gründen blieben sie auf dem Plateau zurück. Der Wind steigerte sich allmählich wieder zum Sturm, er riss im Haar und fuhr kalt über die Haut.

Einmal blieb der Meister stehen, um zu lauschen. »Achte auf das Heulen im Sturm«, sagte er, »was hörst du?«

Kennog folgte der Anweisung. »Ist es Aife?«, fragte er. »Reitet sie noch immer im Wind, um die Schwanenkinder zu jagen?«

»Nein. Horche genauer, hörst du nicht das Heulen in der Luft?«

Kennog lauschte konzentriert. Ja, jetzt vernahm auch er es. »Es sind die Hunde«, sagte er, »sie haben sich bei den Felsen versammelt und recken die Kehlen.«

»Gut. Und was noch? Streng dich an.«

Kennog schloss die Augen und reckte den Hals. »Ich höre das Schlagen von Pferdehufen, viele Hufe, es muss ein Heer unterwegs sein.«

»Von woher kommt es?«

»Ich weiß nicht«, sagte Kennog, »Es scheint von überall zu kommen, das Geräusch nähert sich.« Als er die Augen wieder öffnete, konnte er in Oghams Gesicht große Sorge lesen. »Was ist?«, fragte er. »Droht uns Gefahr?«

»Eine größere, als du dir vorstellen kannst«, sagte der alte Harfner ernst. »Ich will dich nicht ängstigen, aber vor Beltaine gehen wirklich die Geister um, denk an Aife, an den Eber, die Hunde … Mitunter zieht auch ein Totenheer durch die Luft.«

»Dann stammt der Hufschlag nicht von den Reitern aus Lagin?«, fragte er erschrocken.

»Das wäre schlimm genug, aber in unserem Fall noch das kleinere Übel.«

»Ich kenne dich gar nicht so«, sagte Kennog, »du machst mir Angst, Meister.«

Da trat Ogham einen Schritt auf den Jungen zu und umarmte ihn. »Bitte verzeih mir, dass ich dich in eine solche Gefahr gebracht habe«, sagte er. »Was auch geschehen mag, bleib in meiner Nähe, damit ich dich beschützen kann. Ich habe es versprochen und werde diesen Schwur halten.«

»Wem hast du es versprochen?«, fragte Kennog.

»Das ist jetzt nicht von Bedeutung«, wich der Alte aus. »Vor der Nacht noch müssen wir einen Fluss erreichen und uns am Ufer verstecken, dort sind wir vermutlich sicher. Komm, spute dich, damit wir den Wasserlauf finden.«

Wie zur Bekräftigung führte nun der Sturm unheimliche Laute heran – heiseres Geheul, Hufschlag und einen anschwellenden Gesang, der nicht aus menschlichen Kehlen stammen konnte.

»Lauf!«, rief Ogham und rannte los. Kennog folgte, so schnell er konnte. Es war seltsam – so sehr er sich auch anstrengte und über Stock und Stein jagte, es gelang ihm nicht den Alten einzuholen. Woher nahm Ogham nur diese Kraft und Ausdauer? Kennog lief und lief, als ginge es um sein Leben. Und es ging auch um sein Leben, aber was vermochte ein unerfahrener Junge wie er vom Lauf des Schicksals – das sein Meister zu kennen schien – auch nur zu ahnen? Müdigkeit fühlte er in sich aufsteigen, eine lähmende Mattigkeit und Schmerzen in seinen Muskeln. Er keuchte, seine Lungen brannten und die Stiche in seinem Leib wurden stärker.

»Lauf, Kennog, lauf!«, hörte er die Stimme des Meisters, dann wieder ein Heulen und anschwellender Gesang hinter sich.

Ogham wusste, wenn der Junge jetzt stockte oder strauchelte, war alles verloren. »Du schaffst es, Junge!«, rief er. »Ich rieche schon das Wasser. Halte durch, gleich haben wir es geschafft!«

Aber es ging noch einen Hang hinab, über Geröll hinweg und durch niedriges, dorniges Buschwerk hindurch. Die Ranken zerfetzten Kennogs Hose und Beine. Der Schmerz dort wurde stärker als die Seitenstiche. Er rannte und rannte, bis er schließlich im dichter werdenden Dickicht des Ufers auf den Meister prallte. Der alte Harfner lag auf der Erde und krümmte sich. Auch Kennog stürzte zu Boden, sein Herz hämmerte bis in die Schläfen, ihm wurde schwarz vor Augen.

Als er sich etwas erholt hatte und sein Atem nicht mehr so stoßweise ging, vernahm er wie durch einen Nebel die Stimme des Meisters. »Wir sitzen in der Falle, Junge. Genau hierhin wollte uns das Geisterheer treiben. Die Lage ist schlimm. Nur ein Narr kann uns jetzt noch retten.«

13

Ein Narr?«, fragte Kennog. »Was willst du damit sagen?«

»Einer wie dieser«, sagte Ogham und wies mit der Hand auf den gebeugten Stamm einer Trauerweide.

»Ich begreife nicht, was du meinst«, antwortete Kennog verzagt.

In diesem Moment löste sich eine Gestalt aus der Dunkelheit. Es war ein kleiner, buckliger Mann von erbärmlichem Aussehen. Das strähnige Haar hing ihm wirr ins zerfurchte Gesicht, das ein Bild des Jammers bot. Rot und triefend die Augen, der schmale Mund zusammengekniffen unter der blumig aufgedunsenen Nase. In Lumpen war er gekleidet, dreckbesudelt und er roch, als hätte er sich niemals im Leben gewaschen. Gebannt starrte Kennog auf die Erscheinung. Unter vielen Verbeugungen und mit einem Schwall aus Stöhnen, Röcheln und Gebrabbel, das nach Verwünschungen klang, näherte sich der Wicht. Beklommen und staunend wurde Kennog Zeuge eines verwirrenden Gesprächs.

»Böses geht um, hoher Herr, die alte Welt zerbricht und die Ordnung schwindet!«

»Ich weiß«, antwortete Ogham, »aber nenn mich nicht hoher Herr, ich bin nur ein einfacher Harfner.«

»Wie es beliebt, hoher Herr. Habt ihr meine Lauwin gesehen? Geht es ihr gut? Ach, könnte ich doch bloß bei ihr sein und ihr Schicksal teilen … So aber bin ich gezwungen, ruhelos weiterzuwandern, stromauf, stromab. Wie viele Jahre ist es schon her? Ich fürchte, mein halbes Leben, und mein Herz sehnt sich nach ihr.«

»Ich fühle deine Trauer und dein Unglück rührt mich an«, sagte Ogham, »gibt es eine Möglichkeit dir zu helfen?«

»Mir zu helfen?«, wiederholte das Männlein düster. »Dem armen Hegon helfen? Das dürfte unmöglich sein, mir kann niemand mehr helfen, selbst die Götter haben sich von mir abgewandt, hihi. Aber was soll's? Mir kann nichts mehr geschehen, denn ich habe bereits alles, was mir lieb und teuer war, verloren. Verschwendet nicht die Zeit mit einer alten Trauerweide wie mir. Ihr solltet euch lieber Gedanken über euch selbst machen. Das Böse verfolgt euch, es kommt näher. Nicht mehr lange, da werdet ihr um euer eigenes Leben zittern.«

»Ich weiß, wie bedenklich unsere Lage ist«, antwortete Ogham, »und dass nur noch ein Mann wie du uns aus ihr befreien kann. Besitzt du ein Boot?«

»Ein Boot? Hihi, natürlich habe ich ein Boot oder meinst du, ich würde über das Wasser laufen? Aber warum sollte ich es weggeben?«

»Nicht weggeben, nur ausleihen. Und du wirst unser Fährmann sein.«

»Euer Fährmann? Ich denke gar nicht daran, wie käme ich dazu? Damit wäre meine Lauwin niemals einverstanden, dass ich das Boot hergebe.«

»Meinst du das im Ernst?«, flüsterte Kennog. »Einem Narren willst du uns ausliefern?«

»Warum nicht?«, flüsterte der Harfner zurück. »Kennst du eine bessere Lösung?«

»Aber der Kerl ist doch völlig verrückt, sieh ihn dir doch an!«

»Das tue ich«, gab Ogham ruhig zurück, »und ich sage dir: Dieser Mann ist unsere Rettung.«

»Warum?«

»Weil er zu einem Teil in dieser und zum anderen in der Anderswelt lebt, deshalb«, sagte Ogham. »Einen besseren Fährmann als ihn können wir uns gar nicht wünschen.«

»Was bedeutet das – Anderswelt?«, flüsterte Kennog.

»Nun, es gibt zwei Welten, die zu gleicher Zeit nebeneinander bestehen«, antwortete Ogham, »Eine, die wir alle kennen und deshalb für normal und die einzig mögliche halten, und eine andere, in der die seltsamsten Dinge passieren – das Reich der Feen, Dämonen und Geister. Vor dieser Anderswelt, in der völlig andere Gesetze als in der unsrigen gelten, fürchten sich die meisten Menschen. Aber hab keine Angst, uns wird schon nichts geschehen.«

Der Wicht tat so, als bemerkte er nichts von dem leisen Zwiegespräch der beiden, kicherte vor sich hin und erhob nun wieder laut seine Stimme: »Du hast Recht, hoher Herr, einen, der sich besser als ich mit dem Boot auskennt, muss man erst suchen. Mit meinem Kanu gleite ich schneller als jeder Seevogel über die Wellen, selbst Aife, die alte Hexe, kann mir nichts anhaben, wenn ich das Paddel führe. Wo soll die Reise denn hingehen?«

Der alte Harfner richtete sich zu voller Größe auf und blickte seinem Gegenüber prüfend in die Augen. »Nach Tirnanogh«, sagte er ernst, »kennst du den Weg?«

»Ob ich den Weg kenne, hihi? Das ist hier kaum die Frage.«

»Was sonst?«

»Was du mir als Gegenleistung zu bieten hast.«

Der alte Harfner dachte lange nach. Ein heulender Sturmwind fuhr ins Gebüsch und griff nach ihm. Doch er hatte den Angriff vorausgesehen und stand fest wie ein Fels in der Brandung. Breitbeinig stand er da, während der Sturm das Band in seinem Haar zerriss und die langen weißen Strähnen seinen Schädel bis auf die Schultern umwehten. In diesem Moment empfand Kennog seinen Meister als noch mächtiger und respekteinflößender als sonst.

»Gut, so soll es denn sein«, brach er endlich das Schweigen. »Ich biete die wahre Geschichte von Cravetheen, dem Harfner, gegen die Überfahrt.«

»Von Cravetheen, dem Harfner?«, flüsterte das Männlein sichtlich beeindruckt. »So wahr ich Hegon der Fährmann bin und ob meiner Lauwin trauere, die vor vielen, vielen Jahren für immer verschwand … dieser Handel gilt.«

»Dann schlag ein«, sagte Ogham und streckte ihm die Rechte entgegen, »fahr uns sicher den Fluss hinauf und weiter noch bis zur Insel der ewigen Jugend, dann werde ich dir unterwegs Cravetheens Geschichte erzählen.«

Tu das nicht, wollte Kennog warnend ausrufen, denn ihm kam die ganze Sache absurd und unheimlich vor,

vor allem die Gestalt und das wirre Gebaren des närrischen Männleins. Doch seine Kehle war trocken, er brachte keinen Laut über die Lippen. Da streckte der Verrückte schon seine Hand aus und schlug ein. Mit dieser Geste wurde ihr Schicksal besiegelt.

14

Von Hegon geführt, stießen sie im Schilfdickicht auf das Kanu, ein schlankes, fellbespanntes Boot, in dem gerade drei Personen Platz fanden. Hegon saß mit dem langen Paddel in der Mitte, Ogham hinten und Kennog kauerte sich in den Bug. Als sie vom Ufer abstießen, fuhr noch einmal heulend der Sturm über sie hinweg. Doch als habe er auf dem Wasser seine Orientierung verloren, fand er sie nicht, sprang bald hierhin, bald dorthin und verlor sich mit einem klagenden Laut in der Ferne. Nun tauchte Hegon das Paddelblatt ein und sagte, ohne den Kopf nach dem hinter ihm sitzenden Ogham zu drehen:

»Den ersten Teil unserer Abmachung habe ich erfüllt und werde so lange euer Fährmann sein und euch sicher über den Fluss und hinaus aufs offene Meer bringen, wie auch du dein Versprechen erfüllst und erzählst, hoher Herr. Bedenke aber, dass auf dem Weg nach Tirnanogh nur die Wahrheit zählt. Weichst du auch nur an einer einzigen Stelle von ihr ab, so werden dich und deinen Begleiter die Wogen des Meeres verschlingen.«

Da begann Ogham mit seiner Geschichte.

ERSTER TEIL DER GESCHICHTE
von Cormac Colingas und dem Harfner
Vor langer, langer Zeit, als Conairy Mor als Hochkönig in

Tara herrschte, begab es sich, dass Cormac Colingas, der Sohn des Concobar und Enkel des Nessa, als Geisel am Königshof weilte. Als Pfand für die Treue von Ulster kam er und bald liebten ihn alle Männer und Frauen wegen seiner Tapferkeit, Stärke und Schönheit. Größer und breitschultriger als seine Gefährten, die mit ihm nach Tara zogen, war er ein stattlicher Krieger, über dessen Heldentaten die Barden in ganz Erinn sangen. In seinen Augen glühte das Feuer der Sonne, golden wie ein Septembermorgen glänzte sein Haar, sein Speerstoß war kraftvoll und sein Schwerthieb gefürchtet. Er lachte und sang vielen zur Freude, wer aber seinen Zorn zu spüren bekam, dem verging das Lachen. »Blau-Grün« hieß sein Schwert und »das flüsternde Schwert« wurde es auch genannt, denn es schimmerte blaugrün wie ein Blitz in der Luft und in der Scheide begann es zu flüstern, wann immer es durstig wurde. Nur Blut konnte dann seinen Durst noch stillen, das Blut erschlagener Feinde. Dieses Schwert hatte der sagenhafte Len, dessen Schmiede sich am Beginn des Regenbogens befindet und der sich aufgrund eines göttlichen Richtspruchs niemals von diesem Ort entfernen darf, eigenhändig geschmiedet. Cormac Colingas führte es zum Schutze der Ultonier und zur Ehre seines Stammes, aber auch im Dienste des Königs und es heißt, dass ein jeder im ganzen Reich sich vor dem Flüstern des Schwertes fürchtete.

Die Frauen aber warfen Cormac Colingas bewundernde Blicke zu, besonders Eilidh, die Tochter von Conn und Dearduil, die ihrerseits von der schönen Königin Morna abstammte. Eilidh gehörte nicht zum Stamm der Ultonier, sondern zu den Untertanen des Hochkönigs. Conairy Mor, den man auch den »Roten Fürsten« nannte, hatte Cormac Colingas gern in seiner Nähe und so war es unausweichlich, dass sich der junge Held und die schöne Eilidh oft in seinem Umfeld trafen. Sie spürte eine tiefe Liebe zu ihm und träumte nur noch von diesem Mann. Die Sache blieb nicht geheim, denn ihre Mutter Dearduil hielt ihr eines Nachts im Schlaf einen Zauberspiegel vor den Mund. Dieser Spiegel war aus poliertem Metall und zeigte die Dinge in ihrer verborgensten Tiefe, so auch den Traum der Tochter. In flammender Farbe erschienen auf dem Metall das Herz von Cormac Colingas und ein Monogramm, das sich stets auf dem Umhang des jungen Helden befand. Da war sich Dearduil sicher, wem die Liebeskrankheit galt, und sie fühlte Freude und Furcht zugleich. Freude, weil Cormac Colingas ein stattlicher und von vielen Frauen begehrter Mann war, Furcht, weil er von Ulster stammte und nach seiner Zeit als Geisel dorthin zurückkehren würde. Konnte der Hochkönig einer solchen Verbindung zustimmen? Nein, auch er fürchtete sich insgeheim vor den Ultoniern und sah in Cormac Colingas einen Rivalen heranwachsen.

Seit dem Tode Conns war Eilidh ein Mündel des Königs, er sorgte für sie und hatte insgeheim schon einen Ehemann für sie ausgesucht. Dieser Mann, ein junger Krieger, hieß Art mac Art Mor. Eines Tages ließ ihn der König rufen. »Du kennst den Grund, warum ich dich holen ließ?«, fragte der König.

»Ich ahne es, du willst mir die schöne Eilidh als Frau anvertrauen«, antwortete Art mac Art Mor.

»Und was hältst du von meinem Plan?«, fragte der König weiter.

»Sehr viel, mein Herr und Gebieter. Der Plan ist gut und gefällt mir ausgezeichnet, doch lässt er sich leider nicht in die Tat umsetzen.«

»Warum nicht?«, polterte der König.

»Weil sie mich einfach nicht sieht«, sagte Art mac Art Mor. »Es ist, als ob ich Luft für sie wäre, meine Stimme gelangt nicht zu ihrem Ohr und meine Sehnsucht prallt an ihrem Herzen ab, das wie eine Festung verschlossen liegt und einem anderen als mir gehört.«

»Von wem sprichst du?«, fragte unwirsch der König.

»Von einer der Geiseln.«

»Doch nicht von Cormac Colingas?«

»Von genau diesem.«

Da schwieg der König lange Zeit in Gedanken versunken und tiefe Falten bildeten sich auf seiner Stirn. Schließlich erhob er sich, ging wie ein Schlafwandler durch den Palast und tat so, als habe er seinen Besuch längst schon vergessen, bis er vor Art mac Art Mor stehen blieb.

»Dann hilft nur noch eines«, sagte er düster. »Blut muss fließen.«

»Wessen Blut, seines oder meines?«

»Deines bestimmt nicht«, antwortete der König und legte dem jungen Mann die Hand auf die Schulter.

Art mac Art Mor erschrak, als er das hörte, denn er fasste die Worte als Befehl auf die berühmte Geisel zu töten. Doch der König beruhigte ihn: »Es ist nicht so, wie du denkst. Ich werde ihn nach Hause zu den Seinen schicken.«

All das sah Dearduil, die das zweite Gesicht besaß, in ihrem Zauberspiegel. Voll Sorge verließ sie am Abend das Haus, um Cormac Colingas zu warnen. Als sie bei seinem Zelt eintraf, gewahrte sie auf dem Boden vor dem Eingang ein Tuch, das ihrer Tochter gehörte, und als sie den Zeltvorhang beiseite schlug, sah sie Eilidh in den Armen des Geliebten auf den Hirschfellen liegen. Die Mutter erfasste sofort, dass ihre Tochter nicht das erste Mal heimlich bei ihm weilte.

»Cormac Colingas«, sagte sie entschlossen, »liebst du meine Tochter?«

»Mehr als mein Leben«, antwortete der junge Held.

»Genau das steht aber jetzt auf dem Spiel«, sagte Dearduil, »und das Leben meiner Tochter dazu.«

»Wie das?«, fragte Cormac Colingas, indem er aufsprang. Er hatte den Ernst in der Stimme der Frau gehört und verstanden, dass es um Sein oder Nichtsein ging.

»Art mac Art Mor und der ›Rote Fürst‹ wissen alles über euch. Sie haben dein Schicksal besiegelt.«

»Ich werde nicht freiwillig gehen«, sagte Cormac Colingas, »nur wenn es Eilidh von mir verlangt.«

Eilidh dachte lange nach, die Angst würgte ihre Kehle und ihre Haut wurde weiß wie frisch gefallener Schnee. »Ich will, dass du gehst, mein Geliebter!«, rief sie schließlich verzweifelt.

Da wallte in dem Ultonier der Zorn hoch. »Ich hoffe, dass du keinen Knaben zur Welt bringen wirst«, stieß er unbeherrscht aus, »denn noch nie gab es einen Feigling in meinem Stamm, wie es bei seiner Mutter und Großmutter offensichtlich der Fall ist!« Hastig zog er sich an und verließ ohne weiteren Gruß das Zelt.

Draußen stieß er auf Art mac Art Mor. Sofort zuckte seine Hand zum Schwert. Doch der andere trat einen Schritt zurück. »Ich soll dir nur den Befehl des Hochkönigs überbringen.«

»Wie lautet er?«

»Verbannung«, war die Antwort.

»Dieses Wort möchte ich selbst aus seinem Munde hören«, sagte Cormac Colingas stolz und schob seinen Gegenspieler beiseite. Er betrat den Palast, ließ sich von den Wachen zum Thron führen, um dort vom König noch einmal die gleiche Auskunft zu bekommen. Da verließ er Tara noch in derselben Nacht und ritt auf seinem Pferd allein nach Norden. In seinem Herzen war Kummer, denn er liebte Eilidh und bereute bereits seine hässlichen Worte.

Eilidh aber welkte wie eine Blume, der man das Wasser verweigert. Der König selbst suchte sie auf und kam in Begleitung von Art mac Art Mor.

»Willst du diesen zum Manne nehmen?«, fragte er.

»Niemals kann das sein«, antwortete sie, indem sie all ihren Mut zusammennahm und die Furcht vor dem Tod überwand.

»Und warum nicht?«

»Weil mein Herz bereits einem anderen gehört, von dem ich ein Kind im Leibe trage.«

»Wer ist es?«, brüllte der »Rote Fürst«, obgleich er die Antwort längst kannte.

»Einer, der stolzer und kühner ist als ihr beide zusammen«, sagte die junge Frau. »Cormac Colingas.«

Da trat Art mac Art Mor vor und schlug ihr mit der flachen Hand ins Gesicht. »Du schamlose Dirne«, rief er, »und dich habe ich einmal begehrt und geliebt! Jetzt würde ich dich nicht einmal mehr als Magd zum Ausmisten der Kuhställe nehmen!«

»Mäßige dich!«, brüllte der König. »In meiner Gegenwart schlägt niemand ein Weib, egal, was sie getan hat.« Und zu Eilidh gewandt sagte er: »Dieser Schlag hat alles geändert, vielleicht sogar dein Leben gerettet, denn ich wollte dich diesem da zur Frau geben. Nun aber gibt es nur noch einen Ausweg, denn dass du jemals wieder in den Armen eines Ultoniers liegst, werde ich mit dem Schwert verhindern. Du wirst Cravetheen, den Harfner, zum Manne nehmen.«

»Tu mir alles, nur das nicht an!«, rief Eilidh verzweifelt, »Cravetheen stammt von den barbarischen Tuatha De Danaan ab, vom verschwundenen Volk der Adlergöttin. Keine Frau in Erinn würde sich mit ihm einlassen!«

»Genau das ist der Grund für meinen Entschluss. Außerdem wirst du reichlich entschädigt: Er besitzt den Honigmund der Barden und hat das Harfenspiel bei einem Grünen Jäger an den Hängen des Sliav-Sheean gelernt. Das allein wiegt manches schon auf.«

Mit diesen Worten entschied der König und sie fügte sich unter Tränen. So nahm Cravetheen Eilidh zum Weib ...

15

Warum schwieg Ogham plötzlich? Die Geschichte konnte doch unmöglich zu Ende sein, dachte Kennog. Er wollte fragen, doch eine Warnung des Alten ließ ihn verstummen.

»Still, achte jetzt auf die Geräusche des Wassers! Hörst du, wie viele es sind, wie sie miteinander spielen und sich fortwährend verändern? Sie erzählen uns etwas über unseren weiteren Weg ...«

Eine seltsame Nacht ... sie schien nur aus dem Geräusch von Hegons gleichmäßig eintauchendem Paddel und der Stimme des Meisters zu bestehen. Beide Männer blieben für Kennog unsichtbar, da sie hinter ihm saßen, und vor ihm war nur der schwarze Flusslauf mit seinem silbrig im Mondschein glitzernden Wasser. Schemenhaft ragten beiderseits die Ufer aus der Schwärze. Der Wind hatte sich gelegt und mit ihm waren auch der schauerliche Gesang des Geisterheeres, das Heulen der Hunde und Aifes schrilles Keifen in den Lüften verschwunden, die ihm Angst eingejagt hatten. Lautlos und leicht glitt das Kanu im Silberwasser dahin, fast wie ein Schwan trieb es in der Strömung und ihr Weg führte, das merkte Kennog am allmählichen Auseinanderweichen der Ufer, beständig dem Meer zu. Noch hielt sich Hegon, der Fährmann, dessen spitze, knochige Knie er unangenehm im Rücken spürte, dicht am linken Ufer, als wisse er, dass in der diffusen Dunkelheit er selbst und sein Boot in Sicherheit waren. Bewusst vermied er die Mitte des Flusses mit ihrer wesentlich schnelleren Strömung, weil sie dort im Mondlicht viel zu deutlich auszumachen gewesen wären. In der letzten fahlen Stunde der Nacht, kurz vor Sonnenaufgang, wurden die Konturen des Ufers immer klarer, schälten sich Einzelheiten aus den aufquellenden Nebelbänken.

Kennog schrak auf, als ein Blesshuhn in seinem Schilfversteck schrie. Zwei weiße Seevögel flogen lautlos mit lang gestreckten Hälsen dicht über dem Fluss dahin, sodass sie mit ihren Schwingen beinahe die Wasseroberfläche berührten. Etwas trieb an ihnen vorbei, doch er konnte nicht erkennen, was es war – ein Fisch, ein Stück Holz, der Arm eines Menschen? Dann kam die Biegung des Flusses und die Geschwindigkeit ihrer Fahrt nahm rasant zu. Die Luft schmeckte nun anders, sprühte feucht und salzig vom Meer her in Kennogs Gesicht. Zugleich öffnete sich im Osten der Himmel, die Nacht erstarb und machte der Sonne Platz.

Jetzt sah Kennog die westliche See, das grüne, mit weißen Gischtzungen überzogene Meer, weit bis zum gewölbten Horizont. Es brandete wild und prallte quirlend mit den Wassern der Flussmündung zusammen. So weit der Blick reichte, waren Wolkenfetzen am Himmel zu erkennen, zu bizarren Formationen geballte Inseln, die mit dem Wind nach Westen trieben. Das Meer selbst wölbte gewaltige Wellenberge gegen das Boot. Anfangs schien sie die Flussströmung ein Stück seewärts mitzureißen. Dann nahmen andere Mächte Besitz vom Kanu, warfen es wie Treibholz hin und her, hoben es federleicht himmelwärts an, wo es Bruchteile von Herzschlagsekunden im Schwebeflug den Wolken nah dahinglitt, bis es sich zitternd seitlich neigte, um dann von neuem unaufhaltsam nach unten zu rasen, ins endlose Wellental hinein, als wolle es sich auf den Grund des Meeres bohren, während schon die nächste Wasserwand berghoch anwuchs.

»Halte dich gut fest, mein Kleiner, das ist erst der Anfang!«, vernahm er Hegons Stimme wie aus weiter Ferne. Halb blind vor Angst klammerte sich Kennog ans Boot, fühlte sich klein wie eine Aschenflocke in der Brandung – aber eine, die noch glomm, und solange dieses Glimmen zu spüren war, gab es noch Hoffnung, mochten die Rachegeister und die kalten Götter der Tiefe warten.

Er lag nun flach im Boot, das Gesicht ans nasse Leder gepresst, und krallte sich an den Holzspanten fest. Das Kanu schlingerte auf irrsinnig schnellen Spiralbahnen durch die brüllende See. Einmal glaubte er Oghams Zuruf zu hören, doch das mochte auch Einbildung sein. »Hab keine Angst, Kennog, heb den Kopf und sieh dir die Wellen an! Das Meer ist gut, es trägt uns sicher bis hinaus zu den Inseln!«

Ob dieser Ruf bloß in seinem Kopf entstanden war oder nicht, er gehorchte ihm und reckte den Hals über die Bootskante. Da sah er riesenhaft eine grüne Wand vor sich aufsteigen, aber das war nicht schlimm, denn das Boot stieg mit ihr auf bis zum Scheitelpunkt der Woge. Für einen kurzen Moment, bevor erneut die rasende Talfahrt begann, sah er zwei Inseln wie die kantigen Rückenflossen übergroßer Fische aus den Wassern ragen. Tirnanogh, schoß es ihm durch den Kopf, das müssen die geheimnisvollen Inseln der ewigen Jugend sein.

Und als habe die Stimme des Harfners Macht über die tosenden Elemente der See, ja könne sie sogar besänftigen und zur Ruhe zwingen, setzte Ogham seine Erzählung fort.

16

ZWEITER TEIL DER GESCHICHTE
Von Cormac Colingas und dem Harfner

Als Cravetheen Eilidh zum Weib nahm, verließ er den Königspalast von Tara und zog mit ihr zu seinem eigenen Wohnsitz, dem Dun in den Wäldern nahe der Grenze zum Land der Ultonier. In der ersten Nacht, als Eilidh auf den Hirschfellen in seinem Haus lag, griff er zur Harfe und spielte eine wilde Melodie. Eilidh lauschte dem Spiel mit angstvoller Bewunderung. Dieser Cravetheen war wirklich ein Meister, der mit seiner Musik mehr ausdrücken konnte, als selbst die klügsten Druiden in Worte zu fassen vermögen. Sein Harfenspiel durchdrang ihr Innerstes, erreichte aber nicht ihr Herz, das noch immer Cormac Colingas gehörte.

Als Cravetheen dies merkte und gewahr wurde, dass er sie mit seinem Lied nicht für sich gewinnen konnte, so sehr er sich auch bemühte, und selbst die verbotenen Melodien der Grünen Jäger wirkungslos an ihr abprallten, legte er die Harfe beiseite. »Höre, Eilidh«, sagte er,

»es wird der Tag kommen, an dem ich dir das Hochzeitslied spielen werde, und es wird das Schönste sein, was deine Ohren jemals vernommen haben. Vorher werde ich nur noch einmal für dich spielen.« Mit diesen Worten ging er zur Tür hinaus.

Gealcas, seine alte Mutter, die bei ihm lebte und am Feuer saß, ergänzte voll düsterer Vorahnung: »Hüte dich vor diesem dritten Harfenspiel, ich fühle, dass Schlimmes sich anbahnt.«

Einige Monde später, am Abend des Tages, an dem Eilidh Cormac Colingas' Kind unter großen Wehen gebar, griff Cravetheen ein zweites Mal zur Harfe und spielte ein Lied von ungeheurer Macht. Wie im Traum fanden seine Finger die Saiten und entlockten dem Instrument Töne der Trauer, selbst solche aus verborgenen Tiefen, die niemals an ein menschliches Ohr dringen dürfen, weil sie die Kraft haben zu töten. Und Cravetheen, der sich völlig dem Spiel überließ, das er am Sliav-Sheean gelernt hatte, wollte töten – zwar nicht Eilidh, aber das Kind. Doch das Herz der Mutter war stärker noch als die unterirdische Welt. Da spielte der Harfner dafür, dass das Kind blind, taub und stumm geboren würde. Doch erneut erwies sich die Liebe der Mutter stärker als seine Kunst. Gesund kam der Junge zur Welt, konnte sehen, hören und schreien.

Bei seinem ersten Lebenslaut fiel Eilidh vor Erschöpfung in eine tiefe Ohnmacht. Cravetheen aber hielt sich beide Ohren zu, denn in der Stimme des Kindes schwang jene von Cormac Colingas mit. Dann entschloss er sich zu einem Schritt ohne Umkehr. Er nahm das Kind, hüllte es in ein Rehfell ein und trug es hinaus an den Waldrand zu einem Platz, an dem sich nächtens das Volk der Feen versammelt. Er nahm seine Harfe und begann ein

Lied zu spielen, das die Tiere des Waldes und die Vögel am Himmel verstummen ließ. Danach brachte er auch den Wind und das Rauschen der Blätter zum Schweigen. Nach und nach versenkte er alles Leben ringsum in tiefen Schlaf. Nun wagten sich die Elfen aus ihren Verstecken hervor, das Grüne Volk und die Wesen aus der Grenzzone zwischen Licht und Schatten.

Einer der Grünen Jäger, der als Meister des einschmeichelnden Gesangs galt, holte seine winzige Harfe aus Vogelknochen und Sommerfäden und spielte ein Lied, das süßer noch als der Freudenschmerz war. *Fonnsheen* heißt dieses Lied und nur wenige auserwählte Menschen durften es bisher hören. Da stand der Atem der Welt still und die Zeit verlor wie in Tirnanogh ihre Bedeutung. Dieses Harfenspiel diente dem Grünen Jäger aber nur als Vorstufe zu dem, was nun folgen sollte. Nach dem letzten Ton zerriss er die Saiten und zerbrach die Vogelknochen des Instruments. Eine Flöte aus purem Gold holte er nun aus seiner Gürteltasche hervor und blies auf ihr eine wundersame Melodie, die voll wilder Süße war und den immer noch auf seiner Harfe spielenden Cravetheen in einen goldenen Traum versetzte, sodass seine Finger im Schlaf die Saiten fanden.

Da wurde die Seele des Kindes frei und trat aus dem Körper. Die Elfen nahmen sie freundlich auf und führten sie durch eine Höhle in die Tiefe ihres Hügels. Das Grüne Volk folgte nach bis auf den Flötenspieler. Der stand noch eine Weile da und spielte ein Lied, das einzig und allein für den Harfner bestimmt war. Cravetheen träumte, er sei Alldai, der Gott der Götter, und ziehe auf seinem Wagen über den Himmel, von seiner Braut, der Sonne, zu seiner Geliebten, dem Mond. Die Sterne am Firmament aber waren seine Kinder.

Als der Grüne Jäger das Lied beendet hatte und in den Wäldern verschwunden war, erwachte Cravetheen aus tiefem Schlaf. Er sah das Kind im Rehfell als toten Wechselbalg liegen, hüllte es ein und brachte es heim zu Gealcas, seiner alten Mutter, die im Dun bei Eilidh wachte.

»Das Kind von Cormac Colingas ist tot«, sagte Cravetheen, »sag Eilidh, wenn sie erwacht, dass ich nun für eine Weile das Haus verlassen werde und erst zurückkomme, wenn es Zeit ist, das dritte Lied zu spielen, unser Hochzeitslied.«

Mit diesen Worten ging er und ließ Trauer zurück.

Inzwischen erhielt Cormac Colingas unterwegs auf einem Streifzug im Süden des Landes die Kunde vom plötzlichen Tod seines Vaters Concobar. Da ihm nun die Würde des Königs der Ultonier zustand, eilte er augenblicklich los, bevor irgendjemand ihm die Krone streitig machen konnte. Als er nahe der Grenze ein bewohntes Anwesen erreichte, sah er vom grünen Hügel Rauch aufsteigen. Er entsann sich, dass dies nur der Sitz von Cravetheen, dem Harfner, sein konnte, und seine Liebe zu Eilidh erwachte von neuem. Ein Lied singend, dessen Worte ihm wie von selbst über die Lippen kamen, ritt er dem Dun entgegen.

»Eilidh, Eilidh,
Mädchen mit dem goldbraunen Haar
und den Lippen so rot
wie Vogelbeeren!
Welcher Schwan wäre wohl weicher als du,
welche Blume schöner als dein Gesicht,
das ich so lange vermisste.
Meine Seele schmerzt mir
beim Gedanken daran, dass ich dich verließ,

dass ich deinem Geheiß folgte
und bittere Worte ausstieß.
Nichts von meiner Liebe
ist vergangen seither,
noch immer sehnt sich mein Körper
nach dir, Eilidh, Eilidh,
und mein Herz springt vor Freude,
dich wiederzufinden.«

Niemand auf dem Dun hörte diesen Gesang, nur Eilidh erkannte die Stimme ihres Geliebten sofort und eilte ihm, jegliche Vorsicht vergessend, entgegen. Sie flogen sich in die Arme und küssten sich innig. Dann sagte Eilidh: »Komm mit mir, ich weiß einen versteckten Weg hinauf auf den Hügel. Cravetheen ist fort und die Dienerschaft wagt es nicht mich in meinen Gemächern zu stören.«

Cormac Colingas band sein Pferd an einen Baum und ging mit Eilidh über den versteckten Pfad zu ihrer Behausung. Dort legte er das »flüsternde Schwert« ab und auch seine Lanze.

»Diese Waffen werden uns und unsere Liebe schützen«, sagte er, »›Blau-Grün‹ flüstert, wenn ein Feind naht, und die Lanze ist bereit sich in den Leib jeden Gegners zu bohren. Wir sind also sicher.«

Als sie auf dem Hirschfell lagen, begann das Schwert leise zu flüstern.

»Was bedeutet das?«, fragte Eilidh.

»Nichts von Belang«, antwortete Cormac Colingas, »nur der Wind rauscht im Wald.«

Doch das flüsternde Schwert wurde lauter und lauter.

»Cravetheen kommt zurück«, sagte Eilidh besorgt, »wenn er uns findet, wird er uns töten.«

»Niemals«, lachte Cormac Colingas, »noch bevor er

den Dun hinauf ist, wird meine Lanze ihn treffen. Und schafft er es dennoch, so werde ich ihm hier auf der Schwelle zu deinem Gemach den Schädel zerspalten.« Zum Schwert gewandt aber rief er: »Schweig still!« Da verstummte das flüsternde Schwert und Eilidh und er fanden in Liebe zueinander.

Tatsächlich aber kehrte Cravetheen aus den Wäldern zurück. Er war guter Dinge, denn er hatte einen prachtvollen Hirsch erlegt, dessen Fell er Eilidh als Hochzeitsgeschenk zu Füßen legen wollte. In heiterer Stimmung spielte er eines jener Fonnsheen, das die Sterne zum Tanzen und Springen veranlasst, worauf manche von ihnen mit langem, glitzerndem Schweif ihre festgelegte Bahn am Himmel verlassen und zur Erde stürzen. Im Schein eines solchen Kometen sah er das Pferd am Waldrand, ritt näher heran und erkannte am Sattelzeug, dass es das Kriegsross von Cormac Colingas war. Diese Entdeckung versetzte ihm einen schweren Schlag und brachte sein Denken ins Taumeln. Lange stand er wie betäubt am Waldrand und starrte auf seinen Dun. In Gedanken malte er sich aus, was dort nun geschah. Ein grausames Lächeln huschte über sein Gesicht, als er sprach: »So werde ich nun zum dritten Mal für dich spielen, Eilidh, und es wird dein Hochzeitslied sein.«

Doch er wagte es nicht sich seinem eigenen Wohnsitz zu nähern, weil er dort das flüsternde Schwert und die gefährliche Lanze vermutete. So eilte er hinüber zum Versammlungsplatz des Grünen Volkes und spielte eine Weise, die bittend und flehend klang. Da konnte der Grüne Jäger nicht länger widerstehen und trat aus dem Hügel.

»Was verlangst du von mir?«, fragte er.

»Eine Gegenleistung für das Geschenk, das ich euch

neulich brachte«, sagte Cravetheen, auf den Wechselbalg anspielend.

»Und was?«

»Nicht viel, Fürst des Grünen Hügels, nur jene Melodie, die ringsum die Welt in Schlaf versetzt, auch ein flüsterndes Schwert und eine Lanze, die niemals bisher ihr Ziel verfehlt hat.«

Der Grüne Jäger kam seinem Wunsch nach und schenkte ihm die Melodie auf eine Weise, dass der Harfner sie selbst mit eigener Fingerfertigkeit spielen konnte. Cravetheen schlug seine Harfe an und sofort senkte sich tiefste Nacht über Tiere und Menschen. Die Wachhunde auf dem Dun rollten sich ein, die Pferde, Kühe und alles Getier versank in Schlaf, auch die Diener und Gealcas, seine alte Mutter. In jener Nacht, als Cravetheen die magischen Fonnsheen spielte, träumten alle süß, die Mutter von ihrem verstorbenen Mann, den sie auf den glückseligen Gefilden von Tirnanogh wähnte, sogar das flüsternde Schwert und die Lanze. Nur Eilidh und Cormac Colingas lagen noch wach und freuten sich ihrer Liebe. Als Cormac Colingas die fernen, zarten Klänge hörte, fuhr er hoch, doch Eilidh beruhigte ihn: »Es ist nichts, nur das Spiel des Grünen Jägers, ich hörte es manche Nacht schon.«

Cormac Colingas ließ sich zurück aufs Lager fallen. Eine seltsame Mattigkeit bemächtigte sich seiner und auch die Geliebte überkam ein Gefühl wie Trunkenheit. Ihre Körper wurden schwer, doch noch immer regte sich die Warnung in ihren Herzen.

»Ich sehe neun Schatten vom Waldrand kommen«, flüsterte Eilidh.

»Die Schatten der Bäume, der Morgen naht«, murmelte Cormac Colingas müde.

»Ich sehe neun rote Hunde den Dun heraufrennen«, sagte Eilidh.

»Die ersten Strahlen der Morgensonne«, brummte Cormac Colingas.

»Ich sehe neun rote Mützen über die Mauern lugen«, sagte Eilidh.

»Der Tag bricht an«, murmelte Cormac Colingas schlaftrunken.

»Nun sind sie im Hof, sie kreisen uns ein!«, schrie Eilidh, in wilder Verzweiflung sich gegen die Lähmung ihres Körpers und Geistes aufbäumend. Doch ihr Geliebter hörte sie nicht mehr, er schlief.

Da sprangen rings um den Dun neun Flammen auf und wuchsen rasch zu Feuersäulen. Das ganze Anwesen brannte lichterloh und niemand rührte sich, um zu löschen. Noch einmal griff Cravetheen machtvoll in die Saiten und ließ die Flammen zuckend springen. Mit tränenverschleiertem Blick sah er sein Gehöft verbrennen mitsamt seiner Frau, seinem Nebenbuhler, seiner alten Mutter und allen Menschen. Erst als es dort auf dem Hügel nur noch schwelende Trümmer und Asche gab, hielt er inne. Von Entsetzen gepackt stand er auf und zerbrach seine Harfe, damit niemals wieder solcherlei Melodien auf ihr gespielt werden konnten. Dann ritt er nach Norden, um sich den Ultoniern zu stellen und dort zu sterben. So lautet die wahre Geschichte von Cravetheen, dem Harfner.

17

All dies hörte Kennog während der Überfahrt zu den Inseln und es kam ihm vor, als lebe er gar nicht wirklich, sondern träume es bloß. Doch die Stimme, die jene schönen und schrecklichen Bilder schuf, gehörte ganz ohne Zweifel zu seinem Meister, und zwischen ihnen im Boot saß noch jemand, der lange schweigend zugehört hatte und sich nun zu Wort meldete – Hegon, der Fährmann. Seine Stimme klang im Vergleich zur tiefen Stimme Oghams weinerlich, zeternd und schrill:

»Ist das nun die einzig ganze und wahre Geschichte von Cravetheen, dem Harfner, oder hast du mir einen Teil davon verschwiegen?«

»Es ist die ganze.«

»Hoho, haha«, schrie Hegon, »so habe ich sie in der Tat noch niemals gehört, schon gar nicht bei einer Überfahrt durch stürmische See. Bei allen Geistern ...« Sein quäkendes Geschrei ging in Schluchzen und Stöhnen über. »Eine schreckliche Sache, weitaus trauriger noch als jene, die ich von meiner Lauwin berichten könnte.«

»Darum habe ich sie auch erzählt«, hörte Kennog Oghams Stimme. »Sie sollte ein wenig von deiner Traurigkeit nehmen, indem sie dir zeigt, wie es anderen Menschen außer dir bereits auf Erden erging. Betrachte es als mein Geschenk, Trauerweide, damit du als weiser Narr zur Ruhe zurückfindest. Meinst du, es hat gewirkt?«

»Ich glaube schon«, antwortete Hegon mit klarer Stimme, die zu einem völlig anderen oder völlig veränderten Menschen zu gehören schien. »Ja, ich bin fast sicher, dass ich nun, ohne meine geliebte Lauwin zu vergessen, weiterleben kann, ohne aus Schmerz und Trauer heraus die anderen zum Narren zu halten, weil ich sie für mein Schicksal mitverantwortlich mache.«

»Was dir passiert ist, dein Schicksal, ist einzig und unwiederholbar«, sagte Ogham, »so einzig wie das des armen Cravetheen, von Eilidh, Cormac Colingas und Gealcas. Und doch fängt immer wieder eine neue Geschichte an, wie diese hier, da wir alle in einem Boot sitzen und dank deiner Hilfe sicher nach Tirnanogh reisen. Du hast deinen Teil des Versprechens ebenso gehalten, Fährmann, wie ich den meinen.«

»Nicht ganz«, widersprach Hegon, »noch sind wir nicht da. Siehst du die beiden Inseln voraus? Die kleinere rechts, die weiß und schwarz gesprenkelt ist, als sei sie von äußerst edlem Gestein, wird Vogelinsel genannt, weil auf ihr immer schon die Seevögel brüten. Ihr Kot ist es, der sie färbt und formt. Die große, die schwarz gerifft aus dem Meer steigt, um mit ihrer Spitze in den Himmel zu weisen, das ist Tirnanogh. Das wahre Tirnanogh, obgleich es immer wieder Menschen geben wird, die sie anders nennen und an anderer Stelle suchen. Das also ist euer Ziel, aber wie gesagt – noch sind wir nicht dort, noch liegt ein weites Stück gefährlicher See zwischen uns und dem Ziel. Und der Vertrag zwischen uns ist auch noch nicht zur Gänze erfüllt.«

»Was verlangst du denn noch?«

»Die volle Wahrheit«, sagte Hegon mit einem solchen Ernst, dass es Kennog kalt über den Rücken lief. »Die reine, die ganze, die volle Wahrheit ... oder wir werden alle drei angesichts der glückseligen Inseln ertrinken.«

Kennog klammerte sich erschrocken am Bootsrand fest, weil das Kanu unerklärlicherweise gefährlich zu schlingern begann. Das war die ganze Fahrt über nicht geschehen, nicht auf dem Fluss, vor der Küste und nicht einmal in den tiefsten Wellentälern auf hoher See. Und er wusste plötzlich, warum: Oghams Stimme hatte das wilde Meer mit ihrem Wohlklang gebändigt, es ruhig und lammfromm gemacht. Jetzt, da sie schwieg, erwachte erneut die Natur und schaffte sich machtvoll Gehör. Er hatte nur einfach vergessen, in welcher Gefahr sie steckten.

»Bitte sprich weiter, Meister«, rief er. »Ich flehe dich an, lass die Geschichte erst zu Ende sein, wenn wir die Insel erreichen.«

»Was willst du hören?«, fragte Oghams Stimme aus dem Nichts.

»Die volle Wahrheit«, antwortete Hegon, »wer war dieser Cravetheen?«

»Der Bruder meines Großvaters«, sagte Ogham zu Kennogs Überraschung. »Wenn du so willst, fließt auch etwas von seinem Blut in meinen Adern, denn auch ich bin ein Spross der Tuatha De Danaan, des Volkes der Adlergöttin, das vor den heutigen Menschen einst auf Erinn lebte. Und wir kannten diese Insel lange vor dir. Wir nannten sie Felsen der Dana, bevor man ihr den Namen Tirnanogh, Insel der ewigen Jugend, gab.«

»Weiter«, sagte Hegon.

»Erzähl bitte weiter«, flehte Kennog.

»Weiter gibt es nichts zu sagen, außer dass Cravetheen der Bruder meines Großvaters war«, antwortete Ogham ruhig.

»Das Boot droht zu kentern!«, schrie Kennog angsterfüllt auf. »Es ist bereits voll Wasser, gleich sinken wir jämmerlich!«

»Der Kleine hängt wohl an seinem Leben, hihi«, kicherte der Fährmann mit einem Rückfall in seinen früheren Irrsinn.

»Das tatest du in seinem Alter auch«, antwortete Ogham.

»Das ist richtig, das ist wohl richtig«, sagte Hegon und kratzte sich, die Paddel auf seinem Schoß ruhen lassend, am Kopf. Sofort begann das Boot heftig zu schlingern.

»Hilf uns!«, schrie Kennog. »Mein Meister hat seine Abmachung gehalten, erinnere dich nun auch an die deine!«

»Hoho, ein freches Stimmlein«, höhnte Hegon, »ein guter Schüler. Wo aber ist deine Kraft geblieben, hoher Herr, die Abstammung vom verschwundenen Volk, dessen Blut angeblich in deinen Adern fließt? Bist du nicht voll blinder Hast auf den Baum geklettert, als der Geistereber kam? Bist du nicht vor Aife, ihren Hunden und dem Geisterheer davongelaufen wie ein verängstigter Hase? Verstehst du die Sprache der Anderswelt nicht mehr, die der Tiere und Elfen? Hast du verlernt, wie ein Grüner Jäger auf der Harfe zu spielen und der Natur ringsum deinen Willen aufzuzwingen, auf dass sie dir folgt und das Meer ruhig wird wie ein Waldsee? Komm und beweise, dass du zu alldem noch fähig bist und wirklich die Wahrheit gesagt hast.«

»Das werde ich«, hörte Kennog Oghams Stimme und auch diese klang noch vertraut und dennoch so sehr verändert, dass er erschrak und sich, indem er die Bootskante losließ, nach ihr umdrehte. Da sah er hinter Hegons hingekauerter Gestalt Ogham aufrecht im Boot stehen. Der Wind blies ihm das weiße Haar aus der Stirn und den zerzausten Bart glatt. Sein Gesicht aber wirkte kühn wie das eines jungen Adlers und in seinen Augen blitzte das Sonnenlicht. Nichts an ihm glich mehr dem Greis, den er bisher gekannt hatte, ja auf erstaunliche Weise verjüngt war der Harfner nun ... Kennog rieb sich die Augen. Ob das bereits von der Nähe der Inseln kam, wo die ewige Jugend zu Hause war?

»Ich will euch die Wahrheit sagen, euch beiden«, sprach er mit ernster Miene und lachenden Augen. »Es hat sich alles verändert, seit ich den Jungen traf, verstehst du? Ich fühle mich plötzlich verantwortlich für ihn, meine Kraft muss einen Schutzschild für ihn bilden, damit er sich ungehindert entwickeln kann. In dieser Rolle bin ich ein wenig ungeübt.«

»Wie, hattest du vorher keine Schüler?«, fragte Hegon erstaunt.

»Doch, aber niemals einen wie diesen.«

»Ach, und was ist das Besondere an ihm?«

»Ihn umgibt ein Geheimnis, über das ich jetzt noch nicht sprechen darf«, antwortete Ogham. »Dränge mich nicht weiter, ich werde dazu nichts mehr sagen, zu stark ist der Bann, der über diesem Wissen liegt. Nur so viel vielleicht: Ich versuche eine alte Schuld abzutragen, die Schuld Cravetheens an Cormac Colingas' Sohn. Wie er ein unschuldiges Kind als Wechselbalg zu den Elfen in die Dunkelwelt führte, so bringe ich nun ein Kind aus der Dunkelwelt in jene der Menschen zurück.«

»Bei Cernunnus!«, rief Hegon aus, indem er wild mit dem Paddel hantierte, um das Kanu aus einem Strudel heraus auf sicheren Kurs zu bringen. »Wie soll man das nun verstehen? Haben wir nicht vor kurzem erst der Menschenwelt den Rücken gekehrt, steuern wir nicht geradewegs auf die Inseln jenseits des Todes zu?«

Der Harfner lachte und ließ seine weißen Zähne glitzern. »Es gehört dazu«, rief er dröhnend, »nur so geht es! Dies ist genau die richtige Reihenfolge auf dem Weg, der noch vor uns liegt, du unermüdlicher Quälgeist an Fragen.«

»Ich helfe doch nur, die Wahrheit zu finden, hoher Herr«, sagte Hegon leise.

»Ich weiß«, sagte Ogham, »und ich danke dir dafür, lieber Freund mit dem Gesicht einer Trauerweide.«

Jetzt hob Hegon den Kopf und Kennog sah, dass dieser Ausdruck nicht stimmte. Nein, auch die alte Vogelscheuche von einem Narren hatte sich auf wundersame Weise verwandelt. Ein kleiner, bescheidener Mann saß vor ihm im Boot, der verwundert aussah und wie einer, der nach langem, erholsamen Schlaf endlich erwacht. Der Anblick war so verblüffend, dass auch Kennog laut auflachen musste.

»Nein, ich bin keine Trauerweide mehr«, sagte Hegon, »eher eine junge Birke, die ihren Saft sprießen fühlt.«

Als Antwort erfüllte plötzlich Lachen die Luft, ein grelles, scharfes Lachen wie aus tausend mal tausend Geisterkehlen. Es flackerte in den Ohren, schwoll an zu einer alles umfassenden Musik. Als Kennog den Kopf hob, schneite es Möwen aus dem blauen Himmel. So weit er sehen konnte, war die Luft mit tanzenden, wirbelnden, winkenden weißen Flügelfetzen erfüllt. Ihm wurde schwindelig davon, er musste die Augen schließen. Als er sie wieder öffnete, sah er seitwärts den zerklüfteten Felsrücken der Vogelinsel, schwarz und in Schlieren weiß getüncht. Ein ätzender Geruch entströmte der Brutkolonie und über ihr wölbte sich ein Vorhang aus Millionen schriller, splitternder Stimmen.

Die See war ruhiger geworden. Hegon bediente jetzt wieder gleichmäßig das Paddel. Langsam glitt das Kanu an der Insel vorbei, die nur die kleinere Schwester der großen, eigentlichen war: Tirnanogh. Sie steuerten dem Sockel des dunklen Felsens entgegen, fanden nach einigem Suchen eine geeignete Stelle zum Anlegen.

Ogham sprang als Erster an Land und streckte Kennog die Hand entgegen. »Komm, mein Junge, wir sind da«, sagte er. Mit wackligen Beinen folgte ihm Kennog auf die Felskante. Hegon aber blieb im Boot sitzen. »Und du, was ist mit dir?«, fragte Ogham.

Der kleine Mann blickte ihn an und zum ersten Mal huschte die Andeutung eines Lächelns über sein Gesicht. »Ich bin nur der Fährmann«, sagte er, »ich muss zurück, ich darf nicht mit, so gern ich's auch wollte. Aber Mannanaum, der Herr der großen Wasser der Anderswelt, Mannanaum, dem ich diene, hat es nun einmal so festgelegt.«

»Was? Du fährst zurück und lässt uns allein auf der Insel?«, stieß Kennog erschrocken hervor.

»Zur richtigen Zeit und wenn ihr es wollt, komme ich und hole euch ab«, sagte Hegon und stieß sein Boot mit dem Paddel vom Felsen ab.

»Er kommt bestimmt«, sagte Ogham, »eines Tages kommt er zurück. Du musst es nur wollen und fest an seine Zuverlässigkeit glauben.«

18

Es war Nachmittag, als sie mit dem Aufstieg begannen. Die Sonne stand schräg am Firmament und tauchte das Meer in fließendes Gold. Die Insel ragte schwarz und kantenreich auf, mit ihrer Spitze den Himmel berührend. Unten auf den Felsbänken sonnten sich Robben. Papageientaucher mit bunten Schnäbeln und keckem Blick, die auf schrundigen Terrassen und den scharfkantigen Graten brüteten, schossen pfeilschnell an ihnen vorüber.

Anfangs führte ein kaum erkennbarer Pfad in Serpentinen den Hang hinauf, bald folgten in regelmäßigen Abständen behauene Stufen und schließlich eine richtige Treppe aus Stein. Am Beginn der Treppe aber stand auf einem Felsplateau die Göttin Dana und streckte die Arme aus.

Kennog blieb wie festgebannt stehen. Er kniff mehrmals die Augen zusammen, um sich zu vergewissern, dass die Gestalt nicht aus Fleisch und Blut, sondern aus Stein war, eine riesige Statue mit unbewegt lächelndem Gesicht. Hier kniete Ogham nieder, streckte beide Arme im Gebet zu ihr aus und murmelte leise, kaum vernehmbare Worte. Auch Kennog verneigte sich scheu vor der Göttin, ehe er mit klopfendem Herzen weiter die Treppe erklomm. Steil standen die Stufen nun übereinander, nahezu senkrecht in den Himmel hinein führte die Treppe. Mit jedem Schritt ließ Kennog die bekannte Welt hinter sich zurück. Auf der letzten Stufe bereits spürte er die seltsame Stille und dass es hier oben keinen Wind mehr gab. Und als er durch das Tor der beiden Menhire trat, lag das Meer bereits weit unten als sanft sich kräuselnde See und das Festland unglaublich fern als grauer Streifen am östlichen Horizont. Kein Laut war über den Felsen. Selbst das Kreischen der Seevögel schien jenseits des Tores zurückgeblieben. Auch Kennog hielt den Atem an. Dies also war Tirnanogh, die glückselige Insel der ewigen Jugend, das Reich der Götter, die Anderswelt fernab von allem Bekannten.

Mit seinem Meister durchstreifte er das Felslabyrinth der Gipfelplattform. Steinerne Rundhäuser, die sorgsam zu Kuppeln getürmt waren und wie Bienenkörbe aussahen, befanden sich hier, Reste von Terrassen und Mauern. Dazwischen ragte ein zweites Abbild der großen

Göttin auf, durch Sturm und Regen verwittert und mit Moos und rötlichen Flechten überzogen. Auch hier kniete Ogham zu einem Gebet nieder, die Arme weit ausgestreckt und das Gesicht zur Göttin erhoben. Er schien stumme Zwiesprache mit ihr zu halten. Als er sich wieder erhob und Kennog zuwandte, lag ein übernatürlicher Glanz in seinen Augen.

»Dies ist Tirnanogh, das Refugium der großen Erdmutter Dana, der Adlergöttin, die unser Volk einst nach Erinn brachte«, sagte er. »Alles verhält sich noch so, wie es meine Vorfahren beschrieben haben. Merkst du, dass die Zeit an diesem heiligen Ort ohne Bedeutung ist? Sie steht einfach still.«

Kennog nickte beklommen. Er hatte zuvor die Bienenkorbhäuser durchstöbert und in keinem von ihnen Spuren menschlicher Anwesenheit gefunden, kein Werkzeug, nicht einmal erloschene Feuerstellen.

»Sind wir denn die einzigen Menschen auf der Insel?«, fragte Kennog.

»Es scheint so, als sei sie viele hundert Jahre lang nicht mehr betreten worden«, antwortete Ogham. »Man erzählt sich, dass sich die Weisen unseres Volkes einst hier aufhielten. Doch das ist lange her, längst ist das Reich der Tuatha De Danaan erloschen.«

»Und die große Göttin ... was passierte mit ihr?«

Der Harfner blickte den Jungen lange und prüfend an. »Sie lebt noch immer«, sagte er dann, »überall, in jeder Krume, in jedem Stein, in allem, was sich bewegt und beseelt ist, auch wenn das die meisten Menschen heute vergessen haben ... Von Plätzen wie diesem gab es einst in der alten Zeit viele, doch diese Insel ist von besonderer Bedeutung, nur sie allein verdient den Namen Tirnanogh.«

»Erzähle mir mehr von jenem verschwundenen Volk der Tuatha De Danaan«, bat Kennog.

Ogham lächelte. »Gern«, antwortete er, »heute Nacht am Beltaine-Feuer, das wir beide auf dem Gipfel entzünden werden. Diese Nacht, in der die hellen Feuer die Macht der Geister zu brechen imstande sind, ist genau richtig, um die Harfe zu spielen und von den alten Zeiten zu singen. Doch nun müssen wir brennbares Material suchen, Strandholz und trockenes Buschwerk. Beides finden wir weiter unten.«

»Wie? Wir müssen die ganze Strecke zurück, vielleicht sogar mehrmals?«

»Du wirst dich daran gewöhnen«, entgegnete Ogham schmunzelnd.

Und so stiegen sie erneut die steile Treppe zu den Klippen hinab, stöberten wilde Kaninchen auf, wurden von Seeschwalben und Papageientauchern umschwirrt und gegen Abend war auf der Plattform ausreichend Brennholz zusammengetragen, aus dem Ogham einen großen Scheiterhaufen vor dem Standbild der Göttin schichtete.

Als die Nacht ihren Sternenmantel über die Welt legte, entzündete er das Feuer.

19

Lodernd flammte das Feuer auf, gierig fraßen sich die roten Flammenzungen durchs trockene Reisig, leckten am von der Sonne gebleichten Strandholz. Die Gestalt der Göttin Dana wurde bis zu ihrem Gesicht hinauf erhellt und ihr schien es zu gefallen.

»Siehst du den fernen Küstenstreifen?«, fragte Ogham. »Auch dort, wie überall in Erinn, werden heute

Nacht die Beltaine-Feuer brennen. Unseres aber hier auf Tirnanogh wird man kaum sehen, und wenn, werden die Menschen es für einen Stern am Himmelszelt halten.«

Kennog spähte über die dunkle See hinaus. Tatsächlich zuckten am fernen Küstenstreifen wie tanzende Lichteraugen mehrere Feuer.

»Setz dich und iss«, sagte der Harfner, »ich habe vorhin unten auf den Klippen Muscheln und Meeresschnecken gesammelt, einen Fisch auch gefangen, der mir unvorsichtigerweise in die Hand sprang.«

Nachdem sie sich gestärkt und etwas vom Bittermoos gekaut hatten, um den Durst zu stillen, packte Ogham seine Harfe aus, stimmte sie und suchte sich einen erhöhten Felsstein, um dort zu spielen. Vom Feuer erleuchtet hob sich seine Kontur deutlich von der Nachtschwärze ab. Er schlug auf den Saiten einen Akkord an, der wie Brandung klang, das Atmen des Meeres und rollende Kiesel am Strand. Dann begann er singend zu erzählen:

DIE GESCHICHTE VON TUAN

Lange nach der Großen Flut ruhte Erinn unberührt in der See, bis die Tiere zurückkamen, die zu Wasser, die in der Luft und jene an Land. Und schließlich wurde Erinn auch von Menschen gefunden. Über das Meer kam Partholon Mac Sera mit achtundvierzig Männern und Frauen heran, vierundzwanzig Paare. Ihr Geschlecht besiedelte Erinn und gedieh gut, bis es auf über fünftausend angewachsen war. Da überfiel sie von einem Tag auf den anderen eine schreckliche Krankheit. Alle bis auf einen raffte die Seuche dahin. Dieser eine hieß Tuan, der Sohn des Starn und Enkel von Sera, welcher Partholons Bruder war. Tuan eilte zweiundzwanzig Jahre lang von Hügel zu Hügel, von Klippe zu Klippe, stets auf der Hut vor den wilden Wölfen, die es damals noch gab, während Erinn verlassen dalag und zur Ödnis wurde.

Alt und dürr wurde Tuan, ein Greis, der auf Felsen verweilte und in einsamer Wildnis. Schließlich fühlte er sich zu schwach zum Wandern und hielt sich nur noch in seinem Höhlenunterschlupf auf.

Eines Tages landete Nemed, der Sohn Agnomans, der von einem fernen Land jenseits des großen Meeres kam, mit seinen Leuten an der Küste Erinns. Ihn sah Tuan von den Klippen her und in seiner Todesstunde verwandelte er sich in einen Hirsch. Dieser Hirsch, der eigentlich Tuan war, sang von den Klippen:

»Ich sah diese Männer mit drohendem Speer
Von Osten her mir entgegenziehn
Und kann der Verfolgung nicht entfliehn:
Mein Fuß ist schwach, meine Hand ohne Wehr.
O Große Mutter, sie nähern sich schon,
Die Söhne des Nemed, Agnomans Sohn,
Im Hinterhalt planen sie meinen Tod,
Sie sind stark und dürsten nach meinem Blut.
Da entwächst ein stolzes Geweih meinem Haupt
Mit sechzig Sprossen zu meiner Wehr,
zu grauem Hirschfell wird meine Haut:
Ich erstarke, mein Alter schwächt mich nicht mehr.«

Von nun an lebte Tuan in der Hirschgestalt weiter und wurde zum Leittier der Herden Erinns. So verbrachte er lange Zeit in den Wäldern und mit Nemed und seinen Nachkommen. Die große Flotte, mit der sie einst aufbrachen, wurde auf See vom Sturm zerschlagen, die meisten ertranken, bis auf acht Frauen und Männer, und mit ihnen Nemed. Ihr Geschlecht war fruchtbarer noch als das des Partholon. Vierzigtausend Männer und ebenso viele Frauen bevölkerten Erinn. Doch auch sie traf der Schicksalsfluch und sie starben bis auf den Letzten aus.

Erneut von den Menschen verlassen, uralt und grau und stets auf der Flucht vor Wölfen, irrte Tuan, der Hirsch, durch das Land, bis er zu seiner Höhle zurückfand. Dort legte er sich zum Sterben nieder. Aber nicht der Tod kam zu ihm, sondern eine erneute Verwandlung. Er wurde zum Eber und sang:

>»Heute bin ich ein Eber, in meinen Herden
Der Sieger, der Herr von großer Gewalt.
Ein Wunder, o Große Göttin auf Erden,
Und Kummer, der Wechsel meiner Gestalt.
Berieten wir einst in Versammlungsrunden
Über Urteil und Schiedsspruch des Partholon,
Stets hat dann mein Wort den vermittelnden Ton
Und das Einverständnis aller gefunden.
Huld fand mein Wortglanz bei schönen Frauen,
Mein summend melodischer Bassgesang
Auf dunkler Straße. Von edlem Rang
War mein Wagen und königlich anzuschauen.
Schnell war mein Schritt und unbeirrt.
In den Schlachten und immer angriffsbereit,
Schön war mein Antlitz vergangener Zeit,
Bin ich heute auch in diesen Eber verkehrt.«

So streifte der unsterbliche Tuan als Fürst der Eberherden durchs Land, jung und fröhlichen Herzens. Dann nahm Semion, der Sohn des Stariath, mit seinen Leuten Erinn in Besitz. Sie landeten an der Küste von Lagin und von ihnen stammen die Fir Domnand, die Fir Bolg und die Gailioin ab, deren Nachkommen noch heute in Lagin bestimmen.

Tuan aber, der gewaltige Eberfürst, wurde zahnlos, uralt und grau. Da schleppte er sich, als er sein Ende fühlte, mit letzter Kraft zur Höhle der Verwandlung zurück, die ihm so viele Male schon zu neuer, verjüngter Gestalt verholfen hatte. Doch diesmal wollte die Veränderung nicht gelingen und auch der Tod ließ sich Zeit, nach ihm zu suchen. Da aß er drei reife Vogelbeeren und fühlte sich frisch und gestärkt. Drei weitere Vogelbeeren aß er, da wuchsen ihm die Schwingen der Jugend. Noch drei Vogelbeeren nahm er zu sich, da erhob er sich stolz in die Lüfte und hatte sich in einen kühnen Seeadler verwandelt. Hoch in den Himmel konnte er aufsteigen und weit über die Lande sehen, sodass seinem wachen Auge keine Bewegung entging. Unternehmungslustig und voller Lebenskraft sang er:

>>*Eber gestern, heute Adler,*
O Verfall und Wiederkehr!
Große Mutter, guter Vater,
Jeden Tag lieb' ich euch mehr!
Nicht zur großen Völkermasse
Hat sich Nemeds Stamm vermehrt,
Die die Göttin nicht verehrt –
Ausgestorben Seras Rasse
Fast – ich kann es nicht verstehen.
Einst ein Eber in der Herde,
Vogel heut – das heißt: Ich werde
Weiter mich verwandeln sehn.<<

Dann kam das Volk der Großen Adlergöttin Dana nach Erinn, der Stamm der Tuatha De Danaan, über deren

Herkunft selbst die weisesten Druiden des Landes nichts wissen und von denen es heißt, sie seien dem Himmel entstiegen. Wir aber kennen die Wahrheit und reden darüber nicht. Doch diesen Tuan nun, in dem wir den ersten Menschen auf Erinn und Träger von uraltem, geheimem Wissen erkannten, erkoren wir fortan als Wappentier. So war es Dana wohlgefällig und sie ließ uns lange über Erinn regieren …

Das Feuer war inzwischen heruntergebrannt und Kennog stand auf, um frische Scheite nachzulegen, denn er wollte weiterhin die Gestalt des Sängers auf dem Felsen sehen und fühlte, dass das, was der Meister ihm mitzuteilen hatte, noch nicht zu Ende war. Als Ogham mit geschlossenen Augen und einem träumerischen Lächeln dasaß und seine Finger auf den Harfensaiten ruhten, räusperte er sich und wagte eine Frage zu stellen:

»Aber das Volk der Adlergöttin, die Tuatha De Danaan, ist doch schließlich auch untergegangen …«

Aus tiefer, tiefer Erinnerung, die wie ein Traum war, zurückkehrend, öffnete Ogham die Augen und betrachtete seinen Schüler. »Gewiss. Aber zuvor herrschte im Goldenen Zeitalter eine lange Phase des Friedens, während der neun Könige regierten: Nuada, Bres, Lug, Dagda, Delbaeth, Fiachna, Mac Cuill, Mac Cecht und Mac Greine. Sie lebten in Tara und errichteten dort den Schicksalsstein Lia Fail, der schrie, wenn sich der rechtmäßige König zu ihm setzte. Mit ihm, der fühlen, denken und sprechen kann wie ein menschliches Wesen, berieten sie sich vor jeder wichtigen Entscheidung. Diese neun Könige verstanden auch, wie die meisten Weisen der Tuatha De Danaan, die Kunst der Magie und Zauberei. Als Nuada beispielsweise in der ersten Schlacht gegen die Fir Bolg bei Mag Tuired eine Hand abgeschlagen wurde, setzte Dian Cecht, der Zauberarzt, ihm eine künstliche Hand aus Silber an, die später anwuchs und so beweglich wie eine echte war ...«

»Wenn ihr so zauberkundig und mächtig wart, wie du es beschreibst«, unterbrach Kennog ihn ungeduldig und kühn, »dann verstehe ich nicht, wieso ihr schließlich doch noch geschlagen wurdet.«

Ogham runzelte unwirsch die Brauen, seufzte dann aber tief auf und antwortete: »Weil der Feinde zu viele kamen, immer mehr und mit neuen, furchtbaren Waffen, wie eine endlose Sturzflut strömten sie heran, die Söhne Mils und die Goidels weit aus dem Süden. Unter ihren Fürsten Eber Donn, Eremon und Amergin schlugen sie unser Volk vernichtend in den Schlachten am Slieve Mish und bei Tailtiu. Die Überlebenden zogen sich in die unterirdischen Wohnungen der Feenhügel zurück und hausten fortan in der Anderswelt.«

»Dann seid ihr also alle Feen und Geister geworden?«

»Nicht alle«, lachte Ogham, »sieh mich an.«

»Wer sagt mir, dass nicht auch du ein Geist und kein Mensch bist?«, fragte Kennog. Ihm sträubten sich bei diesem Gedanken alle Haare und eine Gänsehaut lief seinen Rücken entlang. Aber er musste die Frage wagen.

»Manche wurden auch Harfner, Sänger und Dichter und blieben bei den siegreichen neuen Herren, um ihnen zu helfen und zu dienen. Doch geht auch diese Zeit allmählich ihrem Ende entgegen. Ich bin der Letzte des Adlervolkes, der unter den Menschen weilt. Nach mir wird es die Tuatha De Danaan nur noch in der Anderswelt, in Legenden und in Märchen geben.«

Kennog schluckte. Er fühlte eine unsagbare Traurigkeit in sich aufsteigen, zugleich aber auch Erregung und

Stolz, weil ihm bewusst wurde, dass der letzte Vertreter des verschwundenen Volkes ausgerechnet ihn, einen unbedeutenden Jungen, zum Schüler ausgewählt hatte. Über welch ungeheures Wissen mochte Ogham verfügen, was alles konnte ihn der Meister noch lehren? Schon allein die Tatsache, dass er mit ihm die wilde See unbeschädigt durchquert hatte und nun auf der Insel der ewigen Jugend saß und mit ihm sprach wie vom Sohne zum Vater, war eigentlich unfassbar ...

»Und was geschah mit Tuan?«, fragte er weiter. »Fliegt er noch immer in der Gestalt eines Adlers?«

»Nein«, antwortete Ogham, »als die Söhne Mils und die Goidels an den Küsten Erinns landeten, erlahmten seine Schwingen und er suchte erneut die Höhle der Verwandlung auf. Drei Tage und drei Nächte lang wartete er darauf, dass etwas geschah. Am Morgen des vierten Tages stand er auf und verließ als Mensch die Höhle und lebte fortan als Harfner. Sein Name lautete nun Cravetheen ...«

Kennog sprang auf, als habe die Glut des Feuers seine Füße verbrannt.

»Cravetheen, der Harfner, der der Bruder deines Großvaters war?«, rief er ungläubig.

»Genau der«, sagte Ogham ruhig. »Aber es war kein leiblicher Bruder. Mein Großvater nahm ihn als solchen an, weil es der Grüne Jäger verlangte. Von ihm erlernte er auch das Harfenspiel wie später mein Vater und ich.«

»Aber ich verstehe nicht ...«, stammelte Kennog. »Wenn Cravetheen ursprünglich Tuan war, also ich meine, du hast ihn doch selber als Hüter des geheimen Wissens bezeichnet, als Wächter der Großen Göttin ... Warum hat er dann so schlimme Dinge zugelassen wie mit Eilidh, Cormac Colingas, dem Kind?«

»Weil er des ewigen Lebens überdrüssig geworden war und keine Liebe fand, lieferte er sich den bösen Mächten aus und suchte den Tod.«

»Fand er ihn?«

Ogham dachte nach und wählte mit Bedacht seine Worte, bevor er antwortete. »Wir wissen nicht, was passierte, als er zu den Ultoniern ging, ob sie ihn wegen seiner Schandtat hinrichteten oder nicht. Niemand weiß das und niemand hat ihn seitdem wieder gesehen.«

»Wenn er doch aber unsterblich war«, sagte Kennog, während sein Verstand fieberhaft nach einer Lösung suchte, »wie können sie ihn dann hingerichtet haben? Auch kann er sich doch im letzten Moment wieder einmal verwandelt haben. Vielleicht lebt er noch immer …«

Ogham seufzte tief auf. »Das ist gut möglich, dann werden wir ihm vielleicht eines Tages sogar begegnen. Ich hoffe nur, dass das im Guten sein wird. Aber nun lass uns schlafen.«

20

Kennog war von Oghams Erzählung völlig aufgewühlt. Schlafen? Wie konnte der Meister nur an Schlaf denken nach allem, was passiert war? Kennogs Innerstes sträubte sich, auch nur ein Auge zuzutun. Dabei fühlte er sich müde und erschöpft wie ein geprügelter Hund, der seit Tagen auf der Flucht war. Ihm kam die ganze Zeit seit dem Aufbruch vom Waldsee wie ein endloser böser Traum vor: das Auftauchen des Geisterebers und Aifes wütender Sturm, des Meisters Lieder von den verzauberten Schwanenkindern, der Schandtat von Lagin und zuletzt das abscheuliche Verbrechen, das Cravetheen, der Harfner, begangen hatte, der in Wirklichkeit Tuan war, ein Hirsch, ein Eber, ein Adler, eine unsterbliche Seele. Dann die lustige Hochzeit der dicken Acta und sein Traum von der Frau aus dem Süden, die Erschlagenen auf dem Schlachtfeld, an deren Leichen Krähen, Raben und bestialische Hunde fraßen, der verrückte Fährmann, seine Todesängste auf hoher See und schließlich diese einsame Insel, die nicht mehr zu dieser Welt gehörte, sondern Tirnanogh, das zeitlose Gefilde der ewigen Jugend, war …

»Vergiß nicht: Es ist Beltaine«, hörte er die Stimme des Meisters, der seine Harfe im Sack verstaut hatte, vom Felsen herabstieg und sich einen Schlafplatz bei der Glut suchte. »Die Träume in dieser Nacht sind von besonderer Bedeutung und können Fingerzeige auf das spätere Leben geben. Drum merk dir gut, was du träumst, und versuche den Sinn dahinter zu verstehen. Gute Nacht.«

»Gute Nacht«, gab Kennog zurück und tat es dem Harfner gleich, indem er an die Glut rückte, um sich einen Platz zum Niederlegen zu wählen. Aber als er ausgestreckt auf dem Rücken lag, vermochte er immer noch nicht seine Augen zu schließen. Er starrte gegen den Sternenmantel der Nacht, der so dunkel und von so vielen geheimnisvollen Lichtern durchsetzt war, dass man sich darin verlieren konnte. Vielleicht gab es in dieser Nacht ja auch mehr Sterne als sonst, Beltaine-Feuer der Götter am Himmel … Er kam sich klein vor, wie er so dalag, wie ein Käfer auf dem Rücken angesichts einer allmächtigen Unendlichkeit. Was ist der Mensch?, fragte sich Kennog, welchen Sinn hat ein einzelnes, kurzes Leben, wo doch die Gesamtheit so groß, so unüberschaubar und völlig unbegreiflich ist …

Um sich von diesen Gedanken abzulenken, die in strudelnde Tiefen führten, tiefer und rätselhafter noch als das unergründliche Meer, begann er die Sterne zu zählen. Diesen Trick hatte ihm seine Mutter einst beigebracht, wenn er einfach nicht einschlafen konnte. Mutter, dachte er noch, Mutter – wo magst du jetzt sein? Mit einem leisen Wimmern in der Kehle stürzte er hinab in den Schlaf.

Einen jungen Kriegshelden sah er reiten, ohne zu ahnen, dass es Diarmaid war, den die Fee Sheela na Gig davor gewarnt hatte den wilden Eber weiter zu jagen. Und auch Diarmaid schien sein heil überstandenes Erlebnis schon vergessen zu haben. Lachend und mit vor Lebenslust blitzenden Augen sprengte er über die grünen Hügel dahin, dass sein blondes Haar in der Sonne flatterte – dem Sammelplatz der Fianna entgegen, wo er die lang vermissten Freunde zu treffen gedachte, auch Bronnagh, der mit gespaltenem Schädel und von Raben umkreist bei den Felsen lag, eine Blume, die vor ihrer Zeit schon verwelkte. Doch davon wusste Diarmaid nichts und sein Lachen war unbeschwert, das Lied, das er beim Ritt mit seinen Begleitern sang, kam aus freiem Herzen.

Kennog wollte ihn warnen, ihm zurufen: Kehr um! Weißt du nicht, dass die Reiter von Lagin bereits aufgebrochen sind, um die Getreuen abzufangen? Lauernd und in böser Absicht streichen sie durch die Lande, um Unruhe zu stiften und Leid unter die Menschen zu bringen. Kein Friede wird sein, solange Semions Kinder und die Nachkommen der Fir Bolg unterwegs sind! Doch kein Laut kam aus seiner Kehle, sein Mund blieb verschlossen. Und so bemühte er sich mit den Reitern Schritt zu halten. Auch er saß nun im Sattel eines Pferdes, das klein und störrisch war, mit struppigem Fell, aber schnell. Sicher trug es ihn, an den Kriegern vorbei und voraus, worauf diese die Richtung änderten, um ihn zu verfolgen, und weiter noch bis zum Sammelpunkt. Als er dort einritt, sah er die bunten Fahnen des Hochkönigs wehen, den stolzen Finn mit seiner Standarte und die Männer aus allen Landesteilen, die herbeigeströmt waren, um Cormac Mac Art, ihrem Herrn, zur Seite zu stehen.

Er bemerkte Diarmaid und seine Begleiter hinter sich und dass sie das Interesse an ihm verloren, als sie ihn im Lager des Hochkönigs sahen. Wahrscheinlich hielten sie ihn für einen der Neuen, der von weiter her noch als sie selbst gekommen war, um zu dienen. Aber nicht nur Männer gab es im Lager, auch Frauen und Kinder, die für das Essen sorgten und sich den Tieren zuwandten. Erst jetzt, da er nach dem langen, anstrengenden Ritt abgestiegen war, spürte er seine Erschöpfung. Seine Lippen brannten und Durst dörrte seine Kehle aus.

»Willst du einen Schluck?«, hörte er eine Frauenstimme und sah, wie ihm ein Trinkhorn gereicht wurde. Begierig nahm er den Trank entgegen und labte sich. Als er absetzte und den Blick hob, trafen sich seine Augen mit denen der Frau. Es war die Frau aus dem Süden, mit der er auf Actas Hochzeit getanzt hatte. Ein Gefühl übergroßen Glücks durchströmte seinen Körper. Unfähig zu sprechen, stand er da und starrte sie an.

»Du bist nach dem Tanz gleich verschwunden«, sagte sie, »warum nur, gefiel ich dir nicht?« Ihr Haar floss schwarz über die Schultern und ihre Augen glühten wie Holzkohle. »Still, du brauchst nicht zu antworten«, sagte sie und es schien ihr egal, ob die Umstehenden es mitbekamen oder nicht. »Ich merke auch so, dass du von sehr weit her zu mir gekommen bist und was dein Herz für mich empfindet. Deine Lippen sind rau und kühl noch vom Wind. Soll ich sie wärmen?« Ohne mehr zu erklären, als nötig war, kam sie näher und küsste seinen Mund.

Ihre Lippen schmeckten frisch und ihre Haut roch nach Rosen. Er zog sie an sich, um ihren Körper zu spüren, und sie schien darauf nur gewartet zu haben. »Erst jetzt ist Beltaine«, flüsterte sie atemlos an seinem Ohr, wo ihr Kopf nun ruhte und ihr schwarzes Haar sich mit seinem flachsblonden mischte, »erst jetzt dürfen wir tanzen, uns küssen und lieben. Du bist doch der Mann aus dem Norden, auf den ich so lange gewartet habe …«

Der Mann aus dem Norden … Da klang sie wieder an, die Prophezeiung der Aife zur Erlösung der Schwanenkinder des Lir …

Nun mischte sich auch Kennogs Bewusstsein mit dem ihren und er schmolz dahin in Tiefen, die schöner waren als jeder Sternenhimmel und geheimnisvoller als jedes Meer …

21

Als Kennog am nächsten Morgen erwachte, war der Meister verschwunden. Er suchte das ganze Gipfelplateau nach ihm ab, lugte in jede Hütte, rief seinen Namen. Doch es kam keine Antwort. Nur der Harfensack lag noch am gleichen Platz und das beruhigte ihn. Er hockte sich auf den Felsbrocken, auf dem Ogham letzte Nacht gesessen, gespielt und von den vergangenen Zeiten gesungen hatte. Von hier aus bot sich ein herrlicher Ausblick.

Dieser erste Tag nach Beltaine versprach schön zu

werden. Das Feuer vor dem Bildnis der Großen Göttin war zu Holzkohle und Asche niedergebrannt, aber es ging kein Wind, um sie zu verblasen. Im Osten über dem Festland war die Sonne aufgegangen, sie schickte ihre Strahlen über das Meer, das nun ruhig und friedlich dalag und weißgolden glänzte. Seevögel trieben darüber und einige von ihnen schafften den Weg bis hinauf zu Kennog auf den Gipfel, wo sie sich niederließen, ihre Flügel ausstreckten und sich putzten.

Kennog kam sich vor wie der erste Mensch auf der Welt. So musste auch Tuan in seinen einsamen Tagen auf den Klippen gesessen und die Schöpfung betrachtet haben. Aber er verwarf den Gedanken sofort. Nein, er war nicht Tuan, würde sich niemals in einen Hirsch, einen Eber, einen Adler verwandeln und schon gar nicht in jenen unglücklichen Cravetheen, der so viel Unheil angerichtet hatte. Im Gegensatz zum Harfner spürte er Liebe in sich aufkeimen, und er war auch nicht allein auf der Welt. Irgendwo da draußen existierte das Mädchen mit dem schwarzen Haar und den glutvollen Augen, das ihn in seinen Träumen besuchte. Es gab sie, sie wartete auf ihn und er würde sie eines Tages finden.

Kennog war sich gar nicht so recht bewusst, was er tat, als er den Sack des Meisters neben sich öffnete und ihm das Instrument entnahm. Er wog es in den Armen und strich über das Holz der Harfe. Dann setzte er sie an, wie er das beim Meister gesehen hatte, und strich vorsichtig mit den Fingern durch die Saiten. Eine Folge von leisen, zarten Klängen entstand, die gut zur Sonne, zum Meer und den schwarzen Felsen passte. Sehnsuchtsvoll blickte Kennog nach Erinn hinüber und sang:

132

»Meine Liebe ist wie ein bunter Vogel,
Der aus engem Käfig flieht,
Breitet aus der Freiheit Flügel,
Singt für dich sein schönstes Lied.
Mädchen aus dem Süden
Mit dem schwarzen Haar
und den Augen voll Kohlenglut,
Nenn mir im Traum deinen Namen,
Ich merk' mir ihn gut.
Wo du auch sein magst am Ende der Welt,
Ein Wesen aus Fleisch und Blut,
Ein Geist, eine Fee, eine Traumgestalt –
Warte auf mich, ich finde dich bald.«

Er ließ die Harfe sinken und blickte noch lange über das Meer. Dann schreckte ihn ein Geräusch aus seinen Gedanken und er verstaute rasch die Harfe im Sack und legte ihn so am Boden ab, als sei er niemals angerührt worden. Es war Ogham, der die Treppe heraufkam und durch das Menhirtor schritt. Er wirkte wie verwandelt, jugendlich beschwingt war sein Gang und sein Gesicht strahlte wie die Morgensonne. Auch trug er das Haar nun wieder glatt gestrichen und zu einem Zopf gebunden.

»Ist das nicht ein wundervoller Morgen voller Frische und Klarheit?«, sagte er. »Ich sehe, dass du gut geschlafen hast. Auch mir ging es so. Von den Tagen des Goldenen Zeitalters hab ich geträumt, so viel und bedeutungsschwer, dass ich darüber nachdenken muss.«

Zum Glück fragte er nicht nach Kennogs Traum. Ohnehin hätte ihm der Junge darüber keine Auskunft gegeben. Dieses Mädchen aus dem Süden, sie war allein sein Geheimnis – was ging es den Meister an?

»Was hältst du davon, wenn du dich nützlich machst und unten an den Klippen nach etwas Essbarem suchst? Es wimmelt dort von Muscheln, Schnecken, Krabben und Fischen. Auch kannst du dabei die Insel etwas erkunden, sie ist von unglaublicher Schönheit. Ich werde es uns derweil in einem der Häuser etwas heimelig machen.«

»Dann bleiben wir also hier?«, fragte Kennog.

»Eine Weile gewiss, bis ich die Rätselfragen, die der Traum mir stellte, gelöst habe«, antwortete Ogham.

Kennog erhob sich und verließ, wie ihm geheißen, das Gipfelplateau. Er fühlte, dass sein Meister jetzt dort oben allein sein musste, allein mit sich, seinen Gedanken, der Ewigkeit und der Großen Göttin. Er stieg die Treppe hinab und durchstreifte alle Klippen der Insel, wo die Flut ihre Gaben ans Ufer spülte. In den zahllosen Rinnen, Mulden und Wannen im Stein tummelte sich Meeresgetier. Eine geheimnisvolle Welt, in die sich Seesterne und anderes fremdartiges Kleingetier verirrte und zwischen wiegendem, sanft im Wasser fransendem Tang und grün-glitschigem Moos lebte.

An den terrassenförmigen Hängen, wo allerlei Pflanzen üppig wuchsen, fand er Kräuter und schmackhafte Wurzeln. Wilde Kaninchen sprangen vor ihm auf und es gab viele Nester mit Seevogeleiern, mehr als genug, um sich daran satt zu essen. Von klugen Möwen und den koboldartigen Papageientauchern umkreist, stöberte er eine Zisterne mit frischem Trinkwasser auf und trank und die Robbenkolonie reckte die Köpfe nach ihm, als er an ihren besonnten Ruhebänken vorüberschritt. Am Beginn des Aufstiegs aber, wo eine kleine versteckte Höhle lag, fand er einen alten Weidenkorb und einen Tonkrug. Beides füllte er mit Essbarem und Wasser und kehrte mit seiner Beute zum Meister zurück.

Ogham saß schweigend und tief in Gedanken versunken auf dem Felsstein und sein Blick war nach innen gerichtet. Kennog wagte nicht ihn zu stören und setzte die Gaben behutsam neben dem Standbild der Großen Göttin ab. Bis zum Einbruch der Abenddämmerung sprach Ogham kein Wort. Dann aber reckte er sich wie aus tiefem Schlaf erwachend, aß mit großem Appetit und als das Mahl beendet war, begann er zu sprechen:

»Ich habe dir von Cormac Mac Art, unserem Hochkönig in Tara, erzählt. Er stammt von den Söhnen des Mil ab, die für den Untergang des Adlervolkes der Tuatha De Danaan verantwortlich waren. Die Söhne des Mil haben das Goldene Zeitalter beendet und seitdem gab es in Erinn ständig Krieg. Aber ich zürne nicht. Immer wieder fängt eine neue Geschichte an, ein neuer Abschnitt im großen Buch des Lebens. Und Cormac Mac Art ist ein kluger, gebildeter Mann, der das Beste für unser Land will. Ich habe an seinem Hof geweilt und erlebt, welche großen Veränderungen im Denken sich dort vollziehen. Um all seine Pläne in die Tat umzusetzen, bedarf der König meiner, unserer Hilfe.«

Er machte eine Pause, schien aber keine Frage von dem Jungen zu erwarten und fuhr nach einer Weile fort: »Nemeds Söhne in Lagin überziehen das Reich mit Krieg und schrecken vor keinem Gräuel zurück. Auch die Ultonier im Norden geben sich rebellisch und erkennen das Wort des Hochkönigs nicht an. Zudem landen an den Küsten Erinns immer wieder fremde Eroberer, die auf Beute und Landraub aus sind. In derart unruhigen Zeiten muss die Macht des Hochkönigs unantastbar sein, wir müssen sie stärken. Aber wie?«

Auch nach dieser Frage, die mehr ihm selbst zu gelten schien, wartete Ogham keine Antwort ab, sondern setzte fort: »Heute Nacht nun hörte ich eine Stimme sagen: ›Wir müssen die Vergangenheit wieder entdecken, um die Gegenwart zu verstehen und die Macht des Hochkönigs von Tara zu stärken.‹ Mir erschienen im Traum die alten Könige der Tuatha De Danaan und ich sah die heiligen Gegenstände der Kraft: das Schwert des Nuada, das selbst härtesten Stein schneidet, als sei er Butter, die Lanze des Lug, die niemals ihr Ziel verfehlt, den Kessel des Dagda, in dem der Krafttrunk aus Löwenzahnsaft gebraut wird, der den Kämpfern Stärke verleiht, den Köcher des Delbaeth, der sich nach jedem abgeschossenen Pfeil von selbst wieder füllt, das Trinkhorn des Mac Cuill, das den Sud des tiefen, erholsamen Schlafes spendet, die Kette des Fiachna, deren Glanz die Feinde blendet, den gravierten Stein des Mac Cecht mit dem geheimen Zeichen, das Berge öffnet, und den Ring des Mac Greine, der seinen Träger erkennen lässt, was Recht und Unrecht ist. Diese acht Gegenstände der Kraft, die lang schon verschollen sind, sah ich deutlich und zum Greifen nah vor mir und dachte: Wenn Cormac Mac Art diese Dinge besäße, so würde er allen Gefahren trotzen und frei von Sorgen über Erinn herrschen können. Ich sah aber nur diese acht, das neunte Zeichen der Macht erblickte ich nicht.«

»Und was ist das?«, fragte Kennog gespannt.

»Bres' Pfeilspitze, die das Denken dessen, der sie trägt, schnell wie ein Pfeil macht, sofern man sie mit dem Saft des Holunders glänzend poliert«, antwortete Ogham, »du solltest sie kennen.«

»Ich, wieso ich?«

»Weil du sie als Talisman um den Hals trägst«, sagte der Meister.

Verblüfft griff Kennog an seine Kette. »Du meinst, es ist diese hier?«

»Genau die, ich erkannte sie gleich, als ich dich damals am Ufer des Waldsees sitzen sah. Auch wenn sie lange keinen Holundersaft mehr kosten konnte, glänzte sie doch im Licht des Mondes.«

»Dann habe ich also damals auf der Schilfinsel, ohne es zu wissen, die Pfeilspitze eines Königs der Tuatha De Danaan gefunden?«, stammelte Kennog fassungslos.

»So ist es«, sagte der Meister. »Und eben das war der Grund, warum ich aufbrach, um dich zu suchen, nachdem ein erstes Traumbild mich geheißen hatte zum Dorf am Waldsee zu ziehen. Dort erkannte ich sofort, dass du der Richtige bist, als ich die Kette an deinem Hals sah ... und heute Nacht, als mir die heiligen Gegenstände der Kraft gezeigt wurden, wachte ich auf und sah dich schlafend an der Glut liegen und wusste plötzlich, was mit dem Traum gemeint war. Ich verstand unsere Aufgabe ganz deutlich und klar.«

»Und was, ich meine, was soll nun geschehen?«

»Wir müssen sie Cormac Mac Art bringen, wie all die anderen Gegenstände auch, sofern wir sie finden.«

»Aber«, erwiderte Kennog, indem er unwillkürlich nach seinem Talisman griff und die Pfeilspitze berührte, »wir haben doch nur diesen einen hier. Wie sollen wir an die anderen Dinge gelangen, wo wir doch fernab von Erinn auf einer Insel weilen?«

Der Harfner stand auf und ging ein paar Schritte über die Plattform. Er schritt einen Kreis und als er zu dem Jungen zurückkam, sagte er: »Es war wichtig, dass wir Tirnanogh erreichten, die heilige Insel der Dana. Der Weg in die Vergangenheit, zurück zu den Wurzeln des Volkes der Adlergöttin, konnte nur über die Insel der ewigen Jugend führen. So wie sie mich verjüngt hat, sollen auch die magischen Kräfte der alten Zeiten wieder aufleben. Wo anders als an diesem zeitlosen Ort konnte mich der Traum erreichen, den ich in der Nacht von Beltaine träumte? Er zeigte mir, dass noch nicht der Zeitpunkt gekommen ist, für immer auf der Insel der ewigen Jugend zu bleiben. Vor uns liegt die gewaltige Aufgabe, die zauberischen Dinge aus der Jugendzeit dieser Welt zu bergen, um unserem Land eine friedliche Gegenwart und eine glanzvolle Zukunft zu bescheren. Wir müssen bald aufbrechen, eine große Pflicht ruft, die es zu erfüllen gilt.«

»Aber wie sollen wir von der Insel wegkommen, jetzt, da Hegon, der Fährmann, verschwunden ist und wir kein Boot besitzen?«, fragte Kennog.

»Das ist kein Problem.« Der Meister lächelte geheimnisvoll. »Ich werde einen Albatros mit einer Nachricht für ihn aussenden. Du wirst sehen, er kommt und holt uns ab. Zuvor aber sollst du erfahren, was es mit der Pfeilspitze des Bres auf sich hat. Höre also die Geschichte von König Bres und wie es kam, dass er die Pfeilspitze verlor, bevor sie für ihn ihre Zauberkraft entfalten konnte.«

DIE GESCHICHTE VON KÖNIG BRES

Nachdem Nuada seine Hand in der Schlacht verlor und Dian Cecht, der Arzt, eine aus purem Silber für ihn gefertigt hatte, kam er für die Königswürde nicht mehr in Frage, denn er lag lange krank auf seinem Hirschfell. Da entstand zwischen den Männern und Frauen der Tuatha De Danaan ein Disput darüber, wer nun König sein sollte. Schließlich fiel die Wahl auf Bres, den Sohn von Elatha Mac Delbaith, der eigentlich kein echter Spross des Adlervolkes war, sondern das Blut der Fomoraigh in sich trug, eines Dämonengeschlechts, das aus den Tiefen der See kam. Seine Geburt ist von Geheimnis umgeben. Man erzählte sich so darüber:

Eines Tages erschien ein silbernes Schiff vor der Küste von Erinn. Eriu, eine Frau aus dem Volk der Dana, sah es von den Klippen aus. Sie hielt es für groß, konnte aber seine genaue Form nicht erkennen. Die Meeresströmung trug es an Land. Sie sah einen Mann von edelstem Aussehen aussteigen. Sein goldblondes Haar fiel ihm bis auf die Schultern. Ein mit goldenen Fäden durchwirkter Mantel umhüllte ihn, auch sein Hemd war mit Gold bestickt. Auf der Brust trug er eine goldene Spange mit einem blitzenden Edelstein. Fünf Nackenreifen aus purem Gold umschlossen seinen Hals. Als Waffen führte er zwei Speere mit glänzenden Silberspitzen und polierten Bronzeschäften mit sich, ferner ein Schwert, das mit eingelegtem Silber verziert war, einen Goldgriff besaß und mit Goldnägeln geschmückt war. »Ich bin gekommen, um das Bett mit dir zu teilen«, sagte der Mann zur Begrüßung.

»Ich kenne dich nicht und bin nicht mit dir verabredet«, sagte Eriu.

»Das macht nichts, du wirst mich noch kennen lernen«, antwortete der Fremde und zwang sie nieder aufs Lager.

Da weinte die Frau und wehrte sich, doch alles Sträuben half ihr nichts. Der Mann nahm sie mit sanfter Gewalt.

»Warum weinst du?«, fragte er, als er sich wieder erhob.

»Ich habe zweierlei zu bejammern«, erwiderte Eriu. »Erstens dass wir uns trennen müssen, obgleich wir uns doch soeben erst begegnet sind. Die jungen Männer unter den Tuatha De Danaan haben mich vergeblich umworben, du aber – du kamst einfach und nahmst ganz Besitz von mir, wie sehr du mir auch fremd bist.«

»Ich kann deine Ängste zerstreuen«, sagte er, zog einen goldenen Ring von seinem Mittelfinger und gab ihn ihr. »Von diesem Ring darfst du dich niemals trennen, ihn weder verschenken noch verkaufen. Einzig und allein dem darfst du ihn geben, an dessen Finger er passt.«

»Aber ich habe noch einen zweiten Kummer«, klagte Eriu. »Ich weiß den Namen dessen nicht, der mich gefunden hat.«

»Der soll dir nicht verschwiegen bleiben«, sagte er, »Elatha Mac Delbaith, der König der Fomoraigh, ist zu dir gekommen. Du wirst einen Sohn von mir gebären und er soll keinen anderen Namen tragen als Eochu Bres, das bedeutet ›Eochu, der Schöne‹; denn alles, was an Schönem in Erinn zu erblicken ist – ob weite Flur oder Festung, ob Bier oder Fackel, ob Weib, Mann oder Ross –, es soll an der Schönheit deines Sohnes gemessen werden. Es ist ein Bres, wird der Volksmund einst sagen, wenn er Vergleiche sucht.«

Danach verschwand der fremde König und Eriu gebar einen Sohn, den sie nannte wie ihr geheißen. Eine Woche nach der Niederkunft war ihr Sohn schon so groß wie ein zwei Wochen altes Kind und sieben Jahre lang wuchs er auf diese Weise, dass er aussah wie einer von vierzehn. Als Jüngling aber überragte er alle Gefährten. Darum und weil er eine Friedensgarantie gegen die Angriffe der Fomoraigh darstellte, wählte ihn das Adlervolk zum König. Von Nuada erhielt er die Pfeilspitze des schnellen Denkens als Geschenk. Doch der vormalige König, dessen Wunde groß war, lag noch immer auf seinem Krankenlager und konnte ihm das Geheimnis des Holundersaftes, unter dessen Einfluss allein das Geschenk zu seiner vollen Entfaltung kam, nicht anvertrauen.

Bres trug die Pfeilspitze als Kette vor seiner Brust und er wählte unter den Mächtigen Erinns sieben Duns aus, die im Falle seiner Willkür oder Verfehlung über seine Abdankung entscheiden sollten. Doch da er die Pfeilspitze nicht mit dem Saft des Holunders polierte, blieb sein Denken langsam und er unternahm wenig, als die Fomoraigh gegen jede Vereinbarung Erinn zu Tributleistungen zwangen. Da erhob sich großes Murren bei den Tuatha De Danaan gegen Bres. Sie setzten ihn ab und Nuada, dessen Silberhand auf wundersame Weise am Armstumpf angewachsen war, sodass er sie wie eine echte benutzen konnte, übernahm wieder die Herrschaft.

Bres blieb im Land geduldet, aber es gelüstete ihn sich mit den Fomoraigh zu verbünden und danach als König über beide Völker zu regieren. Er verabschiedete sich von Eriu, seiner Mutter. Sie gab ihm den besagten Ring als Geschenk mit. Mit diesem Ring am Finger traf er auf die Truppen der Fomoraigh. Sein Vater Elatha Mac Delbaith erkannte sofort seinen Sohn und eilte ihm freudig entgegen.

»Warum hast du deine Regierungszeit beim Adlervolk so schlecht genutzt?«, fragte er. »Großes hättest du erreichen können für uns alle.«

»Weil Nuadas Geschenk wertlos ist«, sagte Bres, riss sich die Kette vom Hals und schleuderte sie an einem Waldsee weithin über das Wasser, dass sie auf einer Schilfinsel inmitten des Sees niederfiel.

»Das hättest du nicht tun sollen, diese Dummheit ist unverzeihlich!«, schimpfte sein Vater. »Wer weiß, was es mit diesem Gegenstand auf sich hatte und für was er dir noch hätte dienen können, denn ein solcher Gegenstand der Macht, zumal ein Geschenk des Nuada, hat bestimmt seine Bedeutung.«

»Nicht für mich«, antwortete Bres leichthin, »mag sich ein anderer daran erfreuen.« Damit war sein Schicksal besiegelt. Die Fomoraigh und die Tuatha De Danaan trafen in einer gewaltigen Schlacht aufeinander, in der viele Helden ums Leben kamen, unter anderem Nuada und Elatha Mac Delbaith. Bres selbst wurde gefangen und entkam nur mit einer List. Mit den geschlagenen Resten seines Volkes zog er sich über See in das Land seiner Vorfahren zurück. Die siegreichen Tuatha De Danaan wählten Lug zu ihrem neuen König. Doch so sehr er nach Bres Pfeilspitze suchte, er fand das Geschenk Nuadas nicht mehr.

22

Und nun ist sie als Erster der kostbaren Gegenstände aus alter Zeit wieder aufgetaucht«, schloss Ogham. »Wahrlich ein gutes Zeichen!«

Er saß auf dem Felsen und hob den Kopf, als ein frischer Wind vom Meer aus heranblies. In seinem Strom trieb ein großer weißer Vogel, dessen ausgebreitete Schwingen weiter waren, als ein Mensch groß ist. Der Vogel kam heran und ließ sich direkt zu Füßen des Meisters nieder. Mit klugen Augen beäugte er die beiden menschlichen Wesen.

»Ruh dich aus und stärke dich an den Resten unseres Mahls«, sagte Ogham zu dem Vogel. »Aber wenn du satt bist und wieder zum Festland hinüberfliegst, so suche dort einen Mann namens Hegon. Er sitzt bestimmt unter einer Trauerweide in seinem Boot auf dem Fluss und wartet nur darauf, dass du kommst und ihm eine Nachricht von Ogham, dem Harfner, und Kennog, seinem gelehrigen Schüler, überbringst. Sag ihm, die Zeit sei für uns beide noch nicht reif für die Ewigkeit. Noch einmal müssen wir Tirnanogh verlassen und die Anderswelt durchqueren, um bei den Menschen von Erinn unsere Pflicht zu erfüllen. Wirst du das für uns tun und alles behalten?«

Da zwinkerte der kluge Albatros den beiden vertraulich zu, streckte die Schwingen aus, lief bis zur Felskante und ließ sich dort in die Lüfte fallen. Noch lange blickten sie ihm nach, wie er mit sicherem, kräftigem Flügelschlag die See überquerte und als winziger weißer Fleck schließlich an der Küste Erinns verschwand.

2. BUCH

**Lugnasad
Die Hochzeit des Lug**

1

»Wenn ich doch nur Holunderbeeren hätte«, seufzte Kennog. Immer öfter in den letzten Tagen sprach er laut mit sich selbst, wenn er im warmen Wind über die Klippen streifte, nichts eigentlich suchend, aber an allem interessiert: am Flug der Seeschwalben, am neckischen Treiben der Papageientaucher, die sich wie Kobolde der Luft benahmen, an den unterschiedlichen Stimmen des Meeres, der Farbe der Brandung, den Wolkengemälden am Himmel. »Wie gern würde ich jetzt die Pfeilspitze damit polieren, um herauszufinden, ob mein Denken dann schneller geht ...«

Aber auf der Insel wuchs kein einziger Holunderbusch. Auch in der Menschenwelt war die Zeit der Holunderreife noch fern, also musste er sich so oder so gedulden. »Hoffentlich trifft der Albatros bald Hegon, den Fährmann, und der verrückte Kerl holt uns ab ...«, murmelte Kennog. Des Meisters Geschichte von den neun Gegenständen der Kraft hatte ihn aufgeregt. Er fieberte danach, sie zu suchen und ihre Wirkung auszuprobieren. Dass Ogham imstande war, sie aufzuspüren, daran bestand kein Zweifel. Hatte er nicht bereits das Erste von ihnen, das Nuada als Geschenk gab, und Bres, der Schöne, in seiner Dummheit fortwarf, entdeckt? Kennog war stolz darauf, dass eigentlich er es gefunden hatte, dieses so sorgsam bearbeitete Feuersteinding, das zwischen den Kieseln gelegen hatte. Sollte sich wirklich eine Zaubermacht darin befinden, wie der Meister gesagt hatte? Er bedrängte Ogham mit Fragen:

»Wo sollen wir mit dem Suchen beginnen? Meinst du, wir finden die magischen Gegenstände?«

»Nur Geduld«, antwortete der Harfner, »ich denke in der letzten Zeit ständig darüber nach und versuche mich zu erinnern, was die alten Lieder davon berichten. Von Nuadas Schwert zum Beispiel heißt es, dass es an einem sagenhaften Ort namens Findias geschmiedet wurde. Wo dieser Ort liegt, weiß niemand. Nuada trug es in der großen Schlacht nördlich des Arrow-Sees und Balor, Sohn des Dot und Enkel des Net, welcher von der Insel Arran stammte, nahm es ihm ab, nachdem er ihn durch den bösen Blick getötet hatte. Aber auch Balor kam in dieser Schlacht ums Leben. Seine Leute vom Stamme der Fir Bolg trugen den Leichnam auf ein Schiff und flohen damit zur Insel Arran zurück. Dort soll Balor in der Festung des Aengus beigesetzt worden sein ...« Er schlug sich an den Kopf und sprang erregt auf. »Ja, natürlich, es besteht kein Zweifel: Nuadas Schwert muss sich in Dun Aengus befinden! Das ist schlecht.«

»Wieso ist das schlecht?«, fragte Kennog.

»Weil ein böser Fluch auf Dun Aengus lastet.«

»Was weißt du darüber?«

»Nicht viel«, antwortete Ogham, »nur, dass es eine Prophezeiung gibt, die besagt:

›*Vom Meer aus ist Dun Aengus unantastbar,*
Denn die Festung thront hundert Meter über der See.
Wer von Land aus vordringt,
Um das Geheimnis zu lüften,
Muss schneller sein als die Flut.‹«

»Das verstehe ich nicht«, sagte Kennog. »Wie kann man vom Land aus vordringen, wenn Dun Aengus auf einer Insel liegt?«

»Es gibt eine schmale Landbrücke dorthin, die zu manchen Zeiten aus dem Meer ragt, denn in grauer Vorzeit waren die Arran-Inseln noch mit dem Festland verbunden. Als es hundert Jahre lang regnete und der Meeresspiegel anstieg, brach diese Verbindung ab. Einzig der schmale Damm existiert noch und er ist nur passierbar, wenn das Meer friedlich ruht.«

»Dann schaffen wir es nie«, stöhnte Kennog.

Sein Meister aber lachte. »Sei doch nicht so verzagt!«, rief er. »Wie kannst du das wissen, ohne es ernsthaft versucht zu haben? Hör auf mich: Ganz sicher schaffen wir das.«

»Fragt sich nur, wann«, sagte Kennog. »Der Albatros ist noch nicht zurückgekommen und auch nicht der Fährmann, um uns abzuholen.«

»Deine Ungeduld ist ebenso groß wie deine Jugend«, neckte ihn Ogham. »Ich dagegen höre die beiden schon. Sie singen aus vollen Kehlen.«

Kennog spitzte die Ohren und lauschte auf das Meer hinaus, aber er hörte nur das Rauschen des Windes. Der Meister macht mir etwas vor, um mich bei Laune zu halten, dachte er. Kein Lied ist auf dem Wasser, keines von Menschen und keines von einem Albatros. Wir sind auf der Insel gefangen und bleiben es wohl bis an unser Lebensende. Er seufzte tief auf und dachte an das schöne Mädchen aus dem Süden. Würde er sie jemals leibhaftig sehen, berühren und küssen können, wie es im Traum geschehen war?

2

Am nächsten Morgen erschienen zwei weiße Segel am Horizont. Das eine flog voraus und war ein riesiger Seevogel, der auf Tirnanogh zugeschwebt kam und vor der Statue der Großen Göttin Dana landete.

»Der Albatros ist zurückgekommen!«, rief Kennog und lief zum Bienenkorbhaus, um den Harfner, der noch in tiefem Schlaf ruhte, zu wecken. Sie stiegen beide zur höchsten Klippe auf und starrten aufs Meer. Immer näher kam das zweite Segel, es glitt wie ein Pfeil über die Wellen.

»Das ist nicht unser Kanu«, sagte Kennog enttäuscht.

»Nein, aber es ist Hegon«, sagte der Meister, indem er die Augen zusammenkniff. Wie er so auf der Klippe stand, mit vorgeneigtem Kopf und Oberkörper, glich sein Gesicht dem eines Adlers. »Ich erkenne ihn an seiner Gestalt. Er hat das Boot umgebaut und Mast und Segel gesetzt.«

Nun gab es kein Halten mehr. Beide verließen die Plattform und stürmten die Treppe hinunter. Atemlos erreichten sie die Robbenbänke und warteten auf das Eintreffen Hegons. Es war ein großer Augenblick, als das Schiffchen längsseits kam und Hegon das Seil warf, um festzumachen.

»Es hat lange gedauert«, sagte Ogham, »dem Jungen wurde es bereits eintönig auf dieser schönen Insel.«

»Nach Menschenzeit gerechnet, zwei Jahre«, antwortete der Fährmann, »aber Mannanaum ließ mich nicht früher ziehen, hoher Herr. Auch war es nicht leicht einen Mast und ein Segel zu finden und das Boot umzubauen.«

»Ist schon recht«, schmunzelte Ogham, »ich danke dir, dass du überhaupt gekommen bist.«

Kennog aber rief erstaunt aus: »Was, zwei Jahre? Das ist doch nicht möglich, wir waren doch nur wenige Tage und Nächte auf der Insel!«

»In der Anderswelt gelten andere Gesetze«, sagte Hegon. »Und so, wie ihr beide ausseht, scheint euch der Aufenthalt auf der Insel der ewigen Jugend nicht geschadet zu haben.«

»Besonders mir nicht«, lachte der Harfner, »ich fühle mich auf erstaunliche Weise verjüngt und dürste nach Taten wie lange nicht mehr. Aber auch du siehst nicht übel aus, Trauerweide. Man könnte meinen, dass dir die Arbeit bekommt.«

Nachdem sie solcherlei Artigkeiten ausgetauscht hatten, bestiegen sie das Boot. Wie schon bei der ersten Überfahrt saß Kennog vorn im Bug und Ogham hinter Hegon im Heck.

»Wo soll die Reise denn diesmal hingehen?«, fragte der Fährmann. »Zurück zum Fluss oder habt ihr ein anderes Ziel im Auge?«

»Zu jenem Ort an der Küste, wo der schmale Landweg zu den Arran-Inseln beginnt«, wies Ogham ihn an, »du kennst die Stelle?«

»Aber ja. Nördlich der Klippen von Moher, wo der Weg über Inis Oirthir nach Inis Medin und weiter nach Inis Mor führt. Bist du sicher, dass ihr diese gefährliche Wegstrecke nehmen wollt?«

»Auf jedem Weg können Gefahren lauern, wenn einem die richtige Einstellung fehlt«, sagte Ogham.

»Das ist wohl wahr«, antwortete Hegon. »Wollt ihr am Ende gar nach Dun Aengus?«

»Genau dorthin.«

»Dann seid ihr gut beraten den Landweg zu nehmen. Von See aus ist Dun Aengus unerreichbar. Hoch wie ein

Seeadlerhorst liegt sie über den Fluten und niemand, es sei denn, er könnte fliegen, erreicht von See aus die Burg. Zum Inneren der Insel hin ist sie jedoch auch bestens gesichert: Drei halbkreisförmige Steinwälle beschützen die Feste, davor liegt ein Gürtel von tausend mal tausend Steinblöcken, die den Zugang versperren, und wie es heißt, kam noch nie jemand, dem es nicht erlaubt war, über Land zu der Burg.«

»Dann werden wir die Ersten sein«, antwortete Ogham. »Ich bekam die Erlaubnis im Traum.«

Das Schiff hatte abgelegt und glitt nun bei gutem Wind und mit geblähtem Segel über ruhige See. Sie kamen viel rascher voran als damals, da Hegon noch Paddel benutzen musste. Unterwegs bat der Fährmann:

»Bei der Hinfahrt hast du mich mit einer Geschichte bezahlt, die meine Trauer linderte, hoher Herr, und ich bin dir dankbar dafür. Was aber gedenkst du für die Rückfahrt zu zahlen?«

»Was verlangst du?«, fragte der Harfner.

»Eine Auskunft, die meine Neugier befriedigt. Seit ich nicht mehr so traurig bin, ist die Neugier in mir erwacht.«

»Was willst du wissen?«

»In der Feste Dun Aengus soll doch der fürchterliche Unhold Balor begraben liegen, über den so viele Märchen und Sagen im Umlauf sind. Was hat es auf sich mit ihm?«

Da begann Ogham zu erzählen.

DIE GESCHICHTE VON BALOR
In den alten Zeiten lebte Balor, der Sohn des Dot und der Enkel des Net, auf Dun Aengus. Balor Birugderc, wie man ihn auch nannte, was so viel bedeutet wie »der mit

dem durchbohrenden Blick«, war ein schreckliches Ungeheuer. Er besaß ein Auge mit tödlichem Blick, das er einzig und allein auf dem Schlachtfeld öffnete. Vier Männer waren nötig, um sein Augenlid an einem polierten Ring, der daran befestigt war, aufzuziehen. Traf nun jemanden Balors Blick, so wurde er zunächst gelähmt vor Schreck, dann aber fiel er tot um wie eine Fliege zur Winterszeit.

Die Sache mit dem bösen Blick war folgendermaßen entstanden: Als Balor noch ein Kind war, brauten die Zauberer seines Vaters Dot einen besonderen Trank zusammen, in den sie allerlei giftige Pflanzen und Wurzeln warfen. Balor kam zufällig herbei und blickte aus dem Fenster der Festung, da drang ihm der magische Dampf unter das Lid. So konnte sich die Macht des Giftes in seinem Auge festsetzen.

In jener großen Schlacht nun, als Balors Blick Nuada lähmte und umbrachte, stürmte der mutige Lug auf ihn ein, um den gefallenen König zu rächen. Balor schrie seine Diener an: »Zieht mein Augenlid hoch, ihr Knechte, damit ich sehen kann, welcher Wurm sich da vor meinen Füßen schlängelt!« Die Diener gehorchten und zogen Balors Augenlid hoch. Auf diesen Moment hatte der listige Lug nur gewartet. Er schoß einen Schleuderstein auf ihn ab, traf das Auge und jagte es ihm durch den Kopf hindurch. Jetzt musste also Balors Heer in das fürchterliche Auge blicken. Balor selbst stürzte um und fiel auf die eigenen Leute. Siebenunddreißig von ihnen wurden von seinem mächtigem Körper erschlagen. Balors Schädel aber fiel so heftig gegen die Brust von Indech Mac De Domnann, dem Anführer der Fomoraigh, dass ihm ein Blutstrom über die Lippen schoß. Als dann auch noch die Seherin der Tuatha De Danaan, Morringan, die eine Tochter der großen Zauberin Ernmas war, das Lied »Auf ihr Männer des Adlervolkes, kämpft für die Freiheit Erinns« anstimmte und alle mitsangen, da flohen die vereinigten Truppen der Fir Bolg und der Fomoraigh in wilder Hast bis zum Meerufer zurück. Die meisten von ihnen wurden erschlagen und nur wenige konnten sich auf die Schiffe retten. Man weiß aber, dass einige von ihnen als Beute Nuadas Schwert mit sich nahmen.

»Eine schlimme Geschichte«, hörte Kennog Hegons Stimme hinter sich im Boot. »Dieses Schwert scheint ihnen aber kein Glück gebracht zu haben, denn es lastet ein Fluch auf der Feste Dun Aengus. Es heißt, nicht die Nachkommen des Balor vom Stamme der Fir Bolg hätten seitdem das Sagen, sondern ein Fronherr namens Daurus, der von den Fomoraigh abstammt, herrsche dort nun mit strenger Hand und knechte die Fir Bolg, die doch einst selbst Herren von Dun Aengus waren. Dieser Daurus soll ein unersättlicher Sammler von Waffen sein, die er seinen erschlagenen Feinden abnimmt und jedem, der sich zu ihm verirrt. Ihre Köpfe zieren die Außenmauer der Festung ... Seid ihr noch immer sicher, dass ihr ausgerechnet zu ihm nach Dun Aengus wollt?«

»Mehr denn je«, antwortete Ogham, »solche Dinge schrecken mich nicht ab ihm einen Besuch abzustatten und einen Handel vorzuschlagen, über den man noch lange reden wird.«

»Ihr müsst es ja wissen, hoher Herr«, brummte Hegon. »Ich setze euch an der Landbrücke ab und kehre sofort zu Mannanaum zurück, ich bin bloß der Fährmann.«

»Trotzdem danke ich dir für deine Auskunft«, sagte Ogham, »du hast uns mit diesem Hinweis sehr geholfen.«

Danach sprachen sie nichts mehr und Kennog hörte nur noch das Rauschen der Wellen, das Knattern des Segels im Wind und das aufgeregte Pochen seines Blutes.

3

Nachdem sie an den hohen Klippen von Moher vorübergesegelt waren, erreichten sie die Felszunge, wo der Landweg nach Arran begann. Das Wetter meinte es gut mit ihnen und ebenso die See, die ruhig dalag und an keiner Stelle den schmalen Damm überspülte. Sehr weit zog sich diese Landbrücke durchs Meer und fern lagen die Inselrücken von Inis Oirthir, Inis Medin und Inis Mor.

Als Kennog das sah, wurde sein Herz noch banger. »Die Fahrt war schön und kam mir dank Hegons Segelkünsten wie ein Kinderspiel vor«, sagte er. »Aber vor diesem langen Weg, an den von beiden Seiten das Wasser klatscht, graut mir doch. Sollen wir wirklich zu Fuß gehen, mitten durchs Meer?«

»Keine Bange«, beschwichtigte der Meister, »ich habe dafür schon eine Lösung ersonnen. Kein Tropfen Wasser wird unsere Füße benetzen. Zuvor aber wollen wir unserem treuen Freund, der uns so große Dienste geleistet hat, danken. Leb wohl, Hegon.« Und er umarmte den Fährmann und zog ihn an seine Brust. Auch Kennog umarmte Hegon und als er ihm, der in der Anderswelt zu Hause war und vor dem er sich heimlich gefürchtet hatte, in die Augen blickte, erkannte er, dass dieser Mann alles andere als verrückt war.

»Leb wohl, Fährmann«, sagte er.

»Leb auch du wohl, junger Herr«, sagte Hegon. »Wenn

du wieder einmal nach Tirnanogh willst, so stehe ich stets zu Diensten.«

»Vielen Dank«, antwortete Kennog lachend, »der eine Aufenthalt dort hat mir erst mal gereicht. Ein paar Tage nur und ich bin zwei Jahre älter geworden.«

Das Schiff legte ab und Hegon winkte ihnen noch zu. Dann verschwand sein Segel jenseits der Klippen von Moher.

Als sich Kennog zum Meister umdrehte, sah er diesen gemütlich auf einem Stein sitzen und seine Harfe auspacken.

»Willst du jetzt ein Lied spielen?«, fragte er überrascht. Doch Ogham gebot ihm mit erhobener Hand zu schweigen.

Nun griff der Harfner in die Saiten und ließ sie erzittern, als ginge Maiwind durch saftiges Gras. Dazu ertönte ein dumpfes Klopfen, von hellen Tönen unterbrochen, die wie übermütiges Gelächter klangen. Was macht er nur?, wunderte sich Kennog. Es ist doch weit und breit niemand zu sehen, der dieses Harfenspiel hören könnte. Für wen tut er es – für mich doch wohl kaum …

Der Meister unterbrach sich und hob lauschend den Kopf zu den grünen Hängen hin. Dann entlockte er den Saiten eine weitere Folge ungewöhnlicher Klänge. Als er das zweite Mal abbrach und in Richtung der grünen Hänge lauschte, glaubte Kennog von dort etwas wie Hufschlag zu vernehmen. Nach dem dritten Mal aber erschien plötzlich eine Herde wilder Pferde. Vom Harfenspiel angelockt, wagten sich die Tiere zutraulich näher. »Ich nehme den schwarzen Hengst«, sagte Ogham, »triff nun auch du deine Wahl.«

»Wie, ich soll … aber ich kann doch gar nicht reiten«, stotterte Kennog.

»Es ist halb so schwer, wie du denkst, du musst nur ein Tier nehmen, das zu dir passt.«

»Das zu mir passt …«, wiederholte Kennog ungläubig. Aber da er den Blick des Meisters auf sich spürte, gehorchte er und musterte aufmerksam die Pferde. Eines von ihnen gefiel ihm besonders gut, es war eine braune Stute mit klugen Augen, deren Mähne sandfarben getönt war. Kaum hatte er einige Momente lang in ihre Augen geblickt, da kam das Tier auch schon auf ihn zu, legte den Kopf an seine Schulter und begann ihn neugierig zu beschnuppern.

»Du gefällst mir, ich werde dich Südwind nennen, weil mich deine Augen an die meines Traummädchens erinnern«, flüsterte er und beklopfte dem Pferd den Hals.

Ogham indes saß schon auf dem Rücken des schwarzen Hengstes und trieb ihn zum Aufbruch an. Da wagte Kennog einen kühnen Satz und landete seinerseits auf dem Rücken der Braunen. Sie trug weder Sattel noch Zaumzeug und so klammerte er sich einfach an ihrer Mähne fest.

»Vorwärts!«, rief Ogham und sprengte los. Es wunderte Kennog sehr, wie mühelos er ihm folgen konnte. Als er den Kopf wandte, sah er, dass der Rest der Herde zurück zu den grünen Hügeln strebte. Der Ritt führte schnurgerade über die Landbrücke hin. Rechts und links vom schmalen Pfad leckten die Brandungszungen bis auf den Damm hinauf. Doch unbeirrt setzten die Tiere ihren Weg fort und jagten dahin wie im Flug.

Nach einer Stunde erreichten sie Inis Oirthir und ritten so schnell an den Gehöften vorbei, dass die Bewohner der Häuser kaum etwas davon mitbekamen. Nach einer weiteren Stunde passierten sie Inis Medin und nach der dritten Stunde lag vor ihnen die größte der Arran-

Inseln, Inis Mor. Dort legten sie eine Rast ein. Das Gehöft, das sie dafür auswählten, wirkte ärmlich und seine Bewohner waren misstrauische, wortkarge Leute, die auf Fragen kaum eine Antwort gaben.

»Wir haben nichts, was wir euch als Speise und Trank anbieten könnten«, sagten sie und es klang wie ein Vorwurf. »Das wenige, was wir besitzen, reicht kaum für uns zum Leben, denn Daurus, der zornige Herr von Dun Aengus, nimmt uns alles ab.«

Als aber Ogham seine Harfe auspackte und ein fröhliches Lied zu spielen begann, tauten sie auf und fanden doch noch etwas zum Essen und Trinken, sodass die beiden sich stärken konnten.

>»O geliebtes Arran,*
Du warst eine Rose im Garten,
ein goldener Leuchter einst
Auf dem Tisch der Königin,
Du warst Vogelgezwitscher mir
Und lustige Musik auf dem Weg.
Es ist mein Unheil
Und Morgenkummer,
Dass ich dich so darben sehe.
O geliebtes Arran,
Du hast mir den Verstand verwirrt,
Bist mir ins Gehege gekommen
Zwischen mir und der Göttin,
O Arran, du duftender Zweig,
Du geringelte Locke im Haar,
Die nun dahinwelken
Wie moderndes Heu,
Weil ein Fluch es so will.«

So sang Ogham und den Leuten gefiel es, ja, sie stimmten mit ein und erfanden zum alten Lied neue Strophen hinzu, die genau das umschrieben, was alle im Innersten fühlten. Eine alte Frau, die wohl einst bessere Zeiten erlebt hatte, stieg auf den Tisch des Hauses und sang:

»O geliebtes Arran,
Du Hort meiner Kindheit,
Vom Meere umflutet
Und vom Winde zerzaust,
Heimat der Fir Bolg,
Die einst Herren waren
Auf eigenem Hof.
Wann kommt endlich der Sommer,
Zu ernten, was uns gehört?«

Es war also nicht zu übersehen und zu überhören, was diese Menschen hier tief bewegte. Die Herrschaft des Daurus hatte sie ausgeplündert und arm gemacht, aber nicht ihren Stolz und ihren Mut gebrochen. Und da tauchte nun einer wie dieser Harfner mit seinem Schüler auf und stimmte ein Lied an, das ihrem Geschmack entsprach! Eine Wohltat war es, so frei und unbändig singen zu dürfen, denn Gesang war das Einzige, worauf noch keine Steuern lasteten. Also schleppte einer der Nachbarn einen Krug Met heran, den er heimlich im Keller aufbewahrt hatte, und sie alle teilten sich den Trunk. Ein anderer bot den beiden fremden Reitern Unterkunft für die Nacht an, sofern der Harfner bloß mit ins Haus käme und dort noch etwas spielen würde.

»Dies war wahrlich ein guter Tag«, sagte Ogham zufrieden, bevor sie sich zum Schlaf niederlegten. »Und morgen in aller Frühe reiten wir nach Dun Aengus. Ich fühle, dass wir genau zum richtigen Zeitpunkt hier angekommen sind, um das Werk zu beginnen.«

4

Am äußersten Ende von Inis Mor, wo die Felsen hoch über das Meer hin ansteigen, lag die gewaltige Ringwallanlage Dun Aengus. Wie von Riesenhand geschaffen, ragten die Mauern empor und auf dem Gelände davor wuchs kein einziger Grashalm. Aus dem Untergrund aber stachen, wie Hegon gesagt hatte, tausend mal tausend Felsblöcke wie faulige Zähne empor. Keine Menschenseele war zu sehen, während Ogham und Kennog auf die erste Umfassungsmauer zu ritten. Zu ihrer Überraschung stand das Tor offen. Als sie den Vorhof passierten, schloss es sich hinter ihnen wie von Geisterhand. Auch an der zweiten Mauer war das Tor gähnend weit geöffnet und schloss sich, als sie hindurchgeritten waren.

Das sieht wie eine Falle aus, dachte Kennog. Er bemühte sich keine Angst aufkommen zu lassen, um sich vor seinem Meister nicht als Feigling zu blamieren. Als sie aber die dritte und letzte Mauer erreichten, packte ihn das blanke Entsetzen. Weiß blakten eingefügte Menschenschädel zwischen den Steinen hervor, manche von ihnen mit aufgerissenen Mündern, als würden sie schreien. Vor diesem unhörbaren Schrei schwieg die gesamte Natur. Kein Vogel sang, selbst der Wind schien betroffen still zu stehen und da die Sonne schien, war es entsetzlich heiß.

Das dritte Tor war verschlossen. Kennog starrte das

Gemäuer an. Regte sich dort, in einer Scharte zwischen den Schädelsimsen, nicht eine Gestalt? Auch Ogham hatte sie bemerkt.

»He, du da!«, rief er. »Wer du auch sein magst – ich sehe dich. Verbirg dich nicht und öffne das Tor!«

Eine Zeit lang rührte sich nichts. Dann kam hohl die Antwort zurück: »Wer seid ihr? Was wollt ihr? Wo kommt ihr her?«

»Zu viele Fragen auf einmal«, rief Ogham, »am besten öffnest du das Tor und lässt uns ein, dann werden wir dir Rede und Antwort stehen, so viel du nur willst.«

»Entweder ihr antwortet sofort oder ich kehre euch den Rücken zu, stopfe mir Wachs in die Ohren und lasse euch im Hof warten, bis eure Knochen bleich sind wie die Schädel an dieser Mauer«, klang es zurück.

Ogham überlegte nicht lange. »Gut, so will ich reden, denn die Vorstellung, für immer in diesem Hof zu verweilen, behagt mir nicht. Wir sind reisende Händler, kommen von weit her über das Meer und sind eigens angereist, um den Herrn Daurus von Dun Aengus zu besuchen.«

»Und warum?«

»Es heißt, er sei ein großer Kenner und Liebhaber besonderer Waffen und besitze manch kostbares Stück in seiner Sammlung. Nun, vielleicht bringen wir etwas, das er noch nicht kennt und gern erwerben möchte.«

Drüben blieb es eine Weile still. Dann erhob sich die Stimme wieder. »Einen Moment, ich muss erst den Herrn fragen, ob er gewillt ist euch zu empfangen.«

Es dauerte schier eine Ewigkeit, bis sich erneut etwas in der Mauerscharte tat. Kennog legte die Hand schirmend über die Augen und spähte. Es schien nicht die Gestalt von vorhin zu sein, diesmal erkannte er einen riesigen Schädel, der fast wie jene der Toten in der Mauer aussah. Aber der Schädel öffnete den Mund und dröhnte:

»Ich bin Daurus, Herr über Dun Aengus und Arran. Was habt ihr mir anzubieten?«

»Eine Waffe, wie ihr noch keine gesehen habt«, antwortete Ogham.

»Pah, ich kenne nahezu alle Waffen, die jemals hergestellt wurden. Die meisten von ihnen befinden sich in meinem Besitz.«

»Diese bestimmt nicht«, rief Ogham und hob seine rechte Faust, als trage er darin ein Schwert, »sie ist unsichtbar.«

Daurus schwieg. Er dachte wohl nach und merkte, dass es schwer sein würde, sich von weitem eine Waffe zeigen zu lassen, die unsichtbar war.

»Hm«, knurrte er, »eine unsichtbare Waffe ... wie wirkt sie denn?«

»Tödlich«, antwortete Ogham, der sein Gegenüber noch immer nicht genau erkennen konnte. »Sie sticht tiefer und schneidet schärfer als das Schwert von Nuada.«

»Was?«, brüllte Daurus. »Was faselst du da für einen Unsinn, Mann? Es gibt keine Waffe, die man mit dem Lichtschwert von Nuada vergleichen könnte. Und überhaupt, wie kommst du darauf, dass ich dieses Schwert besitzen könnte?«

»Wir wissen es, darum sind wir hier«, antwortete Ogham fest.

Daurus schwieg verblüfft. Dann fragte er lauernd: »So, so, eine unsichtbare Waffe bietet ihr mir an? Was soll sie denn kosten?«

»Nur das, was ihr bereit seid dafür zu zahlen.«

»Hoho, und wenn das nun ebenfalls unsichtbar wäre,

nämlich nichts – was würdet ihr dazu sagen?«, stieß er mit hässlichem Lachen hervor. »Ihr seid ohnehin in meiner Gewalt, denn die Tore hinter euch sind verschlossen. Ich bin es gewohnt mir zu nehmen, was mir gefällt. Ich könnte mir also diese unsichtbare Waffe nehmen und euch dazu und eure Köpfe zu den anderen in die Mauer stecken. Was haltet ihr davon?«

»Das wäre sehr schade«, antwortete Ogham, ohne sich im Geringsten einschüchtern zu lassen. »Denn dann würdest du nie die seltsame Geschichte erfahren, die mit der unsichtbaren Waffe zusammenhängt.«

»So, so, eine Geschichte …«, brummte der Burgherr, »das könnte allerdings etwas Abwechslung in meinen Alltag bringen. Nachher kann ich euch immer noch köpfen lassen. Tretet ein.«

Knarrend sprang das Tor auf. Ogham und Kennog ritten an einem Diener vorbei, einem jungen Kerl in Lederwams und blanker Lederschürze. Kennog hätte beschwören können, dass es derselbe war, mit dem sie zuerst gesprochen hatten. In der Mitte des Weges zur Burg aber wartete Daurus, ein riesiges Scheusal in Menschengestalt mit triefenden Augen, hervorstehenden Zähnen und stinkendem Atem.

»Willkommen auf Dun Aengus«, sagte er widerlich grinsend.

Kennog schrak zusammen, als sein Blick den des Monsters kreuzte. Aber es war zu spät an Umkehr zu denken. Schon hatten herbeieilende Knechte die Pferde ergriffen und führten sie in den Hof. Weitere bewaffnete Diener erschienen, umringten die Reiter und hießen sie absteigen.

Vorerst geschah ihnen nichts. Sie wurden durch eine Tür und einen langen Gang geleitet und fanden sich kurz darauf in einer Halle wieder, wo eine Holztafel und wuchtige Stühle bereitstanden, als hätte man bereits auf die Ankunft der Gäste gewartet.

Die bewaffneten Männer verschwanden einer nach dem anderen im Hof. Nur Daurus und der Diener mit der Lederschürze blieben zurück. Ächzend ließ sich das Ungeheuer auf eine Art Thron am Kopfende der Tafel fallen und winkte ungehalten, nun endlich Platz zu nehmen.

»Was hat es also mit dieser unsichtbaren Waffe auf sich, die ihr mir anbieten wollt?«, fragte er ungeduldig.

Der Meister versuchte Zeit zu gewinnen. »Wir sind durstig vom langen Ritt. Habt ihr nicht etwas kühles Bier für uns? Das lockert die Zunge und es lässt sich viel besser erzählen.«

»Meinetwegen«, knurrte Daurus und klatschte in die Hände. Sofort sprangen versteckte Seitentüren auf und Diener fragten nach dem Befehl ihres Herrn.

»Drei Trinkhörner voll Bier«, brüllte Daurus. Als diese gebracht wurden, klatschte der Unhold ein zweites Mal in die Hände und sofort wurden Brot, Braten und Honigwaben herangetragen. Ein drittes Mal klatschte Daurus in die Hände, da erschien ein blinder Harfner, der setzte sich auf einen Schemel in die Ecke und begann eine klagende Ballade vorzutragen.

Der Tyrann griff zu und fing schmatzend an zu essen. »Es geht doch nichts über eine gute Mahlzeit, bevor man geköpft wird«, sagte er, lachte dröhnend und wischte sich mit dem Handrücken den fettigen Mund ab.

»Iss und trink«, sagte Ogham und stieß seinen Schüler ermunternd an.

Kennog spürte zwar wenig Appetit, aber er tat es seinem Meister nach. Verstohlen musterte er dabei die

Wände der Halle. Bis an die Decke und selbst dort noch hingen Hunderte von Waffen: Schwerter und Dolche, Spieße, Lanzen, Streitäxte, Bogen, Köcher und Pfeile aller Größen, Herkunft und Beschaffenheit. Da blitzte blankes Metall in solcher Vielfalt, dass man meinen konnte, die dunkle Halle erleuchte ein Himmel aus tausend Sternen.

Daurus sonnte sich sichtlich in seinem Wohlstand und genoss Kennogs prüfenden Blick. Er hielt es wohl für Bewunderung und begann von sich aus, die wichtigsten Stücke seiner Sammlung anzupreisen. Geschickt hakte Ogham ein, stellte Fragen, wies auf dieses, deutete auf jenes, um davon abzulenken, dass sein Schüler vor Angst wie Espenlaub zu zittern begann. Denn Kennog glaubte nun immer mehr, dass sein letztes Stündlein gekommen sei.

Völlig unerwartet hieb Daurus donnernd die Faust auf den Tisch, dass die Teller und Schüsseln klirrten. Erschrocken brach der blinde Harfner sein Spiel ab und verzog sich in den hintersten Winkel der Halle. Ein letzter schriller Akkord schwirrte wie splitterndes Glas durch den Raum.

In die Stille danach brüllte Daurus: »Jetzt aber Schluss mit dem dummen Gerede! Ihr habt lange genug an meiner Tafel gesessen, gesoffen, gefressen und Worte wie Honig vertan. Kommt endlich zur Sache und zeigt mir die Waffe, die ihr mir anbieten wollt.«

Kennog sandte einen Hilfe suchenden Blick zu Ogham. Doch der saß schläfrig, in sich versunken da und reagierte nicht. Auch Kennog fühlte eine seltsame Müdigkeit in seinem Körper. Kam das vom Essen, lag das am Bier? Hatte es nicht überaus schwer und dennoch ein wenig zu bitter geschmeckt? Er winkte ab, als ihm der Mundschenk das Trinkhorn reichen wollte.

Daurus streckte seinen hässlichen Kopf vor. In seinen Augen lauerte Bosheit. »Nun, was ist? Vertragt ihr mein gutes Bier nicht?«

Da hob Ogham den Blick zu ihm und sagte: »Die Waffe, von der ich vorhin sprach, ist tatsächlich unsichtbar und ich bin sicher, dass du sie nicht kennst – es ist die Waffe der Wahrheit.«

»Was soll das heißen?«, belferte Daurus.

»Ich meine damit, dass du sie niemals eingesetzt hast«, hob Ogham mutig an. »Deine Waffen waren immer die Lüge, der Betrug und der Diebstahl. So wie du Arran unterworfen und Dun Aengus unrechtmäßig übernommen hast, indem du die Erben um ihren Besitz brachtest, so steht es auch mit all deinen anderen Reichtümern, die du angehäuft hast. Vor allem aber mit einem: dem Schwert von Nuada.«

Daurus sprang auf, stieß seinen Thron dabei um, die Augen quollen ihm fast aus dem Kopf. »Wie wagst du, Wahnsinniger, über mich zu reden?«, brüllte er.

Der Mundschenk sprang hastig beiseite. Der blinde Harfner suchte nach einem Halt, griff dabei in die Saiten, fing einen schrillen Ton und ließ ihn zwischen dürren Fingern zittern.

»Meine Waffe der Wahrheit gegen das Schwert von Nuada«, sagte Ogham fest und versuchte sich zu erheben. Es gelang ihm nicht. Die Beine versagten ihm den Dienst.

Daurus kreischte auf vor Lachen. »Das Schwert von Nuada will er, der elende Narr! Wo ist es denn, wo, wo, wo? Nimm es dir doch, du lahmer Idiot!«

In diesem Augenblick entdeckte Kennog das sagenumwobene Lichtschwert. Es hing direkt an der Wand und obgleich dorthin kein Sonnenlicht drang, glomm es wie Feuer. Kein Zweifel, das musste das Schwert von Nuada sein!

»Ha, er sieht es, aber er kann es nicht packen«, schrie Daurus, »nicht einmal aufstehen kann er, der armselige Wicht. Wirkt also endlich das Schlafmittel im Bier? Grawwyn!«

»Ja, Herr«, sagte der Diener und trat einen Schritt näher.

Die Augen des Tyrannen flackerten böse. »Nimm das Schwert von der Wand, Grawwyn, und reiche es den beiden Herren. Aber reiche es ihnen so, dass sie es von Herzen genießen können und viel davon haben.«

Gehorsam ging der Diener zur Wand, reckte sich und nahm mit beiden Händen das Schwert des Nuada aus der Halterung. Mit ihm drehte er sich um und blickte seinen Gebieter fragend an.

»Schlag zuerst dem Alten den Kopf ab, damit der Junge zusehen kann, wie schnell das Schwert ist, wie scharf seine Zunge, und lass danach ihn das Eisen kosten, wie es ihm zukommt.«

Der Diener hob das Schwert und ging einen Schritt auf die Tafel zu. Kennog starrte ihm in die Augen. Er war unfähig auch nur einen Finger zu rühren. Der Diener kam noch einen Schritt näher.

»Schlag sie sauber vom Rumpf, Grawwyn«, schrie Daurus, »du weißt, wie ich es mag! Sie sollen doch nachher an der Mauer hübsch anzusehen sein.«

Der Diener bewegte sich, als wandele er im Schlaf. Mit dem glimmenden Schwert in den Händen kam er auf Ogham zu. Auch Kennog kam es vor, als schlafe er, gefangen in einem bösen Traum. Mit aller Macht kämpfte er dagegen an, doch alles, was ihm gelang, war ein mattes Beben der rechten Hand. Auch sein Bewusstsein, seine Stimme waren in weit entfernte Tiefen gerutscht, die nur noch wenig mit seinem Körper gemeinsam hatten.

»Meister«, flüsterte er mit trockenen Lippen, »Meister, wach endlich auf, unternimm etwas, hilf diesen schrecklichen Traum zu beenden.«

Daurus weidete sich an ihrer Qual. Er lachte roh, hässlich und laut. Aus seinen roten Augen troff Wasser. »Los, Grawwyn«, brüllte er, »schlag endlich zu, lass das Schwert von Nuada sausen, das Korn ist reif, es muss geschnitten werden!«

Grawwyn, der Diener, hob das Schwert zum Schlag. Da reckte Ogham ganz leicht den Hals. Auge in Auge mit dem Diener schoß ein Gedankenwort aus seiner Stirn: »*Grawwyn, Erbe von Dun Aengus …*«

Der Diener zuckte zusammen, Schweiß trat auf seine Stirn und seine Hände begannen zu zittern.

»Was ist los?«, geiferte Daurus. »Schlag endlich zu, was zögerst du noch?«

Wieder hob Grawwyn das Schwert. Und wieder schoß ein Gedankenwort aus Oghams Stirn: »*Benutze das Schwert von Nuada als Waffe der Wahrheit, Erbe von Dun Aengus.*«

Grawwyn stutzte. Das glimmende Schwert erstarrte mitten im Schwung.

»Los jetzt, zum Donnerwetter!«, schrie Daurus.

»Diener, Mundschenk und Henker war ich bei dir. Aber nur bis zum heutigen Tag, und werde es danach nie wieder sein«, sagte Grawwyn mit ruhiger, fester Stimme.

»Du feiger Lump, du Versager!«, brüllte Daurus mit sich überschlagender Stimme und stürzte auf seinen Diener zu. »Schlag endlich zu, ich befehle es dir!«

»Ja, Herr«, antwortete Grawwyn und schlug mit aller Kraft zu. Das Schwert von Nuada wirbelte durch die

Luft, blitzte glühend auf und trennte Daurus mit einem Schlag den Schädel vom Hals. Weit flog der Kopf und landete wie ein Ball im Netz der Harfe.

Deren letzter Ton übertraf an Scheußlichkeit alles, was bis dahin auf Dun Aengus zu hören gewesen war.

5

Drei volle Tage und Nächte schliefen Ogham und Kennog in Dun Aengus. Als sie die Augen aufschlugen, wachte Grawwyn an ihrem Lager. Auf seinen Knien ruhte das Schwert von Nuada. Sein Blick war freier geworden, doch noch immer wirkten seine Bewegungen, als sei er nicht Herr seiner selbst.

»Du hast mich aus einer langen, düsteren Knechtschaft befreit«, sagte Grawwyn, »und mit mir das Volk der Arran-Inseln. Daurus ist tot, aber noch immer lastet der Fluch über Dun Aengus.«

»Gibt es eine Möglichkeit, euch davon zu erlösen?«, fragte der Harfner, indem er sich aufrappelte und seine Kleidung glättete.

»Nur wenn ihr das Schwert mit euch nehmt, es reinigt und auf dem gleichen Wege die Arran-Inseln verlasst, auf dem ihr gekommen seid. Ihr müsst so schnell reiten, wie ihr könnt, und dürft euch, was auch geschehen mag, nicht umdrehen.«

Das versprach Ogham und Kennog war, trotz des Gewinns des Schwertes von Nuada, froh, den schaurigen Ort endlich verlassen zu können. »Nimm das Schwert und trage es fortan an deinem Gürtel. Ich ernenne dich hiermit zum Waffenträger des Hochkönigs«, sagte der Meister.

Widerstrebend gehorchte der Schüler, ließ sich von Grawwyn das Schwert umgürten und dachte mit Ekel daran, dass an ihm noch immer das Blut des Daurus klebte. Nun brachten Diener die beiden Pferde, den schwarzen Hengst und den braunen Südwind, die Sättel und Zaumzeug sowie zwei Vorratsbeutel mit Nahrung trugen.

»Dies soll mein Abschiedsgeschenk an euch sein«, sagte Grawwyn, »ihr habt uns die Freiheit geschenkt und vielleicht gelingt es euch auch, den Fluch über Dun Aengus zu brechen. Aber vergesst nicht, dass wir Fir Bolg sind und keine Anhänger des Hochkönigs. Wir wollen unsere eigenen Gesetze machen und niemandem mehr Tribut zollen.«

»Dann herrsche gut über Arran«, antwortete Ogham, »du hast, als du den Tyrannen köpftest, die Waffe der Wahrheit geführt, die unsichtbar ist. Auch wenn wir das Schwert von Nuada nun mit uns nehmen, bleibt dir dies als Geschenk. Nutze es gut und zum Besten für deine Leute.«

»Ich verspreche es«, gelobte Grawwyn feierlich.

Die beiden verließen Dun Acngus und alle Tore standen nun weit offen für sie. Als sie über die Wiesen von Inis Mor ritten und am Gehöft vorbeikamen, wo sie zu Gast gewesen waren, hatte sich die Kunde von Daurus' Tod schon herumgesprochen. Freudig liefen ihnen die Menschen entgegen und stießen Hochrufe aus. Doch Ogham stieg nicht aus dem Sattel.

»Wir müssen uns sputen«, sagte er, »ihr kennt doch die Prophezeiung, die lautet:

›Vom Meer aus ist Dun Aengus unantastbar,
Denn die Feste thront hundert Meter über der See.
Wer von Land aus vordringt,
Um das Geheimnis zu lüften,
Muss schneller sein als die Flut.‹

Wisst ihr wohl, was damit gemeint ist?«

Die Leute schüttelten die Köpfe. Da spornte Ogham sein Reitpferd an und sprengte los. Sie erreichten die schmale Landbrücke nach Inis Medin und das Meer lag ruhig wie ein Waldsee. Keine Wolke zeigte sich am strahlend blauen Himmel. Inis Medin durchquerten sie und kamen zum Damm, der nach Inis Oirthir führte. Da zogen plötzlich, von kräftigem Wind getrieben, dichte Wolken auf, die luden ihren Regen ab und es wurde ungemütlich zu reiten. Als sie Inis Oirthir passierten, war der Himmel schwarz wie die Nacht.

»Ich ahne, was mit dem Fluch gemeint ist«, rief Ogham und spornte seinen Schüler an, noch schneller zu reiten. Am Landweg, der weit durchs Meer zum Strand nördlich der Klippen von Moher führte, quirlte beiderseits der Strecke das Meer, als peitsche Mannanaum selbst die Wasser auf. Mit weißer, schaumiger Gischt waren die Wogen bedeckt, stürmisch klatschten die Wellen gegen den Damm, rasend schnell kam die Flut und das Wasser spritzte hoch bis zum Sattel.

»Das schaffen wir nie, der Weg bis an Land ist viel zu weit und das Meer sieht aus, als wolle es uns verschlingen!«, rief Kennog voll Sorge.

»Jammere nicht, reite!«, rief der Meister grob zurück und trieb den schwarzen Hengst zu noch schnellerer Gangart an. In wildem Galopp sprengte er über den Damm, dessen obersten Grat bereits das Wasser bedeckte.

Kennog blieb nichts anderes übrig, als ihm zu folgen. »Lauf, Südwind, tu deinem Namen alle Ehre«, flüsterte er, tief über die sandbraune Mähne gebeugt, seinem Tier ins Ohr. Und sich an Grawwyns Warnung erinnernd, blickte er beim Ritt nicht ein einziges Mal zurück. Er sah vor sich die Flut ansteigen, dass sie den Pferden fast bis zum Bauch reichte, und hörte hinter sich die Wassermassen gurgeln und klatschen. Das Meer verfolgte sie wütend und griff mit kalten Wellenhänden nach ihnen. Da schloss Kennog in seiner Angst die Augen und überließ sich dem Schicksal. Mochte es gnädig mit ihnen sein oder auch nicht, es ließ sich nicht ändern. Zu weit schon waren sie auf dem Weg, es gab kein Zurück mehr. Hell wieherte der schwarze Hengst auf und Südwind antwortete ihm. So jagten sie, von den Sturmgeistern getrieben, dahin und jeder, der sie vom Ufer aus sah, meinte später, sie seien direkt durch das Meer geritten.

Mit allerletzter Kraft, schaumbedeckt, heftig durch die Nüstern schnaufend und mit den Flanken bebend, erreichten die Tiere das sichere Land. Keine Sekunde zu spät, denn hinter ihnen donnerte die Flut wie Gewitter, mit kraftvollen Schlägen zerstörten die Wassermassen den Damm und als Ogham und Kennog endlich einen Blick zurück wagten, lagen die Arran-Inseln, abgetrennt vom Land, mitten im stürmischen Meer, als wollten sie deutlich machen, dass sie fortan nicht mehr zu Erinn gehörten.

»Jetzt hat sich der Fluch erfüllt«, sagte Ogham, »sie sind frei und wir auch. Wenn du mich aber fragen solltest, wie es uns gelang, schneller noch als die Flut zu sein, so muss ich dir antworten: Ich weiß es nicht. Keiner, dem wir diese Sache später erzählen, wird es uns glauben und man wird sagen: So entstehen die Märchen.«

6

Wie soll es nun weitergehen?«, fragte Kennog, nachdem sie lange Zeit vom Strand aus das Schauspiel des Meeres betrachtet hatten. »Zwei kostbare Gegenstände besitzen wir schon – Bres' Pfeilspitze und das Schwert von Nuada. Wo sollen wir nun die anderen Dinge suchen?«

»Dein Mut ist groß«, antwortete Ogham, »und schnell vergisst du den Schrecken. Ich habe wahrhaftig einen guten Schüler in dir gewählt. Aber bin ich auch ein guter Lehrer für dich? Du traust mir viel zu, mehr vielleicht, als ich einlösen kann. Du magst mich schelten, aber ich sage es frei heraus: Ich habe, so sehr ich auch nachgedacht habe, keine Ahnung, wie es nun weitergeht.«

»Wie könnte ich dich schelten, Meister?«, entgegnete Kennog. »Aus allen Gefahren hast du uns bisher heil herausgebracht. Mag sein, dass es nun an mir ist, die Sache weiter voranzutreiben. Erzähl mir etwas über die anderen Dinge der Kraft. Was käme als Nächstes?«

»Die Lanze des Lug.«

»Die, die niemals ihr Ziel verfehlt?«

»Genau die.«

»Wer war dieser Lug?«

»O, das ist eine lange Geschichte, denn Lug war ein Held, wie es wohl keinen zweiten jemals in Erinn gab, und zahlreich sind seine Ruhmestaten«, sagte Ogham, indem er sich in die Dünen zurücklehnte. Ein Lächeln lief über sein Gesicht, als er an die Sagen der alten Zeiten dachte.

»Dann erzähl mir mehr über ihn, damit ich seinen Charakter begreife und vielleicht herausfinde, wo seine Wunderlanze geblieben ist«, sagte Kennog.

Da begann der Harfner über Lugs Ankunft am Hof des Nuada zu berichten:

Die Geschichte von Lug

Als nach Bres' Flucht Nuada wieder die Regentschaft über die Tuatha De Danaan übernahm, weil seine Hand durch die überragende Heilkunst des Arztes genesen war, gab er in Tara ein großes Fest. Da zog ein junger, strahlender Held vor die Wälle und begehrte Einlass am Tor, wo Gamal Mac Figail und Camall Mac Riagail wachten. Als sie die fremden Reiter sahen, fragten sie nach deren Begehr.

»Ich will dem Hochkönig meine Aufwartung machen«, lautete die Antwort.

»Und wen sollen wir melden?«

»Hier steht Lug Lonnandsclech, Sohn des Cians meic Dian Cecht und Ethnes. Ich bin der Pflegesohn von Tailtius, der Tochter von Magmor, König jetzt in der ursprünglichen Heimat des Adlervolkes, und ihres Gatten Eochaid des Rauen.«

Die Wächter fragten: »Welchen Beruf übst du aus?«

»Warum ist das wichtig?«

»Weil niemand Tara betreten darf, der keine Kunst beherrscht«, gab Camall Mac Riagail Auskunft.

»Du kannst mich ruhig fragen«, antwortete Lug, »ich bin Baumeister.«

Der Wächter erwiderte: »Wir brauchen dich nicht, wir haben schon einen Baumeister. Luchta Mac Luachada ist sein Name, er umwallte den Hügel von Tara.«

Lug sagte: »Du musst weiterfragen, Torwächter. Ich bin nämlich auch Schmied.«

»Wir haben schon einen Schmied: Colum Cualeinech, der drei neue Kunstfertigkeiten im Schmieden beherrscht.«

»Ich bin auch Meister des Kampfes.«

»Wir brauchen dich nicht«, antwortete Gamal Mac Figail, »bei uns sitzt schon ein Held an der Tafel, der ruhmreiche Ogma Mac Ethlend.«

»Ich bin auch ein Harfner«, sagte Lug.

»Kein Bedarf, wir haben schon einen: Abcan Mac Bicelmois. Er spielt die Fonnsheen so vortrefflich, dass sich selbst die Tiere in Tara versammeln, um seinem Spiel und Gesang zu lauschen.«

»Ich bin ein Dichter und Geschichtenerzähler«, sagte Lug.

»Den haben wir auch schon: En Mac Ethamain, er ist für die Chronik unseres Volkes zuständig und schmückt die Begebenheiten aus alter Zeit mit neuen Bildern aus.«

»Ich bin ein Magier.«

»Brauchen wir nicht. Viele des Adlervolkes besitzen das zweite Gesicht und die Gabe zu zaubern. Wusstest du das nicht?«

»Ich bin Arzt.«

»Wir haben schon Dian Cecht, der es verstand, Nuadas abgeschlagene Hand durch eine aus Silber zu ersetzen, die besser noch ist, als die vorige es war.«

»Ich bin auch Mundschenk«, sagte Lug.

Da lachten die beiden Torwächter von Herzen. »Davon gibt es in Tara gleich neun: Delt, Drucht, Daithe, Tae, Talom, Trog, Gle, Glan und Glesse. Was kannst du sonst noch?«

»Ich bin ein guter Bronzegießer.«

»Wahrscheinlich reicht dein handwerkliches Geschick nicht an das von Credne Cerd heran«, antworteten die Torwächter.

Lug aber, der in kurzer Zeit die Namen aller wichtigen Persönlichkeiten am Königshof erfahren hatte, gab nicht auf. »Fragt den König, ob er einen Mann hat, der alle diese Künste und Handwerke zusammen beherrscht. Und gibt es einen solchen, so werde ich, ohne euch länger zu belästigen, weiterziehen.«

Camall Mag Riagail ging daraufhin in den Palast und berichtete Nuada: »Ein junger Krieger wartet am Eingang des Burghofs, der heißt Lug. Die Handwerke, die deine Künstler ausüben, beherrscht er alle zusammen. Wenn es stimmt, was er vorgibt, scheint er ein wahrer Alleskönner zu sein.«

Der König lud den Gast zu seinen Beratern an die Tafel und ließ ihm die Brettspiele Taras vorsetzen. Lug gewann alle Spiele und kassierte die Einsätze ab. Man berichtete Nuada davon und der sagte: »Lasst ihn in den inneren Hof, denn noch nie ist ein Mann in diesen Dun gekommen, der mit ihm verglichen werden könnte.«

Die Torwächter ließen Lug vorbei und er nahm Platz auf dem Sessel der Weisen, der nahe am Thron stand. Da stand der Held Ogma auf, nahm einen riesigen Steinblock, den zehn Mann nicht heben konnten, und warf ihn durch die Wand des Palastes nach draußen. »Tu mir das nach, wenn du kannst«, forderte Ogma heraus.

Da eilte Lug hinaus, hob den Steinblock auf und schleuderte ihn zurück in die Halle mitsamt dem Stück Mauer, sodass sie wieder geschlossen war.

»Spiel uns ein Lied auf der Harfe«, baten die Anwesenden.

Da nahm Lug die Harfe und spielte eine Schlummermusik für die Gäste und den König, die so süß und einschläfernd war, dass sie erst am nächsten Abend zur gleichen Stunde wieder erwachten. Er spielte eine Trauerweise, die alle zu Tränen und Klagen führte, selbst die hartgesottensten Krieger. Und er spielte eine fröhliche

Melodie, dass alle strahlten und vor Freude aufjauchzten.

Als König Nuada sah, welche erstaunlichen Gaben der junge Mann besaß, überlegte er bei sich, ob Lug sie nicht auch von der Knechtschaft durch die Fomoraigh befreien könnte. Er berief eine Versammlung seiner Berater ein. Das Ergebnis war einstimmig. So lud der König Lug ein, mit ihm den Sitz zu wechseln. Lug ging zum Thron, Nuada verneigte sich vor ihm und überließ ihm den Ehrenplatz für dreizehn Tage.

Es war der beste Entschluss, den Nuada jemals gefällt hatte. Bereits am nächsten Tag rief Lug die Kundigen des Landes zu einer großen Beratung zusammen. Seine beiden Brüder durften daran teilnehmen, Ogma mit seinen erfahrensten Kriegern, alle Druiden und weisen Frauen Erinns, die Ärzte, Wagenlenker, Schmiede, Großbauern und Richter, um herauszufinden, wie man sich am besten aus der Knechtschaft der Fomoraigh befreien könne. Ein volles Jahr dauerte die Versammlung. Doch Lug befragte nicht nur die Menschen, sondern auch die Feen, Grünen Jäger, guten Geister und die Fürsten der Tiere. Die Berge Erinns befragte er, die Seen, das Meer, den Wind und selbst den Boden unter seinen Füßen.

Das Ergebnis war ein wohl ausgeklügelter Befreiungsplan, an dem alles, was in Erinn lebte, beteiligt war, selbst die Große Göttin Dana erklärte ihr Einverständnis.

Dieser Plan gelang auch – aber das ist eine andere Geschichte. Nur so viel: Nachdem die Tuatha De Danaan unter Lugs Führung in der Entscheidungsschlacht gesiegt und die fremden Eroberer aus dem Lande vertrieben hatten, herrschte vierzig Jahre lang Frieden in Erinn. So lange regierte Lug, bis er zu den steilen Hügeln von Ushnagh in Mide zog, wo die Grenzen der Bezirke

Erinns zusammenstoßen. Dort steht der Trennungsstein, der Aill na Mireann, wo zu Ehren Bels das erste Kultfeuer der Druiden zu Beltaine entzündet wurde. Dort verschwand er auf eine Weise, die höchst umstritten ist und für die es viele verschiedene Erklärungen gibt, und wurde nie wieder gesehen.

Erregt sprang Kennog auf, kaum dass der Meister seine Erzählung beendet hatte. »Dann liegt dort unser Ziel«, rief er. »Ganz bestimmt nahm er doch auch seine Lanze dorthin mit?«

»Auch das weiß man nicht«, sagte Ogham. »Es heißt zwar, dass er dort umgebracht wurde, noch dazu von den Enkeln Dorgollas, aber sicher scheint mir das nicht zu sein. Denn diese Geschichte erzählten die Druiden aus dem Volk der Mil, denen daran gelegen war, die Erinnerung an die Helden des alten Volkes der Tuatha De Danaan schwinden zu lassen, ihre Namen herabzusetzen und mit Schmach zu beladen.«

»Aber warum nur?«, fragte Kennog.

»Ach, aus vielerlei Gründen«, antwortete Ogham. »Vor allem aber, weil sie neidisch auf die Zauberkunst der alten Zeit sind. Diese Druiden halten sich für die größten Weisen unserer Zeit. Manche von ihnen wissen tatsächlich sehr viel, aber dieses Wissen ist ihnen zu Kopf gestiegen. Sie dulden niemanden mehr neben sich, der ihnen gleichwertig sein könnte.« Er schwieg und strich sich nachdenklich durch den Bart, als ihm Glandolf Mac Glanig in den Sinn kam, der oberste Druide von Tara, der ihm jenen flehentlichen Hilferuf gesandt hatte. »Genauso gut könnte Lugs Speer, dessen Schaft aus Eichenholz war und dessen Spitze von zauberkundigen Zwergen an einem legendären Ort namens Gorias geschmiedet

178

wurde, wieder dorthin gelangt sein … Oder seine Mörder – sofern es sie wirklich gab und alles so geschah, wie es die milesischen Druiden meinen – haben ihn mitgenommen oder versteckt. Es kann auch sein, dass er erst später, in den Wirren bei der Ankunft der Söhne Mils, verloren ging. Wer soll das wissen?«

»Du sagst, zauberkundige Zwerge hätten Lugs Speerspitze geschmiedet?«, fragte Kennog, einer Eingebung folgend. »Vielleicht sollte man solche Wesen befragen … Es gibt sie doch, oder nicht?«

»Was du sagst, klingt gar nicht dumm«, stimmte Ogham zu. »Man könnte meinen, du hättest deinen Talisman, Bres' Pfeilspitze, bereits mit Holundersaft blank poliert …«

7

Sie ritten den ganzen Tag über durch dünn besiedeltes Küstenland, mieden dessen Bewohner und erreichten gegen Abend einen Hügel, der von Haselnussgesträuch und wildem Brombeerdickicht umgeben war. Schon beim Näherkommen begann Ogham sich für das Gelände zu interessieren. Mit Bedacht wählte er eine geschützte Lichtung, um die Pferde weiden zu lassen, und für sich selbst und Kennog eine Stelle, wo sich zwischen moosüberwachsenen Steinen ein Platz zum Nachtlager anbot. Nachdem sie eine Stärkung zu sich genommen hatten, packte der Meister seine Harfe aus.

»Ich werde nun eine Fonnsheen spielen, die von solcher Art ist, wie du sie eigentlich noch gar nicht hören dürftest«, sagte er. »Ihre Klänge öffnen die Türen zur Anderswelt und es können Dinge passieren, die deinen bis jetzt erreichten Reifegrad überfordern. Wenn es zu viel für dich wird, halte dir einfach mit beiden Händen die Ohren zu, schließe die Augen und lege dich schlafen.«

Kennog versprach es halbherzig, denn die Worte des Meisters und der schelmische Glanz in dessen Augen hatten ihn neugierig gemacht. Ogham entlockte der Harfe eine Folge von leisen, zart nachschwingenden Klängen und sang dabei Worte, die den Schüler erröten ließen:

> »Sind sie nicht schön, diese grünen Hügel?
> Wie schwellende Brüste einer Frau
> Ragen sie aus der Landschaft,
> Die dein warmer Bauch ist, große Mutter.
> Lass, da meine Hände nicht zufassen können,
> Dich mit Musik berühren,
> Bis deine Knospe sich öffnet.«

So kannte Kennog seinen Lehrer gar nicht und er begann sich zu wundern, dass die Harfe so völlig anders als sonst klang – diese Musik sprach weniger den Kopf als vielmehr einen Bereich unterhalb des Bauches an, der sich mit wohliger Wärme füllte. Noch mehr aber staunte er, als sich nach einer Weile der Hügel öffnete und aus dem dunklen Tor eine Frau trat, die von betörender Schönheit war. Das Kleid, das sie trug, war so dünn wie Nebel und verhüllte ihren Leib nur zum Teil und als sie näher kam, schwebte sie so leichtfüßig wie eine Blüte heran. Ihr offenes Haar schimmerte wie Goldglanz über den weißen Schultern, ihr Gesicht lächelte so, dass man nicht mehr wegsehen konnte, und ihre Stimme perlte wie Tau, der einem vom Himmel direkt in die Seele tropft.

180

»Warum hast du mich gerufen, Ogham?«, fragte sie. »Es ist lange her, seit du das letzte Mal diese Fonnsheen spieltest. Erinnerst du dich?«

Ogham legte die Harfe beiseite. »Ja, ich erinnere mich, Sheela na Gig«, sagte er leise und seine Stimme klang so sanft, als wolle er die Fee mit ihrem Wohlklang streicheln. »Viel Zeit ist seither vergangen.«

»Das merkt man dir aber kaum an, du siehst gut aus, fast so jung, wie ich dich in Erinnerung hatte.«

Ogham senkte den Blick. »Ich war auf Tirnanogh. Nicht allzu lange, aber es war eine Wohltat.«

»Das kann ich mir vorstellen«, sagte Sheela na Gig, »warum bist du nicht für immer dort geblieben?«

»Weil wir, mein Schüler und ich, eine wichtige Aufgabe zu erfüllen haben. Die ganze Tragweite der Angelegenheit ist mir dort erst bewusst geworden. Du könntest mir dabei helfen.«

»Ich hätte mir denken können, dass du nicht meinetwegen die Fonnsheen gespielt hast«, sagte Sheela na Gig und ein Hauch von Trauer verschleierte ihren Blick.

»Doch, deinetwegen auch«, versicherte Ogham rasch.

»Dann bleibst du eine Woche bei mir?«, fragte sie und ihre Schönheit wurde unwiderstehlich. Kennog bemerkte, wie sein Meister mit sich rang. Welche geheimnisvolle starke Verbindung mochte es zwischen der Fee und ihm geben?

»Eine Woche, ja, nach den Maßstäben der Menschenzeit gerechnet, nicht nach denen der Anderswelt«, willigte Ogham schließlich ein. »Und keine Zaubertricks bitte, keine Verführung. Besser, wir treffen vorher eine klare Absprache, damit sich keiner von uns nachher ärgert.«

Die Fee lachte silberhell auf. »Du bist mir einer! Wenn

ich nicht wüsste, dass du der Letzte des Volkes der Adlergöttin bist, könnte man dich glatt für einen Grünen Jäger halten ... Also gut, meine Wünsche kennst du ja: Ich möchte, dass du das Lager mit mir teilst und mit mir das Spiel der Liebe treibst, das du trefflicher noch als das auf der Harfe beherrschst. Und du, was verlangst du als Gegenleistung von mir?«

»Dass du mir sagst, wo sich die Lanze des Lug befindet.«

Erneut lachte die Fee. »Mehr nicht?«

»Es bedeutet unglaublich viel für mich.«

»Also gut«, sagte die schöne Sheela na Gig, »diesen Wunsch kann ich dir gern erfüllen. Wie aber beschäftigen wir in der Zwischenzeit deinen Schüler?«

Auch darüber schien Ogham bereits nachgedacht zu haben, denn er sagte ohne Zögern: »Gib ihn in die Obhut eines Grünen Jägers, damit er von ihm das Flötenspiel lernt.«

Damit war Sheela na Gig einverstanden. Sie sagte: »Ich sehe dir an, wie brennend dich Lugs Lanze interessiert. So will ich diese Angelegenheit schnell aufklären, damit nachher keine lästigen Gedanken stören, was auch mir unangenehm wäre.«

DIE GESCHICHTE VON LUGS LANZE
UND VERSCHWINDEN

Was man sich über Lugs Aufbruch am Ende seiner Regierungszeit erzählt, ist wahr. Er war des Herrschens müde und zog nach Ushnagh in Mide, um zu Ehren Bels das erste Beltaine-Feuer zu entzünden. Die Enkel des Dagda – Mac Cuill, Mac Cecht und Mac Greine – begleiteten ihn. So weit haben die Druiden Recht, aber sie irren sich über das, was weiter geschah, oder sie sagen mit Absicht die

Unwahrheit. Denn es stimmt nicht, dass ihm die Enkel des Dagda nach dem Leben trachteten. Zu sehr verehrten sie Lug, um sich an ihm zu vergreifen. Im Gegenteil: Sie zogen mit ihm aus, um zu lernen, wie sich ein guter König, der nicht aus Eigennutz an der Macht hängt, zum Ende seiner Herrschertage verhält. Viel lernten die drei in jenen Tagen von Lug, denn er kannte so manches Geheimnis und wusste viel zu vermitteln. Am Trennungsstein Aill na Mireann umarmten sie sich herzlich. Dann warf Lug ein letztes Mal die Lanze. Sie traf einen Eichenstamm und steckte dort so fest, dass keiner von ihnen sie herausziehen konnte.

»Das ist ein Zeichen für mich«, sagte Lug. »Ich weiß, dass diese Lanze, deren Schaft aus dem gleichen Holz wie der Baum ist, mit ihm aufs engste verwachsen wird, sodass niemand, der vorbeireitet, sie erkennt und jeder denkt, es sei ein Ast. In vielen hundert, ja vielleicht in tausend Jahren erst wird einer kommen, um diese Eiche zu fällen. Aber wenn die Lanze freikommen soll, so darf dies nur an Lugnasad geschehen, an dem Tag, an dem ich alljährlich die heilige Hochzeit mit der Erdmutter feiere. Wenn die Zeit der Ernte beginnt, wird auch die Lanze ihm wie eine Frucht in den Schoß fallen. Kommt aber jemand, der von alldem nichts weiß oder unsere alten Feste als primitiv und heidnisch missachtet, so verschwindet die Lanze für immer. Nur in Märchen und in den Träumen derer wird sie noch auftauchen, die unseren Glauben durch eine neue Religion ersetzen wollen. Dann aber wird sie eine sonderbar düstere Gestalt annehmen, blutig sein und Wunden bereiten, die nie wieder heilen. Grübeln werden die Leute darüber, sich in Geheimzirkeln treffen und unsinnige Kriegszüge unternehmen, um die Lanze aufzuspüren, und sie doch niemals finden. Dies alles weiß ich, aber meine Kraft reicht nicht aus, um die Zukunft zu lenken. Mag es so oder so geschehen – für mich bedeutet das Zeichen, dass ich nun in die Anderswelt eintreten werde, wohin es mich sehnlichst zieht.«

Nach diesen Worten grüßte Lug noch einmal seine Freunde und verschwand wie vom Erdboden verschluckt. In Wirklichkeit aber durchschritt er nur die Grenze zur Anderswelt. Seitdem lebt er für immer im steilen Hügel von Ushnagh.

Nachdem die Fee dies erzählt hatte, sagte sie lächelnd: »Damit magst du vorerst genug erfahren haben. Komm nun mit mir in mein Reich und erfülle auch du dein Versprechen. Machst du es gut, so will ich dir zum Abschied in einer Woche noch ein Geschenk mit auf den Weg geben.«

Da trat Ogham zu Sheela na Gig, umarmte und küsste sie innig. Sacht zog sie ihn in das Innere des Hügels. Kennog aber wurde von silbrig schimmernden Wesen empfangen, die nahmen sich seiner an und führten ihn zum Grünen Jäger, der von kleiner Gestalt war und auf einem Fliegenpilz saß. Eine Flöte aus durchbohrtem Vogelknochen reichte er Kennog.

»Blas hinein«, sagte er und Kennog blies. Kein Ton erklang.

»Du musst die Finger dabei bewegen«, sagte der Grüne Jäger und zeigte es ihm auf seiner Silberflöte. Da hob und senkte Kennog seine Finger und entlockte dem Instrument die ersten Laute.

»Nun musst du dabei mit deinem Atem spielen«, sagte der Grüne Jäger. Kennog machte es nach und aus den Lauten wurde eine Melodie.

»Und nun sollst du nicht mehr auf das achten, was außen geschieht, sondern nur noch nach innen lauschen. Lass dein Herz die Melodienfolge bestimmen«, sagte der Grüne Jäger und gab ihm eine Probe seines Könnens. Da klang die Flöte nicht mehr wie ein Instrument, sondern so, als würde die Natur selbst mit Jubel erschallen.

»Mach es mir nach«, sagte der Grüne Jäger.

Da dachte der Junge voller Sehnsucht an das Traummädchen aus dem Süden und sein Herz hüpfte ihm auf die Zunge und blies eine Fonnsheen, auf die selbst die Wesen der Anderswelt mit Freude lauschten.

8

Sieben Tage und sieben Nächte verweilten Ogham und Sheela na Gig auf dem Lager der Liebe und die Zeit verlor an Bedeutung für sie. Sieben Tage und sieben Nächte lang spielte Kennog, ohne an Hunger, Durst oder Schlaf denken zu müssen, auf seiner Flöte und die Musik, die er dem Instrument zu entlocken lernte, gewann an Kraft, Fülle und Ausdruck. Als die Woche verstrichen war, erhoben sich alle zufrieden.

»Nimm den Vogelknochen mit«, sagte der Grüne Jäger zum Abschied, »du hast dich prächtig an ihn gewöhnt und was du mit ihm für Töne findest, kann sich inzwischen hören lassen. Wann immer du nichts anderes zu tun hast, übe darauf, damit du ein Meister wirst und ich stolz auf dich sein kann.«

»Nimm als kleines Geschenk diesen Hinweis an«, sagte Sheela na Gig zum Abschied, indem sie ihren Geliebten ein letztes Mal an sich zog und herzte.

Ogham, der auf wundersame Weise nochmals verjüngt erschien, streckte sich gähnend. Sein einst weißes Haar war nun dunkelgrau, seine Augen strahlten und seine ganze Gestalt wirkte wie die eines jungen Mannes.

»Wenn es schon unmöglich erscheint, jene Eiche aufzuspüren, in der noch immer die Lanze des Lug eingewachsen steckt, so will ich dir wenigstens verraten, wo sich ein anderer Gegenstand von Bedeutung befindet«, fuhr die Fee fort. »In deinen Gedanken, kaum dass du dich aus meiner Umarmung gelöst hast, lese ich bereits ein neues Begehren. Also höre: Der Kessel des Dagda, der in Murias kunstvoll gefertigt wurde, befindet sich im Inneren eines Dolmens im Gebiet der Burren. Du kennst diese Gegend?«

»Ja, ich zog einmal hindurch«, gab Ogham zur Antwort, »es ist eine Zone, die auf den ersten Blick wie Ödnis aussieht. Doch schaut man genauer hin, so sieht man, dass die Steinwildnis mit Leben erfüllt ist. Mehr Pflanzen und Blumen als in den meisten Gärten der Welt wachsen dort, unter ihnen die schönsten und so seltene, dass niemand ihren Namen zu nennen weiß.«

»Dort ist es«, sagte Sheela na Gig, »inmitten der Steine ragt ein großer Tisch auf, der ebenfalls aus Stein ist. Menschen der frühesten Epoche haben ihn errichtet, damit er ihnen zu vielerlei Zwecken diente: als Ort, um die Sterne zu beobachten, als Tempel, als Unterschlupf in schlechten Zeiten, als Platz, um ihre Toten zu bestatten, und als Treffpunkt für geheime Zusammenkünfte. Dort in der Erde, im Zentrum des Dolmens, liegt der Kessel des Dagda versteckt.«

»Was weißt du sonst noch über den Kessel?«, fragte Ogham gespannt.

Da erzählte ihm Sheela na Gig lachend seine Geschichte und es war gut, dass Kennog, sein Schüler, sie nicht hörte, denn sie klang aus dem Munde der Fee reichlich frivol.

DIE GESCHICHTE VON DAGDA

Lug schickte den Dagda ins Lager der bösen Fomoraigh, um sie auszukundschaften und hinzuhalten, bis das Volk der Tuatha De Danaan zur Schlacht bereit war. Dagda zog also aus und bat die Fomoraigh inständig um Waffenstillstand.

Der wurde ihm gewährt. Sie hatten schon von ihm gehört und wussten, dass er ein gewaltiger Fresser war und am liebsten Brei aß. Um sich über ihn lustig zu machen, kochten sie eine enorme Menge Haferbrei und füllten den Kessel aus Murias damit, der eine Tiefe von fünf Fäusten besaß. Große Massen frischer Milch schütteten sie hinein, dazu Mehl, Schmalz und Hafergrütze und taten das Fleisch von Ziegen, Schafen und Schweinen dazu. Dies kochen sie alles zusammen zum Brei und machten Dagda darauf aufmerksam, dass man ihn umbringen würde, wenn er nicht alles aufäße.

»Du musst diese Portion verzehren, sonst wird man uns mangelnde Gastfreundschaft vorwerfen und dies ist ein Vorwurf, der bei uns Fomoraigh mit dem Tode geahndet wird.«

So griff der Dagda also zu seiner Kelle, die war von solchen Ausmaßen, dass sich gut ein Liebespaar in seiner Wölbung ausstrecken konnte, und an Fleischstücken gingen ganze gesalzene Schweinehälften und Speckviertel hinein. Dagda sagte beim Anblick des bis oben hin gefüllten Kessels: »Das scheint ein sehr gutes Essen zu

187

sein, wenn die Brühe hält, was ihr Geruch mir verspricht.«

Und jedes Mal wenn er den Löffel voll in den Mund schob, sagte er: »Die Fleischbrocken sind zwar jämmerlich klein, aber der Brei hat das gewisse Etwas.« Am Boden des Kessels angekommen, langte er noch mit den Fingern hinein, um auch ja keinen Rest zurückzulassen. Nach diesem unbändigen Fressen fiel er in Schlaf. Sein Wanst war so dick wie vorher der Kessel und die Fomoraigh lachten noch lange darüber.

Dann verließ er sie und wanderte hinüber zum Strand von Eba, um seine Notdurft zu verrichten. Es fiel dem Kriegsmann wegen seines dicken Wanstes nicht leicht, sich fortzubewegen, auch bot er einen hässlichen und unansehnlichen Anblick. Sein Umhang mit der Kapuze reichte bis zu den Ellenbogen, sein graubrauner Kittel bis auf den Hintern. Hinter sich her zog er seine Waffe, eine mächtige Keule, die so schwer war, dass acht Männer nötig gewesen wären, sie von der Stelle zu bewegen. Sie hinterließ im Sand eine Spur, die so tief war wie ein Entwässerungsgraben. Sein langes Geschlecht hing unbedeckt zwischen seinen Beinen herab. Außerdem trug er ein paar Schuhe aus Rossleder mit dem Fell an der Außenseite.

Als er so, einem Unhold ähnlicher als einem stattlichen Mann, dahinschlurfte, kam ihm ein wunderschönes Mädchen entgegen. Sofort erwachte in Dagda Verlangen nach ihr, doch da er allzu viel gefressen hatte, war er nicht imstande, den Liebesakt auszuführen. Das Mädchen verspottete ihn zuerst, dann begann sie ihn zu necken und sich mit ihm zu balgen. Sie stellte ihm ein Bein und warf ihn in die Dünen, sodass er bis zum Hintern im Sand versank. Da wurde der Dagda böse und fragte: »Was soll das alles, aus welchem Grund, Mädchen, versuchst du mich vom richtigen Weg abzubringen?«

»Aus folgendem Grund«, rief das Mädchen keck, »du sollst mich auf deinem Rücken ins Haus meines Vaters tragen!«

»Wer ist denn dein Vater?«

»Der mächtige Geist dieses Strandes«, antwortete sie übermütig, fiel erneut über ihn her und schlug ihn so heftig, dass sich die Mulden ringsum mit dem Kot seines Bauches füllten. Dreimal nötigte sie ihn, er solle sie doch auf seinem Rücken tragen. Er behauptete, er sei durch ein Gelübde verpflichtet, niemanden zu tragen, der nicht seinen Namen kenne.

»Und wie heißt du?«, fragte sie.

»Fer Benn«, antwortete er, denn auch Dagda liebte den Spaß.

»Viel zu lang ist dieser Name«, sagte sie, »los steh jetzt auf und trage mich auf deinem Rücken, Fer Benn!«

»Aber das ist nicht mein wirklicher Name«, lachte Dagda.

»Welcher denn?«

»Fer Benn Bruach.«

»Nimm mich endlich auf den Rücken, Fer Benn Bruach.«

»Es ist aber nicht mein vollständiger Name«, sagte Dagda.

»Welcher denn sonst?«

Da sagte Dagda listig, denn er wollte herausfinden, ob das Mädchen die Wahrheit sprach und wirklich die Tochter eines Strandgeistes war: »Fer Benn Bruach Brogaill Broumide Cerbad Caic Rolaig Builc Labair Cerrece Di Brig Oldathair Boith Athgen Bethai Brightere Tri Carboid Roth Rimaire Riog Scotbe Obthe Olaithbe!«

»Dann steh jetzt auf der Stelle auf und trage mich fort von hier, Fer Benn Bruach Brogaill Broumide Cerbad Caic Rolaig Builc Labair Cerrece Di Brig Oldathair Boith Athgen Bethai Brightere Tri Carboid Roth Rimaire Riog Scotbe Obthe Olaithbe!«, rief das Mädchen, ohne sich die Zunge zu brechen oder auch nur ein einziges Mal zu versprechen.

»Verspotte mich nicht länger, Mädchen!«, bat er.

»Das dürfte schwer möglich sein!«, antwortete sie.

Da kroch Dagda aus dem Loch, nachdem er den letzten Rest aus seinen Gedärmen hatte fahren lassen. Darauf hatte das Mädchen nun wirklich lange gewartet. Er stand also auf und nahm sie bereitwillig auf den Rücken. Das Mädchen hüpfte vor Vergnügen und ihr lockiges Schamhaar entblößte sich. Das regte den Dagda dermaßen auf, dass er sich mit ihr in den Sand warf. Lachend und sich allerlei Unartigkeiten zurufend, schliefen sie miteinander.

Danach sagte das Mädchen zu ihm: »Also, Dagda heißt du und willst mit den anderen in die Schlacht ziehen … Das lasse ich nicht zu.«

»Selbstverständlich werde ich gehen!«, antwortete ihr Dagda.

»Das wirst du nicht«, sagte die Frau, »denn ich werde als Stein am Abfluss jeder Furt liegen, die du durchschreiten willst.«

»Das kann schon sein«, sagte Dagda. »Aber das wird mich nicht aufhalten. Ich werde so kräftig auf jeden Stein stampfen, dass die Spuren meiner Fersen auf ihnen für immer zurückbleiben.«

»Dann werde ich als gewaltige Eiche in jeder Furt stehen und auf jedem Pass, den du überschreiten willst.«

»Und ich werde doch daran vorbeikommen«, sagte Dagda, »und die Spuren meiner Äxte werden in jeder Eiche für immer zurückbleiben.«

Da sagte sie: »Lass die Fomoraigh ruhig ins Land herein, denn die Männer der Tuatha De Danaan haben sich schon alle versammelt, um sie anzugreifen. Ich aber werde euch helfen und den Fomoraigh tückische Hindernisse in den Weg stellen, sie mit Zauberliedern einlullen und ihnen mit der tödlichen Zauberrute entgegentreten. Ich allein werde ein Neuntel des feindlichen Heeres auf mich nehmen.«

»Das klingt gut«, antwortete Dagda, nun ganz sicher, dass sie tatsächlich die Tochter eines mächtigen Strandgeistes war. »Wir können deine Hilfe sehr gut gebrauchen. Wenn du mir persönlich aber einen Gefallen tun willst, so schleiche ins feindliche Lager und hol mir den Kessel des Murias. Mir scheint, dass besondere Zauberkräfte in ihm stecken.«

»Das kann man wohl sagen«, entgegnete sie, »ich will das gern für dich tun, weil du ein ganz und gar verrückter und liebenswürdiger Liebhaber bist. Aber du darfst nie mehr Haferbrei aus ihm essen. Füll ihn mit dem Sud aus gekochtem Löwenzahn! Dieser Krafttrunk wird dir und den Deinen gute Dienste leisten!«

»So gelangte Dagda zu seinem Kessel«, sagte die Fee Sheela na Gig und wollte sich ausschütten vor Lachen. »Was wir aber aus dieser Geschichte lernen können«, fügte sie nach einer Weile ernsthaft hinzu, »ist Folgendes: Es kommt nie auf das Aussehen oder Alter eines Mannes an, sondern vielmehr darauf, ob er Spaß an der Liebe hat und von Herzen lachen kann. Beides verstehst du vorzüglich, mein Lieber!«

Da küsste Ogham sie ein letztes Mal auf den Mund und versprach, sie bald wieder zu besuchen.

»Ich nehme dich beim Wort, mein alter Harfenspieler!«, rief sie lachend und winkte ihnen zum Abschied noch lange nach.

9

Die Landschaft mit dem seltsamen Namen Burren wirkte von weitem in der Tat wie eine Ödnis. Kein Dorf lag in weitem Umkreis, keine Herden, nicht einmal die so genügsamen Ziegen, weideten hier, es gab kein Gras, kein Gesträuch, keine Schatten spendenden oder vor dem Regen schützenden Bäume. Brachland also, das von Mensch und Tier gemieden wurde. Ritt man jedoch über die steinige Ebene dahin und hielt den Kopf dicht an die Mähne des Pferdes, so entpuppten sich die vielen Risse und Rillen im Fels als erstaunliche Wunderwelt, in der prachtvolle Blumen und Pflanzen der sonderbarsten Art wuchsen. Kennog, noch ganz verwirrt vom Aufenthalt beim Grünen Jäger, stellte sich vor, dass es Urwälder sein mochten, wenn man nur klein genug war, beispielsweise von der Größe eines Käfers. Er führte Südwind vorsichtig über die Fläche, um nicht allzu viele der bunten Blüten unter den Hufen des Pferdes zu zertreten.

Er hatte noch nie etwas von einem Dolmen gehört und konnte sich unter dem »Großen Tisch aus Stein«, wie ihn der Meister erklärte, kaum etwas vorstellen. Als dieser jedoch, der gemächlich vorausritt, anhielt und den Arm ausstreckte, staunte Kennog über den Anblick: Wie ein riesiger Pilz wuchs da ein Ding aus der Landschaft, das sich beim Näherkommen tatsächlich in einen überdimensionalen Tisch aus schweren, zusammengefügten Felsquadern verwandelte. Welche Art von Menschen mochte ein solches Bauwerk errichtet haben, das eher Riesen gut anstand? Wie und mit welchen Hilfsmitteln? Die gewaltigen Steinplatten mussten ungeheuer schwer sein. Die obere »Tischplatte«, der Deckstein, lag schräg auf den stehenden Quadern auf, was dem Steingefüge auch das Aussehen eines Hauses verlieh. Und tatsächlich nannte der Meister es auch so.

»Das ist es«, sagte er, indem er aus dem Sattel stieg und seinen Hengst mit einem liebevollen Klaps in die Freiheit des Grasens entließ. »Das Haus der frühen Bewohner Erinns, das schon stand, als die Menschen des Adlervolkes kamen. Hier wollen wir rasten und mit der Suche beginnen. Zuvor aber muss ich den Bann um dieses Gebäude mit guten Gedanken lösen.« Der Meister begann Zaubersprüche zu murmeln und legte, während er dreimal das Gebäude umschritt, mehrmals seine Hände beschwörend auf die alten Steinquader.

Kennog ließ seinen Südwind frei, die Pferde waren inzwischen so zutrauliche Freunde geworden, dass sie nicht weglaufen würden. Nachdem sie sich gestärkt und Wasser aus den mitgeführten Fellsäcken getrunken hatten, machten sie sich zum Einstieg in das seltsame Steinhaus bereit. Ein einziges rundes Loch, eben groß genug, dass ein Mensch hindurchkriechen konnte, bot Zugang in das dunkle Innere. Ogham stieg als Erster hinein. Als Kennog nachkam, gelangte er auf dunklen, feuchten Boden und konnte in der Finsternis kaum etwas erkennen. Nach und nach gewöhnten sich aber die Augen an das geringe Licht, das durch die runde Tür einfiel. Kennog sah, dass Ogham langsam die Innenwände abschritt und dabei mit beiden Händen über die Felsen tastete, als gelte es, dort geheime Zeichen zu entdecken. Als er mit seiner Untersuchung zum Abschluss gekommen war, deutete er auf die Mitte des Fußbodens und bat Kennog, vorsichtig mit dem Schwert von Nuada zu graben.

In der Tat glitt das Zauberschwert, das Kennog sogleich aus der Scheide zog, in das Erdreich wie in Butter hinein. Ganze Stücke ließen sich auf diese Weise herausschneiden, bis die Spitze des Schwertes plötzlich auf etwas Klingendes, Festes stieß. Kennog brauchte aber noch mehr als eine Stunde, bis er den verborgenen Gegenstand freigelegt hatte. Ogham, der ihn die ganze Zeit über aufmerksam beobachtete, schaufelte den Rest mit den Händen frei. Als er sich erhob, hielt er einen großen, zwar mit Erde verklebten, aber an manchen Stellen silbern blinkenden Kessel im Arm. Er war kleiner, als Kennog ihn sich vorgestellt hatte, aber doch so groß, dass sie ihn nur mit Mühe durch das Einstiegsloch nach draußen schieben konnten.

Als die beiden mit dem Kessel draußen in der Felsödnis saßen, säuberte ihn Ogham mit Trinkwasser und Pflanzenbüscheln.

»Schau nur, was für ein schöner Kessel das ist«, meinte er und hob das Schmuckstück ins Licht. Der äußere Rand war mit fein gehämmerten Motiven geschmückt, die vielerlei, je nachdem, aus welcher Richtung man hinblickte, Tiere und Fabelgestalten darstellen konnten. Innen war der Kessel blank, bis auf den Boden, in dem sich ebenfalls eine geheimnisvolle und durchaus mehrdeutige Gravur befand.

Ogham dachte an die Erzählung Sheela na Gigs vom großen Fressen des Dagda und musste lächeln. Gern übertreiben die Märchen, dachte er, und Feen besitzen eine besondere Art, die Dinge drastisch auszuschmücken. Seine Geliebte aus der Anderswelt machte da keine Ausnahme. Er fühlte sich erschöpft und glücklich wie lange nicht mehr, wenn er an sie dachte. Sieben Tage im Feenreich wogen wahrhaftig ein ganzes Leben auf ...

»Das ist also der Kessel des Dagda«, murmelte er. »Was für ein Behältnis! Wenn Cormac Mac Art es besäße, ließen sich in Tara Wunderdinge vollbringen, die ganze Fianna könnte sich damit laben und durch entsprechende Krafttränke unbezwingbar werden ...«

»Was sagtest du, hat man darin gebraut ... Löwenzahnsud?«, riss ihn die Stimme des Jungen aus seinen weit abschweifenden Überlegungen zurück. »Hier wächst eine Menge Löwenzahn. Sollen wir die Wirkung nicht einmal ausprobieren?«

Der Meister fuhr hoch. »In Dun Aengus hätten wir das gut gebrauchen können, vor dem Ritt durch die See vor Arran auch, um Mut zu schöpfen. Aber jetzt und hier? Nein, das wäre pure Verschwendung aus Neugier. Lass uns die Kostprobe für einen geeigneteren Zeitpunkt aufsparen, wenn eine Stärkung auch wirklich angebracht und vonnöten wäre.«

Widerstrebend fügte sich Kennog. Natürlich war er neugierig auf den Sud, wie er überhaupt das Zusammensein mit dem Meister mehr und mehr als ein einziges großes Abenteuer empfand. Nur hielt sich Ogham – für Kennogs Geschmack – manchmal etwas übertrieben genau an die Regeln. Was mochte es schon schaden, eine kleine Kostprobe zu nehmen?

»Es gibt bestimmt eine Quelle in der Nähe«, sagte Ogham, »ich rieche das Wasser. Wie wäre es, wenn du sie suchst und den Kessel noch ein bisschen mehr reinigst? Du brauchst nur nach den Pferden Ausschau zu halten, die Tiere haben die Wasserstelle bestimmt schon entdeckt. Das Schwert kannst du hier lassen. Ich werde es mit geeigneten Pflanzen säubern.«

Aber er hat es doch schon einmal gereinigt, dachte Kennog, damals, als wir die Arran-Inseln verließen und der Fluch sich löste … Stets musste er die niedrigeren Aufgaben übernehmen, während der Meister ihn kontrollierte, als sei er ein Kind! Ärgerlich war das, eigentlich eine Zumutung!

Er ging also wie geheißen mit dem Kessel los, um die Quelle zu suchen. Ein gutes Stück weit musste er laufen, dann rief er Südwind und als sie wiehernd antwortete, fand er die Pferde in einer Bodensenke grasen. Mit hochgezogenen Nüstern und gebleckten Zähnen zupften sie ganz bestimmte Kräuter aus dem Boden, sorgsam ihren Geschmack prüfend und versunken in ihre Tätigkeit. Die Quelle bestand aus einem muldenförmigen Wasserloch im Felsen, das von kleinen, violett blühenden Blumen umwachsen war. Einige dieser Blütenblätter hatte der Wind in die Mulde geweht, sodass sie nun auf der Wasseroberfläche trieben. Kennog kniete sich nieder und begann das Behältnis zu säubern. Von Mal zu Mal blinkte und blitzte es silberner auf, wirklich ein außergewöhnlich schönes Stück, und die Verzierungen mussten von der Hand eines großen Künstlers stammen.

Als er mit der Arbeit fertig war, schöpfte er mit dem Kessel aus der Quelle, hob ihn hoch und setzte ihn an den Mund. Wenigstens einmal wollte er doch daraus trinken, und wenn es statt Löwenzahnsud auch nur Wasser war. Er trank einen Schluck und es schmeckte seltsam erfrischend. Ob das an den violetten Blüten lag? Beim zweiten Schluck glaubte er ihren Beigeschmack noch stärker zu spüren. Und beim dritten war ihm, als koste er Met, Bier und Milch zusammen. Eine unerwartete und unbegreifliche Müdigkeit durchströmte seinen Körper, der sich auf einmal schwer wie ein Felsquader anfühlte. Zugleich mit dieser die Glieder nach unten ziehenden Kraft wurden seine Sinne jedoch geschärft, als ob seinen Geist und seine Seele alle Erdenschwere verließe. Dummerweise fielen ihm gerade jetzt die ersten Zeilen des Liedes ein, das er auf dem Felsen zu Tirnanogh gedichtet hatte:

Meine Liebe ist wie ein bunter Vogel,
Der aus engem Käfig flieht …

Warum musste er ausgerechnet jetzt an das Mädchen aus dem Süden denken? Rief sie ihn? Nein, er vernahm eine andere, schwer verständliche Stimme in seinem Kopf. Zugleich hob er wie ein Vogel vom Boden ab, stieg und stieg in die Lüfte empor. War das ein Traum, eine Vision? Dichter Nebel überfiel ihn. Er befand sich allein auf weiter Ebene. Eine große Festung stand inmitten der Fläche, umgeben von einer Palisade aus Bronze. Innerhalb der Festung war ein Haus aus weißem Silber, das Dach bis zur einen Hälfte mit weißen Vogelflügeln bedeckt. Eine berittene Feenschar umschwärmte das Haus. In ihren Armen trugen die Reiter Berge voll weiterer weißer Vogelflügel, um das Hausdach damit zu decken. Aber dann fuhr ein Windstoß hinein und fegte die Abdeckung hinweg. Er sah einen Mann im Hof der Festung, der ein Feuer entfachte. Einen dicken Baum mit Stamm, Krone und Wurzel warf er hinein. Als der Mann einen zweiten Baum holte, war der erste schon ausgebrannt.

Dann erblickte Kennog eine weitere Festung, groß und einem König gemäß, die war von einer Palisade aus Bronze umgeben. Im Inneren des Walles standen vier

Häuser. Er betrat die Festung und erblickte den Königspalast mit seinen bronzenen Balken, mit silberner Verkleidung des Fachwerks und einem Dach aus weißen Vogelfedern. Im Hof sprudelte eine klare Quelle, aus der fünf Bäche entsprangen. Die Bewohner des Schlosses tranken der Reihe nach Wasser aus ihr. Neun Haselsträucher beugten sich über die Quelle. Ihre Nüsse fielen in die Quelle und fünf Lachse, die in ihr schwammen, bissen sie auf. Die Schalen trieben die Bäche hinunter. Das Rauschen der nahen Wasserfälle klang melodischer als jede menschliche Musik.

Er betrat den Palast. Ein Mann und eine Frau, die er nicht kannte, warteten darin auf ihn. Der Mann war von vornehmer, anmutiger Gestalt und wirkte wie eine durchschimmernde Traumerscheinung. Die Frau an seiner Seite, hellblond und mit einem Goldhelm auf dem Kopf, war das schönste Mädchen, das er jemals gesehen hatte. Sie führten ihn ins Bad, zogen ihn aus und wuschen ihn am ganzen Körper. Danach halfen sie ihm wieder beim Ankleiden und führten ihn in die Küche. Dort stand ein anderer Mann, der kam offenbar gerade von der Jagd zurück, denn er trug das Wams eines Jägers, Bogen und Pfeilköcher über der Schulter. Das erlegte Wildschwein hing bereits aufgespießt über dem Rost.

Das vornehme Paar stellte sich nun dazu und sang Zaubersprüche, damit das Schwein rascher garte. Als der Braten bereit war, zogen alle zur Festtafel und ließen sich dort nieder, während Diener in weißen Federgewändern das Essen auftrugen und zerteilten. Kennog bekam einen Teller mit einem riesigen Stück Fleisch vorgesetzt, hatte aber keinen Appetit. Er starrte immerzu auf den Teller vor sich und bekam keinen Bissen auf die Zunge. Ohne

Zweifel meinten es die Leute gut mit ihm, also schämte er sich. Nach dem Mahl standen alle auf und verließen die Halle. Nur er blieb allein zurück. Vor ihm stand noch immer der volle Fleischteller.

Er musste wohl eingeschlafen sein, denn als er erwachte, lag vor ihm auf dem Teller anstelle des Fleisches ein mit Pfeilen gespickter Köcher. Da stand er auf, nahm den Köcher und verließ mit unsicheren Schritten die Halle, den Hof mit der Quelle, die Festung. Niemand stellte sich ihm in den Weg, um ihn aufzuhalten. Da wanderte er lange durch die Ebene. Dichter Nebel wallte hoch und verwischte alle Konturen ringsum. Schließlich schritt er nur noch über Wolken und sein Weg führte von der Anderswelt in die reale zurück. Ein Wind kam auf und blies seine Müdigkeit fort. Er schrak hoch und fand sich dicht bei der Quelle wieder, aus der er mit dem Kessel des Dagda getrunken hatte. Über seiner Schulter aber hing noch immer der Köcher mit den Pfeilen. Mit ihm und dem blanken Kessel kam er verwirrt zum Meister zurück.

Ogham blickte auf und sah das verklärte Gesicht des Jungen und die Gegenstände, die er mit sich trug. »Wie hast du das bloß angestellt?«, fragte er, seine Verwunderung und Besorgnis nur mühsam verbergend. »Du trägst den Pfeilköcher von Delbaeth!«

»Ich weiß es nicht«, antwortete Kennog kleinlaut, setzte sich nieder und erzählte die ganze Geschichte. »Wie ich es auch betrachte«, ergänzte er, »ich kann es mir nicht erklären. Aber vielleicht öffnet dieser Kessel oder das, was man daraus trinkt, einen Weg durch die Anderswelt. Ich könnte es noch einmal versuchen, um alle Gegenstände, die wir suchen, zu finden.«

»Das mag sein«, schalt Ogham. »Diesmal ist es ja auch

noch gut gegangen. Aber um allein daraus zu trinken, bist du noch viel zu jung. Stell dir nur vor, was alles hätte passieren können! Nein, für solch gefährliche Unternehmungen brauchst du unbedingt einen Begleiter, der sich einigermaßen in der Anderswelt auskennt!« Er zwinkerte Kennog vertraulich zu. »Lass es uns das nächste Mal zusammen probieren.«

<h2 style="text-align:center">10</h2>

Die Quelle mit den violetten Blüten, aus der du trankst, scheint eine Zauberquelle zu sein«, erklärte der Meister. »Und die Bilder, die du in der Anderswelt sahst, verstehe ich so: Die Reiterschar, die mit dem Decken des Hausdachs beschäftigt war, das sind die Künstler und Handwerker in Erinn, die Vieh- und Herdenbesitz sammeln, der sich immer wieder in nichts auflöst. Der Mann, den du beim Feueranzünden sahst, war ein junger Fürst, der außerhalb seines Gutes alles bezahlen muss, was er verzehrt. Die Quelle mit den fünf Bachläufen, die ihr entspringen, ist die Quelle des Wissens. Die Bäche stellen die fünf Sinne dar, durch die Wissen vermittelt wird. Und niemand kann Weisheit und Kunst besitzen, ohne einen Trunk aus der Quelle selbst und ihren Bächen genommen zu haben. Die in vielen Künsten erfahrenen Leute sind solche, die aus ihnen allen getrunken haben.

Was aber deinen Aufenthalt im Palast anbelangt, so kann es sich der Beschreibung nach nur um König Cormac Mac Art und seine schöne Tochter Grainne handeln, denn sie trägt mitunter einen Goldhelm. Im Jäger der Küche erkenne ich Delbaeth, von dem es heißt, er sei ein großer Waidmann gewesen. Das Essen an der Tafel aber halte ich für eine List aus der Anderswelt, in der mitunter die Dinge etwas völlig anderes als hier bei uns bedeuten und sich ins Gegenteil verkehren. Es war gut, dass du den Braten nicht angerührt hast, es hätte wahrscheinlich dein Leben gekostet und du hättest nie mehr zurückkehren können. Man wollte dich auf die Probe stellen, ob du genau so verfressen wie Dagda bist, aus dessen Kessel du ja getrunken hast. Dagda ließ es sich stets wohl ergehen und regierte auf diese Weise achtzig Jahre. Aber er wurde von einem vergifteten Blutpfeil getroffen und starb daran.

Vielleicht war auch das Wildschwein, das man briet und auftrug, mit einem solchen Blutpfeil erlegt worden und du wärest beim Verzehr des Fleisches jämmerlich zugrunde gegangen. Weil du jedoch fest bliebst und die Probe bestanden hast, schenkte dir Delbaeth seinen Pfeilköcher. Vielleicht aber half es dir auch, dass du Bres' Pfeilspitze als Talisman trugst …

Es war wirklich mehr Glück als Verstand auf deiner Seite. Aber ich will dich nicht weiter tadeln, denn vier Gegenstände der Kraft befinden sich nun bereits in unserem Besitz – die Pfeilspitze, das Schwert, der Kessel und der Köcher – und wir wissen einiges über den Aufenthaltsort des fünften, der Lanze des Lug. Das ist mehr, als ich vor kurzem noch zu hoffen wagte. Es stellt eine Herausforderung an die Mächte der Anderswelt dar, wenn wir den gleichen Weg noch einmal wagen und aus der Zauberquelle trinken. Selbst große Weise, Schamanen und kluge Druiden brauchen, um heil durch die Anderswelt zu schreiten, eine lange Lehrzeit und viel Erfahrung. Du aber bist keiner von ihnen, sondern nur der Schüler eines Harfners und daher sehr gefährdet. Versprich mir, wenn wir beide von jener Quelle trinken, zuerst ich und dann du, dass du immer in meiner Nähe bleibst und, was auch geschieht, stets meinen Anweisungen folgst. Auch habe ich das Gefühl, dass wir die Pferde, die ja ebenfalls vom Wasser der Quelle tranken und sich womöglich in einem außergewöhnlichen Zustand befinden, mitnehmen sollten, sonst kann es sein, dass wir sie für immer verlieren. Hast du alles verstanden und bist zu einverstanden mit meinem Vorschlag?«

Kennog nickte. Er fühlte sich noch immer erschöpft von seinem Abenteuer, dachte aber daran, wie erfrischend das Quellwasser aus dem Kessel gemundet hatte, und so hielt er sich für durchaus imstande, den Weg in die Anderswelt noch einmal zu wagen. Außerdem wollte ihm der Meister dabei helfen. Was also konnte Schlimmes passieren? Vielleicht hatten sie Glück und fanden tatsächlich einen weiteren der magischen Gegenstände der Kraft?

»Gut denn«, sagte Ogham und pfiff den Pferden, die nach einer Weile eintrafen, wenn auch widerstrebend, mit Schaumflocken vor dem Maul und weit aufgerissenen Augen. Sie führten die Tiere zur Quelle und forderten sie auf, davon zu saufen. Störrisch verweigerten sie den Trank. Erst als Ogham den Kessel füllte, nahmen sie das Quellwasser an. Nach ihnen trank Ogham davon und ließ einen kräftigen Schluck für Kennog übrig.

Der Junge beobachtete genau, was geschah. Zunächst traten die Pferde nur unruhig auf der Stelle und scharrten mit den Hufen. Dann aber verschwand von einem Augenblick auf den anderen der schwarze Hengst, danach Südwind, als habe sie der felsige Boden verschlungen. Er starrte auf seinen Meister und sah, dass ein Zittern durch dessen Körper lief. Dann beugte er sich vor, als wolle er noch einmal aus der blütenbedeckten Quelle trinken, und sprang hinein. Die Mulde war zwar viel zu klein, doch Ogham verschwand dennoch in ihr und tauchte nicht mehr auf.

Da wurde dem Jungen zaghaft zumute, er fühlte sich allein gelassen und von einer merkwürdigen Unruhe gepackt. Auch seine Gliedmaßen gerieten außer Kontrolle, er zitterte am ganzen Leib und spürte ein Beben und Rauschen in seinem Kopf, auch wurde es unerträglich heiß. Also sprang er, um sich abzukühlen, ebenfalls in die Mulde, schlüpfte durch einen engen Schlund und tauchte hinab bis auf den schwarzen Grund. Er stieß zwar irgendwo an, kam aber nirgendwo hin. Nach langer, langer Zeit erst dämmerte es. Er fand sich auf einer weiten, dunklen Ebene wieder, wo sein Meister mit den Pferden wartete. Das Licht war so spärlich und fahl, dass er nicht einmal das Gesicht des Harfners erkennen konnte.

Nun stiegen sie auf und ritten eine endlose Zeit über die Ebene hin. Kurz nur wie Blitzschein flackerte Tageslicht auf und zudem in einem Rhythmus, der ihn verwirrte, weil sich alles ringsum, er selber nicht ausgenommen, in einzelne Bilder zerteilte. Sie schienen im Schlag seines Herzens auf und verschwanden, um gleich von neuen abgelöst zu werden.

Viele Tage vergehen, vielleicht sogar Jahre, dachte Kennog. Es kam ihm vor, als bewegten sie sich durch Zeit und Raum und durchritten Erinn vom höchsten Norden bis zum Süden, von den schroffen Klippen im Westen bis zur sanften Dünung im Osten. Er sah Völkerscharen dahinhasten, mit Schiffen ankommen und wieder verschwinden, Menschen, die gegeneinander kämpften, um sich nicht zu vermischen, Krieg und Elend über die Jahrhunderte und Jahrtausende hinweg. Der Sternenhimmel über ihnen aber bewegte sich völlig anders. Auch dort gab es Bilder, die scheinbar fest ruhten, um im nächsten Moment wegzurutschen, als sei der Himmelsmantel von eigenem Atem beseelt und einem großen, ständigen Wandel unterworfen.

Nachdem sie kreuz und quer geritten waren, gelangten sie an einen Punkt, der wohl die Mitte von allem darstellte, denn hier befand sich ein Wirbel, der sie in sein Zentrum zog. Im innersten Mittelpunkt aber stand die Welt plötzlich still. Da stiegen sie aus dem Sattel und führten die Tiere am Zaumzeug weiter. Unruhig ging der schwarze Hengst, wiehernd bäumte sich Südwind auf.

Sie sahen eine gläserne Brücke, die bestand aus dem feinen Gespinst des Regenbogens und klirrte unter ihren Schritten, als sie sie betraten. Der vielfarbene Weg führte in ein großes Haus, das außen weiß und innen stockfinster war. Kein Licht von draußen fiel in die Halle, nur das Lichtschwert des Nuada glühte an Kennogs Gürtel und erhellte ein wenig die Felsquader, aus denen das Haus zusammengefügt war. Starr standen die Mauern, aber plötzlich lösten sie sich mit einem knirschenden Ruck aus ihrer Verankerung und taten einen Sprung aufeinander zu, sodass der Raum bei jedem Ruck für sie enger wurde.

Nun merkte er, dass das Felsgestein keinesfalls tot, sondern wie ein Organismus aus Fleisch und Blut beschaffen war: Die graue Oberfläche war Haut, die Schlieren darin pochende Adern und irgendwo pochte dröhnend ein Herz, lauter als Schmiedehämmer. Auf der Felsenhaut aber erschien mit einem Mal ein weißlicher Schleim in wuchernden, sich rasch vergrößernden Blasen. Die großen von ihnen platzten schmatzend auf, wurden aber sofort von vielen kleineren ersetzt. Es gelang dem Meister kaum den Hengst zu bändigen, so sehr scheute das Tier und Südwind drängte sich angstvoll an Kennog. Im Kreis begann sich das Tier zu wenden, suchte nach einem Ausweg, fand keinen und zitterte von den Nüstern bis zum Schweif.

Da begriff Kennog, dass sie im Magen der Felsen waren und diese sich anschickten, die eingedrungenen Fremdkörper zu verdauen. Schon rückte bedrohlich der weißliche Blasenschleim näher. Da rief unter großer Anstrengung der Meister: »Reich mir deine Flöte aus Vogelknochen!«

Kennog gab sie ihm. Der Meister blies eine Fonnsheen von tragischem Liebreiz, war aber bald schon zu atemlos, um weiterzuspielen, und die schleimigen Wände, deren Näherrücken durch das Lied aufgehalten worden war, setzten sich wieder in Bewegung.

Da blies der Meister mit aller Kraft einen letzten, schrillen Ton, der die Felsen durchschnitt und selbst die Sterne am Himmel zum Schwanken brachte. Einer von ihnen löste sich aus seiner Verankerung und stürzte hinab. Er traf auf die Wände des Hauses und brachte sie zum Einsturz. Der Meister sprang rasch in den Sattel und Kennog tat es ihm nach. Da entstand durch den Zusammenbruch des Gesteins ein pfeifender Sog und riss sie vom Boden hoch. In diesem Sog befanden sie sich nun und sausten im Blindflug durch abgrundtiefe Schwärze.

»Greif nach dem Licht«, hörte Kennog eine Stimme in sich, da ihn aber nur Finsternis umgab, wusste er nicht, wie er diesen Befehl ausführen sollte. Da flog eine weitere Sternschnuppe mit Kometenschweif vorüber und Kennog packte rasch zu. Er verbrannte sich die Hand, so groß war die Hitze des Sternenkörpers, aber er ließ ihn nicht mehr los, denn zum ersten Mal seit ihrem Ritt durch die Unterwelt spürte er nun einen Halt. Fest presste er seine Beine um Südwinds Leib und von rechts packte der Meister nach dem Zaumzeug. Da schrie Kennog gellend auf, denn die glühenden Schmerzen in seiner Hand waren unerträglich. Obgleich er bis zum Äußersten kämpfte, konnte er das Sternenfeuer nicht länger halten und warf es dem Meister zu. Der streckte seinen Kopf vor und fing den Sternenschweif mit dem Hals auf. Der glänzende Ring brannte nun lichterloh und der Meister schrie mit schmerzverzerrtem Gesicht auf. Sich im Sattel aufbäumend, riss er an Südwinds Zaumzeug. Da rasten sie alle miteinander als Stern durch die Nacht bis zum kühlsten Ort – dem Wasser der Quelle. Es zischte, als sie ihre Oberfläche durchbrachen. Dann traf blendendes Tageslicht ihre Augen und sie fanden sich auf den Felsen neben der Wasserstelle wieder.

11

Nie wieder dürfen wir die Anderswelt durchreisen, um auf diese Weise an die Gegenstände der Kraft zu gelangen«, sagte Ogham, mühsam nach Atem ringend. Um seinen Hals lag noch immer der Sternenschweif, nun zu einem feinen Goldgebilde erstarrt. »Die Kette des Fiachna hätte uns beide fast vernichtet, so groß ist die Macht, die in ihr schlummert.«

»Die Kette des Fiachna?«, fragte Kennog mit schwerer Zunge.

»Ja, was meinst du denn sonst, um was es ging?«, sagte Ogham. »Und obgleich so viele Jahre verflossen, seit er sie ablegte, hat das Gold sein inneres Feuer behalten. Hätte einer von uns allein sie zu halten versucht, so wäre er gewiss als Komet in den unendlichen Weiten der Anderswelt verglüht. Auch ohne die Pferde wären wir verloren gewesen, denn sie waren es, die uns im blinden Flug durch den Fahrtwind kühlten.«

Kennog rieb sich die Schläfen. Hinter seiner Stirn klopfte noch immer der dumpfe Herzschlag der Felsen, er fühlte sich benommen und matt.

»Außerdem bin ich nun wirklich nicht mehr der Jüngste«, setzte der Meister seine laut geäußerten Gedanken fort. »In meinem Alter tut man gut daran, Herausforderungen solchen Ausmaßes aus dem Wege zu gehen. Der Ritt durch die Anderswelt hat mich ziemlich erschöpft. Wie gern weilte ich jetzt in Tara, um mich dort bei Speis und Trank, Musik und guten Gesprächen zu erholen ...« Er seufzte und strich gedankenverloren mit den Fingern durch sein Barthaar. »Vielleicht sollten wir ein, zwei Tage noch ausruhen und dann gemütlich weiter nach Norden reiten. Ich kenne dort Leute, die sich über einen Besuch freuen würden ... Auf keinen Fall dürfen wir uns, geschwächt wie wir sind, in ein neues Abenteuer stürzen. Es wäre fahrlässige Dummheit!«

Und so blieben sie noch zwei Tage im Gebiet der Burren und stiegen am Morgen des dritten in die Sättel, um nach Norden zu reiten. Sie ließen sich Zeit und kamen nur langsam voran. Wie um ihre Stimmung zu untermalen, rieselte unaufhörlich dünner Regen aus grauem Himmel herab. Ständig stiegen Nebelfahnen auf, verquollen zu Wänden, narrten mit ihren spukhaften Formen und ließen die Welt trist und zwielichtig erscheinen. An glucksenden Mooren mit trügerischem Grund kamen sie vorbei, an Seen von schwer einschätzbarer Größe, an verlassen wirkenden Weilern oder solchen, die sie passieren konnten, ohne von den Bewohnern wahrgenommen zu werden, weil der Nebel sie unsichtbar machte.

Eines Tages, als die Wolkendecke aufriss und wieder die Sonne durchblicken ließ, erreichten sie ein hügeliges Gebiet, aus dem ein seltsam geformter Berg aufragte. Er war grün und sah aus wie eine in ihrer Bewegung erstarrte Woge des Meeres.

»Das ist der Benbulbin, der Schicksalsberg«, erklärte Ogham, »um ihn ranken sich viele Legenden und Sagen. Mac Cuill, Mac Cecht und Mac Greine, die Enkel des Dagda, suchten ihn häufig auf, denn sie hielten viel von Zauberei und befragten am Berg das Schicksal Erinns. Aber diese Einstellung hat ihnen nicht viel genutzt, wie die Ankunft der Söhne des Mil und der Verlauf ihres Eroberungskrieges beweist.«

»Wie meinst du das?«, fragte Kennog. »War ihr Zauber zu schwach?«

»Nein, aber oft zum falschen Zeitpunkt gewählt und von Beratern ausgeführt, die ihre Fähigkeiten überschätzten. Du musst bedenken, dass sie noch recht jung und unerfahren waren, als sie nach König Fiachna die Herrschaft antraten. Es hieß auch, dass keiner von ihnen allein in der Lage gewesen wäre die Geschicke des Landes zu leiten. Also einigten sie sich darauf, sich die Regentschaft über Erinn zu teilen und stets zusammen zu beraten, welcher Schritt als nächster getan werden sollte. Diese letzten drei Könige waren aber glücklos und traurig auch über das Los der Tuatha De Danaan, denn das einst so stolze Reich zerfiel mehr und mehr ...«

»Wie kam das?«, fragte Kennog. »Was geschah bei der Ankunft der Milesier und beendete die Herrschaft des Adlervolkes? Verzeih meine Dummheit, Meister, aber ich weiß so wenig über die Vergangenheit und die Geschichte unserer Insel. Bitte erzähl mir davon, vermittle mir dein Wissen, damit ich mehr darüber erfahre und die Zusammenhänge begreife.«

Da erzählte der Meister die Geschichte vom Aufstieg der Goidels und der Söhne des Mil und Breogans, so wie er sie von seinem eigenen Großvater gehört hatte, der wie Cravetheen ein großer Harfenspieler gewesen war:

Erster Teil
der Geschichte der Söhne des Mil

Alles begann in einem fernen, warmen Land, das jenseits des Meeres im Süden liegt. Dort betrat Ith, der Sohn Breogans und Großvater des Mil, einst einen Turm und spähte in nordöstliche Richtung. An diesem Tag herrschte außergewöhnliches Wetter und er konnte weiter als sonst üblich blicken. Da sah er Erinn. Er erzählte seinen Brüdern davon, doch die meinten, es könne unmöglich Land gewesen sein, was er da erkannt hatte, sondern höchstens eine Wolke am Himmel. Ith aber blieb fest bei seiner Ansicht, ließ sich durch nichts mehr von seinem Plan abhalten und segelte mit dreihundertfünfzig Kriegern der Erscheinung nach. An einer Stelle, die heute »fauliger Strand« genannt wird, gingen sie an Land.

Zur gleichen Zeit gab es bei den Enkeln Dagdas eine Meinungsverschiedenheit darüber, wer von ihnen den größeren Anteil des Erbes von Fiachna erhalten habe. Die Weisen des Landes waren in der Nähe versammelt, um den Streit zu schlichten. Als sie die fremden Schiffe vor Anker liegen sahen, sagten sie: »Jeder von uns ist in der Angelegenheit anderer Ansicht, wir kommen zu keinem guten Ergebnis. Lass uns die Fremden, die bestimmt neutral in der Sache sind, um ihre Meinung fragen.« Sie schickten einen Boten zum Strand. Ith folgte der Einladung mit einem Großteil seiner Krieger.

Nachdem man ihm alle Argumente vorgetragen hatte, antwortete er: »Ihr solltet gutes Einvernehmen halten, so schickt es sich unter Brüdern. Dieses Land ist reich an Korn, Früchten, Honig, Wildtieren und Fischen. Das Klima ist gemäßigt, nicht zu kalt und nicht zu warm. Beneidenswert seid ihr, denn es gibt hier alles, was ihr zum Wohlstand und zur Bequemlichkeit braucht.« Mit diesem Ratschlag verabschiedete er sich und zog sich zurück zu den Schiffen. Ein Bote begleitete sie.

Wieder berieten sich die Weisen. Einer sagte: »Es war vielleicht doch ein Fehler, die Fremden zu uns zu bitten und so vertraulich mit ihnen umzugehen. Habt ihr ihre begehrlichen Blicke gesehen?«

Ein anderer fügte hinzu: »Ja, sie neiden uns unser Glück. Jetzt, da sie unser Land ausgekundschaftet und alles gesehen haben, kommen sie bestimmt bald wieder.«

Der Bote kehrte vorzeitig zurück und berichtete: »Ich habe sie unterwegs tuscheln hören, sie sind in großer Aufregung und hecken irgendetwas aus.«

Da brachen die Tuatha De Danaan rasch auf und trafen die Fremden am Strand, wo diese keinerlei Anstalten machten wieder in See zu stechen. Es kam zum Kampf, Ith wurde schwer verwundet. Seine Leute flüchteten auf die Schiffe und ihr Anführer starb weit draußen auf dem Meer.

Dies war der Anfang vom Untergang der Tuatha De Danaan, denn aus diesem Grund kamen die Söhne Mils nach Erinn, um Ith zu rächen.

Ogham legte eine Pause ein, um seine Erinnerungen zu ordnen. Sie waren aus den Sätteln gestiegen und rasteten auf einem kleinen, grasbewachsenen Hügel, von dem aus sich ein wunderbarer Blick auf den Benbulbin bot. Der Schicksalsberg veränderte im Wechselspiel von Sonnenlicht und Wolkenschatten laufend seine Färbung. Auch glaubte Kennog an seinem linken Steilhang eine winzige Ansiedlung auszumachen, jedenfalls stieg dort eine dünne Rauchfahne hoch.

Nach einer kleinen Weile setzte der Meister seine Erzählung fort:

ZWEITER TEIL
der Geschichte der Söhne des Mil

Sie kamen auch bald zurück, mit sechsunddreißig Edlen und Fürsten, jeder von ihnen befehligte ein eigenes Schiff mit Matrosen und Kriegern. Nun verließen sich die Tuatha De Danaan auf die magischen Kräfte ihrer Druiden. Sobald die Schiffe der Feinde den Strand anlaufen wollten, schickten sie einen Zaubernebel aus, der alle Konturen verwischte und manches der Schiffe auf Grund laufen ließ. Die Formen der Küste veränderten sie, ließen Berge zu Tälern werden und verwandelten den »fauligen Strand« in die Gestalt eines Schweinerückens, sie sandten Sturmwind, Hagel und böse Brandung. Aber auch die Söhne Mils hatten ihre Druiden dabei und diese bemühten sich einfallsreich um Gegenzauber.

Amorgen, der ein großer Dichter und Druide der Milesier war, sang:

»Die umhertreiben in stürmischer See,
Sie sollen sicher das Land erreichen,
Sich in den Ebenen niederlassen,

Auf den Gebirgen und in grünen Tälern,
In nussreichen Wäldern, an fischreichen Seen.
Ein König unseres stolzen Volkes
Soll auf dem Hügel von Tara regieren.
Dieses Land soll unser werden
Für immer und alle Zeit.«

Auf diese Weise gelang es ihnen in einer Bucht nördlich des Berges Sliab Mis den Durchschlupf zu finden und anzulanden. Dort lebte nämlich eine Schamanin der Fomoraigh, die um ihre verlorenen Rechte trauerte und Groll auf die Große Göttin Dana und deren Adlervolk hegte.

»Wagemutige Krieger«, sprach sie, »seid willkommen! Schon lange wusste ich von eurer Ankunft. Ich sage euch: Für immer wird dieses Land das eure sein und bis zum östlichen Rand der Welt wird es kein besseres geben. Eure Rasse wird sich hier wohl fühlen und sich vermehren und die spätere Zeit wird Ruhmeslieder über euch singen.«

»Das sind Worte, die ich gern vernehme«, sagte Amorgen, »ich danke dir für diese Wahrsagung.«

»Es war nicht richtig, ihr zu danken«, mischte sich der älteste der Söhne Mils ein. »Diese verbitterte Alte, die von einem geschlagenen Volk mit längst vergessenen Göttern abstammt, kann uns wenig helfen. Der Dank gebührt allein unseren Göttern und dem Mut unserer Männer!«

»Dir wird das wenig nutzen«, antwortete die Schamanin, »denn du selbst und dein Nachwuchs, ihr werdet keinen Vorteil gewinnen.« Dies war ihr Fluch über den Undank des Mannes und er sollte sich später bewahrheiten.

Die Söhne Mils und Breogans zogen nun weiter ins Landesinnere bis hin nach Tara, dem sie fünf Namen gaben: Druim Cain – schöner Bergrücken, Liathdruim – grauer Bergrücken, Cathair Crofhinn – Crofhinns Stadt, Druim n Decsin – Hügel der Aussicht und Temair. Doch das ist das Seltsame mit diesem Ort: Er schüttelt alle Namen ab und wählt sich immer wieder den alten, der am besten zu ihm passt – nämlich Tara.

In der Königsburg hielten sich Mac Cuill, Mac Cecht und Mac Greine auf, verunsichert über das Versagen ihrer Zauberer und die Ankunft der Fremden. Sie berieten sich und sandten den Söhnen Mils folgende Botschaft:

»Ihr scheint mächtiger als unsere Druidenkraft zu sein, das erkennen wir mit Bewunderung an. Lasst uns noch drei Tage lang Herrscher über Erinn bleiben, ohne dass es zur Schlachtaufstellung kommt. In diesen drei Tagen sollt ihr das Land verlassen, eure Schiffe besteigen und zurück aufs Meer segeln. Danach mögt ihr nach eigenem Gutdünken über unser Schicksal entscheiden.«

Sie sagten das, weil sie der Meinung waren, die Söhne des Mil bei ihrem Abzug mit einem Zauberbann belegen zu können, der sie daran hinderte, jemals nach Erinn zurückzukehren.

»Sollen wir auf diesen verrückten Vorschlag eingehen?«, fragten die Söhne Mils ihre Anführer. »Jetzt sind wir hier und haben Tara umzingelt. Warum zögert ihr das Signal zum Angriff zu blasen?«

»Weil die magischen Kräfte der Tuatha De Danaan noch nicht gebrochen sind«, antwortete Amorgen. »Ich fühle, dass es klug ist dem Ansinnen nachzugeben. Wir sollten uns zurückziehen und noch einmal in See stechen. Aber nur sieben Wogen vom Ufer hinweg und nicht weiter.«

So zogen sie südlich von Tara am Lauf des Flusses Feale entlang bis zur See, wo ihre Schiffe inzwischen warteten. Über genau sieben Wogen hinweg fuhren sie hinaus und drehten dann um. Die Druiden des Adlervolkes sandten ihnen Verwünschungen nach. Da erhob sich Sturm, der die Schiffe weit weg von Erinn trieb. Einige gerieten in Seenot und viele Söhne Mils ertranken. Amorgen aber riet einen anderen Kurs zu nehmen, setzte sich selbst in den Mastbaum des ersten Schiffes und sang gegen den Druidenwind an. Da legte sich der Sturm und die Flotte erreichte unbeschädigt die Mündung des Boinne-Flusses. Dort segelten sie hinein, bis sie auf den Zulauf des Schwarwasser-Flusses stießen. Bei Tailtiu gingen sie an Land. Der Ort heißt so nach der Pflegemutter des Lug, der ihr zu Ehren die berühmten Lugnasad-Festspiele einführte. Dort fand auch die Volksversammlung Aonach Tailteann statt.

In der Schlacht von Tailtiu, an der auch die drei Königinnen Erinns an der Seite ihrer Männer fochten, fielen die meisten der Tuatha De Danaan, Mac Greine durch die Hand Amorgens. Die Überlebenden flohen und wurden von Mils Söhnen unbarmherzig verfolgt. Dabei kamen der älteste der Söhne Mils und seine Kinder um, wie es die Schamanin in ihrem Fluch vorausgesagt hatte. Während das nun eroberte Erinn in zwei etwa gleich große Gebiete aufgeteilt wurde – Eremon bekam den Norden und Eber Finn, der Sohn des Eber Donn, den Süden –, zogen sich die Letzten der Tuatha De Danaan in die Unterwelt der Feenhügel zurück.

»Aber nicht alle von deinem Volk«, wandte Kennog ein, der gebannt der Erzählung des Harfners gelauscht hatte. »Du bist schließlich hier, in der Menschenwelt.«

»So ist es«, bestätigte der Meister. »Die Mitglieder einer einzigen Familie blieben als Geiseln am Hofe des neuen Herrschers in Tara – meine Vorfahren, die allesamt Harfner, Dichter und Sänger waren.«

Und Zauberer, ergänzte Kennog in Gedanken. Doch Oghams Blick war so schwermütig geworden, dass der junge Schüler es nicht wagte seinen Meister mit weiteren Fragen zu belästigen.

12

Hinter Haselgesträuch und wilden Fuchsienhecken verborgen, am Fuße des Benbulbin, lag die Siedlung des Bandogh-Clans.

»Es sind gute Leute«, klärte Ogham seinen Schüler beim Heranreiten auf, »wirkliche Freunde, auf die man sich verlassen kann. Du wirst dich wohl fühlen bei ihnen.«

Er hatte keineswegs zu viel versprochen. Die Gesichter der Menschen hellten sich auf, als sie den Harfner erkannten. Ein dicker Mann in der Kleidung eines Schmieds legte sofort sein Werkzeug nieder, kam ihnen entgegen und umarmte Ogham herzlich.

»Du warst lange nicht mehr bei uns, wir haben dich und dein fröhliches Harfenspiel vermisst«, sagte er. Einen langen, abschätzenden Blick auf Kennog werfend, fragte er weiter: »Aber wer ist der Junge? Er trägt ein Schwert, einen Pfeilköcher und einen Kessel am Sattel, der mir von Meisterhand geschaffen zu sein scheint. Ist er ein Prinz?«

Ogham lachte. »Nein, das ist mein neuer Schüler. Die Gegenstände allerdings sind für Cormac Mac Art bestimmt. Kennog hat die Funktion eines königlichen Waffenträgers übernommen.«

»Lang lebe Cormac Mac Art!«, rief der Schmied. »Alle Ehre dem Hochkönig!« Die Umstehenden pflichteten ihm bei. »Pass auf«, sagte der Schmied, »ich habe viel zu tun, kann meine Arbeit nicht liegen lassen. Aber zum Abend wird meine Frau Bamba uns etwas kochen. Und Bier gibt es auch, fein bitter und abgestanden, wie du es magst. Und dann saufen wir die Nacht hindurch und erzählen uns alles, bis wir unter den Tisch fallen. Was hältst du davon?«

»Ich? Eine ganze Menge«, lachte Ogham. »Ich bekomme Lust die Harfe auszupacken. Und Kennog kann etwas auf seiner Flöte spielen. Er beherrscht das Instrument wie kein Zweiter.«

»So soll es sein!«, rief der Schmied und eilte zu seiner Esse zurück. Bald darauf plinkten von dort wieder emsige Hammerschläge.

Bamba, seine rothaarige Frau, die ein gemütliches Gesicht besaß und viele Lachfalten um die Augen herum, wies sofort die Mädchen und jungen Frauen des Clans zum Küchendienst an. Da wurden Töpfe und Teller gewaschen, Gemüse geputzt und der erste Krug des als so köstlich angepriesenen Bieres machte die Runde. Ogham und Kennog saßen inmitten des Treibens und der Meister erzählte allerlei lustige Dinge, um die Leute aufzuheitern. Kennog musste die Flöte herausholen und ein Lied nach dem anderen zum Besten geben, wobei es ihm selber sonderbar vorkam, dass er alle Weisen kannte und kein bisschen zu überlegen brauchte, wie die Melodien gingen und was es als Nächstes zu spielen galt.

Zwischendurch rückte Bamba einmal näher an Ogham heran und senkte ihre Stimme, damit die anderen nicht hören konnten, was sie mitzuteilen hatte. »Also da ist was passiert«, sagte sie, »neulich, als Glenga, meine älteste Tochter, zum Berg hochstieg. Auf dem Benbulbin wachsen gute Kräuter, du weißt es. Mein Mann will von solchen Sachen nichts wissen, du kennst ihn ja. Also reden wir lieber jetzt drüber, nachher wird wohl kaum noch Gelegenheit sein … Also sie ging los und traf Uomi, die Alte, die oben in der Einsamkeit haust. Eine gute Seele, nur manchmal etwas verworren im Kopf. Alle sagen, sie besitzt das zweite Gesicht, und die beste Hebamme, die man sich vorstellen kann, ist sie auch, trotz ihres Alters. Also wie gesagt: Glenga traf sie und Uomi tat sehr geheimnisvoll. Sie faselte etwas davon, dass sie am Berg eine Höhle entdeckt hätte, die sie nie zuvor gesehen habe. Kann man das glauben, wo sie doch schon immer dort haust und eigentlich jeden Stein kennen sollte? Also in dieser Höhle, so sagte Uomi, sei was drin. Was genau, verriet sie Glenga nicht. Aber es sei wohl so wichtig, dass man dir davon berichten soll, wenn du kommst. Ja, so war das. Soll man ihr Gerede ernst nehmen?«

»Und ob«, antwortete Ogham, »Uomis Verstand mag ein wenig verdunkelt sein, doch sie hat noch niemals gelogen. Gleich morgen, wenn wir unseren Rausch ausgeschlafen haben, werde ich sie besuchen.«

Bamba nickte und stand auf, um sich um das Herdfeuer zu kümmern. Damit war die Angelegenheit wohl vorerst erledigt, denn alles nahm weiter seinen Lauf und die Sprache kam auf anderes. Nur Kennog, der seinen Meister beim heimlichen Zwiegespräch beobachtet hatte und ihn mittlerweile recht gut kannte, merkte an seiner Miene, dass die Nachricht der Frau von Bedeutung war.

Am Abend, als das Essen bereitstand, weitere Krüge mit Bier ins Haus getragen wurden und der ganze Clan sich erwartungsvoll versammelte, steigerte sich die Laune der Leute mit jedem Wort, jedem Lied, das Ogham oder Kennog spielten. Bald dröhnte das Haus von ihren Stimmen. Kennog blies auf seiner Vogelknochenflöte eine Fonnsheen, da begannen die Mädchen zu tanzen. Bandogh, der Schmied, gab derbe Witze zum Besten, da schlugen sich die Erwachsenen vor Lachen auf die Schenkel. Und schließlich musste Ogham von den Abenteuern ihrer Reise erzählen, da staunten alle. Er verschwieg aber gewisse Dinge dabei und schilderte nur bestimmte Begebenheiten. Kennog verstand, dass wohl nicht alles, was sie erlebt hatten, besonders in Tirnanogh und in der Anderswelt, für die Ohren der Allgemeinheit bestimmt war. So ging es einen Großteil der Nacht zu, bis alle zum Schlaf umgesunken waren.

Nicht lange vor der Morgendämmerung hatte Kennog einen sonderbaren Traum. Wieder erschien ihm das Mädchen aus dem Süden. Sie küsste ihn so innig, dass er in der Gegend unterhalb seines Bauches abermals jene wohlige Wärme fühlte wie neulich, als sein Meister vor dem Feenhügel eine Fonnsheen gespielt hatte. Doch auf einmal, als Kennog die Geliebte umarmen wollte, griffen seine Hände ins Leere und im Traum wurde ihm schmerzlich bewusst, dass es keine wirkliche Zusammenkunft war.

»Wann werde ich dir jemals bei Tag begegnen?«, fragte er seufzend. »Wann dich wirklich in meinen Armen halten … oder wird das niemals geschehen?«

Da wurde das Mädchen aus dem Süden wie durch einen starken Wind von ihm fortgerissen. Schon wirbelte sie hoch über ihm am Himmel dahin, und aus großer

Ferne hörte Kennog ihre Worte: »Suche nur eifrig weiter nach den Gegenständen der Kraft, mein Geliebter! Sie sind der Weg, der dich zu mir führt …«

Dann verblasste die Traumerscheinung und Kennogs letzter Gedanke, ehe er in unruhigen Schlaf fiel, war: So rasch, wie Südwind mich tragen kann, will ich die magischen Dinge aus ihren Verstecken ziehen. Hierzu bin ich berufen und nur wenn ich das Ende dieses Weges erreiche, kann ich dich wirklich in meinen Armen halten, Mädchen aus meinen süßesten, geheimsten Träumen …

Und mit genau diesen Gedanken erwachte Kennog auch, als Ogham ihn gegen Mittag an der Schulter rüttelte. »Steh auf und heb dein Gesicht in den frischen Wind«, raunte der Meister. »Es wird nun Zeit für uns den Schicksalsberg zu besteigen.«

Mit dickem Kopf und schweren Beinen folgte ihm Kennog. Sie verließen den Hang über einen Pfad, der bald an der kahlen Seitenflanke des Berges anstieg und weiter oben nur noch als Trittspur zu erkennen war. Stumm schritten sie voran, von pfeilschnellen Schwalben umschwirrt. Über dem Benbulbin kreiste in majestätischer Höhe ein Adlerpaar. Der Himmel strahlte blau, nur von dünnen, streifenförmigen Wolkenschlieren durchfurcht. Nach etwa einer Stunde erreichten sie einen Felsüberhang, der notdürftig zu einer armseligen Behausung ausgebaut war. Statt einer Tür hing ein Stück Fell vor der Höhle und der Boden im Inneren war mit Unrat bedeckt. Inmitten dieser Trostlosigkeit hockte ein zahnloses Weib mit weißen Haarsträhnen so dünn wie Spinnwebfäden.

Sie blickte auf. Zuerst erkannte sie den Harfner nicht, weil dieser im Eingangslicht stand und sein Gesicht im Dunkeln lag. Dann aber mühte sie sich hastig hoch, um den Gast zu begrüßen. Uomis Stimme klang fistelig, beinahe unverständlich die Worte und dennoch war es rührend mit anzusehen, wie sich die beiden umarmten.

»Höhle, ja, ja, komm«, schnappte Kennog auf und wurde schon mitgezogen, als Ogham und die Alte nach draußen strebten. Er war froh, nicht zum Bleiben gebeten worden zu sein und in dem üblen Gestank sitzen zu müssen.

Nun führte ihr Weg unter Leitung der alten Frau weiter den Berg hinauf, aber nicht bis gänzlich zum Grat, sondern einen Saumpfad am Rand entlang, bis es nur noch mühsam über Geröll und Felssteine voranging. Vor dichtem Gestrüpp machte Uomi Halt. Ogham begutachtete das Gelände, fand ein Weiterkommen unmöglich und zog skeptisch die Stirn kraus.

»Doch, doch, Höhle!«, wiederholte Uomi beharrlich. Sie nahm ihren Stock und schob mit der Spitze die Zweige auseinander. Tatsächlich führte danach der Weg noch ein paar Fuß weiter, um an einer schmalen, dunklen Felsspalte zu enden. An der Felswand angelangt, hielt die Alte eine Rede, die ebenso zusammenhanglos wie undeutlich geriet. Nur so viel wurde klar: Sie hatte die Höhle hinter dem Felsspalt vor kurzem erst entdeckt und in ihr sollten sich irgendwelche seltsamen Dinge befinden. Auch war von einem wilden Mann die Rede, doch das mochte Übertreibung sein, denn Uomi kicherte anhaltend danach. Schließlich machte sie Zeichen, dass Ogham durch den Spalt schlüpfen solle.

Kennogs Herz klopfte. »Lass mich gehen, Meister«, sagte er, »ich bin schmaler als du.« Doch Ogham wehrte ab. »Wenn ich nicht wiederkomme, steigst du hinunter ins Dorf, sattelst Südwind und bringst die Fundstücke zum König.« Er sprach es mit strenger Miene. Also blieb

Kennog nichts anderes übrig, als sich vor den Höhleneingang zu setzen, als sich der Meister unter Ächzen und Stöhnen durch den engen Felsspalt zwängte. Eine bange Zeit des Wartens begann.

Wie sich die beiden, die alte Bergfrau und er, dicht gegenüber saßen, sprach Uomi plötzlich mit ganz klarer Stimme (oder bildete er sich alles bloß ein?): »Wenn einer hineindarf, dann er! Er ist einer vom alten, verschwundenen Volk und die Höhle ist der Großen Erdmutter Dana geweiht.«

Kennog schloss die Augen und atmete tief durch. Das Ausharren zehrte an seinen Nerven. Mehrmals war er nahe daran aufzuspringen und seinem Meister zu folgen. Aber er überwand sich und blieb sitzen. Endlich kehrte Ogham zurück und zog einen Gegenstand hinter sich her: ein uraltes, mit Staub und Erde verklebtes Gehörn.

»Dieses Horn ...« – der Meister hob es vorsichtig hoch – »ist das Trinkhorn des Mac Cuill! Der Sud, den man daraus trinkt, schenkt tiefen, erholsamen Schlaf ... Wir haben es gefunden, Kennog, ich wagte es kaum noch zu hoffen, einen weiteren Gegenstand der Kraft!« Er umarmte stürmisch den Jungen und hielt ihn lange an sich gedrückt, um seine Tränen zu verbergen.

Als er sich wieder einigermaßen gefasst hatte, sagte er: »Trage das Horn an einem Band über der Schulter, bis wir alles unserem Hochkönig Cormac Mac Art übergeben können. Ein paar Tage fehlen nur noch, dann ist Lugnasad und wir können als weiteres Ziel unserer Reise die Lanze des Lug in der Eiche suchen. Danach fehlen uns nur noch der Stein des Mac Cecht mit dem geheimen Zeichen, das Berge öffnet, und der Ring des Mac Greine, der seinen Träger erkennen lässt, was Recht und Unrecht ist.

Oh, ich habe nun keinen Zweifel mehr, Kennog: Die kühne Tat wird uns gelingen, wir erneuern die Magie des Goldenen Zeitalters und mit Hilfe des uralten Zaubers wird die Macht des Hochkönigs von Tara so gestärkt werden, dass niemand sie mehr anzutasten wagt!«

So sprach Ogham, doch es sollte ganz anders kommen.

13

Unten im Hag wurden sie von einem Dutzend bewaffneter Reiter erwartet. Alle von ihnen trugen Abzeichen der Fianna, und ihren Anführer erkannte Ogham sofort.

»Diarmaid, welche Freude dich wiederzusehen!«, rief der Harfner. »Wie lange ist es her, seit wir uns das letzte Mal trafen – ein Jahr?«

Auch dem Angesprochenen war die Wiedersehensfreude deutlich anzumerken. Und so musste er sich zu einer strengen Miene zwingen, als er nach der Begrüßung sagte: »Wir haben den Befehl dich auf der Stelle zum Hochkönig zu bringen.«

»Das ist nett, dass Cormac Mac Art eine solche Sehnsucht nach mir empfindet und so um mein Wohl besorgt ist, dass er mir eine Eskorte stellt«, antwortete Ogham scherzend. »Wir sind im Grunde sogar schon unterwegs zu ihm. Aber sofort mitkommen? Das ist unmöglich, wir haben zuvor noch etwas Wichtiges zu erledigen, das keinen Aufschub duldet.«

Diarmaid schüttelte den Kopf. »In drei Tagen ist Lugnasad. Spätestens dann sollst du in Tara sein, so lautet die Anweisung.« Erst jetzt schien er Kennog wahrzunehmen. »Wer ist das da?«, fragte er. »Was sind das für Waffen, die er trägt? Von der Fianna ist er doch keiner …«

»Das ist Kennog, mein Schüler«, antwortete der Harfner mit stolz erhobenem Kopf. »Das Schwert und die anderen Dinge, die er mit sich führt, sind Geschenke für Cormac Mac Art, ebenso wie die Goldkette, die ich um den Hals trage.«

Diarmaid führte sein Pferd näher heran, beugte sich tief aus dem Sattel und betrachtete die Sachen. »Edle Arbeit«, lobte er, »ich habe noch nie Schöneres gesehen. Wo habt ihr sie her?«

»Das verrate ich nur dem Hochkönig selbst«, sagte Ogham. »Wie ist es nun – bekommen wir noch ein paar Tage Frist oder nicht? Du kannst doch sagen, du hättest mich nicht gefunden.«

Diarmaid ließ einen flüchtigen Blick in die Runde seiner Krieger schweifen und sah nur entschlossene Gesichter. »Unmöglich«, entschied er seufzend, »so gern ich dir einen Gefallen täte. Cormac Mac Art verlangt es und ich führe seinen Befehl aus. Zum Abschied sagte er noch: Bringt ihn mir, notfalls in Ketten.«

»Das hört sich nicht gut an«, sagte Ogham. »Wie war er gelaunt, was für ein Gesicht machte er dabei?«

»Ein sehr ernstes, eines, das keinerlei Widerspruch duldet.«

Ogham brummte und mahlte ärgerlich mit den Wangenknochen. Er dachte an Lugs Lanze, die in der Eiche eingewachsen war und darauf wartete, von ihm aus dem Stamm gezogen zu werden, an den Stein des Mac Cecht und den Ring des Mac Greine, der vielleicht der wichtigste aller Gegenstände der Kraft war. Denn wie leicht konnte die Macht des Hochkönigs wieder zerrinnen, wie rasch konnte sich selbst ein blühendes Land abermals in ein wüstes Schlachtfeld verwandeln, wenn der König von Tara auch nur ein einziges Mal bei der Unterscheidung von Recht und Unrecht versagte …

Kennog, der der Unterredung mit wachsendem Unmut beigewohnt hatte, ärgerte sich über das zögerliche Verhalten seines Meisters. Er dachte an seinen Traum vergangene Nacht und an den beschwörenden Ruf des Mädchens aus dem Süden: »Suche nur eifrig weiter nach den Gegenständen der Kraft!« Wie sollte er jemals seine Geliebte finden, wenn sie nun von dem Weg abwichen, den zu beschreiten er berufen war? Und dann fiel ihm ein anderer Traum ein, den er zu Beltaine auf der Insel der Adlergöttin geträumt hatte. War er da nicht schneller als Diarmaid und seine Leute geritten und lange vor ihnen beim Lager eingetroffen? Unwillkürlich zuckte seine Hand zum Schwertknauf.

»Oho«, rief da einer aus Diarmaids Truppe. »Den Kleinen juckt wohl das Fell? Weiß er nicht, wie er sich gegenüber der Fianna zu benehmen hat?«

»Mein Schüler ist zwar noch jung an Jahren, aber gewiss kein kleiner Junge!«, entgegnete Ogham mit lauter Stimme. »Was er bislang geleistet und an Mut bewiesen hat, daran könntet ihr euch alle miteinander nicht messen!«

»Das hört sich ja schrecklich an, ich beginne mich richtig zu fürchten!«, höhnte der Krieger weiter. »Besitzt er am Ende gar ein Zauberschwert und übernatürliche Kräfte?«

»Genau das, Eogan vom Clan der Mullogh«, sagte Ogham streng. »Ich habe von deiner Tapferkeit gehört, aber an deiner Stelle würde ich es nicht darauf ankommen lassen und lieber schweigen! Von meinem Schüler Kennog dagegen werdet ihr alle noch hören!« Und zu Kennog gewandt sagte er leiser: »Lass das Schwert stecken, Sohn, und beherrsche deine Sinne. Diese Männer folgen nur dem Befehl des Königs, und auch wir werden Cormac Mac Art gehorchen.«

Kennog senkte den Kopf. Aber dass ihn der Meister mit diesen Worten gerühmt und ihn Sohn genannt hatte, ließ ihn vor Stolz erglühen. »Ich wollte doch nur …«, flüsterte er.

»Ich weiß«, antwortete Ogham, »doch das Schicksal will es nun einmal anders mit uns. Für die restlichen Gegenstände der Kraft wird sich noch eine bessere Gelegenheit bieten.«

»Seid ihr nun endlich so weit?«, fragte Diarmaid, dessen Pferd nervös mit den Hufen scharrte. »Wir müssen uns eilen, ein Ritt quer durch Erinn liegt vor uns!«

Da blieb Ogham kaum noch Zeit, die Leute des Bandogh-Clans vom Sattel aus zu grüßen. Ein überhasteter Aufbruch, der ihrer Gastfreundschaft nicht angemessen war, aber was sollte er machen? Ein paar rasche Zurufe noch, dann sprengte der Trupp los.

14

Kennog bemerkte schnell, dass Diarmaid, der legendäre Held der Fianna, seinem Meister mit ausgesuchtem Respekt begegnete. Manchmal, wenn Kennog, der Seite an Seite mit Ogham ritt, einen Seitenblick Diarmaids auffing, glaubte er in den Augen des jungen Kriegers eine Art scheuer Ehrfurcht vor dem Harfner zu lesen. Auch er selbst, als Schüler des Meisters, wurde von dem Hauptmann der Fianna mit verstohlenen Blicken bedacht, in denen Kennog ein Glimmen wie von Neid oder Eifersucht entdeckte. Beunruhigt dachte er darüber nach, wie sich dieses sonderbare Verhalten erklären mochte, wagte es aber nicht, mit Ogham darüber zu sprechen.

Am ersten Abend ihrer Reise nach Tara, als die Krieger der Fianna auf einer Lichtung am Feuer saßen und der Harfner sie mit Melodien und Geschichten verzauberte, zog Diarmaid den überraschten Kennog mit sich in die Dunkelheit des Waldes.

»Diese Dinge, die dein Meister und du dem König bringen wollt«, begann er unvermittelt, »ich glaube, ich weiß, worum es sich bei dem Kessel, dem Schwert oder dem Füllhorn handelt, die du und Ogham mit euch führt.«

Kennog schwieg erschrocken und blinzelte über seine Schulter zum Feuer hin, wo Ogham auf einem Baumstumpf saß und ihnen den Rücken zuwandte. Der Meister hatte ihm verboten, mit irgendjemandem über die magischen Gegenstände zu sprechen. Sie waren allein für den Hochkönig bestimmt und niemand anderes sollte erfahren, welche Bewandtnis es mit ihnen hatte.

»Keine Sorge, ich will dich nicht aushorchen«, sprach Diarmaid gedämpft und hastig weiter. »Es genügt, wenn du mir zuhörst … Die alten Legenden von Dagda und dem unerschöpflichen Kessel, vom Lichtschwert des Nuada, das selbst härtesten Fels durchschneidet, oder vom Trinkhorn des Mac Cuill – ich kenne sie alle seit meiner frühesten Kindheit. Schon als Knabe habe ich davon geträumt, eines Tages loszuziehen und diese Dinge aus ihren Verstecken zu bergen. Und ihr habt diesen Traum nun wahrgemacht, Ogham und du? Du brauchst nicht zu antworten«, flüsterte er beschwörend, da Kennog abermals unruhig über die Schulter sah. »Seit jeher bewundere und verehre ich deinen Meister, den einzigen Weisen und wahrhaftigen Magier in ganz Erinn …«

Kennog hob nun den Blick und sah Diarmaid, der vor

Erregung heftig atmete, offen in die Augen. »Was willst du von mir?«, fragte er leise. Dabei erbebte er innerlich bei dem Gedanken, dass der gefürchtete Hauptmann der Fianna mit ihm, einem halbwüchsigen Jungen, zugleich vertrauensvoll und beinahe schon demütig sprach.

»Nur eines will ich, nein, zwei Dinge«, entgegnete Diarmaid so rasch, als hätte er auf diese Frage nur gewartet. »Sag mir, habt ihr alles gefunden, wonach ihr suchtet – auch den Ring des Mac Greine, der seinem Träger hilft, Recht von Unrecht zu unterscheiden, und den gravierten Stein des Mac Cecht, der die verborgenen Tore in die Tiefen der Berge öffnet? Auch die Lanze des Lug konnte ich weder bei dir noch bei Ogham bisher entdecken.«

Zögernd schüttelte Kennog den Kopf. »Du und deine Leute«, flüsterte er, »ihr kamt zu früh …«

Trotz der herrschenden Dunkelheit glaubte Kennog zu erkennen, dass Diarmaid bei diesen Worten befriedigt nickte. »Also könnte ich …«, begann er und unterbrach sich gleich wieder. »Die zweite Sache, die ich dich fragen wollte – glaubst du, Ogham wäre bereit, auch mich als seinen Schüler anzunehmen, so wie er dich aufnahm und in seinen geheimen Künsten unterweist?«

Diesmal zuckte Kennog nur ratlos und verwirrt die Schultern. Diarmaid, der in ganz Erinn gerühmte Kriegsheld, sehnte sich danach, Schüler eines Harfners zu sein? Daher also die scheuen und die neidischen Blicke, mit denen er seit Beginn ihrer gemeinsamen Reise immer wieder Ogham und ihn selbst bedacht hatte! »Ich … ich werde den Meister fragen, wenn du es wünschst!«, stieß er hervor, wandte sich abrupt um und stolperte auf den Schein des Feuer zu.

Aber mochte es nun daher kommen, dass er im Dunkeln umhergeirrt war oder sich gar das ganze Zwiegespräch mit Diarmaid nur eingebildet hatte – als er zum Feuer zurückkehrte, saß dort der Held der Fianna in vergnügtem Gespräch mit seinen Kameraden und dem Harfner, als hätte er sich niemals aus ihrem Kreis entfernt. Prüfend blickte Kennog ihn an, doch nur mit freundlichem Lächeln, ohne ein Zeichen geheimen Einverständnisses, erwiderte Diarmaid seinen Blick. Verwirrt ließ sich Kennog neben seinem Meister nieder. Wie war nun das wieder zu begreifen – war es ein Traum gewesen, oder verstellte sich Diarmaid aus List?

Weder an diesem Abend noch am folgenden Tag trug Kennog dem Harfner Diarmaids sonderbare Bitte vor. Selbst wenn Diarmaid wirklich und tatsächlich den Wunsch geäußert hatte Oghams Schüler zu werden und mit ihnen zusammen die noch fehlenden Gegenstände der Kraft zu suchen – wie würde der Meister diese Bitte auffassen? Müsste er nicht denken, Kennog hätte sein Vertrauen missbraucht und vor Diarmaid mit ihren magischen Fundstücken geprahlt?

Auch am zweiten Tag ihrer Reise fand er weder den Mut noch eine passende Gelegenheit sich dem Meister anzuvertrauen. Während sie Tara entgegenritten, schien ihm Diarmaid hin und wieder forschende Blicke zuzuwerfen, aber er versuchte nicht mehr Kennog in ein heimliches Gespräch zu ziehen.

15

Am Abend vor Lugnasad erreichten sie Tara. Auf dem die Landschaft überragenden Hügel brannten viele Feuer und die Zuwege zur Königsburg waren mit Menschen und Wagen überfüllt. Sie überholten zahlreiche

Wanderer, Fuhrwerke und Reiter, die allesamt nach Teamhair na Ri, dem Tara der Könige, unterwegs waren. Kennog sah Gaukler und Sänger, Spielleute und Soldaten, vornehme Damen und Herren mit Gefolge, Bauern mit Vorräten auf dem Rücken, schwer beladene Ochsen, Ziegenherden, Schafe, Männer mit geschmückten Lanzen und Pferden, Bärtige zu Fuß, die das Druidengewand trugen, Handwerker mit ihren Waren, fröhlich winkende Kinder und Menschen in Trachten aus allen Teilen des Landes.

Über den Wällen von Tara grüßten die bunten Fahnen noch einmal kurz in der untergehenden Abendsonne, dann brach die Nacht an, eine warme Sommernacht, die erfüllt war vom Konzert der Grillen, von vielfachem Stimmengewirr und vor Erwartung des Festes zu knistern schien.

Ogham und Kennog wurden zum Haupttor geführt und der dortigen Wache anvertraut, während sich Diarmaid und seine Männer verabschiedeten, um zum nahen Sammellager zu eilen. Dort würden morgen die Wettspiele stattfinden, ein großes Ereignis, weil die Besten des Reiches zusammentrafen, um ihre Kräfte und Künste miteinander zu messen.

Kennog folgte dem Meister, geblendet vom Glanz der beleuchteten Innenhöfe und überwältigt von dem Labyrinth aus Wällen und Mauern, Zelten und Holzhäusern auf dem Hügel. Auch er wurde, ob er es wollte oder nicht, von der hektischen Betriebsamkeit angesteckt. Leider blieb ihm wenig Zeit die erstaunlichen Dinge in der Burg näher zu betrachten, denn schon waren sie am Herrschaftssitz angekommen, einer umwallten Anhöhe, auf der Cormac Mac Arts Haus stand.

Als sie in die von Fackeln erhellte Halle traten, glaubte er abermals sich in einem Traum zu befinden. Der

Mann, der dort auf dem Thron saß, umgeben von seinen Beratern, ähnelte aufs Haar jenem Edlen aus der Anderswelt, der ihn mit seiner goldbehelmten Tochter gebadet und bewirtet hatte. Cormac Mac Art war von schmaler, aber kraftvoller Gestalt, sein Blick klar und die Augen gütig. Kurz geschnittenes graues Haar umrahmte seine Schläfen, ebenso ein gestutzter grauer Bart sein Kinn. Er trug einen blauen Mantelumhang aus kostbarem Tuch, über dem eine schwere Kette hing, und an den Fingern seiner Hände funkelten Ringe mit seltenen Steinen.

Als er Ogham wahrnahm, erhob er sich von seinem Thron und kam dem Harfner ein paar Schritte entgegen. »Da bist du ja endlich«, sagte er und seine Stimme klang dunkel und gut, »ich habe mir schon Sorgen gemacht, dass die Männer der Fianna dich nicht finden oder du aus einem anderen Grund unabkömmlich bist!« Er ergriff Oghams Hände und schüttelte sie.

»Das bin ich eigentlich auch«, sagte Ogham, »du wirst es nach meinem Bericht besser verstehen.«

»Morgen ist Lugnasad«, sagte Cormac Mac Art. »Nie hast du gefehlt und diesmal brauche ich dich ganz besonders.«

»Nimm dieses Geschenk von mir entgegen«, antwortete Ogham, indem er das Geschmeide von seinem Hals löste, »es ist die Kette von Fiachna, der einst wie du König über Tara war. Ihr Glanz blendet die Feinde und das soll er auch, denn du bist der legitime Hochkönig von Erinn.«

Überrascht nahm Cormac Mac Art die kostbare Gabe an. »Soll ich sie morgen zu Lugnasad tragen?«, fragte er.

»Nur in der Schlacht«, entgegnete Ogham. »Aber das ist noch lange nicht alles, was wir für dich aufgespürt haben, um deine Macht zu stärken. Siehst du meinen

Schüler? Tritt vor, Kennog, und überreiche unserem Herrscher die anderen Kostbarkeiten, über die es noch viel zu erzählen gibt.«

Da löste sich Kennog aus seiner andächtigen Erstarrung, trat vor und legte die Gegenstände der Kraft vor die Füße des Königs, zuletzt auch die Kette von seinem Hals mit der Pfeilspitze des Bres. Eines nach dem anderen betrachtete Cormac Mac Art mit bewundernden Blicken und doch fiel es Kennog auf, dass er sich für die dazugehörigen Geschichten ihrer Herkunft mehr noch als für die magischen Dinge selbst zu interessieren schien.

Des Königs Stimme versagte vor Rührung, als er sich bei den beiden bedanken wollte. Da nahm er Kennogs Talisman und legte ihn dem Jungen eigenhändig um den Hals. »Nimm das als Zeichen meines Dankes und trage es in Ehren, du Tapferer«, sagte er. »Du magst ein Kerl von einfacher Herkunft sein, ein Sohn des Volkes, wie man so sagt, aber dein Mut adelt dich und mehr noch die Tatsache, dass dich unser bester Harfner am Hof, der kluge und weithin berühmte Ogham, zum Schüler erwählte! Du hast es wirklich verdient, von nun an diese Kette zu tragen. Reib sie nur tüchtig mit Holunderbeerensud ein, damit dein Geist treffsicher und schnell wie der deines Lehrers wird. Leute wie du erhöhen den Ruhm von Erinn und Tara!«

Kennog schluckte und konnte sein Glück nicht in Worte fassen. Er kniete nieder, küsste dem König die Hand und gelobte ihm ewige Treue. Doch zugleich fühlte er, wie Verwirrung in ihm aufstieg: Hatten sie deshalb unter größten Mühen und Gefahren diese Gegenstände der Kraft geborgen, damit der König, der sie in seiner Hand vereinigen sollte, sie einen nach dem anderen wieder herschenkte?

Wie berauscht von widerstreitenden Gefühlen verließ er kurz darauf die festlich geschmückte Halle, um zusammen mit Ogham das ihnen zugewiesene Quartier in einem der Zelte aufzusuchen. Aber Schlaf konnte er in dieser Nacht nicht finden, zu aufgewühlt war sein Inneres, zu machtvoll der Nachhall von Cormac Mac Arts Worten in seinem Ohr.

Der Meister sprach auch nichts im Zelt, aber innerlich grollte er über den Verlauf der Dinge. Immer wieder musste er an die Lanze im Eichbaum denken, die dort ihrer Entdeckung harrte, an den Stein des Mac Cecht und den Ring des Mac Greine, die an noch immer unbekannten Orten verborgen waren. Nur zu Lugnasad würde die Lanze freikommen können, so hatte Sheela na Gig gesagt. Morgen war Lugnasad und er gezwungen, nutzlos den geeigneten Zeitpunkt verstreichen zu lassen, weil der Hochkönig seine Anwesenheit bei Hofe verlangte. Doch gegen den Willen des Herrschers vermochte niemand, auch er nicht, etwas auszurichten.

Ogham brummte unzufrieden vor sich hin. Ärgerlich das, ein schlechtes Omen dazu. Würde es jemals gelingen, Lugs Lanze in die Jetztzeit zurückzuholen? Oder war sie am Ende ganz und gar für die Menschheit verloren? Was hat der König nur so Besonderes vor, grübelte er, dass er darüber nicht heute, sondern frühestens morgen, in Anwesenheit aller Weisen des Landes, reden will? Über die heiligen Gegenstände der Macht schien er gar nicht so übermäßig erfreut zu sein. Glaubte Cormac Mac Art in seinem Innersten nicht mehr an die alte Zauberkraft des verschwundenen Volkes? Waren all die Mühen, die sie auf sich geladen hatten, um die kostbaren Dinge aufzuspüren, sinnlos gewesen? Hin und her kreisten die Überlegungen in seinem Kopf und auch er fand in dieser Nacht keinen Schlaf.

3. BUCH

**Samhain
Die Vereinigung**

1

In Tara drehte sich alles um die Musik. Bereits am frühesten Morgen wurde Kennog vom Gesang der Druiden und Priesterinnen geweckt. Melodisch schwoll ihr Chor an, als seien es der grüne Hügel selbst und die aufgehende Sonne, die den jungen Tag freudig begrüßten. Tatsächlich rief die Sonne mit männlicher Stimme und die taufrische weibliche Erde antwortete der alles erwärmenden Kraft. Licht und Dunkelheit, Feuer und Wasser gingen den heiligen Bund der Ehe ein, wie der König nun mit dem Land.

Ogham wartete bereits vor dem Zelt auf Kennog. »Du wirst heute Dinge sehen und erleben, von denen dir kein Traum erzählen kann«, sagte er geheimnisvoll und ohne zu ahnen, dass dies auf ihn selbst mindestens ebenso zutraf.

Durch das erwachende Zeltlager schritten sie zum Hang hinauf, wo sich direkt neben dem königlichen Dun eine zweite, ebenso große Wallanlage befand. In ihrem Inneren aber stand kein Haus und kein Zelt, nur ein einzelner grauer Monolith, der sagenumwobene Krönungsstein Lia Fail, ragte von der erhöhten Plattform auf. Eine große Menschenmenge war bei der Anlage zusammengeströmt. Oben umstand ein Ring weiß gekleideter Druiden als lebende Kette den Lia Fail. Jeder von ihnen fasste mit den Händen seine Nachbarn, um so alle Kräfte auf den Platz zu lenken und ihn mit guten Gedanken aufzuladen, während zwei jungfräuliche Priesterinnen das Rauchopfer entfachten. Zweige und Kräuter warfen sie ins Feuer und nach kurzer Zeit stiegen von dort Wohlgerüche auf, die sich als Wolke über Tara legten. Sechs Tage lang, während der Dauer des Lugnasad-Festes, würden sie den Hügel einhüllen und die Sinne der Menschen fröhlich stimmen.

Der Harfner und sein Schüler bahnten sich durch die Menge einen Weg bis zum äußeren Wall. Diesen klommen sie empor bis zu einem Punkt, der eine sehr gute Aussicht bot. Es schien, als sei der Platz eigens für sie freigehalten worden, denn so sehr der übrige Wall von Schaulustigen überfüllt war, an dieser Stelle machte ihnen niemand das Sitzrecht streitig.

»Setz dich ganz entspannt hin und atme tief und gleichmäßig durch«, raunte Ogham. »Dies ist nicht der normale Erdwall, auf dem wir sitzen, sondern ein Ort von ganz besonderer Bedeutung. Genau hier, tief unter uns im Erdreich, liegt Tea begraben.«

»Wer ist das?«, fragte Kennog flüsternd zurück.

»Tea war die erste Hohepriesterin der Söhne Mils, eine zauberkundige Königin, die wie die Tuatha De Danaan und die Hochkönige nach ihnen mit dem Lia Fail sprechen konnte. Sie …« Er brach ab, legte einen Finger vor den Mund und deutete mit einer Kopfbewegung zum Tor.

Dort erschien soeben Cormac Mac Art mit seinem Gefolge. In aufrechter, stolzer Haltung, das Haar unbedeckt und in einen einfachen grauen Umhang gehüllt, schritt er barfüßig zum Kreis der Druiden. Ihm folgte eine junge Frau, die auf ihrem langen blonden Haar einen gleißenden Goldhelm trug, als sei sie die Braut der Sonne. Kennog erkannte sie sofort: Es war die schöne Frau, die ihn in der Anderswelt gebadet, gesalbt und ihm beim Ankleiden geholfen hatte. Sein Herz begann vernehmlich zu klopfen.

»Das ist Grainne«, flüsterte Ogham, »die Tochter des Königs.«

Beide, Vater und Tochter, schritten würdevoll und ihre Blicke waren nicht auf die Menschen gerichtet, sondern einzig auf den Lia Fail. Der König nahm einen Zweig auf und warf ihn ins Feuer. Danach ging er zum Stein, kniete nieder und umschlang ihn mit beiden Armen. Das Gesicht zum Himmel gereckt, sprach er so leise mit ihm, dass keiner der Umstehenden den Sinn seiner Worte verstehen konnte. Eine ganze Weile ging das so und Kennog spitzte die Ohren, denn er glaubte nun einen Laut zu vernehmen, der tief aus dem Bauch der Erde heraufzubrechen schien, eine Art ansteigendes Singen, dunkel zuerst wie das Rollen von Steinen in der Meeresbrandung, dann heller werdend bis hin zu einem einzigen, schrillen und spitzen Laut, der anhaltend über dem Hügel schwebte und lange in den Ohren nachklang.

»Die Stimme des Lia Fail, er begrüßt den König und erkennt ihn als rechtmäßigen Herrscher des Landes an«, flüsterte der Meister.

Kennog hatte davon gehört, auch dass der Stein manchmal Ratschläge gab, aber nur dem König, nur ihm und keinem Menschen sonst auf der Welt. Der Lia Fail war ein lebendiges Wesen, das denken, fühlen und weissagen konnte. Bereits Nuada hatte mit ihm Zwiesprache gehalten, auch die Zauberin Tea und die milesischen Hochkönige, die die Nachfolge der Führer des Adlervolkes antraten. Der Lia Fail war für Erinn der Nabel allen Seins, die direkte Verbindungslinie zwischen Erdherz und Himmelsgeist, der heiligste Ort des ganzen Landes.

Cormac Mac Art erhob sich aus seiner Andachtshaltung, drehte sich um und sprach mit lauter, feierlicher

Stimme: »So habe ich also an Lugs Stelle den Bund mit der Erde geschlossen. Ich gelobe dieses Band nie zu zerbrechen und fürsorgliche Treue dem Land, den Bewohnern Erinns und allem, was belebt ist, zu wahren. Mögen die Felder fruchtbar sein, die Tierherden und Menschen, möge es ein gutes Jahr werden, das uns Freude macht und für die Mühen belohnt, möge Frieden einkehren, nicht nur für sechs Tage, sondern lange darüber hinaus.«

Er hob einen weiteren Zweig auf und übergab ihn dem Feuer.

Nun trat seine Tochter Grainne vor. Sie nahm ihren goldenen Helm vom Kopf und setzte ihn mit ausgestreckten Armen auf die abgerundete Spitze des Lia Fail. Es sah aus, als wachse die Sonne direkt aus dem Stein, und als das Licht auf den Helm traf, umgab ihn ein glitzernder Strahlenkranz. Ein beifälliges Raunen ging durch die Menge. Sechs Tage lang würde der Helm dort als zweite Sonne verweilen. Dass der Himmel fast wolkenlos blau war und der Wind sanft und warm, werteten alle als gutes Omen. Als sich Grainne umwandte, leuchtete auch ihr Haar wie fließendes Gold.

»Lugnasad hat begonnen!«, rief sie, da ihr die Ehre zukam das Fest zu eröffnen. An der Seite ihres Vaters verließ sie den heiligen Platz und alles Volk strömte ihnen nach. Erst jetzt merkte Kennog, dass es keine Königin gab, und als er nachfragte, erfuhr er vom Meister, dass diese vor vielen Jahren verstorben war. Aus Liebe zu ihr war Cormac Mac Art Witwer geblieben, denn keine Frau, so meinte er, könne die verstorbene Königin ersetzen. So erzog er allein seine drei Kinder, deren ältestes Grainne war.

In Kennog drängten noch viele Fragen auf Antwort, aber er verkniff sie sich, um dem Meister nicht gar zu sehr zur Last zu fallen. Überall gab es Neues zu sehen. Staunend nahm er die vielen auf ihn einstürmenden Eindrücke wahr. Tara bot wirklich ein imposantes Bild. An einer Stelle des Hügels traten die Artisten und Gaukler auf, schillernde Gesellen allesamt in bunten Gewändern, die mit brennenden Stäben hantierten, Akrobatik vorführten und sogar einen Tanzbären auftreten ließen. Hier drängten sich die Leute dicht an dicht, vor allem die Kinder, um die Darbietungen zu bestaunen. Dort versammelten sich Musikanten der unterschiedlichsten Art zum ausgelassenen und lautstarken Wettstreit. Jeder von ihnen hatte sein Instrument mit Bändern oder Laubkränzen geschmückt, ebenso die eigene Kleidung. An anderer Stelle saßen die Weisen zusammen und es ging mindestens ebenso lebhaft zu, weil sie heftig miteinander diskutierten.

»Auch hier ist ein Grab verborgen«, sagte Ogham, indem er auf einen hohen, grasüberwachsenen Hügel deutete. »Doch das wissen die meisten der Heutigen nicht und nutzen den Platz als Aussichtspunkt. Wir leben nun einmal auf den Hügeln der Toten, denn die Erde ist, wenn man es recht betrachtet, ein einziges großes Gräberfeld. Stets wächst neues Leben daraus hervor und manchmal spüren wir auch die Kraft, die von den Vorfahren zu uns aufsteigt, wie du es auf Teas Grab bestimmt gemerkt hast.«

Kennog entsann sich in der Tat, vorhin ein seltsames Kribbeln in seinen Gliedern wahrgenommen zu haben, eine Energie, die aus der Erde kam und bei jedem tiefen Atemzug das Bewusstsein im Kopf wohltuend durchströmte.

Er blieb überrascht stehen, denn sie hatten die andere Seite des Hanges erreicht, an der ein riesiges Gebäude stand. Es war unvergleichbar mit allem, was er je zuvor zu Gesicht bekommen hatte. Etwa dreihundert Fuß lang, vierzig Fuß breit und baumhoch ragte es auf. Die hölzerne Decke der Halle wurde von vielen Säulen gestützt, edelsteinverziert waren die Eingänge und einem König wohl angemessen.

Als sie die Bankethalle betraten, sahen sie eine endlose Tafel, an der bereits zahlreiche Gäste saßen. Ogham erklärte ihm, dass jeder, seinem Rang gemäß, seinen Platz eingenommen hatte: Am einen Ende der Tafel saßen die Narren und Possenreißer, die Jongleure und Artisten, ihnen gegenüber der mächtige Clan der Zauberer und Druiden. Danach, in zweiundvierzig getrennten Abteilungen, die Goldschmiede, Geschichtenerzähler, Richter, Lehrer und – dicht neben dem König und seinen Kindern – die Ärzte. Auf der anderen Seite, neben erfahrenen Kriegern und Wagenlenkern, saßen die Harfner, Trommler und Flötenspieler. Dort stand auch ein Stuhl für Ogham bereit und da sein Schüler neben ihm sitzen sollte, wurde eigens von den Dienern ein weiterer Schemel für Kennog geholt.

Nachdem nun alle versammelt waren, erhob sich ein Barde und sang ein Loblied auf Cormac Mac Art, in dem er dessen Klugheit und Weitsicht rühmte und seine zahlreichen Ruhmestaten pries. Danach stimmte ein anderer Barde ein Lied auf seine schöne und geistvolle Tochter an, das mit den Worten begann:

>»Grainne, Grainne
Mit der Sonne im Haar,
Liebliche Tochter Erinns ...«

Als nach ihm der dritte und der vierte Barde und danach noch alle weiteren anstimmen durften, überboten sie sich mit Witz und Einfallsreichtum, denn es kam darauf an, zu Lugnasad neue, schöne, nie gehörte Lieder zu singen, deren Inhalt noch lange in den Ohren und Köpfen der Zuhörer haften blieb. Dann wurde den Druiden das Wort erteilt. Der Oberste von ihnen, dessen Name Glandolf Mac Glanig war, wie Ogham Kennog zuflüsterte, erhob sich voller Würde und sagte:

»Lug selbst, der viel gepriesene Künstler und Kenner der Dinge, der Gott des Lichts und des Feuers, des erhellenden Geistes und der zeugenden Kraft, er hätte wohl seine Freude daran, heute an unserer Tafel zu sitzen, um dem Fest, das seinen Namen trägt, beizuwohnen. Lass deine Sonne über uns strahlen, Lug, und verleih dem Königshaus ewig währende Macht.«

In dieser Art ging es weiter und auch die übrigen Druiden äußerten ähnliche Zaubersprüche. Kennog sah, dass einiges davon Ogham überhaupt nicht behagte. Sein Meister knirschte mit den Zähnen und murmelte, nur für den Jungen hörbar:

»So ein Unfug! Zum Gott haben sie Lug erhoben, der doch ein Mensch aus Fleisch und Blut war, ein König der Tuatha De Danaan! Was wissen sie wirklich von ihm, da sie doch nicht seines Blutes sind und auch mit dem Verstand kein bisschen an ihn heranreichen? Und begrenzt nur ist das Leben der Menschen, auch das eines Königs. Wieso also ewig währende Macht?« Und gerade Glandolf, ergänzte er in Gedanken, sollte besser als jeder andere wissen, dass keine Macht ewig währt – schließlich hat ja er mich um Hilfe angefleht, da er so deutlich wie ich das Wüten der alten Drachenmacht vernahm, deren Ende nah ist. »Eine Zumutung«, fuhr er flüsternd dort, »ist Glandolf Mac Glanig samt seinen Kollegen. Kein Weiser und Magier, sondern ein Wortverdreher, der leeres Stroh wie Gold glänzen lässt!«

Das leise Gespräch zwischen Meister und Schüler wurde unterbrochen, denn nun wurden die Harfner aufgerufen, allen voran Ogham. Der erhob sich und nahm sein Instrument spielbereit in die Hände. Doch wenn jemand nun geglaubt hatte, dass ein weiteres Loblied auf den König angestimmt würde, so täuschte er sich gründlich. Eine Fonnsheen stimmte Ogham an und mit leiser, aber angenehm klarer, ja mit verführerischer Stimme sang er dazu einfache Verse:

> *»O Land in der wogenden See,*
> *Erinn, mein brennendes Herz.*
> *Von weit her, aus vergangener Zeit*
> *Weht Wind mir Geschichten zu.*
> *Bin ich auch traurig und geh*
> *Durch Erinn, mein brennendes Herz,*
> *Macht dein Atem mich jung, du,*
> *Erinn, und zur Freude bereit.«*

Nach Ogham spielten die anderen Harfner auf. Es wurde in der Banketthalle noch viel musiziert, gesungen und erzählt, zwischendurch aber auch gespeist und getrunken, bis der Hochkönig das Wort ergriff. Stille trat ein, als er aufstand, alles lauschte gespannt seinen Worten. Auf den Mienen einiger seiner Zuhörer aber sollte sich bald schon fassungsloses Entsetzen abzeichnen. Und einer dieser entgeisterten Zuhörer war Kennog.

»Ich danke euch, Freunde aus allen Teilen des Landes«, begann der König. »Dank euch, dass ihr gekommen seid, um mit mir das Lugnasad-Fest zu feiern. Viel

Schönes haben wir an der Tafel vernommen, eine Menge kluger Worte und guter Wünsche. Ich weiß nicht, wie es euch ergeht, doch mich haben besonders Oghams Verse berührt. Wie er fühle ich mich mitunter alt und bin traurig über die Zustände im Land, die nicht immer so sind, wie wir alle sie uns wünschen. Doch mein Herz brennt für Erinn, unser geliebtes, ewig junges Land mit seiner uralten Geschichte. Wer könnte ihm in seiner tiefsten Seele widerstehen? Viele Völker lebten schon hier und viele Könige herrschten vor mir in Tara. Die Geschichtenerzähler wissen noch davon, doch sie sind alt und rasch ist das Vergessen der Jungen. Darum wünsche ich mir, und besonders an einem Festtag wie diesem, dass etwas vom Stolz und der Größe Erinns bewahrt wird für immer.

Selbst vieles von dem, was für uns heute wirklich und lebendig ist, wird in nicht allzu ferner Zukunft abgestorben sein und den Menschen dann so wundersam wie ein uraltes Märchen erscheinen. In den vergangenen Monden, meine lieben Freunde, hatte ich einen wiederkehrenden Traum: Ich sah, wie sich die Geister, die doch seit jeher auch diese Welt durchstreifen, für immer in die Anderswelt zurückzogen. Keine Anrufung, keine Zauberformel aus dem Stegreif, keine magische Beschwörung erreichte mehr ihr Ziel und ich spürte eine tiefe Traurigkeit. Doch dann begriff ich: Die Götter und die Geister heißen uns Menschen, unsere Geschicke mehr und vertrauensvoller als bisher selbst in die Hand zu nehmen. Mit ihnen aber, auch das sah ich in meinem Traum, wird sich auch die magische Kraft aus der Menschenwelt zurückziehen. An ihre Stelle wird etwas anderes treten, für das es heute noch keinen Namen zu geben scheint, so wie auch die Namen der neuen Götter niemandem bekannt waren, solange allein die alten Götter der Tuatha De Danaan in Erinn herrschten.

Das ist auch der Grund, lieber Ogham«, fuhr er fort und wandte sich nun direkt an Kennogs Meister, »warum ich von dir und deinem tapferen Schüler die magischen Dinge aus alter Zeit, die ihr mit euch brachtet, mit Dank und Rührung, aber auch mit Zurückhaltung entgegennahm. Immer deutlicher fühle ich, dass ein neues Zeitalter machtvoll herbeidrängt, das auch uns Menschen neue Mittel abverlangen und uns ebenso neue, noch ungeahnte Möglichkeiten eröffnen wird. Aber in meinem Traum hat sich vielleicht ein Stückchen dieser wundersamen, sonst für alle Sterblichen verborgenen Zukunft enthüllt.«

Wie gelähmt vor Entsetzen saß Kennog neben Ogham und das Herz klopfte ihm bis zum Hals. Als er einen brennenden Blick auf seinem Gesicht spürte, sah er auf und erkannte in der raunenden Menge die versteinerten Züge Diarmaids. Obwohl der junge Held der Fianna wie gemeißelt in der Banketthalle stand und kein Muskel sich in seinem Gesicht bewegte, glaubte Kennog von seinen Lippen ein Wort abzulesen, das auch ihm selbst unablässig durch den Sinn schoss: *Verrat!*

Deshalb also, dachte Kennog, hat der König die magischen Dinge, die Ogham und ich ihm überbrachten, so beiläufig entgegengenommen, als wären es kostbare, aber doch zwecklose Spielzeuge! Aber der König irrte! Er musste im Irrtum sein und so bald als möglich wieder umgestimmt werden! Denn wie konnte Kennog hoffen, dem Mädchen aus seinem Traum jemals in der Wirklichkeit zu begegnen, wenn der König Ogham und dessen Schüler untersagte, ihre Suche nach den magischen Dingen fortzusetzen? Und hatte der Meister nicht selbst erklärt, dass die Macht des Hochkönigs und der Zusammenhalt Erinns einzig mit Hilfe der magischen Dinge aus alter Zeit gestärkt werden konnten?

»In meinem Traum«, fuhr unterdessen der König fort, »sah ich, dass andere Völker außer der Sprache auch eine Schrift besitzen, ja ganze Schatzkammern mit Schriftrollen, auf denen das Wissen bewahrt wird. Das besitzen wir nicht, niemand, auch ich nicht, kann solche Schriftrollen lesen und schreiben. Dann sah ich das alte, ehrwürdige Tara in neuem Glanz erstrahlen. Nicht nur eine Hochburg der Macht stellte es dar, sondern auch eine des Geistes und der Künste. Ich sah Lehrer und Schüler versammelt und Schriftrollen studieren, die mit den größten Erkenntnissen der Welt angefüllt waren, Tara, das Herz unserer Heimat, als ein Zentrum des geistigen Lebens, das alle anzieht und von hier aus unüberhörbare Signale aussendet. Nicht länger sollen andere Länder von uns sagen können, wir seien Barbaren, unbeständig und unbedeutend wie Herbstblätter im Wind. Nein, das sind wir nicht, das ist Erinn nicht angemessen. So war mein Traum und als ich erwachte, schwor ich mir, die Eingebung in die Tat umzusetzen.

Heute, wo alle, auf die es ankommt, zusammensitzen, ist der Zeitpunkt gekommen euch zu fragen, wie wir diese gewiss nicht kleine Aufgabe anpacken wollen. Hört und lasst euch von mir, eurem König, sagen, dass sich nach meiner Überzeugung in der *Schrift*, die wir für unser Erinn finden und im ganzen Land verbreiten müssen, unser Zeitalter vollenden und ein neues, vielleicht glanzvolleres beginnen wird. Nun lasst uns darüber nachdenken und miteinander ringen, bis wir die beste aller Lösungen gefunden haben. Denn eines sage ich euch: Wirkliche Macht kommt nicht allein von der Kraft der Waffen, sie entspringt vielmehr dem ewig fließenden Quell unseres Wissens. Lasst uns aus diesem Quell schöpfen!«

So sprach Cormac Mac Art und zunächst schwiegen alle. Dann aber brach ein Sturm aus Antworten, Fragen und Gegenfragen los, es wurde lautstark debattiert und gestritten, Meinungen wurden vorgebracht und ebenso schnell wieder verworfen. Man sah es den Festteilnehmern an, wie erregt alle waren. Da sprang einer auf, erklärte sich und wurde mit Bedenken überhäuft, die schwerer noch wogen als die vielen Schüsseln und Schalen mit Speise auf der Tafel. Gruppen bildeten sich, um erste Pläne auszubrüten, andere blieben ganz und gar ablehnend und schüttelten skeptisch den Kopf. Als die Musiker, von Natur aus leichtblütige Menschen, dies merkten, spielten sie sogleich fröhliche Weisen auf, um die allgemeine Aufregung zu dämpfen.

Nur Ogham war still geblieben, nachdenklich saß er auf seinem Platz, strich hin und wieder mit den Fingern durch die Saiten der Harfe, ohne ein Lied zu finden oder zu suchen. Er beteiligte sich nicht an der Diskussion, blieb verschlossen und in sich gekehrt. Kennog, der gehofft hatte, dass sich Ogham zumindest ihm gegenüber sofort gegen den Plan des Königs aussprechen würde, beobachtete unruhig und bekümmert den Meister, wagte aber nicht ihn anzusprechen.

Auch der Hochkönig bemerkte, dass der alte Harfner tief in Gedanken versunken war. Nachher, als die Tänzerinnen und Akrobaten auftraten, bat er ihn zu sich an seinen Stuhl und hieß ihn, anstelle des Leibarztes neben ihm zu sitzen.

»Du findest meinen Plan nicht gut?«, fragte er.

»Doch«, sagte Ogham, »sehr gut sogar. Nur wird er

nicht so leicht durchzuführen sein. Viele Hindernisse stehen im Wege, die es zu beseitigen gilt, und darüber denke ich nach.«

Der König lachte. »Ich hatte gehofft, dass du so reagieren wirst«, sagte er. »Also kann ich mit deiner Hilfe rechnen?«

»Ja, ich stehe dir voll und ganz zur Verfügung.«

»Dann sollst du auch den zweiten Teil meiner Gedanken hören«, sagte Cormac Mac Art, »ich wollte es erst mit dir besprechen, bevor ich es allen verkünde. Also hör zu: Ich kann mir keinen Besseren als dich für die Leitung des Unternehmens vorstellen. Du stammst vom verschwundenen Volk ab und die Tuatha De Danaan, so sagt man, verfügten über uraltes, geheimes Wissen, das uns nützlich sein kann. So ernenne ich dich also, deine Zustimmung vorausgesetzt, zum Meister des Großen Plans. Bist du einverstanden?«

Der Harfner sah dem König mit offenem Blick in die Augen »Das ist eine große Ehre für mich, fast zu groß … Sie wird Neid und Missgunst bei den Druiden hervorrufen.«

»Ich bin der König«, antwortete Cormac Mac Art ernst. »Ich habe mir das alles lange und gründlich überlegt.«

»Hm«, brummte Ogham, »lässt du mir ein bisschen Zeit, darüber nachzudenken?«

»Aber nicht zu lange«, sagte der König, »nur bis zum Ende des Festes. Am letzten Tag von Lugnasad möchte ich deine Entscheidung wissen.«

»Falls ich Ja sage … dann nur, wenn mein Schüler bei mir bleibt und Sondervollmachten erhält.«

»Dann soll er nur kräftig Holunderbeeren sammeln und seine Pfeilspitze putzen«, lachte Cormac Mac Art.

Oghams halbe Zustimmung erleichterte ihn. Wenn einer es schaffen kann, dachte er, dann dieser Mann.

Kennog jedoch, der sich in der Nähe seines Meisters gehalten und genug von der Unterredung aufgeschnappt hatte, um deren Sinn zu verstehen, wandte sich mit gesenktem Kopf ab, um die Tränen in seinen Augen zu verbergen. Der König irrt, dachte er wieder und erschrak vor dem trotzigen Zorn, den er in sich aufsteigen fühlte. Wozu soll es denn gut sein Schriftzeichen zu erfinden und ganze Rollen damit vollzukritzeln! Ich muss den Meister beschwören, damit er den Vorschlag des Königs ablehnt, als Meister des Großen Plans zu dienen. Und wenn Ogham sich aber trotzdem dem Willen des Hochkönigs beugt?

Dann … dann …, dachte der Schüler und erschauerte noch stärker, dann versuche ich eben, vielleicht mit Diarmaids Hilfe, auf eigene Faust mein Glück! Denn sein Glück, das hatte ihm das Mädchen aus seinem Traum unmissverständlich zugerufen, würde er einzig auf dem Weg finden, den sie nun auf Befehl des Königs verlassen sollten – auf der Suche nach den magischen Dingen der Kraft.

2

Die nächsten Tage, verkündete Ogham, werde er zurückgezogen in ihrem Zelt bleiben. »Ich muss in Ruhe nachdenken«, sagte er. »Der Trubel draußen lenkt mich bloß ab. Du aber solltest dich unters Volk mischen. Es gibt in Tara viel Neues für dich zu entdecken.«

»Fünf Tage lang?«, protestierte Kennog, der sich doppelt gestraft fühlte bei der Aussicht, nicht nur von dem im Traum ihm gewiesenen Weg abgehalten zu werden, sondern auch zum ersten Mal für längere Zeit von seinem Meister getrennt zu sein.

»Stell dich nicht so an«, sagte Ogham grob. »Es sind tausende von Menschen da, du wirst also keineswegs allein sein und eine Menge neuer Leute kennen lernen.«

»Soll ich nicht vielleicht doch versuchen, inzwischen die Lanze des Lug aufzuspüren?«, fragte Kennog. »Ich meine, noch sind fünf Tage Zeit, ich könnte es schaffen ...«

»Untersteh dich!«, donnerte Ogham. »Ich will, dass du jeden Abend bei Einbruch der Dunkelheit pünktlich zurück im Zelt bist, um mir Bericht zu erstatten.«

Da verstand Kennog, warum der Meister ihn wegschickte: Er sollte draußen die Stimmung auskundschaften. Eine wichtige Aufgabe, die den Jungen mit Stolz erfüllte und ihm zumindest die Hoffnung ließ, dass sich Ogham nach fünftägigem Grübeln gegen die Rolle entscheiden würde, die der König ihm zugedacht hatte.

Fünf Tage voller Ungewissheit, aber auch fünf Tage Aufschub, dachte Kennog und fühlte sich gegen seinen Willen fast ein wenig erleichtert. Denn bei der Vorstellung, dass Ogham sich gegen die Fortsetzung ihrer Suche entscheiden und dass er selbst, der unbedeutende Schüler, gegen das Wort seines Meisters rebellieren würde, klopfte Kennog vor Angst und Verzagtheit das Herz bis zum Hals.

Von Ogham ohne weitere Erklärung davongeschickt, trottete er aus dem Zelt. Und draußen vergaß er fürs Erste alle düsteren Überlegungen, willig ließ er sich ablenken durch die vielfältige Pracht, die ihn umgab.

Am Eingang zum Festplatz wurde er von weiß gekleideten Priesterinnen abgefangen. »Für Männer ist kein

Zutritt«, sagten sie. »Dieser Tag in Tara gehört den Frauen.«

Unschlüssig, wohin er sich nun wenden sollte, stand Kennog herum. Da sprach ihn jemand aus einer Gruppe vorbeiziehender Reiter an. Es war Cormac Mac Arts Sohn, ein junger Mann, höchstens zwei, drei Jahre älter als er selbst.

»Bist du nicht Kennog, der Schüler von Ogham?«, rief er. »Komm doch mit uns, wir wollen zur Rennbahn. Ich bin Dabo, Grainnes Bruder. Sie ist mit unserer Schwester Boa auf dem Festplatz, wir aber ziehen zum Wettkampf. Du hast doch ein Pferd?«

»Ja, Südwind, eine braune Stute.«

»Ich lasse sie holen. Aber das kann lange dauern bei diesem Durcheinander. Besser, du steigst zu mir auf, es ist nicht weit.«

So schwang sich Kennog hinter dem Königssohn aufs Pferd. Der Trupp setzte sich in Bewegung und stieß vor den Wällen Taras auf hunderte weiterer Reiter, Krieger der Fianna zumeist, die ihre Tiere, Waffen und sich selbst mit festlichem Schmuck herausgeputzt hatten. Wie Dabo gesagt hatte, erreichten sie bereits nach kurzer Zeit den Austragungsort der Spiele. Es handelte sich um eine grüne Ebene, die von verschiedenen künstlich aufgeworfenen Aussichtsplattformen umrahmt war. Eine von ihnen war Cormac Mac Art und seinem Hofstaat vorbehalten. Die kleinere daneben diente Dabo und seinen Freunden als Ausguck, und da Kennog offenbar bereits zu diesen gerechnet wurde, durfte er neben dem Prinzen sitzen, was den großen Vorteil hatte, dass er nun alles Geschehen aus erster Hand erklärt bekam.

»Zunächst beginnen die Einzeldisziplinen: Ringen, Wettkampf, Steinwurf und Gewichtheben, danach

Schleudern, Bogenschießen, Speerwurf und schließlich das Pferderennen. Genau in dieser Reihenfolge. Der jeweilige Sieger erhält als Preis einen Mistelzweig aus der Hand des Oberdruiden. Er wurde mit goldener Sichel aus heiligen Eichen geschnitten und enthält besondere Kraft.«

Kaum hatte Dabo die heiligen Eichen erwähnt, da wurde Kennog wieder an die Lanze des Lug und die anderen magischen Dinge erinnert, die noch immer in ihren Verstecken lagen. Und wenn ich mich ganz allein auf den Weg machen muss, dachte er wieder, ich werde nicht ruhen, ehe ich die Lanze, den Stein und den Ring gefunden und dem König zu Füßen gelegt habe! Für einen winzigen Moment sah er sich schon selbst als gefeierten Helden, dem der Hochkönig voller Ehrfurcht dankte, und erblickte – weit überwältigender noch – am Ende seines gefahrvollen Weges das Mädchen aus seinem Traum, das ihm zuwinkte und ausrief: »Dieser Weg führt zu mir, mein Geliebter …«

»Ich nehme an den Wettkämpfen diesmal nicht teil«, riss ihn der Königssohn aus seinen Gedanken. »Ich muss meine Schulter auskurieren.«

Kennog fuhr zusammen und blinzelte in das freundliche Gesicht Dabos, der ihn um gut eine Kopflänge überragte. Wie die Haare Grainnes besaß auch sein Schopf einen goldenen Schimmer. Stolz trug er das Zeichen der Fianna, die Harfe, auf seinem Gewand.

»Was ist denn … passiert?«, stotterte Kennog.

»Ach, nichts Besonderes«, lachte Dabo, »bin nur gestürzt, als ich ein neues Pferd einreiten wollte, es heilt schon wieder. Aber trotzdem schade, dass ich nicht ausprobieren kann, wie gut es nun ist. Na ja, gegen Finns Männer hätte ich wohl sowieso keine Chance.«

»Finns Männer?«

»Der im braunen Mantel dort drüben auf dem Hügel, das ist Finn«, sagte Dabo und wies mit der Hand zu einer Gruppe hinüber.

Dort also saß der legendäre Anführer der Fianna, ein alter Mann mit kahlem Schädel und zusammengekniffenen Augen. Wie ein Habicht sah er aus, wie ein Raubvogel, der nach Beute spähte. Kennog lief ein Schauer über den Rücken. Bestimmt tat er dem Mann Unrecht. Er wusste, dass Finn ein tapferer Kriegsheld und zuverlässiger Heerführer war, ein Vorbild für seine Krieger und Hüter der Macht, auf den sich Cormac Mac Art jederzeit verlassen konnte. Aber dennoch, dieser Blick ...

»Und Finns Männer, das sind vor allem Diarmaid, Blamoth und Kyll«, fuhr Dabo fort. »Es sind die schnellsten Reiter Erinns, zwischen diesen dreien wird wohl das Rennen entschieden.«

Ob sie wirklich so schnell waren wie Südwind auf dem Ritt von Arran?, dachte Kennog. Auch im Traum hatte er Diarmaid überholt. Es käme auf einen Versuch an ...

Nun, da sich alle versammelt hatten, wurden die Hörner zum Auftakt geblasen und die Ringer traten gegeneinander an. Stattliche Hünen erschienen auf dem Kampfplatz, ihre Muskeln glänzten vom Öl und viele von ihnen trugen das Haar mit Kalkwasser zum Hahnenkamm hochgekämmt, andere Bemalungen aus dem blauen Saft der Färberweid über den ganzen Körper. Da jeder gegen jeden antrat und die jeweils Besten miteinander weiterringen mussten, bis nur noch ein Einziger übrig blieb, dauerte es lange, bis der Sieger des Tages feststand. Ulogh aus Armagh nahm schließlich den heiß begehrten Mistelzweig aus der Hand des Oberdruiden in

Empfang. Vor Freude strahlend hielt er ihn hoch, während die Menge in Jubelrufe ausbrach.

Ein völlig anderes Bild bot sich beim Wettlauf: Hier versammelten sich außergewöhnlich große, schlanke Männer mit langen Beinen am Start und es war eine Freude ihre Körper über die Bahn schnellen zu sehen. Der Sieger lief mit dem Mistelzweig in der Hand eine Ehrenrunde bis zum Königssitz, um sich vor ihm tief zu verbeugen.

Parallel zum Lauf hatten die übrigen Wettkämpfe an anderen Stellen des Platzes begonnen. Immer wieder brandete Beifall über eine besonders gute Leistung auf, denn die Männer überboten sich gegenseitig mit immer neuen Rekorden.

Gegen Mittag wurden Speisen und Getränke gereicht, um die Athleten und Zuschauer zu stärken. Das Wetter war gut und die Stimmung ausgezeichnet.

»Zu Lugnasad ruhen in ganz Erinn die Waffen«, erklärte Dabo beim Essen. »Alle halten sich daran, selbst die Leute im rebellischen Lagin.«

»Kann man ihnen denn trauen?«, fragte Kennog. Er musste an den heimtückischen Überfall bei den Rabenklippen denken.

»Eigentlich nicht«, antwortete der Prinz, »sie reden mit gespaltener Zunge. Im Moment ist die Lage ja einigermaßen ruhig, aber das bedeutet nicht viel: Sie stellen eine dauerhafte Bedrohung dar, jederzeit können sie aus dem Hinterhalt auftauchen und zuschlagen.«

»Ist die Fianna denn nicht stark genug, um sie in ihre Schranken zu verweisen?«

»Es ist ja nicht nur Lagin allein«, seufzte Dabo, »auch die Ultonier und andere Stämme sind in Aufruhr. Finn hat alle Hände voll zu tun, um das Wort des Königs im ganzen Land durchzusetzen.«

»Und wirst auch du einmal Hochkönig?«, fragte Kennog.

Da lachte Dabo hell auf. »Im Prinzip ja. Aber vergiss nicht, dass meine Schwester Grainne die älteren Rechte besitzt. Wenn es einmal so weit sein sollte, dass Vater abdankt oder stirbt, wird sie Herrscherin über Erinn. Nein, nein, ich glaube nicht, dass ich jemals auf dem Thron sitzen werde. Außerdem reizt mich das Regieren nicht, ich züchte lieber Pferde und reite sie ein. Einmal nach dem Rennen den Mistelzweig hochhalten zu können, ja, das wäre nach meinem Geschmack.«

Die Freunde begannen ihn zu necken und behaupteten, dass er bestimmt nur deswegen vom Pferd gefallen sei, um nicht gegen Diarmaid antreten zu müssen.

»Noch ist meine Zeit nicht gekommen, aber eines Tages werde ich ein Tier haben, das schneller ist als der Wind, und damit siegen!«, entgegnete Dabo selbstbewusst. In diesem Moment ähnelte er mit seiner stolzen, aufrechten Haltung mehr denn je Cormac Mac Art.

Bevor nun als Höhepunkt des Tages das Pferderennen begann, wurden allerlei Voraussagen gewagt und Wetten abgeschlossen. Viele trauten nur Diarmaid den Sieg zu, es gab aber auch Stimmen für Blamoth und Kyll und selbst Außenseiter kamen ins Gespräch. Da man die Reiter recht gut kannte, kam es darauf an, mit welchen Pferden sie an den Start gehen würden. Die Tiere rückten deshalb in den Mittelpunkt des Interesses und alles strömte auf dem Platz zusammen, um sie näher in Augenschein zu nehmen. Die Herzen der Menschen Erinns schlugen nun einmal für Tiere, die Seelen der Männer aber gehörten eindeutig den Pferden. Da wurden Flanken, Hufe und die Haltung der Schweife begutachtet, über die Gangart der Tiere diskutiert, ob ihre Augen wild, nervös oder scheu seien und die

Gebisse betrachtet. Blamoth bekam viel Beifall, als er seinen Apfelschimmel am Zaumzeug die Runde führte. Der Hengst tänzelte übermütig vor Kraft und Umstehende raunten sich hastig die Geschichte seiner Abstammung zu. Von edlem Geblüt sei er und an den Hängen des Glonga-Passes aufgewachsen, ein stürmisches Streitross mit der Ausdauer von Aife. Aber auch Kylls Pferd war nicht schlecht: Der Schwarze war mit roten Bändern in der Mähne geschmückt, sein Zaumzeug aus Silber und der Sattel von Meisterhand angefertigt. Diarmaids weiße Stute dagegen lief mit solcher Eleganz am Zügel ihres Herrn, dass sie schon im Voraus mit Beifall bedacht wurde. Diarmaid genoss sichtlich den Auftritt, er strahlte Ruhe und Selbstsicherheit aus. Und es gab noch andere Pferde, neues Blut aus den abgelegensten Teilen Erinns, deren Ausdauer und Geschicklichkeit schwer einzuschätzen waren.

Nun erklangen die Hörner und die Menge strebte auseinander, um den Wettkampf freizugeben. Als alle auf ihren Plätzen saßen, ertönte das zweite Hornsignal. Da stellten sich zwölf mal zwölf Reiter an der Startlinie auf, ein wahres Heer aus kraftvollen Leibern. Beim dritten Hörnerklang stob es los, dass die Erde vom Donner ihrer Hufe erbebte. Achtmal mussten sie, dem Lauf der Sonne folgend, den Platz umrunden. Zunächst ging es im Galopp los, dann streckte sich das Feld und wurde immer schneller. Von Beginn an lagen Diarmaid und Kyll vorn. Es sah aus, als wollten sie diese Position bis zum Ziel halten. Dann aber, in der dritten Runde, schoben sich Blamoth' Apfelschimmel und zwei weitere Pferde nach vorn. Einer der Reiter gebrauchte die Weidenrute, um sein Tier noch mehr anzutreiben, und wurde deswegen disqualifiziert.

Bis Runde sechs führte nun Blamoth und gab das

Tempo an. Immer weiter fiel das Feld auseinander, die Letzten mussten sich bereits anstrengen, um der Schande zu entgehen, von der Spitzengruppe überrundet zu werden. In der siebenten Runde hielt es die Zuschauer nicht mehr auf ihren Sitzen. Laut feuerten sie ihre Favoriten an, Trommeln wurden geschlagen und die Reiter beugten sich noch tiefer über den Rücken der Tiere. Ob sie ihnen Ermunterungen zuriefen, war bei dem allgemeinen Getöse nicht mehr zu hören.

Dann strauchelte Blamoth' Ross an einer Bodenwelle. Diarmaid, Kyll und eine braune Stute, die zuvor noch als Außenseiter gehandelt worden war, stoben vorbei.

»Diarmaid, Diarmaid!«, brüllte Dabo. Doch Kyll und der andere gaben sich noch lange nicht geschlagen. Kopf an Kopf jagten sie nebeneinander her, ein Wettstreit, der die Menge in helle Begeisterung versetzte. Auch zu Beginn der letzten Runde sah es nach einem »toten Rennen« aus.

»Er hat noch Kraft!«, schrie Dabo. »Seht nur, wie die Braune Schaum vor das Maul bläst, gleich hat sie sich verausgabt und fällt zurück!«

Er war wirklich ein guter Beobachter, denn kurz darauf trat das Vorausgesagte ein. Auf der Zielgeraden konnte die Entscheidung nur noch zwischen Diarmaid und Kyll fallen. Auch Cormac Mac Art, der von Geburt an als Pferdenarr galt, war aufgesprungen, um den Einlauf besser beobachten zu können. Und da kamen sie schon pfeilschnell heran, immer noch Kopf an Kopf, und liefen so auch durchs Ziel. Damit nun hatte kaum einer gerechnet: zwei Sieger, die sich den Preis teilen mussten – das hatte es in den letzten Jahren selten gegeben!

Schweißnass dampften die Rösser bei der Siegerehrung. Alle Beteiligten hatten ihr Bestes gegeben, doch nur Diarmaid und Kyll stand der begehrte Preis zu. Aus der Hand des Oberdruiden erhielten sie jeder einen Mistelzweig, mit dem sie eine Ehrenrunde ritten. Wie grüne Schwerter hielten sie ihre Trophäen hoch. Die Männer der Fianna aber schlugen ihre Schilde wie Trommeln. Auch Finn, der Anführer, schien auf seine düstere Art erfreut zu sein. Er ging auf Diarmaid und Kyll zu und umarmte seine beiden Hauptleute, doch seine Miene blieb finster und sein Blick kalt.

Es war Abend geworden. In der beginnenden Dämmerung wurden rings um den Platz Feuer entzündet. In dieser Nacht, in der Tara den Frauen gehörte, würden alle Männer hier draußen im Lager der Fianna schlafen. Zuvor aber würde noch gegessen und getrunken und an den Feuerstellen lange und lebhaft über die Ereignisse des Tages gesprochen werden. In dieser Nacht auch mischte sich Cormac Mac Art unter die Leute, als sei er einer der Ihren. Ohne Zelt schlief er dann, auf einfachem Hirschfell unter freiem Himmel, und er konnte sich hier, im Kreis seiner Getreuen, sicherer als an jedem anderen Platz auf der Welt fühlen.

Wenn Erinn solche Männer wie den König, wie Diarmaid, Kyll, Finn, Dabo und all die anderen Krieger besitzt, kann es um die Zukunft des Landes nicht schlecht bestellt sein, dachte Kennog. Dies ist ein Heer, das jedem Respekt einflößt, raue, unbeugsame Gesellen, die ihrem Herrn treu ergeben sind. Ihr Stolz, der Fianna anzugehören, war gut zu verstehen. Und wenn ihr oberster Herr, der Hochkönig von Tara, nun noch im Besitz der vollständigen Sammlung der Dinge der Kraft wäre, grübelte der Junge weiter. Die Autorität und Weisheit des Königs, verbunden mit der Schlagkraft und Ergebenheit der Fianna und gekrönt von der Macht uralter Magie – welche Feinde könnten dann Tara noch trotzen, wer würde es wagen Erinn länger zu verwüsten und Unfrieden zu säen?

Kennog lag, in eine Decke gehüllt, im Gras und betrachtete den Himmel. Hell war die Nacht, von vielen Feuern erleuchtet, auch drüben auf dem Hügel von Tara, von wo der Wind manchmal Fetzen von Musik und Gesang herüberwehte. Der Meister würde es bestimmt verzeihen, wenn er erst morgen früh zum Zelt zurückkehrte ...

Sehnlich hoffte Kennog, dass auch Oghams einsames Grübeln im Zelt ihn zu dem Schluss führen würde: Sie mussten ihre Reise fortsetzen, noch ehe Lugnasad vorbei war, um die Lanze des Lug, den gravierten Stein des Mac Cecht und den Ring des Mac Greine aufzuspüren!

3

Ogham, der aussah, als habe er die Nacht über viel nachgedacht und wenig geschlafen, begrüßte Kennog am nächsten Morgen freundlich. »Na, habe ich dir zu viel versprochen?«, fragte er. »Tara hat eine Menge Interessantes zu bieten.«

»Das stimmt!«, rief Kennog und begann begeistert zu erzählen.

Doch der Meister unterbrach geschickt seinen Redeschwall. »Tausend Worte reichen nicht aus, um alles zu schildern und beim Namen zu nennen, weshalb uns außer der Sprache auch die Musik und der Gesang zur Verfügung stehen. Nimm meine Harfe und füge dem Bericht Klangbilder hinzu, damit alles klarer und deutlicher wird.«

»Aber ich kann doch nur Flöte spielen und ein bisschen die Trommel«, protestierte Kennog, »die Harfe hast du mir bisher vorenthalten.«

»Dann beginnt der Unterricht eben jetzt«, sagte Ogham. »Außerdem, so fremd kann dir das Instrument gar nicht sein – du hast doch bereits auf Tirnanogh auf ihm gespielt und dazu gesungen ... Ich hörte es, als ich die Treppe hinaufstieg und an der Statue der Göttin Dana wartete, um dich nicht zu stören.«

Kennog errötete, er fühlte sich nachträglich ertappt. Zugleich aber schoss ihm der Gedanke durch den Kopf, dass dies nun eine gute Gelegenheit sei, dem Meister auch von seinem Traum zu erzählen, in dem das Mädchen ihn beschworen hatte, den eingeschlagenen Weg fortzusetzen und weiter nach den Gegenständen der Kraft zu suchen.

Der Meister aber warf ihm einen – wie Kennog schien – warnenden Blick zu, der dem Schüler abermals die Lippen verschloss. Dann veränderte sich Oghams Miene, lächelnd reichte er ihm die Harfe. »Streichele die Saiten mit den Fingern, so lernst du am besten die Töne kennen, die in ihr verborgen schlummern. Mach es wie ein Blinder oder wie jemand, der seine Geliebte begrüßt: stets behutsam, nie fordernd, dann klingt die Harfe von selbst. Ihr Geheimnis entdeckst du nur, wenn du sie wie die Natur sprechen lässt, wie Wind oder Wasser, wie Grillen oder Vogelstimmen, all diese Klänge ruhen in ihr und warten darauf, von deinen Händen befreit zu werden. Wenn dir danach zumute ist, dann sing auch oder erzähl einfach, was du gestern erlebt hast.«

Zaghaft setzte Kennog an und ließ über Tara Morgenröte entstehen. Er schilderte den festlich geschmückten Hügel, die Auskunft der Priesterinnen und das Treffen mit Dabo. Dessen Äußeres beschrieb er, ebenso das seiner Gefährten, von Cormac Mac Art, Finn, Diarmaid, Kyll, Blamoth und anderen Leuten, die er getroffen hatte. Ogham saß auf einem hölzernen Schemel und hörte aufmerksam zu. Nie unterbrach er und da Kennog, um sich besser zu erinnern und die Gesichter, Gestalten und Ereignisse deutlicher in seinem Inneren entstehen zu lassen, die Augen geschlossen hielt, versank er immer mehr in dem Spiel und vergaß allmählich den Meister.

Er war überrascht, welch wunderbaren Klänge sich dem Instrument entlocken ließen, wie es fast wie von selbst zu schwingen begann und die richtigen Tonfarben fand. So entstanden in dem Zelt eine saftig grüne Landschaft, mit Zuschauern besetzte Anhöhen, der Wettkampfplatz mit seinem vielfältigen Stimmengewirr und schließlich jagte noch einmal das Heer aus zwölf mal zwölf Reitern über die Ebene. Mit dem Beifall der Menge über den Doppelsieg beendete Kennog sein Spiel. Wie aus einem langen, mitreißenden Traum erwachend, öffnete er die Augen und sah den Meister vor sich im Zelt stehen und lächeln.

Lange schwieg Ogham. »Das hört sich nicht übel an«, sagte er dann und klopfte seinem Schüler anerkennend auf die Schulter, »du hast eindeutig Begabung für das Instrument. Man könnte meinen, der Grüne Jäger habe dir nicht nur die Flötentöne beigebracht, sondern auch die Harfe in den Arm gelegt. Hin und wieder klingt es noch etwas gewollt und übertrieben. Eine Fonnsheen entfaltet erst dann ihre volle Wirkung, wenn man seine ganze Seele hineinlegt, denn im Nichtstun schlummert die größte Kraft. Die richtige Einstellung ist es, die einer Fonnsheen Leben verleiht. Aber glaube mir, du bist erst am Anfang. Mit ein bisschen Übung wirst du Tag für Tag mehr Freude am Spiel empfinden.«

Kennog nickte. In diesem Moment fühlte er sich glücklich. Dass Ogham die Fonnsheen erwähnt hatte und den Grünen Jäger, schien ihm ein gutes Vorzeichen zu sein, die Erinnerung an ihre magische Reise voll hinreißender Abenteuer, die sie hoffentlich bald schon fortsetzen würden. Aber ehe er dem Meister eine entsprechende Frage stellen konnte, sagte der leichthin:

»Machen wir es so, dass du weiter beobachtest und mir davon mit der Harfe erzählst. Heute haben die Druiden ihren großen Auftritt in Tara. Du wirst erstaunliche Wunderdinge sehen können, manchen Trick und auch faulen Zauber, der einzig zur Unterhaltung und Verblüffung des Publikums dient. Tu dich um und berichte mir heute Abend darüber, mich interessiert besonders die Beschreibung von einzelnen Personen, die dir mehr als andere auffallen.«

Kennog versprach es, hin und her gerissen zwischen dem Stolz über die Aufgabe, mit der Ogham ihn auszeichnete, und der angstvollen Ungewissheit, wie sich der Meister zum Plan des Königs letztlich stellen würde. Noch immer schien Oghams Entscheidung nicht gefallen zu sein.

»Ich habe gemerkt«, fuhr Ogham gelassen fort, »dass du zum Beispiel Finn in düsteren Farben gemalt hast, die Harfe wurde dunkel und traurig dabei. Kam dir der Mann wirklich so vor?«

»Ja«, antwortete Kennog, »mir lief ein Schauer über den Rücken, als ich ihn das erste Mal sah.«

Der Meister strich sich nachdenklich durch den Bart. »Dann solltest du vielleicht seine Lebensgeschichte hören«, sagte er, »jedenfalls die, die man sich über ihn erzählt.«

DIE GESCHICHTE DES FINN

Finn ist der Sohn von Muirne und Cumall. Ihre Sippe und die von Morna, den man auch den Schiefhals nannte, lagen lange in Erbfehde. In einem wütenden Kampf tötete Morna Schiefhals den Cumall und trug dessen Kopf und Rüstung als Beute davon. Muirne, die junge Witwe, war zu diesem Zeitpunkt hochschwanger. Als sie Finn gebar, hatte sie große Angst, von Morna und seinen Söhnen überfallen zu werden. Morna nämlich hatte öffentlich angekündigt, als er Cumall den Kopf vom Halse schnitt, dass er auch dessen Nachkommenschaft umbringen würde. In ihrer Not wandte sie sich an die beiden Druidinnen Bodbmall und Liath die Graue und flehte um Beistand. Die weisen Frauen wussten Rat und nahmen das Kind mit sich in ein abgelegenes Waldtal am Berge Bladhma. Unter ihrer Obhut wurde Finn im Verborgenen großgezogen und sie brachten ihm auch manche geheimen Kenntnisse bei. Diese Vorsichtsmaßnahme war bitter nötig, denn noch immer schlichen Mornas Söhne umher.

Als Finn sechs Jahre alt war, machte sich Muirne auf, um ihren Sohn zu besuchen. Sie zog lange durch Einöden, bis sie ihn am Berg Bladhma endlich fand. Sie traf ihn auf seiner ersten Jagd und wurde Zeuge seiner Geschicklichkeit, aber auch seiner Kaltblütigkeit. Er schleuderte nämlich die Wurfsteine so, dass sie einer Ente im Flug den Flügel abtrennten. Sie stürzte in Todesstarre zu Boden und Finn nahm die Beute auf und hängte sie sich an den Gürtel.

»Finn, mein Sohn, willst du nicht mit mir kommen?«, rief Muirne. »Ich bin es, deine Mutter.«

Finn drehte sich um, blickte die Frau verständnislos an und sagte: »Ich habe bereits zwei Mütter, Bodbmall und

Liath, ich brauche keine dritte.« Mit diesen Worten ließ er sie stehen und ging unbeirrt seiner Wege.

Später musste er aus dem Tal fliehen, denn Mornas Söhne waren ihm auf der Spur. Da schloss sich Finn einer Gruppe von Künstlern und Handwerkern an, die gerade nach Westen zogen. Einer von ihnen hatte einen Grindkopf und auch Finn befiel die Krankheit, weshalb sein Schädel bereits in jungen Jahren kahlköpfig wurde.

Als sie durch Lagin zogen, wurden sie von einem üblen Räuber namens Mongur überfallen. Er erschlug alle bis auf Finn, den er als Hausknecht mit auf seinen Dun nahm. Dieser Dun lag in einem Moor versteckt und nur wenige Menschen kannten den Weg dorthin. Wahrscheinlich wäre Finn zeit seines Lebens in diesem Moor geblieben, hätten ihn nicht die beiden Druidinnen befreit. Sie kannten den Zugang, verkleideten sich als junge Mädchen und besuchten den Räuber in seinem Haus. So stark war ihr Zauber, dass Mongur sie in seiner Verblendung für die schönsten Frauen Erinns hielt. Sie becircten ihn eine Weile und gaben ihm heimlich Gift in den Met. Nach seinem Tod erlösten sie Finn aus der Gefangenschaft. Zum Berge Bladhma zogen sie und unterwiesen den jungen Mann in allerlei Kriegstechnik, denn Bodbmall und Liath waren nicht nur in der druidischen Kunst bewandert, sondern zudem gefürchtete Kämpferinnen.

Eines Tages ging Finn allein los und rastete nicht eher, bis er die Ebene von Liffe erreichte, wo eine befestigte Siedlung lag. Auf den Wiesen sah er die Jugend beim Wurfkeulenspiel. Er ging auf sie zu, um sich mit den Knaben im Wettlauf oder im Wurfspiel zu messen. Sie betrachteten ihn spöttisch und sprachen: »Gut, aber nicht heute, komm morgen wieder.«

Also wartete Finn die ganze Nacht und am nächsten Tag zur gleichen Stunde maß er seine Kräfte mit einem Viertel der Dorfleute und gewann. Am folgenden Tag wetteiferte er gegen ein gutes Drittel der Jungen und am dritten besiegte er alle.

»Wie heißt du?«, fragten sie erstaunt.

»Finn«, antwortete er, »und ich habe zwei Mütter.«

Da liefen die Knaben zur Festung und erzählten es einem Krieger.

»Kahlköpfig ist er und heißt Finn?«, rief der Mann. »Tötet ihn auf der Stelle, wenn ihr dazu fähig seid!«

»Wir können ihm nichts antun«, antworteten sie, »er ist stärker, geschickter und schneller als jeder von uns.«

»Dann wartet eine günstige Gelegenheit ab«, sagte der Mann, »stürzt euch alle gleichzeitig auf ihn und bringt ihn um – er ist der Todfeind von Morna Schiefhals.«

Am nächsten Morgen traf sich Finn wieder mit den Knaben der Siedlung. Zunächst spielten sie harmlos miteinander, dann aber, auf ein Zeichen, warfen alle zugleich ihre Wurfkeulen nach ihm, sodass er an vielen Stellen blutete. Da brüllte Finn auf, rannte sieben seiner Gegner nieder und verschwand im Wald. Viele Tage lang verbarg er sich dort und beobachtete sie von seinem Versteck aus. Am siebenten badeten sie in einem See nahe der Festung. Als sie seiner ansichtig wurden, riefen sie:

»Komm her, du Feigling, wenn du schwimmen kannst, und versuche uns unterzutauchen!«

»Das werde ich tun«, antwortete Finn grimmig und sprang ins Wasser. Mit kräftigen Schwimmzügen erreichte er die Gruppe und tauchte weg. An den Füßen packte er einen der Jungen dabei und zog ihn hinab auf den Grund, wo er ihn im Morast erstickte. Danach, wieder zur Wasseroberfläche hochstoßend, griff er den zweiten und steckte ihn kopfüber in den Schlamm. Neun Knaben tötete er auf diese Weise, bis er den See verließ, um zum Berg Bladhma zurückzukehren. Jeder in Lagin fragte sich: »Wer hat wohl diese Kinder umgebracht?« Und die Antwort lautete stets: »Das kann nur der kahle Finn, der bei den beiden Töterinnen haust, gewesen sein.«

Einmal zogen Finn, Bodbmall und Liath gemeinsam über den Bergkamm, als ein Rudel flüchtiger Hirsche aufstob. »Ein Jammer«, riefen die beiden Frauen, »dass wir zu alt sind, um einen von ihnen zu fangen!«

»Für mich ist das kein Problem«, meinte Finn und rannte los. Er packte zwei der Hirsche an den Hinterläufen, schleuderte sie zu Boden und nahm sie als Beute.

»Jetzt hast du die Probe bestanden«, sagten die beiden Frauen, »wir können dich ziehen lassen, denn du wirst allein allen Gefahren trotzen.«

So machte sich Finn allein auf den Weg nach Westen. Am See Lein diente er sich dem König von Bentraige an, nannte aber nicht seinen Namen. Der König nahm ihn, weil er einen tüchtigen Jäger brauchte. Nach und nach freundeten die beiden sich sogar an, denn Finn zeigte ihm allerlei Tricks, wie man Wettspiele gewinnen kann.

»Wer bist du wirklich?«, fragte eines Tages der König, der sich so seine Gedanken machte.

»Ein Bauernsohn aus dem Stamm der Luaigni«, antwortete Finn.

»Nein, ganz sicher nicht«, sagte der König, »mir scheint vielmehr, dass du der Sohn von Muirne und Cumall bist, auch wenn du deinen kahlen Schädel stets unter einer Mütze verbirgst.«

»Und wenn es so wäre?«, fragte Finn keck zurück.

»Dann darfst du hier nicht länger verweilen«, sagte

der König, »ich möchte nämliche keine Konflikte mit meinen Nachbarn und es kann sein, dass die Söhne Mornas auch hierher kommen, weil sie dich suchen, und dann werden sie dich ganz sicher erschlagen.«

Da brach Finn auf und zog nach Westen, wo Lochan der Meisterschmied wohnte. Der hatte eine ungewöhnlich schöne Tochter namens Cruithne. Sie verliebte sich in Finn.

»Ich will dir meine Tochter zur Frau geben«, sagte der Schmied, »obgleich ich nicht weiß, wer du bist.« Daraufhin schlief Cruithne bei Finn.

Eines Tages sagte Finn zu Lochan: »Fertige mir Speere an, aber welche von besonderer Art.« Er beschrieb genau ihre Größe und Beschaffenheit und als sie fertig waren, entsprachen sie Finns Wünschen aufs Haar.

»Was willst du damit?«, fragte der Schmied.

»Den Brautpreis für Cruithne holen«, sagte Finn und wandte sich zum Gehen.

»Mein Sohn«, rief Lochan ihm nach, »nimm bloß nicht den Weg, auf dem das schreckliche Schwein auftauchen kann!« Das Tier wütete nämlich schon geraume Zeit in der Nähe und hatte den Bauern große Teile der Ernte vernichtet. Aber Finn wählte genau diese Richtung. Wild grunzend und schnaufend stürzte das Schwein auf ihn los, doch Finn durchbohrte es mit seinen beiden Speeren. Den Kopf der Sau schnitt er ab und brachte ihn als Brautpreis zum Schmied.

Nun hätte er in Ruhe dort leben und sein Glück genießen können, aber Finn ist von anderer Art, immer wieder drängt es ihn unaufhaltsam auf Wanderschaft. Und so zog er nach Connacht, um seinen dort lebenden Onkel zu besuchen. Unterwegs hörte er das Wehklagen einer Frau, die schrecklich anzusehen war: Einmal vergoss sie Bluttränen, dann wieder erbrach sie Blut, sodass ihr Mund ganz rot davon war.

»Dein Mund ist blutig rot, Weib«, sagte er, »was ist mit dir los?«

»Ich bin krank vor Kummer«, antwortete die Frau, »denn mein einziger Sohn, in den ich so viel Hoffnung setzte, ist ohne Grund von einem Krieger aus Lagin erschlagen worden.«

»Welchen Namen hatte dein Sohn?«

»Er hieß Glonda.«

»Dann will ich Glondas Tod für dich rächen«, sagte Finn.

Er nahm die Fährte des Kriegers auf, stellte ihn und durchbohrte ihn mit dem Sauspieß. »Dies ist die späte Antwort von Glonda«, sagte er. Als Finn aber den Waffenrock des toten Kriegers untersuchte, fand er einen Schatzbeutel mit Wertgegenständen, die Cumall gehörten. Also hatte der Elende auch beim Mord an seinem Vater geholfen. Diesen Beutel brachte Finn zu seinem Onkel.

»Bewahre ihn für mich auf, bis ich zurückkomme, um selbst darauf aufpassen zu können«, sagte Finn.

»Wo willst du hin?«, fragte der Onkel. »Weißt du nicht, dass die Söhne Mornas noch immer hinter dir her sind?«

»Genau das ist der Grund meines Aufbruchs«, antwortete Finn. »Ich will an den Boinne-Fluss ziehen, um bei Finneces die Kunst des Dichtens zu erlernen. Niemand wird mich dort vermuten.«

Nun verhielt es sich mit dem Einsiedler Finneces so, dass dieser schon sieben Jahre lang an einer bestimmten Stelle der Boinne einem Lachs auflauerte, denn es war ihm prophezeit worden, dass er eines Tages den Lachs verzehren würde und es danach nichts mehr gäbe, was er nicht wüsste.

Als Finn in seine Dienste trat, fing er tatsächlich diesen Lachs und Finn erhielt den Auftrag den Fisch zu rösten, davon selber aber ja kein Stückchen zu essen. Als er fertig gebraten war, trug Finn den Lachs auf.

»Hast du etwas vom Lachs gegessen, Junge?«, fragte Finneces.

»Nein, aber ich verbrannte mir den Daumen und steckte ihn in den Mund.«

»Wie heißt du wirklich?«

»Ich habe meinen Namen vergessen«, gab Finn zur Antwort.

»Das ist unwahr«, sagte der Dichter, »du bist Finn. Und wenn ich diesen Fisch mit jemandem teilen soll, dann mit dir.« So aßen sie gemeinsam und Finn lernte an diesem Abend die drei Dinge, die einen Dichter ausmachen: das Einfühlungsvermögen, die magische Sichtweise eines Druiden und den Zauberspruch aus dem Stegreif. Finn erprobte sich darin und suchte weitere Lehrer.

Als Ersten suchte er Cethern auf, von dem es hieß, dass er sich in eine Fee verliebt hatte. Ele hieß sie und war so wunderschön, dass die Männer Erinns im Wettstreit um sie lagen. Alle, einer nach dem anderen, warben zu Samhain am Feenhügel um sie. Jedem Freier aber passierte folgendes: Stets wurde ein Mann aus seinem Gefolge erschlagen, ohne dass herauskam, wie die Tat geschah. Cethern nun war gerade auf Brautschau und da das Samhain-Fest begann, nahm er Finn mit nach Luachair, wo die Zwillingshügel liegen, die man »Danas Brüste« nennt. Drei Gruppen zu jeweils neun Mann bildeten sie und jeder achtete auf jeden. Als sie in dieser Formation auf den Hügel der Ele zugingen, wurde plötzlich vor aller Augen einer der Männer von unsichtbarer Faust erschlagen. Daraufhin brachen sie die Brautwerbung ab und trennten sich.

Finn hielt den ganzen Vorgang für eine Schande. Als er zum Dun von Fiacail kam, einem berühmten, wenn auch zwielichtig beleumdeten Krieger der Fianna, klagte er sein Leid und berichtete in allen Einzelheiten, wie einer aus ihrer Schar von unsichtbaren Kräften erschlagen worden war.

Der listige Fiacail tat sehr geheimnisvoll, als er antwortete: »Dann solltest du dich einmal heute Nacht zwischen die ›Brüste Danas‹ setzen.

»Warum?«

»Du wirst es schon sehen«, erwiderte Fiacail.

Finn dankte für den Rat und setzte sich in der folgenden Nacht zwischen die beiden Bergkuppen. Da wurde er Zeuge eines seltsamen Geschehens: Beiderseits wichen die Seiten der Feenhügel zurück. Zwei Burgen zeigten sich, hinter den Wällen loderten Feuer. Und eine Stimme rief: »Ist eure Festkost fertig?«

»Sehr gut ist sie gelungen«, antwortete eine Stimme aus der zweiten Burg. »Sollen wir euch etwas davon zum Kosten abgeben?«

»Ja, wir lassen dann auch euch eine Probe von unserer Speise bringen.«

Finn sah einen Mann aus dem Feenhügel kommen, der trug einen großen Knettrog in den Armen, in dem ein geschlachtetes Schwein, ein geröstetes Kalb und ein Bündel Knoblauch lagen – die Festspeise zu Samhain. Als der Mann vorüberschritt, schleuderte Finn einen Speer Fiacails in Richtung der anderen Burg und rief:

»Wenn der Speer irgendjemanden von uns treffen sollte, dann möge er lebendig davonkommen. Trifft er aber den Mörder, so wäre mein Genosse gerächt!«

Kurz danach hörte er einen bis ins Mark erschütternden Schrei aus dem Hügel, Wehklagen und Jammergeschrei. »Olm, unser Fürst, wurde getroffen, mit Fiacails Speer hat Finn ihn getötet!«

Finn fuhr herum, durch ein weiteres Geräusch hinter sich aufgeschreckt, und erblickte Fiacail, der ihm nachgeschlichen war.

»Wen hast du getötet?«, fragte er.

»Ich weiß nicht, ob es richtig war, diesen Speer zu werfen«, antwortete Finn.

»Warum zweifelst du daran?«, fragte Fiacail, »du hast deinen Genossen gerächt. Besser heute als irgendwann.«

Aus dem Hügel aber tönte noch immer Wehklagen und eine Stimme rief:

»Gift – dieser Speer!
Giftig der, dem er gehört,
Giftig, wer immer ihn warf!
Gift für ihn, den er traf.«

»Du hast die Speerspitze in Katzenkot getaucht«, zischte Finn Fiacail zu, »dass dies tödliche Wunden bewirkt, haben mir meine beiden Mütter erzählt.«

»Und wenn es so wäre?«, lachte Fiacail. »Was soll's? Dieser Kerl, den du getötet hast, war selbst ein Mörder. Er brachte jeden um, der herkam, um Ele zu freien.«

»Vielleicht tat er es nur, weil er sie liebte?«, gab Finn zurück.

»Ach, was weißt du schon von Liebe?«, lachte Fiacail.

Da entsann sich Finn seiner Cruithne, die er bei der Schmiede zurückgelassen hatte, und lehnte alle Angebote Fiacails, mit ihm auf Abenteuersuche zu ziehen, ab. Nach Westen zog er zurück, um einige Zeit dort zu verweilen. Dann kamen Männer der Fianna vorübergeritten und fragten ihn, ob er sich ihnen nicht anschließen wolle.

»Warum nicht?«, antwortete Finn und zog mit ihnen los. Viele Heldentaten führte Finn danach aus und schlug sich in mancherlei Schlachten, bis ihn das Heer des Hochkönigs, die Fianna, zum Anführer wählte. Seitdem hat er das Amt inne, weil sich jeder vor ihm fürchtet, dem Mann, der kahl ist, drei Mütter besaß und mit blindem Wurf einen Fürsten der Feen umbrachte.

4

Um Einfühlungsvermögen, die magische Sichtweise und das Formulieren von Zaubersprüchen aus dem Stegreif ging es nun auch in Tara, weshalb Druiden, weise Frauen und Dichter sich versammelten. Für einen Außenstehenden wie Kennog boten die Geschehnisse an diesem Tag einen seltsam undurchsichtigen Anblick. Der wolkenzerfaserte Himmel selbst schien sich nicht entschließen zu können, sein wahres Gesicht zu offenbaren, warmes Licht und kalte Schatten, launischer Wind, Regentropfen und Hitzephasen wechselten sich in rascher Folge ab. Die Menschen unten bevölkerten Taras Wiesen und Wälle, in kleinen Grüppchen zumeist steckten sie die Köpfe zusammen, um zu tuscheln. Andere schwiegen und beobachteten nur. Es gab welche, die machten den Eindruck, als würden sie schlafen, dabei folgten sie mit messerscharfen Sinnen ihrem Verstand. Wieder andere murmelten Verse, kneteten sie wie Brotteig im Mund, bis sie brauchbare Klänge abgaben. Aber es waren zumeist Worte, die Kennog völlig unsinnig vorkamen, genauso verrückt wie das Spucken von Feuer oder Mutproben wie barfüßiges Schreiten durch glühende Holzkohle.

Kennog sah einen Dichter Fleisch von einem roten Schwein, einem weißen Hund und einer schwarzen Katze kauen, das Gekaute unter einem Stein deponieren und mit einer wirren Zauberformel würzen. Danach legte sich der Mann quer über den Stein, um im Schlaf eine Offenbarung zu empfangen.

Er sah einen alten Druiden geheime Zeichen in die Luft malen und plötzlich vor einem Spiegel stehen, wo er sich mit seinem seitenverkehrten Abbild unterhielt. Kennog sah eine Schamanin aus dem Norden, die sang jodelnd vor Glück, weil sie den Fesseln der Sprache entschlüpft war, und ihr Gesicht verwandelte sich in das eines Adlers.

Er hörte eine weise Frau sagen: »Ich vernehme all die Stimmen im Wind, sehe die Bilder im Schein der Flammen, Wasser ist endlos und die Erde schläft nur. Mein Herz ist voll Sonne und frisch wie Minze mein Kopf. Ich gehe auf einem leuchtenden Pfad.« Diese Frau schien gewiss glücklich zu sein, aber sie verschwand, indem sich ihre Gestalt vor Kennog in Luft auflöste.

Überhaupt war er sich bei seinem langsamen, ziellosen Rundgang durch Tara keineswegs sicher, ob er es nur und immer mit Menschen zu tun hatte. Feenvolk oder zumindest solches, das ihnen nahe stand, durchmischte die Menge und der Nachbar bereits konnte zu ihnen gehören. Stechende Blicke durchbohrten Kennog, sodass er, um ihnen auszuweichen, zuweilen die Augen schloss und sich blindlings dem Strudel auslieferte. Er rempelte Leute an, benahm sich wie ein Narr, was aber nicht schlimm war, denn es gab ihrer viele. Die Narren genossen nämlich ein hohes Ansehen in Tara, weil sie die Freiheit besaßen, alles zu äußern, was ihnen gerade einfiel, und wenn es die Wahrheit war, schämten die anderen sich ihres vorschnellen Lachens. Aber das wusste Kennog zu diesem Zeitpunkt noch nicht …

Mitunter kam es ihm vor, als würde er besonders von den Druiden beobachtet. Sie schätzten den Schüler Oghams ab, um seine Schwachstellen herauszufinden. Und so versuchte mancher der weiß gekleideten bärtigen Männer ihn wie zufällig ins Gespräch zu ziehen mit Fragen wie dieser: »Und wie soll es nun weitergehen?«

»Ich weiß es noch nicht«, antwortete Kennog aus ehrlichem Herzen. Aber so sehr ihn selbst just diese Frage beschäftigte, so wenig hielt er es für ratsam, sich ausgerechnet diesen allzu listigen Alten zu offenbaren. »Vielleicht bis dorthin«, erwiderte er leichthin, »wo die Holunder schwarze Beeren tragen?«

»Eine gute Antwort«, lobte einer der Alten. »Wo sonst als hier wachsen so viele Holunderbüsche? Der Hügel von Tara ist für vieles der richtige Ort.«

Da wandte sich Kennog ab und schlenderte an streitenden Dichtern vorbei zum Rand des Hügels, um Beeren zu pflücken. In den streng riechenden Halbschatten der Büsche tauchte er ein, nahm eine Hand voll Beeren und zerrieb sie zu Brei. Mit ihm bestrich er den Talisman an seiner Halskette, die Pfeilspitze, die Nuada dem Bres schenkte, der sie zur Schilfinsel warf. Er polierte den Feuerstein blank, bis er in der Sonne wie braunes Feuer schimmerte. Er küsste die Pfeilspitze und legte sie sich auf die Stirn, während er vor Grainnes Wall im Gras ruhte, und hörte noch einmal die leise gemurmelten Worte der weisen Frau: »Ich vernehme all die Stimmen im Wind, sehe die Bilder im Schein der Flammen, Wasser ist endlos und die Erde schläft nur. Mein Herz ist voll

Sonne und frisch wie Minze mein Kopf. Ich gehe auf einem leuchtenden Pfad.«

Welche Selbstsicherheit, welche Zuversicht, solches zu äußern! Von all den Zauberern, Dichtern und Magiern auf dem Hügel von Tara kam sie ihm plötzlich am klarsichtigsten und ehrlichsten vor.

In einer warmen Mulde, gedeckt durch die Wand aus Holunderbüschen, ruhte Kennog im Gras. Hatte der Meister ihm nicht befohlen, das Treiben in Tara zu beobachten, damit er ihm am Abend berichten konnte? Doch obwohl er reglos auf dem Boden lag und in die Sonne blinzelte, schien es ihm mit einem Mal, als führe er gerade hier und auf diese Weise den Auftrag des Meisters am gewissenhaftesten aus. Beglückt spürte er, wie sein Geist klar wurde und seine Sinne sich schärften. Er hörte, wie sich die Luft mit wispernden Stimmen erfüllte, und sah, dass die Hügel und Mulden ringsum sich leise hoben und senkten wie die atmende Brust einer unvorstellbar großen und mächtigen Riesin. War das schon die Wirkung der Pfeilspitze des Bres? Da schob sich verdunkelnd ein Schatten vor die Sonne und als Kennog die Augen weiter öffnete, stand Diarmaid vor ihm.

»Ich bin dir gefolgt«, sagte der junge Krieger, ohne sich lange bei einer Begrüßung aufzuhalten. »Hast du mit Ogham gesprochen? Ist er bereit, mich als seinen zweiten Schüler aufzunehmen?« Neben Kennog glitt Diarmaid ins Gras. Sein Lederhelm schimmerte in der Sonne und seine hellen Augen blickten den Jüngeren durchdringend an.

Mein Denken, erkannte Kennog, ist in der Tat pfeilschnell geworden und mein Geist kühner fast als der des Meisters selbst. »Nimm dies, die Pfeilspitze des Bres«, sagte er so selbstverständlich, als verfolge er einen seit langem bestehenden Plan. »Du musst sie küssen und auf deine Stirn legen, dann wird auch dein Geist adlergleich.« Und da Diarmaid ihn nur fragend ansah, fügte er ungeduldig hinzu: »Wir brechen *jetzt* auf, Diarmaid, in diesem Moment. Verstehst du nicht? Die magische Pfeilspitze wird uns helfen. Gemeinsam unternehmen wir eine Gedankenreise und spüren die Gegenstände der Kraft, die noch fehlen, in ihren Verstecken auf. Noch ist Lugnasad nicht vorbei, noch können wir die Lanze des Lug aus der heiligen Eiche ziehen. Auch den gravierten Stein des Mac Cecht, der die Tiefen der Berge aufschließt, werden wir suchen, und den Ring des Mac Creine, der Recht von Unrecht zu unterscheiden hilft.«

Während Kennog immer hastiger gesprochen hatte, war Diarmaid näher zu ihm herangerückt und nun nahm er die Pfeilspitze des Bres von Kennogs Stirn. Wie der Jüngere ihn geheißen hatte, küsste er den magischen Stein, drückte ihn auf seine Stirn und legte die Kette dann mit einer ehrfürchtigen Geste wieder um Kennogs Hals.

»Gib mir deine Hand«, sagte Kennog, wie er es bei ihrer Reise durch die Anderswelt vom Meister gelernt hatte. »Damit wir uns unterwegs nicht verlieren. Und sei vorsichtig, Diarmaid, lass dich von den Geistern nicht verleiten, ihnen in Gefilde zu folgen, aus denen es keine Wiederkehr gibt.«

Sie beide lagen nun nebeneinander rücklings im Gras. Wortlos reichte Diarmaid Kennog eine Hand. Und im selben Moment, da sie die Augen schlossen, wurden sie von einem Sog ergriffen, der sie kraftvoll wie der Sturmdämon Aife mit sich riss und doch sanft wie eine warme Brise war.

5

Pfeilschnell jagten sie nebeneinander auf einer weiten Ebene dahin. Einmal glaubte Kennog zu erkennen, dass sie auf Pferden ritten, dann wieder sah er, dass ihre Gestalten Schatten auf die Erde unter ihnen warfen – Schatten mit den weit ausgespannten Schwingen mächtiger Adler.

Unter ihnen glitt ein Eichenhain vorbei und Diarmaid deutete auf die Bäume und rief: »Da! Die Lanze des Lug!« Doch die Kraft, die sie mit sich zog, hielt nicht für einen Lidschlag inne und der Eichenhain verschwand hinter ihnen wie ein Spuk.

Die Landschaft wurde schroffer, Felsen türmten sich auf kargem Grund in die Höhe und ein Rauschen und Tosen wie von gewaltigen Wassermassen schwoll immer lauter an. Plötzlich waren sie am Steilufer eines breiten, reißenden Stromes. Unten in der schäumenden Strömung trieb ein Boot vorüber, so rasch, dass Kennog nicht erkennen konnte, wer in dem winzigen Schiffchen saß. Es war eine Frau, kein Zweifel, golden leuchtete ihr Haar in der Sonne, deren Strahlen nur mühsam bis in die Schlucht des Stromes vordrangen. Schon war das Boot mehr als einen Speerwurf weit abgetrieben, da hallte der Ruf der Goldhaarigen durch die Schlucht:

»Diarmaid! Rette mich!«

Kennog, der wie erstarrt am Steilufer hoch über dem Strom stand, entsann sich erst in diesem Moment, dass Diarmaid bei ihm war. Noch immer hielten sie einander bei den Händen, doch nun riss sich Diarmaid mit einer ungestümen Bewegung los und stürzte sich kopfüber in den Strom.

»Diarmaid …!«, schrie jetzt auch Kennog, aber es war

zu spät. Schon tauchte der junge Held der Fianna in die Fluten ein, schon wurde er von der Strömung ergriffen und jagte, einer Welle ähnlicher als einem Menschen, dem Boot hinterher.

Eben wollte ihm Kennog mit einem kühnen Kopfsprung folgen, da vernahm er eine sanfte Stimme, die ihn innehalten ließ. »Lass ihn, Kennog«, sprach die Stimme so leise, dass er sie im Tosen und Brausen des Stromes unmöglich hätte hören können, und doch verstand er wundersamerweise jedes Wort. »Diarmaid tut, was er tun muss, doch das ist nicht der Weg, der zu mir führt.«

Suchend irrten Kennogs Augen den Strom hinab, wo von Diarmaid und der Goldhaarigen längst nichts mehr zu sehen war. Als er den Blick hob, entdeckte er auf der anderen Seite des Flusses, in gleicher Höhe mit ihm und doch durch die reißenden Wasser unerreichbar, eine schlanke Gestalt. Im Gegenlicht der Nachmittagssonne stand sie auf dem felsigen Steilufer, eine dunkle Silhouette, umrahmt von Sonnenstrahlen, und ihre Augen, glühend wie Kohlenstücke, sahen ihn durchdringend und doch zärtlich an.

»Du bist das Mädchen aus … meinem Traum …«, stammelte er.

Ihre Augen lächelten. »Kehre um, Kennog«, sagte sie, »geh zurück ins Innere der Königsburg. Nur dort drinnen verläuft der richtige Weg.«

»Aber ich muss die Lanze des Lug finden!«, protestierte er und seine Stimme hallte von den Schluchtwänden wider. »Den Ring des Mac Greine und den Stein des Mac Cecht, der die Tiefen der Berge öffnet.«

»Sieh doch her«, sagte sie, »ich habe ja längst gefunden, was du immer noch so begierig suchst.«

Nach diesen Worten hob sie zu Kennogs maßlosem

Erstaunen ihre rechte Hand, in der sie eine gewaltige Lanze hielt. Mitten auf dem Schaft der Lanze glitzerte und blinkte etwas blendend im Sonnenlicht – ein Ring, erkannte Kennog, den das Mädchen auf die Lanze wie auf einen Riesenfinger geschoben hatte. Nun hob sie auch ihre andere Hand und obwohl auch das unmöglich war, sah Kennog klar und deutlich, dass sie in ihrer Linken einen länglichen Stein hielt.

»Du ... hast die fehlenden Gegenstände der Kraft gefunden!«, stammelte er beglückt.

Noch immer sah er von ihr nur die schlanke Silhouette, umgeben von sprühendem Sonnenlicht, und ihre dunklen Augen, die wie Edelsteine funkelten und glühten. Urgewaltig toste unter ihnen der Strom vorüber und doch schien das Mädchen ihm so nah zu sein wie kein anderes Wesen, seit seine Eltern von Mörderhand umgekommen waren. Immer noch mit den Augen lächelnd zog das Mädchen nun den Ring von der gewaltigen Lanze, bis er über deren dünneres Ende rutschte und klirrend zu Boden fiel. Da stieß Kennog vor Erstaunen einen heiseren Ruf aus, denn die vermeintliche Lanze rollte sich vor seinen Augen mit trockenem Rascheln und Knistern auseinander und wehte nun von der emporgereckten Hand des Mädchens wie ein Banner herab. Pfeilschnell war noch immer das durch den Feuerstein des Bres geschärfte Denken Kennogs. »Eine Schriftrolle!«, rief er aus.

»Ja, Kennog«, bestätigte sie, »die Lanze des Lug ist nicht verloren, sie hat sich nur umgewandelt und birgt in neuer Gestalt die uralte, unerschöpfliche Zauberkraft.« Während sie sprach, ließ sie die Rolle zu Boden und den Stein des Mac Cecht in ihre Rechte gleiten. Es war ein schlanker, heller steinerner Stab, bedeckt mit magischen Gravuren. Sein eines Ende, das angespitzt war wie das eines Pfeiles, tauchte sie in eine Schale voll Pflanzensaft, dann beugte sie sich über die am Boden ausgebreitete Rolle und zeichnete mit raschen, anmutigen Gesten einige Schriftzeichen darauf. Stumm beobachtete Kennog, wie sie die Schriftrolle wieder einrollte, mit dem Ring verschloss und zuletzt auch den Schreibstab noch zwischen Rolle und Ring schob.

Als sie sich aufrichtete, hob sie abermals den Arm, sodass die Rolle im Gegenlicht nun wieder wie eine mächtige Lanze aussah und sie selbst wie eine junge Kriegerin, die sich bereitmachte, ihren Speer zu werfen. Aber sie warf Kennog die magischen Gegenstände nicht zu.

»Kehre ins Innere der Königsburg zurück«, rief sie stattdessen wieder beschwörend, »dort allein findest du die magische Kraft, die uns Menschen geblieben, die uns von den Geistern gegeben worden ist als eine Zauberkraft nach Menschenart. Kehre zurück, ich werde dort auf dich warten!«

Da fühlte Kennog, wie er aufs Neue von der gebieterischen und doch sanften Kraft gepackt wurde, die vorhin ihn und Diarmaid ergriffen und hierher, zum reißenden Strom, getragen hatte. Als er die Augen öffnete, saß er wieder in der Mulde hinter den Holunderbüschen und neben ihm kauerte Diarmaid im Gras.

6

Du bist ... nicht ertrunken?«, fragte Kennog und fürchtete einen bangen Moment lang, dass Diarmaid ihn verständnislos ansehen und dann auslachen würde wie jemanden, der zwischen Traum und Wirklichkeit nicht unterscheiden kann.

Aber Diarmaid schüttelte den Kopf mit einem verwirrten Lächeln, das nicht der Frage Kennogs, sondern seinen Erlebnissen während ihrer Reise zu gelten schien. »Wieso sollte ich ertrinken«, gab er zurück, »wenn ich mit der schönsten und lieblichsten Frau der Welt in einem Boot sitze?« Doch dann wurde er ernst und erzählte Kennog hastig, was er, von der Magie des Bres pfeilschnell durch die Zeit getragen, erlebt hatte.

Auf den Hilferuf der goldhaarigen Frau hin war er in den Strom gesprungen, um sie zu retten. Die Strömung riss ihn mit sich fort, schneller als das Boot, in dem das Mädchen dahintrieb. Bald schon erreichte er sie, schwang sich in das Boot und fand darin nicht nur die überschwänglich ihn willkommen heißende Frau, sondern zu seinem großen Erstaunen auch die magischen Gegenstände, nach denen sie gesucht hatten.

»Wie, auch du hast die Lanze des Lug gefunden, den Ring des Mac Greine und den gravierten Stein des Mac Cecht?«, rief Kennog aus.

»Höre weiter«, sagte Diarmaid. »Der funkelnde Ring steckte an einem Finger des goldhaarigen Mädchens. Der Stein mit den magischen Gravuren rollte mir auf dem Bootsboden entgegen. Als ich ihn aufnahm, um ihn der Frau zu reichen, berührte ich sie versehentlich mit der Spitze des Stabes und dann …« Er warf Kennog einen Blick zu, in dem sich tiefes, verzücktes Erstaunen spiegelte. »Es war, als hätte der Stein des Mac Cecht mir ihr Herz und ihre Seele geöffnet. Auf einmal konnte ich in sie hineinblicken, bis in die tiefsten Tiefen ihres Inneren und mir war, als schaute ich in eine zauberische Landschaft von nie gesehener Schönheit hinein. Da berührte auch sie mich mit dem magischen Steinstab und ich fühlte, wie sich auch meine Seele für sie weit öffnete, und wir ... wir versanken ineinander, offenbarten uns alle Geheimnisse, Hoffnungen und Wünsche ... Es war, als wären alle Grenzen zwischen uns aufgehoben, als wären sie und ich ein einziges vollkommenes Wesen ...«

So sprach oder vielmehr stammelte Diarmaid noch längere Zeit, benommen von einem Glück, das Kennog aufgewühlt mitempfand, ohne recht zu begreifen, wovon sein Reisebegleiter redete. Wieso hatten sich die Gegenstände der Kraft Diarmaid in ganz anderer Weise offenbart als ihm selbst? Obwohl er spürte, dass die magische Kraft der Pfeilspitze des Bres noch immer sein Denken beflügelte, fand er auf diese Frage keine Antwort.

»Aber wer war die goldhaarige Frau?«, fragte er stattdessen. »Hast du sie erkannt? Hat sie dir ihren Namen gesagt? Und was ist mit der Lanze des Lug? Hast du neben dem Ring und dem Stein nicht auch sie gesehen?«

»Wie sie aussah?«, wiederholte Diarmaid, wurde auf einmal leichenblass und blickte tief bekümmert zu Boden. »Sie hatte ... goldenes Haar. Sie war ... wunderschön. Ihre Augen ... ich ertrank in ihnen ... Aber du könntest mich prügeln«, rief er plötzlich aus, »und ich könnte dir trotzdem nicht sagen, wie ihr Gesicht beschaffen war!«

Wieder versank er in grüblerisches Schweigen. Auch Kennog blieb stumm, dachte aufgewühlt und ergebnislos über ihre Erlebnisse nach und wartete auf den Moment, da Diarmaid von sich aus weitersprechen würde.

»Noch etwas Seltsames«, sagte der Fianna-Krieger endlich. »Wir fuhren eine Weile in dem Boot dahin, da jagte auf einmal durch die tosenden Fluten ein Schatten auf uns zu. Ein riesiger Fisch!, dachte ich zuerst und griff nach einem Ruder, um dem Fisch, wenn er näher heran wäre, einen Schlag zu versetzen. Aber das Ruder war kein Ruder und der Fisch war kein Fisch ... Auf einmal hielt ich die Lanze des Lug in Händen und ihre Spitze deutete auf das Wesen, das im Wasser heranschnellte – es war ich selbst!«

»Du?«, wiederholte Kennog ungläubig.

Diarmaid nickte, aber sein Blick ging durch Kennog hindurch. »Ein Doppelgänger von mir, aber es kommt noch sonderbarer – er trug ein genaues Abbild des Ringes von Mac Greine, den ich an der Hand der goldhaarigen Frau entdeckt hatte. Und wie er uns beide eng nebeneinander sitzen sah und erkannte, dass wir uns liebten, da stieß er einen Zornesschrei aus, riss sich seinen Ring herunter und schleuderte ihn weit fort in den Strom, wo der Ring in den Wellen versank. Dann packte er das untere Ende der Lanze, mit der ich auf ihn zielte, und entriss sie mir mit urgewaltiger Kraft. Hoch bäumte er sich im Wasser auf, schrecklich anzusehen mit seinem Gesicht, das die wutverzerrte Fratze meiner selbst war.

Um die Frau zu schützen, warf ich mich vor sie, deckte sie mit meinem Körper und wandte dem Angreifer den Rücken zu wie einen Schild. ›Lass uns zusammen sterben, Geliebter‹, sagte die Frau zu mir. Seltsamerweise nickte ich zustimmend und so erwarteten wir, ohne uns zu wehren, eng umschlungen unseren Tod. Da schleuderte der Mann im Fluss, der mir wie ein Ei dem anderen glich, mit einem furchtbaren Zornesschrei die Lanze so, dass sie mir von hinten durchs Herz fuhr und vorn wieder hervorkam. Ich versuchte die Frau rasch noch seitlich wegzuziehen, aber zu spät«, schloss Diarmaid, der nun vollkommen erschöpft klang. »Dieser andere ...«, murmelte er, »hat uns beide Herz an Herz mit der Lanze des Lug zusammengenagelt ...«

Kaum hatte Diarmaid zu Ende gesprochen, da sprang Kennog, von einem unbezähmbarem Drang ergriffen, auf.

»Was bedeutet das alles?«, hörte er Diarmaid fragen. »Ich verstehe das nicht ...«

Doch Kennog war nicht imstande, auch nur einen Augenblick noch an diesem Ort zu verweilen. Bloß weg hier!, war alles, was er in diesem Moment denken konnte. Er wollte allein sein, die wirbelnden Bilder in seinem Kopf ordnen, noch einmal der rätselhaften Verheißung des Mädchens aus seinem Traum nachsinnen und dann ... dann wurde es allerhöchste Zeit, dass er sich seinem Meister offenbarte.

Niemand auf der Welt außer Ogham konnte die Rätsel lösen, die ihm selbst und Diarmaid bei ihrer vielleicht allzu kühnen Reise aufgebürdet worden waren. Und für den Großen Plan des Königs, das spürte Kennog eher, als dass er es wirklich begriff, schien das von ihm und Diarmaid Erlebte von allergrößter Bedeutung zu sein.

»Wir sprechen morgen weiter«, rief er zum Abschied und seine Füße hinterließen eine leuchtende Spur im Gras, als er in Richtung des Zeltes von Ogham davonstob.

7

Auch in dieser Nacht fanden Kennog und sein Meister nur wenig Schlaf. Eine Weile hatte sich der Junge auf seiner Lagerstatt gewälzt und unverständliche Worte gemurmelt, dann richtete er sich auf und bat Ogham zaghaft, ihn anzuhören.

»Was ist denn?«, brummte der Meister ungnädig. Auch er hatte noch kein Auge zugetan, so wenig wie in den Nächten zuvor. Noch immer plagten ihn Zweifel, wie er sich zum Großen Plan des Königs stellen sollte: War es richtig, die Suche nach den noch fehlenden Gegenständen der Kraft aufzugeben? Hatte der König Recht mit seiner Ansicht, dass die alten Zeiten unwiederbringlich vergangen seien und ein neues Zeitalter heraufdämmere, mit neuen Möglichkeiten, neuen Herausforderungen, die eben auch neue, zeitgemäße Mittel und Werkzeuge in den Händen des Königs und des Volkes von Erinn erforderten? War aber die Einführung einer Schrift tatsächlich der richtige, Erfolg verheißende Weg? Bedeutete sie nicht, dass man auf die kraftvolle Magie der alten Zeit verzichtete und sich mit etwas ungleich Schwächerem begnügte? Was war aber andererseits mit dem warnenden Wüten des Urwesens der alten Welt – des einst kraftstrotzenden Drachen, der mit letzter Anstrengung verkündet hatte, dass es mit ihm zu Ende gehe? Nicht nur Ogham hatte diesen Ruf vernommen, alle Menschen in ganz Erinn hatten unter seinen wütenden Schlägen gezittert, doch nur wenige Magier – wie er selbst und der oberste Druide von Tara – hatten die unheimliche Botschaft verstanden: Die alte Welt sank in den Staub und etwas Neues, noch vollkommen Unbekanntes begann.

So wägte Ogham bei Tag und Nacht das Für und Wider und kam zu keinem Ergebnis. Bis sein junger Schüler Kennog ihm zu dieser späten Stunde stockend und schuldbewusst von der kühnen Reise berichtete, die er gemeinsam mit Diarmaid unternommen hatte.

Nachdem Kennog mit seinem Bericht an dem Punkt angekommen war, da er sich in die Grasmulde hinter die

Holunderbüsche zurückversetzt gefunden hatte, unterbrach er sich plötzlich und sagte: »Was Diarmaid dort erlebt hat, erzähle ich dir gleich. Zuerst aber erkläre mir bitte, wie du die wundersame Verwandlung der magischen Gegenstände verstehst.«

Natürlich brannte ihm noch eine weitere Frage auf der Zunge: *Werde ich dem Mädchen aus meinen Träumen hier in Tara begegnen, wie sie es mir vorhin am Felsufer versprach?* Aber der Meister war so tief in Gedanken versunken, dass Kennog ihn nicht zu stören wagte.

Lange Zeit schwieg Ogham. Doch anders als der Junge befürchtet hatte, bekam er anschließend keine Zornesausbrüche, keine Strafrede, ja sogar weitaus mehr Lob als Tadel zu hören.

»Du hast viel und schnell gelernt«, brummte der Alte. »Nicht mehr lange und ich werde dir kaum noch etwas beibringen können. Natürlich weißt du so gut wie ich, dass es nicht recht gehandelt war, mir deine Absicht zu verschweigen. Aber ich gebe zu, Kennog, dein Gedanke war gut und lag so nahe, dass ich selbst hätte daran denken müssen. Als wir mit Hilfe des Kessels des Dagda die Kette des Fiachna aus der Anderswelt holten, begaben wir uns in Lebensgefahr und wir waren uns einig, einen solchen Versuch niemals mehr zu wagen. Aber der rasende Flug der Gedanken, zu dem dir die Pfeilspitze des Bres verhalf, hat dich nicht in die Anderswelt geführt. Wie es aussieht, konntest du tatsächlich einen Blick in die Zukunft werfen, und auch wenn sich dir diese nur verschleiert darbot, hast du dennoch gleich alle drei magischen Dinge entdeckt, die uns noch fehlten. Aber wie seltsam verwandelt sie sich deinem Blick darboten! Hmm, lass mich überlegen …«, murmelte Ogham und zog sich einmal mehr in grüblerisches Schweigen zurück.

Kennog säuberte den Docht ihrer blakenden Lampe. Ungeduldig wartete er, bis der Meister sein Schweigen wieder brechen würde. Aus Erfahrung wusste er, dass es nicht nur unschicklich war, sondern auch wenig Sinn hatte, Ogham zu drängen.

»Höre, Kennog«, sagte der Alte endlich, »je länger ich darüber nachdenke, desto klarer wird die Sache für mich. Das Mädchen, das dir an jenem Fluss begegnet ist, hat dir all die Fragen beantwortet, mit denen ich mich seit Tagen quäle. Ich glaubte mich zwischen zwei Gegensätzen entscheiden zu müssen, die einander unversöhnlich ausschließen, aber das war ein Irrtum und nur deshalb kam ich bei aller Grübelei keinen Schritt weiter. Gib es nur zu, auch du hast gedacht, wir müssten uns entweder für die weitere Suche nach den magischen Dingen oder für den Großen Plan unseres Königs entscheiden. In Wahrheit aber gibt es dieses Entweder-oder überhaupt nicht.

Ogham fuhr mit feierlich bewegter Stimme fort: »In der Schrift, die ich als Meister des Großen Plans nach dem Willen des Königs ersinnen und einführen soll, erneuert und verjüngt sich vielmehr die Magie der alten Welt, die uns in Form der Gegenstände der Kraft überliefert worden ist. Du hast mir Zentnerlasten des Zweifels von der Brust gehoben, Junge, denn anders lässt sich dein Erlebnis überhaupt nicht verstehen. Die Lanze des Lug, die niemals ihr Ziel verfehlt, wird sich in jene Fülle an Schriftrollen verwandeln, die auch Cormac Mac Art in seinen Träumen sah. Ich verstehe das Bild so, dass wir Menschen aufgerufen sind, künftig sozusagen geistige Pfeile auf die Ziele der Wahrheitssuche und der Vermehrung des Wissens abzuschießen.«

»Und der Stein des Mac Cecht?«, fragte Kennog, der

sich anstrengen musste, um mit den Gedankensprüngen seines Meisters Schritt zu halten. »Wie kann sich denn ein magischer Stein, der Berge öffnet, in einen Schreibstab verwandeln?«

»Die Schrift wird uns die Goldadern und Erzminen des kostbarsten Wissens erschließen«, erklärte Ogham zuversichtlich, »und uns überdies zu den funkelnden Edelsteinen der dichterischen Phantasien führen, die tief im Inneren unserer Wirklichkeit eingeschlossen sind.« Von innerer Bewegung gedrängt, sprang er auf, um in ihrem Zelt auf und ab zu schreiten, stieß aber in dem engen Raum überall an und ließ sich schnaufend am Rand von Kennogs Lagerstatt nieder.

»Gleicht nicht unsere Welt – und ähnelt nicht sogar mancher raue Kriegsheld – äußerlich einem steinernen Berg?« rief er aus. »Und enthalten sie unter dem schroffen Panzer nicht die erstaunlichsten Wunder, vergleichbar den Schwarzelfenschätzen in den Tiefen der Berge, von denen schon unsere ältesten Legenden künden? So wird auch der zum Schreibstab verwandelte Stein des Mac Cecht uns ungekannte Berge des Geistes und der Träume öffnen, zusammen mit der Schrift, in der sich die Magie der alten Welt Erinns vollenden wird …

Nur eines macht mir Sorge«, fuhr Ogham fort, indem er seine Stimme senkte, »der Ring des Mac Greine. Wenn ich dein Erlebnis richtig deute, Kennog, so wird er künftig als Siegel dienen, mit dem die Schriftrollen versiegelt sind.«

»Aber ist es denn nicht beruhigend zu wissen«, fragte der Junge, »dass die Schriftrollen von der Kraft umschlossen sind, zwischen Recht und Unrecht zu unterscheiden?«

»So gesehen schon«, erwiderte Ogham. »Doch wer in

ihnen lesen oder schreiben will, muss zuvor das Siegel brechen.«

Kaum hatte Ogham diese Worte geäußert, da erlosch die Lampe und es wurde stockfinster im Zelt.

»Lass nur«, hörte Kennog den Alten sagen, »kümmere dich jetzt nicht um die Lampe, ich zerspringe fast vor Ungeduld, nun auch noch von Diarmaids Erlebnissen zu erfahren.«

»Sofort, Meister«, sagte der Schüler, der sich nicht länger bezähmen konnte. »Ich bitte dich nur, kläre du mich vorher über eines noch auf: Werde ich das Mädchen vom Fluss, wie sie es mir versprach, hier in Tara in der Wirklichkeit wieder sehen?«

Trotz der im Zelt herrschenden Dunkelheit glaubte Kennog den Blick des Meisters auf sich zu fühlen und er war sicher, dass Ogham auf seine versonnene Art schmunzelte. »Ich glaube, du wirst ihr sehr bald schon begegnen, Junge«, sagte er. »Aber jetzt erzähle mir rasch, was Diarmaid widerfahren ist.«

Diesen Teil von Kennogs Bericht hörte sich Ogham nicht schweigend an, vielmehr unterbrach er seinen Schüler immer wieder durch erregte Ausrufe. »Eine goldhaarige Frau, sagst du?«, rief er etwa, oder: »Und er konnte sich an ihr Gesicht nicht erinnern?« Doch anschließend versank er wiederum in brütendes Schweigen, das Kennog umso schwerer ertragen konnte, als die Stille in der herrschenden Dunkelheit lastend und hart wie Felsen zu werden schien.

»Ich muss gestehen«, sagte Ogham nach schier endlosen Momenten des Schweigens, »dass ich Diarmaids Erlebnisse nicht ganz enträtseln kann. Auch er hat erfahren, in welche neue Gestalt sich die Magie der alten Zeit umwandeln wird – aber er erfuhr etwas ganz anderes als du, und etwas, das mich sehr viel mehr beunruhigt. Der Stein des Mac Cecht verwandelte sich auch ihm zu einem steinernen Stab, der aber nicht Berge und nicht die Erzminen des Wissens und der Phantasie zu öffnen scheint, sondern die Herzen und die Seelen zweier Liebender … Was sage ich? Liebe …«, murmelte Ogham, und dann in fragendem Tonfall: »Liebe? Könnte das der Schlüssel sein? Nein, ich verstehe es noch nicht wirklich. Zumal es sich um eine fürchterliche, maßlose, zerstörerische Form der Liebe zu handeln scheint, die den Mann in einen Geliebten und einen Nebenbuhler seiner selbst zerspaltet und das Liebespaar auf tödliche Weise vereint. Hat nicht eher der Rivale im reißenden Wasser ein Anrecht auf die goldhaarige Frau? Immerhin trägt er den gleichen Ring wie sie, den Ring des Mac Greine. Aber dann schleudert er ihn davon und sie alle verlieren jedes Gespür für Recht oder Unrecht …«

»Und die Lanze des Lug?«, fragte Kennog, in der Finsternis unwillkürlich flüsternd.

»Von ihr hieß es, wie du weißt, dass sie niemals ihr Ziel verfehle. Hat sie sich auch dort in das ihr bestimmte Ziel gebohrt, als sie die Herzen der Liebenden aneinander nagelte?«

Kennog erschauerte und er schrak noch heftiger zusammen, als er den Meister murmeln hörte:

»Hier die helle Magie der Schrift, die das Wissen und die Bergwerke der dichterischen Phantasien öffnet, dort der dunkel funkelnde Zauber einer Liebe, deren letztes Ziel die Vereinigung im Tod zu sein scheint … Wie können sich die Lanze des Lug, der Ring des Mac Greine und der Stein des Mac Cecht auf so unterschiedliche Weise verwandeln? Oder erkenne ich nur nicht die Gemeinsamkeit?«

Während Ogham laut vor sich hin grübelte, waren Kennogs Gedanken unaufhaltsam wieder zu dem Mädchen vom Flussufer abgeschweift. Ihre verheißungsvollen Worte wiederholend, murmelte er: »Kehre ins Innere zurück, dort werde ich auf dich warten ...«

»Was sagst du, Junge?«, riss ihn auf einmal der Alte aus seinen Gedanken. »Wiederhole bitte, was du eben gesagt hast!«

»Es war ... nicht wichtig«, sagte Kennog verlegen. »Ich habe nur die Worte nachgesprochen, die sie ...«

»Wiederhole sie!«

Und Kennog, der die plötzliche Anspannung in der Stimme des Meisters hörte, wiederholte folgsam: »Kehre ins Innere zurück, dort werde ich auf dich warten ...«

»Ins Innere, ins Innere ... Ja, ich glaube, das ist es«, sagte Ogham auf einmal mit klarer Stimme, »jetzt habe ich die Botschaft verstanden, die du und Diarmaid von eurer Reise mitgebracht habt. Merke dir gut meine Worte, Junge: Die Magie der alten Zeit wird nicht erlöschen, aber sie wird schon bald nicht mehr in der äußeren Welt zu finden sein. Die künftigen Gegenstände der Kraft werden wir nur noch *hier* ...« – Kennog erschrak, als er plötzlich einen knochigen Finger des Alten gegen seine Stirn klopfen fühlte – »und *hier* finden ...« Jetzt bohrte sich der Finger des Meisters in Kennogs Rippen, hinter denen aufgeregt sein Herz pochte. »Der menschliche Geist wird sich in Abenteuer stürzen, die nur den Wagnissen und Heldentaten der alten Zauberer und Krieger vergleichbar sind. Und die Feenreiche voll kühner Tollheit und süßer Verwirrung, die wir Alten draußen in den Wäldern und Hügeln Erinns fanden, werden so wenig vergehen wie die Lanze des Lug oder der Stein des Mac Cecht. Aber es werden, wie die Abenteuergefilde des Geistes, innere Welten, Landschaften der Seelen und Herzen und der Träume sein.«

»Aber warum sollten die Liebenden künftiger Zeiten sich wünschen, gemeinsam zu sterben wie Diarmaid und die goldhaarige Frau?«, fragte Kennog. »Ich kann mir wirklich nicht vorstellen, dass nicht auch sie lieber miteinander ...« Abrupt verstummte er und errötete tief, was jedoch Ogham in der Finsternis glücklicherweise nicht sah.

»Diese Frage beschäftigt mich auch«, sprach der Meister mit einem Lächeln in der Stimme. »Ich kann es mir nur so erklären, dass die Menschen einer Zeit, die lebendige Magie nur noch im Inneren – in den Köpfen und Herzen – findet, nicht nur die sie umgebende Außenwelt, sondern selbst ihre eigenen lebendigen Körper als etwas Trennendes, Fremdes und Störendes erfahren. Wie können ihre Seelen und Geister sich dann noch vereinigen, außer im Tod, der sie aus den Gefängnissen ihrer Körper befreit?«

Kennog antwortete nicht. Von Erschöpfung überwältigt, war er neben Ogham unvermittelt in Schlaf gesunken und murmelte leise im Traum. Die letzten Sätze des Alten hatte er schon nicht mehr gehört und er hätte sie gewiss auch dann nicht verstanden, wenn die Pfeilspitze des Bres abermals sein Denken geschärft hätte. »Kehre ins Innere zurück«, murmelte er traumverloren, »dort warte ich auf dich ...«

Entgegen der Deutung, die Ogham diesen Worten eben noch verliehen hatte, schlang Kennog nun aber seine Arme um den mageren Leib des Alten. Er umarmte Ogham so sehnsüchtig, als wäre der jenes Mädchen aus Kennogs Träumen, dessen Ankunft in der körperlichen Welt der Junge anscheinend kaum mehr erwarten konnte.

Nun ja, dachte der Alte schmunzelnd, vielleicht bin ich ein wenig übers Ziel hinausgeschossen. Auch die Magie der Körper, der Zauber der Berührung wird sicherlich niemals erlöschen. Behutsam löste er sich aus Kennogs irrtümlicher Umarmung. Noch während er sich in der Dunkelheit zu seinem Lager zurücktastete, lächelte er vergnügt vor sich hin. Doch dann fiel ihm die Lanze des Lug wieder ein, die in Diarmaids Vision die Herzen der Liebenden tödlich vereint hatte, und seine Miene verdüsterte sich. Warum hat sich gerade Diarmaid, überlegte er, diese Seite der Zukunft offenbart? Und wer war verflixt noch mal die goldhaarige Frau?

Noch lange lag Ogham in dieser Nacht wach und dachte voll Freude und Sorgen über die künftige zwiegesichtige Verwandlung der Magie nach, von der er durch seinen Schüler erfahren hatte.

8

Darf ich auf deiner Harfe spielen?«, fragte Kennog am nächsten Morgen. »Es heißt, dass heute ein Wettstreit der Musikanten in Tara stattfindet.«

Der Meister musterte kritisch seinen Schüler. »Ich gebe zu, dass du gestern, wenn auch ohne meine Erlaubnis, eine wahre Heldentat vollbracht hast«, sagte er. »Erlaube mir trotzdem die Frage: Fühlst du dich schon so sicher, dass du gegen die Besten des Landes antreten willst?«

»Ja.«

»Na gut, warum nicht? Probiere deine Kunst aus«, stimmte Ogham zu. Er wirkte an diesem Morgen verdüstert, als sei er während der Nacht zu dem Schluss gekommen, dass in Kennogs Bericht letztlich doch die schlechten Nachrichten und Verheißungen die guten überwogen.

Ohne ein weiteres Wort nahm Kennog die Harfe und zog mit ihr zu Grainnes Wallburg, wo sich seit der frühesten Stunde die Musiker sammelten. Die eigenartigsten und seltsamsten Instrumente gab es dort zu bewundern, von Meisterhand gefertigt und von den Spielleuten geschmückt. Jeder durfte ein Stück zum Besten geben, vorausgesetzt, es war neu und eigens zu Lugnasad komponiert. Da klangen erstaunliche Melodien und Lieder auf, nie gehörte Texte und am Applaus ließ sich ablesen, welche Stücke der Menge am besten gefielen.

Kennog spielte erst einmal nicht, sondern hörte nur zu. Vielleicht war gerade das ein Fehler, denn je länger er die Musik der erfahrenen Spielleute hörte, desto banger wurde ihm, wenn er an sein eigenes Vermögen dachte. Nicht, dass er an seinem Können zweifelte, aber er spielte im Gegensatz zu den anderen ja erst seit kurzem auf dem Instrument und war trotz aller Begabung, die ihm der Meister zuschrieb, ein Anfänger.

»Und nun wollen wir gern Oghams Schüler hören«, vernahm er eine Stimme und als er aufblickte, fühlte er alle Augen auf sich ruhen.

Kennog brach der Schweiß aus, seine Hände zitterten, als er die Harfe aufnahm und zaghaft die Saiten zu streichen begann. Er hatte sich vorgenommen, ein Lied über seine gestrigen Erlebnisse zu spielen, über seine Reise und die wundersame Begegnung am reißenden Fluss. Aber es war wie verhext: Obwohl er sofort eine passende Folge von Tönen fand, las er aus den Gesichtern seiner Zuhörer blankes Unverständnis ab. Er sang von einer Lanze, die sich in eine Schriftrolle verwandelte, und rief damit nichts Besseres als spöttisches Gelächter hervor. Je befangener er wurde, desto belegter klang seine Stimme und als sich sein Blick dann auch noch im Haar der Königstochter Grainne verfing, war es um Kennogs Nerven gänzlich geschehen. Golden leuchtete Grainnes Haar in der Sonne, golden wie in dem Boot, das gestern an ihm und Diarmaid vorbeigetrieben war ... Kennog verhaspelte sich, strich hastig einen Schlussakkord und setzte die Harfe ab.

Zunächst herrschte peinliche Stille, dann plätscherte spärlicher Beifall auf, mehr mitleidig als wirklich anerkennend. Am liebsten wäre Kennog in diesem Moment vor Scham im Boden versunken. Die Blamage wog schwer. Mit Tränen in den Augen schlich er fort, aus tiefstem Herzen verzweifelt und elend. Die schöne Grainne hatte ihn gehört, Dabo, Boa und der König, ganz zu schweigen von all den anderen. Was hielten sie nun von ihm? Bestimmt dachten sie, dass er ein schlechter Schüler sei, ganz gewiss: Er hatte hier auf dem Platz vor aller Ohren sich selbst und seinen Meister blamiert. Wie sollte er Ogham sein schändliches Versagen erklären?

Mit diesen niederdrückenden Gedanken und Empfindungen schlich er zum äußersten Rand des Hügels, wo eine Schafherde weidete, und ließ sich traurig im Gras nieder. Die Tiere hoben nur kurz die Köpfe und wandten sich unbeteiligt wieder dem Fressen zu. Da stürzten die aufgestauten Tränen aus Kennog heraus, als bräche ein Damm. Hemmungslos weinte er wohl eine Stunde lang und fühlte dabei, dass es nicht nur wegen des soeben erfahrenen Misserfolgs war, sondern auch sein ganzes übriges Leben betraf: die Ermordung seiner Familie und Freunde, die Einsamkeit danach, die vielen Anspannungen seiner abenteuerlichen Reise mit dem alten Harfner und nun, vor allem anderen, die nagende Ungewissheit, ob und wie sich das Versprechen des Mädchens vom Fluss erfüllen würde. Und niemand kam, um ihn zu trösten …

Schließlich, als der Tränenstrom versiegt und in ihm nur noch eine Art schmerzhafter Leere war, entsann er sich der Vogelknochenflöte des Grünen Jägers, die er sich am Morgen gedankenverloren an den Gürtel gehängt hatte. Sie holte er nun hervor und blies eine Fonnsheen für die Schafe. Die Tiere hielten im Weiden inne, reckten die schwarzen Köpfe und starrten interessiert zu Kennog herüber, denn diese Fonnsheen erzählte von saftigen Wiesen und schmackhaften Kräutern, von warmen Sommern und milden Wintern, von den Freuden der Brunftzeit und dem Anlegen der Lämmer. Die verzaubernde Wirkung des Liedes lag darin begründet, dass es nicht irgendetwas erzählen wollte, dass es überhaupt nichts Bestimmtes wollte außer malen und beschreiben. Es war einfach und echt, deutlich und ungeschminkt, eines von den Liedern vielleicht, die Hirten in aller Welt mehr zufällig als gewollt an späten Sommertagen blasen.

Als Kennog geendet hatte, fand er sich von den Schafen umringt, einige lagerten mit zusammengefalteten Läufen im Gras und ein kleines mit vorwitziger Nase wagte sich vor und rieb seinen Kopf an Kennogs Knien. Er kraulte es sacht und dem Tier schien es zu gefallen. Als Kennog aber den Kopf zur Seite drehte, merkte er, dass ganz in der Nähe außer ihm noch ein menschliches Wesen saß: ein Mädchen in einfachem Rock, mit schwarzen Haaren und dunklen Augen – die Frau aus dem Süden, aus seinen Träumen und vom Steilufer am reißenden Fluss. Unfähig zu sprechen oder sich zu bewegen, starrte er sie regungslos an. Jetzt stand sie auf und kam näher.

»Eine wunderbare Melodie«, sagte sie lächelnd, »nie zuvor in meinem Leben habe ich ein so schönes Lied gehört.«

Kennog wusste nicht, was er darauf antworten sollte. Träumte er, war sie nicht doch nur eine Spukgestalt, die bloß in seiner Einbildung existierte? Nein, sie war ein Wesen aus Fleisch und Blut, denn sie konnte sprechen und sich bewegen, es war helllichter Tag und als sie sich zu ihm setzte, entströmte ihrem Haar ein Geruch wie von frischen Blüten. So nah saß sie neben ihm, dass er nur die Hand hätte auszustrecken brauchen, um sie zu berühren. Aber er wagte es nicht, sein Körper war gelähmt und sein Herz klopfte wie rasend.

»Du bist noch nicht lange in Tara«, sagte sie, »ich habe dich vorher noch nie hier gesehen. Hast du am Turnier der Spielleute teilgenommen?«

Kennog nickte betreten, die Erinnerung daran war ihm peinlich.

»Wenn du dort so gespielt hast wie eben hier, dann musst du der Sieger sein«, sagte das Mädchen. »Keiner bläst so herrlich die Flöte wie du.«

Ob des unerwarteten Lobes errötend wollte er etwas antworten, aber ihm fielen keine passenden Worte ein.

»Du bist nicht stumm, oder?«, fragte das Mädchen.

Kennog schüttelte den Kopf. Als sich ihre Blicke trafen, las er in ihren Augen eine rätselhafte Botschaft, die ihn noch mehr in Verwirrung stürzte. Am Fluss hatte sie ihm versprochen, ihn hier in Tara, in der Wirklichkeit, zu erwarten. Früher in seinem Traum hatte er ihren Mund geküsst und sie in den Armen gehalten und sie hatten sich zärtliche Worte zugeflüstert. Etwas, das hier und jetzt, an diesem Tag und in dieser Umgebung einfach unmöglich zu wiederholen schien. So blieb nichts anderes, als sie stumm anzusehen und mit den Augen zu streicheln. Es war, als würden sie gegenseitig ihre Gedanken lesen. Eine Ewigkeit lang saßen sie wohl so, versunken in ihr Gefühl und gänzlich abgetrennt von der übrigen Welt, Fragen und Antworten im Blick und warmes Verstehen, bis das Mädchen aufstand. Es war ihr anzusehen, dass sie sich mühsam losriss.

»Ich muss zu meiner Herrin zurück«, sagte sie, »sie braucht mich zur Vorbereitung des Festmahls und ich darf sie nicht verärgern.«

Da stand auch Kennog auf und ergriff ihre Hand. Klein und zerbrechlich lag sie in der seinen, wie etwas, das man beschützen musste, und doch warm vom pulsenden Blut. Auch zum Abschied konnte er ihr nichts sagen, kein einziges Wort, und hätte ihrer doch so viele bedurft, um auszudrücken, was er empfand. So erfuhr er noch nicht einmal ihren Namen.

Er blickte ihr lange nach, sah sie quer durch die Wiese laufen, den Hügel von Tara hinauf und kurz bevor sie endgültig verschwand sich noch einmal umdrehen und ihm zuwinken. Da hob auch er die Hand und winkte zurück. Dann tauchte ihre Gestalt bei den Wällen von Grainnes Burg in der Menge unter. Nur der Geruch ihres Haares blieb bei ihm zurück.

9

Der folgende Tag, der fünfte und vorletzte von Lugnasad, galt als allgemeine Festlichkeit, bei der sich noch einmal alle Sieger der Wettkämpfe in der Bankett-halle an Cormac Mac Arts Tafel zusammenfanden. Kennog aber hatte seit dem frühen Morgen überall in Tara nach dem Mädchen gesucht und suchte sie noch immer, als er mit Ogham in der Halle eintraf.

Immer wieder glaubte er in der Menge ihr schwarzes Haar und ihr schönes Gesicht auszumachen, doch wenn er näher herankam, stellte sich heraus, dass es zu anderen Frauen und Mädchen gehörte. Dabei musste sie irgendetwas mit der Königstochter zu tun haben, hatte sie nicht davon gesprochen, beim Festmahl zu helfen? Er spähte also zu Grainne hinüber, die neben ihrem Bruder Dabo und Boa, der kleinen Schwester, am Tafelende beim König saß. Dort drängten sich die Besten auf ihren Gebieten, um die Glückwünsche der königlichen Familie in Empfang zu nehmen. Kennog sah Diarmaid, wie er sich tief verbeugte, und er merkte, wie Grainne ihm auch danach noch bewundernde Blicke zuwarf. Von alldem schien der junge Held, der nun scherzend neben Blamoth, Kyll und seinen Gefährten saß, wenig zu bemerken. Ganz den Triumph des Sieges auskostend, lachten Diarmaid und Kyll, tranken aus demselben Trinkhorn und gaben sich ausgelassen und albern. Nur einmal, als Diarmaids Blick über Grainnes goldenen Haarschopf glitt, glaubte Kennog zu erkennen, wie seine heitere Miene für einen Augenblick angespannt und unruhig wirkte. Mit einem kaum merklichen Kopfschütteln, als versuche er sich vergeblich auf einen fast vergessenen Vorfall zu besinnen, wandte er sich ab und ließ sich von den Freunden aufs Neue in übermütige Wortgefechte ziehen.

Seltsam, dass niemand außer Kennog Grainnes schmachtende Blicke zu bemerken schien, nicht einmal der König, der mit den Druiden diskutierte, oder Finn, der kahlköpfige alte Heerführer, dessen Habichtsaugen doch sonst so wachsam alles im Umkreis registrierten …

Da bahnt sich etwas an, dachte Kennog, allzu oft gleiten Grainnes Blicke in eine bestimmte Richtung und was in ihnen schlummert, ist mehr als bloße Bewunderung für einen siegreichen Reiter. Und mit der ganzen Wucht einer unerwarteten Einsicht wurde ihm mit einem Mal klar: Die goldhaarige junge Frau, um derentwillen sich Diarmaid in die Fluten des reißenden Stromes gestürzt hatte, war niemand anderes als Grainne! Wie aber war es möglich, dass Diarmaid selbst sich an sein erst so kurz zurückliegendes Erlebnis kaum mehr zu erinnern schien? War er von irgendjemandem mit einem Vergessenszauber belegt worden – womöglich sogar von Grainne, deren gewaltige Zauberkräfte überall in Tara gerühmt wurden?

Wieder glaubte Kennog in der Menge sein schwarzhaariges Mädchen zu erspähen, wieder sah er genauer hin und fand sich von grundloser Hoffnung genarrt. Nein, sie saß nicht mit an der Tafel, kam auch nicht, um Speisen zu reichen oder die Trinkhörner zu füllen. Wo verbarg sie sich nur, wie konnte er sie finden? Es drängte ihn sehr sie wieder zu sehen und diesmal würde er ganz gewiss nicht schweigend herumsitzen wie ein versteinerter Narr, sondern von seiner Liebe sprechen, ihr all seine Gefühle gestehen. Da winkte ihn Dabo heran.

»Warum setzt du dich nicht zu uns?«, fragte er. »Und weshalb bist du gestern so schnell verschwunden? Du hättest die Ballade von Engir hören sollen, er verzauberte uns alle mit seinem Lied.«

»Ich schämte mich wegen meines verpatzten Vortrags«, antwortete Kennog, »so viel hatte ich mir vorgenommen und als ich an der Reihe war, wollte mir nichts gelingen.«

»Aber das ist doch nicht schlimm«, rief Dabo, »ähnlich erging es mir, als ich das neue Pferd einreiten wollte und dabei bös auf die Schulter fiel. Und das einem Mann der Fianna! Was meinst du, wie die Freunde mich ausgelacht haben! In ein Mauseloch hätte ich kriechen mögen vor Scham. Aber das geht vorbei, solche Tage mit Misserfolgen gibt es nun einmal, man muss sie ertragen können. Außerdem fand ich dein Lied gar nicht so schlecht.«

»Du willst mich nur trösten«, sagte Kennog.

»Unsinn«, antwortete Dabo, »viele waren der gleichen Meinung wie ich. Nur solltest du vielleicht bald auf einer eigenen Harfe spielen und nicht auf der Oghams. Es heißt, in jedes Instrument gibt der, der es herstellt, seine eigene Seele hinein. Nimmt man ein fremdes, so liegen zwei Seelen im Wettstreit und können sich nicht entscheiden, welche die vorherrschende sein soll.«

»Du verstehst viel von Musik.«

»Nein, nur ein ganz kleines bisschen«, wehrte Dabo lachend ab. »Von Pferden wesentlich mehr. Das heißt, wenn sie nicht anderer Ansicht sind und mich abwerfen.«

Da musste auch Kennog lachen und er wagte es, sich dem Freund anzuvertrauen, wobei er allerdings nur die unverfänglichsten Seiten seiner geheimen und im Grunde schon lange währenden Verbindung mit der schwarzhaarigen jungen Frau gestand. »Ich habe gestern bei den Schafen ein Mädchen getroffen, das ich bei aller Suche in Tara nicht finden kann …«

»Oh, du hast dich also verliebt«, neckte ihn Dabo. »Wie heißt sie, wie sieht sie denn aus?«

»Ihren Namen weiß ich nicht«, sagte Kennog und beschrieb sie, so gut es nur ging.

»Das hört sich an, als würdest du die schönste Frau

Taras beschreiben«, sagte der Prinz. »Kann eigentlich nicht sein, sonst wäre sie mir bestimmt schon aufgefallen.«

Da mischte sich seine kleine Schwester Boa, die heimlich dem Gespräch gelauscht hatte, ein: »Vielleicht meinst du Cilla?«

»Cilla? Wer ist Cilla?«, fragte Dabo.

»Eine Küchenmagd aus Grainnes Burg.«

»Seit wann spielst du mit Küchenmägden?«, fragte Dabo streng.

»Warum sollte ich nicht?«, entgegnete Boa. »Cilla ist sehr herzlich zu mir. Sie gehört einer Sippe an, die erst vor kurzem aus dem fernen Süden bei uns eingewandert ist. Vater hat mir den Umgang mit ihr nicht verboten.«

»Kannst du ein Treffen zwischen ihr und Kennog zustande bringen?«, fragte Dabo. »Mein Freund brennt darauf sie wiederzusehen.«

»Unmöglich«, sagte Boa, »kein Fremder darf Grainnes Burg betreten, schon gar nicht ein Mann.«

»Aber du kannst ihr doch Grüße bestellen oder fragen, wann sie freihat und draußen zu sehen ist?«

»Ich will es versuchen«, antwortete Boa.

In diesem Moment wurden sie unterbrochen, da Engir an der Tafel aufstand und weitere Strophen seiner Ballade von gestern anstimmte, die er über Nacht gedichtet und vertont hatte. Alle ließen sich bequemer auf ihren Sitzen nieder und lauschten der Darbietung. Als Engir endete, belohnte ihn rauschender Beifall und Cormac Mac Art verließ seinen Stuhl, eilte auf ihn zu und umarmte ihn herzlich zum Dank.

»Ein wahrer Meister bist du«, sprach er, »der Beste unter den Großen Erinns. Mögen dir noch viele neue Strophen zu deiner Ballade einfallen und die Götter so walten, dass auch noch in späterer Zeit unsere Kinder und Kindeskinder dein schönes Lied singen werden!«

So war Cormac Mac Art – jovial und freundlich zu jedermann, spontan und begeisterungsfähig, ein Mann, der schlecht seine Gefühle verbergen konnte und dennoch nie unklug handelte, ein Herrscher, der seine Untertanen wie Freunde ansprach und von diesen dafür verehrt und geliebt wurde. Von solcher Art waren auch Dabo und Grainne und die kleine Boa, man musste sie einfach mögen. Schade nur, dass der Prinz, der Kennog in den wenigen Tagen ans Herz gewachsen war, nach dem Fest Tara verlassen und mit der Fianna aufbrechen würde. Dieser Gedanke versetzte ihm einen Stich. Aber im nächsten Moment dachte er wieder an Cilla und daran, dass er sie vielleicht bald schon wiedersehen würde. Und dann war ja auch noch Ogham da, sein Meister und Ziehvater, vor dem er keine Geheimnisse hatte. Vom schmählichen Auftritt mit der Harfe, dem Flötenspiel bei den Schafen und dem Erscheinen des Mädchens hatte er ihm offen und ohne Scheu gebeichtet. Und wie hatte der Meister darauf reagiert?

»Das war ein Tag mit sehr wichtigen Erlebnissen für dich«, hatte er gesagt. »Und ich freue mich, dass du mir auch diese intimen Dinge anvertraust, nachdem du mir mit deinem Bericht von deiner und Diarmaids Gedankenreise ohnehin schon unschätzbar wertvolle Hilfe geleistet hast.

Lass mich dir dreierlei sagen«, fuhr er fort, »und entscheide selbst, ob es richtig ist. Erstens musst du dir recht bald eine eigene Harfe bauen. Ich helfe dir, das richtige Holz und die Saiten zu finden. Was zweitens dein Flötenspiel anbelangt, so kann den Fonnsheen, die man bei einem Grünen Jäger im Feenhügel gelernt hat, niemand widerstehen, nicht einmal Schafe. Du hast die Tiere glücklich gemacht und auch das ist wichtig, man sollte es keinesfalls unterschätzen. Der dritte Punkt aber betrifft die vorauseilende Liebe, die dich getroffen hat.«

»Die vorauseilende Liebe?«

»Ja, so nennt man das wohl«, bestätigte Ogham, »wenn einem der zukünftige Partner in Traum und Visionen erscheint.«

Kennog schluckte vor Aufregung. »Dann meinst du, sie und ich, wir beide sind füreinander bestimmt?«

»Das kann wohl sein«, stimmte der Meister zu. »Aber dennoch musst du sie und vor allem dich selbst gründlich prüfen, um keinen Fehler zu machen. Jedes Ding besitzt seine eigene Zeit und reift heran wie das Obst an den Bäumen. Noch nie hat jemand im Frühling Äpfel geerntet.«

»Aber es ist doch August«, sagte Kennog mit klopfendem Herzen. »Die Äpfel reifen bereits. Und ich habe auf dem Fest darüber reden hören, dass zu Lugnasad viele die Ehe auf Probe eingehen. Bin ich denn dafür noch zu jung?«

Ogham betrachtete ihn schmunzelnd. »Ein bisschen schon. Und außerdem: Willst du das Mädchen bloß ausprobieren?«

Kennog protestierte heftig.

»Na, sieht du! Wenn du wirklich fühlst, dass mehr an der Sache ist als bloß Neugier, dann lass den Dingen ihre Zeit. Samhain ist, wenn man den Namen wörtlich nimmt, die Feier der Vereinigung, was bedeuten soll, dass man sich zu diesem Fest geistig mit den Ahnen verbindet. Darum öffnen sich auch zu Samhain die Feenhügel und wer es ernsthaft will und rechter Gesinnung ist, kann die Vorfahren dort treffen, mit ihnen reden und

Geschenke von ihnen bekommen. Wenn sich aber Mann und Frau, die füreinander bestimmt sind, zu Samhain treffen, dann steht die Vereinigung unter dem mächtigen Schutz der Ahnen. Hast du mich verstanden?«

»Ich glaube schon«, antwortete Kennog, ein wenig enttäuscht bei der Vorstellung, noch ein Viertel des Jahres warten zu müssen. »Und du bist mir wirklich nicht böse, dass ich dich so mit dem missglückten Harfenspiel blamiert habe?«

»Kein bisschen«, lachte Ogham. »Mir ist es völlig egal, was die anderen Musiker denken. Lass sie ruhig im Glauben, ich sei ein schlechter Lehrer und du ein ebensolcher Schüler. Umso mehr werden sie frohlocken, besser als Ogham, der Harfner, zu sein und ihr Bestes bieten, um das unter Beweis zu stellen. Ist das schlecht, kann es falsch sein, dass in Tara gute Musik erklingt? Ich hörte sie bis in mein Zelt hinein. Besonders die Ballade von Engir, er hat sich tüchtig gesteigert!«

Dies alles ging Kennog im Kopf herum, als er beim König an der Festtafel saß, und er schreckte auf, als er Dabos Stimme vernahm:

»Nun seht euch den an, der träumt ja mit offenen Augen! Komm, Kennog, nimm einen Schluck aus meinem Trinkhorn. Der Met geht ins Blut und beflügelt die Sinne. Gleich werden die Tänzer und Tänzerinnen auftreten und auch uns wird zum Reigen aufgespielt. Lass uns im Rund wiegen und springen. Boa, meine kleine Schwester, freut sich schon darauf!«

Und so kam es, dass Kennog einen Moment lang Cilla vergaß und mit den anderen trank und tanzte und sich so heiter und unbeschwert fühlte wie kaum jemals zuvor.

10

Am sechsten und letzten Tag von Lugnasad trafen sich noch einmal alle in der festlich geschmückten Banketthalle zum Abschiedsessen. Man war guter Stimmung, denn die Lage in den Nachbarprovinzen war ruhig. Niemand hatte die friedliche Feier durch Gewalttaten gestört, auch die Rebellen in Lagin hielten offensichtlich die Abmachung ein. Genug des Wettstreits war geschehen, man hatte seine Kräfte gemessen, musiziert und gesungen, gezaubert und diskutiert und sich so voll gefressen wie selten im Jahr. In diese Stimmung allgemeiner Erleichterung und Zufriedenheit hinein verkündete Cormac Mac Art seinen Großen Plan:

»Morgen werden wir auseinander gehen, meine Freunde«, sagte er, »mit dem Gefühl, alles vom Besten erlebt und genossen zu haben. Die Künste blühen und gedeihen prächtig in Tara, Erinn kann stolz sein auf ein solches Jahr. Und doch bleibt ein wenig Wehmut in mir zurück, wenn ich an dieses Lugnasad-Fest denke. Ist es denn richtig, dass nur einmal im Jahr für wenige Tage Frieden im Land herrscht? Dass nur einmal zu einer bestimmten Zeit die großen Geister in Tara versammelt sind, während der Rest des Volkes in unserem Land von all dem Schönen und Erbaulichen so wenig mitbekommt? Vor einigen Monden hatte ich einen Traum und sah ein anderes Tara als dieses. Davon will ich euch nun berichten.

Ich sah die Druiden und Goldschmiede, die Sänger, Holzhandwerker und Geschichtenerzähler, die Musikanten, Ärzte, Richter und Artisten, kurzum, alle Menschen mit Fachverstand für ihre Künste hier in Tara sitzen und sie alle waren Lehrer. Sie arbeiteten, studierten und lehrten hier in unterschiedlichen Schulen. Und Zulauf gab es zuhauf. Junge Menschen aus allen Teilen Erinns kamen nach Tara, um hier etwas zu lernen, Jungen und Mädchen, Adlige und solche einfachen Standes. Was sie miteinander verband, so sehr sie sich in ihren Tätigkeiten auch unterschieden, war die Tatsache, dass sie allesamt Taras Schüler waren. Darüber hinaus – und nun kommt das Kühnste aus meinem Traum – sah ich sie lesen und schreiben und nach kurzer Zeit schon selber Wissen weitergeben, das in Schriftrollen aufgezeichnet war und nicht mehr allein von dem Erinnerungsvermögen Einzelner abhing. Ich sah fremde Völker ringsum und hörte sie mit Bewunderung raunen: Seht, das ist Tara, das Herz von Erinn und das Zentrum allen Wissens. Von hier nehmen die Künste ihren Ursprung, von hier aus gehen sie in alle Provinzen und Landesteile und sogar weiter noch bis zu uns ... Als ich das hörte und sah, als ich so träumte, wurde mir bewusst, dass dieser große Plan Wirklichkeit werden kann, wenn alle, die heute hier an der Tafel versammelt sind, daran mitgestalten.

Neben mir sitzt Ogham, der Harfner, der all die Tage, an denen wir feierten und uns an den Darbietungen erfreuten, zurückgezogen in seinem Zelt gesessen und nachgedacht hat, denn er bat sich Bedenkzeit aus. Nun ist seine Entscheidung gefallen. Er teilte sie mir heute morgen mit und ich darf sie getrost allen verkünden: Vom heutigen Tag an wird Ogham der Meister des Großen Plans sein und die erforderlichen Schritte einleiten, wozu er weitaus besser imstande ist als ich. Als meine rechte Hand in der Sache wird er euch sagen, was nun zu tun ist, und ich bitte euch, seinen Ratschlägen zu folgen. Legt die persönliche Eitelkeit ab, Freunde, vergesst eure Würden und Eigenwilligkeiten, springt über eure Schatten, ihr Großen des Landes, und hört auf diesen Mann, denn er ist es, der alle Fäden in der Hand hält, um das große, unvergleichliche Netzwerk zu stricken. Er, der von nun an immer in meiner Nähe weilen wird, führt das aus, was ich erträumte. Stimmt ihr ihm zu, so sind wir uns einig. Seid ihr anderer Meinung, so lasst uns zu Ende essen und trinken, als Freunde auseinander gehen und nicht mehr darüber reden. Wohin ein solcher aber gehen mag, er soll daran denken, dass inzwischen hier in Tara etwas wahrhaft Großes entsteht, das noch besser und schöner sein kann, wenn er selbst daran mitwirkt.

Ich aber sage euch: Das nächste Lugnasad-Fest wird ein völlig anderes Tara erleben, eine Zeit des Aufbruchs und stürmischen Fortschritts, die nie ihre Kraft aus den uralten Wurzeln vergisst!«

Wie nicht anders zu erwarten, hob nach der Rede des Königs lautes Gemurmel an, das bald zu lebhaften Diskussionen anschwoll. Fast wie zu Beginn des Festes war es, als Cormac Mac Art schon einmal über die Kunst des Lesens und Schreibens gesprochen hatte, nur dass diesmal die Befürworter des Großen Plans deutlich in der Überzahl schienen. Auch die Tatsache, dass sich Ogham in sein Zelt zurückgezogen und niemanden in seiner Meinungsfindung beeinflusst hatte, wurde positiv aufgenommen. Einer musste ja schließlich die Leitung übernehmen, warum also nicht der alte Harfner, der bescheiden dem Musikerwettstreit ferngeblieben und Engir den Ruhm und vielen anderen eine gute Chance gelassen hatte?

Der König verschaffte sich mit einer Handbewegung Ruhe. »Genug jetzt«, sagte er. »Lasst uns nun speisen. Danach wird euch Ogham erklären, wie er sich die Sache vorstellt.«

Das tat er auch. Aber nicht, wie die meisten gedacht hatten, mit einer großen Ansprache, sondern indem er die Harfe nahm und eine Fonnsheen ohne Worte spielte. In diesem Lied, das wie das Zusammenwachsen von Himmel und Erde klang, lag aber alles, für jede Frage die richtige Antwort, und jedem, der es hörte, kam es vor, als spiele Ogham einzig und allein für ihn. Die Einsicht, zu der Ogham mit Hilfe von Kennog und der Pfeilspitze des Bres gefunden hatte, flößte er mit seinem Lied allen Zuhörern als kräftigende Gewissheit ein: Die magische Kraft, die seit uralter Zeit Erinn, unsere grüne Insel, beseelt, wird sich in den Zauber der Schriftkunst verwandeln und in den Abenteuern des Menschengeistes erneuern, die uns in ungekannte Gefilde und unser geliebtes Land in eine große Zukunft führen werden.

Danach hatte keiner mehr Zweifel am Gelingen des Großen Plans und Kennog verstand auch, warum der Meister beim Wettkampf auf sein Harfenspiel verzichtet hatte: Dieses Lied, diese Fonnsheen stammte nicht aus der normalen, gewohnten Welt, sie war durch nichts mehr zu überbieten.

11

Nach Lugnasad wurde es stiller in Tara. Die Fianna war aufgebrochen, ebenso ein großer Teil der Festgäste. Am Königshof kehrte wieder der Alltag ein.

Diarmaid hatte sich freundlich von Kennog verabschiedet, zugleich aber so zurückhaltend und beinahe kühl, dass der Jüngere es nicht gewagt hatte ihn an ihre gemeinsame magische Reise zu erinnern. Wieder war ihm, als habe irgendjemand Diarmaid mit einem Verges-

senszauber belegt – oder war es möglich, dass der Ältere damals gar nicht wirklich an ihrer Reise teilgenommen
hatte, sondern als Traumbild innerhalb der Kennog
zuteil gewordenen Vision?

Solche Fragen, das hatte Kennog gelernt, waren nicht
immer leicht zu entscheiden. Als er den Meister danach
fragte, antwortete Ogham leichthin: »Lass die Sache auf
sich beruhen, Junge. Vielleicht ist es unserem kühnen Helden einfach peinlich, dass du von seinem so sonderbaren
Liebeserlebnis erfuhrst.« Zur Bekräftigung seiner Worte
zwinkerte er Kennog vertraulich zu, doch der Schüler
kannte seinen Meister gut genug, um zu spüren, dass sich
hinter Oghams heiterem Ton eine tiefe Besorgnis verbarg.

Den Abschied von Dabo empfand Kennog als besonders schmerzlich. Er hatte dem jungen Prinzen nachge-
schaut, wie dieser in stolzer Haltung im Sattel sitzend die
Burg verließ, um sich vor den Toren Taras Finns Heer
anzuschließen. Auch Cormac Mac Art wirkte traurig. Er
stand neben Grainne und Ogham auf dem Wall und
spähte noch lange den abziehenden Reitern nach.

Die kleine Boa aber nutzte die Gelegenheit, um Kennog aufgeregt eine Nachricht zuzuflüstern. »Ich habe sie
getroffen.«

»Wen – Cilla?«

»Ja, sie lässt dich grüßen.«

»Viel lieber würde ich sie sehen und sprechen«, seufzte Kennog.

»Das kannst du bald.«

»Und wie?«

»Zu Vollmond geht Grainne stets zum Lia Fail, um zu
beten«, flüsterte Boa. »Ein paar ihrer Dienerinnen begleiten sie. Auch Cilla. Sie wird an den Holunderbüschen auf
dich warten!«

Kennogs Herz begann lauter zu pochen. »Auch ich werde dort sein, bestell ihr das bitte«, sagte er, »aber du darfst zu niemandem sonst darüber reden. Versprichst du mir das?«

»Großes Ehrenwort«, raunte Boa, »es bleibt unser Geheimnis!«

So trennten sie sich.

Wie im Flug vergingen nun die Tage, obgleich eigentlich nichts Besonderes geschah. Mit Oghams Hilfe begann Kennog eine Harfe zu bauen. Dabei sprach der Meister immer wieder über den Großen Plan, darüber, was er als Nächstes zu tun gedachte und wie er sich den Aufbau der Schulklassen vorstellte. Er hatte Boten in alle Landesteile geschickt, um die Menschen zu informieren. Die Lehrer hatten ihre Zusage gegeben, zu Samhain nach Tara zu kommen, um mit dem Unterricht zu beginnen. Bis dahin gab es noch reichlich Arbeit: Unterkünfte mussten gebaut, neue Zelte genäht werden, auch galt es die Küchen zu erweitern, um die zahlreich erwarteten Lernwilligen angemessen verköstigen zu können. Dann die Werkstätten: Für jede gab es andere, ganz bestimmte Vorgaben und Bedingungen, an die gedacht werden musste. Und es galt, Verhandlungen mit den Bauern und Viehhirten im Umkreis zu führen, weil diese in Zukunft viel mehr Güter als bisher an Tara abliefern sollten. All dies galt es zu besorgen und Kennog diente seinem Meister immer öfter als Bote und Helfer dabei.

»Cormac Mac Art hat schon Recht mit dem, was er sagt«, stöhnte Ogham einmal. »Sieh nur, wie viele Dinge und Einzelheiten wir ständig im Kopf behalten müssen, Maße, Zahlen und Mengen. Und wie schnell vergisst man ohne böse Absicht etwas dabei. Trifft man sich das nächste Mal, so beginnt die Diskussion oft wieder von vorn. Wie viel einfacher wäre alles, wenn man ein Protokoll über die Gespräche führen, schriftliche Verträge aushändigen könnte, an deren Inhalt sich dann jeder zu halten hat. Aber es muss eine ganz einfache Schrift sein und Zahlen, die jeder versteht, ohne lange und mühevoll zu studieren. Sie zu finden, das wird unsere nächste Aufgabe sein.«

»Aber wie können wir die Schrift denn finden?« fragte Kennog verzagt.

»Wenn nicht wir beide deine Reise zum reißenden Strom missdeutet haben«, erwiderte Ogham, »dann werden wir die nötige Hilfe zur rechten Zeit empfangen. Denn wie sonst sollte sich die Magie der alten Zeit im neuen Zauber der Schriftkunst vollenden, wenn nicht durch – und sei es letztmaligen – Beistand aus der Anderswelt?«

Doch statt einer Botschaft aus der Geisterwelt trafen wenige Tage nach Lugnasad sehr diesseitige und düstere Nachrichten in Tara ein. Erschöpfte Boten, die Tag und Nacht im Sattel gesessen hatten, um die Kunde so rasch wie möglich zum Königshof zu tragen, berichteten von einer Blutfehde im Westen und von Unruhen in der nördlichen Provinz. Von tiefer Sorge erfüllt, rief der Hochkönig seine Berater und diejenigen Druiden zusammen, die nicht in die Wälder gegangen waren. Auch Ogham und Kennog saßen im Kreis. Dabei wurde deutlich, dass sein Meister und die Zauberkundigen in den weißen Gewändern keineswegs immer der gleichen Meinung waren, in vielen Punkten prallten die Standpunkte sogar unversöhnlich aufeinander. Als Ogham das Lied auf seiner Harfe gespielt hatte, ja, da hatte es alle in Bann geschlagen und zur Harmonie geführt. Kaum waren jedoch die Töne der überirdischen Musik verklungen, da brachen die Gräben im Denken wieder auf.

Kennog merkte, dass vor allem der Oberdruide Glandolf Mac Glanig eine tiefe Abneigung gegenüber seinem Meister empfand, den er wohl immer noch für einen Fremden hielt. Ogham stammte nun einmal vom alten, verschwundenen Volk der Adlergöttin ab, das die milesischen Druiden einst in erbitterten Schlachten niedergerungen hatten. Natürlich sprach der Druide niemals offen darüber, sondern stets nur in versteckten Andeutungen. Die Wenigsten verstanden, was er meinte, wohl aber Ogham, der in den Augen des Druiden allerdings auch bittere Selbstvorwürfe las. In einem Moment der Schwäche hatte Glandolf Mac Glanig, durch das Wüten des Drachen der alten Welt verängstigt, Ogham um Hilfe angefleht. Doch der Große Plan, den der Harfner und der König nun gemeinsam verfochten, war das Gegenteil der Hilfe, auf die Glandolf gehofft hatte: Er lief darauf hinaus, durch Verbreitung bisher geheimen Wissens und allgemeine Einführung der Schriftkunst die geistige Vorherrschaft der Druiden und damit ihre Macht am Königshof zu brechen.

Der König selbst wollte von der Kontroverse nichts hören, er schätzte den Harfner, sonst hätte er an dessen Stelle Glandolf Mac Glanig zum Meister des Großen Plans ernannt. Er war auf Versöhnung aus, hier in Tara ebenso wie im ganzen Land. Deshalb konnte er sich auch nicht über die Strafexpeditionen der Fianna freuen, obwohl er natürlich wusste, dass sie mitunter unvermeidlich waren, um die Einheit des Reiches zu sichern. So musste er auch hier oft zwischen den beiden Parteien vermitteln, zwischen denen, die für harte Maßnahmen waren, und jenen, die allzu rasch um des lieben Friedens willen für Verhandlungen stimmten.

Häufig holte Cormac Mac Art Oghams Rat ein, da der

Harfner ihm durch seine Kenntnis der Vergangenheit helfen sollte zu erkennen, welche Entscheidung falsch und welche weise war. Eine Vorgehensweise, die dem Oberdruiden Glandolf Mac Glanig gar nicht behagte.

»Wir müssen uns von den Einflüssen der Vergangenheit befreien«, riet er, »jedenfalls von dieser fernen und längst bedeutungslosen Vergangenheit, von der Ogham andauernd redet. Wer weiß, ob sie uns heute nicht sogar schaden kann?«

»Was du rätst, wäre, als würde man alten, in vielen Jahrhunderten gewachsenen Bäumen die Wurzeln abhacken«, antwortete Cormac Mac Art. »Auch ich bin ein Mann, der wie du nach vorn in die Zukunft blickt. Aber ich weiß auch, dass wir nichts von der Gegenwart begreifen, wenn wir die Vergangenheit verkennen und vergessen. Was meinst du dazu, Ogham?«

»Das Bild mit der Wurzel ist gut«, antwortete der, »auch eine schädliche Pflanze, die Gift verbreitet, wächst nicht von ungefähr. Jedes Ereignis fußt auf einer Ursache, die tiefer liegt, jeder Konflikt, jede Fehde, jeder Krieg auch. Man kann Feinde, die sich heute frech gegen Tara erheben, töten. Aber beseitigt man damit auch den Grund ihres Hasses? Nein, wenn wir die wirklichen Probleme lösen wollen, müssen wir viel tiefer in die Vergangenheit blicken, alte Schuld wieder gutmachen und so den Kreislauf zum Frieden schließen. Wenn ein Fluss schmutzig ist, nützt es wenig, dafür sein Wasser mit Peitschenhieben zu strafen. Man muss die Quelle finden und sie von Unrat befreien.«

»Sehr weise gesprochen«, lobte Glungal, die Heilfrau, »zumal wir alle wissen, dass ein Gift, das tötet, in geringen Mengen genossen mitunter als kostbare Medizin wirken kann.«

»Diesen Vergleich verstehe ich nicht«, sagte der König, »rätst du mir damit, bei den Rebellen wie ein Arzt mit Gift und Gegengift vorzugehen?«

»Genau das«, antwortete Glungal, »hast du nicht zu Lugnasad die heilige Hochzeit mit dem Land vollzogen, bist du nicht verantwortlich für alle Menschen in Erinn? Wo etwas krank ist, musst du es zu heilen versuchen.«

»Das beste Mittel gegen das Gift des Nordens und das Böse in Lagin scheint mir immer noch die Macht der Fianna zu sein«, sagte Glandolf Mac Glanig, »schließlich haben wir ihre Waffen mit Zaubersprüchen gesegnet.«

So drehten sich die Diskussionen im Kreis und Cormac Mac Art musste sich fürs Erste damit begnügen, Finn durch Boten bitten zu lassen, den Unruhen maßvoll und mit ausgewogener Umsicht zu begegnen. Insgeheim aber befürchtete er, dass sich der alte Haudegen wenig um diese Anweisung scheren würde. Zu groß war sein Einfluss, zu mächtig sein Heer und der Norden lag weit von Tara entfernt. Wenn ich doch bloß etwas fände, um Finn besser in den Griff zu bekommen, dachte Cormac Mac Art, irgendetwas, das ihn milder stimmt und den Menschen die Furcht vor seiner Streitmacht nimmt. Wie ich ihn kenne, lässt er für jeden Gefallenen der Unsrigen drei Gegner töten, beschwört so gleich dreifach Blutrache herauf und der Kreislauf von Gewalt und Gegengewalt findet niemals ein Ende …

Ogham aber begriff, dass Finn und Glandolf Mac Glanig zwei Schneideflächen der gleichen Klinge waren. Beide stellten – ob bewusst oder unbewusst – gefährliche Gegner des Großen Planes dar.

12

Finn indes befand sich zu diesem Zeitpunkt gar nicht im Norden. Er hatte Blamoth mit einer starken Einheit gegen die Rebellen geschickt und Kyll nach Westen, um dort die Fehde zu schlichten. Er selbst befand sich in seinem Dun auf dem Hügel von Almhuin. Der Ort war seit dem Tod seiner Frau Cruithne, die ihm keine Kinder schenken konnte, kalt und unwirtlich geworden. Schal stieg der Rauch des Herdfeuers aus der Esse, eine mürrische Dienerschaft versorgte mehr schlecht als recht den Hof und selten einmal erklang ein Lachen im Dun Almhuin.

Solange der mürrische Finn hier weilte, gab es dazu allerdings auch wenig Anlass. Die Leute gingen ihm lieber aus dem Weg und da Finn außer seinen treu ergebenen Kriegern keinerlei Freunde kannte, wandelte er des Nachts oft allein über die Wälle. In stiller Zweisamkeit mit dem Mond klagte er den Gestirnen am Himmel sein Leid: »Drei Mütter besaß ich, eine richtige und zwei falsche, doch keine von ihnen war wirklich wie eine Mutter zu mir.« Er starrte hinaus zu den Nebeln am Waldrand, wo die Raben und Elstern in den Baumkronen lebten.

»Ich suchte Freunde zum Spiel und fand überall Feinde im Kampf, und so wurde das Töten zu meinem Beruf.«

Er sah die Nebel im bleichen Mondlicht wie Totengewänder wallen und fühlte die Kälte des dämmernden Morgens.

»Ich fand eine Frau, die mich liebte, und war unfähig dieses Gefühl zu erwidern. Das mag der Grund für meine Kinderlosigkeit sein und vielleicht auch für ihren Tod, den sie endlich nach langer Krankheit fand. Ein

Totengeist bin ich, der einen Schritt nur vom Jenseits entfernt lebt und zwei Schritte zu weit vom glücklichen Leben.«

Er sah die schwarzen Vögel vom Waldrand heranschweben, um nach Beute im Umkreis des Duns zu suchen.

Da näherten sich zwei seiner Getreuen, die Nachtwache auf der Burg gehalten und Finns gespenstisches Dahinschleichen beobachtet hatten, Oisin und Diorruing, der Sohn des Dobhar aus dem Stamme der Baiscne.

»Warum bist du schon so früh auf, Herr?«, fragte Oisin. »Noch ist der Himmel bleich und das Licht der Sterne nicht erloschen.«

»Seit Cruithne starb, kann ich nicht mehr schlafen«, antwortete Finn brummig.

Mitfühlend blickte ihm Oisin ins zerfurchte Gesicht. »Das ist auf Dauer nicht gut für einen Menschen«, sagte er. »Viele Monde liegt Cruithne nun schon begraben. Du solltest wieder heiraten, Herr, damit dein Herz froh wird.« Er wandte sich an seinen Gefährten. »Meinst du nicht auch, Diorruing, dass Finn sich vermählen sollte? Traurig durchwacht er die Nächte und hängt der Erinnerung nach; er findet weder Ruhe noch Schlaf.«

Der Himmel rötete sich leise im Osten. Finn blickte dorthin und sah die Wolken voll Blut.

»Allerdings wird es nicht leicht sein, die richtige Frau für ihn zu finden«, fuhr Oisin in seinen Gedanken fort.

Diorruing, der bisher geschwiegen hatte, meldete sich nun zu Wort, um einen Einfall zu äußern. »In ganz Erinn gibt es nur eine Frau, die für ihn in Frage käme. Du bist ihrer und sie deiner würdig, Finn. Es wäre gut, sie als Herrin über Dun Almhuin zu wissen.«

Finn lächelte müde und bitter. »Wen meinst du?«

»Grainne«, sagte Diorruing, »Cormac Mac Arts schöne Tochter.«

»Grainne?«, wiederholte Finn bass erstaunt. »Wie kommst du darauf, dass dieses junge schöne Ding zu mir altem, hässlichem Kerl passen könnte?«

»Weil du als Heerführer der Fianna nach dem Hochkönig der mächtigste Mann im Lande bist und eure Vermählung die Fianna und Tara noch enger aneinander binden würde.«

»Du redest nicht wie ein Krieger, sondern mehr wie ein Staatsmann«, sagte Finn mit mattem Lächeln. »Ich sehe ja ein, dass ich ein Leben führe, das ärger noch als das eines Hundes ist. Cruithne fehlt mir sehr und es wäre gut, wenn sich ein Weib ihrer Art fände. Aber einmal ganz abgesehen vom Altersunterschied, der in der Tat gewaltig ist – ob mir der König seine Tochter zur Frau gibt, das bezweifle ich sehr. Gehe ich nun das Risiko ein und er weist mich ab, dann wäre dies eine schwere Kränkung vor aller Augen für mich und zwischen der Fianna und Tara stände es keineswegs besser.«

»Lass das nur unsere Sorge sein, Herr«, sagte Oisin, vom eifrigen Willen beflügelt, die Sache zu einem guten Ausgang zu bringen. »Diorruing und ich, die wir im Steinwurf und Schleudern beide gute Plätze belegten und daher bestens bekannt sind, könnten unter einem Vorwand nach Tara gehen, um Cormac Mac Art auszuhorchen, wie er darüber denkt. Wir kommen zurück und berichten dir alles. Danach kannst du dich immer noch entscheiden.«

»Dann sollte aber unbedingt auch Diarmaid als Brautwerber dabei sein«, sagte Finn. »Er gewann im Wettreiten und steht beim König in hoher Gunst.«

»Wenn es unbedingt sein muss«, gaben die beiden zur Antwort.

»Es muss«, entschied Finn. »Und vergesst nicht, dass eure Mission streng geheim bleiben muss, es dürfen so wenig Leute wie möglich davon erfahren.«

So machten sich also Oisin, Diorruing und Diarmaid auf den Weg nach Tara. Der Vorwand ihres Kommens war eine kleine Heerschau, mit der sie eine neue Taktik des Angriffs vorführen wollten. Cormac Mac Art wunderte sich zwar darüber, dass Finn nicht mitkam und ausgerechnet er, der König, eine Disziplin begutachten sollte, von der er viel weniger als der erfahrene Feldherr verstand, aber er sagte nichts dazu, betrachtete die neue Kriegstechnik des Heeres und ließ sich von den Dreien geduldig die Einzelheiten erklären.

Nachher beim Essen wandte sich Oisin vertraulich an den König und enthüllte den wirklichen Grund ihres Besuches, dass sie nämlich als Finns Brautwerber gekommen seien und um Grainnes Hand anhielten. »Niemand außer uns soll davon erfahren«, sagte Oisin, »deshalb auch die geheime Mission. Für uns ist heute nur deine Meinung wichtig. Wenn du uns abweisen solltest, so trifft es nicht Finn und wir werden zu niemandem über die Sache reden.«

Die taktvolle Art, in der die Werber vorgingen, gefiel dem König. Er lobte Oisins Einfühlungsvermögen und antwortete: »Ich weise euch nicht ab, es wäre eine große Ehre für mich, einen Helden wie Finn zum Eidam zu wissen. Aber ich liebe auch meine Tochter, ihr Wohl vor allem liegt mir am Herzen. Grainne selbst soll entscheiden. Ist ihr Finn recht als Gatte, so werde ich keine Einwände erheben. Wie sie dazu steht, sollt ihr noch heute Abend erfahren.«

Nachdem er die jungen Männer mit reichlichem Gast-mahl versehen hatte, ging er zu Grainnes Wallburg hi-nüber. Die Tochter schlief noch nicht und so bat er sie um eine Unterredung.

»Grainne, meine Tochter, es sind Boten aus Almhuin gekommen und sie werben bei mir um dich …«

»Was?«, rief sie überrascht. »Ist es Diarmaid?«

»Ja, Diarmaid ist auch dabei«, sagte Cormac Mac Art zögernd. »Aber der Werber ist Oisin.«

»Oisin? Wer ist das?«, fragte Grainne, die nur mühsam ihre Enttäuschung verbergen konnte.

»Ein sehr zuverlässiger und tüchtiger junger Mann …«, setzte der König an.

Doch die Tochter fiel ihm abermals ins Wort: »Ich hab schon verstanden, Vater. Wer dir als Eidam recht ist, kann kein schlechter Kerl sein. Ich nehme die Wahl an.«

Cormac Mac Art freute sich über diese Worte, denn er hatte befürchtet, seine für ihre Eigenwilligkeit bekannte Tochter würde es schroff ablehnen, den alten Finn zum Gatten zu nehmen. Oder meinte sie gar nicht Finn? Er war verwirrt. »Du musst wissen, dass die Dinge nicht immer den Lauf nehmen, den man sich unbedingt wünscht …«, begann er umständlich.

Doch Grainne winkte ab. »Ist schon gut, Vater«, sagte sie, »ich verstehe alles. Sag ihm zu.«

»Na gut, Kind«, seufzte Cormac Mac Art, »dann will ich deine Entscheidung den Brautwerbern überbringen.« Und er ging, um Oisin, Diorriung und Diarmaid Grain-nes günstige Antwort mitzuteilen.

13

Bei Vollmond schritt Grainne über die Wiesen von Tara zum Ringwall, aus dessen mittlerer Plattform sich der Lia Fail erhob. Allein, ihr Gefolge zurücklassend, wandte sie sich an den Schicksalsstein.

»Gib, große Mutter, dass, wenn es nicht der Bräutigam sein kann, nach dem sich mein Herz sehnt, dieser Oisin etwas vom Charakter und Aussehen des Diarmaid besitzt«, betete sie. »Ich vertraue der Auskunft meines Vaters und lange schon wünsche ich mir einen Partner als Mann.«

Da hüllte eine Wolke am Nachthimmel für einen Moment den Lia Fail ein, der außer zu Cormac Mac Art mit niemandem sprach, weil er der rechtmäßige König war, und Grainne erschauerte von der plötzlichen Kälte. Als kurz darauf aber die Wolke vorüberzog und der Schicksalsstein im Mondlicht silbern glänzte, nahm sie dieses Zeichen als ein gutes Omen.

Nicht weit von ihr hatte sich Kennog währenddessen durch die Nacht bis zum Holundergebüsch geschlichen, wo ihn das Mädchen des Südens erwartete. »Cilla«, flüsterte er, am ganzen Körper vor Aufregung zitternd, und streckte die Hände nach ihr aus.

Da fiel sie ihm warm in die Arme. Ihre Hände streichelten seinen Rücken und sein Haar und beider Lippen suchten sich zum Kuss. Er spürte ihre Zunge mit seiner spielen, ihre Brüste an seiner Brust und eine bisher nur geträumte, nie aber erlebte Leidenschaft durchströmte seinen Körper. Nach Blüten roch ihr Haar, ihre Haut nach Verheißung. Er bedeckte ihr Gesicht, ihre Augen, den Hals mit Küssen und sie flüsterte gurrende Liebkosungen dazu.

Als er sie aber ins Gras ziehen wollte, sträubte sie sich und machte sich aus seiner Umarmung frei. »Nicht jetzt und nicht heute«, raunte sie, »Grainnes Gefolgschaft ist in der Nähe, gleich wird die Herrin aus ihrer Andacht zurückkehren und keine von ihnen darf uns hier finden.«

»Wann treffen wir uns wieder?«, fragte Kennog mit klopfendem Herzen und taumelnd vor Glück.

»So bald und so oft es nur geht«, antwortete Cilla, »ich lasse es dich durch die kleine Boa wissen, sie wird der Bote zwischen uns sein.«

»Ich liebe dich«, flüsterte Kennog und küsste sie ein letztes Mal zum Abschied.

»Ich liebe dich auch«, antwortete Cilla. »Schon seit jeher.«

Mit diesen Worten huschte sie über die Wiesen davon.

14

Hocherfreut konnten die Brautwerber in Almhuin den Erfolg ihres Unternehmens melden. Der Anführer der Fianna mochte es gar nicht fassen, wie ein Verrückter benahm er sich und tat Dinge, die einem so alten Mann nicht angemessen waren. Seine beste Kleidung legte er an und prachtvollen Schmuck, allerlei Geschenke ließ er entgegen seinem gewohnten Geiz besorgen und eine Gefolgschaft prachtvoll ausstatten, die mit ihm nach Tara aufbrach. Dort wurden sie mit großen Ehren empfangen. Persönlich geleitete Cormac Mac Art die Gäste zur festlich geschmückten Methalle, wo er Finn zu seiner Linken einen Platz neben sich zuwies. Grainne und Boa saßen zu seiner Rechten und alle anderen, ihrem Rang gemäß, dort, wo für sie schon gedeckt war.

Grainne gegenüber lag an der Tafel der Druide Daire auf der Bank, der ihr wegen seiner liebenswürdigen und umgänglichen Art besonders genehm war. Während des Mahles erhob sich der Alte und sang ein Preislied auf Cormac Mac Art, seine Familie und alle Vorfahren, die er mit Namen belegen konnte. Danach stimmte er zu Ehren Finns eine Lobeshymne auf die Fianna an, auf Finns Heldentaten sodann und auf Cumall, seinen Vater.

Grainne wunderte das, denn sie hatte vermutet, dass zunächst nach dem König doch wohl die Taten ihres Bräutigams rühmend besungen würden. Sie beugte sich vor und fragte den Druiden leise: »Sag mir Daire, welcher von den Männern ist eigentlich Oisin?«

»Der Mann, der ihm gegenüber sitzt, neben Diarmaid und Diorruing, das ist Oisin.«

Grainne betrachtete ihn kritisch und stellte fest, dass er ein angenehmes Äußeres und gute Tischmanieren besaß. »Er sieht nicht schlecht aus«, flüsterte sie. »Ist er wirklich ein solcher Held, wie man behauptet?«

»Nach Finn, deinem Bräutigam, Diarmaid, Blamoth und Kyll gibt es keinen mutigeren Krieger als ihn«, antwortete der Druide.

Über Grainnes Gesicht huschte ein Schatten, so wie über den Lia Fail ein Wolkenschatten gefallen war. Doch noch glaubte sie, sich lediglich verhört zu haben. »Wie? Soll ich nicht die Frau von Oisin werden?«, fragte sie mit vor Erregung zitternden Lippen. »Ich dachte, dieser schreckliche Finn wäre nur der Ehren halber dabei, weil er der Anführer der Fianna ist … Und mit ihm soll ich mein Lager teilen? Finn ist ja noch älter als mein Vater …«

Warnend legte Daire den Finger vor den Mund.

»Still«, wisperte er, »lass niemanden hören, was du eben gesagt hast, sonst bricht Unheil über uns alle herein.«

Da musste sich Grainne mit beiden Händen am Rand der Tafel fest halten, um nicht vor Entsetzen vom Schemel zu fallen. Ihr Blut pulste wild, ihr Atem ging schneller und sie musste die Augen schließen, um ihre Enttäuschung zu verbergen. Ihr Verstand geriet ins Taumeln. Lange Zeit verharrte sie still und stumm inmitten des Getöses der Schmausenden. Dann stand sie auf, um mit eigenen Händen die Trinkhörner der Gäste zu füllen, denn Dienerinnen hatten einen großen Krug Met herbeigeschleppt. Unbemerkt streute Grainne ein starkes Gewürz in den Honigwein, wartete, bis sich die Zutat verteilt hatte und rührte dann den Inhalt des Kruges mit einem silbernen Löffel um. Danach erhob sie sich, füllte die Trinkhörner und reichte sie den Gästen, zuletzt auch Ogham und Kennog, ihrer Schwester Boa und ihrem Vater. Bei jedem tat sie fröhlich und redete scherzend, besonders vor Finn, der selig vor Glück seinen Trank aus den Händen der schönen Grainne in Empfang nahm.

Doch das Mittel im Met zeigte alsbald seine Wirkung. Bereits nach dem ersten Schluck sanken alle, die davon gekostet hatten, in tiefen Schlaf. Daire lag schnarchend auf der Bank, ebenso Boa und Cormac Mac Art, und Finn fiel rücklings vom Tisch, als habe ihn eine Steinschleuder getroffen.

Als Grainne nun zu Oisin und Diarmaid trat, um ihnen ihre Trinkhörner zu reichen, war der Krug leer. Da sagte Grainne zu Oisin: »Du siehst, dass ich auf keinen Fall diesen fürchterlichen Finn heiraten werde. Meine Zustimmung zur Werbung beruht einzig und allein auf einer Verwechslung. Ich hatte mich, obgleich ich an einen anderen dachte, an die Vorstellung gewöhnt, dass du mein Bräutigam sein willst. Wenn du dazu bereit bist, so beweise es mir jetzt, da alle in der Festhalle schlafen.«

Oisin wich erschrocken vor ihr zurück. Mit einem Mal erkannte er, dass sie große Zauberkraft besaß, die sich mit der Magie aller Druiden des Landes messen konnte.

»Rede nicht auf diese Weise mit mir«, bat er, »ich bin Finn, meinem Herrn, treu ergeben und der Plan, um dich zu werben, stammt aus meinem Mund. Wie könnte ich ihn jemals wieder vor ihm und der Fianna auftun, wenn ich dir folge?«

»Dann bist du kein Held, sondern nicht mehr als ein erbärmlicher Speichellecker und Knecht«, sagte Grainne, »und mein Gefühl, das eine Weile in Widerstreit mit meinem Verstand lag, hat mich niemals getrogen.« Sie wandte sich Diarmaid zu. »Du bist es, von dem ich träumte. Entführe mich, damit daraus Wirklichkeit wird.«

Aber auch Diarmaid hatte Finn sein Wort gegeben, er fühlte sich ihm in Treue verpflichtet und bat sie, das zu bedenken.

Da wurde Grainne zornig und sagte: »Lass uns nicht lange wie Katzen um den heißen Brei herumschleichen. Wenn das der einzige Grund ist, warum du noch zögerst, so will ich dir helfen, ihn zu vergessen. Ich lege den gewaltigsten Zauberbann über dich. Spott, Häme und Schrecken sollen dir lebenslang folgen, wenn du mich heute Nacht nicht entführst!«

Diarmaid, dessen geheimsten Wünsche mit einem Schlag den Sieg über sein Treuegelöbnis errangen, fasste sie mit beiden Händen. »Warum hast du gerade mich von allen ausgewählt? Diese Tat wird viele Männer das Leben kosten.«

»Weil ich dich liebe, Diarmaid, schon seit dem Tag deines Sieges zu Lugnasad, als du an der Tafel lachtest und kein Auge für mich hattest, obwohl man sagt, dass ich die schönste Frau Erinns sei.«

»Das bist du«, stammelte Diarmaid, »und obgleich es wider jegliche Vernunft und Sitte ist, spreche ich es nun offen aus: Auch ich liebe dich, Grainne, ich liebe dich mehr als mein Leben!«

»Dann komm.«

»Aber wie sollen wir aus Tara entkommen?«, fragte Diarmaid. »In der Bankethalle schlafen alle, doch die Wälle und Tore sind mit Wachen besetzt, die nichts vom Met tranken und uns fangen würden. Und was ist mit Oisin?«

»Oisin steht unter dem Bann des mächtigen Zaubers«, sagte Grainne, »gegen ihn kann er nichts machen. Außerdem kenne ich eine kleine Pforte im Wall, durch die wir fliehen können.«

»Ich soll mich durch eine Hinterpforte aus Tara davonstehlen?«, rief Diarmaid. »Hältst du das für angemessen für mich?«

»Dann spring auf deinen Speer gestützt über die Mauer!« Mit diesen Worten eilte sie los.

Wie betäubt stand Diarmaid da und schaute seinen Freund Oisin an, als suche er Hilfe und Verständnis bei ihm.

»Es mag Verrat an unserem Herrn sein, Diarmaid«, sprach der. »Aber wir stehen beide unter Grainnes Bann, der ein so starker Zauber ist, dass er den Verstand lähmt und nur noch dem Gefühl freien Lauf lässt. Grainne ist eine junge, wunderschöne Frau. Wenn sie einen zum Manne verdient hat, dann dich. Also greif zu und lass die Zeit nicht verstreichen. Sicherlich wird dein Weg mühsam und dornenreich sein, aber die Liebe dieser Frau wird alles wettmachen. Spring also, Hauptmann Diarmaid, spring in den reißenden Fluss der Leidenschaft, in die tosenden Fluten einer Liebe, die alle Grenzen sprengt! Ich wünsche euch Glück, leb wohl!«

Da zögerte Diarmaid nicht länger. Er verließ die Methalle, holte seinen Speer und sprang, wie ihm Grainne geraten hatte, auf diesen gestützt mit einem kühnen Satz über die Mauer.

Auf der anderen Seite, in dunkler Nacht, traf er die wartende Königstochter. Noch einmal nagten die Gewissensbisse an ihm, und zwar so heftig, dass ihm war, als werde er in zwei Teile zerrissen. Verwirrt blickte er auf sich selbst wie auf sein Spiegelbild, das ihm äußerlich vollkommen glich, im Inneren aber wie durch Zauber völlig umgewandelt war.

»Wenn wir jetzt umkehren, Grainne«, beharrte er und spürte doch, wie jede Festigkeit in ihm schwand, »ist noch nichts verloren. Niemand wird erfahren, was passiert ist, denn in der Bankethalle liegt alles in tiefem Schlaf. Mein Freund Oisin wird aus Freundschaft zu mir schweigen.«

Grainne aber antwortete: »Lass uns fliehen, Geliebter. In der Vollmondnacht, in der ich beim Lia Fail war, hatte ich einen seltsamen Traum, der mir so verworren schien, dass ich ihn damals nicht verstand. Jetzt erst weiß ich, was er bedeutet und dass wir das einzig Richtige tun.«

Diarmaid blickte sie betroffen an, sprach aber nicht aus, was ihm in diesem Moment durch den Sinn huschte: die schattenhafte Erinnerung an einen reißenden Strom, in den er sich kopfüber gestürzt hatte, um die goldhaarige Frau im treibenden Boot zu retten. In ihrem Boot hatte er auch die drei magischen Gegenstände der Kraft gefunden: die Lanze des Lug, den Ring des Mac Greine und den Stein des Mac Cecht, der die verborgen-

sten Tiefen öffnete. War es Traum gewesen, Fieberge-
spinst, Vision oder Wirklichkeit? Dann war etwas Grauenhaftes geschehen, aber was nur … So sehr Diarmaid
auch seinen Kopf zermarterte, er konnte sich nicht ent-
sinnen. Aber ein Grauen schnürte ihm die Kehle zu und
ließ sein Herz heftig pochen, während er Hand in Hand
mit Grainne in die Nacht hineinlief.

Nach einer Weile vertrat sich Grainne den Fuß und
humpelte unter Schmerzen weiter. »Kannst du mich tragen?«, fragte sie.

»Dann sind wir zu langsam und schaffen es nie«, antwortete Diarmaid. »Versteck dich hier im Gehölz und
warte auf mich. Ich werde nach Tara zurücklaufen und
Pferde und einen Wagen besorgen.«

»Sei vorsichtig«, flüsterte Grainne. Aber ihr Gefühl
sagte ihr, dass er es schaffen würde, und so harrte sie
ruhig aus.

Es dauerte lange, bis ihr Geliebter zurückkam, und tatsächlich hatte er auf einer Weide zwei Pferde eingefan-
gen und einen Wagen aufgetrieben, vor den er die Rösser spannen konnte. Nun kamen sie wesentlich schneller
voran und gelangten mit den ersten Strahlen der Morgensonne an das Ufer des Luan-Flusses. Hier stiegen sie
ab, um sich ein wenig auszuruhen. Ein Rotkehlchen sang
ganz in der Nähe auf einem Zweig zu ihrer Begrüßung.
Diarmaid lauschte auf den Gesang des Vogels, an dem
ihn nichts störte bis auf den blutroten Fleck vor der Brust.

»Wenn Finn aufwacht und erfährt, dass wir zusammen geflohen sind, wird er brüllen vor Wut und sein
Zorn wird grenzenlos sein«, sagte er seufzend.

»Und hast du Angst davor?«, fragte Grainne achselzu-
ckend.

»Nein«, antwortete Diarmaid, »was wir tun, ist völlig

verrückt, aber das kann nur daran liegen, dass meine Liebe zu dir mich gegenüber allem anderen blind macht.«

»Und an was würdest du denken, wenn du nicht blind vor Liebe wärst?«

»Daran, dass man die Spur unseres Wagens leicht finden kann und schon bald die Verfolgung beginnt.«

»Dann lassen wir doch den Wagen und ein Pferd hier stehen«, schlug Grainne vor. »Wenn wir auf einem Pferd das Wasser durchqueren, verlieren sie unsere Spur.«

Nach diesem Rat handelten sie, passierten den Fluss und zogen auf dem anderen Ufer weiter bis zu einem dichten Waldstück. Inmitten des Waldes öffnete sich eine Lichtung. Hier baute Diarmaid eine Hütte aus Baumstämmen, Reisig und Borke, während Grainne Laub einsammelte, um ihr Hochzeitsbett herzurichten. Als alles fertig war, sanken sie erschöpft von der Flucht auf das Lager. Brust an Brust lagen sie und hielten sich in Liebe umfangen. Und ihnen beiden war, als könnten sie einander bis in die geheimsten Winkel und tiefsten Tiefen ihrer Seelen sehen, die in der leidenschaftlichen Umarmung ebenso wie ihre Körper miteinander verschmolzen.

15

In Tara erwachte die Festgesellschaft aus schwerem Schlaf. Entsetzen griff um sich, als man von Oisin vernahm, was geschehen war. Finn schäumte vor Wut über Diarmaids Treuebruch und Grainnes Entführung. »Das kann ich nie und nimmer auf mir sitzen lassen!«, brüllte er.

Cormac Mac Art verstand seinen Zorn. »Wenn du ihn

bestrafen willst, so tu es«, sagte er, »aber geh behutsam vor, damit meiner Tochter kein Leid geschieht!«

Finn schickte zwei Späher aus, um den Weg der Flüchtlinge zu erkunden. Die stießen auch bald auf die Wagenspur und folgten ihr bis an den Luan-Fluss. Dort stand der Wagen und das Pferd weidete friedlich daneben. Sie suchten das Ufer nach weiteren Spuren ab, konnten aber keine entdecken. So kehrten sie mit Pferd und Wagen als Beweisen zu Finn zurück.

Da setzte sich der alte Recke an die Spitze seiner Leute und nahm selbst die Verfolgung auf. Am Ufer des Luan angekommen, suchten sie so lange das Gelände ab, bis sie herausfanden, welche List Diarmaid und Grainne gebraucht hatten. Allesamt durchquerten sie nun den Fluss und fanden schließlich die Hufspuren des Pferdes. Die Jagd auf Diarmaid begann.

Doch Oisin empfand Mitleid mit seinem Freund, der ja nichts anderes getan hatte, als seinen Gefühlen zu folgen, mochten diese Leidenschaften auch maßlos sein und durch Grainnes Liebesmagie über alle bekannten Grenzen hinaus gesteigert. Er schickte seinen Hund Bran voraus, um das fliehende Liebespaar zu warnen. Der Hund nahm die Witterung auf und raste davon. Im Wald schließlich stieß er auf ihre Hütte.

»Was ist das?«, fragte Grainne erschrocken, als sie das Tier heranspringen sah.

»Das ist Bran«, antwortete Diarmaid und begrüßte den Hund als alten Bekannten, »er gehört Oisin und der kann ihn uns nur als Warnung vorausgeschickt haben. Sie haben also doch unsere Spur gefunden und werden bald da sein.«

»Wir müssen fliehen«, sagte Grainne.

»Ach, wozu denn?«, gab Diarmaid gleichmütig zur

Antwort. »Einmal wird uns Finn doch einholen und mich zum Kampf zwingen. Warum also nicht heute?«

Da ertönte aus der Ferne ein langer, heulender Schrei. Grainne schrak zusammen. »Was ist das?«

Diarmaid lauschte eine Weile und als der Schrei sich noch zweimal wiederholt hatte, sagte er: »Das ist Fearghoir, Cailtes Waffenträger. Er hat die mächtigste Stimme in der gesamten Fianna, nur er kann so laut brüllen.«

»Und warum schreit er?«

Ein Lächeln glitt über Diarmaids Gesicht. »Oisin und Cailte heißen ihn rufen, weil sie uns warnen wollen. Die Freunde meinen es gut mit mir.«

»Dann lass uns rasch weiter fliehen«, drängte Grainne. »Sieh nur, wie der Hund sich verhält, jetzt springt er auf und läuft zurück in den Wald. Die Häscher sind womöglich schon ganz in der Nähe!«

Diarmaid entgegnete mit trotziger Miene. »Nein, ich bin kein Feigling, der einfach wegläuft. Finn soll ruhig kommen und mich zum Kampf auffordern, ich fürchte ihn nicht.«

Grainne schwieg, aber in ihr flatterte Angst.

Inzwischen rückten die Männer der Fianna immer näher. Die Freunde Diarmaids versuchten Finn von seiner Rache abzubringen. »Dieser Wald ist so dicht, dass wir in ihm niemanden aufspüren könnten«, sagte Oisin, »außerdem setzt bald die Abenddämmerung ein. Wie soll man da noch den richtigen Weg finden?«

»Sie sind bestimmt schon weiter geflohen und entkommen«, sagte Diorruing.

Und Cailte fügte hinzu: »In der Dunkelheit werden unsere Pferde straucheln, es ist leichtsinnig, nun noch weiterzureiten.«

Doch der grimmige Finn entgegnete: »Macht mir

nichts vor, ihr Halunken. Ich habe genau gesehen, wie du deinen Hund vorgeschickt hast, um sie zu warnen, Oisin! Und Fearghoir rief auch nicht deshalb, weil er sich im Dickicht verlaufen hatte, sondern damit Diarmaid ihn hört. Ihr haltet zu ihm, das nehme ich euch nicht übel, denn ihr seid Freunde von ihm. Was aber den Hauptmann anbelangt, so kenne ich sein Verhalten recht gut. Er ist mutig und wird einem Kampf nicht aus dem Weg gehen. Vorwärts also, ich denke, dass wir ihnen dicht auf den Fersen sind.«

Tatsächlich stießen sie kurz danach auf die Lichtung und die Hütte der beiden. Finn gab Befehl, das ganze Gelände zu umstellen. Da trat Diarmaid vor die Hütte und rief ihm zu:

»Brauchst du wie ein Räuber den Schutz der Dunkelheit, Finn, um uns zu überfallen? Morgen früh bei Sonnenaufgang stelle ich mich freiwillig zum Kampf!«

Finn kratzte sich nachdenklich seinen kahlen Schädel.

»Gib ihm diese Chance«, drängte Cailte, »es klingt mutig und ist ein fairer Vorschlag.«

»Die Bedingungen stelle ich«, entschied Finn, »ich lasse mir von dem da nichts aufzwingen.« Also rief er zurück: »Gib mir meine Braut Grainne sofort heraus, dann will ich auf deinen Vorschlag eingehen und den Waffengang mit dir morgen in aller Frühe führen!«

Als Grainne das hörte, kam auch sie aus der Hütte und stellte sich neben ihren Geliebten. Der aber nahm sie vor aller Augen in die Arme und küsste sie dreimal auf den Mund. Das galt im alten Erinn als Zeichen des Einverständnisses zwischen Mann und Frau und Finn raste vor Wut.

»Bei allen Göttern, diese Unverschämtheit kann nur getilgt werden, indem ich dir den Kopf vom Hals trenne!«, brüllte er und wies seine Leute an, gegen die Hütte hin vorzudringen. Doch sie weigerten sich.

»Was ist los, hat euch denn alle der Mut verlassen?«, schrie Finn. »Habt ihr etwa Angst, gegen einen einzelnen Mann anzutreten?«

Doch die Leute blieben stehen und weigerten sich, ihren Hauptmann, den sie verehrten und als Freund mochten, in Überzahl anzugreifen.

»Kämpf doch selber mit ihm«, sagte Diorruing, »das ist vor allem eine Sache zwischen euch beiden und du hast ihn auch zum Zweikampf herausgefordert. Von uns wird keiner den ersten Schlag führen.«

Finn knirschte mit den Zähnen, als er seine Krieger meutern sah. Widerstrebend fügte er sich, verlangte aber, dass alle auf ihren Posten blieben, um jeden nächtlichen Fluchtversuch der beiden zu vereiteln.

Diarmaid und Grainne waren inzwischen in die Hütte zurückgekehrt. Sie kauerte zitternd auf dem Lager aus Laub, er setzte sich so, dass er den Eingang bewachen konnte, denn er traute Finn nun alles zu, auch einen heimtückischen Überfall in der Nacht.

»Was murmelst du da?«, fragte er. Doch Grainne antwortete nicht.

Zur Stunde der größten Dunkelheit nahm er einen Schatten wahr und sprang mit dem blanken Schwert in der Hand vor die Tür. Doch sein Stoß ging ins Leere und der Fremde entwand ihm die Waffe.

»Still«, flüsterte er, »ich bin dein Schutzgeist Oengus aus dem Tal der Boinne und komme, um dich zu retten, wie Grainne es mich hieß.«

Sie gingen beide in die Hütte zurück und Oengus raunte, da Grainne schlief, mit leiser Stimme weiter: »Es ist dein Glück, dass dich eine so mächtige und vieler

Zauber kundige Frau liebt! Grainne rief mich und ich eilte von weit her zu Hilfe. Ich will euch beide unter meinen Mantel nehmen, der unsichtbar macht, und sicher aus der Gefahr führen, ohne dass Finn und seine Leute etwas davon merken.«

»Nimm Grainne und rette sie. Ich aber bleibe hier und werde meine Kräfte mit Finn messen.«

»Wie du willst«, antwortete der Schutzgeist. »Ich schaffe sie zum Vorgebirge der zwei Weiden – du kennst den Ort. Wenn dein Kampf hier ausgestanden ist und du heil davonkommst, kannst du uns folgen. Doch eines sollst du zuvor noch wissen: Eure Liebe ist die weithin leuchtende Morgenröte eines neuen Zeitalters, in der die Zauberkraft so machtvoll walten wird wie in der alten Welt, und doch auf ganz andere Weise, als Magie, die in und zwischen zwei Liebenden wirkt.«

Nach diesen Worten nahm Oengus Grainne wie ein schlummerndes Kind unter seinen Mantel und verschwand in der Nacht.

Als der Morgen dämmerte, stand Diarmaid auf, wappnete sich und trat vor die Hütte. Dort sah er Oisin und Cailte stehen.

»Wollt ihr mit mir kämpfen?«, fragte er.

Doch die beiden Freunde schüttelten die Köpfe. »Dreh dich schnell um und sieh hinter dich«, warnte ihn Oisin.

Als er sich umwandte, sah er Finn mit einer Schar Männer kommen, die ihre Schwerter blank trugen und offenbar bereit waren, davon auch Gebrauch zu machen. Da erkannte Diarmaid, dass Finn sein Wort nicht zu halten gedachte, und auch er fühlte sich nun nicht mehr an die Abmachung gebunden. Mit einem gewaltigen Sprung setzte er auf Finn los und schnellte so hoch, dass er einen Moment lang mit beiden Füßen auf Finns Schultern stand. Noch einmal schwang er sich auf, sprang und landete weit hinter den Kriegern im Wald. Finn aber stürzte unter der Wucht des Aufpralls der Länge nach zu Boden. Während er sich mühsam hochrappelte, verschwand Diarmaid bereits mit kräftigen Sätzen im Dickicht.

Den ganzen Tag über lief Diarmaid und manche behaupten, er sei schneller als viele Berittene gewesen, bis er zum Vorgebirge der zwei Weiden gelangte. In einer versteckt gelegenen Hütte fand er Oengus und Grainne am Feuer. Der Schutzgeist briet einen gespießten Dachs und es roch köstlich. Glücklich über das rasche Wiedersehen, fielen sich die Liebenden in die Arme. Diarmaid berichtete, wie er der Umzingelung entkommen war und dass Finn bei aller Großmäuligkeit doch ein feiger, hinterlistiger Schurke sei. Nach dem Essen legten sich Diarmaid und Grainne eng umschlugen aufs Lager und nahmen sich Zeit für zärtliche Spiele und atemlose Offenbarungen, während Oengus vor dem Eingang saß und Wache hielt. In dieser Nacht beschützte ein Gott ihre Liebe, die nach seinen eigenen Worten das Fanal einer neuen Zeit war, in der sich die alte Magie als ungekannter Liebeszauber erneuerte.

Am Morgen weckte er sie. »Ich muss euch jetzt verlassen«, sagte er, »denn selbst der stärkste Zauberspruch lässt einen Schutzgeist nicht länger als zwei Nächte bei den gleichen Menschen verweilen. Aber ich gebe euch noch einige Ratschläge mit auf den Weg: Ihr müsst beständig eure Gewohnheiten ändern und euch verhalten wie wilde Tiere, die der Jäger verfolgt. Seid schlauer als eure Gegner, verbergt euch auf eurer Flucht niemals in einem hohlen Baum, sucht keine Höhle auf, die nur einen Eingang besitzt, betretet keine Insel, zu der nur ein einziger Weg führt. Wo ihr kocht, da setzt euch niemals zum Speisen nieder, wo ihr esst, da dürft ihr nicht schlafen. Wo immer ihr im Schlaf liegt, da müsst ihr vor Sonnenaufgang wach sein und bereit, auf der Stelle zu fliehen. Es gibt keine Ruhe vor Finn, denn er sinnt einzig noch darauf, sich für die erlittene Schmach zu rächen. So ist nun einmal seine Natur, er kennt kein anderes Leben als dieses. Genießt also jeden Moment eurer Liebe, kostet ihn aus, denn es könnte einmal der Letzte sein!«

Mit diesen Worten überließ Oengus sie ihrem Schicksal.

16

Diarmaid und Grainne flohen nun zum Fluss Laune, der seinen Namen nach den hier auftretenden rauen Wellen erhielt, und weiter am großen Strom entlang. Sie fingen sich einen Lachs, brieten und aßen ihn, wie Oengus geraten hatte, im Gehen. Dabei behielt Diarmaid ständig die Umgebung im Auge, seine Ohren wurden so scharf, dass er selbst das entfernteste Knacken wahrnahm, und seine Sinne überreizten sich immer mehr. Sie wanderten durch glucksende Moorflächen und hielten die unwirtliche Gegend für unbewohnt, doch da irrten sie sich. Mitten im Moor begegneten sie einem verwahrlosten Jungen, der einen verwirrten Eindruck machte und von sich selbst nur wusste, dass er Muadhan hieß. Auf die Frage, woher er stamme, schüttelte er mit blödem Grinsen den Kopf und sagte:

»Nehmt mich nur mit als Helfer, dann geht es uns allen besser. Ich kenne mich aus im Moor, weiß jede sichere Stelle und kann sie genau von denen unterscheiden, die trügerisch sind. Außerdem besitze ich riesige Kräfte, probiert sie nur aus.«

Mitleidig lächelnd betastete Diarmaid seine Muskeln am Arm. »Er ist verrückt«, sagte er zu Grainne.

»Nein, ganz und gar nicht«, widersprach sie, »es ist das Beste, was uns passieren konnte, wir nehmen ihn mit als Diener.«

Am Fluss Carra konnte der Junge zum ersten Mal seine Fähigkeiten unter Beweis stellen. Er nahm Diarmaid und Grainne wie Spielzeug auf seine Schultern und trug sie sicher durch die Furt. Auf diese Weise durchquerten die beiden von nun an stets trockenen Fußes die Flüsse. Schließlich erreichten sie Erinns Küste. Beim bewaldeten Vorgebirge, das von weitem wie ein Schiffsbug aussieht, fanden sie eine Höhle und das Schicksal wollte es so, dass es sich um die gleiche Höhle handelte, in der in grauer Vorzeit der unsterbliche Tuan seine Verwandlung vom Hirsch zum Eber erlebte.

»Ein guter Platz für euch, um endlich einmal wieder in Ruhe zu schlafen«, sagte Muadhan. Er bereitete ihnen ein bequemes Lager und ging hinaus, um zu fischen. Auch darin war er geschickt: Er nahm als Angel eine Gerte, an die er eines seiner langen Haare band, und benutzte als Köder eine bestimmte Sorte von Beeren, die die Fische in Scharen anlockte. So gab es reichlich zu essen, es war warm in der Höhle und Diarmaid und Grainne fanden zu ihrem Glück zurück.

»Und wenn wir bis ans Ende der Welt flüchten müssten und bis an das Ende unserer Tage, so würde ich doch mit keiner anderen Frau tauschen wollen und dieses wilde Leben stets von Herzen genießen«, sagte sie und räkelte sich auf dem Lager. Diarmaid vertraute dem Wächter draußen, der vielleicht auch nur ein unsteter Geist war wie sie, und blickte seine Frau liebevoll an.

»Grainne, Grainne, mit dem goldenen Haar«, sagte er leise, »du bist meine doppelte Sonne, bei Tag und bei Nacht, wenn ich friere, so wärmt mich dein Atem, wenn ich zweifelnd strauchle, dann schenkst du mir neuen Mut. In meinem Leben bist du die einzige Königin und unser Reich ist nur so groß wie der Platz, an dem wir gerade lagern. Ich liebe dich, schönstes Mädchen von Erinn.«

Aber auch in dieser Höhle sollten Diarmaid und Grainne nur ein kurzes Glück finden. Eines Morgens schälten sich mehrere Schiffe schemenhaft aus den Nebelbänken des Meeres, nahmen Kurs auf den Strand und gingen weiter westlich vor Anker. Diarmaid beobachtete von den Klippen aus, wie Boote zu Wasser gelassen wurden und eine Schar verwegen gekleideter Männer an Land kam. Unerschrocken schritt er ihnen entgegen. So verwildert, wie er nun aussah, würden sie ihn schwerlich erkennen und tatsächlich hielten sie ihn für einen armen Fischer.

»Hast du Diarmaid und Grainne gesehen?«, fragten sie.

»Kann schon sein«, entgegnete er keck. »Aber es kommt darauf an, was ihr für diese Auskunft zu bieten habt.«

Neugierig geworden fingen die Leute an zu feilschen. Während der ganzen langen Verhandlung horchte Diarmaid sie geschickt aus und erfuhr, dass sie Seeräuber waren, die von dem Vorfall gehört hatten und für Finn die beiden Flüchtlinge fangen wollten, weil sie sich eine saftige Belohnung erhofften. Der Erste ihrer Anführer hieß Schwarzfuß, der zweite Weißfuß und der dritte Starkfuß.

»Habt ihr Wein im Schiff?«, fragte Diarmaid. »Dann kann ich euch vielleicht einen guten Hinweis geben, wo sich die Gesuchten befinden.«

»Daran mangelt es nicht«, antwortete Schwarzfuß und ließ aus seinem Schiff ein Fass mit Wein herbeischaffen.

»Passt auf, ich werde euch ein sehr seltenes Kunststück vorführen«, sagte Diarmaid. »Wenn einer von euch das nachmachen kann, werde ich auf der Stelle reden.«

Mit diesen Worten schob er das große Fass einen steilen Abhang hinauf und als er oben ankam, stellte er sich auf das Fass und ließ es ins Tal hinabrollen, als stünde er auf dem Rücken eines wild springenden Pferdes. Unten angekommen, sprang er lachend von seinem hölzernen Reittier und forderte die Seeräuber auf, es ihm gleichzutun.

Einem jungen Matrosen aus der Schar kam die Sache nicht schwer vor und er bot sich prahlerisch an, das Kunststück zu wiederholen. Zunächst ging alles noch gut, er schaffte das Weinfass bis zur Anhöhe hinauf, stellte sich in Positur und begann schreiend im Stehen auf ihm ins Tal zu reiten. Aber auf halber Strecke stürzte er kopfüber nach vorn, das schwere Fass rollte über ihn hinweg und quetschte ihn zu Tode. Da packte die Seeräuber das Grausen. Sie zogen sich zurück, ohne weiter auf Auskunft zu drängen, ruderten zu den Schiffen und ließen das Fass liegen, wo es hingerollt war. Diarmaid rief Muadhan, der die ganze Zeit über in einem Versteck zugeschaut hatte, der nahm das Fass auf die Schultern und trug es zur Höhle.

So erlebten Diarmaid und Grainne einen weiteren ruhigen Tag, aßen frisch gerösteten Fisch, den Muadhan für sie gefangen und zubereitet hatte, tranken vom köstlichen Wein und genossen am Abend und in der Nacht ausgiebig ihr Liebesspiel.

Am nächsten Morgen kamen die drei Häuptlinge der Seeräuber mit vielen bewaffneten Matrosen wieder an Land, denn sie hatten beratschlagt und einen neuen Plan ausgeheckt, wie sie nun vorgehen wollten.

Wieder ging Diarmaid ihnen entgegen. »Woher kommt ihr?«, rief er.

»Aus den Weiten des Meeres«, antwortete Weißfuß mit düsterem Blick. »Und diesmal verschwinden wir nicht eher von Land, bis wir diesen Diarmaid gefangen haben. Wenn du uns nicht freiwillig sagst, wo er ist, werden wir dich an seiner Stelle in Ketten legen und so lange foltern, bis du uns das Versteck des Flüchtlings nennst.«

»Außerdem wollen wir das Weinfass zurückhaben«, ergänzte Schwarzfuß.

»Ist gut«, antwortete Diarmaid, »ich will euch Gelegenheit geben, die Scharte von gestern auszuwetzen. Nimm deinen Speer, Schwarzfuß, und stecke ihn mit dem Schaft fest in den Dünensand, sodass seine Eisenspitze schräg in den Himmel ragt.«

»Was soll das?«

»Ihr werdet es schon sehen«, sagte Diarmaid, »ich will über diesen Speer springen, ohne einen einzigen Kratzer abzubekommen. Wenn es einen unter euch gibt, der mir das nachmachen kann, will ich euch auf der Stelle alles verraten.«

»Das schafft er nie!«, riefen die Matrosen.

Schwarzfuß steckte seine Lanze in den Sand, Diarmaid nahm Anlauf und setzte mit einem kühnen Sprung darüber hinweg. Nun war die Reihe an den Seeräubern. Einer der Matrosen sprang ebenfalls, blieb aber oben an der Lanzenspitze hängen und rammte sich den Spieß durch den Leib. Da packte die wilden Gesellen erneut das Entsetzen und sie rannten zu ihren Schiffen zurück.

Einen vollen Tag und eine schöne Nacht lang hatten Diarmaid und Grainne Ruhe vor ihnen.

Am nächsten Morgen aber lagen die Schiffe noch immer vor Anker und Diarmaid, der sich in aller Frühe vom Lager erhob, sah die Seeräuber mit vielen Waffen an Land kommen. Also ging er ihnen wieder entgegen.

Diesmal drohten sie, ihn gleich vom Leben in den Tod zu befördern, wenn er sie nicht auf der Stelle zum Versteck des Flüchtlings führe. »Außerdem haben wir die Nase voll von diesen albernen Kunststücken«, sagte Starkfuß.

»Aber wieso denn?«, fragte Diarmaid. »Ich dachte immer, Männer der See könnten derbe Sprüche gut verstehen. Ihr seid aber wirklich humorlos.«

»Reize mich nicht mit deinen frechen Reden!«, brüllte Starkfuß.

Doch Diarmaid fuhr unbekümmert fort: »Außerdem sind aller guten Dinge drei, das solltet ihr wissen. Segelt ihr nicht auch mit drei Schiffen und habt ihr nicht drei Häuptlinge als Anführer? Gönnt also auch mir die dritte Mutprobe.«

»Der Kerl hat Recht«, sagte Schwarzfuß, »geben wir ihm noch eine Chance.«

Da grub Diarmaid zwei Astgabeln tief in die Erde ein und legte sein Schwert mit der scharfen Schneide nach oben darüber. Abermals nahm er Anlauf und sprang elegant über das Schwert, ohne sich zu verletzen.

»Macht mir das nach, wenn ihr könnt!«, rief er.

Einer der Matrosen versuchte es, stürzte aber in das Schwert und fiel in zwei Teile geschnitten zu Boden. Die Seeräuber hatten nun genug von den Späßen, packten ihre Waffen und stürmten auf Diarmaid los.

Der nahm sein blutiges Schwert auf und wischte es im

Strandhafer ab. »Halt, nicht so voreilig«, rief er, »ihr habt euer Wort gehalten und ich will es nun auch tun. Ich will euch zum Versteck des Flüchtlings führen.«

»Das wird aber auch Zeit!«, rief Starkfuß.

»Aber wir dürfen nicht mit einem so großen Kriegshaufen gehen«, sagte Diarmaid, »das macht viel zu viel Lärm und dann würde der Vogel entfliehen, bevor ihr ihn zu Gesicht bekommt. Nur die drei Häuptlinge sollen mit mir kommen.«

Die drei Anführer der Seeräuber berieten sich und willigten schließlich ein.

»Aber geh du voraus«, sagte Starkfuß. Mit gezogenen Schwertern folgten sie ihm dicht auf den Fersen und ließen ihn keinen Moment aus den Augen.

Diarmaid führte die Seehäuptlinge bis zur Höhle. Dort legte er den Finger vor den Mund und wies sie an, nun keinen Laut mehr von sich zu geben. »Diarmaid und Grainne sind dort drin«, flüsterte er, »wahrscheinlich schlafen sie noch. Ich werde mich hineinschleichen und nachsehen, ob der Augenblick günstig ist, sie sofort zu überfallen.«

Mit diesen Worten huschte er in die dunkle Höhle. Seine Geliebte fuhr vom Lager hoch, als sie sah, wie Diarmaid die beiden Speere ergriff, die er am Vortag mit Muadhans Hilfe gefertigt und mit scharfen Spitzen aus glashartem Stein versehen hatte.

»Werden wir angegriffen?«, fragte sie erschrocken.

»Nein, draußen haben sich nur drei Seebären verirrt, die ich aufspießen will«, antwortete Diarmaid und huschte auch schon wieder hinaus.

Vor dem Höhleneingang richtete er sich auf und rief den Häuptlingen zu: »Ich bin Diarmaid und nun versucht mich zu fangen!«

Mit diesem Ruf warf er den ersten Speer gegen Schwarzfuß, durchbohrte sein Bein und machte ihn kampfunfähig. Den zweiten Speer schleuderte er nach Weißfuß und traf seinen Arm mit solcher Wucht, dass der Spieß hinten wieder zum Vorschein kam. Starkfuß aber, der gefährlichste Gegner, hieb wütend mit dem Schwert nach ihm und Diarmaid musste zurückweichen. Ein verbissener Kampf begann nun im Eingang der Höhle, wo auch Diarmaid sein Schwert zog. In einem günstigen Moment durchschlug er dem Seeräuber die Sehne zwischen Ferse und Knöchel und der Mann sackte stöhnend zu Boden.

Nun fesselte Diarmaid die drei mit ihren eigenen Ledergürteln. Grainne aber knüpfte zum Schluss einen Zauberknoten, den nur vier bestimmte Männer zu lösen verstanden, nämlich Oisin, Osgur, Lughaid mit der starken Hand und Conan Mac Moirna. Sie ließen die drei als verschnürtes Bündel in der Höhle liegen und flohen mit Muadhan in Richtung der Moore.

Gegen Abend kamen die Matrosen auf der Suche nach ihren Anführern zur Höhle und fanden die Verletzten.

»Bindet uns los!«, schrien die drei Raubärte. Doch was die Matrosen auch anstellten, es gelang ihnen nicht, Grainnes Zauberknoten zu lösen. Selbst ihre Schwerter erwiesen sich als stumpf, als sie das Leder durchschneiden wollten – so mächtig wirkte Grainnes Bann. So mussten sie ohne ihre Häuptlinge zu den Schiffen zurück und in See stechen, um Finn Kunde von dem Vorfall zu bringen und zauberkundige Hilfe zu holen.

17

Diarmaid, Grainne und ihr treuer Diener flohen rastlos durchs Moor. Als die schöne Königstochter nicht mehr laufen konnte, nahm Muadhan sie auf seinen Rücken und trug sie bis zum Berg Luachra. An einem See in der lieblichen Ebene von Concon konnten sie endlich rasten, ein karges Mahl einnehmen und etwas schlafen. Doch die Nacht im Freien war kühl, kalte Winde gingen und schlechte Träume quollen aus den Nebelbänken hervor. Von einem riesigen, fürchterlichen Geistereber träumte Diarmaid und er traf noch einmal die Fee Sheela na Gig, die sich ihm in den Weg stellte und eine Warnung aussprach. Doch der Wind schwoll so tosend an, dass er ihre Worte nicht verstehen konnte, auch erinnerte er sich nicht mehr, was sie einst im Frühling zu ihm gesprochen hatte, und so wälzte er sich unruhig hin und her.

Am nächsten Morgen erst legte sich der Wind zur Ruhe und eine warme Sonne ließ die Farben der Ebene aufglühen. Sie beschlossen, hier nun eine Weile zu bleiben.

Inzwischen erfuhr Finn, dass die drei Häuptlinge der Seeräuber so kläglich versagt hatten, in Zauberbann lagen und um ihr Leben rangen. Er schickte einen Arzt zu ihnen, um sie zu versorgen, und auch einen Druiden, der ihm treu ergeben war, aber die beiden vermochten nichts auszurichten. Da beschloss Finn, die Hexe vom Schwarzen Berg aufzusuchen. Die Alte war eine Anhängerin der schwarzen Magie und kannte sich in allerlei üblen Machenschaften aus. Finn beriet sich lange mit ihr und lockte sie mit schönen Geschenken. Dennoch dauerte die Verhandlung eine Ewigkeit, bis die Alte, deren

Name Deirdre an Duibh-Shleibne war, ihr Einverständnis erklärte, ihm bei der Suche zu helfen.

Doch bald darauf tauchten in der Ebene von Concon die Männer der Fianna auf. Sie wurden von einem Mann im grünen Mantel geleitet, der drei unheimliche Bluthunde mit sich führte. Diese Hunde, die Nasen stets dicht am Boden, fanden die Spur der Flüchtlinge.

Diarmaid entdeckte die Herannahenden am frühen Morgen. »Es ist uns keine Ruhe gegönnt«, stöhnte er, »wir müssen schon wieder die Flucht ergreifen.«

Da nahm Muadhan abermals Grainne auf seine Schultern und trug sie ein weites Stück am Berg entlang bis zu einem Ort, der ihm sicher erschien. Eilends kehrte er dann zu Diarmaid zurück und sagte: »Mach dir keine Sorgen wegen der Hunde, Herr. Ich kenne sie, es sind die Bluthunde der Hexe vom Schwarzen Berg und ich weiß gute Mittel gegen sie. Du aber solltest jetzt zu Grainne eilen, die in großer Sorge ist. Beruhige sie.«

Mit diesen für Diarmaid unglaubwürdig klingenden Worten holte Muadhan unter seinem zerlumpten Mantel ein Hündchen hervor, streichelte es und flüsterte ihm ins Ohr: »Lauf, mein kleiner Liebling, und tu deine Pflicht.«

Da lief das Hündchen los, begegnete dem ersten der Bluthunde, der mit glühendem Rachen nach ihm schnappte, und sprang dem Untier direkt ins aufgerissene Maul. Der Bestie zerplatzte daraufhin der Schlund und das Hündchen kehrte, als ob nichts geschehen wäre, zu Muadhan zurück, um sich in dessen Mantel zu verkriechen.

Inzwischen war Diarmaid zu Grainne gelaufen und fand sie in Tränen aufgelöst vor, außer sich vor Verzweiflung und Angst.

»Ich halte dieses ewige Weglaufen nicht mehr aus«, schluchzte sie, »ständig bin ich in Sorge um dich.«

Diarmaid streichelte und tröstete sie voller Zärtlichkeit. »Sieh doch«, sagte er ernst, »unsere Liebe ist ein starker Zauber, der uns vor allem beschützt. Nicht einmal die Alte vom Schwarzen Berg mit ihrer Hexenkunst kann uns etwas anhaben.« Und er erzählte ihr, was damals in der Hütte der Schutzgeist Oengus zu ihm gesagt hatte: dass in ihrer Liebe sich die Magie der alten Welt umwandle zu neuer Zauberkraft. So gelang es ihm endlich, Grainne zu beruhigen und ihr neuen Mut einzuflößen.

Nach kurzer Zeit kam der Diener und wurde bereits von dem zweiten der Bluthunde verfolgt. Diarmaid nahm seinen Speer auf und schleuderte ihn nach dem Scheusal.

»Sei verflucht, du Ausgeburt der Schwarzen Berge«, rief er, an diesem Knochen sollst du ersticken!«

Der Wurf war gut gezielt, er traf das Tier am Bauch und spießte es auf wie einen Braten.

»Es war richtig, dass wir wegliefen, denn die Hexenhunde rennen ungeheuerlich schnell«, sagte Muadhan. »Jetzt dürfte bald der Größte und Gefährlichste von ihnen kommen, der so furchtbar aussieht, dass allein sein Anblick schon lähmt. Wir müssen all unseren Mut zusammennehmen, um gegen ihn zu kämpfen.«

Sie zogen sich bis zum Grabmal des Dubhan am Berg Dubhain zurück, das nur noch ein wüster Geröllhaufen war. Der Wind pfiff über die Felsen und ließ sie erschauern. Da kam der dritte der Hunde herangerast, ein Untier von so großer Hässlichkeit, dass Grainne mit einem entsetzten Aufschrei ihre Augen bedecken musste. Auch der Diener zitterte vor Angst und presste sich mit dem

Rücken gegen den Berg. Diarmaid aber verhielt sich äußerst sonderbar: Wie ein Wolf sprang er mit allen vieren zu Boden, stieß ein knurrendes Heulen aus, verdrehte die Augen und benahm sich, als habe ihn die Tollwut gepackt. Der Bluthund stutzte, ließ sich jedoch nur kurz irritieren, dann setzte er an zum Sprung. Nicht aber auf Diarmaid schnellte er zu, sondern auf Grainne. Doch der kühne Held packte ihn mitten im Sprung an beiden Hinterläufen, wirbelte ihn herum und zerschmetterte seinen Schädel am Felsen. Zuckend lag nun der Kadaver der Bestie da und statt rotem entströmte ihm schwarzes Blut.

Kurze Zeit später stürmte der Mann im grünen Mantel mit zwei anderen Hundeführern herbei und griff an. Diarmaid hieb einen nach dem anderen mit seinem Schwert nieder und trennte ihnen die Köpfe ab. Die warf er zu den Leuten der Fianna hinab.

»Unser Hauptmann hat wieder einmal gesiegt, er scheint unverwundbar zu sein!«, riefen sie und zogen sich eilends zurück. Hinter ihnen her flatterte wie eine alte, zerfledderte Krähe die Gestalt der bösen Hexe.

»Da ist sie!«, rief Muadhan. »Seht ihr, wie sie vor Schmerzen taumelt, die Alte vom Schwarzen Berg? Aber das wird nicht lange andauern, dann braut sie sich eine Heilmedizin und gewinnt ihre Kräfte zurück. Sie wird in eine andere Gestalt schlüpfen und uns weiter verfolgen. Wir müssen rasch den Ort verlassen und weiterziehen.«

Sie flohen in östlicher Richtung, zogen eilig durch das Gebiet des Stammesfürsten Ui Conaill Gabhra, am Fluss Siona entlang und wieder zum Vorgebirge der zwei Weiden. Dort erlegte Diarmaid am Abend ein Reh. Muadhan weidete es aus und bereitete ein gutes Essen.

Als sie am Feuer zusammensaßen, sagte er: »Meine

Dienstzeit bei euch ist nun um, es hat Spaß gemacht mit euch zu wandern und wir haben allerlei erlebt. Doch morgen muss ich ins Moor zurück, weil ich der Wächter dort bin. Genießt in der Nacht noch einmal die Liebe, meine Freunde, ich werde über euer Glück wachen.«

Die beiden waren betrübt, als sie das hörten, und ihnen wurde klar, dass ihnen ein Feengeist geholfen hatte. Dann zog Grainne Diarmaid zu sich aufs Lager und für eine Weile vergaßen sie alle Gefahren ihrer Reise, da sich in ihrer leidenschaftlichen Umarmung ihre Liebe ebenso erneuerte wie der Zauber der alten Zeit.

Am nächsten Morgen war Muadhan verschwunden. Traurig zogen die Liebenden weiter zum Berg Echtghe, ruhten dort ein wenig aus und wanderten dann durch das wilde Hochland, in dem einst die Enkel des Königs Fiachra gelebt hatten. Grainnes Füße waren wund vom langen Gehen, mühsam schleppte sie sich an Diarmaids Seite dahin. Er legte seinen Arm um ihre Hüfte und stützte sie, so gut es eben ging. Doch der Mut der beiden Ausgestoßenen war ungebrochen. Sie wollten sich niemals Finns Zorn beugen.

18

Die schwarze Hexe war inzwischen zu Finn geeilt und musste ihm eingestehen, dass all ihre Zauberkünste kläglich versagt hatten. Da brüllte und tobte Finn so sehr vor ihr, dass selbst der Schwarzkünstlerin angst und bange wurde. Mit bleichem Gesicht, schlotternden Knien und wilde Verwünschungen gegen ihn ausstoßend, verließ sie den Heerführer, um sich in ihren Berg zurückzuziehen, wo sie einen Trank zu brauen hoffte, der ihre geschwundenen Kräfte zu neuem Leben erwecken sollte.

»Zieh nur von dannen, du alte Vettel, du Krähe mit lahmen Flügeln«, rief ihr Finn nach, »und sei froh, dass ich dich nicht rupfen lasse, um dich den Hunden in meinem Dun zum Fraß vorzuwerfen! Nur aus Sorge um das Wohlergehen meiner Tiere, die einen Braten wie dich ungenießbar empfinden würden, lasse ich dich laufen!«

Mit Oisin, Osgur, Lughaid mit der starken Hand und Conan Mac Moirna machte er sich zu der Höhle auf, in der Schwarzfuß, Weißfuß und Starkfuß noch immer in Banden lagen. Ihr Zustand war schlimm, ihre Wunden schwärten und weil sie mit den Gesichtern zum Boden hin lagen, konnte ihnen niemand Wasser reichen, so sehr sie auch darum baten.

»Löst endlich den Zauberknoten!«, befahl Finn. Doch die vier Männer, die dies durchaus verstanden hätten, weigerten sich, seinen Worten Folge zu leisten.

»Es sind Seeräuber und arge Verbrecher«, sagten sie, »wir haben sie oft schon gejagt und ihnen den Tod gewünscht, damit ihre Untaten ein Ende finden. Dein neuer Befehl steht gegen viele alte aus deinem eigenen Mund.«

Das bedeutete das Todesurteil für die drei Halunken und sie starben eines elenden Todes. Finn ließ ihnen am Strand drei steinerne Grabhügel errichten und sprach bei ihrem Begräbnis: »Diarmaid hat euch auf grausame Weise verdursten lassen. Das gleiche Schicksal soll auch ihm widerfahren!«

Doch seine Späher hatten wieder einmal die Spur der Flüchtenden verloren. Grimmig auf Rache sinnend zog er sich auf seinen Dun Almhuin zurück.

Unterdessen waren Diarmaid und Grainne nach langen Strapazen zu einem Bannwald gelangt, in dem sie sich sicher fühlten. Dieser Wald wurde von einem jungen Burschen gehütet, der abscheulich anzusehen war. Seine Glieder waren grobknochig, seine Augen rot unterlaufen, die Nase dick und pilzförmig, die Haut schuppig wie Leder und aus seinem breiten Maul standen die Zähne wie Hauer heraus. Es war der Sohn eines riesenwüchsigen Wechselbalgs namens Cham, der mit seinem ebenso hässlichen Weib hier lebte und von den Menschen gemieden wurde. Aus diesem Grund betrat auch niemand freiwillig den Wald. Von dem Wächter aber erzählte man sich erstaunliche Dinge: dass keine Waffe ihn verwunden, kein Feuer ihn verbrennen, kein Wasser ihn ertränken könne. Das Einzige, was ihn töten könne, seien drei kräftige Schläge mit seiner eigenen Eisenkeule, die aber trug er stets griffbereit bei sich. Der Unhold schlief in einem Adlernest auf den obersten Zweigen der höchsten Eberesche im Wald. Niemand durfte von den Beeren dieses Baumes essen, denn sie besaßen eine gar wundersame Wirkung, die den Leuten Angst machte.

Auf all das achtete Diarmaid nicht, als sie den Wald betraten. Er sehnte sich nur danach, eine Weile in Ruhe und Frieden mit Grainne hier leben zu dürfen. So schreckten ihn auch die Gestalten des Unholds und seiner hässlichen Eltern weniger als Finn. Er bat sie um Erlaubnis im Wald jagen und wohnen und für Grainne und sich eine Hütte bauen zu dürfen. Cham war damit einverstanden, stellte aber die Bedingung, dass sie niemals von den Beeren der Eberesche kosten würden.

»Auf diesen Handel können wir uns getrost einlassen«, sagte Diarmaid zu Grainne. »Es gibt genug Essbares in diesem Wald, Jagdwild und wohlschmeckende

Pflanzen, und niemand wird es wagen bis hierher vorzudringen, um uns zu suchen.«

Aber er irrte sich. Der listige Finn erfuhr auf Umwegen von ihrem Versteck und sann auf eine Möglichkeit, sie dort zu fassen. Da kam ihm eines Tages der Zufall zu Hilfe. Zwei Reiter erschienen vor den Wällen seines Duns. Es waren die Enkel des Morna, der einst Finns Vater getötet hatte. Ihr Auftreten war kühn und Finn entsann sich noch gut, wie Mornas Söhne ihn in seiner Jugend unerbittlich verfolgt hatten, um ihn zu töten.

»Was wollt ihr?«, fragte er barsch vom Wall herunter.

»Frieden«, antworteten Airt und Aegi. »Wir waren noch nicht geboren, als die Tat unseres Großvaters geschah, und nichts ahnende Kinder, als unser Vater mit seinen Brüdern dich jagte. Uns trifft also keinerlei Blutschuld.«

Finn dachte kurz nach und antwortete dann: »Nun gut, die Sache liegt schon lange zurück, ich will sie auf sich beruhen lassen, wenn ihr mir Wegegeld zahlt.«

»Aber unsere Familie ist verarmt«, antworteten Airt und Aegi, »willst du uns auch das wenige, das wir noch besitzen, nehmen?«

»Nein«, entschied Finn, »es reicht mir, wenn ihr Diarmaids Kopf bringt, und wenn euch das nicht gelingen sollte, die Wunderbeeren aus dem Bannwald, in dem er sich versteckt hält.«

Damit waren die beiden Burschen zufrieden. »Genau das Abenteuer, das wir uns immer gewünscht haben!«, riefen sie und brachen noch in derselben Stunde auf. Sie erreichten auch tatsächlich den Bannwald, wo sie auf den jagenden Diarmaid stießen. Aber sie erkannten ihn nicht und dachten, er sei ein verirrter Jagdgehilfe. Als

Diarmaid das merkte, setzte er sich mit den beiden ins Moos und horchte sie geschickt aus. So erfuhr er den Grund ihres Kommens und beschloss, sie auf die Probe zu stellen.

»Soweit ich weiß, war Finn früher auch mit einem geringeren Wergeld zufrieden. Damals verlangte er von Conan, als er mit ihm in Blutfehde lag, nur den Kopf eines Drachen.«

»Ja, aber einen Drachen zu erlegen ist doch viel gefährlicher, als bloß eine Hand voll Beeren zu suchen oder einem Menschen den Kopf abzutrennen«, sagten die Enkel Mornas.

»Meint ihr?«, rief Diarmaid. »Dann probiert es doch einmal aus! Ihr habt jetzt gute Gelegenheit dazu, denn ich bin der Gesuchte!«

Airt und Aegi stürzten sich sofort auf den Gegner. Doch Diarmaid brauchte im Kampf gegen sie nicht einmal zum Schwert zu greifen. Mit bloßen Fäusten streckte er sie nieder und fesselte sie.

Vom Kampfeslärm aufgeschreckt, kam Grainne aus der Hütte. »Was ist passiert?«, fragte sie. »Wer sind diese beiden da am Boden?«

»Mornas Enkel«, klärte Diarmaid sie auf, »Finn hat sie hergeschickt, damit sie mir den Kopf, zumindest aber die Beeren vom verbotenen Baum abpflücken sollten.«

Da flog Grainne ein Gedanke zu und sie teilte ihn lächelnd Diarmaid mit: »Vielleicht sind die beiden ja auch genau zum richtigen Zeitpunkt gekommen. Ich hätte nämlich selbst gern einmal von diesen Beeren, die ewige Jugend verleihen, gekostet. Ich schlage vor, dass du ihre Fesseln löst, wenn sie geloben, den Cham zu erschlagen und uns die Beeren zu pflücken.«

Diarmaid äußerte Bedenken. »Ich habe dem Sohn des

Cham mein Wort gegeben Frieden zu halten und möchte diese Vereinbarung ungern brechen.«

»Aber Grainnes Vorschlag ist gut«, riefen Airt und Aegi, »so soll es sein. Wir wollen alles so machen, wie sie sagte. Bitte binde uns los.«

»Nun komm schon«, sagte Grainne, »die beiden meinen es ehrlich, der Plan kann gelingen.«

Da löste Diarmaid ihre Fesseln und ging mit ihnen tiefer in den Wald hinein. Unterwegs sprach er: »Zuerst will ich aber versuchen, die Beeren im Guten vom Wächter zu bekommen.«

Als sie den Ebereschenbaum erreichten, lag der Unhold in seinem Nest und schnarchte. Diarmaid nahm seinen Speer und stieß ihn vorsichtig an, um ihn zu wecken. Da öffnete der Kerl ärgerlich seine roten Augen und fragte: »Was soll das, Diarmaid, warum störst du meinen Mittagsschlaf?«

»Es ist so«, begann Diarmaid mit freundlicher Stimme, »Grainne möchte gern ein paar von diesen herrlich roten Beeren kosten, die jetzt so reif am Baum leuchten.«

Die Antwort des Riesen bestand darin, dass er mit seiner Eisenkeule ausholte und in Richtung von Diarmaids Kopf schlug. Genau damit hatte Diarmaid gerechnet. Er duckte sich, ergriff flink die Keule und riss sie mitsamt seinem Besitzer herunter. Polternd brach der Wächter durch die Äste und landete unsanft auf dem Boden. Ehe er sich noch aufrappeln konnte, schlug ihm Diarmaid dreimal mit der eigenen Waffe über den Schädel.

Airt und Aegi, die atemlos dem Kampf zugesehen hatten, konnten die Schnelligkeit des ganzen Geschehens nicht fassen. Mit offenen Mäulern standen sie da und staunten.

»Steht nicht so rum«, befahl ihnen Diarmaid, »los, grabt dem Riesen ein Grab. Ein großer Hügel soll es werden und er muss sorgsam mit Felssteinen abgedeckt werden.«

Als sie mit dem Grabhügel fertig waren, stieg Diarmaid in den Baum und pflückte reichlich von den roten Beeren. Eine Hand voll davon reichte er ihnen. »Bringt diese Beeren zu Finn und sagt ihm, er soll genügend davon essen, damit er ewig am Leben bleibt, denn ich werde ewig mit ihm kämpfen, bis er endlich einsieht, dass er das Weib, um das sich der ganze Streit dreht, für immer verloren hat.«

Die Enkel Mornas bedankten sich überschwänglich und kehrten zu Finn zurück. Diarmaid aber schritt müde und erschöpft wie ein alter Mann zur Hütte. Wortlos legte er Grainne die Beeren in den Schoß.

»Hat dich der Unhold freiwillig an den Baum gelassen«, fragte sie, »oder musstest du mit ihm kämpfen?«

Diarmaid nickte traurig. »Er ist tot«, sagte er, »und so rasch auch alles verlief – es war mein bisher schwerster Kampf. Ich fühle mich so, als hätte ich tagelang mit ihm gerungen.«

»Ruh dich ein wenig am Feuer aus, Lieber«, sagte Grainne.

Ächzend und stöhnend ließ sich Diarmaid nieder. »Und was haben wir durch diesen Sieg gewonnen? Sein Vater Cham wird nun nach uns suchen, um sich zu rächen, die Enkel Mornas werden Finn erzählen, wo wir uns verstecken, und bald werden uns seine Leute aufstöbern. Uns ist nirgendwo Ruhe gegönnt, wir müssen abermals aufbrechen und fliehen. Kommen wir aber irgendwo an, so wird es dort ähnlich sein. Immer nur auf der

Flucht, Grainne, ist das ein Dasein, das zu leben sich lohnt?«

»Du klingst sehr niedergeschlagen, Diarmaid«, sagte Grainne. »Dein Gesicht und deine Gestalt sind in wenigen Wochen bereits um viele Jahre gealtert und ich sehe bestimmt nicht viel anders aus ... Lass uns also von den Beeren essen, damit wir wieder jung und stark werden wie einst. Deine Kraft wird zurückkehren und meine Schönheit, die dir immer so gefallen hat.«

Diarmaid legte seufzend den Kopf auf seine Arme. Dann stand er auf und schleppte sich zum Lager, wo er niedersank und vor Erschöpfung die Augen schloss. Grainne aß währenddessen ein paar von den Beeren, die bitter schmeckten und kleine, herzförmige Kerne enthielten.

Als sie die erste Wirkung spürte, ging sie hinaus zum Waldsee und beugte sich über das Wasser. Da sah sie ihr Spiegelbild und stellte beglückt fest, dass sie jünger und schöner aussah als jemals und all die Zeichen der langen Strapazen von ihr gewichen waren.

»Es hat also gewirkt«, flüsterte sie.

Als sie in die Hütte zurückkam, schlief Diarmaid bereits. Sie setzte sich zu ihm und wachte über seinen unruhigen Schlaf.

Einmal schrak er hoch und öffnete die Augen. Da glaubte er seine schöne Geliebte an der Tafel von Tara sitzen zu sehen. In trunkener Seligkeit streckte er die Arme nach ihr aus, zog sie an sich und wollte sie küssen. Doch Grainne wehrte ihn ab.

»Nie wieder werde ich dich küssen und nie mehr das Lager mit dir teilen, Diarmaid, wenn du nicht auf der Stelle von diesen köstlichen Beeren isst. Niemand hat sie sich so sehr verdient wie du!«

Da aß auch Diarmaid von den Beeren und fühlte alle Müdigkeit und Erschöpfung von sich abfallen. Wie im Metrausch umfing er Grainne und widmete all seine Sinne der Liebe.

19

Keine Ruhe fand auch Cormac Mac Art in Tara. Im Kreis seiner engsten Berater saß er mit Ogham zusammen und suchte nach einer Lösung.

»Ich bin schuld an allem, was passiert ist«, warf er sich selber vor. »Hätte ich doch damals bloß, als Finns Brautwerber kamen, sofort und entschieden meine Ablehnung geäußert!«

»Auch wenn wir es jetzt vielleicht noch nicht klar überschauen können«, sagte Ogham geheimnisvoll, »so hat die ganze tragische Verwicklung vielleicht doch tieferen Sinn und höhere Notwendigkeit. Niemand trägt jedoch die Schuld daran, schon gar nicht du. Mir scheint es einfach so zu sein, dass sich Grainne, als sie Finn zurückwies und mit Diarmaid floh, gegen das Alte, Überlebte und für das Neue, den Zauber der Zukunft, entschieden hat. Nichts anderes, mein König, haben ja auch wir mit dem Großen Plan im Sinn, mit dem wir uns abkehren von dem, was überlebt ist, um mit aller Energie und Zuversicht das, was ewig wahr und gültig ist, in angemessener Gestalt zu erneuern.«

»Du magst Recht haben«, klagte der König, »aber deine Worte trösten mich wenig, da es um Heil und Leben meiner geliebten Tochter geht. Ich hätte die Verfolgung der beiden verbieten sollen. Ist das denn ein Leben für Grainne, die nun wie ein wildes Tier durch das Land streichen muss? Und dieser Diarmaid ist ein prächtiger Kerl, ich wäre froh, ihn als Eidam an meiner Seite zu wissen.«

»Es gibt aber eben noch Finn«, mahnte der Oberdruide Glandolf. »Wenn auch viele seiner Leute heimlich oder offen auf Diarmaids Seite stehen, so darf man doch nicht vergessen, dass Finn der mächtige Anführer der Fianna ist und ein starkes Heer befehligt, auf das wir alle angewiesen sind.«

»Der Hass macht Finn völlig blind«, äußerte einer der Berater, »vor Rachedurst sieht er nichts anderes mehr. Schon kommt er auf sträfliche Weise seinen Verpflichtungen nicht mehr nach.«

»Was willst du damit sagen?«, fragte der König.

»Nun, in Lagin munkelt man von einer Verschwörung gegen uns. Ich meine, man muss die Entwicklung dort ernst nehmen. Die Rebellen im Norden überfallen ein Dorf nach dem anderen, ohne dass die Fianna eingreift, weil das gesamte Heer damit beschäftigt zu sein scheint, das Versteck von Diarmaid und Grainne aufzuspüren. Viele Menschen in Erinn murren bereits. Nennst du das eine verlässliche Politik?«

Cormac Mac Art strich sich mit fahriger Hand den Bart. Sein Gesicht war betrübt, tiefe Kummerfalten hatten sich in seiner Stirn eingegraben.

»Und dann der Große Plan«, fuhr der Berater fort. »Alles, was Ogham anfasst, ist gut. Er hat viel Begeisterung für deine Gedanken im Volk ausgelöst. In Scharen kamen sie nach Tara geeilt, um beim Aufbau der Schulen zu helfen. Doch nun, da alle Welt nur noch von Diarmaid und Grainne und von Finns Rache spricht, ist vielen die Lust vergangen. Manche sind bereits wieder abgezogen, andere werden folgen, denn sie denken: Wie kann eine solche Sache gelingen, wenn noch nicht einmal in der Familie des Königs Glück und Zufriedenheit herrschen ...«

Betroffen wandte sich Cormac Mac Art an Ogham. »Stimmt das, mein Freund?«

Auch in den Augen des Harfners nistete Besorgnis und so senkte er den Blick. »Ja, leider«, musste er zugeben. »Ich versuche mein Bestes, aber vieles von dem, was ich beginne, zerrinnt mir wie Dünensand zwischen den Fingern. In Zeiten des Hasses und der Zwietracht ist es schwer mit Begeisterung und Freude ein Werk des Friedens aufzubauen.«

Da schlug Cormac Mac Art mit der Faust auf den Tisch. »Es muss eine Lösung für unser Problem geben«, rief er. »Am liebsten würde ich Finn von seinem Posten ablösen lassen und Diarmaid dafür einsetzen. Aber das brächte neue Unruhe und Zwietracht in die Reihen der Krieger und dem Land keinen Frieden.«

»Dann lass Finn doch verunglücken«, wagte einer aus dem Kreis zu sagen.

»Wenn du damit Mord meinst, bist du ein schlechter Berater«, rügte der König mit strengem Blick. »Was wäre ich für ein Herrscher, wenn ich meinen besten Heerführer, dem ich mein Wort gab, hinrichten lasse, nur weil er eine Frau liebt, die ihn nicht will? Nein, das ist keine Lösung.«

»Mir scheint die Sache inzwischen so verfahren, dass kein Mensch eine Lösung herbeiführen kann«, sagte der Oberdruide. »In unserem Fall müsste schon ein Gott eingreifen, um die Wirrnis zu entflechten.«

Ogham, der gedankenverloren dabeisaß, quälten indes ganz andere Sorgen. Der Berater hatte Recht, der Große Plan geriet mehr und mehr ins Stocken. Daran war aber nicht nur Finn schuld oder Diarmaids und Grainnes Schicksal, sondern auch sein eigenes Unvermögen eine geeignete Schrift zu finden, die so einfach war, dass jeder sie auf Anhieb verstand und leicht lernen konnte. Immer öfter ertappte er sich in letzter Zeit dabei, seinen Schüler Kennog um Rat zu fragen. Das war schon etwas beschämend für ihn, aber er tröstete sich damit, dass Kennog schließlich diese polierte Pfeilspitze vor der Brust trug, die das Denken schnell und messerscharf machte. Warum funktionierte es dennoch nicht? Wurde der Junge zu sehr von jenem Mädchen abgelenkt, in das er verliebt war? Ja, nur so konnte er es sich erklären: Dem Jungen wallte das Blut, aber in anderen Zonen des Körpers als gerade im Kopf … Das war fatal, aber unmöglich zu verbieten.

Was bin ich doch bloß für ein Kauz, dachte Ogham. Ich versuche die Wissenschaft höher noch als das Leben einzustufen, den Geist gewaltsam über den Körper zu stülpen, wo sich doch alles in harmonischem Einklang befinden sollte. Aber ist so etwas denn möglich? Was denke ich denn selbst, wenn ich selig in den Armen von Sheela na Gig liege? Denke ich dabei überhaupt noch?

Sheela na Gig … Verführerische Bilder von der schönen Fee kamen dem alten Harfner nun in den Sinn und er lächelte verstohlen. Ich muss Geduld haben, ermahnte er sich. Ohne Hilfe aus der Anderswelt kann der Große Plan nicht gelingen, greifen die guten Geister aber helfend ein, so wird er unbedingt glücken. Wenn es stimmt, was damals Kennog am reißenden Fluss erfuhr, wenn sich die Magie der alten Welt nicht allein im Liebeszauber, dem Diarmaid und Graine erlegen sind, sondern auch in der Schriftkunst erneuern soll, dann wird sich der Beistand der Geister schon zur rechten Zeit einstellen.

Was aber, grübelte Ogham dann, wenn wir alles missverstanden haben, wenn die Götter und Geister zürnend unsere Mühen mit dem Großen Plan betrachten und insgeheim Sorge tragen, dass er scheitert? Doch dieser Gedanke erschreckte ihn so sehr, dass er schaudernd zusammenfuhr und seine Aufmerksamkeit rasch wieder dem Disput der königlichen Berater zuwandte.

20

Da Grainne fort war und die Aufsicht in ihrer Wallburg sich zunehmend lockerte, konnte sich Kennog nun öfter mit Cilla treffen. Im Schutz der Nacht huschten sie zueinander, fielen sich in die Arme, küssten sich und alberten in einer Sprache, die nur Verliebte verstehen, herum. Beim Mondschein schworen sie sich ewige Treue, wurden unruhig und traurig, wenn einer von ihnen einmal nicht zum verabredeten Treffpunkt kommen konnte, ausgelassen und übermütig, wenn sie auf den nächtlichen Wiesen im Gras balgten.

»Du bist ein richtiger Mann aus dem Norden, so wie du aussiehst«, sagte sie einmal, »mit so einem wie dir dürfte ich mich eigentlich gar nicht abgeben.«

»Und du siehst wie eine richtige Frau aus dem Süden aus«, antwortete er. »Keiner der Meinen dürfte ein solches Wesen wie dich lieben.«

»Liebst du mich denn wirklich?«, fragte sie.

»Mehr als ich dir sagen kann«, beteuerte er, »und ich möchte es dir jedes Mal aufs Neue beweisen.«

»Aber das tust du doch schon«, sagte Cilla, »du bist der einzige Mann auf der Welt für mich. Ich liebe dich, ich liebe dich!«

»Das stimmt nicht ganz«, widersprach Kennog.

»Was, dass ich dich liebe?«

»So meine ich es nicht«, sagte er und spürte plötzlich einen Kloß in seinem Hals.

»Wie denn?«

Er druckste herum.

»Sag es, sag es auf der Stelle«, drängte sie ihn.

»Wir haben noch nicht miteinander geschlafen.«

Sie schwieg und senkte den Kopf.

»Willst du es nicht? Willst du nicht meine Frau sein?«, fragte er weiter.

»Doch«, sagte Cilla, »was meinst du, wie sehr ich mir das wünsche, ich träumte oft schon davon.«

»Und warum tun wir es nicht jetzt gleich, hier unter dem Holunderbusch?« Er hielt sie mit den Armen umfasst und zog sie an sich. Seine Küsse bedeckten heiß ihren Hals. »Du wirst sehen, dass ich der beste Liebhaber bin, den du dir nur wünschen kannst«, flüsterte er. »Ich bin wahnsinnig vor Verlangen nach dir.«

Da schlüpfte sie völlig unerwartet aus seiner Umarmung, trat einen Schritt zurück und blieb dort schwer atmend stehen. »Begreifst du denn nicht, dass jetzt noch nicht der richtige Zeitpunkt dafür ist?«, wisperte sie und blickte ihn flehentlich an.

»Wann denn, wenn nicht heute?«, keuchte Kennog, dem das Blut bis zum Hals pochte.

»Zu Samhain. In dieser Nacht öffnen sich die Feenhügel und die Menschen, die dafür geeignet sind, und die Feenwesen treffen sich zur großen Vereinigung.«

»Das weiß ich«, antwortete Kennog, »aber warum …«

»Zu Samhain wird sich auch mein Feenhügel für dich öffnen und uns die Lust bereiten, die wir uns so sehnlich wünschen«, sagte Cilla.

Da schämte sich Kennog seiner kindlichen Ungeduld. Bis Samhain dauerte es wirklich nicht mehr lange
und diese besondere Nacht würde alles für sie verändern …

21

Als Mornas Enkel Finn die Beeren brachten, logen sie
ihm frech vor, sie selbst hätten den riesigen Wächter
im Baum erschlagen und dies sei nun das gewünschte
Wergeld und wertvoll genug, um ehrenhaft in die Fianna aufgenommen zu werden.

Finn schnüffelte argwöhnisch an den Beeren, aber statt
von ihnen zu kosten, warf er sie wütend zu Boden und
zertrat sie mit den Füßen. »Alles Lug und Trug!«, rief er.
»Niemals habt ihr feigen Wichte den Unhold getötet und
diese Beeren gepflückt! Ich glaube eher, dass Diarmaid
sie nahm, um euer erbärmliches Leben zu retten. Auf keinen Fall hebe ich die Blutfehde auf und schon gar nicht
nehme ich euch in meine Heerschar, ehe ihr mir den Kopf
des Ehebrechers bringt!«

Da schlichen sich Airt und Aegi beschämt weg.

Finn aber ritt am gleichen Tag zum Schwarzen Berg,
wo die Hexe wohnte, und lockte die Alte, die sich inzwischen durch allerlei Zaubertränke erholte hatte, mit folgendem Angebot:

»Ich schwöre, dass ich mit dir als meiner Buhlin das
Lager teilen werde, wenn du mir nur einen Wunsch
erfüllst.«

Die schwarze Tochter räkelte sich träge auf ihrer Bettstatt. »Das klingt nicht schlecht«, kicherte sie, »vom Alter
her würden wir gut zueinander passen, mein Glatzkopf.

Aber wer garantiert mir, dass du auch Manns genug bist, meine Wünsche zu erfüllen?«

Da sprang Finn mit einem Satz zu ihr, presste sein Gesicht dicht vor das ihre, biss in ihr schwarzes Ohrläppchen und zischte: »Damit du es weißt, du alte Schlampe: Ich bin kein normaler Mann, sondern ein Tier, brünstig wie ein Hirsch, wild wie ein Hengst und ungestüm wie ein Eber. Und weißt du, woher das kommt, meine Süße? Weil ich jede Nacht Grainne, das schönste Weib Erinns, im Traum vor mir sehe und meinen Nebenbuhler Diarmaid, wie er um Gnade wimmernd vor mir liegt, wenn der Augenblick gekommen ist, da ich ihn mit größter Lust verrecken lasse. Und weißt du, warum ich so fühle, du geile Vogelscheuche? Weil ich drei Mütter hatte, von denen mich eine vor Angst im Stich ließ, während mich die beiden anderen, die Zauberinnen waren wie du, das Töten lehrten. Als ich noch ganz klein war, schnitt ich Enten die Flügel ab, später ertränkte ich Kinder im Seegrund, packte sie fest an den Beinen, bohrte ihr Gesicht in den Schlamm und ließ sie auszappeln. Dann spaltete ich Männern die Schädel, ließ ihre Gedärme aus dem Leib quellen und sah zu, wie die Raben fraßen. Glaubst du, dass es einen Mann in Erinn gibt, der sich nicht vor mir fürchtet, vor meinen Habichtsaugen und meiner Grausamkeit? Glaubst du, dass es irgendwo eine Frau gibt, die nicht bei dem Gedanken, dass ich wie eine Bestie über ihren Körper herfallen könnte, zittert?

Ja, ich bin weitaus schlimmer, als du dir vorstellst! Wenn du mir zu Willen bist, dann will ich dich in deiner Geilheit satt machen, dass du zwei Monde lang alle Männer verabscheust.«

Die Tochter des Schwarzen Berges kreischte vor Vergnügen auf. »Der Vertrag gilt«, schrie sie, »und er soll mit

Blut unterzeichnet werden!« Sie umklammerte Finns kahlen Schädel, zog ihn zu ihrem Schoß hinunter und biss ihm in den Nacken, um eine Kostprobe von seinem Lebenssaft zu trinken.

Aber noch gab sich Finn ihr nicht hin. Er sprang auf, stieß sie aufs Lager zurück und keuchte: »Das ist vorerst genug, den Rest gebe ich dir später, wenn du deinen Teil erfüllt hast.«

»Im Moment weiß ich auch nicht, wo sich die beiden verstecken, ich kann ihre gewohnte Gestalt nicht erkennen«, sagte die Hexe. »Aber ich will für dich über das Land fliegen, um Ausschau zu halten, mein künftiger Buhle. Du wirst schon sehen, in was ich mich alles verwandeln kann!«

»Dann flieg sofort los, ehe ich es mir anders überlege«, sagte Finn.

»Gut, du sollst dein Vergnügen haben«, kicherte sie, indem sie allerlei Kräuter ins Feuer warf und die Flammen hoch auflodern ließ. Dann raffte sie ihren Rock, stellte sich mit gespreizten Beinen darüber und ließ den Rauch in sich fahren. Von einem Augenblick zum anderen war sie um Jahrzehnte verjüngt und ein schönes Mädchen von praller Nacktheit. Finn sah das mit Erstaunen und ihr Anblick erregte ihn.

»Du hast die Probe bestanden, schöner Finn«, gurrte das Mädchen und wand ihre Reize verführerisch. Zwischen den einzelnen Worten aber streute sie Zauberformeln wie Gewürz ein und verwandelte sich plötzlich in eine Krähe.

»Ich bin die Kriegsgöttin Bodb«, krächzte sie mit einer Stimme, die wie das Splittern von Metall klang, das die Helme von kämpfenden Männern durchtrennt, »ich bin wie du, Finn, und mit mir ist die Rache. Jetzt fliege ich aus und bringe Diarmaid den Krieg!« Mit dieser Drohung im Schnabel flatterte sie auf und stob kreischend durch den Kamin.

Die ganze lange Nacht über flog die schwarze Krähe dicht unter den Regenwolken dahin, bis sie am nächsten Morgen die schöne Grainne vor der Höhle von Benn Etair stehen sah, wo sie ihr goldenes Haar kämmte und so die Sonne aufgehen ließ. Da landete sie direkt vor Grainnes Füßen und verwandelte sich in deren alte Amme.

»Lang und mühsam war meine Wanderung bis zu dir, mein Kind«, log sie, »aber nun ist es mir doch vergönnt, dich noch einmal wiederzusehen. Endlich, endlich habe ich dich gefunden! Dabei habe ich aus Sorge um dich kaum eine Nacht schlafen können. Ich bin ja so glücklich, dass es dir gut geht! Du siehst so jung und schön aus wie damals, wie ist das nur möglich?« Und da ihre Stimme, ihr Tonfall, ihr Blick und selbst die Art, wie sie lächelte, mit Grainnes Erinnerung übereinstimmten, fielen sich die beiden Frauen in die Arme.

»Jetzt wird alles besser, jetzt bleibe ich bei euch und helfe, wo ich nur kann!«, schwor die Amme unter Tränen.

Da packte Grainne sie sanft am Arm und führte sie in die Höhle zu Diarmaid. Der blickte misstrauisch auf.

»Du kannst ganz beruhigt sein, das ist Medh, meine Amme«, erklärte Grainne, »sie ist den ganzen Weg bis zu uns gelaufen, um bei uns zu sein und uns zu versorgen, wie sie es früher tat, als ich noch ein kleines Mädchen war.«

»Es ist mir recht«, brummte Diarmaid, wenig erfreut über den Besuch. Ihm kam ihr plötzliches Erscheinen seltsam vor und er nahm sich vor sie im Auge zu behalten.

Medh begann sich sofort nützlich zu machen. Sie putzte, räumte auf und kochte ein gutes Essen. Insgeheim aber überlegte sie, wie sie Finn eine Nachricht zukommen lassen konnte. Unter dem Vorwand, draußen nach dem Wetter zu sehen, schlich sie sich in einem günstigen Moment hinaus. Draußen verwandelte sie sich sofort in eine Krähe, flog nach Almhuin, setzte sich Finn auf die Schulter und flüsterte ihm krächzend die Kunde zu.

»Ich werde sie in der Höhle nach besten Kräften einlullen, sie satt und träge machen und dazu bringen, sie für einen schönen Ort zu halten. Das werde ich so lange tun, bis du mit deinen Leuten heran bist.«

Nach diesen Worten hob sie von Finns Schulter ab und flog den gleichen Weg zurück. Als Amme Medh betrat sie die Höhle und fand die beiden Liebenden am Feuer sitzen.

»Nun, wie ist es denn draußen?«, fragte Grainne.

»Strenge Kälte wird kommen und heftiger Sturm, ein Unwetter bahnt sich an. Auf allen Hügeln liegt Reif und die Bäche erstarren vor Frost. Eisiger Nebel liegt über dem Land.« Und sie sang mit der Stimme der Amme und einer Melodie aus Grainnes Kindheit folgendes Lied:

»Kalt ist die Nacht und die Nebel wallen
An den Ufern der Boinne in der Ebene Lurg.
Hoch lieg der Schnee auf den Hängen der Berge,
Das Reh scharrt vergeblich nach Grün.
Einer flockigen Wüste gleicht der Ross-Fluss,
Kein Hirsch mehr schwimmt dort durch die Flut.
Aus den kahlen Wäldern ruft kein Kranich zur Balz,
Kein Fink singt mehr im flaumigen Nest.
Nur fern aus der einsamen, eiskalten Nacht

Heult der Wölfe hungriges Lied,
Aus dem Cuan-Wald, wo im wonnigen Mai
Einst die Amsel ihr Jubellied sang.
Mit gesträubten Federn, vom Frost erstarrt,
Sitzen Glenn Rigis rostbraune Adler
Auf den Klippen über der grollenden Brandung.
Doch traulich dünkt mich der dampfende Kessel
Überm Herd am Haken in warmer Halle
Und wohlig die Bettstatt auf weichem Heidekraut,
Wenn die Stürme tosen in den Tannen von Lon.
Wohl dem, der in Nächten wie diesen
Behaglich im schützenden Heim sitzen kann.«

»Flogen die Krähen nach Norden oder nach Süden?«, fragte Diarmaid.

Da musste sich die alte Hexe erst die Stimme freihusten, um wieder wie die Amme Medh sprechen zu können. »Ich sah eine Krähe am Rand der See dicht über dem Wasser fliegen, ein Seeadler machte Jagd auf sie. Fast hätte er sie erwischt, denn ihre Schwingen waren schwer vor Nässe.« Mit diesen Worten schilderte sie ihr eigenes Erlebnis, denn sie war nur knapp dem Seeadler entkommen.

»Das hört sich schlimm an«, sagte Diarmaid, »früh scheint der Winter in diesem Jahr anzurücken. Gut, dass wir diese warme Höhle zum Schutz gefunden haben.«

»Das ist wahr«, stimmte die Amme zu, »ich spüre bereits in meinen alten Knochen die Kälte. Wir sollten uns reichlich mit Brennholz eindecken, damit wir es im Winter warm haben.«

Grainne hatte inzwischen der Alten den nassen Mantel abgenommen, um ihn zum Trocknen ans Feuer zu hängen. Ihre feine Nase roch das Seewasser und als sie daran leckte, schmeckte sie Salz. Sie sagte nichts dazu, aber als sie nachts neben ihrem Geliebten auf dem Lager ruhte, flüsterte sie:

»Das ist nie und nimmer Medh, meine Amme, sondern ein Geschöpf aus den finsteren Tiefen der Erde, das zu uns aufgestiegen ist. Sie lügt und gaukelt uns etwas vor. Soll ich dir sagen, was wirklich geschah? Sie ist als Krähe zu Finn geflogen und als der Adler hinter ihr her war, tauchte sie in die Wellen des Meeres, deshalb trieft ihr Mantel auch von salzigem Seewasser. Das ist Bodb in fremder Gestalt, sie bringt uns den Krieg!«

»Ich habe von Anfang an so etwas geahnt«, flüsterte Diarmaid zurück. »Viel zu freundlich kam mir ihr Gesäusel vor und unaufrichtig ihr Lachen. Aber beruhige dich, vor Sonnenaufgang kann Finn nicht hier sein und wenn er kommt, werde ich ihn mit dem Schwert in der Hand empfangen.«

Am nächsten Morgen war die Alte verschwunden. Vor der Höhle aber sammelte sich Finns Kriegsschar zum Angriff. Da ergriff Osgur das Wort.

»Schande über dich, Finn!«, rief er mit lauter Stimme. »Noch immer willst du nicht anerkennen, dass sich unser Hauptmann Diarmaid durch tausend Heldentaten sein Weib erkämpft hat! Lass ihn endlich in Frieden ziehen, denn auch ich bin der Verfolgung müde!«

»Schweig still, du Verräter!«, brüllte Finn unbeherrscht. »Du verweigerst mir den Gehorsam und forderst offen zur Rebellion auf und das wird böse Konsequenzen für dich haben. Ihr anderen aber hört mir zu: Niemand darf einem Finn das Weib stehlen. Auch wenn ein ganzes Menschenalter vergeht und sie alt, hässlich und verwelkt in den Armen ihres Buhlen liegt, soll er mir tausendfach büßen dafür.«

Da zog Osgur sein Schwert, hob es mit der Spitze gegen den Himmel und leistete folgenden Schwur: »Bei allen Göttern, ich schwöre, dass ich Diarmaid und Grainne mit dieser Waffe beschützen werde, und sollte es mein eigenes Leben kosten!«

Da ging ein Raunen durch das Heer. Die einen griffen, dem Beispiel Osgurs folgend, zur Waffe, die anderen rückten näher um ihren Feldherrn Finn zusammen und die Mehrzahl blickte betreten zu Boden und war unschlüssig, was nun passieren sollte.

In diesem Moment erschien Diarmaid mit Schwert und Lanze bewaffnet im Eingang der Höhle. Aufrecht und stolz stand er da, den Blick fest auf Finn gerichtet. »Du willst den Kampf haben, Finn?«, sagte er ruhig. »Gut, so sollst du ihn auch bekommen.«

Entschlossen drang er vor und hieb sich eine Gasse durch die zurückweichende Fianna bis hin zu ihrem Führer. Mit Macht nahm er sein Schwert und schlug Finn die Waffe aus der Hand. Hinter ihm aber kämpfte Osgur den Weg für Grainne frei. Ohne Gnade fuhr sein Schwert in die Reihen der Krieger und viele von ihnen sanken getroffen dahin.

Auch Diarmaid und Osgur bluteten aus mehreren Wunden, als sie den Strand erreichten. Dort schaukelte wartend ein Schiff in den Wellen und ein kleines Boot lag bereit. Am Ruder des Schiffes aber stand Oengus, der freundliche Gott und Schutzgeist aus Brug-na-Boinne, der mächtigen Festung am Ufer des Boinne-Flusses, und nahm sie zur Rettung auf.

22

Mit eisiger Miene ließ Finn die Krieger begraben, die Diarmaid und der rebellische Osgur erschlagen hatten. Dann sammelte er das Heer und hielt ein Strafgericht ab über all jene, die aufseiten seiner Feinde gestanden hatten. Viel ausrichten konnte er dabei allerdings nicht, denn er hatte ja nur die Reaktion Einzelner erlebt und nicht jeden bei der allgemeinen Erregung beobachten können.

Diorruing, Oisin und Cailte vor allem erkannte er den Rang von Hauptleuten ab und erniedrigte sie zu gemeinem Fußvolk. Einen völlig Unbeteiligten aber, den er wahllos aus der Menge griff, ließ er als abschreckendes Beispiel für alle anderen köpfen.

Danach jedoch fühlte er sich unter seinen eigenen Leuten nicht mehr sicher und so fuhr er über See zu König Alba von Albion, um ihn um Beistand zu bitten. Der fremde König, der nichts von den Zuständen in Erinn wusste, außer dass dies ein Land war, über das er schon lange Macht erlangen wollte, ließ sich von Finns prahlerischem Auftritt blenden und gab ihm zwei seiner Söhne, tausend bewaffnete Krieger und eine starke Schiffsflotte mit.

»Kämpfe für mich«, sagte er, »wenn du gesiegt hast, komme ich nach und werde Erinn neue Ordnung bringen.«

Finn kam die Einschätzung König Albas sehr gelegen. Zwar hatte ein jeder vor, das Spiel auf eigene Rechnung zu betreiben, und belauerte den anderen entsprechend misstrauisch, aber er benötigte dringend frische Truppen, vor allem solche, die wenig von seinem Rachefeldzug gegen Diarmaid wussten. Von seiner Macht be-

rauscht, sandte er nun einen Boten ins Boinne-Tal und
forderte Gott Oengus zum Kampf auf. »Sage ihm, dass er
zwei meiner ärgsten Widersacher bei sich beherbergt,
nämlich Diarmaid und Osgur«, trug er dem Boten auf.
»Und übermittle ihm ferner diese Worte: Auch ein Gott
darf sich nicht gegen Finn erheben, den mächtigsten
Mann und größten Feldherrn Erinns, sonst werde ich
seine Tempelburg schleifen lassen und seinen Namen für
alle Ewigkeit im Gedächtnis der Menschen auslöschen!«

Diarmaid und Osgur hörten davon und berieten sich
mit Oengus. »Sollen wir den Kampf gegen Finn aufneh-
men?«, fragten die beiden Krieger.

»Ja«, antwortete der Gott, »dieser Kerl ist völlig ver-
rückt geworden. Maßlos lästernd überschätzt er seine
Macht und ist doch bloß ein sterbliches Menschenwesen.
Die eigenen Leute beschämt er, holt fremde Besatzer ins
Land und wenn ihm niemand die Grenzen aufzeigt, so
wird er am Ende noch Cormac Mac Art vom Thron in
Tara verjagen.«

»Aber wir sind nur zwei«, sagten Diarmaid und
Osgur, »zwei gegen alle.«

»Nein, wir sind drei«, lachte Oengus, der gütige Gott.
»Jeder von euch versteht wie hundert Krieger zu kämpfen. Ich aber rechne in Tausenden, denn ich habe Aife an
die Küsten Albions geschickt und führe nun das gefürchtete Geisterheer an.«

So kam es zur Schlacht. Fürchterlich prallten die Heere
aufeinander. Wo Diarmaid und Osgur gingen, fielen die
Feinde zuhauf, wo aber das Geisterheer kam, da senste
es alles nieder, was sich ihm in den Weg stellte. Von den
tausend Kriegern aus Albion fielen neunhundertneun-
zig, nur zehn konnten mit den beiden Prinzen, die sich
feige hinter ihren Männern verschanzt hielten, zurück

auf die Schiffe fliehen. Auch die Fianna musste einen hohen Blutzoll leisten, denn die Geister fragten nicht lange, warum sich die Krieger auf dem Schlachtfeld befanden. In wilder Flucht stob der Rest des geschlagenen Heeres auseinander. Selbst Finn musste um sein Leben reiten.

Zu Deirdre an Duibh-Shleibne, der Tochter des Schwarzen Berges, floh er. »Deine Zauberkraft ist von erbärmlich geringer Wirkung«, klagte er. »Schon wieder ist mir der verhasste Schönling entkommen.«

»Du warst aber auch nicht sonderlich gut auf dem Schlachtfeld«, höhnte die Hexe, »ich hoffe sehr, dass du im Bett größere Leistungen vollbringst!«

Finn entsann sich ihrer blendenden Schönheit bei den Verwandlungskünsten und sah sie noch einmal nackt über dem Feuer stehen. Und so erneuerte er sein Angebot: »Ich will dich verwöhnen, meine schönschenklige Buhlin, und mit dir zu den höchsten Wonnen der Lust reiten, wenn du mir nur noch einmal hilfst, meine Rache zu vollenden«, sagte er und fügte allerlei frivoles Zeug hinzu, das die Schwarzmeisterin in entzückte Erregung versetzte.

Voller Vorfreude auf den zu erwartenden Spaß lachte sie, setzte sich auf ein Seerosenblatt und segelte auf ihm durch die Luft bis zu dem Ort, wo sich Diarmaid gerade aufhielt. Mit spitzen Zähnen biss sie ein Loch in das Blatt und schoß giftige Hexenpfeile nach dem Hauptmann. Doch sie war viel zu aufgeregt, um richtig zielen zu können, und schoß ihre Pfeile daneben.

Diarmaid nahm die Hexenpfeile als Hagel wahr, aber er wusste sofort, dass es dafür viel zu früh im Jahr war, so wie auch das falsche Lied der Amme von einem Winter erzählt hatte, der in dieser Härte äußerst selten in Erinn vorkam. Er hob den Kopf gen Himmel, erblickte dort das segelnde Seerosenblatt und das hinein genagte Loch.

Da nahm er seinen Speer und schleuderte ihn mit einer Verwünschung nach oben. Der Speer fuhr durch die Blattöffnung und spießte die Tochter des Schwarzen Berges auf. Mit einem gurgelnden Schrei stürzte sie tödlich getroffen vor seine Füße. Ohne zu zögern schnitt er ihr den Kopf ab und brachte ihn zu Oengus nach Brug-na-Boinne.

»Ich bringe dir den Schädel von Deirdre, der Hexe vom Schwarzen Berg«, sprach er zu dem Gott. »Es scheint nur eine hässliche Krähe zu sein, aber in Wirklichkeit ist sie deine ärgste Feindin, nämlich Bodb, die Göttin des Krieges in ihrer scheußlichsten Gestalt.«

Da hielt es Oengus für angebracht endlich Frieden zu stiften.

Er zog nach Tara an den Hof von Cormac Mac Art, wo der König im Gebet versunken am Lia Fail, dem Schicksalsstein, weilte. Oengus ließ sich vor allem Volk auf der Spitze des Lia Fail nieder und sprach:

»Es ist nun an der Zeit, einzig rechtmäßiger König des Landes, dass du deine Tochter Grainne diesem Diarmaid zur Frau gibst, was sie, wie alle wissen, schon lange ist. Lass dir außerdem sagen, dass die Liebe zwischen Grainne und Diarmaid unter dem Schutz der guten Geister steht. Diese Liebe sprengt die Grenzen gewohnter menschlicher Leidenschaften, sie eröffnet eine neue Welt, die einzigartige Abenteuer und kostbare Erfahrungen birgt. Noch in Jahrtausenden wird das Lied von der Liebe zwischen Diarmaid und Grainne überall in der Welt gesungen werden und unzählige Menschenpaare werden, durch ihr Beispiel ermutigt, den Aufbruch in das Zauberreich grenzenloser Liebe wagen. Durch ihr

Wagnis beginnt sich die uralte Magie auf eine Weise umzuwandeln, die auch die Menschen künftiger Zeiten die Macht und ewige Gegenwart der Zauberkraft erfahren lässt. Wer also könnte würdiger als Diarmaid sein, als Grainnes rechtmäßiger Mann dein Eidam zu werden?«

»Herzlich gern stimme ich dir zu«, rief Cormac Mac Art. »O wie erleichtern deine Worte mein Herz! Doch was soll nur mit Finn geschehen?«

»Dem gib, um ihn zu versöhnen und um zu zeigen, dass keine Feindschaft mehr zwischen euch besteht, deine jüngere Tochter zur Frau.«

»Was?«, schrie Cormac Mac Art auf. »Du meinst meine fröhliche Boa? Wie könnte ich sie jemals einem solchen Untier wie Finn ausliefern? Sie ist doch noch ein unschuldiges Kind!«

»Eben drum«, lächelte Oengus. »Genau das wird sie beschützen und Finn wird sie nicht anrühren vor Scheu. Niemals wird sie sein Lager teilen, nicht einmal im gleichen Raum weilen wie er, denn einen Verbrecher wie ihn blendet ihre Unschuld. Aber Dun Almhuin wird aus seinem trostlosen Schlaf erwachen, weil sie alle Menschen, Tiere und Pflanzen dort lieben wird. Ihr Gesang wird den Hügel ergrünen lassen, ihr Lachen das Eis in den Herzen zum Schmelzen bringen.

Finn aber, dem jede Freude vergiftet ist, wird vor so viel Glanz fliehen. Rastlos wird er durch die Lande streifen, denn gefangen in seinem Unglück erträgt er das Glück anderer nicht.«

»Wie kann ich da sicher sein?«, fragte Cormac Mac Art, noch immer beklommen. »Fremde Truppen hat er ins Land geholt, Menschen für eine sinnlose Sache geopfert und mit Seeräubern, lichtscheuem Gesindel und Ausgeburten der finstersten Tiefe gemeinsame Sache gemacht. Wird er jemals seinen Hass gegen Diarmaid, seine Liebe zu Grainne vergessen?«

»Vieles von dem, was du erwähnst, ist vorbei«, antwortete Oengus. »Schrecken hat Albion nun erfasst, nichts Schlimmes droht uns vorerst von dort. Die Räuber und die schwarze Hexe sind tot und auch sein Trieb ist erlahmt, denn die Alte vom Schwarzen Berg saugte an seiner Kraft. Deine Tochter Grainne ist nun ebenso sicher wie Boa und jede Frau, jedes Mädchen im Land. Nur der Hass wird bei ihm bleiben und davor muss Diarmaid sich schützen. Lass ihn nicht mehr mit der Fianna reiten, sondern mit Grainne in ihrer eigenen Burg im Norden von Connacht wohnen, auf dass wieder Freude einkehre. Du aber sammle in Tara gute Geister um dich und pflege deinen Großen Plan, den Ogham so trefflich vorantreibt.«

Mit diesen Worten entschwand Oengus, und Ogham, der den Worten des Gottes vom Burgwall aus gelauscht hatte, dachte freudig: So haben wir Kennogs Erlebnisse am reißenden Fluss also doch richtig gedeutet. Tieferer Sinn und höhere Notwendigkeit beseelt Grainnes und Diarmaids Liebe, und wenn es so weit ist, wird Oengus auch meinem Großen Plan zum Durchbruch verhelfen.

Am Himmel aber, wo Oengus entschwunden war, schwebte ein bunt schillernder Regenbogen über dem grünen Hügel von Tara.

23

Von all diesen Ereignissen hatte Dabo, der Sohn des Hochkönigs, wenig mitbekommen. Das Schicksal wollte es, dass er vor Beginn der Kämpfe mit einer kleinen Gruppe von Kriegern an die Südküste des Landes geschickt wurde, um dort von einem Stützpunkt aus die See zu kontrollieren. Ihr Quartier befand sich auf einer schmalen Landzunge und von einem Turm aus spähten sie über das Meer.

Eines Tages aber kam starker Nebel auf und hüllte die Klippen ein. Einer der Männer, der als Kurier losgeschickt worden war, kam unverrichteter Dinge zurück und sagte, der Nebel sei inzwischen so dicht geworden, dass man keine Hand mehr vor den Augen sehen könne. Also beschlossen sie im Turm zu bleiben und besseres Wetter abzuwarten. Doch es wurde immer schlimmer, unaufhörlich fiel Regen und die Männer glaubten bald, nicht mehr an Land zu sein, sondern sich in einem schwankenden Schiff zu befinden, so sehr täuschte der Nebel ihre Sinne. Hin und her schwankte der hölzerne Turm und eine große Müdigkeit überfiel sie alle. Sie kämpften dagegen an, versuchten krampfhaft wach zu bleiben und erzählten sich viele Geschichten. Während des Zuhörens aber schlief einer nach dem anderen ein, zuletzt auch Dabo, der nicht verstand, was das alles bedeuten sollte, und nicht ahnte, dass gute Geister sie in den Traum versetzt hatten, um sie von den Kämpfen fernzuhalten und ihr Leben zu schonen.

Als sie nach langer Zeit endlich aus diesem Zustand erwachten, glaubten sie, nur eine Nacht sei vergangen. Aber in Wirklichkeit waren viele Monde verstrichen, die Verfolgung von Diarmaid und Grainne war vorüber und der letzte Tag vor dem Fest der Vereinigung brach an.

24

Zwielichtig war Samhain und wurde von vielen Menschen völlig missverstanden, weil ihnen die tiefere Einsicht fehlte. Deshalb hielten sie die Nacht vor Samhain auch für gefährlich und scheuten sich, vor die Tür zu gehen. Es hieß, an den Rändern des bewohnten Landes, dort, wo die Wildnis der Wälder begann, wo die Feenhügel lagen, deren Nähe man unter normalen Umständen tunlichst mied, würden die Geister zu Samhain aus und ein gehen. Nahe Bande mit ihnen zu knüpfen galt als riskant, denn wer konnte schon so leicht zwischen guten und bösen Ahnengeistern unterscheiden?

Es gab die schwarzen Töchter, die Söhne der Morrigu oder die Krähe des Krieges. Es gab die Grünen Jäger und verführerische Feen wie Sheela na Gig, die mit ihrer Musik aus der Anderswelt die Menschen in das Land zwischen hier und Tirnanogh lockte, wo mancher in Trauer und Narrheit verfiel. Es gab Feuergeister wie Aillen, der einst alle Menschen in Schlaf gelullt und dann Tara niedergebrannt hatte, oder Olm, der jeden neunten Brautwerber erschlug. Ihn hatte Finn zwar mit der Lanze getötet, was ihn zum gefürchteten Anführer der Fianna machte, dies aber auch nur mit Hilfe des listigen Fiacail, der vorgab ein Krieger zu sein, in Wirklichkeit aber selbst dem Clan der Feuergeister angehörte. Es gab die Söhne und Enkel Mornas, die sich dumm anstellten wie Airt und Aegi und winselnd darum baten, voller Ehren in die Fianna aufgenommen zu werden, aber auch zu den Dienern der Anderswelt gehörten. Es gab jene rätselhaften Vorfälle, die für viel Aufregung, Tränen und Verzweiflung sorgten, wenn Kinder vertauscht wurden und als Wechselbälger heranwuchsen. Es gab jene Aife im Sturm, die das Geisterheer antrieb, um Lirs verzauberte Schwanenkinder zu jagen. Es gab gute und böse Hexen, schwarze und weiße Magie, schlimme Zaubersprüche, Bannworte und solche, die alle Fesseln lösten, und die bunten Vögel der Liebe, die mit den Schwingen der Freiheit aus engen Käfigen flohen ...

Dies alles hing unmittelbar mit der Anderswelt zusammen, deren Atem man oft genug schon im täglichen Leben spürte. Und Samhain war das Tor und dieses Tor stand offen. Man konnte sich entscheiden hindurchzugehen, für immer drüben in der Anderswelt zu bleiben oder es nur mal gelegentlich zu versuchen, als Mutprobe und Lehre, als selbst gewähltes und herausgefordertes Abenteuer. Man konnte Kinder damit schrecken, indem man bestimmte Namen aus Märchen nannte. Man wusste, dass niemand zu Samhain die Meere befuhr, dass die Krieger der Fianna nach beendetem Feldzug zur Samhain-Nacht zu ihren Frauen heimkehrten, um mit ihnen das Lager zu teilen. Man wusste, dass es den, der nicht zu Weib und Kind drängte, heimlich zu den Feen trieb, in die süßen Verlockungen der Anderswelt hinein.

Samhain stellte für jeden etwas anderes dar und wie man es auch drehen und wenden mochte, ob man sich fern hielt oder nicht, man kam so oder so mit einer völlig anderen Welt in Berührung. Wer aber damit umzugehen verstand, erlebte das Bestmögliche für sich.

Aus heiterem Himmel und zu Kennogs Verblüffung sagte Ogham an diesem Tag, dass er die Fee Sheela na Gig zu Samhain besuchen werde, weil er ihr dies versprochen habe, zwar nicht ausdrücklich beim letzten Mal, aber es sei zwischen ihnen seit vielen Jahren so üblich. »Wenn du willst, Kennog«, fuhr er fort, »so begleite mich doch. Du könntest beim Grünen Jäger nun auch die Fonnsheen auf der Harfe erlernen, die der Grüne Jäger noch viel besser beherrscht als ich selbst. Damals hat er sogar Cravetheen, dem Bruder meines Großvaters, das Spiel beigebracht. Ich hoffe allerdings, dass du diese Kunst besser einsetzen wirst als Cravetheen, so wie dein Flötenspiel, das dir den Weg zur Liebe gezeigt hat.«

»Das kann doch nicht dein Ernst sein«, entgegnete Kennog, sich an Cillas Verheißung erinnernd. »Ich bleibe natürlich in Tara!«

»Das habe ich mir gedacht«, antwortete der Meister trocken. »Dein Feenhügel liegt eher hier. Genieße also dein Glück, wie es dir zugedacht ist. Du weißt doch, dass es in deiner Macht steht Lirs Schwanenkinder zu befreien?«

»Wie bitte?«, fragte Kennog, der sich verhört zu haben glaubte, mit klopfendem Herzen und pulsenden Sinnen.

»Nun, die Prophezeiung.« Ogham lachte. »Du erinnerst dich doch noch daran? Wenn das Weib aus dem Süden und der Mann aus dem Norden sich für alle Ewigkeit in Liebe finden und in Fleisch und Geist eins geworden sind ...«

Kennogs Herz pochte heftiger. »Aber du meinst doch nicht wirklich, dass Cilla und ich ...?«

»Denk mal gelegentlich drüber nach«, sagte Ogham, »aber es braucht dich nicht schrecken. An deiner Stelle würde ich zu Samhain die Kette mit der Pfeilspitze ablegen, allzu viel Verstand kann manchmal hinderlich sein ... Ach, was rede ich, du wirst selber wissen, was du tust. Lebe wohl, Sohn, und bis bald!«

Bei sich aber dachte Ogham an Lirs verzauberte Kinder und an das Ende ihres Daseins in Schwanengestalt, weil nun die Zeit gekommen war, da Cilla und Kennog sie durch ihre Liebe erlösen würden. Und er dachte an Diarmaid und Grainne, deren aufreibende Flucht nun auch ein glückliches Ende fand. Er dachte an Boa und Finn, jenes ungleiche Paar, das sich gegenseitig in Bann hielt und beiden Lehrzeit brachte: Boa eine unbeschwerte Jugend auf dem aufblühenden Dun Almhuin, Finn die bitteren Erfahrungen des Alters auf einsamer Wanderschaft durch den Winter. Er dachte an Cormac Mac Art und dessen Liebe, die nun eine geistige anstelle der abgestorbenen fleischlichen war. Der Große Plan war nun ebenso sein Kind wie Boa und Grainne.

Und er dachte an die Geister seiner Ahnen, an die Könige, Harfner, Dichter und hellsichtigen Frauen der Tuatha De Danaan. Sie alle hatten gelebt, geliebt und gelitten, jeder nach seinem ihm vorbestimmten Schicksal, Götter wie Menschen, Große und Kleine …

Wie viele Menschen haben hier in diesem wunderbaren Land Erinn wohl schon vor uns gelebt, dachte er. So unterschiedlich, aufregend und schrecklich, dass keine Zeit der Welt ausreichen würde, sie sich allesamt auch nur annähernd vorzustellen.

Und doch fängt immer wieder eine neue Geschichte an, gerade eben jetzt in diesem Moment, ein Ablauf, der einzigartig und ungemein wichtig ist und alles, was nachfolgt, von Grund auf verändern kann …

25

Leichten Fußes und fröhlich durchstreifte Ogham, als Bettler verkleidet, die Nacht von Samhain. Die Menschen, die er unterwegs traf, erkannten ihn nicht, wohl aber viele Geister, die ihn, den Letzten vom Stamme der

Tuatha De Danaan, freundlich grüßten. Manche von ihnen versuchten auch ihn in ein Gespräch zu verwickeln, das ihn daran hindern sollte, in Sheela na Gigs Feenhügel einzutreten. Doch den alten Harfner, der bereits in Tirnanogh gewesen und von dort noch einmal in die Menschenwelt zurückgekehrt war, focht das wenig an. Seine Neugier auf ungewisse Ablenkung war lange schon verflogen. Durch die Insel der ewigen Jugend verjüngt, im Grunde seines Herzens aber uralter Treue verpflichtet, schritt er durch die Nacht und die Schatten der Finsternis gewannen keine Macht über ihn. Um sich die Ohren vor falschen Zuflüsterungen zu stopfen, sang er Kennogs Lied von der Insel:

»Meine Liebe ist wie ein bunter Vogel,
Der aus engem Käfig flieht,
Breitet aus der Freiheit Flügel,
Singt für dich sein schönstes Lied.«

Sheela na Gig hörte den Gesang schon von weitem. Weit offen stand das Tor ihres Feenhügels, bereit, den Mann ihrer Sehnsucht zu empfangen. Und als Ogham näher kam, sah sie nur den Abglanz der Sonne in seinen Augen, nicht aber seine Gestalt und seine zerlumpte Kleidung. Den dazugehörigen Mund küsste sie und erkannte ihn wieder, die streichelnden Hände ihres Gespielen, seinen heißen Atem auf ihrer feenweißen Haut, seine nie erlöschende Lust.

»Du bist lange nicht mehr zu mir gekommen«, sagte sie, wie sie beinahe jedes Wiedersehensgespräch mit ihm begann. »Um alles gleich vorweg zu klären, was unsere Liebesnacht stören könnte, brauchst du mir nichts vom Großen Plan zu erzählen und von den Sorgen, die du dir um sein Gelingen machst. Dein Lied vorhin hat mir viel besser gefallen. Es klang sehr verliebt.«

»Es stammt von meinem Schüler«, sagte Ogham stolz.

»Aber ich hoffe, du empfindest genauso wie er?«, fragte schmunzelnd Sheela na Gig.

»Ich habe Vogelbeeren gegessen, um für dich frisch zu sein«, sagte Ogham.

»Aber hat denn einer wie du dergleichen nötig?«, neckte ihn die Fee. »Für mich bleibst du immer jung und schön, ob du nun Vogelbeeren isst, geradewegs von einem Ausflug nach Tirnanogh zu mir kommst, von gefährlichen Duellen oder im Bettlerkostüm wie heute. Ach, ich begreife …«

Sie griff lachend in das zerzauste Grauhaar des Harfners und kräuselte es zu Locken auf. »Du willst mit dieser Verkleidung Eindruck schinden bei mir und mich auf deine Verfassung hinweisen! Nun gut, du Bettler, dann sollst du dein Geschenk sofort bekommen, damit die Sache zwischen uns aus der Welt ist und die Sinne nicht weiter ablenkt: Dies ist der Schlüssel, nach dem du suchst, die Schrift, die einmal deinen Namen tragen soll …«

Mit diesen Worten malte sie von flinker Hand Zeichen in die Luft, die Ogham in Entzücken versetzten.

»Siehst du, mein störrischer Narr, nun lachst du wieder mit den gebleckten Zähnen eines Hengstes, bist auf der Straße der Sieger und obenauf und so soll es auch heute Nacht sein, wenn wir uns zum Spiel, das niemals altert, vereinen.«

»Ich danke dir, Geliebte«, flüsterte Ogham.

»Nicht davon reden, zeig es mir lieber«, sagte Sheela na Gig und zog ihn mit sich in ihr Reich der Sinnlichkeit, in dem beide im Glück baden konnten.

26

Zur vereinbarten nächtlichen Stunde unterm Holunderstrauch trafen sich auch Kennog und Cilla. Sie trug ein buntes Kleid mit glitzernden Bändern und ihr langes schwarzes Haar floss offen darüber, er einen weiten Mantel, der groß genug war, ihnen beiden als wärmende Decke zu dienen.

»Stell dir vor«, sagte er atemlos, nach dem Begrüßungskuss seine Lippen von den ihren lösend, »Ogham ist wieder zu seinem Feenhügel gegangen.«

»Was ist daran so erstaunlich?«, fragte Cilla mit keckem Augenaufschlag. »Es ist Samhain, auch mein Feenhügel steht dir heute offen.«

Kennog begriff nicht sofort, was sie mit diesen Worten meinte. »Aber ...«, stotterte er.

»Kein Aber«, widersprach sie und zog ihn zu sich auf die Decke. »Wir haben lange genug darauf gewartet, nun tritt endlich ein in meinen Palast.«

Da streifte er seine Kette vom Hals, schenkte sie ihr und sein Denken setzte aus. Obgleich er den Weg nicht kannte, fand er Einlass bei ihr.

»Sei vorsichtig und tu mir nicht weh«, bat sie leise, »es ist dunkel in meinem Palast.«

Da tastete er sich behutsam vor und stieß auf eine verborgene Tür.

»Hinter dieser Tür verbirgt sich mein geheimes Zimmer, das ich bisher vor jedem Mann sorgsam gehütet habe«, flüsterte Cilla. »Willst du es kennen lernen?«

Er wollte es und nahm Anlauf, um die Tür einzurennen. Ihre Finger umspielten seine Haare im Nacken.

»Dahinter beginnt für uns beide eine andere Welt«,

raunte sie. »Bist du dir auch sicher, dass du sie mit mir durchreisen willst?«

»Ja«, flüsterte Kennog heiser zurück, »denn ich liebe dich mehr als mein Leben.«

Da stieß er die Tür auf und fand es warm und ungemein aufregend in ihrem geheimen Zimmer. Nur einmal kurz hatte sie aufgeschrien und ihre Fingernägel in seinen Rücken gekrallt. Nun löste sich ihr Griff und sie sank mit dem dunklen Gurren einer Taube lachend zurück.

»Mach weiter, entdeck alles in meinem Palast, ich schenke ihn dir«, rief sie übermütig und half ihm bei seiner Erkundung, indem sie erneut die Arme um ihn schlang und ihn fest an sich zog.

Als er merkte, dass sie ihm genauso gehörte wie er ihr, jubelte er laut auf. Unter tausend Küssen, wohligem Lachen und kleinen, zärtlichen Bissen setzten sie gemeinsam ihre Entdeckungsreise fort und gelangten dabei weit über die Grenzen der Anderswelt und Tirnanoghs hinaus in die unendlichen Tiefen und Höhen der Liebe. Viel weiter noch, als alle Träume es zulassen, schwammen sie auf einer Woge des Glücks, verschmolzen zu einem einzigen Stern in der Nacht, doch der strahlte heller als tausend Sonnen.

So wurden Kennog und Cilla zu Samhain Mann und Frau und erlösten mit ihrer Liebe die Schwanenkinder des Lir aus ihrem dreimal dreihundert Jahre währenden Bann.

4. Buch

**Imbolc
Das Anlegen der Lämmer**

1

Noch immer lebten die Söhne und Enkel Mornas vom Stamm der Luaigni auf ihren Duns in Lagin, von wo schon so viel Böses gekommen war. Ollamh Cearnagh hatte hier die Töchter des ruhmreichen Königs Tuathal Teachtmhar in den Tod getrieben und Ugriu und Morna Schiefhals hatten Finns Vater Cumall erschlagen. Blut trocknet zwar, aber man sagt auch, dass sein Geruch an manchen Orten bis in alle Ewigkeit haften bleibt. Lagin war ein solcher Ort.

Der Stamm der Luaigni, also auch Mornas Söhne und Enkel, gehörte nicht direkt zum Volk der Lagin, und sie verstanden es geschickt, bei allen folgenden Auseinandersetzungen neutral zu bleiben und mal mit Tara, dann mit Lagin, ein anderes Mal mit den Ultoniern in Ulster und dann wieder mit der Fianna zu paktieren. Nur die Aufnahme in das Heer des Hochkönigs blieb Airt und Aegi, den Enkeln Mornas, versagt, denn noch immer war die Blutfehde zwischen ihnen und Finn nicht beendet. Eines Tages traf sich der Stammesrat, um darüber zu entscheiden. Fünf der Söhne Mornas, jetzt selbst alte Männer wie ihr Erzfeind Finn, lebten noch und saßen auf den Ehrenplätzen im Cromlech, wie man die kreisrunden, mit Findlingssteinen umrahmten Versammlungsplätze nannte. Der rote Goll erhob als Ältester seine Stimme:

»Nun sind so viele Jahre vergangen und wir haben noch immer nichts erreicht. Keiner der Unsrigen ist Mitglied der Fianna, und Morna, der würdig gewesen wäre, als Heerführer von Erinn zu reiten, ist tot. Unsere ärgsten

Feinde aber leben noch alle: Finn, dem der Hochkönig seine Tochter Boa anstelle von Grainne zur Frau gab, Cormac Mac Art in Tara, dem wir noch immer Tribut zahlen müssen, dieser Diarmaid mit seinem unverschämten Glück, der nun mit der schönen Grainne, die er raubte, auf einem Dun im Nordwesten wohnt, und schließlich der aufgeblasene Magogh, der als König von Lagin davon träumt, einmal auf dem Thron von Tara zu sitzen. Er kämpft zwar hinterhältig und gut, aber doch nicht so, dass er die Fianna besiegen könnte. All unseren Feinden geht es also gut und es scheint fast umsonst, dass wir diesen Cumall erschlugen und seinen Sohn Finn so lange jagten. Wie haben sich bloß die Zeiten geändert! Mornas Enkel zum Beispiel, Airt und Aegi, haben, als es darauf ankam, kläglich versagt, in sie setze ich keine Hoffnung mehr.«

»Du tust ihnen Unrecht«, antwortete Galad, sein Bruder. »Es ist zwar richtig, dass sie bei Finn und Diarmaid wenig erreichten. Aber glaube mir, noch ist ihre Stunde nicht gekommen!«

»Und wann kommt sie?«, fragte der rote Goll grollend.

»Wenn der Schnee hoch liegt und die Kälte am größten ist, so sagte es mir das Orakel eines vorüberziehenden Druiden.«

»Das kann irgendwann einmal sein«, erwiderte der rote Goll, »vielleicht in hundert, vielleicht auch in tausend Jahren erst.«

»Nein«, sagte Galad, »ich habe kurz vor ihrem Tod noch die alte Krähe getroffen, ihr wisst schon, die Tochter des Schwarzen Berges.«

»Auch sie hat erbärmlich versagt«, schrie der rote Goll und schlug wütend mit seiner Axt gegen den Sitzstein. »Ist sie nicht von Diarmaids Speer erlegt worden wie ein lahmes Rebhuhn, als sie auf dem Seerosenblatt flog?«

»Stimmt«, gab Galad zu, »aber in der Wetterkunde war sie stets eine Meisterin, nie hat sie sich in ihren Voraussagungen geirrt.«

»Und warum glaubst du, dass sie gerade dieses Jahr und diesen Winter meinte?«

»Weil die Mäuse sich tief in den Boden eingraben«, antwortete Galad, »weil die Eichkatzen mehr Vorräte als sonst anlegen und weil ich hungrige Wölfe um meinen Dun schleichen sah, die aus den tiefsten Wäldern herankamen.«

»Mögen alle Dämonen der Finsternis deinen Worten Recht geben«, knurrte der rote Goll.

»Auf jeden Fall müssen wir bereit sein, wenn es zur Entscheidung kommt«, sagte Galad. »Die Fianna hat, über ganz Erinn verstreut, Winterquartier auf verschiedenen Duns bezogen. Finn ist nicht bei ihnen, er zieht mit einer kleinen Gruppe Getreuer unstet durchs Land und hegt noch immer Groll gegen Diarmaid. In Almhuin spielt König Cormac Mac Arts Tochter Boa, das unschuldige Kind, weit weg von Tara und ohne ausreichenden Schutz. Und Airt und Aegi waren zu Samhain am Feenhügel der Ele …«

»Haben die Narren etwa um die stolze Schöne geworben?«, fragte der rote Goll.

»Ja, das haben wir«, bestätigten die beiden.

»Und mit welchem Erfolg?«

»Nicht mit dem, den wir erhofften«, gab Airt zu.

»Das habe ich mir fast schon gedacht«, knurrte der rote Goll, der herzlich wenig von der Brut seines Bruders hielt.

»Aber wir haben dennoch etwas erreicht«, ergänzte Aegi. »Wenn auch ganz anders, als wir erwartet hatten.«

»Nun macht es bloß nicht zu spannend. Was ist es denn?«

»Wir erhielten einen Speer von Ele. Es ist eine besondere Waffe. Sie gehörte Fiacail und ihre Spitze ist vergiftet. Finn warf sie zu Samhain, als der Feenhügel offen stand, und tötete den Feenfürsten Olm damit. Diese Untat hat die schöne Ele ihm nie verziehen. Sie reichte uns den Speer und bat uns ihn richtig einzusetzen, der Zeitpunkt dafür sei nun nah.«

»Das hört sich allerdings nicht schlecht an«, sagte der rote Goll und begann sofort einen Plan auszubrüten.

Galad aber wies die anderen an, sich nun verstärkt ihren Aufgaben zuzuwenden. »Du ziehst zu den Ultoniern in Ulster«, sagte er, indem er auf einen des Stammes deutete, »und versuchst ihre Rebellion gegen Cormac Mac Art mit geschickten Worten anzuheizen. Du besuchst Magogh von Lagin und sicherst ihm unsere Unterstützung gegen Tara zu. Du schleichst dich an den Dun Almhuin heran und kundschaftest aus, wie viele Krieger zu Boas Bewachung dort sind. Du reitest nach Nordwesten, um Diarmaid und Grainne Glückwünsche zu überbringen. Versuch dich dort einzuschmeicheln und stets in der Nähe der beiden zu bleiben. Ihr aber«, wies er Airt und Aegi an, »nehmt die Spur von Finn auf und verfolgt jede seiner Bewegungen. Auf diese Weise ziehen wir wie eine Spinne die Fäden über das ganze Land und erfahren alles, was für uns wichtig sein könnte. Findet dieser Plan allgemeine Zustimmung?«

Die Söhne und Enkel Mornas hoben ihre Äxte, Schwerter und Speere und klopften damit bejahend an ihre Schilder. So war es also beschlossen und das Unheil nahm seinen Lauf.

2

Nach ihrer langen, kräftezehrenden Flucht brach für Diarmaid und Grainne endlich eine Zeit der Ruhe und des Friedens an. Im äußersten Nordwesten Erinns hatte ihnen Cormac Mac Art Ländereien aus dem erloschenen Geschlecht der Duibhne geschenkt, einen prächtigen Dun mit Feldern, einer Bauernsiedlung und viel Wald zum Jagen. Vom Wall ihres Anwesens aus, auf dem die Liebenden gern zur Abendstunde weilten, konnte man die Sonne im Meer versinken sehen und die Wasser der geschützten Bucht im Norden spülten sanft an den Strand. Alles, was Erinn an Liebreiz zu bieten hatte, schien hier auf kleinstem Raum versammelt zu sein: Felsküste und Klippen, gelbe Dünen und Muschelsand, dichte Wälder und offene Auen, ein Flusslauf, Bäche und Moor, steiniges Ödland und solches, auf dem das Korn und die Früchte bestens gediehen, das endlose Meer, weites Land und von fern grüßte das Bergmassiv des Benbulbin herüber. Die Menschen hier waren freundlich und stolz darauf, die schöne Königstochter und den jungen, ruhmreichen Helden als ihre neuen Herren zu wissen.

»Die Duibhne müssen glückliche Menschen gewesen sein, dass sie hier leben durften«, bemerkte Grainne, als sie neben Diarmaid ging und sich an seine Schulter lehnte.

»Wir sind es auch«, sagte Diarmaid und legte schützend den Mantel um sie, weil von Norden ein kalter Wind heranstrich.

»Lass uns von nun an mit allen Frieden halten«, sagte Grainne. »Zu viel Blut wurde unseretwegen bereits vergossen, zu viele Tränen flossen und auch Angst haben wir mehr als genug erlebt.«

»Ich werde nie mehr kämpfen«, schwor ihr Diarmaid, »des Kriegshandwerks in der Fianna bin ich ebenso überdrüssig wie der Kämpfe gegen Räuber, Unholde und böse Geister. Du wirst sehen, meine Geliebte, dass wir nun, da wir uns schlafen legen können, ohne damit rechnen zu müssen, am frühen Morgen von mordgierigen Feinden umzingelt zu sein, unser Glück in Ruhe genießen können. Viele Kinder wünsche ich mir von dir.«

»Das Erste ist schon unterwegs«, antwortete Grainne.

»Und das sagst du mir erst jetzt?«, rief Diarmaid erfreut und küsste sie stürmisch.

»Es gab bisher noch keine Gelegenheit dazu«, sagte Grainne lächelnd und dachte an all die Aufregung der letzten Zeit, diese furchtbaren Kämpfe und dann die Ankunft des Boten aus Tara ... Der junge Kerl hatte schon im Sattel seines Pferdes gesungen und übermütig die Fahne des Hochkönigs geschwenkt.

»Wie wollen wir es nennen?«

»Druimne«, sagte Grainne aus dem Gefühl heraus.

»Dann wird es ein Mädchen!«, jubelte Diarmaid. »So schön wie seine Mutter, mit goldenem Haar, um das selbst die Sonne es beneidet, und fröhlichem Leichtsinn wie Boa, die immer nur Schabernack im Sinn hat!«

Da musste auch Grainne an ihre kleine Schwester denken, die nun, obwohl sie noch ein Kind war, als Finns Frau auf Dun Almhuin weilte, und sie stöhnte traurig.

»Ist dir nicht gut, soll ich dich stützen?«, fragte Diarmaid besorgt. »Komm, es wird kalt, ich führe dich lieber hinein an den warmen Kamin.«

»Nein, das ist es nicht«, antwortete Grainne, »ich dachte nur gerade an Boa und machte mir Sorgen.«

»Völlig grundlos, Liebste. Ein Trupp entschlossener Krieger beschützt sie, die Menschen von Almhuin verehren sie wie eine Heilige, so hört man einhellig, weil sie von ihrer Unschuld verzaubert sind. Man liest ihr jeden Wunsch von den Augen ab, niemand würde ihr etwas tun. Dun Almhuin hat sich, seit Finn dort wegzog, völlig verwandelt. Wenn du dich davon überzeugen willst, können wir sie gern einmal besuchen.«

»Und Finn?«

»Ach, der«, sagte Diarmaid leichthin, »der reitet irgendwo ruhelos durch die Gegend und ist ein zahnloser Alter geworden, der seinen dummen Irrtum endlich einzusehen beginnt.«

»Ich hoffe, du hast Recht. Wir könnten auch mal ein Fest geben, zu dem wir alle einladen: Boa, Dabo, meinen Vater, Osgur, Oisin, Cailte und Diorruing, meine alte Amme Medh – ich meine die echte – und meine Dienerin Cilla, Ogham, den Harfner, und seinen Schüler Kennog, vielleicht sogar Finn ...«

»Was, Finn auch?«

»Ja, um aller Welt zu zeigen, dass nun Frieden herrschen soll«, sagte Grainne. »Findest du den Vorschlag so schlecht?«

»Schlecht nicht, aber so ungewöhnlich wie alles an dir«, neckte Diarmaid sie. Um vom Thema abzulenken, das ihn ein wenig unbehaglich anmutete, erinnerte er sie an bestimmte Kleinigkeiten ihrer Flucht, über die sie nun langsam, da die Anspannung von ihnen abfiel, lachen konnten.

»Weißt du noch, wie wir diesen Muadhan im Moor trafen und so schlimm er auch aussah, uns freuten, ihn zu treffen? Und wie er beim Vorgebirge, das von weitem wie ein Schiffsbug aussieht, auf den Klippen saß und eine Angel aus einer Gerte, einem seiner langen Haare und den roten Beeren machte? Damals sagtest du nach dem Essen: Und wenn wir bis ans Ende der Welt flüchten müssten und bis an das Ende unserer Tage, so würde ich mit keiner anderen Frau tauschen wollen und dies wilde Leben stets von Herzen genießen ...«

»Du hast dir aber meine Worte gut gemerkt.« Grainne lächelte. »Nun sind wir beide tatsächlich am Ende der Welt angekommen.«

»Und werden fortan das wilde Leben auf weitaus schönere Weise genießen«, sagte Diarmaid und führte seine Geliebte zur Burg zurück, zu Abendmahl, Trunk und warmem, geschütztem Lager.

3

Auf Dun Almhuin war Boa ausschließlich von Menschen umgeben, die ihr wohlgesinnt waren. Jetzt wird alles gut, hatten viele schon bei ihrer Ankunft gedacht, als die Boten des Königs Seite an Seite mit Kriegern der Fianna anrückten, als die zweispännige Kutsche hielt und das Mädchen mit dem unschuldigen Lächeln ausstieg. Dieses Lächeln ließ einen jeden ganz plötzlich an schöne Erlebnisse der eigenen Kindheit denken, es wischte wie ein wärmender Sonnenstrahl alle Kälte fort, ließ keinen Platz mehr für Missgunst und Neid, für bittere Mienen und laute Worte. Alle Herzen eroberte das Wesen Boas im Sturm. Auch die der Tiere, der Hunde und Katzen, Pferde, Schweine, Ziegen und Schafe, die sie des Morgens fröhlich begrüßte und die ihr den ganzen Tag lang nachliefen. Sie sprach mit den Singvögeln auf den Fensterbänken des Hauses, mit den Bussarden am Himmel und den Rehen im Wald. Sie war es, die die Kühe durch ihre Stimme morgens

auf die Wiesen trieb und abends zurück zu den Pfer-
chen, woraufhin sie doppelte Mengen an Milch gaben,
und sie brachte den wildesten Jagdhund dazu, nachts
vor ihrer Türschwelle zu liegen und über ihren Schlaf
zu wachen.

Dass Finn, der einstige Herr des Anwesens, gleich bei
Boas Ankunft gegangen war – und wie er sagte, für
immer –, ließ die Dienerschaft aufatmen. Mochte der
kahlköpfige Isegrim doch ruhig durch den Winter schleichen – ihn vermisste hier niemand. Im Gegenteil: Man
schob alles, was an ihn erinnern konnte, in eine Abstell-
kammer und verschloss die Tür. Durch diesen symboli-
schen Akt, an dem alle beteiligt waren, befreite sich die
Dienerschaft von ihrem tyrannischen Herrn.

Sodann wies Boa sie an, das gesamte Haus von oben
bis unten zu putzen, ließ alles umstellen und verschö-
nern und bald galt Dun Almhuin als ein gemütlicher,
gastlicher Ort.

Tatsächlich hielten auch viele Wanderer und Reiter,
reisende Handwerker und Barden gern hier an, um Boas
Gastfreundschaft zu genießen. Sie brachten ihr kleine
Geschenke mit und erfreuten sich am Lachen der Tochter Cormac Mac Arts.

Eines Tages traf eine Gruppe von Gauklern ein und
lagerte vor den Wällen des Dun. Sie hatten einen zahmen
Tanzbären dabei und allerlei sonderbare Gerätschaften
und Kostüme, mit denen sie Kunststücke vorführten. Als
Boa sie vom Söller aus sah, lud sie die Leute vertrauensvoll ein, ins Innere der Burg zu kommen, um dort ihr
Können zu zeigen. Das ließ sich das fahrende Volk nicht
zweimal sagen und verwandelte die Burg im Nu in eine
große bunte Bühne. Auf ihr wurde nun bis in die Nacht
hinein getanzt und gesungen, Akrobatik vorgeführt und

die schönen alten Stücke der Dichter zu neuem Leben erweckt.

Am nächsten Tag ging das so weiter und am folgenden ebenso, denn die Gaukler wurden nicht müde, sich immer neue Dinge auszudenken, die sie darbieten konnten. Gäste und Dienerschaft freuten sich sehr und spendeten viel Beifall, besonders als ein ganz kleiner, dünner Mann ein Seil vom Wall bis zum Söller spannte und ohne Netz in schwindelnder Höhe quer durch die Luft über dem Burghof spazierte. Lediglich eine lange Holzstange trug er vor der Brust und mit ihr balancierte er sein Gleichgewicht aus.

Als dann auch noch der Tanzbär den Honigtopf stahl und, nachdem er ihn bis auf den Grund ausgeleckt hatte, sich wohlig brummend zum Schlaf vor Boas Füße legte, erreichte die Stimmung ihren Höhepunkt. Boa fühlte sich veranlasst mit dem Leiter der Gruppe ins Gespräch zu kommen.

»Habt ihr noch mehr solcher Überraschungen bereit?«, fragte sie.

»O ja«, antwortete der Mann, der gelocktes schwarzes Haar und eine Hakennase besaß. »Dun Almhuin ist ein wunderbarer Ort für unser Spiel, nie haben wir so aufmerksame Zuschauer gehabt, so viele freundliche Menschen, die wie ihr gern lachen.«

»Und wohin wollt ihr weiter, wenn es draußen kälter wird und der erste Schnee fällt?«

Da zog der Mann ein trauriges Gesicht und senkte den Kopf. »Wenn ich ehrlich sein soll: Wir wissen es nicht.«

»Dann bleibt doch den Winter über hier«, rief Boa. »So wie manche Duns Quartier für die Fianna bieten, könnte Dun Almhuin für euch eine schöne, warme Unterkunft sein.«

Da stürzte der Mann vor ihr auf die Knie und küsste ihre Hand, denn sie hatten tatsächlich ein solches Winterquartier gesucht und im Geheimen gehofft, es hier finden zu können. »Du machst uns glücklich, holde Herrin«, rief er. »Wenn du willst, spielen wir von nun an nur noch für euch und du kannst dazu deine Freunde als Gäste einladen. Ich schwöre dir, jeder Tag wird ein Fest und nie mehr soll in diesem Winter das Lachen auf Dun Almhuin verklingen.«

Er war aber bei seinem Kniefall so ungeschickt vorgegangen, dass er über den schlafenden Bären fiel, der unwillig brummend mit der Pfote nach ihm hieb. Zum Glück verletzte er den Mann nicht, aber alle lachten ihn aus, als er sich nun wieder hochrappelte und nach allen Seiten hin Verbeugungen machte und Kusshändchen warf. Nun erst bemerkten sie, dass auch dieser Auftritt zum Spiel gehörte, und klatschten lautstark Beifall.

Als später alle am wärmenden Kaminfeuer beisammen saßen und aßen, fragte Boa den Mann mit der Hakennase, der einen unaussprechlichen fremdartigen Namen besaß: »Nun hast du mir alle aus deiner Truppe vorgestellt, bis auf die vier Kinder da, das Mädchen und die drei Jungen, die so still in der Ecke sitzen und bisher noch nichts vorgeführt haben. Was ist mit ihnen?«

»Das ist eine ganz besondere Geschichte«, antwortete der Mann und machte ein Gesicht, das aller Neugier weckte. »Sie sind vor kurzem erst zu uns gestoßen und haben uns Dinge erzählt, die keiner von uns versteht oder glauben kann.«

»Was denn zum Beispiel?«, fragte Boa.

»Dass sie angeblich mehr als dreimal dreihundert Jahre alt sind und durch einen Zauberspruch in die Gestalt von leuchtend weißen Schwänen verwandelt wurden, dass sie eine Prinzessin und drei Prinzen seien, sich aber in dieser Welt nicht mehr zurechtfänden, seit sie wieder Menschengestalt angenommen hätten, und immerzu an ihren armen alten Vater denken müssten, der nun wohl schon lange nicht mehr lebe.«

Da sprang Boa auf und fragte die Kinder: »Wie heißt ihr?«

»Ich bin Finnguala«, antwortete das Mädchen mit leiser, melodischer Stimme, in der viel Trauer mitschwang. »Und das sind meine Brüder Ard, Fiachra und Conn.«

»Dann war Aebh eure Mutter und König Lir euer Vater und die böse Aife hat euch in wilde Schwäne verwandelt!«, rief Boa bestürzt aus.

»So ist es«, bestätigte das Mädchen traurig.

»Ich habe von euch gehört«, sagte Boa. »Viele Leute in Erinn kennen eure Namen und das entsetzliche Schicksal, das euch widerfuhr. In Liedern erzählt man davon und jeder, der es anhört, muss weinen dabei. Besonders das Lied der Schwäne vom Bunteichensee geht keinem, der es vernahm, je wieder aus dem Sinn.« Und sie zitierte:

»Silbern webt die Sommernacht
Tönende Saiten an den Saum des Himmels,
Leise spielt darauf der laue Wind
Mit taufeuchten Fingern traumdunkle Weisen.
Heimlich schluchzen im Schatten der Bäume
Schimmernde Wellen von der Wehmut der Nacht ...«

Weiter kam Boa nicht, denn die Kinder brachen bei diesen Versen in lautes Weinen aus. Da ging Prinzessin Boa auf sie zu, umarmte sie nacheinander und führte sie an die Tafel, wo sie ihnen Sitzplätze rechts und links neben sich zuwies.

»Auch mein Schicksal ist sonderlich«, sagte sie, nachdem sie ihnen Met gereicht hatte, »meine Mutter starb, mein Vater lebt weit von hier in Tara, meine Schwester noch weiter entfernt im Nordwesten des Landes, mein Bruder Dabo ist lange schon unterwegs und ich bin, obgleich noch ein Kind, mit dem schrecklichsten Mann Erinns verheiratet, dem elenden Finn, der nun wie ein Wolf durch die Mondnacht schleicht. Aber was bedeutet all dies gegen das, was Aife euch angetan hat! Man hat euch das Glück der Kindheit gestohlen und alles, was euch lieb war für neunhundert Jahre! Niemand lebt mehr von damals, alles ist euch fremd auf der Welt und das jetzige Dasein muss euch vorkommen wie ein weiterer Bann!«

Da schluchzten die Frauen im Saal und auch die Männer wischten sich verstohlen über die Augen. Prinzessin Boa aber sagte zu den Kindern Lirs, die nun in menschlicher Gestalt, aber noch immer bleich und weiß wie unberührbare Schwäne dasaßen:

»Bleibt bitte von nun an auf Dun Almhuin, ich will euch eine gute Schwester sein. Das ist alles, was in meiner bescheidenen Macht steht, um euer Unglück zu lindern.«

Da fiel ihr Finnguala um den Hals, weinte und lachte und versprach das Angebot anzunehmen. Niemand, der an diesem Abend in der Halle dabei war, wird diese Szene jemals vergessen. Und bald sangen die Barden in ganz Erinn vor staunenden und ergriffenen Menschen davon. »Die Rückkehr der Schwanenkinder« heißt dieses Lied, das bis heute in aller Munde ist.

4

Als sich Kennog, der nun in Tara ein eigenes Zelt bewohnte, der Unterkunft seines Meisters näherte, bemerkte er gleich die Veränderung: Oghams Zelt wurde lebhaft von einer Gruppe aus Druiden, Dichtern und Lehrern umdrängt. Es waren so viele Leute, dass sie nicht alle Platz im Inneren fanden, und so beschloss Ogham mit ihnen hinüber zur Methalle zu gehen. Schon allein das war außergewöhnlich, denn das Recht dort zu sitzen erteilte sonst nur der König. Der aber weilte in Almhuin bei seiner Tochter Boa.

Aufgeregt begleitete Kennog den Harfner in die Halle, wo Ogham, der als Meister des Großen Plans alle Sondervollmachten besaß, erklärte:

»Ausnahmsweise wird diesmal kein Met ausgeschenkt, wir brauchen allesamt klare Köpfe. Niemand wird heute musizieren, denn die Ohren sollen sich auf die gesprochenen Worte richten, und kein Essen wird ausgeteilt außer geistiger Nahrung. Ich erkläre hiermit auf ausdrücklichen Wunsch Cormac Mac Arts die Methalle zur ersten Hochschule Erinns und dies wird die Gründungsversammlung und die erste Vorlesung sein. Euch alle aber bitte ich, die Hölzer und Nägel aufzunehmen, denn mit ihnen errichten wir ein neues Gebäude.«

»Wie, was?«, fragten da viele. »Bist du nun Architekt geworden, Ogham? Willst du uns in der Baukunde unterweisen und die wunderbare Methalle von Grund auf umgestalten?«

»Das will ich«, antwortete der Harfner, »aber anders, als ihr denkt. Architekten werden wir zwangsläufig alle sein, denn es gilt den Großen Plan nun in feste Formen zu bringen. Nehmt Platz, liebe Freunde.«

Er wies sie an, sich eilig zu setzen, und ließ ihnen keine Zeit die gewohnten Stammplätze zu suchen. Überraschenderweise ging dies ohne Streit ab und die sichtlich gespannten Anwesenden akzeptierten Oghams Vorsitz ohne Murren.

»Die erste Sitzung der Hochschule von Tara ist hiermit eröffnet«, sagte der Meister des Großen Plans. »Ich werde nun, damit alles seine Richtigkeit hat, jeden laut beim Namen aufrufen, damit mein Schüler, der das Protokoll führt, sie aufzeichnen kann.«

Mit diesen Worten rollte Ogham vor Kennog eine Rolle gegerbten Leders aus, stellte ein Gefäß mit Holunderbeerensud dazu und reichte dem Jungen eine am Schaft angespitzte Adlerfeder. Seine Augen blitzten listig, als er in die Runde blickte. Natürlich hätte ich auch eine Raben- oder Krähenfeder nehmen können oder einen Gänsekiel, dachte Ogham. Mit all diesen Instrumenten könnte man schreiben. Aber diese kleine Ehrenbezeugung an das verschwundene Volk muss ich mir einfach gönnen, indem ich den heiligen Fetisch unserer großen Adlergöttin Dana verwende …

»Soll das heißen, er kann schreiben?«, riefen da welche. »Er bannt unsere Namen auf das Leder?«

»Ganz recht«, bestätigte Ogham schmunzelnd. »Er hatte ja lange genug Zeit diese Kunst zu erlernen.« Und wurde nicht Kennog, ergänzte er in Gedanken, als Erstem die Einsicht zuteil, dass sich die Magie der alten Welt vollenden und erneuern wird, indem sich die Lanze des Lug just in eine solche Schriftrolle und der magische Stein des Mac Cecht in einen Schreibstab umwandelt? Laut setzte Ogham hinzu:

»Ihr anderen, die ich noch nicht unterwiesen habe, legt nun die Hölzer vor euch und nehmt die Nägel in die

Hand. Mit ihnen lässt sich vortrefflich ins weiche Holz ritzen. Ich male euch die Zeichen, die für eure Namen stehen, in die Luft. Sie sind, wie ihr gleich merken werdet, recht einfach, ein jeder von euch kann sie nachmachen und ins Kerbholz schnitzen … Fangen wir mit dem an, der gerade neben mir sitzt: Engir!«

Engir, der Sänger und Träger des Dichterrings von Lugnasad, schrak zusammen. »Ich, wieso ich?«, protestierte er. »Ich bin doch ein Sänger und Schöpfer schöner Melodien, meine Stärke liegt, wie alle Welt weiß, im Schmieden wohlklingender Verse.«

»Eben drum solltest du bemüht sein, dass man deine Dichtung auch in künftigen Generationen noch wortgetreu kennt und dass unsere Enkel und Urenkel sie jederzeit genau so wiederholen können, wie du sie gemeint hast. Eine ganze Sammlung deiner Verse sollte es geben!«

Viele nickten beifällig mit dem Kopf, denn die Gedichte Engirs erfreuten sich großer Beliebtheit.

»Vorerst reicht es völlig aus, wenn du deinen Namen so ritzt, wie ich es nun vormache«, ergänzte Ogham. Er zog einfache Striche durch die Luft, die sich nur durch Länge, Schräglage und Anordnung voneinander unterschieden, und setzte einen unsichtbaren Punkt hinzu. »Das heißt ENGIR!«

Der Dichter beugte sich tief über das Holz, fasste den Nagel und ritzte mit unsicherer Hand die vorgeführten Zeichen hinein. Als er mit dieser ungewohnten Tätigkeit fertig war, forderte Ogham Engir auf, seine Tafel hochzuhalten und desgleichen Kennog die Lederrolle. Vom einen zum anderen wanderten nun die Blicke, um zu vergleichen, und erstaunlicherweise glichen die Schriftzeichen einander wie Zwillinge.

»Und das bedeutet ENGIR?«, fragte Grundaix, ein für

jede neue Erkenntnis aufgeschlossener Druide. »Wie würde dagegen mein Name aussehen?«

Wieder malte es Ogham in die Luft zaubernd vor: GRUNDAIX. Und es bestätigte sich, dass sowohl auf Kennogs Leder als auch auf dem Kerbholz des Druiden die gleichen Schriftzeichen erschienen. So ging es im Kreis, bis jeder Teilnehmer aufgerufen und im Protokoll verzeichnet war. Das Überraschende dabei war, dass das Schreiben immer schneller gelang, je öfter man die gleichen Zeichen vor sich sah, denn es stellte sich heraus, dass es eigentlich nur ganz wenige Grundformen für bestimmte Laute waren, mit denen man jeden Namen notieren konnte.

Auch Ogham war höchst zufrieden mit dem Ergebnis der ersten Übungsstunde. »Dies sind die Namen aller, die an der Hochschule von Tara vom heutigen Tage an unterrichten werden«, verkündete er. »Und zwar jeder in seinem Fach. Wir werden nicht nur die Namen von Personen aufzeichnen, sondern bald auch die von Gegenständen, Werkzeug, Instrumenten, von Gedanken und von Gefühlen, von allem, was wichtig ist, und die weniger wichtigen Kleinigkeiten auch. Kurzum, wir werden alles mit der Schrift festhalten, wofür der Mund einen Namen kennt. Auf diese Weise werden Schriftrollen entstehen, die beim Unterricht mit den Schülern hilfreich sein werden ... Lies die Namen der Anwesenden noch einmal vor, Kennog, damit ein jeder entscheiden kann, ob seine Tafel erhalten bleiben oder verbrannt werden soll. Wer will, werfe sie hier in das Feuer.«

Aber niemand kam dieser Aufforderung nach, als Kennog die Rolle verlas. Jeder hielt seine Schrifttafel fest und war stolz, zum Kreis der Auserwählten von Tara zu gehören.

»Die Grundlage von allem ist die Schrift«, sagte Ogham. »Man kann sie auf vielerlei Weise schreiben, mit ganz unterschiedlichem Material und Werkzeug. Die Zeichen, die ich eben in der Luft machte, sind flüchtig und bald vergessen wie das gesprochene Wort. Man kann sie für rasche Botschaften in den Sand malen, aber auch das hält nicht lange. Dauerhafter sind Botschaften in Holz, Zeichen, die man in die Rinde von Bäumen schneidet, oder kleine Kerbhölzer, die man bei sich tragen kann. Leichter noch lassen sich Lederrollen verwenden, auf denen man Verträge, Urkunden und andere wichtige Texte festhalten kann. Am dauerhaftesten aber sind Zeichen, die man mit dem Bronzebeil oder mit Hammer und Meißel in Stein eingraviert. Wer einen Stein zum Gedenken an einen Verstorbenen setzen will, kann dessen Namen auf ewig damit verbinden und wenn er will seinen eigenen noch beifügen. Denkt an die großen Menhire, an Tempel oder Burgen! Die Zeichen im Stein sind unvergänglich.«

»Mag schon sein«, wandte einer der Älteren ein, »aber was nützt uns das alles, wenn die anderen, die normalen Menschen, es nicht lesen und den Inhalt verstehen können?«

»Jedes Kind in Erinn wird lesen und schreiben lernen«, sagte Ogham. »Dafür sind wir als Lehrer doch da. Von Tara aus werden wir das Wissen in alle Teile des Landes tragen.«

Kennog sah, dass einige der Anwesenden schon wieder zu zweifeln begannen und ratlose Mienen machten. Andere dagegen saßen in sich gekehrt und nachdenklich da und es gab welche, die am liebsten sofort damit begonnen hätten, die Schriftkunst in ganz Erinn zu verbreiten.

»Für heute mag es genug sein«, sagte Ogham. »Einiges haben wir schon erreicht. Morgen an gleichem Ort und zu gleicher Stunde treffen wir uns wieder.« Mit diesen Worten löste er die Versammlung auf.

»Bist du zufrieden?«, fragte er nach der Sitzung seinen Schüler.

Kennog nickte. »Die Leute waren schwer beeindruckt.«

»Du siehst müde aus«, bemerkte Ogham. »Leg dich hin und ruh dich ein wenig aus.«

Aber Kennog war nicht bloß vom Beschriften der Rolle erschöpft, sondern mehr noch, weil er die Nacht zuvor kaum geschlafen hatte. So vieles hatten sich Cilla und er zu sagen und ihre Liebe wuchs beständig. Bereitwillig folgte er dem Rat seines Meisters, rollte sich in sein Fell und schlief sofort ein.

5

Ein seltsam schwerer Traum, der harmlos begann, suchte ihn heim. Er lief über die Hügel von Tara, um seine Geliebte zu treffen, fand aber Grainnes Wallburg verschlossen vor und niemand öffnete auf sein Rufen hin. Da begann er Cilla an anderer Stelle zu suchen und fragte überall nach. Unterwegs wurde ihm immer kälter. Ein starker Wind fuhr von Nordosten heran und bedeckte die Wiesen mit Schnee. Immer dichter wurde das Treiben. Er ging zu Cormac Mac Arts Burg und fand alle Tore und Türen offen. Im Königspalast waren die Lichter erloschen, Kälte drang ein und der Schnee wehte ins Haus. Als er am Thron ankam, saß dort ein fremder König, der hatte ein blutiges Schwert quer über dem Schoß liegen und seine Augen flackerten vor Mordgier.

»Wer bist du?«, fragte Kennog.

Doch der Fremde antwortete nur mit einem irren Lachen, das schaurig durch die kahlen Räume gellte. Erst jetzt bemerkte Kennog, dass die kostbaren Vorhänge zerfetzt von den Wänden hingen und auch vieles andere zerstört herumlag. Der Palast sah aus, als sei er vor kurzem erst von frevlerischer Hand geplündert worden.

»Suchst du diese Cilla?«, hörte er eine Stimme hinter sich. Er drehte sich um und sah einen Krieger mit blutbefleckter Rüstung. »Sie liegt zu Almhuin in Banden und ist unsere Geisel.«

Da wandte sich Kennog schaudernd ab und verließ den zerstörten Palast. Draußen aber schlug ihm Hitze entgegen, die von gewaltigen Flammensäulen stammte. Grainnes Wallburg und die große Methalle standen in Flammen. Wehklagende Menschen liefen vorbei und wurden von fremden Kriegern verfolgt und niedergemetzelt.

»Cilla, wo bist du?«, rief Kennog verzweifelt und stürzte sich in das Getümmel. Dem ersten seiner Bekannten, den er traf, fehlte der rechte Arm, dem zweiten ein Bein und dem dritten der Kopf, nirgends aber war Cilla zu finden.

Als nun das Flammenmeer immer höher anwuchs, wurde die Hitze schier unerträglich. Ein furchtbarer vielstimmiger Schrei erhob sich über Tara und schnürte Kennog die Kehle zu. »Cilla!«, wollte er rufen, aber es kam nur ein Röcheln aus seiner Brust. Ganz von fern drang indes schwach und kaum vernehmlich die Stimme seines Verstandes heran: »Es ist nur ein Traum, Kennog, ein schrecklicher Traum!«

Er wälzte sich hin und her auf dem Lager und versuchte die abscheulichen Bilder abzuschütteln. Doch so sehr er sich mühte, sein Körper wurde nicht richtig wach. Da stürzte er in einen zweiten, nicht minder beängstigenden Traum.

Wie schon einmal sah er eine Gruppe von Reitern, deren Anführer Diarmaid war, auf ihren Rossen dahinjagen. Er spornte Südwind an, ihnen zu folgen, doch so sehr beide sich mühten, sie holten die Männer vor ihnen nicht ein. Dabei hatte er ihnen etwas Wichtiges mitzuteilen, doch Südwinds Hufe klebten im nassen, schweren Boden, sie kam kaum von der Stelle. Es war, als würden sie einen Sumpf passieren, das Erdreich schwankte unter ihnen und gluckste schauderhaft.

»Warte auf mich, Diarmaid!«, rief Kennog. »Ich muss dich warnen! Reite nicht weiter, kehre um, Verderben wartet auf dich!« Doch seine Warnung wurde vom Wind verschluckt.

Angst erfüllte ihn, als er spürte, wie die böse Aife den Sturm mit ihrem Atem anblies. Wütend tobte sie durch das Land, warf mit entwurzelten Bäumen und schlug tödliche Schneisen in die Wälder. Aus all diesem Verderben raste nun, um den Schrecken noch zu steigern, ein schnaubendes Ungeheuer heran. Es war der riesige Geistereber, vor dem er und Ogham schon einmal auf einen Baum geflüchtet waren. Doch diesmal erblickte er seine wahre Gestalt und erschrak bis ins Mark. Gewaltige Hauer besaß dieser Keiler und ein zur Fratze verzerrtes menschliches Gesicht, in dem nichts als Hass, Mordgier und Rachedurst lagen.

Voller Verzweiflung stellte er sich mit Südwind dem Untier entgegen, bereit den tödlichen Stoß der gelben Stoßzähne zu empfangen. Doch der Geistereber rannte donnernd an ihm vorüber. Da erkannte Kennog, dass das blindwütige Toben allein Diarmaid galt, und spürte seine Ohnmacht gegenüber dem Schicksal. Weiter ritt er mit Südwind und kam bis zu einem Berg, der wie eine erstarrte Meereswoge aussah. Sein Grat und die Flanken waren mit dichtem Schnee bedeckt, sodass es aussah, als trage der Berg eine Sturmhaube aus weißer Gischt. Dort fand er Diarmaid liegen.

»Steh auf, du erfrierst sonst«, rief Kennog und sprang aus dem Sattel.

Diarmaid aber hob nur mit schmerzverzerrtem Gesicht den Kopf. »Nein, ich verbrenne«, flüsterte er kaum vernehmlich und es war ihm anzumerken, dass ihm das Sprechen große Mühe machte. »Bring mir zu trinken.«

In Diarmaids Nähe befand sich jedoch weit und breit kein Schnee. So machte sich Kennog auf, nach dem Wasser einer Quelle zu suchen. Doch während er noch suchte … wachte er auf und schnellte von seinem Lager hoch.

Seine Glieder schmerzten und sein Kopf fühlte sich taub und benommen an. Was mag dieser Alptraum nur bedeuten, überlegte er, konnte aber keinen klaren Gedanken fassen. Wenn ich jetzt doch bloß die Kette mit der polierten Pfeilspitze hätte, die ich Cilla geschenkt habe! Schlimmes bahnt sich wohl an, ich muss sie suchen und um Rat fragen! So verließ er das Zelt und lief hinüber zu Grainnes Wallburg, wo sie sich um diese Stunde aufhalten musste.

6

Auch Cilla hatte ein abscheulicher Tagtraum heimgesucht. In ihm befand sie sich weit außerhalb Taras in einer anmutigen Landschaft am Meer. Staunend wanderte sie durch das wogende Gras der Dünen bis hinunter zum Strand. Es war Ebbe und das Wasser hatte sich, viele Priele und wellige Spuren im Sand zurücklassend, bis weit zum Horizont verzogen, wo es kaum noch eine Grenze zwischen Himmel und Meer gab und beider Grau miteinander verschmolz. Möwen streiften dicht über dem feuchten Saum entlang, wo kleinere Seevögel bereits trippelnd nach Beute suchten. Es gab breite Streifen mit glitschig grünem Tang, wo weiße Quallen lagen, Krabben und andere Schalentiere, Muscheln und Schneckenhäuser in allen Größen, Formen und Farben. Sich ihrer frühen Kindheit erinnernd, wanderte sie diese Zonen ab, hob längliche und runde, gedrehte und scheibenförmige Muscheln auf, ebenso schillernde Steine und seltsam gewachsene Hölzer. Dies alles sammelte sie in einen Korb ein, um es später zum Haus zu tragen und damit die Fensterbänke zu schmücken. Schnecken, Muscheln und Steine vom Meer brachten ebenso Kraft wie der glänzende Quarz und schützten das Haus. Es war also eine sinnvolle Arbeit, denn sie wünschte dem Anwesen Segen.

Als sie eine besonders große, herzförmige Muschelschale aufnahm, fuhr plötzlich ein eiskalter Windstoß heran und ließ sie erschauern. Zugleich hörte sie ein leises Weinen und Klagen. Als sie das weiße Herz an ihr Ohr legte, vernahm sie so deutlich, als sei Grainne direkt neben ihr, die Stimme der Königstochter. Die Worte ihrer schönen Herrin verstand sie nicht, wohl aber den Schmerz, der in ihnen lag. Die Freundin litt schwer und diese Erkenntnis packte Cillas Herz mit eiserner Klammer an.

»Ich werde dich finden, Grainne«, flüsterte sie, »wo immer du auch sein magst. Ich spüre, dass du Hilfe brauchst, und ich werde sie dir bringen, so rasch ich kann!«

Mit diesem Versprechen auf den Lippen wachte sie auf und sah Kennog vor sich stehen.

»Wie kommst du hier hinein, zumal noch in die Frauengemächer? Stehen keine Wachen bereit?«

»Wir müssen sofort aufbrechen«, rief Kennog hastig, »Diarmaid und Grainne sind in größter Gefahr!«

Da sprang Cilla auf, ohne noch lange weiter zu fragen. Sie spürte, dass er Recht hatte, und freute sich über seine Entschlossenheit, die der ihren entsprach. »Aber die beiden leben weit im Nordwesten auf einem Dun hoch über der Küste«, antwortete sie und wurde gewahr, dass es genau dieser Strand war, von dem sie soeben geträumt hatte.

»Wir nehmen Südwind und reiten sofort los«, sagte Kennog. »Am besten benachrichtigen wir auch den Meister, damit er uns begleiten kann!«

Sie stürmten aus dem Palast und liefen hinüber zu Oghams Zelt. Doch das war leer, und als sie zu den Pferdeställen kamen, entdeckten sie, dass auch sein schwarzer Hengst fehlte.

»Vielleicht ist er uns schon vorausgeeilt«, sagte Kennog.

»Ohne uns mitzunehmen? Ich glaube es nicht!«, antwortete Cilla.

»Steig hinter mir in den Sattel und hülle fest den Mantel um dich«, sagte Kennog.

So ritten sie noch einmal quer über die Hügel und riefen laut Oghams Namen, doch niemand, den sie trafen, hatte den Harfner gesehen. Da beschlossen sie Tara zu verlassen und auf dem schnellsten Weg nach Nordwesten zu reiten. Ein weiter, beschwerlicher Weg lag vor ihnen und ein ungewisses Ziel, aber das schreckte sie nicht. Regen fiel aus wolkenverhangenem Himmel, nässte ihre Körper und sie spürten es kaum. Nebel verwandelte die Landschaft und ließ den Weg trügerisch werden, doch unbeirrt setzten sie ihren Ritt fort.

Kennog beugte sich über die Mähne des Pferdes und rief ihm ins Ohr: »Lauf, Südwind, laufe so schnell wie damals, als die Flut kam, von der Insel Arran!« Er spürte, dass es um Leben und Tod ging, und spornte das Tier noch weiter an. Es war ein Wettlauf mit der Zeit. Südwind lief so rasch wie niemals zuvor und schien trotz des dichten Nebels von selbst die Richtung zu finden. Durch den Tag und die Nacht ritten sie, ohne zu rasten, und auch noch den nächsten Tag bis zum Abend hindurch. Da musste Südwind saufen, und auch Kennog und Cilla fühlten Hunger und Durst. An einer Waldquelle rasteten sie kurz, legten sich aber nicht schlafen, denn die Sorge trieb sie weiter.

»Verzeih mir, Südwind, dass ich uns keine Erholung und keinen Schlaf gönne«, sagte Kennog. Das Pferd, das seine Worte verstanden hatte, wieherte auf.

Und so ritten sie, der Erschöpfung alle drei nahe, weiter die Nacht hindurch dem Morgen entgegen. Doch die Nacht wollte kein Ende nehmen. Dunkel und kalt war sie, von seltsamen Stimmen und Spukgestalten durchdrungen und feindlich für jedermann. Im Dämmerzustand lagen Kennog und Cilla, auch das Pferd lief mehr schlafend als wach und dennoch kamen sie voran.

Als die Dunkelheit der aufgehenden Sonne wich, öffnete Cilla die Augen und sah einen Dun. »Das ist Grainnes Burg«, flüsterte sie schlaftrunken, »ich wollte sie mit Muscheln und Seeschnecken schmücken.«

Auch Kennog wurde jetzt wach und spornte noch einmal das Pferd an. Aber Südwind war so erschöpft, dass sie sich nur noch mit gesenktem Hals dahinschleppen

konnte. Sie kamen kaum von der Stelle und der Weg bis
zum Dun erwies sich als weiter, als sie gedacht hatten.
Schemenhaft sah Kennog Reiter zum Benbulbin ziehen,
aber viel zu weit weg, sodass sie sein Rufen nicht hörten.
Trotz der wärmenden Sonne fror er sehr, klappernd
schlugen seine Zähne aufeinander und im Inneren war
sein Körper wie Eis.

Wir kommen zu spät, dachte er und eine schmerzliche
Vorahnung durchfuhr ihn. Er begann sich vor dem
Augenblick zu fürchten, da sie Grainne gegenübertreten
würden.

7

Auch Ogham hatte eine Vision, die so grauenhaft war,
dass er die Augen schließen und sich mit beiden Händen die Ohren zuhalten musste, um die Schreie nicht mehr
zu hören. Auf der Stelle brach er auf und sagte niemandem, wohin er ritt. Ins Tal der Boinne zog er und betete
dort, obgleich er einer der Tuatha De Danaan war, zum
gütigen Oengus. Drei Tage lang hielt er sich am Wohnsitz
des Gottes auf, ohne ihn zu Gesicht zu bekommen. Am
Abend des dritten Tages erschien endlich Oengus.

»Du hast mich gerufen«, sagte der Gott, »was willst
du, warum wendest du dich nicht an die große Erdmutter Dana, die dir näher steht?«

»Weil es um Diarmaid geht, dessen Ziehvater du bist«,
antwortete Ogham. »Rette ihn, er schwebt in großer
Gefahr.«

»Ich weiß es«, sagte Oengus, »aber ich kann es nicht
ändern. Was nun geschehen wird, ist stärker als meine
Macht.«

»Und wenn ich mein Leben als Tausch dafür biete?«, fragte Ogham.

»Auch das würde nichts ändern. So wie die Namen in die Holztafeln von Tara eingekerbt sind, so ist auch das Schicksal der Menschen im Buch mit den sieben Siegeln vorgezeichnet. Erinnere dich an das, was Diarmaid im reißenden Fluss erlebte. Im Boot mit Grainne saß er als Liebender, der dem Krieg und dem Töten entsagen will, um einzig noch für seine Liebe zu leben. Im Wasser aber schwamm sein Ebenbild, der todesverachtende Fianna-Krieger, der Diarmaid bis dahin gewesen war.«

»Aber er hat sich gegen das Töten entschieden!«, wandte Ogham ein. »Diarmaid hat die Fianna verlassen, er wollte nur noch in Frieden mit Grainne auf seiner Burg leben.«

»Eben dadurch«, erklärte Oengus seufzend, »hat er den Hass der Krieger auf sich gezogen, zu denen er selbst gehörte und deren Inbegriff der grimmige Finn ist. Wenn du kannst, tröste dich damit, dass Diarmaid, der sich vom Kriegshandwerk abkehrte, um sich nur noch der Liebe zu widmen, den Menschen in dunklen und blutigen Zeiten ein weithin leuchtendes Vorbild sein wird. Aber noch ist der Jäger in den Menschen mächtig, auch in Diarmaid. Noch lange wird dieses Geschlecht blutig irren müssen, bis die Menschen imstande sein werden, ihr Leben wirklich nur dem Frieden und der Liebe zu widmen – auch diese Lehre werden die künftigen Bewohner Erinns aus dem glanzvollen und tragischen Leben Diarmaids ziehen. Denke auch an den Geistereber und die Prophezeiung, gegen die selbst ein Gott wie ich nichts ausrichten kann.«

Ogham schwieg bekümmert. »Dann kannst du also gar nichts für ihn tun?«, fragte er endlich ein letztes Mal.

»Nein«, antwortete Oengus mit leiser Stimme und hüllte den Mantel der Trauer um sich.

Da erhob sich der Harfner und verließ mit schweren Schritten den Tempel. Er erklomm ihn und rief vom höchsten Punkt aus die Göttin Dana an. Sie erschien in Gestalt eines großen weiblichen Adlers und ließ sich vor seinen Füßen nieder.

»Warum rufst du mich von dieser Stelle aus an, die einer fremden Religion gehört?«, fragte sie.

»Weil du meine letzte Rettung bist«, sagte Ogham. »Kennst du das Buch mit den sieben Siegeln?«

»Das kenne ich, denn ich schrieb selbst daran mit«, antwortete Dana. »Wenn du aber Diarmaid meinst, so vermag auch ich an seinem Schicksal nichts mehr zu ändern.«

Da verbeugte sich Ogham tief vor ihr und ritt mit blutendem Herzen zurück nach Tara.

8

In jener Nacht, da Kennog und Cilla zu Tode erschöpft durch Kälte und Regen ritten, schlief Diarmaid mit seinem Weib Grainne in der neuen Wohnstatt. Plötzlich vernahm er draußen Hundegebell. Sollte es möglich sein, fragte er sich, dass jemand einen Jagdzug in meinen Wäldern veranstaltet? Cormac Mac Art hat allein mir dieses Recht zugestanden. Niemand sonst darf auf meinem Landbesitz jagen. Ärgerlich richtete er sich auf und lauschte in die Nacht hinaus.

»Was hast du?«, fragte Grainne schläfrig. »Hast du schlecht geträumt?«

»Ich hörte Hunde bellen.«

»Auch Hasel?«

Nein, die Stimme seines Lieblingshundes hatte Diarmaid nicht vernommen.

»Dann werden es die Hofhunde sein, vielleicht strich eine Katze vorbei«, beruhigte ihn Grainne.

Diarmaid legte sich also wieder hin und schlief weiter. Doch nach einiger Zeit schrak er erneut hoch, denn schon wieder drang aus weiter Ferne Hundegebell an sein Ohr. Diesmal hielt es ihn nicht länger auf dem Lager. Er zog sich an, steckte seinen Dolch in den Gürtel und ergriff seinen Speer.

»Aber das kann doch nichts Schlimmes bedeuten«, sagte Grainne, »es herrscht Friede, die Burg ist gut bewacht und niemand würde es wagen uns anzugreifen.«

»Wir werden ja sehen«, brummte Diarmaid.

In frühester Stunde ritt er hinaus aus dem Dun, begleitet von seinem Hund Hasel, und durchstreifte den Morgen bis hin zum Benbulbin, den man auch den Schicksalsberg nennt. Dort bestieg er den Gipfel und schaute sich um. Da erblickte er Finn, der auf einem Felsen saß. Er ging auf ihn zu und sprach den alten Feind ohne Gruß mürrisch an.

»Mir scheint, Finn, dass du mit deinen Leuten auf meinem Gelände jagst. Du weißt genau, dass mir allein dieses Recht zukommt.«

»Du siehst, dass ich hier untätig herumsitze«, gab Finn zur Antwort, ohne ihm in die Augen zu sehen. »Aber andere sind für mich auf der Jagd. Ein wilder Eber ist von deinem Gebiet aus zu uns hinübergewechselt und hat fürchterlichen Schaden angerichtet. Dreißig wackere Männer der Fianna wurden im Schlaf überrascht und getötet. Nun herrscht große Aufregung. Wir haben das

Untier verfolgt und auf den Benbulbin gejagt. Nun wollen meine Leute ihm den Garaus machen.«

»Trotzdem hättest du meine Erlaubnis einholen müssen«, beharrte Diarmaid auf seinem Recht. »Zumal ich mich bestimmt an der Hatz beteiligt hätte.«

»Wohl kaum, Diarmaid«, grinste Finn hinterlistig, »du weißt doch wohl, dass auf dir ein Bann ruht. Du darfst keinen Eber jagen.«

»Ich weiß nichts von einem Bann«, entgegnete Diarmaid. Nur ganz dunkel entsann er sich der Worte der Fee Sheela na Gig, die sich ihm einst in den Weg gestellt hatte, als er auf Eberjagd gewesen war.

»Dann will ich dir die Geschichte erzählen«, sagte Finn. »Als ich einmal nach einem Feldzug unterwegs war, traf ich deinen Vater Donn und erkundigte mich bei ihm, wo man sich am Abend wohl am besten unterhalten könne. Da antwortete er mir:

›Wenn du einen wirklich guten Ort suchst, an dem Geist zu Hause ist, der auf alle Anwesenden abstrahlt, dann kommt eigentlich nur der Tempel des Oengus im Boinne-Tal in Frage.‹ Er selbst sei gerade auf dem Weg dorthin und sein Quartiermeister Roc sei ihm mit vielen Lebensmitteln vorausgeeilt.

›Aber warum denn gerade zum Wohnsitz eines Gottes?‹, fragte ich erstaunt. Und Donn antwortete:

›Ein Teil der Vorräte ist für Oengus bestimmt, als Entgelt dafür, dass er meinen Sohn aufzieht.‹

›Du hast einen Sohn?‹, fragte ich ihn. ›Das wusste ich gar nicht.‹

›Niemand kennt diese Geschichte‹, vertraute mir dein Vater an. ›Ich habe vor einigen Jahren heimlich Crochnuit, die Tochter eines Stammeshäuptlings aus Munster, geschwängert. Sie gebar mir einen hübschen Sohn und da kein Mensch etwas davon erfahren sollte, brachte ich ihn in den Tempel des Oengus. Der gütige Gott selbst zieht ihn nun an Kindes Statt auf …‹

Dieser Sohn bist du, Diarmaid. Wusstest du das?«

Verwirrt und mit wachsendem Unbehagen hörte Diarmaid zu, wie Finn mit höhnischem Lächeln das Geheimnis seiner Geburt und Kindheit enthüllte. Sein Blick verfinsterte sich, aber er widersprach nicht, weil er schon einmal von anderer Seite Vertrauliches darüber erfahren hatte und sich dunkel erinnerte, als kleines Kind tatsächlich am Ufer der Boinne gespielt zu haben.

»Willst du noch mehr wissen?«, fragte Finn lauernd.

Diarmaid nickte beklommen.

»Nun gut«, fuhr Finn fort. »An jenem Tag vertraute mir dein Vater noch an, dass die leichtfertige Crochnuit sich danach auch Roc, dem Quartiermeister, hingegeben habe, und aus dieser Verbindung entstand auch ein Sohn. Roc bat Donn, dieses Kind bei sich aufzuziehen, aber dein Vater lehnte ab, denn er wollte nicht den Sohn eines Unedlen in Pflege nehmen. So kam das Kind ebenfalls zu Oengus, der sich seiner erbarmte und es als Ziehsohn annahm. Ihr seid also Brüder, von einer Mutter geboren und von zwei verschiedenen Vätern gezeugt. Oengus liebte euch beide von ganzem Herzen und bevorzugte keinen von euch.«

Finn machte eine Pause, als sinne er über die Geschichte noch einmal nach, und weidete sich an Diarmaids Verlegenheit. »Soll ich weiter erzählen oder ist dir die Sache zu peinlich?«, fragte er.

»Sprich weiter«, antwortete Diarmaid mit heiserer Stimme.

»Also, wir ritten nun an jenem Tag weiter zum Boinne-Tal und betraten Oengus' Wohnung. In dem Haus waren außer deinem Vater und mir dein Halbbruder, du und natürlich Oengus. Wir aßen, tranken und unterhielten uns, aber dann wurde dein Vater böse. Es kränkte ihn sehr mit ansehen zu müssen, wie zärtlich Oengus mit Rocs Sohn umging und dass er den Quartiermeister mit den gleichen Ehren bedachte wie ihn selber.

Unglücklicherweise begannen in diesem Moment zwei junge Hunde im Raum miteinander zu streiten. Sie gingen knurrend und beißend aufeinander zu. Rocs Kind flüchtete in seiner Angst zwischen die Beine deines Vaters. Ich sah mit eigenen Augen, wie er den Kopf des Kleinen zerquetschte.«

»Was?«, fuhr Diarmaid entsetzt auf. »Mein Vater ermordete ein Kind?«

»Hm«, bestätigte Finn brummend. »Es ist wirklich keine schöne Geschichte … willst du sie weiter hören?«

»Du brauchst mich nicht zu schonen, erzähl mir alles«, bat Diarmaid mit zusammengebissenen Zähnen.

»Wenn du es unbedingt willst.« Finn schlug die Beine übereinander. Die Rolle, in der er sich nun befand, behagte ihm sehr. »Also, es erhob sich, wie man sich vorstellen kann, großer Lärm. Roc stürzte sich auf deinen Vater und forderte ihn zum Zweikampf. Doch der lehnte ab. Da verlangte Roc Blutzoll: ›Lass mich den Schädel deines Sohnes Diarmaid ebenso zerquetschen, wie du es mit meinem Kind getan hast!‹

Da warf sich der empörte Oengus dazwischen. Aus Wut über die entgangene Blutrache stieß Roc aber einen schlimmen Fluch aus, woraufhin sich sein totes Kind in einen riesigen Eber verwandelte. ›Dieses Tier soll so lange leben wie Diarmaid und wenn die Zeit gekommen ist, sollen beide zusammen umkommen!‹

Der wilde Geistereber, dein Halbbruder, Diarmaid, ist seitdem ruhelos unterwegs.«

Diarmaid, dessen Wangen weiß wie Schnee geworden waren, erkannte mit einem Schlag die abgrundtiefe Gemeinheit des Alten. Die Adern an seiner Stirn traten hervor. »Ich verstehe jetzt, Finn, warum du die Jagd veranstaltet hast, und ich begreife deine Hinterlist. Du bist nicht gekommen, um Frieden zu halten, sondern um mich zu verderben«, flüsterte er mit bebenden Lippen. »Aber wenn du glaubst, ich würde mich kampflos dem Schicksal ergeben, so hast du dich in mir geirrt!«

Mit diesen Worten ging er los, um den Geistereber zu suchen.

Diarmaid war noch nicht lange auf der Pirsch, da brach das scheußliche Untier mit Getöse durchs Unterholz. Der Hund Hasel sprang dazwischen, wurde aber von den Hauern des Ebers getroffen und mit einer klaffenden Wunde durch die Luft geschleudert. Diarmaid warf seinen Speer, aber die Waffe prallte von der Schwarte des gewaltigen Tieres ab, als wäre sie gegen einen Felsen geflogen. Diarmaid hieb ihm mit dem Dolch in den Rücken, doch auch dies erwies sich als wirkungslos. Da stürzte sich der Eber mit Wucht auf Diarmaid, warf ihn um und schlitzte dem am Boden Liegenden den Leib auf, dass seine Eingeweide herausquollen. Tödlich verwundet hieb Diarmaid dem Ungeheuer mit letzter Kraft sein Messer in den Bauch. Mit einem gurgelnden Schrei brach der Geistereber über ihm zusammen.

Als Diarmaid zu sich kam, hockte neben ihm Finn, der ihm nachgeschlichen war. Noch einmal riss sich Diarmaid, dem das Bewusstsein schon wieder zu schwinden drohte, zusammen und sagte: »Das war keine Heldentat, die dir Ruhm einbringen wird, Finn! Hast du vergessen, dass ich dir zweimal das Leben rettete? Nun ist es an dir mich zu retten, wenn du ein edler Mensch bist! Ich weiß, dass du die Wundergabe besitzt, einen Kranken zu heilen, wenn du ihm mit deinen Händen Wasser zu trinken gibst. Geh also und hole mir Wasser, Finn!«

Inzwischen waren Finns Jäger herbeigeeilt und auch die Freunde Diarmaids, Oisin, Osgur, Lughaid mit der starken Hand und Conan Mac Moirna, die ihn gesucht hatten, versammelten sich auf der Heide. Sie wurden Zeuge von Diarmaids flehender Bitte in Todesnot und sahen zugleich, dass Finn keinen Finger rührte, um den Wunsch des Sterbenden zu erfüllen. »Du solltest dich schämen, Finn, dass du den besten Mann von uns allen so elend verrecken lässt!«, rief Osgur.

Und Oisin ergänzte: »Du bist schon lange kein Vorbild für die stolze Fianna mehr, sondern ein erbärmlicher Lump!«

»Er hat mir schließlich mein Weib geraubt«, antwortete Finn kaltherzig, »diese Tatsache kann niemand leugnen!«

Osgur widersprach heftig: »Es war deine eigene Schuld, dir ein so junges Weib auszuwählen, Finn! Und die Schuld von Grainne, als sie den kläglichen Vertrag brach. Aber sie tat es nicht aus Hass gegen dich, sondern aus Liebe zu dem jungen und schönen Helden!«

Finn aber winkte unwirsch ab. »Es bleibt immer noch Diarmaids Schuld am Tod der drei Seeräuberhäuptlinge! Er schlug sie nieder und verwundete sie schwer, dann ließ er sie elend verdursten. Nun kann er am eigenen Leib verspüren, was für ein Ende das ist, und die Qualen des Durstes erleiden.«

»Wenn ich dich damals, als ich dich aus den Flammen rettete, um einen Schluck Wasser gebeten hätte, Finn, dann hättest du mir die Hilfe nicht verweigert«, flüsterte Diarmaid mit schwacher Stimme.

Als die Freunde das hörten, beschimpften und bedrohten sie den Anführer der Fianna noch mehr. »Hol ihm auf der Stelle Wasser oder ich erwürge dich mit eigenen Händen, Finn«, schwor Osgur, den die anderen nur mühsam zurückhalten konnten.

Zum Schein gab der glatzköpfige Schurke nach. »Ich würde ihm ja Wasser holen, wenn ich nur wüsste, wo sich welches befindet«, sagte er.

»Neun Schritte nördlich von hier entspringt eine Quelle«, stöhnte Diarmaid unter unerträglichen Schmerzen. »Geh und hole mir Wasser von dort!«

Da stand Finn langsam auf und ging in die gewiesene Richtung. Tatsächlich sprudelte dort eine klare Quelle aus dem Fels. Der Alte bückte sich und schöpfte das Wasser mit seinen hohlen Händen. Auf dem Rückweg zu Diarmaid aber spreizte er die Finger und ließ es auf den Boden rinnen. Als er bei dem Verletzten ankam, war kein Tropfen Wasser mehr in seinen Händen. Er ging wieder zur Quelle und wiederholte sein übles Spiel.

Conan, der misstrauisch neben ihm schritt, bemerkte die Bosheit des Alten. »Finn!«, schrie er rot vor Zorn. »Wenn ich nicht wüsste, dass von deinen Händen Diarmaids Leben abhängt, so würde ich sie dir einzeln mit dem Schwert abhacken, du niederträchtiges Schwein!«

Osgur aber zückte sein Messer und setzte es Finn an die Kehle. »Lauf nun und hole das Heilwasser oder ich schneide dir mit dem größten Vergnügen die Gurgel durch!«, drohte er.

Da lief Finn ein drittes Mal zur Quelle und kam ganz langsam mit geschlossenen Fingern und stierem Blick, als wolle er diesmal das kostbare Nass in seinen Händen wirklich hüten, zurück. Da aber war Diarmaid bereits tot.

Die Männer der Fianna stießen nun laute Klagerufe aus, Osgur und Oisin bedeckten ihre tränenüberströmten Gesichter und auch Finns Jäger wandten sich, von Abscheu und Ekel gepackt, von ihrem Anführer ab. Diarmaids Hund aber, der sonst so stolze und fröhliche Rüde Hasel, schleppte sich trotz seiner Verwundung über die Heide und legte sich winselnd neben den Leichnam seines Herrn.

Finn fand als Erster die Sprache wieder. »Lasst uns nun aufbrechen«, sagte er, »wir haben den Zorn der Götter herausgefordert und müssen ihre Rache fürchten!«

»Wir alle sind schuldlos an seinem Tod, außer dir«, sagte Osgur. »Dieses größte deiner Verbrechen wird dir niemals vergeben werden.« Mit diesen Worten spuckte er vor Finn aus.

Finn tat so, als höre und sehe er das alles nicht, und vielleicht war sein Geist auch wirklich nicht mehr in seinem Körper, denn er bewegte sich wie ein Gespenst. Er hob Diarmaids Hund auf, nahm ihn wie eine kostbare Beute in die Arme und wandte sich zum Gehen um.

Osgur, Oisin, Lughaid und Conan aber streiften ihre Mäntel ab und bedeckten damit Diarmaids Leichnam. Gesenkten Hauptes nahmen sie Abschied von ihrem Freund.

9

Inzwischen waren Cilla und Kennog bei Grainne eingetroffen. Die Prinzessin stand mit ihnen auf dem Wall ihres Duns und blickte voll Sorge zum Schicksalsberg.

Als sie einen Zug Reiter herankommen und den verwundeten Hund in Finns Armen sah, ahnte sie Böses. Doch sie blieb aufrecht stehen, bis die Männer das Tor durchritten und Osgur als Erster aus dem Sattel sprang, um ihr die traurige Nachricht mitzuteilen.

»Es ist etwas Furchtbares passiert«, sagte er stockend, »wir kommen in tiefer Trauer zu dir, Grainne. Der größte Held, den die Fianna jemals besaß, ist von uns gegangen. Diarmaid liegt am Benbulbin tot auf der Heide. Der Geistereber hat ihn zerrissen. Zwar wurde er von Diarmaid mit letzter Kraft zur Strecke gebracht, doch das gibt uns den Freund nicht wieder.«

Grainne erbleichte und stürzte ohnmächtig zu Boden. Im letzten Moment, bevor sie aufschlug, konnte Cilla sie in ihren Armen auffangen. Da lag sie nun, die schönste Blume Erinns, und ihr goldenes Haar floss durch den Staub. In Finns kalten grauen Augen blitzte das Feuer befriedigter Rache auf, als er das sah.

Stumm umstanden die Männer die Szene, ratlos, was nun zu tun war, während die Frauen der Burg in Wehklagen ausbrachen. Oisin sah, dass sich Finn mit seiner Beute davonschleichen wollte. Grob packte er den Alten am Arm.

»Gib ihr den Hund zurück, Finn«, sagte er mit gebieterischer Stimme und seine Hand zuckte bereits zum Schwert.

Da ließ Finn den blutenden Hund auf die Erde fallen, wandte sich um und ritt grußlos von dannen. Keiner der Jäger folgte ihm mehr.

Nachdem Grainne wieder zur Besinnung gekommen war, erteilte sie, zerstört von Trauer und Schmerzen, vier Knechten den Auftrag, Diarmaids Leiche von der Heide in die Burg zu holen. Die Knechte machten sich sofort auf den Weg und erreichten gegen Sonnenuntergang den Schicksalsberg. Doch auf der Heide sahen sie neben dem Leichnam ihres Herrn einen großen, dunklen Schatten stehen und sie erkannten bald, wer dort Leichenwache hielt: Der gütige Gott Oengus selbst war von seinem Sitz Brug-na-Boinne gekommen, um dem Pflegesohn die letzte Ehre zu erweisen.

Sie drehten ihm zum Zeichen des Friedens die Innenseite ihrer Schilde zu und näherten sich behutsam. Oengus ließ sie näher kommen. Schweigend traten nun die Männer zu Füßen des Leichnams und sahen, dass Oengus alle Wunden geschlossen hatte. Diarmaids Gesicht strahlte in unvergänglicher Schönheit, es sah aus, als schlafe er träumend im roten Licht der untergehenden Sonne.

Als ihr letzter Schein im westlichen Meer erlosch, sprach Oengus: »Ich verstehe sehr wohl, dass Grainne euch geschickt hat, um Diarmaid heimzuholen. Aber das Buch mit den sieben Siegeln schreibt anderes vor. Kehrt also um und berichtet Grainne, dass Oengus, der Herr des Boinne-Tals und der Welt jenseits der Jenseitswelt, gekommen ist, ihn zu sich zu nehmen. In jener anderen Welt will ich seine Seele wieder in seinen Leib hauchen und mit ihm Zwiesprache halten wie damals, da er als Knabe zu meinen Füßen spielte.«

Der Gott richtete sich in seiner vollen düsteren Pracht auf und die Knechte wagten nicht ihm zu widersprechen. Ergriffen sahen sie einen goldenen Wagen heranfahren, vor den zwei weiße Rosse gespannt waren.

»Hebt ihn auf den Wagen!«, befahl Oengus und die Männer gehorchten.

»Stellt seinen Speer mit der Spitze nach oben hinein«, gebot Oengus weiter.

Dann sahen die Männer den goldenen Wagen langsam davonrollen und den Gott an seiner Seite schreiten.

Ein letztes Mal leuchtete der Himmel auf und sie erblickten den riesigen Schatten des Wagens und der Rosse über die Flanken des Schicksalsberges huschen. Dann fiel die Nacht über das Land und deckte alles mit Schwärze zu.

»Ich muss bei Grainne bleiben«, entschied sich Cilla, »sie ist außer sich vor Schmerz und Trauer und ich fürchte sehr, dass sie sich etwas antun wird. Aber sie ist die Thronfolgerin, außerdem schwanger und daher doppelt verpflichtet, Finns feige Tat nicht noch zu verschlimmern, indem sie auch ihr eigenes Blut und das ihres ungeborenen Kindes vergießt.«

Kennog, dem bei diesen Worten wieder Diarmaids Erlebnis am reißenden Fluss einfiel, stimmte Cilla erschrocken zu. Hatte die goldhaarige Frau nicht auch damals »Lass uns zusammen sterben!« ausgerufen? Zärtlich umarmte Kennog seine Geliebte. »Ich begreife, dass du so handeln musst«, sagte er. »Aber versteh bitte du auch mich. Ich sah in meinem Traum Tara brennen und andere schreckliche Dinge dort. Ich muss sofort zum Meister zurück und zu Cormac Mac Art, um die beiden zu warnen.«

»Pass aber auf dich auf«, bat Cilla und küsste ihn zum Abschied.

»Osgur, Oisin und Conan reiten mit mir«, antwortete Kennog. »Lughaid mit der starken Hand bleibt euch zum Schutz auf dem Dun. Du brauchst dir also keine Gedanken zu machen.«

»Und wann kommst du wieder?«

»Bald, sehr bald, das verspreche ich«, sagte Kennog.

Mit einem letzten Gruß setzte sich die Schar in Bewegung. Es wurde ein langer, trauriger Ritt, auf dem kaum einer sprach, weil jeder seiner Erinnerung nachhing.

10

Wie es häufig geschieht, wenn eine ordnende Hand fehlt, riss der, der am besten reden konnte, ohne die ganze Tragweite seiner Entscheidung zu erfassen, die Führung an sich. Es war einer der Druiden, der die Gabe besaß, mit seinen Worten die Menschen zu umgarnen, und viele folgten ihm.

»Wir beherrschen die Kunst des Schreibens nun alle und Oghams Plan sieht vor, dieses Wissen über ganz Erinn zu verbreiten«, sagte er. »Was hindert uns also, gleich jetzt aufzubrechen und überall Schüler zu suchen, denen wir das Lesen und Schreiben beibringen können?«

»Ich bin der Meinung, wir sollten Oghams Rückkehr abwarten«, widersprach Engir, der Dichter und Sänger. Die anderen aber überstimmten ihn und so kam es, dass Ogham die große Methalle, die nun als Hochschule diente, ziemlich verlassen vorfand. Die wenigen, die zurückgeblieben waren, scharten sich zur Beratung um ihn.

»Das war ein voreiliger Aufbruch«, rügte Ogham. »Doch ich darf mich nicht beklagen, weil ich selbst schuld daran bin. Man musste mein Verschwinden wohl fehldeuten.«

Als sie noch so dastanden und unschlüssig beratschlagten, wie es nun weitergehen sollte, hörten sie, wie die Wachen auf dem Wall das Nahen einer Gruppe von Reitern meldeten. Neugierig gingen sie zum Haupttor, um die Eintreffenden zu empfangen, und als sie die Nachricht von Diarmaids Tod hörten, begleiteten sie tief betroffen Osgur, Oisin, Conan und Kennog in den Palast des Hochkönigs.

Bestürzt nahm Cormac Mac Art die furchtbare Kunde entgegen und Trauer erfasste sein Herz. »Wir haben den Besten verloren«, murmelte er mit düsterer Miene.

Auch Ogham saß wie versteinert da. Als aber die Sprache auf die letzten Augenblicke in Diarmaids Leben kam und auf Finns abscheuliches Verhalten, sprang Cormac Mac Art auf und durchmaß erregt mit großen Schritten den Raum.

»Es versteht sich von selbst, dass Finn sofort von seinem Posten abgelöst wird«, sagte er. »Ich spreche hiermit den Bann über ihn aus und erkläre ihn für vogelfrei. Ein jeder, der ihn antrifft, gleich ob hoher oder niedriger Abstammung, hat nun das Recht, ihn in Bande zu legen und nach Tara zu schaffen. Aber Finn soll lebend zu mir kommen, damit wir alle über ihn zu Gericht sitzen können! Hierdurch wird unser geliebter Diarmaid zwar nicht wieder lebendig, aber es ist meine Pflicht, über die Einhaltung von Gesetz und Ordnung in Erinn zu wachen. Ein Bote soll auf dem schnellsten Wege zu Blamoth nach Ulster reiten und ihm ausrichten, dass er zum Oberbefehlshaber der gesamten Fianna ernannt wird. Überdies will ich Reiter aussenden, die meinen Sohn Dabo holen und den tapferen Cailte, die von alldem noch nichts wissen. Mir scheint nun rasches Handeln geboten, bevor noch mehr Unglück geschieht.«

Diesem Plan des Königs stimmten alle zu, auch wenn dem einen oder anderen der Sinn danach stand, sofort aufzubrechen und Finn zu bestrafen, noch bevor das Hochgericht von Tara tagen konnte. Aber sie fügten sich

Cormac Mac Art. Er sprach: »Der Ehre Erinns ist bereits schwerer Schaden zugefügt worden, einen weiteren dulde ich nicht.«

Der König hat Recht, dachte Ogham, wir dürfen nicht Gleiches mit Gleichem vergelten, sonst findet die Spirale von Gewalt und Gegengewalt niemals ein Ende ... Und die Lage ist kritisch. Die Rebellen in Ulster und Lagin könnten den Zeitpunkt nutzen, da die Fianna führerlos ist und zudem in allen Teilen des Landes zerstreut, um neue Unruhe zu schüren. Besonders dieser Magogh von Lagin scheint mir ein gefährlicher und unberechenbarer Gegner zu sein ...

Aber er behielt seine Gedanken für sich, um sich nicht erneut in den Vordergrund zu spielen. Ohnehin neideten ihm manche Leute in Tara, besonders die Gruppe um den Oberdruiden Glandolf, auch so schon seinen Einfluss beim König. Es war nicht leicht, als Meister des Großen Plans zu wirken. Schon wieder war die Arbeit daran ins Stocken geraten ...

»Hattest du den Eindruck, dass Grainne sicher auf ihrem Dun ist?«, fragte er Kennog.

»So sicher wie nur möglich«, antwortete Kennog. »Lughaid mit der starken Hand wacht persönlich über die Burg. Er hat überall auf den Wällen Wachposten aufgestellt und den Befehl erteilt, niemanden näher als in Rufweite herankommen zu lassen. Sein Zorn auf Finn ist so groß, dass er ihn, falls der dort auftauchen sollte, wohl sofort mit einem Pfeilhagel begrüßen würde.«

»Und Boa?«

»Dun Almhuin wird ebenfalls von zuverlässigen Kriegern beschützt.«

»Ich mache mir weniger Sorgen um die Burg, als um Boa selbst«, sagte Ogham nachdenklich. »Die Prinzessin ist von Natur aus leichtgläubig und dem Gesetz nach noch immer Finns Gattin.«

»Auch dort haben die Männer der Fianna Befehl erhalten, Finn sofort zu verhaften.«

»Trotzdem«, brummte Ogham, »ich werde das ungute Gefühl nicht los, dass sich da irgendetwas Übles zusammenbraut.«

11

Einsam und in düsteren Gedanken ritt Finn durch die Landschaft. Er hatte zwar seinen ärgsten Rivalen beseitigt, dafür aber seine letzten Anhänger verloren und – was noch schwerer wog – die Achtung der gesamten Fianna. So wurde er seines Sieges nicht froh. Auch Graine, um die es im Grunde ja eigentlich ging, war unerreichbar für ihn. Aber selbst wenn er sie mit Gewalt rauben würde – was sollte er anfangen mit ihr?

»Diese schwarze Tochter des Berges ist an allem schuld«, sprach er zu sich selbst, »mit ihrem Biss in den Nacken hat sie mir meine Manneskraft genommen, die verfluchte Alte! Recht so, dass Diarmaid sie mit der Lanze aufgespießt hat!«

Beim Gedanken an den toten Feind wurde ihm wieder etwas wohler und er genoss die Erinnerung an das Bild auf der Heide, als Diarmaid mit zerfetztem Gedärm dalag und sein roter Lebenssaft in den Sand rann.

»Wie hast du um dein Leben gewinselt, du stolzer Recke«, lachte er grimmig. »Schade, dass deine Geliebte dich so nicht sehen konnte!«

Er erreichte einen lichten Auenwald, dessen Grund mit bemoosten Felsbrocken bedeckt war. Es war sehr still hier, kein Vogel sang und auch die Sonne verbarg sich hinter düsteren Regenwolken. Da trat plötzlich eine Gestalt vor und stellte sich ihm in den Weg.

»Wer bist du?«, fragte Finn grimmig und kniff die Augen zusammen.

»Erkennst du mich nicht?«, fragte der Mann zurück. Er schien unbewaffnet zu sein. »Ich bin Airt, der Enkel des Morna.« Er zog die Kapuze vom Gesicht und Finn erkannte ihn wieder.

»Und was willst du? Bettelst du noch immer um Aufnahme in die Fianna?«

»Nein«, lachte Airt, »dann wäre ich bei dir wohl auch falsch. Wie man hört, hast du die Gunst des Königs verloren, bist abgesetzt und dein Wort zählt kaum mehr als das Quieken eines Schweines.«

»Wie wagst du mit mir zu reden?«, empörte sich Finn. »Für diese Frechheit werde ich dir den Kopf vom Hals trennen.«

»Vorher will dieser Kopf dir aber noch etwas Wichtiges mitteilen!«, entgegnete Airt.

»Und das wäre?«

»Höre, Finn«, sagte Airt, »du weißt wohl, dass unsere Blutfehde noch immer nicht beendet ist. Du wolltest es selbst so.«

»Na und?«, höhnte der Alte. »Wann ich dich töte, das bestimme ich allein. Aber ich will meine Waffe nicht an einem Dreckskerl wie dir schmutzig machen. Wo steckt eigentlich dein feiger Bruder?«

»Er steht genau hinter dir und hat dir ein Geschenk mitgebracht«, sagte Airt.

Da wandte sich Finn im Sattel um. Und tatsächlich schlüpfte dort Aegi aus dem Schutz eines Felsens hervor.

»Dies ist das Geschenk für dich«, rief er. »Betrachte es

genau, es ist ein Ding, das du gut kennst: Fiacails Speer, den er in Katzendreck tauchte, um seine Spitze zu vergiften. Am Feenhügel der Ele warfst du ihn in der Samhain-Nacht und tötetest den Feenfürsten Olm damit. Nun geben wir ihn dir zurück mit den besten Grüßen von Ele!«

Mit diesen Worten schleuderte er den Speer auf den überraschten Finn. Die fürchterliche Waffe durchbohrte seine Brust, sodass ihre Spitze zwischen den Schulterblättern wieder hervortrat. Mit ungläubigem Gesichtsausdruck packte Finn mit beiden Händen den Speerschaft. Aber der saß fest und ließ sich nicht mehr herausziehen und das Gift wirkte rasch in der Wunde. Röchelnd sank Finn vom Rücken des Pferdes. Als er so am Waldboden lag, traten Airt und Aegi zu ihm und spuckten ihm ins Gesicht.

»Und das sind Grüße von Morna«, sagte Aegi.

Bevor Finns Augen brachen, nahm er durch sich verdichtenden Nebel noch wahr, wie die beiden Enkel ihre Hosen öffneten und ihr Wasser über ihm abließen. So unrühmlich endete Finn, der einst so stolze und gefürchtete Anführer der Fianna.

12

Etwa zur gleichen Zeit saß Boa auf dem Wall von Dun Almhuin, um die aufgehende Sonne zu begrüßen. Es war kühl und sie zog ihren Mantel dichter zusammen. Am Waldrand begann sich der Nebel zu teilen. Die Prinzessin sang das Lied der Schwanenkinder des Lir, deren Schicksal ihr Herz noch immer rührte. Obgleich der Winter nahte, sang sie:

»Silbern webt die Sommernacht
Tönende Saiten an den Saum des Himmels.
Leise spielt drauf der laue Wind
Mit taufeuchten Fingern traumdunkle Weisen.
Heimlich schluchzen im Schatten der Bäume
Schimmernde Wellen von der Wehmut der Nacht,
Singen die Wasser und wogen im Mondlicht.
Doch am Waldquell sitzt eine weißblonde Frau
Und strahlt ihr Haar im Sternenlicht
Und lächelt leise und die goldenen Flechten
Leuchten und fließen wie feurige Glut.
Ein sanftes Rauschen durchrieselt die Blätter
Der schlafenden Bäume, der Birken und Eichen,
Und trunken nur flattert ein Vogel im Dunkeln.
Sonst schweigt die Erde und schlummert und träumt.«

Boa liebte die frühen Stunden des Tages, wenn die Tiere des Waldes auf die Wiesen traten und sich ohne Scheu der menschlichen Siedlung näherten. Sie beobachtete ihr Verhalten, rief ihnen zu und hatte mit manchen von ihnen bereits Freundschaft geschlossen. Um so mehr erschrak sie, als plötzlich neben ihr ein Schatten auftauchte, so leise, dass sie nichts von seinem Nahen gemerkt hatte. Es war die Gestalt eines Mannes, so groß nur wie ein Kind, aber mit dem Gesicht eines Greises. Einen grauen Umhang trug er, und die Kappe mit der Feder wies ihn als Narren aus.

»Wer bist du?«, fragte Boa. »Ich habe dich nie zuvor bei den Gauklern gesehen.«

»Ich bin auch meistens unsichtbar«, antwortete das Männlein und zog ein Gesicht, das sie in Schrecken versetzte, »mal hier, mal dort, eben da, wo man mich braucht, ein huschender Geist, der gern seine Späße treibt. Hundert Jahre in Dunkelheit, für Augenblicke im Licht tanzender Feuer und dann wieder fort, rastlos an jedem Ort.«

»Du machst mir Angst«, sagte Boa.

»Aber nicht doch, warum denn?«, beschwichtigte sie der Narr. »Bin doch ein Spaßvogel bloß, der keinen verletzt, stets aber hetzt und tausenderlei Dinge versetzt.«

Er hockte nun neben ihr auf der Mauer und die Prinzessin rückte instinktiv von ihm ab.

»Willst du mir ein Kunststück vorführen?«, fragte sie zaudernd.

»Aber ja doch, immerzu, verwirren, sich verirren und mit den Flügeln schwirren«, rief der Narr, der mehr und mehr das Aussehen eines eulenartigen Nachtvogels annahm. »Gib mir deinen Ring, dann führe ich dir mit ihm etwas vor und die Menschen an der Nase herum.«

Zögernd streifte die Prinzessin ihren Ring ab und reichte ihn dem Narren. Der griff blitzschnell zu und ließ ihn in einer Tasche seines Umhangs verschwinden. Nun machte er Anstalten, vom Wall hinauf auf die Wiese zu steigen.

»Gib mir sofort den Ring zurück!«, rief Boa verärgert.

»Aber ja doch, natürlich bekommst du ihn wieder! Dein Vater selbst wird ihn dir bringen. Freust du dich schon darauf?«, rief der Narr mit heiserer Stimme.

Als aber Boa nach ihm packte, breitete das graue Wesen seine Flügel aus und flog als krächzende Eule davon.

13

Es scheint diesmal ein harter Winter zu kommen«, sagte Ogham, nachdem er ausgiebig den Himmel betrachtet hatte. »Spürst du den kalten Wind im Gesicht? Er weht schon seit Tagen von Nordosten heran und verheißt nichts Gutes.«

Kennog, der neben ihm Feuerholz schleppte, um ausreichend Vorräte anzulegen, nickte. »Unsere Mitglieder der Hochschule, die ausgezogen sind, um Schüler zu suchen, werden wohl nicht weit kommen.«

»Das glaube ich auch«, pflichtete Ogham ihm bei, »wahrscheinlich werden sie den Schutz von Dörfern aufsuchen und dort bis zum Frühling im Warmen bleiben. Schlecht ist das auch nicht, so bringen sie den Leuten dort wenigstens etwas bei.«

»Die Kälte ist aber auch wirklich scheußlich«, sagte Kennog, »zumal wenn es regnet.« Er schüttelte sich, nachdem sie das Zelt des Meisters betreten hatten, die Nässe aus dem Haar.

»Bald wird es schneien«, sagte Ogham und ließ sich ächzend am Feuer nieder, ohne den Mantel abzulegen. Er stocherte mit einem Stecken in der Glut herum und legte Brennholz nach. Gedankenverloren starrte er in die aufzüngelnden Flammen.

»Weißt du übrigens, dass man Finns Leiche gefunden hat?«, fragte er nach einer Weile des Schweigens. »In einem Auenwald südlich des Schwarzen Berges.«

»Dann ist also jemand schneller als das Gericht von Tara gewesen …«

»Ja, aber keiner von uns«, sagte Ogham, »obwohl alle Anzeichen dafür sprechen. Fiacails Speer steckte in ihm und er selbst ist verschwunden.«

»Aber Fiacail ist doch ein Mann der Fianna!«, rief Kennog. »So eine Frechheit. Er hat sich über den Befehl des Königs hinweggesetzt.«

»Urteile nicht zu schnell«, beschwichtigte ihn der Meister, »es ist nicht bewiesen, dass er es war, denn die Waffe kam ihm schon vor langer Zeit abhanden. Sie war in Gift getaucht, wie das sonst nur die Wesen der Dunkelwelt tun. Man kann Fiacail aber nicht zu diesem Vorfall befragen. Es ist durchaus möglich, dass man ihn nie wieder zu Gesicht bekommt.«

»Wie das? Nimmst du an, er wurde gleichfalls getötet?«

Ogham schüttelte entschieden den Kopf. »Nein, das nicht. Aber wenn du mich fragst, so hat es mit diesem Kerl nie recht gestimmt. Ich halte ihn für einen Verräter, einen Gehilfen der dunklen Macht, der sich in die Reihen des Heeres eingeschlichen hat. Den Mord an Finn hat aber meinem Gefühl nach ein anderer verübt, ich weiß nur noch nicht, wer …«

»So oder so hat Finn sein Ende verdient«, sagte Kennog.

Ogham schwieg zu dieser Bemerkung. Es war ihm anzusehen, dass sein Denken in verschiedene Richtungen zugleich tätig war. Es gab viele Probleme und die Sache mit Finn zählte dabei noch zu den geringsten.

»Ich merke, dass dich Sorgen drücken, Meister«, sprach ihn Kennog direkt an, »willst du mir nichts darüber anvertrauen? Bin ich zu dumm, um es zu verstehen?«

»Nein, das bist du nicht«, antwortete Ogham, »obgleich es vielleicht ein Fehler war, deine Kette an Cilla zu verschenken. Ein Sprichwort sagt: Liebe macht blind, und dies trifft nun zu. Aber tröste dich, Sohn, auch deine zukünftige Frau Cilla wird ihren Kopf zu nutzen verstehen und der kostbare Schatz bleibt damit in der Familie … Was aber die Dinge betrifft, über die ich seit geraumer Zeit ins Grübeln geraten bin, so will ich sie dir gerne nennen.«

Kennog, der an seine so weit von ihm entfernte Geliebte dachte, musste schlucken. Von diesem Gefühl belastet, sonst aber hellwach, lauschte er den Worten des Meisters und gab sich Mühe, sie auch richtig zu begreifen:

»Sehr schnell vergeht die Zeit, mein Junge, und die Welt verändert sich rasch. Es ist noch gar nicht so lange her, da war ich ein Kind und blies auf Taras Weiden die Flöte. Es gab meine Sippe und davor das Adlervolk. Irgendwann davor betrat zum ersten Mal eines Menschen Fuß diese Insel. Völker kamen und gingen und brachten ihre Kulturen mit, neue Götter und neues Denken. Als Letzter vom Stamme der Tuatha De Danaan komme ich mir oft vor wie einer, der von außen auf alles blickt. Auch die Nachkommen der Söhne des Mil, die sich heute als junges Volk wähnen, sind in Wirklichkeit alt und werden einmal von anderen abgelöst werden. Vor meinem geistigen Auge sehe ich sie schon kommen – mit stolzen Schiffen, besseren Waffen und einem neuen Glauben, der sich größer, klarer und umfassender als der heutige dünkt. Vielleicht werden diese neuen Menschen sogar über uns lachen, unsere Sitten für roh, primitiv und barbarisch halten und unsere Sorgen für verworren und nichtig. Dies alles geht wie eine große Woge über uns hinweg, denn das Meer ist endlos weit, es atmet in einem anderen Rhythmus als wir …

Nimm nur die Nachkommen der Söhne Mils: Sie haben jetzt schon vergessen, dass Lug nur ein Mensch aus Fleisch und Blut war, und halten ihn für einen Gott. Vielleicht werden die Menschen späterer Zeit auch uns, die wir wirklich lebten, liebten und litten, für Gestalten der Sagenwelt halten, für erfundene Geschöpfe und mythische Wesen der grauen Vorzeit ...

Mit alldem will ich nur andeuten, dass auch der Große Plan in Gefahr ist, einmal völlig missverstanden zu werden. Sind erst alle Schriftzeichen auf den Hölzern und Lederrollen verrottet – wer wird dann noch wissen, was sie bedeuten? Einzig die Botschaften in Stein werden überdauern, und so gilt es, möglichst viele von ihnen zu kerben und Menhire zum Andenken an uns aufzustellen. Dies ist mein Werk, mein Vermächtnis und ich bitte dich, es dereinst, wenn ich nicht mehr da bin, nach besten Kräften fortzusetzen ...«

»Du sprichst, als hättest du einen Abschied vor!«, protestierte Kennog heftig. »Rede nicht so, mir wird unwohl dabei.«

»Kein Mensch ist unsterblich«, sagte Ogham, »nicht einmal die Götter. Es sei denn, wir befänden uns in Tirnanogh, wo die Zeit keine Bedeutung besitzt.«

Dennoch sträubte sich Kennog diese Wahrheit zu akzeptieren. Wie die meisten jungen Menschen dachte er lieber an den Anfang aller Dinge als an ihr Ende. »Soll ich uns etwas auf dem Feuer grillen, Meister?«, fragte er.

»Nein, danke. Alte Leute brauchen nicht mehr so häufig zu essen«, antwortete Ogham. »Aber du geh nur, hol dir etwas Gutes aus der Küche, ich werde derweil das Feuer hüten.«

Als Kennog auf dem Rückweg am Haupttor vorbeikam, hörte er aufgeregte Rufe vom Wall:

»Ein einzelner Reiter nähert sich dem Haupttor! ... Er trägt das Zeichen Lagins! ... Und er schwenkt ein weißes Tuch! ... Es ist ein Unterhändler, er verlangt Cormac Mac Art zu sprechen. Lasst ihn durch!«

Der Fremde durfte passieren. Er stieg im Hof aus dem

Sattel und während sich Knechte um sein Pferd kümmerten, kam er, von sechs bewaffneten Wächtern begleitet, direkt an Kennog vorbei. Es war ein junger Krieger, der stolz seinen Kopf hob und keinen der Leute Taras eines Blickes würdigte. Da er darauf bestand, sofort mit einer wichtigen Botschaft zum Hochkönig vorgelassen zu werden, führte man ihn geradewegs auf den umwallten Palast zu. Kennog ging neugierig mit und niemand hinderte den Gehilfen Oghams daran. So wurde er Zeuge der Unterredung.

Cormac Mac Art winkte den fremden Krieger von seinem Thron aus heran. »Wer bist du?«

»Andrix, der Sohn Mendrins.«

»Was willst du?«

»König Magogh von Lagin schickt mich. Er sagt, dass der Friede, der auf unerträglichen Tributforderungen begründet ist, vom heutigen Tag an nicht mehr gilt. Jetzt sollen die Waffen zwischen Lagin und Tara sprechen.«

Cormac Mac Arts Augen funkelten spöttisch, als er diese Nachricht, die ihn wenig zu überraschen schien, aus dem Mund des Boten vernahm. »So, lässt Magogh mir das bestellen? Ich schätze offene Worte. Jedoch glaube ich kaum, dass dein König Erfolg haben wird. Wir werden die Rebellen jagen und hart bestrafen. Magogh wird seinen Entschluss noch bitter bereuen!«

Den Boten jedoch schien diese Drohung nicht zu berühren. Kühn antwortete er: »Vielleicht auch nicht. Unsere Truppen sind nämlich bereits auf dem Vormarsch. Wir haben Dun Almhuin eingenommen.«

Cormac Mac Art zuckte zusammen. Aber er fing sich sofort wieder und sagte lächelnd: »Das glaube ich nicht. Magogh hat schon mehr als einmal gelogen.«

»Es gibt Beweise.«

»Ach ja, Beweise ... Welche denn?«

»Ich soll euch das übergeben, ihr wüsstet dann schon, was gemeint ist«, antwortete der Bote und holte aus seinem Brustbeutel einen Ring hervor. Den hielt er dem Hochkönig entgegen.

Kennog sah, wie Cormac Mac Art erbleichte und sich mit beiden Händen an der Lehne des Throns festklammerte.

»Das ist Boas Ring«, flüsterte er, »ich schenkte ihn ihr erst kürzlich.«

Der fremde Bote genoss sichtlich des Königs Reaktion. Im Saal herrschte bestürztes Schweigen.

»Überleg dir genau, was du tun willst«, sagte der Bote. »Wir haben deine Tochter als Geisel.«

Da stand Cormac Mac Art auf und sagte so laut, dass es alle im Saal hören konnten: »Ihr aus Lagin wart schon immer ein feiges Gesindel und habt es nun erneut unter Beweis gestellt. Mitten im Frieden heimtückisch eine Burg zu überfallen und ein unschuldiges Kind als Faustpfand zu nehmen – das sieht euch ähnlich. Ich sollte dich auf der Stelle auspeitschen lassen dafür, doch das werde ich nicht tun, denn der König von Tara achtet, im Gegensatz zu euch, auf die Einhaltung von Gesetz, Gastfreundschaft und die Schonung von Unterhändlern. Reise also zurück zu deinem Herrn und sage ihm, dass ich kommen werde, wir alle werden kommen, das ganze Heer, und euch mit Waffen zur Ordnung zwingen. Magogh aber soll nicht glauben, dass er sich hinter einem Kind verstecken kann. Wenn er Manns genug und kein Feigling ist, soll er selbst mit dem Schwert in der Hand gegen mich antreten, und dann werden wir sehen, wie das Schicksal entscheidet. Krümmt ihr meiner Boa auch nur ein einziges Haar, so werde ich ganz Lagin in Schutt und Asche legen und erst Ruhe geben, bis der Letzte von euch mit gespaltenem Schädel vor meinen Füßen liegt. Richte das deinem Herrn aus, der es nicht wert ist ein König genannt zu werden, sondern eher ein räudiger Hund, den die Tollwut gepackt hat. Nun geh mir aus den Augen und verschwinde für immer!«

»Ich habe verstanden«, antwortete der Bote, drehte sich grußlos um und verließ, von den Wachen begleitet, den Saal.

»Das darf doch nicht wahr sein!«, rief Osgur, als der Fremde verschwunden war. »Wieso haben sich unsere Krieger zu Almhuin überrumpeln lassen!«

»Wir müssen sofort aufbrechen und die Prinzessin befreien!«, rief Oisin.

Mittlerweile hatten sich viele der wichtigen Leute von Tara im Saal eingefunden. Das Gewirr ihrer erregten Stimmen schwoll an. Da sorgte Cormac Mac Art mit einer Handbewegung für Ruhe.

»Alles, was Waffen tragen kann, soll sich sofort sammeln«, entschied er. »Reitende Boten sollen die Fianna zusammenholen. Wir brechen noch heute nach Almhuin auf. Tod den Rebellen!«

»Tod Magogh, Tod Lagin, Tod den Rebellen!«, riefen die Krieger.

»Aber die Hauptkräfte der Fianna sind noch überall im Lande verstreut«, sagte Oisin. »Es wird nicht so schnell gehen sie zu vereinen. Und was geschieht mit Tara?«

»Taras Wälle sind stark und sicher«, sagte Cormac Mac Art, »wir lassen nur so viele Krieger wie unbedingt nötig zurück. Alle anderen reiten mit mir gegen den Feind!«

Der Bote von Lagin aber lachte auf dem Rückweg lauthals über die gelungene List.

14

Kennog eilte sofort zum Meister, um ihm die Neuig-
keiten mitzuteilen. Als er die Zeltplane zurück-
schlug, traf er Ogham in einem erbärmlichen Zustand
an. Der Harfner hockte noch immer im Mantel am Feuer
und schien trotz der Wärme der Glut zu frieren. Fahl war
sein Gesicht, tief kerbten sich darin die Falten des Alters
ein und seine Augen, in denen sonst der Abglanz der
Sonne wohnte, blickten trübe und matt.

»Was ist, Meister?«, fragte Kennog erschrocken. »Ist
dir nicht wohl?«

Ogham winkte mit müder Geste ab. Der aufgeregte
Bericht des Jungen schien ihn kaum zu interessieren und
auf Kennogs Vorschlag sich der Fianna anzuschließen,
antwortete er nur: »Du bist kein Krieger, mein Junge, du
bist Musikant und hast nie das Waffenhandwerk erlernt.«

»Habe ich meinen Mut, meine Kraft und Ausdauer
nicht unter Beweis gestellt, als ich unterwegs war, um die
machtvollen Dinge des verschwundenen Volkes zu
holen?«, fragte Kennog hitzig. »Ist es nicht meine Pflicht
mit für Boas Befreiung und Rettung zu sorgen?«

»Doch, du bist mutig und klug, Kennog«, murmelte
Ogham, »beim Zug durch die Anderswelt hast du entschlossen allen Gefahren getrotzt. Und doch bitte ich
dich darum, nicht zu gehen. Ich brauche dich! Begleite
mich auf meinem letzten Weg zu Oengus, Junge!«

»Du willst ins Boinne-Tal reiten? Zum Wohnsitz des
Gottes? Warum bloß?«

»Weil es außerordentlich wichtig ist«, antwortete sein
Meister, »es muss sein!«

»Doch nicht etwa sofort?«

»Jetzt gleich, in dieser Stunde.«

»Es regnet, der Wind pfeift einem kalt um die Ohren.«

»Es wird noch kälter werden«, sagte Ogham, »zu Schnee der Regen und die Gewässer zu Eis.«

»Und dennoch willst du reiten? Du bist krank, Meister, ich sehe dir deine Schwäche an!«

»Es wird schon gehen«, murmelte Ogham, »mit deiner Hilfe wird es gelingen. Geh und hole Südwind und meinen schwarzen Hengst.«

Da wandte sich Kennog widerstrebend ab und ging, um die Rosse zu satteln. Er erschrak noch mehr, als er kurz darauf sah, in welch elender Verfassung der Meister wirklich war. Nicht einmal aufrecht gehen konnte er und Kennog musste ihm helfen, in den Sattel zu kommen.

»Willst du es dir nicht doch noch überlegen?«, fragte er. »Der Ritt scheint mir mühsam für dich.«

»Mach dir keine Sorgen, Sohn«, knurrte der Meister durch zusammengebissene Zähne, »ich trage zwei Mäntel, mir ist warm und der frische Wind wird mir gut tun.«

So verließen sie also den Hügel von Tara. Noch einmal blickte Kennog sich um und sah das Heer in entgegengesetzte Richtung ziehen. Sein Herz krampfte sich beim Gedanken an Boa zusammen. Aber es half alles nichts, er musste bei seinem Meister bleiben. Was auch immer der vorhatte – er bedurfte seiner Hilfe. Nie würde Kennog sie ihm verweigern.

Doch das Wetter war gegen sie. Weißgrau ballten sich die Wolken am Himmel zusammen, mit Schnee und Hagel gefüllt und angetrieben von eisigem Ostwind. Bald schon ritten sie in dichtes Schneetreiben hinein. Weiß wurde das Land, wie vom Leichentuch überzogen. Das Wasser gefror in Wimpern und Bart und bald auch in den Bächen und Flüssen. Mit jedem Schritt zogen sie mehr dem Winter entgegen, feindselig wurde die Welt, die Natur ein einziges Heulen und Klirren.

Die Tochter des Schwarzen Berges hat Recht gehabt mit dem, was sie über das Wetter sagte, dachte Ogham. Ihre Prophezeiung bewahrheitet sich: Erinn erstarrt in Kälte und Schnee. Mein Körper auch, obgleich mein Denken noch glüht. Ein schwerer Ritt wird es für uns in jeglicher Hinsicht. Doch keiner kann sich den Zeitpunkt wählen, an dem er aufgerufen wird vor Oengus zu treten. Auch ich muss es tun, so sehr ich mir auch etwas anderes wünschte. Diesem Ruf kann auch der Letzte des Adlervolkes nicht widerstehen …

Kennog fluchte leise vor sich hin. Der Schnee kam jetzt nicht mehr von oben, sondern blies ihnen direkt ins Gesicht. Auch Südwind und der schwarze Hengst wieherten auf, doch sie kämpften sich tapfer weiter, während die Menschen weit vorgebeugt auf ihren Rücken lagen. Heulend fauchte der Sturm heran, Schnee legte sich über die Mäntel, Ogham aber fuhr die Eiseskälte bis zum Herzen.

Durch weißes, verharschtes Land ritten sie bis zur Boinne, die noch nicht völlig zugefroren war. Reißend wie immer strömten ihre tiefen, schnellen Wasser dahin. Eine Furt suchend zogen sie an ihrem Ufer entlang und Kennog erinnerte sich, da alles so verwandelt war, nicht mehr an seinen Traum, in dem er schon einmal hier gewesen war. Erst als auf den Anhöhen der anderen Seite der Hügel mit der weißen Mauer aufblitzte, entsann er sich schwach es in seinem Traum für Lugs Blendwerk gehalten zu haben. Aber dieser Hügel war echt, er lag nun völlig eingeschneit da, eine weiße Burg, stolz und erhaben im Sturm. Es war Oengus' Sitz.

Ogham wies mit dem ausgestreckten Arm hinüber und Kennog verstand, dass dort ihr Ziel lag.

»Aber hier ist keine Furt«, sagte er. »Und das Eis über dem Fluss ist noch viel zu dünn.«

»Dann werden wir warten, bis es dicker ist und uns trägt«, antwortete Ogham. »Es gibt keine andere Möglichkeit. Das letzte Mal schwamm ich hindurch. Aber das kann ich diesmal den Tieren nicht zumuten und uns auch nicht, das Wasser ist viel zu kalt. Wir müssen warten.«

So harrten sie also lange am Ufer der Boinne aus, ungeschützt gegen Wind und Wetter. Schließlich gab Ogham ein Zeichen. Vorsichtig trieb er den Hengst auf das knirschende Eis, Schritt für Schritt über den schwankenden Grund. Kennog aber flüsterte seinem Pferd ins Ohr. Da nahm Südwind Anlauf und sprengte todesmutig in weiten Sätzen zum anderen Ufer hinüber und es war, als berührten ihre Hufe nicht einmal das Eis.

15

Kaum waren die Truppen Cormac Mac Arts abgezogen, da näherten sich zwei alte Weiber Tara. Sie kamen zu Fuß, waren in zerlumpte Mäntel gehüllt und tief unter der Last des Alters gebeugt. Der Abend dämmerte, als sie am Tor Einlass verlangten, um den König zu sprechen.

»Der ist nicht da«, gaben ihnen die Wachen Auskunft.

»Dann müssen wir unbedingt seinen Stellvertreter sprechen«, sagten die Hutzelweiber. »Es ist sehr wichtig.«

»Im Moment hat Cailte das Kommando über Tara.«

»Gut, dann führt uns zu ihm. Es geht um Lagin.«

Also brachten die Wachen die beiden alten Frauen zum Palast, wo sich Cailte gerade aufhielt. An der Tür zum Ratssaal, in dem sich außer ihm noch zwei weitere Hauptleute befanden, riefen die Wächter:

»Hier sind zwei alte Frauen, die dich dringend sprechen wollen. Sie sagen, sie hätten eine Nachricht aus Lagin.«

»Lasst sie vor und geht wieder auf eure Posten«, sagte Cailte.

Auf seinen Wink hin kamen die Weiber näher. Da begann die eine von ihnen zu flüstern, als könne sie vor Atemnot keine Stimme finden.

»Kommt näher«, sagte Cailte, »ich verstehe euch nicht.«

Die beiden traten näher an ihn heran und wisperten noch leiser.

»Was ist, hat es euch die Sprache verschlagen?«, fragte Cailte und beugte sich vor, um das Geraune besser verstehen zu können.

»Ich habe hier ein Geschenk für dich«, brummelte die eine der beiden Alten und suchte in ihrem Mantel danach. Aber plötzlich hatte sie ein kurzes Schwert in der Hand, das stieß sie von unten her mit Wucht in Cailtes Bauch.

Stöhnend brach der Krieger zusammen. Es war alles so schnell gegangen, dass Cailtes Kameraden nicht einmal Zeit fanden von ihren Sitzen aufzuspringen. Das andere alte Weib aber fasste eine unter dem Mantelumhang verborgene Axt, stürmte gegen sie los, spaltete dem ersten Hauptmann den Schädel und verwundete den anderen schwer. Das waren die Taten von Airt und Aegi, die sich in dieser Verkleidung ins Zentrum der Gegner eingeschlichen hatten. »Es hat geklappt«, rief Airt, »nun schnell zu den Fackeln!«

Aegi war schon dabei, Glut aus der Feuerstelle zu holen

und in alle Winkel des Saales zu streuen. Airt nahm die erste Fackel aus der Halterung und hielt sie an die kostbaren Wandvorhänge. Die zweite legte er unter den Thron und die dritte schleuderte er in ein Nebengemach. Nach kurzer Zeit stand das Gebälk des Palastes in Flammen. Airt und Aegi sprangen aus dem Fenster und hasteten im Schutz des inneren Walls zum Ausgang. Dort riefen sie den völlig verblüfften Wachen zu: »Feuer, Feuer! Cormac Mac Arts Haus brennt!«, und überrumpelten sie.

Als nun das Feuer für alle sichtbar emporflammte, brach ein Tumult los. Männer und Frauen rannten aufgeschreckt durcheinander und versuchten zu löschen. Aber der Wind blies die Flammen kräftig an. Niemand achtete in diesem allgemeinen Durcheinander auf die beiden alten Frauen in ihren zerlumpten Mänteln. So kamen Airt und Aegi unbehelligt zum Haupttor, wo sie schreiend für weitere Aufregung sorgten. Während Airt einen der Wächter niederstach, zog Aegi den Balken weg und öffnete weit die Torflügel.

Da schallten rings um Tara Hörnersignale und durch das Tor quoll eine große Schar Reiter herein. An ihrer Spitze ritt Magogh, der listenreiche König von Lagin. Von allen Seiten zugleich wurden die Wälle berannt und die Wachen in Kämpfe verwickelt. Die Hauptmacht des Feindes aber kam durch das Tor und sprengte mit wildem Kriegsgeschrei über Taras Hügel. Brandpfeile wurden in großer Zahl verschossen, die Zelte niedergeritten und die umwallten Häuser bestürmt. Da es an vielen Stellen brannte, war die Nacht taghell erleuchtet. Cormac Mac Arts Männer fochten verbissen auf den Wällen und vor Grainnes Burg, aber die Übermacht des Feindes war groß. Mit diesem feigen Überfall hatte niemand gerechnet, schon gar nicht damit, dass der erste Angriff innerhalb der

Mauern beginnen würde. Die Überraschung war völlig auf Seiten Lagins, und Magogh verstand sie zu nutzen. Mit wütenden Schreien trieb er seine Leute an.

»Rache für Lagin, nie wieder Tribut an Tara!«, schallte sein Ruf und dieser Kampfschrei pflanzte sich überall fort. Es wurde ein Ringen um Leben und Tod und niemand wurde verschont. Schon viele Krieger des Hochkönigs waren gefallen, andere lagen mit schlimmen Wunden im Schnee, der sich von ihrem Blut rot färbte. Nur wenige Überlebende rangen noch, verstreut über Taras Hügel, in erbittertem Kampf, wollten nicht aufgeben und fanden ein schreckliches Ende.

Viele der Frauen, Kinder und alten Leute waren, da Grainnes Palast nun ebenfalls lichterloh brannte, zur großen Methalle geflüchtet, hatten sich darin verschanzt und die hölzernen Türen von innen verriegelt. Vor dem Eingang stand Engir, der Dichter und Sänger, mit seiner Harfe. Er war nicht mehr rechtzeitig in die Bankethalle gekommen und lehnte nun, den Rücken gegen das Tor gepresst, davor. In seinen Augen spiegelte sich der Glanz des Feuers, er sah den nahenden Untergang Taras und sang tapfer gegen das Ende an. So laut, dass die ängstlich zusammengepferchten Menschen in der Halle es hören konnten, sang er:

>>*Rot von Blut sind die Hügel von Tara,*
Weiß von Schnee, was sonst grünte,
Und feurig fressen die Flammen an unseren Seelen.
Was einst Heimat und Wohnstatt war,
Wird zur Ödnis unter den Schlägen des Feindes.
Magogh, dunkler Herrscher aus Lagin,
Ist zum letzten Festmahl gekommen,
Um die Leichen von Tara zu fressen!<<

Da traf ihn ein Speerwurf, durchbohrte seine Brust und nagelte sein Herz am Tor der Methalle fest. Die Harfe sank aus seinen Armen und als der letzte Ton seines Liedes abbrach, setzte eine nur von leisen, wimmernden Stimmen untermalte Stille ein, die weitaus schrecklicher noch als zuvor der Kampfeslärm war.

Von Bewaffneten umringt war die Halle, niemand konnte von dort mehr entweichen und es drängte die vor Erregung bebenden Krieger, auch diese letzte Bastion noch zu stürmen, da der Widerstand ringsum erloschen war. Doch Magogh, der Engirs Worte sehr gut verstanden hatte, hob die Hand und gab Befehl nicht weiter zu wüten. Er ritt zum umwallten Hügel des Lia Fail hinüber, glitt aus dem Sattel und stieg quer über Teas Grabhügel zum Stein. Rot vom Feuerschein war seine Gestalt, da nebenan Cormac Mac Arts Palast brannte, von Kampfesgier rot unterlaufen auch seine Augen und viele seines Heeres wohnten dem Schauspiel bei, als er hinauf zum Schicksalsstein schritt.

Die Waffe vor dem Stein ablegend und ihn mit beiden Händen umfassend, rief er: »Ich, Magogh von Lagin, erhebe nun Anspruch auf Tara, auf den Thron und ganz Erinn! Hier steht der Sieger und dort der Stein. Antworte nun, Lia Fail!«

Doch der Menhir, der nur Antwort gab, wenn ein rechtmäßiger König vor ihm stand, der die Hochzeit mit dem Land gefeiert und den heiligen Treueschwur geleistet hatte, blieb still. Zweimal wiederholte Magogh seine Ansprache und benutzte jedes Mal andere Worte, deren drohender Charakter sich immer mehr steigerte, doch der Lia Fail antwortete nicht. Da schrie Magogh vor Empörung auf. Wilde Flüche und Verwünschungen ausstoßend, wandte er sich schließlich an seine Krieger: »Ein fauler Zauber ist dieser Stein, eine Täuschung! Holt die Priesterinnen herbei!«

Da schleppten Männer die beiden gefangenen Priesterinnen heran und trieben sie mit Fäusten und Schlägen auf den Wall.

»Bringt diesen verdammten Stein zum Sprechen, wie, ist mir egal. Versucht irgendeinen Trick!«

»Es gibt keinen Trick«, antwortete die eine der vor Kälte zitternden Frauen.

»Der Lia Fail wird niemals zu dir sprechen«, sagte die andere.

Da hob Magogh sein Schwert und tötete sie vor dem Menhir. Ihr Blut spritzte hoch auf und benetzte den Stein.

»Nimm dieses Blutopfer an, Lia Fail!«, brüllte mit sich vor Wut überschlagender Stimme der König. Doch der Stein schwieg beharrlich. Da gab Magogh seinen schrecklichsten Befehl: »Steckt von allen Seiten zugleich die Methalle an!«, schrie er. »Und erschlagt jeden, der aus den Flammen entkommen will!«

In der Halle befanden sich mehr als zweitausend Menschen, Druiden und Priesterinnen, Spielleute und Verwandte des Hochkönigs, Dienerinnen und viele Kinder. Als die Leute Lagins das Fachwerk ansteckten, schrien sie entsetzt auf und rückten näher zusammen. Unerträglich wurde die Hitze, als die hölzernen Wände und das Dachgebälk brannten. Die Menschen erkannten in ihrer Todesnot Magoghs Absicht. Die wenigen, die eine Flucht nach draußen wagten, wurden vom Feuer verschlungen oder mit Äxten erschlagen.

Da stimmte eine der Frauen Engirs Lied an und bald sangen es alle mit. Durch die prasselnde Waberlohe hindurch hörte Magogh das Lied und er hielt sich die Ohren zu, um es nicht vernehmen zu müssen. Doch der letzte

Verzweiflungsschrei, der über den Hügeln von Tara in den Himmel aufstieg, als das berstende Dach der Halle brennend auf die Menschenleiber stürzte, war lauter. Er durchdrang alles.

Danach suchten Magoghs Männer das Gelände nach toten und verwundeten Feinden ab und warfen ihre Körper gleichfalls ins Feuer. So erstarb Tara in einem Sturm aus Flammen und Blut.

16

Majestätisch erhob sich der große, vollkommen runde Hügel aus dem nördlichen Ufer der Boinne. Sein gewölbtes Grasdach war schneebedeckt und weiß glitzerte auch die Außenwand, die aus feinen Quarzsteinen bestand, zwischen die als kunstvolles Muster schwarze Flusskiesel eingefügt waren. Ein gewaltiger Kreis aus Menhiren umringte den Hügel, auch in die Außenwand selbst waren riesige Steinquader eingesetzt.

Als sie die Pferde freigelassen hatten und den Hügel zu Fuß umrundeten, stellte Kennog fest, dass sich in diesen Felsquadern seltsame Ritzungen befanden. Jeder Stein wies ein anderes Motiv auf: eine Sonne mit ihren Strahlen, Stiergehörn, Wellenbänder wie Wasser, konzentrische Kreise, den Lebensbaum, Punkte, Dreiecke, Spiralen und Augen.

»Was bedeutet dies alles, Meister?«, fragte er.

»Es sind uralte, geheime Zeichen«, erklärte Ogham. »Wir sind am Brug na Boinne, an der Tempelburg des Oengus. Aber das Heiligtum ist viel, viel älter. Es stand schon an diesem Ort, als die Tuatha De Danaan kamen. Wer es erbaute, weiß niemand, und auch den Sinn dieser

Zeichen versteht heute keiner mehr. Als die Söhne Mils die Herrschaft über Erinn antraten, zog Oengus, ihr höchster Gott, in den Hügel ein.«

Sie gelangten zum Eingang, fanden ihn aber durch einen großen, quer liegenden Felsstein verschlossen. Viele ineinander greifende Spiralen waren in ihn eingraviert, die mit Bannblick den weiteren Zugang verwehrten. Ogham umging ihn seitlich und machte sich in einer Nische über dem Steintor zu schaffen.

»Hilf mir die Steine hier fortzuräumen«, sagte er.

Also kletterte Kennog in den schmalen Spalt und zog einige lose Steine beiseite. Als die Öffnung groß genug zum Hindurchschlüpfen war, kroch der Meister als Erster ins Innere. Auf dem Bauch rutschend folgte ihm der Schüler nach. Hinter dem Tor befand sich ein langer, schmaler Gang, der tief hinein in unbestimmbare Finsternis führte. Kennog, der sich mit beiden Händen vorwärts tastete, bemerkte, dass auch in die glatten Wände des Ganges Zeichen eingeritzt waren. Schließlich öffnete sich der Gang zu einer geräumigen Halle.

»Wo bist du?«, flüsterte er, denn er hörte den Meister irgendwo in der Nähe hantieren. Dann glomm ein winziges Licht auf und Kennog sah, dass Ogham in einer Seitenkammer mit einem Drehholz, Baumzunder und Talg ein Feuer angefacht hatte. Die Flämmchen zuckten aus einer Steinschale hervor und beleuchteten irrlichternd die Wände, in der sich das höchst seltene Motiv einer dreifachen Spirale befand.

»Nun gibt es nichts weiter zu tun, als auf das Erscheinen des Gottes zu warten«, sagte Ogham und ließ sich ächzend nieder. Es war ihm anzumerken, wie sehr der Ritt durch den Wintersturm ihn angestrengt hatte. Mit geschlossenen Augen, den Kopf an den Felsen gelehnt, saß er da und wirkte schwach und zerbrechlich. Tiefe Falten durchzogen sein Gesicht, sein weißes Haar fiel ihm strähnig ins Gesicht und alles, was noch auf der Insel Tirnanogh kraftvoll und jugendlich an ihm schien, war dem Alter gewichen.

Kennog fand den Ort unheimlich. Er flößte Respekt ein, ließ einen unwillkürlich die Stimme senken und machte befangen. Im schwach flackernden Licht der Feuerschale schienen sich die aus großen Steinblöcken gefügten Wände zu bewegen, die rätselhaften Zeichen darin tanzten hin und her und nach oben zu verlor sich der Blick in einem hoch aufsteigenden Gewölbedach.

Dies also soll der Wohnsitz eines Gottes sein, dachte er, der Tempel des Höchsten? Er hatte einiges schon über Oengus gehört. Doch die Menschen sprachen voller Scheu von ihm, mehr in Andeutungen als in klaren Worten. Seine Herkunft war ebenso unbekannt wie der genaue Bereich seines Wirkens. Diarmaids Ziehvater sollte er gewesen sein, doch ebenso der des fürchterlichen Geisterebers, der den Helden vernichtet hatte. Brug-na-Boinne war der Wohnsitz des Oengus auf Erden, aber eigentlich bereiste er mit seinem Prunkwagen den Himmel, wo er den Vorsitz über alle anderen Götter innehatte. Seine Tempelburg an der Boinne galt als das heimliche Herz Erinns – das andere, für alle sichtbare war Tara – und doch trauten sich die wenigsten Menschen zu ihm zu gehen …

Merkwürdigerweise war es hier im Innern des Hügels warm, während draußen die Kälte des Winters tobte. Kennog fühlte in sich große Müdigkeit. Es dem Meister gleichtuend, suchte er sich einen Platz zum Ausruhen und lehnte seinen Kopf an den Felsen. Er dachte an Südwind und den schwarzen Hengst draußen, machte sich aber keine

Sorgen – sie würden wohl schon irgendwo einen sicheren, trockenen Platz und auch Futter finden …

Kurz danach schlief er ein.

17

Nach und nach fanden sich die aus allen Landesteilen
herbeieilenden Truppen der Fianna zusammen,
verbanden sich zu einem großen Heerstrom und folgten
Cormac Mac Art, der den Leuten keine Rast gönnte und
sie zu noch schnellerem Ritt antrieb. Blamoth und seine
Männer, die den weiten Weg aus Ulster hinter sich hatten, wirkten erschöpft und brauchten dringend Erholung. Doch auch der frisch ernannte Anführer drängte
weiter.

So erreichten sie mitten in der Nacht Dun Almhuin und
fanden es friedlich vor. Nirgends waren Anzeichen einer
Belagerung zu erkennen. Höchst erstaunt vernahmen die
Wachen auf dem Wall die Kunde vom angeblichen Angriff
Magoghs auf die Feste und von Boas Geiselnahme. Die
Prinzessin selbst lief am Tor ihrem Vater entgegen und
begrüßte ihn mit einer stürmischen Umarmung.

»Was soll das alles bedeuten?«, fragte sie. »Diese Aufregung ist umsonst.«

In diesem Moment erst durchschaute Cormac Mac Art
die List seines schrecklichen Gegenspielers. »Wie kommt
er zu dem Ring, den ich dir schenkte?«, fragte er.

»Er wurde mir von einem seltsamen Wesen gestohlen,
das halb Zwerg, halb Eule war. Es nahm mir unter einem
Vorwand den Ring ab und verschwand damit.«

»Verdammt!«, schrie Blamoth. »Die Rebellen von
Lagin haben uns getäuscht! Niemand als sie steckt da-

hinter! Sie wollten uns von Tara weglocken, nun liegt der Königssitz schutzlos da!«

»Es gibt eine starke Bewachung dort«, versuchte ihn Cormac Mac Art zu beruhigen, »Cailte und seine Männer halten die Festung.«

»Dennoch überfällt mich ein unangenehmes Gefühl«, entgegnete Blamoth, »ich traue diesem Magogh aus Lagin nicht, trotz aller Friedensverträge und seiner Tributzahlung. Seine Zunge ist gespalten, sein Blick falsch und seine Seele schwarz wie die Nacht. Was Finn an Untaten begann, setzt er nun fort!«

Er schickte also Boten nach Tara. Das erschöpfte Heer aber musste erst lagern, sich stärken und ausruhen.

18

Das kleine Feuer war erloschen und Ogham besaß keinen Baumzunder und keinen Talg mehr, um es erneut zu entfachen. Doch die Augen gewöhnten sich allmählich an die Dunkelheit. Nur das Gefühl für den Zeitablauf ging verloren. Kennog wusste, nachdem er erwacht war, nicht mehr, wie lange er eigentlich geschlafen hatte, ob draußen Tag oder Nacht war, und die Augenblicke weiteten sich zu Stunden aus. Er wagte auch nicht den immer noch schlummernden Meister zu wecken. Also vertrieb er sich die Zeit damit, den Raum näher zu untersuchen und die geheimnisvollen Ritzzeichnungen an den Wänden abzutasten. Doch er wurde aus ihnen nicht klug. Nach einer Weile schlich er auf seinen Platz zurück und zwang sich erneut die Augen zu schließen. Zu seinem größten Erstaunen sah er danach eigenartige Bilder, die wohl ein Nachklang der Wandritzungen waren. Während er sie bestaunte und über sie nachdachte, überfiel ihn erneut der Schlaf. In einen bizarren Traum versinkend, stieg sein Bewusstsein in die Tiefen eines anderen, bisher nie geschauten Seins hinab …

19

Mit Blamoth und Cormac Mac Art, Oisin, Osgur und Conan an der Spitze brach die Fianna auf. Dabo und zahlreiche andere Krieger blieben zur Verstärkung von Dun Almhuin zurück. Da sie nach Osten zogen, ritten sie nun gegen den Sturm an, der Kälte und Schnee mit sich führte. Aber das Heer murrte nicht, nachdem Blamoth zu den Männern gesprochen hatte. Sie waren froh, anstelle des düsteren, tyrannischen Finn nun einen entschlussfreudigen Anführer zu haben, der seinen Mut und seine Tapferkeit bereits im Ulster-Feldzug mehr als einmal unter Beweis gestellt hatte. Aber der junge Held besaß nicht nur ein fröhliches, aufgeschlossenes Wesen, sondern auch eine einfühlsame Seele. Von Vorahnungen getrieben, war seine Ansprache ans Heer ernster als beabsichtigt ausgefallen. Alle spürten Sorge um Tara und Erinns Zukunft, Blamoth' Vorbild spornte sie an, und so trotzten sie bei Tag und Nacht jedem Wetter.

Als sie in die Ebene von Mide einrückten und von fern Taras Hügel erblickten, sahen sie dort Rauchsäulen aufsteigen. Schwarzgrau und unheilschwer lastete der Himmel über dem Königssitz. Cormac Mac Art überkam eine bange Vorahnung und er drängte noch einmal zur Eile. Dann aber gelangten sie an eine Stelle, von der aus sie das ganze Ausmaß der Katastrophe erkennen konnten: Auf dem Wall von Tara wehte Lagins Banner! Nun musste Cormac Mac Art gegen seine eigene Burg anreiten. Hoch im Sattel aufgerichtet, gab er den Befehl zum Angriff.

Da sich Magogh auf diesen Moment vorbereitet hatte, leisteten seine Leute auf den Wällen größtmöglichen Widerstand. Ein Hagel von Pfeilen schwirrte auf die Fianna herab, die erbitterte Wut vorantrieb. Viele Männer verloren beim Angriff ihr Leben oder wurden verwundet. Die anderen aber stürmten mit Kriegsgeschrei weiter. Abschnitt für Abschnitt wurden die Wälle zurückerobert, Mann gegen Mann ging der Kampf, ein Gemetzel mit hohen Verlusten für beide Seiten. Schließlich sprengten mutige Krieger das große Tor auf und die Hauptmacht der Fianna drang auf den Hügel vor.

Als der Hochkönig seinen verbrannten Palast sah, den schwelenden Rauch über Grainnes Wallburg und die Methalle, aber niemand Bekanntes mehr am Leben, fuhr ihm ein Stich ins Herz. Sein aufbäumendes Pferd am Zügel zurückreißend, schrie er mit schmerzverzerrter Stimme auf. Blamoth und all die anderen, die das Elend erblickten, erfasste übermenschliche Wut. Den Gegner an keiner Stelle schonend, ritten sie das Heer von Lagin nieder. Noch mehr Blut rann in den Boden von Tara und der Schnee färbte sich abermals rot.

20

Erneut erwachte Kennog und sah, dass Oengus noch immer nicht erschienen war. Auch Ogham regte sich und rieb seine erstarrten Glieder. Ihm war kalt, er fühlte seinen Körper kaum noch. Seine Stimme klang spröde wie splitterndes Eis.

»Bald naht die längste Nacht des Jahres, auf deren

Scheitelpunkt der Winter reitet«, sagte er. »Danach geht es wieder aufwärts bis zum Imbolc-Fest, wo die rituellen Waschungen stattfinden. Die Menschen streifen den Schmutz der langen Winter- und Todesnächte ab und bereiten sich auf das Fest der siegreichen Sonne vor. Dann dürfen auch die neugeborenen Lämmer am Euter der Mutterschafe säugen. Deshalb bedeutet ›Imbolc‹ auch ›das Anlegen der Lämmer‹.«

Kennog merkte, wie schwer dem Meister das Sprechen fiel. Er rückte näher und fasste seine Hand. Erschrocken darüber, wie kalt sie war, versuchte er sie zwischen seinen Händen warm zu reiben. »Schone dich, Meister«, bat er. »Soll ich dir etwas zu essen besorgen?«

Ogham winkte ab. »In diesem Haus und um diese Zeit braucht man keine Nahrung. Der Schlaf gibt uns alles, was wir brauchen.«

Da schloss auch Kennog wieder die Augen und sank in die unendlichen Traumgründe hinab.

21

Zu der ausgebrannten Ruine des Königspalastes wurde Magogh mit dem Rest der Seinen getrieben. Einen Schutzring um ihren Anführer bildend, wehrten sie sich gegen die angreifende Übermacht. Auch an anderen Stellen Taras wurde noch erbittert gerungen. Entschlossen kämpften sich Blamoth, Osgur und Oisin vor und bahnten dem Hochkönig von Erinn eine Gasse. Mit dem Schwert in der Hand drang Cormac Mac Art zu Magogh vor.

»Ruchloser Meuchelmörder!«, rief er, als er dem verhassten Feind gegenüberstand. »Das Verbrechen, das du an den Menschen von Tara begangen hast, lässt sich nur durch deinen eigenen Tod sühnen!« Mit diesen Worten hieb er Magogh den Kopf von den Schultern.

Als die Männer Lagins ihren König so enden sahen, streckten sie die Waffen und baten um Gnade für das eigene Leben.

»Gewähr sie nicht, töte sie alle!«, schrie Oisin. »Jetzt liegt es in unserer Hand, die böse Brut ein für alle Mal zu vertilgen!«

Doch der König von Tara widersprach mit lauter Stimme: »Der Kampf ist zu Ende, nun soll das Gesetz wieder gelten und kein weiteres Unrecht neues Elend erzeugen!«

Da schwiegen die Waffen. Tara aber lag wund und verwüstet unter dem Winterhimmel.

22

Als Kennog und Ogham abermals erwachten, drang ein seltsames Licht zu ihnen. Es kam von draußen, fiel durch den langen, schmalen Gang und erhellte alle Winkel des Raumes. Der Meister richtete sich mühsam auf, ein Lächeln glitt über sein Gesicht und für einen Moment leuchtete der Abglanz der Sonne in seinen Augen.

»Der Morgen nach der längsten Nacht ist angebrochen!«, sagte er. »Nur um diese Zeit genau vollzieht sich das Wunder, dass die Sonne bis hierher in den Hügel dringt. Oengus ist erschienen.«

Kennog aber sah keine Gestalt, sondern nur das wärmende Licht. Es war, als dringe ein Hoffnungsfunke in tiefste Verzweiflung.

»Nun wird alles gut«, sprach Ogham weiter. »Steh auf

und geh in die Welt hinaus. Suche Südwind und den schwarzen Hengst und reite. Deine Cilla erwartet dich und es wird nicht mehr lange dauern, dann seid ihr zu dritt, denn sie erwartet wie Grainne ein Kind – deinen Sohn.«

Kennog vernahm staunend die Worte des Alten. »Und was ist mit dir, Meister?«, fragte er mit wild pochendem Herzen.

»Ich habe mich für Tirnanogh und das ewige Leben entschieden«, antwortete Ogham. »Sorge dich nicht um mich, ich bin bei Oengus in sicherer Hand. Aber du musst nun gehen … Los, folge meinem letzten Befehl!«

Da erhob sich Kennog zögernd. So, als befände er sich noch immer in tiefem Schlaf, kniete er vor dem Meister nieder und küsste ihm die Hände. Dann stand er auf und schritt durch den Gang bis zum Einstiegsschacht. Draußen lag Schnee, aber der Wind ruhte und die Sonne strahlte an diesem Morgen durch die Winterwolken.

»Leb wohl, Sohn«, flüsterte ihm Ogham nach, denn er wusste, dass dies ein Abschied für immer war. »Werde glücklich und vergiss nicht den Großen Plan. Lehre deine Kinder lesen und schreiben und weise sie an, das Gleiche mit den ihren zu tun, damit es eines Tages Schriften gibt, die über all das, was in Erinn geschah, berichten. Vermittle ihnen alles, was du weißt, aber lass auch Platz für ihr eigenes Denken, Lieben und Hoffen, denn so ist es doch: Immer wieder fängt eine neue Geschichte an, formt sich aufstrebend Junges ins Leben, gerade eben jetzt, in diesem Moment, ein Ablauf, der einzigartig und ungemein wichtig ist und alles, was nachfolgt, von Grund auf zu verändern vermag …«

Da trat anstelle von Oengus die Adlergöttin Dana zu ihm, hob seinen Körper federleicht auf und trug ihn hinüber nach Tirnanogh, zu den Gestaden der ewigen Jugend, wo die Zeit keine Bedeutung mehr hat …

In der lebendigen Welt draußen machte Südwind indes ihrem Namen alle Ehre: Wohin ihr warmer Atem traf, da schmolz der Schnee, und was ihre flinken Hufe berührten, das begann zu ergrünen. Kennogs Herz aber jagte der Geliebten entgegen.

23

Der erste warme Frühlingstag nach einem langen, harten Winter. Bald wird das Anlegen der Lämmer beginnen, dachte der junge Hirte. Auf wackligen Beinen werden sie zitternd dastehen und mit ungeduldigen Nasen blökend nach den Eutern der Muttertiere stoßen. Und es werden diesmal viele sein, sehr viele sogar, die Herde wird sich beträchtlich vergrößern. Gute Aussichten …

Der Hirte pfiff fröhlich ein Lied vor sich hin. Vergessen, wie vom Wind zerblasen, waren plötzlich die dunklen, unheilschwangeren Gespräche der Alten im Dorf, ihr zähes, wortkarges Bangen und die schlimmen Gerüchte, die mit vorbeiziehenden Vagabunden in die Hütten gedrungen waren. Tara, das stolze Tara des Königs, sollte zerstört und verbrannt sein? Unmöglich, alles nur Gerede, das den Kindern Angst machen sollte. Und selbst wenn es stimmte – hieß es nicht auch, der König habe in entscheidender Schlacht gesiegt und die Feinde des Landes für immer vernichtet? Tara würde wieder erblühen, Tara ging niemals unter, sowenig wie Erinn, die grüne Insel. Wie Ebbe und Flut, so vollzog sich das Leben auf Erinn und nach einem Jahr des Hungers kam wieder eines wie dieses, in dem die Lämmer zahlreich heranwuchsen. Ich bin wie alle hier, dachte der Hirte, wir sind wie das Meer, der Wind, die sattgrünen Weiden und der wolkige Himmel darüber. Und er sang:

>*Erinn, geliebte Insel,*
Mein Land,
Ich grüße dich, Tag,
Und zieh meinen Weg
Über die grünen Hügel dahin.«

Als er einmal kurz aufblickte, sah er am Horizont einen Reiter dahinjagen. Er hob die Hand zum Gruß, aber der Fremde bemerkte ihn nicht. Wohl ein Bote des Königs, dachte der Hirte. Und als er ihm nachschaute und sah, dass das Licht der Sonne im Haar des Reiters glänzte, als trage er einen goldenen Helm, da kam ihm ein seltsamer Gedanke zugeflogen. Wie, wenn dies kein Bote des Königs war, sondern einer der Sonne selbst?

Lange noch nachdem der Reiter verschwunden war, stand der Hirte nachdenklich auf seinen Stab gestützt. Dann kehrte einer seiner Hunde vom Umkreisen der Herde zurück und sprang übermütig an ihm hoch. Wie er dem Tier in die Augen blickte, sah er auch darin einen strahlenden Abglanz der Sonne.

Epilog

Wir alle wissen, dass in jenen längst vergangenen Zeiten auf Erinn die Schrift entstand, die nach einem weisen Mann namens Ogham benannt wurde. Wir wissen, dass bisher niemand die Eiche mit Lugs Lanze fand und diese aus dem Stamm zog, obgleich so viele aufbrachen, um nach ihr zu suchen. Manche behaupten, eifernde christliche Missionare hätten sie gefällt, um ihre neue Religion durchzusetzen, und das erste Osterfeuer auf Erinn damit entfacht. Aber das scheint eine Täuschung zu sein, da so vieles dafür spricht, dass sich der magische Speer am reißenden Fluss in eine Schriftrolle verwandelte – in die Lanze des Wissens, die seitdem auf die Wahrheit zielt.

Nach den christlichen Missionaren kamen noch viele Fremde, Abenteurer, Phantasten, Eroberer, angelockt vom Liebreiz der Insel, und in Erinns Teppich wurden immer neue Bilder gewoben. So ist es bis heute, denn jede Zeit setzt ihre eigenen Spuren. Dem wild um die Klippen Erinns wogenden Meer ist es gleich, es atmet im Rhythmus von Ebbe und Flut und mit jeder neuen Woge werden die kleinen, unbedeutenden Fußspuren verwischt. Nur in den Herzen der Menschen der grünen Insel bleibt die Erinnerung immer jung, ob sie nun von jenen zauberkräftigen Vogelbeeren kosteten oder nicht.

Sie alle wissen: Als Ogham von der Fee Sheela na Gig die Schrift empfing, als Diarmaids und Grainnes Liebe ein neues Zauberreich eröffnete und als sich schließlich die Frau aus dem Süden und der Mann aus dem Norden für immer vereinten, da endete die alte Welt und eine neue begann. Und was auch immer geschehen mag, dies bleibt auf ewig bestehen: das Reich der Feen, die Stunde der Dichter, die Wärme der Liebe und die grünen Hügel von Tara.

David Ambrose

ex

Roman

Geister werden in der Tiefe der Nacht beschworen, mit Hilfe von
Zauberformeln und Ritualen. Der moderne Mensch des 20. Jahr-
hunderts nimmt derlei Dinge halb belustigt, halb irritiert zur Kenntnis. Nicht so Dr. Sam Towne, Leiter des Parapsychologischen Insti-
tuts der Universität New York. Er will beweisen, daß man einen
Geist nicht nur rufen, sondern auch erschaffen kann – am hellich-
ten Tage, kontrolliert von modernster Technik. Zu diesem Zweck
versammelt er acht Freiwillige um sich, darunter seinen alten Phy-
sikprofessor, einen unverbesserlichen Skeptiker, und Joanna
Cross, eine Journalistin, die beide gerade an einem brandheißen
Fall von Betrug recherchieren. Doch das Experiment gerät außer
Kontrolle. Der Geist verhindert den Abbruch der Sitzungen –
und das Grauen beginnt ...

»Hochspannung bis zu letzten Seite.«
(Max)

»Fesselnde Unterhaltung bis zum überzeugenden Finale: clever«

ISBN 3-404-14309-4

BASTEI
LÜBBE